Anna Eunike Röhrig
Die Macht der Puppen

Anna Eunike Röhrig

DIE MACHT DER PUPPEN

Historischer Roman aus der Zeit
Heinrichs VIII.

Eugen Salzer-Verlag Heilbronn

Für Lena, Brigitte, Jutta und natürlich Gerd

Umschlaggestaltung: Klaus Pohl, unter Verwendung einer Abbildung
aus einem flämischen Gebetbuch Simon Bening (1483–1561),
Bayerische Staatsbibliothek München, Clm 23638
Satz: Setzerei G. Müller, Heilbronn
Druck: Gutmann, Talheim
Printed in Germany · ISBN 3 7936 0331 8

Die Freundinnen

Die Wiese bei Horsham leuchtete in der Morgensonne. Abertausende Köpfe gelbblühenden Löwenzahns schaukelten auf ihren saftigen Stengeln in der Maibrise. Noch hingen glitzernde Tautropfen in den feingewobenen Spinnennetzen zwischen Ginsterbüschen und Ligusterstauden, die am Wiesenrand wild durcheinanderwucherten. Frühe Schmetterlinge umschwärmten taumelnd die Blüten wilden Flieders, deren Duft langsam auf die feuchte, braune Erde zu sinken schien. Es war der Tag, an dem Anne Boleyn sterben sollte.

Alice Shelton und ihre Freundin Catherine Howard, beide fünfzehn Jahre alt, wanderten mit gerafften Röcken durch das üppig hochgeschossene Gras, wobei sie sich sichtlich mühten, nicht auf die prächtigen Löwenzahnblüten zu treten.

»Bald werden es lustige Pusteblumen sein«, lachte Catherine. »Ich kann es kaum erwarten!«

Alice erwiderte nichts darauf. Der metallene Reif, der sich in ihrer Haube quer über die Stirn spannte und das steife Leinen in Form brachte, drückte sie. Mißgestimmt schaute sie zu ihrer Freundin herüber.

»Daß du heute fröhlich sein kannst!« meinte sie schließlich und kletterte nicht ohne Mühe über einen im Weg liegenden, umgestürzten Baumstamm. »In wenigen Stunden ist das Leben unserer Cousine zu Ende. Ihr Haupt, das die Krone dieses Landes getragen hat, wird vor einer gaffenden Menge in den Staub fallen!« Wie um ihre Worte zu bekräftigen, riß Alice eine der leuchtenden gelben Blumen ab. Sofort trat der klebrige Saft aus und rann über Daumen und Zeigefinger.

Catherine, die ziemlich klein gewachsen war, blieb stehen und reckte sich. Sie ergriff die Freundin bei den Schultern, drehte sie zu sich und blickte ihr ernst ins Gesicht.

»Wie kann ich trauern«, sagte sie leise, »wenn ich die Königin nicht einmal gekannt habe? Du sagst, sie ist meine und auch deine Cousine, und du hast recht. Aber die Anzahl meiner Cousinen ist groß – so wird es eben bald eine weniger sein. Zudem heißt es, Lady Anne träfe dieses Schicksal nicht unverschuldet.«

»Glaubst du, sie hatte tatsächlich fünf Liebhaber – darunter ihren eigenen Bruder?« Alice runzelte ungläubig die Stirn.

»Wie soll ich das wissen?« antwortete Catherine und zuckte mit den

Schultern. »Deine Mutter hat doch als eine geborene Boleyn eine Zeitlang am Hofe gelebt und gewiß noch gute Verbindungen dorthin. Bessere jedenfalls als mein Vater, der sich die meiste Zeit in Calais aufhält und alles Wichtige zu spät oder gar nicht erfährt ...«

Alice hatte ein trockenes Fleckchen innerhalb der Wiese erspäht und ordnete sorgfältig ihre Röcke, bevor sie sich darauf niederließ. Verlegen zupfte sie einige Grashalme ab und begann sie spielerisch miteinander zu verflechten.

»Ich kann mich kaum erinnern, wann meine Eltern mir zuletzt geschrieben haben«, sagte Alice ohne besondere Traurigkeit. »Und wenn es denn geschieht, dann gewiß nicht, um mir den neuesten Hofklatsch mitzuteilen. Wir wachsen hier schließlich auf, um Sitte und Anstand zu lernen, ist es nicht so?« Bei den letzten Worten hatte Alice die quäkende Stimme der alten Herzoginwitwe von Norfolk nachgeahmt, Catherines Großmutter, in deren Obhut die beiden, gemeinsam mit vielen anderen Mädchen adliger Familien, seit Jahren erzogen wurden.

Catherine lachte hell auf und boxte ihre Freundin in die Seite. Dann löste sie plötzlich mit einem entschlossenen Ruck die unter dem Kinn gebundene Schleife ihrer Leinenhaube und streifte den unbequemen Kopfschmuck herunter.

Alice erschrak.

»Hoffentlich sieht dich keiner«, murmelte sie ängstlich. »Es gehört sich nicht, das Haar offen zu tragen.«

»Papperlapapp«, versetzte Catherine und entfernte auch noch ein beutelähnliches Netz, das ihre Flechten zusammenhielt. Kaskaden von welligem, weichem, kastanienfarbenem Haar, in der Mitte säuberlich gescheitelt, fielen ihr über die Schultern, den Rücken und die Arme. Staunend strich Alice über die glatten Strähnen, als Catherine auch ihre Schleife entknotete.

»Komm schon, Alice!« sagte sie. »So ist es doch viel angenehmer. Sei stolz auf das, was schön an dir ist. Und fühl einmal, wie der Wind mit deinen Haaren spielt.«

Zögernd nahm auch Alice ihre Haube ab und rieb sich über die Stirn. Hastig nestelnd befreite sie sich vom Haarnetz. Eine warme Bö ließ alsbald ihre blauschwarz schimmernden Locken – Erbe einer französischen Großmutter – flattern wie eine Fahne; so, als wolle der Wind Catherines Worten beipflichten.

»Anne Boleyn war berühmt für ihr Haar«, bemerkte Catherine. »Zu

Recht, wie ich meine. Es war fast so schwarz wie deines und sie trug es unter der Krone offen.«

»Vielleicht schneidet der Henker es ihr ab«, warf Alice ein. Catherine blickte zum Himmel, wo Rauchschwalben ihre Kreise zogen. »Daß dieser Scharfrichter überhaupt nach London kommen durfte, hat er nur meinem Vater zu verdanken. Als Oberaufseher von Calais mußte er auf Befehl unseres allergnädigsten Königs einen geschickten Henker suchen. Einen, der mit dem Schwert köpft, wie es in Frankreich Brauch ist, und nicht mit der Axt, wie bei uns. Zufällig habe ich erfahren, daß jener Mann aus Saint Omer gebürtig ist und sowohl für seine Heimatstadt als auch für die Bürger von Calais als Scharfrichter zuständig ist…«

»Ach ja?« sagte Alice spitz. »Vorhin hast du behauptet, dein Vater hätte mit den wichtigen Angelegenheiten des Reiches nichts zu tun.«

»Meist jedenfalls«, lenkte Catherine ein. »Und was ich eben erwähnte, hat er mir nicht selbst mitgeteilt, sondern meinem Onkel, dem Herzog von Norfolk. Der wiederum erzählte es meinem Bruder Charles, den ich gestern in der Musikstunde traf.«

Alice wurde hellhörig.

»Sieh mal einer an. Seit Henry Manox dich unterrichtet, ist dein Interesse an Musik sichtlich gewachsen. Woran könnte das wohl liegen?«

Catherines mollige Wangen nahmen plötzlich die tiefrote Farbe reifer Äpfel an. Schnell lenkte sie ab und plapperte drauflos, während ihre Freundin bedächtig weiter an einem gräsernen Kranz wand.

»Vor einigen Jahren nahm mich mein Vater einmal mit nach Calais. Ich erinnere mich an eine gut befestigte Stadtmauer mit dicken Verteidigungstürmen. Die vielen Schiffe mit ihren bunten Segeln waren hübsch anzuschauen, aber vor den schreienden Matrosen hatte ich damals Angst.«

»Hast du den Henker auch gesehen?« fragte Alice neugierig. Das makabre Thema übte offensichtlich einen seltsamen Reiz auf sie aus.

»Wo denkst du hin!« Catherine schüttelte verblüfft den Kopf. »Unser Weg führte nicht am Galgen vorbei. Solche Stätten meidet mein Vater, wo er kann. Er liebt den Frieden…«

»Manche sagen auch, er sei ein Feigling, weil er damals gegen die Schotten…« begann Alice vorwitzig. Aber Catherine schnitt ihr hitzig das Wort ab.

»Genug!« rief sie erregt. »Ich dulde es nicht, daß du so über meinen

Vater sprichst. Er ist ein Howard und kein Howard hat sich jemals als feige erwiesen!«
Catherine drehte sich zur Seite, legte sich auf den Rücken und verschränkte die Arme im Nacken. Nachdenklich schob sie einen Grashalm in den Mund und kaute langsam darauf herum. Die Sonne war inzwischen weitergewandert und schickte ihre warmen Strahlen direkt auf die Gesichter der beiden Mädchen. Wenn Catherine nun die Augen schloß, sah sie aus der Erinnerung eine endlose Reihe von grünbelaubten Bäumen und schmucken Bürgerhäusern aufsteigen, die links und rechts vom Kahn ihres Vaters vorüberzogen. Die Wasserstraßen von Saint Omer, der massive Klotz des Kathedralenturms, die auffIatternden, schnatternden Enten, die majestätisch gebogenen Hälse der Schwäne ...
»Ob die Verurteilten es eigentlich spüren, wenn das Schwert durch den Nacken dringt?« Alice holte sie in die Wirklichkeit zurück.
»Ich weiß es nicht«, seufzte Catherine unwirsch und schlug die Augen auf. »Das hängt wahrscheinlich davon ab, wie scharf das Schwert ist.«
»Dann würde ich mir, bevor ich auf das Schafott steige, erst einmal das Schwert zeigen und es notfalls schleifen lassen«, bemerkte Alice in sachlichem Ton.
»Ha!« höhnte Catherine. »Wofür solltest du hingerichtet werden? Hast ja nicht mal einen einzigen Liebhaber, anstatt fünf wie die Königin!«
»Wie gemein du sprichst!« erwiderte Alice mit zitternder Stimme. »Aber lieber allein als mit einem bürgerlich geborenen Musiklehrer zusammen ...«
Mit einem Ruck saß Catherine aufrecht und warf sich wütend über die Freundin. Eine Weile rangen die beiden verbissen miteinander, bis sich ihre Röcke in dornigem Gebüsch verfingen. Voll Schrecken über den zu erwartenden Zorn der alten Herzogin beim Anblick ihrer Kleider, befreiten sie sich gegenseitig von hängengebliebenen Zweigen und altem Laub. Dann verschwand das Haar beider wieder unter der dichten Leinenhaube, bevor Catherine und Alice zum Landschloß Horsham zurückkehrten. Genau wie die anderen Zöglinge der alten Herzoginwitwe hatten auch sie sich bei den verschiedensten Verrichtungen den Tag über nützlich zu machen. Oft hieß es, der Dienerschaft zur Hand zu gehen; Müßiggang wurde nur selten geduldet.

Zur selben Zeit meldete im Londoner Stadthaus Thomas Cromwells, des mächtigen Ratgebers im Dienste des Königs, ein Bote die Ankunft hochgestellten Besuchs.

»Francis! Ich muß doch bald aufbrechen...« Ungehalten über die Störung erhob sich der massige Mann aus einem kunstvoll geschnitzten Eichenholzsessel. Lady Rochford, die Schwägerin der gestürzten Königin, war der letzte Mensch auf Erden, den er jetzt zu sehen wünschte – auch wenn sie ihm gute Dienste geleistet hatte.

»Sie möge eintreten«, seufzte er schließlich und winkte mit seiner weißen, feisten, von gleißend funkelnden Ringen geschmückten Hand. Sogleich öffnete der Diener die Tür, ließ eine tief verschleierte Dame ein und entfernte sich diskret.

Jane Boleyn, Lady Rochford, betrat den Raum mit schnellen, schlurfenden Schritten und nahm den schwarzen Schleier vom Kopf. Ihr verhärmtes Gesicht, in das der Rahmen ihrer gotischen Spitzhaube tiefe Schatten warf, zeichneten Rastlosigkeit und Unzufriedenheit. Als Cromwell boshafterweise keine Eile zeigte, ihr einen Sitz anzubieten, pflanzte sie sich neben seinem Schreibtisch auf und trommelte ungeduldig auf dessen Kante herum.

»Ihr könnt Euch denken, daß ich am heutigen Morgen sehr in Eile bin, Mylady«, schnarrte der Minister von oben herab. »Der Zeitpunkt ist schlecht gewählt, drum kommt am besten ohne Umschweife zur Sache.«

In Jane stieg Ärger hoch, als sie seinen arroganten Tonfall vernahm. Diese Ähnlichkeit mit George, dessen Provokationen sie manchmal fast in den Wahnsinn getrieben hatten... Aber hier galt es, um jeden Preis Ruhe zu bewahren, denn ihre finanzielle Absicherung und damit ihre gesamte Zukunft hing von diesem Emporkömmling ab. Jane schluckte und begann stockend, ihr Anliegen vorzutragen.

»Es geht – äh – um die Konfiskation der Güter meines Gatten, Gott sei seiner Seele gnädig! Mir ist sehr wohl bewußt – hmm –, daß ich als Witwe eines Verräters keinen Anspruch auf das, was er an irdischen Werten hinterließ, anzumelden habe. Dennoch bitte ich Euch, bei Seiner Majestät ein gutes Wort für mich einzulegen. Sollte ich Georges Besitz behalten dürfen, würde ich mich vom Hofleben völlig zurückziehen...«

Was kein Schaden wäre, dachte Cromwell nüchtern. Niemand würde dich vermissen... Laut antwortete er: »Setzt Euch doch, Mylady, und vergeßt endlich Eure Angst. Wie ich Euch schon neulich versprach, will ich mich durchaus erkenntlich zeigen für Euren der Krone geleisteten Dienst. Der König hat es dankbar anerkannt, daß Ihr Euer Pflichtgefühl über die Liebe zu Eurem Ehemann gestellt und dessen verbrecherische Machenschaften dem Hohen Gericht angezeigt habt. Deshalb macht Euch keine Sorgen um Euer künftiges Wohlergehen. Was auch immer Ihr braucht, es soll Euch nicht verweigert werden. – Aber nun entschuldigt mich bitte, denn ich befand mich bereits im Aufbruch. Man erwartet mein Erscheinen bei der Hinrichtung Eurer Schwägerin, und bis zum Tower ist es noch ein gutes Stück Weg von hier.«

Jane atmete hörbar durch und griff sich unwillkürlich an die Kehle. Sie selbst hatte beschlossen, Anne Boleyns Sterben auf alle Fälle fernzubleiben. Sobald das Schauspiel vorüber war, würde ohnehin das Geschütz auf dem Tower allen in der Stadt donnernd den Vollzug des Urteils verkünden.

Cromwell schob seinen Pelzhut, den er die ganze Zeit über auf dem Kopf behalten hatte, tief in die Stirn und läutete nach dem Kammerdiener, der schon den prächtigen, aus bestem flandrischem Tuch geschneiderten Radmantel über dem Arm trug.

»Ihr könnt gerne im Gästezimmer ein Glas Wein zur Stärkung trinken, Lady Rochford«, meinte der Minister und schlüpfte nicht ohne Mühe in die hingehaltenen Ärmel. »Meine Anwesenheit ist dazu nicht unbedingt vonnöten. Francis wird Euch zuvorkommend bedienen. Gehabt Euch wohl, Mylady!« Und er nickte dem Diener zu, der Jane voranging und sie über den holzgetäfelten, nur dürftig mit Stroh ausgelegten Flur in einen anderen Raum führte. Auf der Treppe verklangen die dumpfen, schwer polternden Schritte des sich entfernenden Cromwell.

Irgendeiner der lautlos auftretenden, stets durchs Haus huschenden Bediensteten hatte bereits eine mit Rotwein gefüllte Karaffe aus schwerem venezianischem Kristall auf den Tisch gestellt. Daneben stand ein silberner Pokal sowie eine Kanne mit Wasser zum Mischen.

»Danke, ich schenke mir selbst ein!« wandte sich Jane an Cromwells Kammerdiener, der daraufhin aus dem Zimmer ging und die Tür hinter sich schloß. Jane trat zum Fenster und spähte durch die Butzenscheiben auf die wenigen Menschen, die die Gasse bevölkerten. Eine lähmende Stille schien sich über der Stadt auszubreiten, als sei der Schuß vom Tower eine Erlösung, auf die jeder wartete.

Für mich ist er das auch, dachte Jane und zog einen der Samtvorhänge ein Stück weit auf. So sperrte sie die Maisonne aus, die ihr unverschämt warm auf den schwarzen Pelzärmeln zu brennen begann. Der Abschluß eines unwürdigen Schauspiels, das mir die Freuden meiner Jugend geraubt und mein gesamtes Leben am Hof vergällt hat...
In ihrer typischen Weise schlurfte Jane zurück zum Tisch, goß sich puren Wein in den Silberbecher und prostete höhnisch ihrem eigenen Bild zu, das ein Wandspiegel zurückwarf. Dieser Cromwell schien in der Gunst des Königs mächtig aufgestiegen zu sein, wenn man nach der Einrichtung seines Hauses urteilte. Was der sich alles leisten konnte! Zum Wohl, Jane, und fahr zur Hölle, Anne. Dorthin, wo schon George auf dich wartet, und all die anderen eingebildeten Intriganten.
Ein Gesicht nach dem anderen tauchte in ihrer Erinnerung empor. Sie sah ihren Vater, Lord Morley, an dessen Seite sie auf die mächtigen, zinnenbewehrten Mauern von Hever Castle zuritt. Die Fahne mit dem Wappen der Boleyns grüßte von allen Türmen und zeugte vom Stolz der Bewohner. Aber Stolz war es kaum, George, der dich bewog, dein Auge auf andere Frauen zu richten... Meine Herkunft und Mitgift schien dir die Heirat wert, danach brauchtest du dich ja nicht mehr um mich zu kümmern. Wie hätte ich auch mit deiner vergötterten Schwester konkurrieren können...? »Anne hat ein Lied gedichtet – Anne hat am Pariser Hof Französisch gelernt – Anne reitet stundenlang, ohne zu ermüden...« Nie war George müde geworden, seine Schwester und all ihre hervorragenden Eigenschaften zu preisen. Wie habe ich dich schließlich dafür gehaßt, du schwarzhaarige Nachtkrähe! Wenn ich nur schon dein hysterisches Kichern irgendwo vernahm und dich inmitten deiner Verehrer sitzen sah...
Auch ihre Gesichter ließen sich nicht aus dem Gedächtnis verbannen. Weston, der Spieler, ewig einen Scherz auf den Lippen; Brereton, der Hochgelehrte, der so gern mit seinem Wissen prahlte, Wyatt, der Dichter, der Anne in stets gewagteren Vergleichen besang. Norris, der heimliche Lutheraner, der seine ketzerischen Ansichten in trauter Runde zum besten gab. Anfangs haben sie mich immer geduldet in ihrem illustren Kreis; Georges Frau konnten sie nicht einfach übergehen. Später aber erfuhr ich nur noch durch Zufall, wann sie ihre geselligen Treffen veranstalteten...
Jane tat einen tiefen Zug und leerte den Silberpokal bis auf den Grund. Häßliche rote Flecken färbten ihre Wangen, und plötzlich be-

fiel sie ein heftiges Zittern. Trotzdem griff sie entschlossen nach der Karaffe und schenkte, peinlich darauf bedacht, den kostbaren Wein nicht zu verschütten, sich nochmals randvoll ein. Der blankpolierte Spiegel an der Wand zu ihrer Rechten lockte Jane immer wieder, hineinzuschauen. Nicht ohne ein Gefühl der Befriedigung sah sie auf die bunten Juwelen, die ihre magere Gestalt von Kopf bis Fuß in Glanz und Pracht hüllten. Der Rahmen ihrer gotischen Flügelhaube, der über der Stirn spitz zulief, war in abwechslungsreichem Muster mit Flußperlen und dunkel leuchtenden Rubinen besetzt. Das Halsband, ein Geschenk ihres Vaters, zierte am unteren Ende eine tropfenförmige Zuchtperle; am viereckigen Ausschnitt ihres Samtgewandes schimmerten Edelsteine in vielfältigsten Farben. Sogar der lange Gürtel war mit Kleinodien bestickt. Das alles konnte jedoch keineswegs darüber hinwegtäuschen, daß Lady Rochford mit ihren knapp 32 Jahren eine vorzeitig verblühte Frau war. Sicher, dachte Jane, mir fehlen inzwischen einige Zähne, aber George hat sich auch zu Zeiten, als ich noch jünger und schöner aussah, nichts aus mir gemacht. Nicht einmal der Wunsch nach einem Erben konnte ihn bewegen, seine zahlreichen Geliebten aufzugeben und sich mir zuzuwenden.
Wie sehr habe ich jeden Tag gebangt und gehofft, du wolltest mich so lieben wie ich dich. Jeder kleine Schritt, der uns einander näherzubringen versprach, schenkte mir Freude. Und immer, wenn ich glaubte, jetzt könnte sich alles zum Guten wenden, hast du mir noch größere Enttäuschungen bereitet...

Mit beiden Händen umfaßte Jane unsicher den Pokal, schlürfte dessen Inhalt bis zur Neige aus und goß ein weiteres Mal nach. Nun allerdings konnte sie es nicht vermeiden, das blütenweiße, von Spitzen gesäumte Tischtuch mit hellroten Weinflecken zu verkleckern. Die ungewohnte Menge ungemischten Alkohols vernebelte ihre Sinne.

Ich habe so oft danach verlangt, dich in meinen Armen zu halten, George. Und nach Jahren noch war deine Gegenwart so aufregend, der Augenblick so wertvoll, in dem wir uns finden durften. Doch die ungezählten Tage, als du es vorzogst, fernzubleiben... wie groß war diese Qual!

Aus der Mitte von Janes Körper schien eine wohltuende Wärme auszustrahlen, die langsam bis in die entferntesten Glieder kroch. Mit schweren Augenlidern starrte die Unglückliche auf die ungeschickt gemalten Porträts in ihren schweren Rahmen, die die gegenüberliegende Wand schmückten. Fast kam es ihr vor, als lachten diese fei-

sten Gesichter sie aus. Wer zuletzt lacht...! Nun habt ihr alle erhalten, was euch zukam. Nur Wyatt, dieser aalglatte Poet, entrann den Mühlen der königlichen Justiz – statt aufs Schafott zu wandern wie die andern. Endlich war die arme, von euch so spöttisch bedauerte, unwissende Jane auch zu etwas nütze, denn sie hat den allergnädigsten König von einer Gruppe geschwätziger Nichtstuer befreit. Und von einer unbequem gewordenen Ehefrau gleich dazu.
Die Butzenscheiben erzitterten vom Knall eines Kanonenschusses. Es war also vorüber, endgültig. Man würde die geköpfte Königin direkt neben ihrem Bruder verscharren. Die Unzertrennlichen, noch im Tode beisammen. Jane blickte mit stumpfen Augen ins Leere.

Begegnung mit der Vergangenheit

Im Schloß zu Horsham ging jeder seinem Tagwerk nach. Die alte Herzoginwitwe konnte stolz darauf verweisen, daß fast alles, was ihr riesiger Haushalt benötigte, auf eigenem Grund und Boden angebaut oder angefertigt wurde. Und wer bei Agnes Howard je zu Gast gewesen war, lobte das frische Brot mit der knusprigen Rinde ebenso wie ihr selbstgebrautes Bier. Auch gab sich die alte Dame nicht damit zufrieden, dem Küchenpersonal Befehle zu erteilen. Im Gegenteil, sie war sich nicht zu schade, in ihrem eigenen Kräuterbeet schmackhafte Gewürzpflanzen zu ernten und den Köchen immer wieder wohlgemeinte Ratschläge zu geben.
So wunderte sich auch an diesem Tage niemand, als Agnes mit einem Weidenkorb in der Armbeuge aus der Richtung des Gartens kam. Tief atmete sie den süßen Duft der weiß und rosa längs der Mauer blühenden Hundsrosen ein. Wie schwer würde es fallen, dieses kleine Paradies zu verlassen und Horshams Ruhe und Abgeschiedenheit mit dem Palast in Lambeth zu vertauschen, der für ihren Geschmack viel zu nahe am hektischen London gelegen war. Doch schien der Umzug unvermeidlich. Der Howardsche Haushalt vergrößerte sich ständig, so daß es sich im ländlichen Horsham nur noch recht beengt

leben ließ. Seufzend erinnerte sich Agnes auch daran, wie unermüdlich ihr Stiefsohn Thomas, der Herzog von Norfolk, darauf hinwies, daß die relative Nähe zum Königshof ihren Zöglingen große Vorteile bringen mochte. Im Kampf um Ämter, Pfründe und Posten galt es für die jungen Männer, sich König Heinrich rechtzeitig in Erinnerung zu bringen. Gar mancher, dessen Familie nicht zur Spitze des Adels zählte, hatte es in der Gunst des Herrschers durch persönliches Gefallen schon weit gebracht und eine einträgliche Stelle in der Verwaltung oder beim Heer bekommen. Ganz zu schweigen von den Möglichkeiten, die einem Mädchen offenstanden, sofern es als Hofdame oder Gesellschafterin unterkam. Wem diese Ehre zuteil wurde, war als Ehefrau begehrt. Wer wollte schon mit dem unglaublichen Glück Jane Seymours rechnen, die König Heinrich selbst für sich gewonnen hatte...

Vielleicht kann mir Thomas später mehr darüber berichten, dachte Agnes aufgeregt. Er hatte versprochen, am Nachmittag hier aufzutauchen und die neuesten Nachrichten aus der Hauptstadt mitzubringen.

Die alte Herzoginwitwe blickte zu Boden und bemerkte ärgerlich, daß während ihres ganzen Spaziergangs der Saum ihres Gewandes auf der feuchten Erde nachgeschleift worden war. Statt ihre Röcke ein wenig zu raffen, hatte sie allzu vielen Gedanken nachgehangen und die alltäglichen Kleinigkeiten um sich herum einfach vergessen. Brummelnd bewegte sie sich auf das Schloß zu, wo sie nun den Musikunterricht ihrer Neffen und Nichten zu überwachen gedachte.

Vier der zahlreichen Howard-Geschwister aus der Familie Edmunds, des Verwalters von Calais, saßen im Spinett-Zimmer und folgten Henry Manox' Erläuterungen mehr oder weniger aufmerksam.

Charles war der Älteste unter ihnen, ein schlaksiger Sechzehnjähriger mit einem von Pickeln und Pusteln übersäten Gesicht und langen, feingliedrigen Händen. Als nächste kam Catherine mit ihren knapp fünfzehn Jahren. Alles an ihr schien rund und weich zu sein – so, als hätte sie niemals wirklich ihren Babyspeck verloren. Die beiden Kleinsten waren Isabel und Mary, elf und zwölf Jahre alt, die durch Tuscheln und Kichern ständige Ermahnungen des Lehrers provozierten. Vervollständigt wurde die Schar durch Alice Shelton, Catherines Freundin.

Auf Manox' Geheiß hatte Catherine am Spinett Platz genommen. Sie legte ihre kurzen, dicken Finger vorschriftsmäßig auf die elfenbei-

nernen Tasten und begann fehlerlos mit den Anfangsakkorden eines jüngst eingeübten Liedes.
»Wundervoll, Miss Catherine«, säuselte Manox in schwärmerischem Ton. »Ihr habt Euren Anschlag wesentlich verbessert.«
Was Manox hatte bewirken wollen, trat sofort ein. Catherine fühlte, wie ihr das Blut in die Wangen schoß. Ein Glück nur, daß sie mit dem Rücken zu ihren Mitschülern saß! Gebannt blickte sie auf die Hand des Musiklehrers, die mit gleichförmigen Bewegungen den Takt angab.
»Ihr habt in der vorigen Stunde den Text dieses Liedes auswendig gelernt«, meinte Manox in Richtung der Geschwister. »Auf mein Zeichen hin fangt ihr gemeinsam an zu singen, während Miss Catherine euch begleiten wird.«
In diesem Augenblick klopfte jemand energisch an die Tür, die sich gleich darauf öffnete. Alles zuckte zusammen, als die alte Herzogin eintrat und sich auf einem der einfach gezimmerten Stühle ächzend niederließ.
»Fahrt ruhig fort mit dem Unterricht«, sagte sie mit ihrer quäkenden Stimme. »Wolltet Ihr singen, dann nur zu. Ein wenig Licht und Freude für meinen Tag!«
Catherine begann von vorn. Die Angst, sich zu verhaspeln und Manox in den Augen ihrer Großmutter damit als schlechten Lehrer darzustellen, trieb sie zu größerer Konzentration denn je. Anerkennend lächelte die Alte ihr zu. Dann gab Manox ein Zeichen, und der vierstimmige Chor der übrigen Schüler setzte ein.
Durch das offenstehende Fenster drang der Lärm sich rasch nähernder Reiter. Doch selbst der neugierige Charles wagte es erst, als sämtliche Strophen durchgesungen waren, sich von seinem Platz zu entfernen und einen Blick nach unten zu werfen. Er stieß einen Freudenschrei aus, als er die Ankömmlinge erkannte.
»Es ist unser Onkel, der Herzog! Vielleicht bringt er Nachrichten vom Hof?«
Wie andere Jungen im Howardschen Haushalt hoffte nämlich auch Charles darauf, daß der mächtige Norfolk ihm eine Stelle als Page des Königs verschaffen würde. Fiebernd vor Spannung sah er jedem Besuch entgegen, der ihm die ersehnte Botschaft bringen konnte. Hatte er erst einmal den Sprung aus der Langeweile Horshams geschafft, war sein Aufstieg nur noch eine Frage der Zeit, meinte Charles. Verächtlich würde er dann auf alle die herabschauen, die ihn jetzt noch

wegen seines pickeligen Gesichtes verspotteten. Jungen wie Nicholas Baskerville oder Edward Baynton, deren Meinung unter den Zöglingen des Hauses so viel zu gelten schien, würden zu absoluter Bedeutungslosigkeit herabsinken.
Auch die alte Herzogin hatte inzwischen gesehen, daß ihr Stiefsohn samt Begleiteskorte eingetroffen war. Sie verließ das Zimmer und gestattete Manox, den Unterricht zu beenden, sofern seine Schüler lieber den Herzog begrüßen wollten. Als Catherine als einzige darum bat, weitermachen zu dürfen, zog die Großmutter lediglich erstaunt die Augenbrauen hoch, sagte aber nichts. Kaum hatte sich die Tür hinter den davonstürmenden Geschwistern geschlossen, legte Manox erleichtert den Arm um seine liebste Schülerin.
»Küssen dürft Ihr mich später, Henry!« flüsterte Catherine kichernd. »Laßt uns noch einen Augenblick weitermusizieren, damit niemand Verdacht schöpft!«

Es hatte sich selbstverständlich in Windeseile herumgesprochen, welch hoher Besuch auf Horsham eingetroffen war. Augenblicklich sprangen Diener herbei, die genau wußten, was zu tun war. Während Stallknechte die erschöpften Pferde des Herzogs und seiner Begleiter versorgten, bereitete das Küchenpersonal eine umfangreiche Mahlzeit vor. Einstweilen begnügten sich die Ankömmlinge mit gemischtem Wein, den sie – nach einem so langen Ritt durstig geworden – noch in der Eingangshalle stehend hastig hinunterstürzten.
Norfolk nahm seinen Hut ab und reichte ihn einem wartenden Bediensteten. Ebenso ließ er sich aus dem Mantel helfen und tauschte die verdreckten Stiefel mit bequemen Schuhen aus feinem Saffranleder.
In diesem Augenblick kam seine Stiefmutter Agnes keuchend die Treppe herunter. Die beiden, die sich nicht besonders mochten, begrüßten einander förmlich.
»Ich hoffe, ihr habt eure Reise ohne große Beschwerlichkeiten hinter euch gebracht«, sagte die alte Dame. »Thomas, komm in die gute Stube und erzähl uns das Neueste vom Hof.«
Der Herzog wandte sich an seine Eskorte. Sie bestand aus fünf jungen Männern, alle aus adligen Familien, die seit mehreren Jahren zur Vervollständigung ihrer Erziehung in seinem Haushalt lebten. Bisher hatten sie sich taktvoll im Hintergrund gehalten und gewartet, was Norfolk ihnen nun auftragen würde.
»Wir bleiben bis morgen früh«, sprach er. Es klang mehr wie ein Be-

fehl denn als eine Mitteilung. »Bis dahin bedarf ich eurer Dienste nicht, so daß ihr diese Zeit ganz zu eurem Vergnügen verwenden könnt. Im Rahmen des Erlaubten, versteht sich.«

Die Reiter blickten einander vielsagend an, doch wagten sie es nicht, etwa in laute Jubelrufe auszubrechen. Das geschah erst, als Norfolk und seine Stiefmutter außer Hörweite waren.

Charles, Isabel und Mary Howard hatten währenddessen aufgeregt schwätzend vor der Tür des Privatgemachs ihrer Großmutter gewartet. Alice Shelton leistete ihnen Gesellschaft. Alle wollten sie einen Blick auf ihren mächtigen Verwandten, Thomas Howard, den Herzog von Norfolk werfen. Er hatte bei Hofe viel zu sagen und ließ sich nicht sehr häufig im ländlichen Horsham blicken. Als Agnes und Norfolk sich näherten und die kleine Gruppe sahen, verdüsterte sich die Miene der Alten.

»Fort mit euch!« rief sie. »Husch, husch! Wenn Erwachsene etwas zu besprechen haben, sollten Kinder nicht lauschen.«

»Kinder!« erwiderte Charles spöttisch, wobei seine im Stimmbruch befindliche Stimme unfreiwillig die Tonhöhe wechselte. Das wiederum ließ Isabel und Mary in glucksendes Kichern ausbrechen.

Die strenge Miene des alten Haudegens Norfolk hellte sich zu leichtem Schmunzeln auf, als er schließlich meinte:

»Du darfst vorläufig mit ins Zimmer, Charles. Es geht auch um dich.«

Der Junge strahlte. Sollten sich seine Hoffnungen endlich erfüllen? Mit der selbstsicheren Miene des Überlegenen warf er einen Blick auf seine kleinen Schwestern, bevor er die Tür vor deren Nase schloß und bemerkte:

»Nun verschwindet! Habt ihr nicht gehört, was die Großmutter gesagt hat?«

Alice, die zwischen Isabel und Mary Howard stand, legte den Arm um die beiden Mädchen. Obgleich sie nur einige Jahre älter war als diese, fühlte sie sich manchmal wie eine Mutter für sie. Und sie ließen sich's gern gefallen, denn dieses Leben war allemal besser als Jammer und Unfrieden daheim bei Vater Edmund und seiner zweiten Frau, die ihnen stets eine Fremde geblieben war.

»Kommt mit nach unten und laßt uns ein wenig spielen«, sagte Alice versöhnlich, da die Howard-Schwestern immer noch über ihren Ausschluß zu schmollen schienen. Mit gerafften Röcken stiegen sie die Treppe hinab bis zur Empfangshalle, wo gerade ein paar Knechte mit

dem Säubern von Norfolks Reitstiefeln sowie der Verteilung von frischem Stroh auf dem steinernen Fußboden beschäftigt waren.
Wie auf ein Kommando begannen die Kleinen loszulaufen, stürmten jauchzend durch die offenstehende Flügeltür hinaus in Richtung Garten. Alice versuchte, ihnen zu folgen, doch bald hatten die schlauen Mädchen sie abgehängt und in die Irre geführt. Sie schienen zwischen mannshohen Hecken, Sträuchern und Büschen untergetaucht und wie vom Erdboden verschluckt zu sein. Kopfschüttelnd machte sich Alice auf die Suche nach den beiden und streifte durch den Obstgarten. In jede Baumkrone konnten die zwei geklettert sein und aus sicherem Versteck heraus grinsend beobachten, wie sie sich abmühte. Das jedenfalls hatten sie schon des öfteren getan.
In einiger Entfernung entdeckte Alice einen knieenden Mann, der anscheinend die Johannisbeersträucher auf reife Früchte untersuchte. Angesichts dieses hoffnungslosen Unterfangens – denn es war erst Mitte Juni – brach die junge Frau in helles Lachen aus.
Der Unbekannte, der sie bis dahin nicht wahrgenommen hatte, schrak zusammen und war mit einem Satz auf den Beinen. Wütend starrte er Alice an, die näherkam und ihm prüfend ins Gesicht schaute. Plötzlich hielt sie mitten im Laufen inne und blieb stehen, als sei sie von einer Sekunde zur anderen am Boden festgefroren. Lang verschüttete Erinnerungen kehrten in ihr Gedächtnis zurück, von Sommertagen wie diesem im Grasland von Kent, von dem Jungen, der sie – selbst bebend vor Angst – im Gewitter »beschützt« hatte, von dessen tiefbraunen, glänzenden Augen, die so sehr zwei runden Kastanien ähnelten. Sollte es möglich sein …
»Stephen …?« sagte Alice zögernd.
»Ja, ich bin Stephen Dennyford, der Sohn des Earl von Manting«, erwiderte der junge Mann förmlich. »Ist es denkbar, daß wir uns kennen?«
»Fällt es dir nicht wieder ein?« rief Alice voll Freude. »Unser Sommer auf Hever Castle, als du und ich ein paar Monate bei den Boleyns verbrachten … Damals wolltest du mein Ritter sein!«
Langsam begriff der Mann. Mit zusammengekniffenen Augen musterte er sein Gegenüber.
»Dann seid Ihr Alice«, meinte er knapp.
Seine Wiedersehensfreude hielt sich offenbar in Grenzen, doch die Gefährtin seiner Kindertage schob diesen Umstand auf die Überraschung des Augenblicks und die Verlegenheit, in die sie ihn durch ihr Lachen gebracht hatte.

»Wie geht es Euch?« erkundigte sich Stephen schließlich, da ihm nichts Besseres einfiel.
»Es gibt keinen Grund zur Klage«, antwortete Alice. »Seit einigen Jahren lebe ich hier bei den Howards, hoffe jedoch, es meiner Schwester Madge gleichzutun und in den Dienst der Königin zu treten.«
Stephen verzog seine Miene zu einem spöttischen Grinsen.
»Welcher Königin, bitte sehr? Anne Boleyn wurde vorigen Monat enthauptet. Wollen einmal sehen, wer so mutig ist, die neue Gattin unseres Herrschers zu werden. Geht also ruhig an den Hof, vielleicht winkt ja Euch diese unermeßliche Gnade!«
Alice blieb der Mund offen vor so viel Dreistigkeit. Wie wagte es dieser Mensch, über König Heinrich zu reden?
»Wenn dich der Herzog hören könnte, hättest du längst eine wohlverdiente Ohrfeige erhalten«, schleuderte sie Stephen entgegen.
Der Held eines längst verflossenen Sommers tat ihren Ausbruch mit einer lässigen Handbewegung ab.
»Im übrigen, Miss Alice, möchte ich Euch daran erinnern, daß wir keine Kinder mehr sind und Eure Anrede für mich entsprechend unangebracht klingt.«
Jetzt hatte Alice endgültig genug. Kurzentschlossen drehte sie sich um und stapfte wortlos davon. Stephen jedoch hatte sie bald eingeholt und vertrat ihr frech den Weg.
»Haltet ein! So kann ich Euch nicht gehen lassen, Alice. Es lag nicht in meiner Absicht, Euch zu beleidigen. Manchmal macht sich mein Mund einfach selbständig, das bitte ich Euch, mir nachzusehen.«
Alice warf einen kritischen Blick auf den gutgewachsenen Mann, der sich da vor ihr aufgepflanzt hatte, die Fäuste in die Seiten gestemmt. Strafte diese Haltung nicht alle seine Worte Lügen?
»Ihr solltet Euch jetzt sehen. Wie nett Ihr ausschaut, wenn Ihr schmollt!« sagte Stephen und schmunzelte.
»Schmeichler«, erwiderte Alice mit unterdrücktem Lachen. »Statt hier Süßholz zu raspeln, könntet Ihr Euch nützlich machen und mir bei der Suche nach zwei Mädchen helfen, die mir vorhin entwischt sind.«
Entschlossen packte sie Stephens Arm und versuchte, den Mann auf die Seite zu ziehen. Er ließ es sich gefallen und folgte der früheren Freundin schließlich auf ihrem weiteren Weg durch Obstbaum- und Blumengärten.
Die Lust auf ein Gespräch mit Stephen war Alice mittlerweile gründ-

lich vergangen. So fiel lange Zeit kein einziges Wort. Stumm wanderten die beiden durch die in einer sanften Brise wogenden roten Blüten des Klatschmohns, die sich in einer Wiese angesiedelt hatten, die bereits hinter den letzten Beerensträuchern lag. Ein intensiver Duft von Heckenrosen stieg den zweien in die Nase, der vom nahegelegenen Waldrand herübergeweht wurde.
Stephen schaute zum beinahe wolkenlosen Himmel, an dem ein einsamer Mäusebussard wachsam seine Kreise zog. Mehrmals hüstelte er verlegen, bevor er schließlich Alice erneut ansprach.
»Um die Wahrheit zu sagen, der König hat bereits wieder geheiratet. Für die Leute in der Hauptstadt war es ohnehin kein Geheimnis, daß er Anne Boleyns Tod kaum abwarten konnte, um seine Geliebte zur Frau zu nehmen. Ich vermute, das wird auch der Grund für den überraschenden Besuch Eures Onkels auf Horsham sein.«
Wie gebannt hörte Alice seine Worte. Das alles hatte ihr bisher niemand erzählt oder brieflich mitgeteilt, am allerwenigsten ihre Eltern, die doch als nahe Verwandte der getöteten Königin sicher über diese Tatsachen Bescheid wußten. Glaubten sie, solch unerquickliche Geschehnisse von der Tochter fernhalten zu müssen? Oder hatten sie kein Vertrauen zu ihr? Ein Gefühl namenloser Enttäuschung machte sich breit.

Als sich die schwere Tür aus Eichenholz hinter Charles, Agnes und Thomas Howard geschlossen hatte, nahmen die beiden Älteren Platz. Da sie es unterließen, den Jungen zum Sitzen aufzufordern, blieb Charles in einer Ecke unter der Wanduhr stehen. Nervös trat er von einem Fuß auf den anderen.
Der Herzog von Norfolk räusperte sich und begann.
»Nun ist eingetreten, was viele haben kommen sehen. Daß es allerdings so schnell geschehen würde, hätte ich nicht geglaubt. Jane Seymour ist unsere neue Königin; vor wenigen Tagen hat König Heinrich sie in aller Stille geheiratet.«
Agnes, die gerade unter Mühen ihren fülligen Oberkörper vorbeugte, um in eine Konfektschale zu langen, erlitt plötzlich einen Hustenanfall. Schnell sprang Charles herbei und klopfte der Großmutter ein paarmal kräftig auf den Rücken.
»Das darf nicht wahr sein!« stieß die Alte hervor. »Vorerst werden du und deine katholischen Parteigänger wohl keinen leichten Stand mehr haben. Heißt es nicht auch, die Seymour-Brüder hielten es heimlich mit den Lutheranern?«

Norfolk verschränkte die klobigen Finger und drückte sie in verlegener Geste nach vorn. Ein Strahl Nachmittagssonne fiel durch die Scheiben, auf denen das Howardsche Familienwappen prangte, und malte bunte Farben auf die dumpf brütende Miene des Herzogs.
»Pah!« rief er schließlich. »Wollen sehen, ob dieser Sieg von Dauer ist. Der König wünscht einen männlichen Erben – und zwar so bald wie möglich! Unnütze Töchter hat er schon genug. Wenn die Seymour versagt, wird ihr Ähnliches widerfahren wie Anne.«
Agnes hatte eines der beiden Samttücher, die von ihrer Spitzhaube herabhingen, über die Schulter nach vorn geworfen und rollte dessen Ende immer wieder gedankenverloren um ihren Zeigefinger. Kopfschüttelnd blickte sie ihren Stiefsohn an.
»Glaubst du nicht, Thomas, du solltest dich nach all diesen furchtbaren Ereignissen eine Weile auf deine Besitztümer zurückziehen? Wer weiß, ob du als Onkel der toten Boleyn nicht die Gunst des Königs verloren hast.«
Norfolk hieb wütend mit der Faust auf den Tisch.
»Daß du mich für fähig hältst, so feige zu handeln!« fuhr er Agnes an. »Zwar ist es bedauerlich, eine ehebrecherische Nichte in der Verwandtschaft zu haben, doch was konnte ich für Annes Schlechtigkeit? Ihr ist ganz recht geschehen.«
Insgeheim hegte Agnes Zweifel an Annes Schuld. Zu ungeheuerlich waren ihr die Missetaten vorgekommen, die der Königin zur Last gelegt worden waren, besonders die blutschänderische Beziehung zu deren Bruder George. Andererseits lebte Thomas am Hof und wußte über das dortige Leben besser Bescheid. Ja, er hatte sogar selbst über Anne, George und die übrigen Angeklagten zu Gericht gesessen und für ihren Tod gestimmt...
Jetzt wandte sich Norfolk an seinen Neffen Charles, der den Streit der Erwachsenen mit heimlicher Genugtuung beobachtet hatte.
»Komm' einmal unter dieser Uhr heraus, mein Junge!« forderte er ihn mit dröhnender Stimme auf. »Und steh nicht so krumm wie eine Krüppelkiefer, das gehört sich nicht im Haus einer Prinzessin.« Charles horchte auf. *Prinzessin?* »Ja, du hast richtig gehört. Falls Lady Mary, des Königs älteste Tochter, sich besinnt und dem Willen ihres Vaters zu gehorchen verspricht, darf sie an den Hof zurückkehren. So hat es Seine Majestät bestimmt. Dann wird sie ihre frühere Dienerschaft wiedererhalten und neues Personal dazu. Die Stelle des Mundschenks wäre frei für dich...«

»Ich danke Euch von Herzen, lieber Onkel«, sagte Charles und deutete eine Verbeugung an. »Allein, wie wahrscheinlich ist es, daß Prinzessin Mary nachgibt und ihren Vater als Oberhaupt der Kirche anerkennt? Seit Jahren weigert sie sich, dies zu tun.«
Der Herzog hieb dem schmächtigen Jüngling kräftig auf die Schulter. »Du hast durchaus Verstand, Charles, das lob' ich mir. In der Tat ist dies alles noch eine unsichere Sache. Meine Hoffnung gründet sich darauf, daß Prinzessin Mary mittlerweile all ihre Parteigänger verloren hat. Wer wollte schon für eine hoffnungslose Sache eintreten? Die neue Königin hat jedoch vor Wochen erkennen lassen, daß sie es gut meint mit Mary. Wenn es je einem gelingen wird, die Prinzessin an den Hof zurückzubringen, dann ihr!«
Nur mühsam konnte Charles seine Enttäuschung verbergen. Worte, nichts als Worte, was Onkel Norfolk da von sich gab. Für einen kurzen Augenblick hatte seine Zukunft in rosigem Licht gelegen. Endlich fort von Horsham, um im Zentrum des Reiches zu leben, wo im Tanz um Macht und Einfluß täglich neu aufgespielt wurde ... Aus der Traum!
»Kopf hoch, Junge!« hörte er den Herzog schnarren. »Auf jeden Fall werden wir uns demnächst öfter sehen. Der gesamte Haushalt deiner Großmutter wird nämlich nach Lambeth umziehen – direkt vor die Tore der Hauptstadt!«

Am Gartenrand des Horsham'schen Schloßgutes wuchsen fast mannshohe Fingerhutblüten. Unablässig summte und brummte es dort, denn viele Hummeln schwebten um die wippenden roten Blumenglocken, krochen hinein und flogen dann wieder auf und davon. Alice hatte sich ganz in der Nähe ins Gras gekauert, um dieses Schauspiel in Ruhe genießen zu können. Stephen saß mit angewinkelten Beinen schweigend neben ihr, als sich ein weiterer junger Mann, der in Norfolks Eskorte mitgeritten war, näherte.
»Das sieht Euch ähnlich, Stephen!« meinte der Gefährte. »Kaum seid Ihr irgendwo angekommen, beehrt Ihr schon die Damenwelt!«
Alice tat, als habe sie nichts gehört, und reckte das Kinn in die Luft. Ohne weitere Förmlichkeiten ließ sich der Ankömmling nieder, um den beiden Gesellschaft zu leisten.
»Ich heiße Giles Paston«, stellte er sich vor. »Auch ich lebe seit mehreren Jahren beim Herzog von Norfolk. Doch hat mir dieser vor kurzem ein Amt in der Verwaltung Northumberlands in Aussicht gestellt, so werde ich seinem Haushalt nicht mehr lange angehören.«

Neugierig geworden, wandte sich Alice um und betrachtete Giles ungeniert von oben bis unten. Er schien mit Stephen Dennyford etwa gleichaltrig zu sein und trug Haare und Bart auf die selbe Weise geschnitten wie dieser. Das heiter wirkende Gesicht mit der Stupsnase und den wasserblauen Augen wurde ein wenig verunstaltet durch zahlreiche Pockennarben, die sich über die Wangen bis zur Stirn hochzogen.

»Zehn Pfund für Eure Gedanken«, lächelte Giles und warf sich der Länge nach ins Gras. Er rollte sich zur Seite, stützte den Kopf auf und schaute hoch zu Alice. »Wahrscheinlich überlegt Ihr gerade, ob Ihr lieber Lady Paston oder Gräfin Manting werden wollt.«

»Aber Giles!« warf da Stephen ein. »Wie könntet Ihr es wagen, Alice den Hof zu machen? Euer Vater ist nur ein einfacher Ritter, meiner dagegen ein Earl.« Ob er diese Worte ernst meinte, blieb unklar – dazu klangen sie eine Spur zu spöttisch.

Alice bereitete den sich aufbauenden Spannungen ein rasches Ende. Sie erhob sich, klopfte Gras und Staub aus den Röcken und wies in Richtung des Schlosses.

»Eure Herkunft ist mir für den Augenblick gleichgültig«, sagte sie fröhlich. »Der einzige Partner, den ich jetzt brauche, ist einer, der Schach spielen kann. Eine Partie läßt sich vor dem Abendessen gewiß noch austragen.«

Als sie davonschritt, tänzelten die beiden jungen Männer gleich schwanzwedelnden Hunden hinter ihr her.

»Tut mir außerordentlich leid, Miss Alice«, säuselte Giles, »aber wolltet Ihr nicht lieber eine Runde mit Karten spielen...?«

»Das ist alles, was Ihr beherrscht?« Stephen imitierte den barschen Ton seines Dienstherrn Norfolk, was Alice großen Spaß bereitete. Also fuhr er fort damit: »Schaut dagegen den jungen Dennyford an und nehmt Euch ein Beispiel! Denn Schach ist sein Lieblingsspiel!«

Im Musikzimmer war es verdächtig ruhig. Schon seit geraumer Zeit hörte man weder Gesang noch Saitenspiel durch die Mauern dringen. Dorothy Baskerville, eine der Altersgenossinnen Catherines, fiel das auf. Die neugierige Mary Lassells beobachtete sogar von der Hofseite, daß das große Fenster geschlossen worden war – und das bei dieser brütenden Hitze! Die beiden tuschelten miteinander. Marys Wangen hatten sich vor Aufregung und Eifer gerötet. Sonst wollte die hochmütige Dorothy ja nicht viel von ihr wissen, entstammte sie

doch einer besseren Familie als die bürgerlich geborene Mary. Das alles spielte jedoch im Augenblick überhaupt keine Rolle. Catherine Howard konnten beide nicht leiden, und diese Gemeinsamkeit überbrückte alles, was zwischen ihnen stand.
»Wenn man durch Mauern blicken könnte ...« sagte Dorothy seufzend. »Ich wüßte zu gerne, was die da oben treiben ...«
»Das kann ich mir recht gut vorstellen«, entgegnete Mary. »Manox wird wissen, was zu tun ist; schließlich läßt der alte Fuchs kein Gänschen aus. Vor allem keins, das ihm freiwillig in den Bau läuft.«
»Eifersüchtig?« fragte Dorothy schnippisch und bückte sich, um ein Stückchen Holz aufzulesen, das sie im Gras erspäht hatte. Sie begann, es zwischen den Fingern hin- und herzudrehen.
»Wo denkst du hin!« empörte sich Mary. »Wenn dieser Kerl es duldet, daß Catherine sich ihm an den Hals wirft, hat er es gar nicht besser verdient. Meinst du wohl, solch einen Mann wollte ich haben? Aber eines Tages wird er sehen, was für ein leichtes Vögelchen er sich da eingefangen hat!«
Dorothy amüsierte sich insgeheim über Marys Groll und überlegte, wie sie ihn sich zunutze machen könnte.
»Ich weiß, was wir tun«, wisperte sie endlich kichernd. »Du platzt in Manox' Unterricht hinein, weil du glaubst, die Stunde sei längst zu Ende. Die Herzoginwitwe hat dich geschickt, um aufzuräumen.«
Mary wandte ihre harten grauen Augen von Dorothys Gesicht. Es war ihr deutlich anzusehen, wie sie innerlich kämpfte.
»Ich glaube, dazu fehlt mir der Mut.«
Dorothy wagte eine kleine Szene. Scheinbar verärgert warf sie das Holzstück in hohem Bogen fort. Durch Zufall traf sie den alten Topf, der der Vogelscheuche als Hut diente, und erzeugte damit ein kurzes, dumpfes Scheppern. Mary schrak zusammen.
»Wußte ich's doch, daß du wieder einmal zu feige sein würdest. Auf dich ist eben kein Verlaß!« sagte Dorothy und wandte sich zum Gehen. Erwartungsgemäß hielt Mary sie am Ärmel fest. Ihre schmalen Lippen bebten, als sie sich schließlich einverstanden erklärte.
Die beiden Mädchen rafften ihre Röcke, überquerten den Hof und schlüpften durch einen Seiteneingang in die Empfangshalle. Sie traten auf der hölzernen Stiege, die nach oben zum Musikzimmer führte, leise auf, um sich nicht zu verraten. Kurz vor der geschlossenen Tür hielten sie nochmals inne, um zu lauschen. Aber kein Laut drang aus dem Raum.

Mary atmete tief durch und legte die Hand auf die kühle eiserne Klinke. Die schlaue Dorothy jedoch sprang im letzten Moment einige Schritte zurück und versteckte sich hinter einer dicken Säule im Gang. Sie vernahm, wie Mary schwungvoll die Tür aufriß.
Catherine und Manox saßen nebeneinander am Spinett. Der Musiklehrer, der seinen Arm um die Schultern der Schülerin gelegt hatte, ließ ihn beinahe unauffällig Stückchen für Stückchen herabgleiten, als hätte es sich bei dieser Geste um reinen Zufall gehandelt. Gefaßt, aber keineswegs ertappt blickte er in Richtung der Tür.
Catherine setzte ihr liebenswürdigstes Lächeln auf.
»Was willst du, Mary?« fragte sie in arglosem Ton.
»Äh – hmm –«
Da stand sie nun, Mary Lassells, die das heimliche Liebespaar hatte überführen wollen, und brachte kein Wort heraus. Alles, was sie sich so sorgsam zurechtgelegt hatte, war mit einem Mal aus dem Gedächtnis getilgt. Die Rollen hatten sich ins Gegenteil verkehrt, was sie ratlos und ärgerlich zugleich machte. Meinst du, ich bemerke dein erhitztes Gesicht nicht, Catherine Howard? dachte Mary hämisch. Und daß dir eine feuchte Haarsträhne in die Stirn hängt, scheinst du für nebensächlich zu halten ...
»Ich – äh – wollte euch nicht stören«, murmelte sie schließlich und verließ hastig das Zimmer.

Über ihrer Schachpartie hatten Alice und Stephen völlig die Zeit vergessen. Der Haushofmeister der alten Herzoginwitwe hatte den beiden erlaubt, Figuren und Brett seiner Herrin zu benutzen. Schon allein das war ein Ereignis, und bevor das Spiel überhaupt begann, war viel Zeit beim Betrachten der aus Zirbelholz herrlich geschnitzten Figuren vergangen. Sie lagen groß und schwer in der Hand, so als ob man damit bei jedem Zug die Tragweite der eigenen Handlung vor Augen geführt bekäme. Auch das Brett mit seiner kostbaren Einlegearbeit erregte Stephens Aufmerksamkeit. Doch es war ein langer und anstrengender Tag für ihn gewesen. Irgendwie fand er nicht die rechte Konzentration und erleichterte durch unbedachte Züge Alice den Sieg. Manchmal schaute er nur noch auf die schmale Hand seiner Gegnerin und ihre langen, feingliedrigen, schmucklosen Finger. Eine gewisse Anmut konnte man ihr nicht absprechen, wenn sie auf ganz eigene Weise die Figuren hin- und herbewegte. Mit dem Zeigefinger der anderen Hand fuhr sich Alice des öfteren nachdenklich an die Nasenspitze.

Nur einmal war sie aufgestanden, um eine Kerze auf den Tisch zu stellen, die sie an der glimmenden Asche im Kamin entzündete. Draußen hatte sich der Himmel vorzeitig verdunkelt, und fernes Donnergrollen drang herein.
»Es war in der Tat ein heißer Tag«, murmelte Stephen und kratzte sich am Bart.
»Schach«, erwiderte Alice trocken.
In diesem Augenblick betrat Giles Paston, der sich eine Weile mit anderen aus Norfolks Eskorte im Garten vergnügt hatte, den Raum. Verständnislos blickte er auf das Spielbrett, dann auf Alice, die in einem liebenswürdigen Ton, der Stephen beinahe zum Kochen brachte, die Situation zu erklären begann.
»Es ist vor allem die Dame, die Stephens König in Schach hält«, meinte sie abschließend.
»Wie wahr, wie wahr«, versetzte Giles hintersinnig.
Ein grelles Licht vor dem Fenster leuchtete auf. Alle drei zuckten zusammen. Der Abend damals auf Hever Castle, dachte Alice. Ich schweige besser über unsere kindlichen Abenteuer, sonst ist Stephen vielleicht böse. Aus irgendwelchen Gründen scheinen ihm diese Ereignisse heute peinlich zu sein.
Schon beim Abendessen kurze Zeit später fühlte Alice sich nicht besonders wohl. Kaum hatte die alte Herzogin die Tafel aufgehoben und die Gäste sich zurückgezogen, nahm sie Catherines Arm und begab sich, auf die mollige kleine Freundin gestützt, zum Schlafraum.
Rasch half Catherine Alice beim Entkleiden, da gerade keine Magd verfügbar schien. Auch goß sie ihr frisches kaltes Wasser aus einem Steinkrug in eine Schüssel, so daß Alice Gesicht und Stirn abkühlen konnte. Als Alices Bettgenossin Margaret Bennett eintraf und das leichtgewebte Nachtgewand anlegte, war jene längst in unruhigen Schlaf gefallen und Catherine hatte sich auf Zehenspitzen davongeschlichen.
Margaret verbrachte keine gute Nacht, denn das immer noch anhaltende Gewitter versetzte sie in Angst und Schrecken. Bei jedem Blitz, dessen Widerschein durch das kleine Fenster hereinzuckte, schrak sie zusammen und schickte ein Stoßgebet zum Himmel. »O Herr, bewahre unser Schloß vor Feuerbrand und Unglück! O Herr.«
Außerdem wälzte sich Alice, mit der sie das Bett teilte, auf der Strohmatratze ständig hin und her, so daß die Decke zerknüllt wurde und des öfteren ganz zu Boden rutschte.

Gegen Morgen erwachte Alice vor den meisten anderen Mädchen, die zu zweit oder zu viert in den umliegenden Räumen wohnten. Sie blinzelte kurz durch das schlecht schließende Fenster in den trüben Tag, dessen Sonnenaufgang sich unsichtbar hinter Bergen von Regenwolken vollzog. Das Gewitter hatte aufgehört; nun regnete es nur noch in traurigen, dünnen Fäden. Unterhalb des Fensters drang das einförmige Geräusch des Wassers aus dem Hof hoch, das aus der Regenrinne in die Zisterne lief. Leise stöhnend rieb sich Alice die Stirn. Dahinter saß ein ungeheurer Schmerz, der ihr Hirn zusammenzuziehen schien und aus der Mitte des Schädels heraus auf beide Augäpfel drückte. Hungergefühl und Brechreiz schüttelten sie zugleich. Alice streifte das Nachtgewand herunter, warf es zusammengeknüllt unter das hölzerne Bett und kleidete sich an, so gut sie es vermochte. Den langen Zopf steckte sie mit Hilfe einiger Haarnadeln am Hinterkopf fest und zwängte sich eine schmuck- und formlose Leinenhaube darüber. Etwas anderes würde sie nicht ertragen können, denn bei jeder Berührung schmerzte sie der Kopf bis in die Haarwurzeln. Schnell schlüpfte die junge Frau in ihre schmalen, absatzlosen Lederschuhe, erhob sich schwerfällig und ging zur Tür. Trotz des Regens wollte sie im Garten die frische Luft genießen, die zur Linderung ihres Leidens sicher hilfreich sein konnte. Alice ließ das Schloß nicht einrasten, denn das laute Geräusch hätte gewiß ihre Bettgenossin Margaret vorzeitig aus dem Schlaf gerissen.
Nur ein paar Diener eilten auf den Fluren hin und her und erneuerten das ausgelegte Stroh. In der Empfangshalle war niemand zu sehen, doch hatte jemand bereits die Haupttür geöffnet, die ins Freie führte.

Alice ging langsam in Richtung Garten. Zunächst freute sie sich, daß kein Mensch sich in der Nähe befand, doch ihre Einsamkeit währte nicht lange. Als habe er selbst zu so früher Stunde nur auf ihr Erscheinen gewartet, trat Stephen ebenfalls aus der Schloßtür und hängte sich an ihre Fersen.
»Guten Morgen!« rief er der sich zu ihm umwendenden Alice zu. »Ich brauche wohl nicht zu fragen, ob Ihr gut geschlafen habt. Daß Ihr bei diesem Wetter und um diese Zeit in den Garten geht, spricht für sich. Außerdem habt Ihr ganz kleine, zusammengekniffene Augen mit schwarzen Rändern darunter bekommen.«
»Wie galant von Euch, dies zu bemerken!« meinte Alice voll Hohn.

»Vielleicht wollt Ihr die Güte haben, mich allein zu lassen. Mir kann im Augenblick niemand helfen, und ich habe Euch nicht um Eure Gesellschaft gebeten.«
Kaum hatte sie diese Worte geäußert, als sie das Würgen im Hals nicht mehr länger zurückhalten konnte. Sie schaffte es noch, hinter einem Strauch Schutz zu suchen, dann erbrach sie sich.
Stephen stand abseits bei den Gemüsebeeten und blickte betreten beiseite. Er wartete, bis Alice hustend und schniefend hinter dem Busch hervorkam, zog ein großes Schnupftuch aus seinem Wams und reichte es ihr.
»Ich habe Euch nicht in Verlegenheit bringen wollen«, sagte er leise. »Wischt Euch damit das Gesicht ab, bitte.«
Alice tat, was er wünschte. Sie fühlte sich nun ein wenig besser, aber noch immer stach ihr das trübe Morgenlicht grell in die Augen, die tief in den Höhlen lagen. Ihre Wangen waren ganz weiß geworden. Ohne weitere Mißfallensbekundungen ließ sie es zu, daß Stephen ihr folgte, als sie den Pfad zu den Johannisbeerhecken einschlug. Wo man am Tag zuvor im trockenen Gras hatte liegen können, waren nun Rasen und Erde völlig durchgeweicht. Bald waren auch Alices Röcke bis in Kniehöhe naß.
»Die Frau meines Dienstherrn leidet bisweilen unter ähnlichen Schmerzen wie Ihr«, sagte Stephen. »Bei ihr hilft dagegen immer nur eins: absolute Ruhe.«
Alice lachte kurz auf. »Wo wollt Ihr die wohl finden, in einem Haushalt, in dem tausend Leute durcheinanderspringen wie Flöhe auf einem Hund!«
Stephen gab keine Antwort. Stattdessen zog er die unter dem Kinn gebundene Schleife auf, die Alices Leinenhaube hielt, und streifte den formlosen Stoff nach hinten, bis er zusammengefaltet in ihrem Nacken lag.
Unfähig, sich zu rühren, ließ Alice es geschehen. Wortlos richtete sie ihre schwarzen Augen fragend auf den Freund aus Kindertagen. Stephen legte beide Hände sanft auf ihren Scheitel und es war Alice, als ginge eine ungeheure Wärme von ihnen aus.
»Hier«, sagte er nur. »Hier werdet Ihr die nötige Ruhe finden.«

Winterliebe

Als der Sommer sich seinem Ende näherte, begann für Agnes Howard, die Herzoginwitwe von Norfolk, die große Aufgabe, den Umzug ihres gesamten Haushaltes zu organisieren. Lange hatte sie das Für und Wider einer solchen Entscheidung bedacht, denn es handelte sich keineswegs um einen vorübergehenden Aufenthalt. Sicher, das Schloß Lambeth lag direkt an der Themse, unweit des Königsschlosses Westminster, aber damit auch gefährlich nahe den Augen des unberechenbaren Königs. Agnes wußte sehr wohl, daß in seiner Hand allein das Schicksal ihrer ganzen Familie lag. Der rasante Aufstieg der Howards und aller Glanz, den sie in den vergangenen Jahren erworben hatten, schien nunmehr durch das Unglück der gestürzten Anne Boleyn in Frage gestellt. Keiner hatte vergessen, daß ihre Mutter eine Schwester des ehrgeizigen Thomas war, der seit geraumer Zeit die Herzogswürde von Norfolk innehatte.
Doch auch dieser hatte schließlich sein Einverständnis mit dem Umzug erklärt. Und so bewegte sich ein riesiger Troß mit Roß und Reitern, Sack und Pack von Horsham in Richtung London.
Viele transportierbare Möbel machten die Reise mit; ebenso die schönsten Teppiche und Wandbehänge, die die alte Herzogin besaß. Ein wachsames Auge hielt sie auf ihre Kleiderkisten und die dreifach gesicherten Schatztruhen.
Die Mädchen und Jungen, die ihrer Erziehung anvertraut waren, fuhren in Planwagen oder begleiteten den Zug zu Pferd, sofern sie ein eigenes Reittier besaßen. Weder Catherine noch ihre Geschwister Charles, George, Isabel und Mary hatten ein solches Glück.
Genaugenommen gehörte ihnen wenig außer einigen schlecht passenden Kleidern, die sie ohnehin an nachwachsende Brüder und Schwestern weiterreichten. Aber der Stolz auf ihre Abkunft war allen gemeinsam. Was tat es da schon zur Sache, daß ihr Vater Edmund weder im Krieg noch im Frieden allzuviel Ruhm geerntet hatte? Daß er kaum über einträgliche Ämter verfügte und somit ständig gezwungen war, seine Verwandten um Geld zu bitten?
Die Howard-Sprößlinge malten sich, ähnlich wie ihre Gefährten, die Zukunft in bunten Farben aus. Wohnte man erst einmal in der Nähe des Königs, so dachten sie, ergäbe sich manche Gelegenheit, Gunst und Macht zu erringen. Noch immer hoffte Charles auf eine Stelle,

die sein Onkel Norfolk ihm verschaffen sollte. Inzwischen waren etliche Monate vergangen, seit sich Prinzessin Mary mit ihrem Vater ausgesöhnt hatte. Aber nachdem sie Norfolks Wünschen keinerlei Gehör geschenkt hatte, konnte der junge Howard nur eine bessere Gelegenheit abwarten, was ihn bisweilen bis zur Unausstehlichkeit reizbar machte.
Catherine interessierte das alles wenig. Sie war sehr zufrieden, daß all die vertrauten Gesichter sie in die unbekannte Ferne begleiteten – ihre Freundinnen, wie Alice Shelton oder Malyn Tylney, die Knechte und Mägde, deren Liebling sie durch ihre stete Fröhlichkeit geworden war, und natürlich Henry Manox, der Musiklehrer.

In Lambeth angelangt, fing eine Zeit hektischer Betriebsamkeit an. Sämtliche Hausbewohner, von der Herzoginwitwe selbst bis zum niedersten Küchenjungen, mußten mit Hand anlegen beim Aufbau der Einrichtung.
Catherine, die lieber die herrliche Landschaft mit ihren Schlössern ringsherum erkundet hätte und außerdem durch ihr Übergewicht schnell ins Schwitzen geriet, mußte sich seufzend fügen. Am schlimmsten erschien ihr das Holzsammeln, denn vom stundenlangen Bücken bekam sie Rückenschmerzen. Ihr Klagen half jedoch nichts. Die kalte Jahreszeit stand zwar erst bevor, doch schon waren die Temperaturen derart gesunken, daß es innerhalb der dicken Schloßmauern ohne Kaminfeuer kaum auszuhalten war. Die Größe des Hauses und die Zahl seiner Bewohner erforderten ständigen Nachschub an Brennholz.
Auch in anderer Weise galt es, sich für den Winter zu rüsten. Tonnenweise wanderte gesalzenes und gepökeltes Fleisch in den Vorratskeller; Mus und eingemachte Früchte sowie Fässer mit Wein und selbstgebrautem Bier wurden in den kühlen unterirdischen Räumen gelagert. Hinter der Küche hängten Koch und Köchin saftige Schinken zum Räuchern auf. Desgleichen stellten die beiden mit ihren zahlreichen Handlangern und Gehilfen pralle Würste her, deren Anblick einem das Wasser im Mund zusammenlaufen ließ.
So vergingen die Wochen, ausgefüllt mit praktischen Tätigkeiten, doch ohne nennenswerte Ereignisse. Catherine und ihre Gefährten wurden nach wie vor von ihren Hauslehrern unterrichtet. Die meisten hatten den Umzug mitgemacht, darunter zu Catherines größter Freude auch der blondgelockte Musikus Manox. Dagegen hatte der Pädagoge, der

bisher für ihre Lese- und Schreibstunden zuständig gewesen war, den Dienst quittiert. Das störte Catherine keineswegs, da ihr das Buchstabieren immer noch schwerfiel und das sorgfältige Malen von Wörtern ihre Geduld zu sehr in Anspruch nahm. So unterließ sie es tunlichst, die Herzoginwitwe daran zu erinnern, einen neuen Lehrer zu suchen. Allmählich dachte die alte Dame immer seltener daran – und irgendwann war die Angelegenheit völlig in Vergessenheit geraten.

Kurz vor Weihnachten war das neue Domizil der Howard-Norfolk-Sippe fertig eingerichtet. Jetzt, da Catherine, ihre Geschwister und Freunde nicht mehr so häufig mithelfen mußten, blieb ihnen manchmal Zeit zum Herumstreifen im Schloß und dessen Umgebung. Die nachsichtige Herzoginwitwe ließ es ihren Zöglingen durchgehen, wenn sie auch keine ausdrückliche Erlaubnis zu solchen Ausflügen erteilt hatte.

Der erste Schnee war gefallen. Eigentlich hätte Catherine, die nur ein einziges Paar Winterschuhe besaß, diese schonen und das Schloß nicht so oft verlassen sollen. Aber Verbotenes reizte nun einmal besonders; und so erkundete sie – meist gemeinsam mit ihrer besten Freundin Alice – trotz kaltem Wind und Erkältungsgefahr Lambeth und seine Geheimnisse.

Das nur wenige Jahrzehnte alte Bauwerk lag inmitten eines riesigen Parks, der zahlreiche Gemüsegärten, Obstbaumbestände, Viehweiden und auch ein ansehnliches Stück Wald enthielt. An dessen Rand, gleich hinter den Fischteichen, schlossen sich die Felder der ortsansässigen Bauern an. Catherine hatte bislang jedoch wenig Lust verspürt, die in der Ferne erkennbaren Katen einmal aufzusuchen. Vielleicht war es gefährlich, sich mit solchen Leuten gemein zu machen.

In Horsham hatte es ähnlich ausgesehen, aber das dortige Landgut besaß bei weitem nicht die Ausmaße Lambeths. Aus weißen und roten Ziegeln erbaut, leuchteten die Mauern des geräumigen Schlosses schon von weitem herüber. Durch die vielen Kamine im Haus gab es auch eine entsprechend hohe Anzahl Schornsteine, die lang und schmal nebeneinander aus dem Dach ragten. An der vorderen Fassade sprangen drei Spitzgiebel vor, unter denen jeweils Räume mit hohen, buntbemalten Fenstern lagen. Die Flügel des Gebäudes endeten links und rechts jeweils in einem mehrstöckigen, von einer Zwiebelhaube gekrönten Turm.

Vom säulengeschmückten Eingang der Empfangshalle aus führte ein gepflasterter Weg, zu beiden Seiten mit alten Kastanienbäumen bestanden, sanft abwärts zur Landstraße, die nach London führte. Überall ringsum lagen die Güter anderer Adliger. Nicht weit entfernt befand sich die Residenz Thomas Howards, des Herzogs von Norfolk, der es vorzog, nicht mit seiner Stiefmutter unter einem Dach zu leben. Dennoch schaute Catherines Onkel oft als Gast herein, fast stets begleitet von seiner Leibeskorte.

Das nächstgelegene Schloß – jenseitig der Landstraße genau gegenüber von Lambeth – grenzte ans Themseufer und gehörte dem Bischof von Canterbury, Thomas Cranmer. Die Möglichkeit, diesen mächtigsten aller Kirchenfürsten einmal zu Gesicht zu bekommen, erschien sehr gering. Denn Agnes Howard machte keinen Hehl daraus, daß sie den Mann, der willfährig des Königs erste Ehe für ungültig erklärt hatte, zutiefst verachtete.

Auf diese Tatsache wollte Minister Cromwell zu sprechen kommen, nachdem der Herzog von Norfolk sich zu einem Besuch in seinem Londoner Stadthaus bereitgefunden hatte.

Die beiden Männer saßen sich gegenüber; zwischen ihnen wie eine Barriere der Tisch, auf dessen Platte man Lady Rochford damals sinnlos betrunken aufgefunden hatte. Ein Ereignis, das zumindest unter Cromwells Dienern immer noch für Gesprächsstoff sorgte, doch hatte er ihnen streng verboten, in der Stadt davon zu erzählen. Die Rochford, die tausend Augen und Ohren zu besitzen schien, war eine zu nützliche Informantin, um sie in der Öffentlichkeit lächerlich zu machen und so eine Verbannung vom Hof zu provozieren. Entgegen ihrer Ankündigung hatte Jane sich nämlich keineswegs auf die Güter zurückgezogen, die sie dank Cromwells Fürsprache weiterhin nutzen durfte. Viel zu verlockend schienen Macht und Einfluß, die sie durch ihr Spionieren über all die auszuüben gedachte, die ihr früher wirklich oder vermeintlich geschadet hatten. Jane, so hatte der Minister zufrieden festgestellt, hatte mittlerweile an Sicherheit im Auftreten gewonnen und bewegte sich in der Hofgesellschaft mit ihren seltsam anmutenden Ritualen wie ein Fisch im Wasser. Jetzt aber unterließ es Cromwell tunlichst, Lady Rochford zu erwähnen. Statt dessen brachte er, alle höflichen Floskeln beiseitelassend, das Gespräch auf Agnes Howard.

»Seine Majestät äußerte gestern – gelinde gesagt – Unmut über Eure Stiefmutter, lieber Norfolk. Wie man nämlich hört, soll sie Unverständnis für Prinzessin Mary bekundet haben, weil sie tat, was der Vater von ihr verlangte.«

Der Herzog reagierte gereizt. Mit kaum unterdrücktem Zorn ließ er die schweren Glieder seiner Halskette durch die Finger gleiten, als er antwortete:

»Ihr wißt selbst, daß man dem Geschwätz einer verwirrten alten Frau keinerlei Bedeutung zumessen sollte! Sie ist selbstverständlich eine treue Untertanin ihres Herrschers, doch ihr Geist lebt bisweilen in längst vergangenen Zeiten, als noch der Papst zu Rom und nicht unser König das Oberhaupt der Kirche war. Wollt Ihr mir daraus einen Strick drehen?«

Cromwell lächelte süffisant, erhob sich mit erstaunlicher Behendigkeit aus seinem Sessel und legte eigenhändig im Kamin Holz nach. Selbst seinen Kammerdiener Francis hatte er, um keinen unerwünschten Zeugen zu haben, nach draußen geschickt.

»Es sei dahingestellt, ob die Herzoginwitwe wirklich so krank ist, wie Ihr behauptet«, erwiderte er schließlich. »Für Seine Majestät war das, was ihm zu Ohren kam, jedenfalls Grund genug, Euren Neffen Charles bei der Neuverteilung von Ämtern im Haushalt der Prinzessin zu übergehen.«

Norfolk, der gerade seinen Weinbecher an die Lippen gesetzt hatte, verschluckte sich und begann lautstark zu husten. Er hatte sich seit Wochen gefragt, welche Intrige hinter der Entscheidung des Königs gesteckt hatte – nun wußte er es. Mit diesem Sachverhalt hatte er allerdings nicht gerechnet.

»Im Grunde«, fuhr Cromwell fort, »sind die Überlegungen des Königs ganz folgerichtig. Angenommen, Euer Neffe hätte den angestrebten Posten bei der Prinzessin erhalten und versucht, sie für die katholische Sache zurückzugewinnen – weil er in dieser Haltung erzogen worden ist? Es hat mich Mühe genug gekostet, Lady Mary nach all diesen Jahren zum Nachgeben zu bewegen.«

Der Herzog schwieg dazu. Voll Ingrimm dachte er an Agnes Howard, die er noch nie hatte leiden können. Nun macht mir die Alte obendrein allerhand Schwierigkeiten durch ihre Weigerung, sich mit gewissen Gegebenheiten abzufinden. Doch was soll ich tun? Sie ist reich und unabhängig. Als meine Stiefmutter darf ich ihr auch den schuldigen Respekt nicht versagen...«

Cromwell verschränkte die Arme hinter dem Rücken und wanderte am Kamin auf und ab. Unmittelbar davor war die Hitze kaum aus-

zuhalten, doch drang sie nicht einmal bis zur gegenüberliegenden Wand, an der Norfolk in seinem Stuhl kauerte und sich die Hände rieb.
»Wir werden uns wohl bei den Weihnachtsfeierlichkeiten in Schloß Richmond wiedersehen, oder?« sagte der Minister. »Prinzessin Mary wird ebenfalls kommen, denn sie hat mit ihren Damen ein allegorisches Spiel einstudiert, das sie vor versammeltem Hofstaat aufführen will. Auch wenn sie jetzt als unehelich gilt, lehnt der König ihre Gesellschaft keineswegs ab.«
Norfolk erwiderte nichts. Zu der Farce um die erste Heirat seines Herrschers und deren Gültigkeit besaß er selbstverständlich eine eigene Meinung. Aber viele andere, die derselben Ansicht gewesen waren und diese laut geäußert hatten, lebten inzwischen nicht mehr.
»Ja, ich werde wohl teilnehmen«, meinte er endlich. »Nichts sollte mich davon abhalten können ...«

In Lambeth hatte Agnes Howard nach Alice Shelton rufen lassen. Mit klopfendem Herzen stieg die junge Frau zum Privatgemach der Herzoginwitwe hinauf, pochte an die Tür und trat ein.
Die alte Dame saß, über einen Stickrahmen gebeugt, in einem Stuhl beim Kamin. Auf dem Tisch neben ihr spendete ein Leuchter mit mehreren Wachskerzen mildes Licht, denn trotz der nachmittäglichen Stunde versank der Wintertag draußen schon im Dunkel. Alice knickste ehrerbietig und wartete.
Agnes legte ihre Handarbeit beiseite und wies auf ein schmuckloses Holzkästchen, das unter dem Tisch mit den Kerzen abgestellt war.
»Deine Eltern haben auch in diesem Jahr an dich gedacht, Alice. Sie lassen dir zum Weihnachtsfest dieses Geschenk zukommen. Daß du aber keinen Unsinn damit treibst! Es liegt wohl auch noch ein Brief an dich dabei.«
Alice verschwendete keinen Gedanken an die Selbstverständlichkeit, mit der ihre Erzieherin den Inhalt des Kästchens untersucht hatte. Voll Dankbarkeit verbeugte sie sich und ging auf die Herzogin zu, die sich aus dem Stuhl heraus bückte und ihr beim Aufheben half. Erstaunt blickte sie zu ihr hoch und lächelte, denn Agnes, über und über in Pelze und Decken gehüllt, erinnerte sie in dieser Aufmachung an einen tapsigen alten Bären.
»Du bist ein freundliches Mädchen, Alice«, sagte Agnes ungewohnt warmherzig. »Dein Leiden ist mir nicht verborgen geblieben, doch

bisher ist mir noch kein wirksames Mittel dagegen gelungen. Vielleicht sollte ich einmal andere Kräuter ausprobieren, die eingeführt und neuerdings auf dem Londoner Markt verkauft werden.«
»Das wäre sehr gütig von Euch«, antwortete Alice und küßte der alten Dame die Hand. Dann nahm sie ihre Geschenkschachtel unter den Arm, erhob sich und verließ grüßend das Zimmer.
Auf dem Weg zum Schlafsaal, wo die Mädchen ihre persönlichen Dinge aufbewahrten, traf Alice auf Catherine, die vor Neugier fast platzte. Natürlich war es kein Zufall, daß sie sich begegneten, denn Catherine hatte sich schon während des Gesprächs im Privatgemach ihrer Großmutter vor der geschlossenen Tür herumgetrieben, zu ihrem Verdruß aber kein Wort verstanden.
»Endlich ein Brief von zuhause!« rief Alice und rannte der Freundin voraus. Die beiden sahen schon beim Eintreten, daß zu dieser Stunde keine der Gefährtinnen anwesend war, was sie erleichtert aufatmen ließ.
Bei ihrem geräumigen Bett angekommen, hob Alice den Deckel des Kästchens ein wenig an. Obenauf lag das erwähnte Schreiben, das die junge Frau rasch beiseite legte. Darunter kamen, sorgfältig in ein Tuch gehüllt, zwei wunderschöne Winterschuhe aus steifem braunem Leder zum Vorschein. Unter der hölzernen Sohle befanden sich aus Knochen geschnitzte Kufen samt dicken Lederriemen zu deren Befestigung.
»Damit kannst du auf dem Eis gleiten, wenn die Fischteiche zugefroren sind«, sagte Catherine mit gepreßter Stimme und berührte das kostbare Geschenk der Freundin. »Laß uns morgen gleich dorthin laufen und nachsehen!«
»Darauf kannst du wetten«, entgegnete Alice fröhlich. »Falls dir diese Schuhe passen, leihe ich sie dir gerne einmal. Aber nun möchte ich eine Weile allein sein und ungestört den Brief meiner Eltern lesen.«
Catherine zog einen Schmollmund. Hilflos kehrte sie die Handflächen nach außen und meinte leise:
»Das hätte ich nicht von dir gedacht, Alice. Dein Vertrauen zu mir hält sich anscheinend sehr in Grenzen! Womit habe ich das nur verdient?«
»Ach, Catherine...« erwiderte Alice gequält. »Solltest du übrigens nicht längst im Musikzimmer sein? Ich glaube, Master Manox wollte dir das Spiel auf der Laute beibringen...«
Catherine wandte sich so heftig ab, daß ihr das Tuch der eigenen Haube um die Ohren schlug.

»Pah, das lerne ich nie! Das stetige Drücken auf die dicken Saiten verletzt meine Fingerkuppen viel zu sehr!«
Mit diesen Worten stürmte sie aus dem Schlafsaal und schlug die Tür hinter sich zu. Alice schüttelte den Kopf und ging mit dem Brief zu einem der hohen Fenster. Im vergehenden Licht des trüben Nachmittags konnte sie die Worte gerade noch erkennen. Leider befand sich keine Kerze im Zimmer, die sie hätte anzünden können. Denn die Herzoginwitwe achtete streng darauf, daß nichts Brennendes in die Nähe der leicht entflammbaren Strohmatratzen gelangte. Auch der Kamin befand sich um der Sicherheit willen in größerer Entfernung zum nächsten Bett. Hastig entzifferte Alice die steile Handschrift ihres Vaters.

Geliebte Tochter,
aus Southern Watney entbieten wir dir die besten Wünsche zum Fest der Geburt unseres Herrn. Nachrichten erreichten uns, daß du gesund und wohlauf bist. Das Gleiche gilt auch für uns und unseren Haushalt. Obgleich in den Dörfern unserer Region jüngst ein gefährliches Fieber umging, blieben wir bisher davon verschont.
Seit dem vergangenen Juli lebt deine Mutter wieder hier auf unserem Schloß. Es hat Seiner Majestät gefallen, seiner Tochter zu vergeben und sie in Gnaden am Hof aufzunehmen. Somit benötigte Lady Mary keine Erzieherin mehr und deine Mutter fand Zeit, sich um Aufgaben der Verwaltung unserer Güter zu kümmern.
Zugleich sind wir in Verhandlungen bezüglich deiner Verheiratung getreten. Möglicherweise wird sich diese Angelegenheit noch hinziehen, doch sicher werden wir dir zur rechten Zeit mitteilen, mit welcher Familie wir uns letztendlich zu verbinden gedenken.
Darum fahre fort, so fleißig zu lernen wie bisher. Eine unwissende Frau ist das Unglück des Gatten, bedenke dies. Wir hörten, du habest auf allen Gebieten gute Fortschritte gemacht, mit Ausnahme der Handarbeit. Eine saubere Nadel zu führen ist jedoch unerläßlich und weitaus nützlicher, als das meisterhafte Zupfen der Laute.
Zugleich mit diesem Brief erhältst du eine Gabe, die dir in diesen eisigen Wintertagen Freude bereiten soll. Achte aber darauf, daß du dich beim Laufen nicht gar so sehr erhitzt. Trage ferner deinen Pelz und die warme Samthaube und vergiß nicht, die Hände in den Muff zu stecken, sonst werden sie durch die große Kälte rot, rissig und unansehnlich.
Anthony Greystoke, Humphrey Mortimer und Susan Pepping lassen dich herzlich grüßen. Anthony wird uns im nächsten Jahr wahrscheinlich verlassen, da

seine Eltern eine Verlobung in die Wege geleitet haben. Den Namen der Braut kennen wir noch nicht.
Nun Gott befohlen, liebe Tochter. Beherzige unseren Rat und bleibe weiterhin gesund, so daß wir auf ein Wiedersehen im kommenden Frühling hoffen dürfen.
Gegeben zu Southern Watney, am 20. Dezember 1536.
John Shelton *Anne Shelton*

Vorsichtig faltete Alice das Schreiben zusammen und ließ es unter dem Bett verschwinden. Kein Wort von einer Möglichkeit, als Hofdame in die Dienste der neuen Königin treten zu können! Stattdessen die Aussicht, mit irgendeinem Landjunker vermählt zu werden, der wohl ein Schloß wie Lambeth nie im Leben zu Gesicht bekommen würde. Bei dem Gedanken an ihre Mutter, die man nach dem Tod ihrer Nichte Anne Boleyn recht bald ihres Postens enthoben haben mußte – der Brief deutete es an – spürte Alice Mitleid in sich aufsteigen. Sie rollte sich auf dem Bett zusammen und preßte die Wolldecke an sich, auf der sie lag.

Catherine öffnete die Tür zum Musikzimmer, in dem Henry Manox bereits Platz genommen hatte, die Laute in der Hand. Ihr eigenes Instrument lag griffbereit auf dem Spinett.
»Wo bleibt Ihr denn?« sagte er ungeduldig. »Unsere Zeit ist kostbar und knapp bemessen!«
Seine Schülerin schaute traurig drein.
»Ach, was! Ob ich Laute spielen lerne oder nicht, ist doch ganz einerlei. An mich denkt ohnehin niemand!«
Manox sprang auf und legte die Laute zur Seite. Tröstend legte er den Arm um Catherine und streichelte ihre Wange.
»Welch ein Unsinn!« murmelte er. »Ihr wißt sehr wohl, daß nicht nur Eurer Großmutter, sondern auch mir viel daran gelegen ist, daß Ihr Fortschritte beim Unterricht macht. Und viele Menschen denken an Euch, die Ihr durch Eure Schönheit und Fröhlichkeit bezaubert!«
»Wenn das zutrifft, ist es allerdings sehr merkwürdig, daß mir keiner etwas zum Christfest geschenkt hat«, erwiderte Catherine spitz. »Während meine Freundin Alice ein Paar herrliche Gleitschuhe erhält, muß ich danebenstehen und gehe leer aus...«
O je, dachte Manox. Gleich ist es wieder soweit, und ihre Augen füllen sich mit Tränen. Alles, bloß das nicht...
»Beruhigt Euch bitte, liebste Catherine!« flehte der Musiklehrer. »Ihr

sollt zusammen mit Eurer Gefährtin auf dem Eis laufen können, das verspreche ich Euch. Schon morgen werde ich mich in die Stadt begeben und nach solchen Schuhen Ausschau halten. Verzeiht Eurem Vater, daß er Euch nichts geschickt hat, und bedenkt, daß er ein vielbeschäftigter Mann ist. Gerne will ich an seine Stelle treten und Euch schenken, was Ihr begehrt.«

Catherine machte sich aus Manox' Umarmung los und tippte spielerisch mit einem Finger auf die Holztasten des geöffneten Spinetts. Sie lächelte dem Lehrer zu und griff dann bereitwillig nach der Laute.

»Ich danke Euch schon jetzt«, sagte sie leise und schlug die Beine übereinander. »Vielleicht wird Eure treue Liebe schon bald belohnt.«

Manox blickte überrascht auf. Seine Finger zitterten deutlich, als er den Deckel des Spinetts zuklappte.

»Was meint Ihr damit?«

Seine Schülerin blinzelte ihm zu. »Hinter dem großen Altar in der Hauskapelle kann man sich recht gut verstecken«, flüsterte sie. »Das habe ich jüngst mehr oder minder zufällig herausgefunden. Kommt ohne Begleitung dorthin, wenn ich es Euch ausrichten lasse.«

Das neue Jahr war nun schon einige Wochen alt. Eisiger Wind fegte über's Land, und wer es nicht unbedingt mußte, begab sich nicht nach draußen. Selbst zwischen kalten Mauern und zugigen Sälen war es weniger unbequem. Dann stiegen die Temperaturen ein wenig an. Ab und zu zeigte sich tiefblauer Himmel, und die dichte Schneedecke funkelte blendend in der Sonne.

Nach wie vor waren die Fischteiche des Lambethschen Schloßgutes zugefroren. In jeder freien Minute begab sich Alice mit ihren nagelneuen Schlittschuhen dorthin, um das Gleiten auf dem Eis zu üben. Bevor ihre Eltern sie mit diesem Geschenk überrascht hatten, war ihr eine solche Art der Belustigung völlig unbekannt gewesen. Anfangs hatte ihre Erzieherin, die Herzoginwitwe, große Bedenken gezeigt, weil sie das Schlittschuhlaufen für gefährlich hielt. Dem Haushofmeister aber, stets mit den Mädchen im Bunde, war es gelungen, die alte Dame vom Gegenteil zu überzeugen. Er behauptete, solange die üppig vom Schloßdach herabhängenden Eiszapfen nicht zu tropfen anfingen, würde auch die Eisdecke der Teiche nicht brechen. Das sah Agnes Howard ein, doch bestand sie darauf, daß Alice mehrere Röcke übereinander anziehen mußte, damit sie als ungeübte Läuferin wenigstens weich fiel.

Auch an diesem Tag stapfte Alice, von niemandem begleitet, den ausgetrampelten Pfad an den Gemüsegärten vorbei, deren Ausdehnung unter dem Schnee nur noch zu erraten war. Stauden, Beete und struppige kleine Sträucher lagen unter der weißen Masse verborgen und bildeten haubengekrönte, bizarre Figuren, eine komischer als die andere.
Hier führten Fußspuren kreuz und quer durch das Gelände. Doch je weiter sich Alice vom Schloßgebäude entfernte, desto unberührter lag die sanftgewellte Landschaft vor ihr. Im Sommer dehnten sich an dieser Stelle endlose Wiesen, auf denen die Schafherden der Norfolk-Sippe weideten. Immer weiter kämpfte sich Alice durch den nunmehr knietiefen Schnee, in jeder Hand einen Gleitschuh. Über sich hörte sie das heisere Krächzen einer Krähenschar, die die einsame menschliche Gestalt sofort erspäht hatten und in der Hoffnung auf Futter hoch über ihrem Kopf zu kreisen begannen. Bisweilen wirbelte ein Windstoß feinen Schneestaub auf, der sich feldeinwärts in wellenartigen Verwehungen wieder legte. Auf Alices Wimpern dagegen schmolz er rasch, so daß sie wie durch einen Schleier zu blicken meinte und sich mehr als einmal die Augen rieb.
Gewiß war die schemenhafte Gestalt unten am Teich auch nur eine Täuschung gewesen, dachte Alice, als sie, den letzten der Hügel hinabsteigend, nur noch eine geringe Strecke vor sich hatte.
Aber es war tatsächlich ein Mensch, der dort, vor Kälte mit den Armen um sich schlagend, auf und ab ging. Bei genauem Hinsehen kamen Alice seine Bewegungen bekannt vor. Dieser Mann hatte offenbar ein Talent dafür, unvermutet an den ausgefallensten Stellen aufzutauchen.
»Stephen!« rief sie, zuerst mehr erschrocken als freudig überrascht, und blieb stehen, wo sie war. Die Gleitschuhe fielen zu Boden.
Der Angesprochene drehte sich um, ging in die Richtung, aus der Alice kam und breitete einladend seine Arme aus. Alice schienen sie für einen Moment unglaublich lang. Zögernd schritt sie vorwärts, geriet ins Rutschen, bis sie ebene Erde erreichte; dann rannte sie, so schnell es die Röcke zuließen, auf Stephen zu.
Mitten aus dem Lauf fing er sie auf, daß der pulvrige Schnee nur so emporstob, und, die Arme fest um sie geschlungen, hob er Alice zu sich hoch, als ob sie kein Gewicht besäße.
»Wenn der Herzog meine Dienste nicht benötigt, spaziere ich gern durch diese Felder«, sagte Stephen. »Meist bin ich dabei allein, denn

viele Menschen sprechen nur über Belanglosigkeiten, und das schätze ich nicht sonderlich.«
Alice löste sich von ihm und stapfte langsam zu der Stelle zurück, an der sie die Schlittschuhe hatte fallen lassen. Sie pustete verächtlich durch die Lippen und meinte:
»Dann setzt Euren Weg nur ungestört fort. Ich bin wohl kaum die rechte Gesellschaft für Euch.«
Mit einem raschen Griff waren die Schuhe aus dem Schnee aufgelesen, und Alice ging zum Teich hinunter, den eine dicke Eisschicht bedeckte. Der Wind hatte die Fläche weitgehend vom Schnee freigefegt und damit ein wesentliches Laufhindernis beseitigt.
Neugierig blieb Stephen neben Alice stehen und beobachtete, wie sie ihre Halbstiefel aufschnürte, in die Gleitschuhe schlüpfte und mit unsicherem Schritt auf das Eis hinausstakste. Immer wieder knickten ihre Fußknöchel um, obwohl die knöchernen Kufen nicht besonders hoch waren. Mit beiden Armen in der Luft rudernd, suchte sie mühsam das Gleichgewicht zu halten und drehte sich verärgert zu dem ungebetenen Zeugen um, der noch immer am Ufer wartete.
»Weshalb geht Ihr nicht endlich weiter?«
Stephen lächelte breit und kam vorsichtig, den Oberkörper ein Stück nach vorn geneigt, auf die Eisfläche.
»Weil ich Euch nicht zu der Sorte Menschen zähle, die mich langweilen«, antwortete er. »Es freut mich, Euch begegnet zu sein. Vielleicht können wir uns gemeinsam ein wenig die Zeit vertreiben.«
Er nahm Alice beim Arm und hakte sie kurzentschlossen unter. Dann begannen die beiden langsam nebeneinander rund um den Teich zu laufen. Allmählich fanden sie einen Gleichklang der Bewegungen, der es erlaubte, daß Alice mit und Stephen ohne Kufen vorwärtskam.
»So ist das Laufen viel angenehmer«, stellte Alice fest. »Ich habe größeren Halt als zuvor.«
Das Paar streifte die Zweige eines Hagebuttenstrauchs, die vom Ufer aus über die Wasseroberfläche ragten. Der darauf liegende Schnee rieselte herab und gab den Blick auf ein paar übriggebliebene, verschrumpelte rote Früchte frei. Wenige Schritte entfernt flatterten aufgescheuchte Vögel davon, die in der klirrenden Kälte mit dick aufgeplusterten Federn das Treiben der beiden beäugt hatten.
»Unser Treffen ist ein Zufall«, bemerkte Stephen. »Ich hatte nicht darauf geachtet, wie weit ich gegangen war und somit schon den Grund und Boden Eurer verehrten Lady Agnes betreten.«

»Es war Sommer, als wir uns das letzte Mal sahen«, antwortete Alice nachdenklich. »Seither hat sich der Herzog von Norfolk mehrmals in Lambeth aufgehalten, doch Ihr wart kein einziges Mal dabei, so daß ...« Erschrocken brach die junge Frau ab, als ihr bewußt wurde, was sie sprach.

Stephen zog es vor, nicht weiter nach ihren Gedanken zu forschen und redete unbekümmert weiter. Runde um Runde zogen die zwei Läufer ihre Bahn.

»Nur einige Zöglinge des Herzogs sind ständig in seiner Eskorte zu finden. Ich begleite meinen Dienstherrn oft viele Wochen nicht bei seinen Geschäften. Wenn er einen nachbarschaftlichen Besuch in Lambeth machte, mußte ich im Schloß bleiben. Dagegen nahm er mich immer dann mit, wenn er den König aufsuchte!«

Wie erwartet, wurden Alices schwarze Augen groß vor Staunen. Heftig drückte sie Stephens Arm und bat ihn, ausführlich von seinen Erlebnissen zu berichten. Doch weniger die Person Seiner Majestät als vielmehr die neue Königin erregte ihr Interesse:

»Ist Jane Seymour denn genauso schön, wie es meine Kusine Anne war? Ich habe mich oft gefragt, auf welche Weise sie ihre Herrin verdrängen konnte ...«

Stephen stoppte den Lauf kurzfristig ab, um die locker gewordenen Schnüre an den Ohrenklappen seiner Mütze neu zu binden. Er setzte ein wissendes Grinsen auf und erwiderte:

»Königin Janes Haarfarbe kann ich nur erraten, da ich sie noch nie ohne ihre spitze Giebelhaube gesehen habe, die ihre Frisur vollständig verbirgt. Vermutlich rot oder blond. Dazu stellt Euch eine lange Nase, blutleere Lippen und Falten an den Wangen vor, sowie eine marmorglatte, bleiche Haut ...«

»Das klingt nicht sehr vorteilhaft«, meinte Alice kühl. »Was also ist ihr Geheimnis?«

»Sie versteht es wohl, allen nach dem Munde zu reden und Seiner Majestät ein liebenswürdiges Gesicht zu zeigen. Allerdings sah ich mehr als einmal, wie ihre Damen in ihrer Gegenwart nur knien durften. Und bei anderer Gelegenheit hieb sie einem ungeschickten Fräulein mit dem Pantoffel auf den Kopf.«

Alice malte sich die letztere Szene in Gedanken aus und schüttelte sich vor Lachen. Es war ein klingendes, die Tonleiter auf und abhüpfendes Gelächter, das auf Stephen äußerst ansteckend wirkte.

»Seid froh«, sagte er schließlich, »daß Ihr keine Stelle bei Hof bekommen habt. Bei Königin Jane würde Euch das Lachen rasch vergehen. Eure Verwandtschaft mit dem Hause Boleyn hätte Euren Stand dort nicht gerade erleichtert. Und wenn die Gerüchte wahr sind, daß Ihre Hoheit endlich ein Kind bekommt, wird der Umgang mit ihr keineswegs einfacher. Es gibt nichts Launischeres als ein schwangeres Weib.«

Das war nun eine weitere Neuigkeit für Alice, von der bislang kein Sterbenswörtchen ins Schloß gedrungen war. Gerne hätte sie ihren Jugendfreund weiter ausgefragt, doch Stephen drängte auf Heimkehr. Das Licht des Nachmittags war schon merklich geschwunden, und die Sonne hing wie eine große rote Scheibe über dem Dunst der verschneiten Hügellandschaft. Ringsum herrschte völlige Stille.

»Wir müssen eilends zurück, sonst überfällt uns das Dunkel – und wir haben keine Laterne dabei!« mahnte der junge Mann. Rasch ging er Alice beim Wechseln ihrer Schuhe zur Hand, und für einen Moment sahen sich beide in die Augen.

»Ihr braucht nicht nach Worten zu suchen, denn ich weiß, was Ihr mich fragen wollt«, sagte Stephen leise. »Ich werde Euch zu finden wissen. Macht Euch keine Sorgen.«

Ein weiteres Mal spürte Alice grenzenlose Geborgenheit und Wärme, als er behutsam seine Arme um sie schloß. Diesen Augenblick würde sie von nun an ungezählte Male in ihrem Gedächtnis wiedererleben. Die ruhige Gewißheit in Stephens Stimme würde ihr durch Tage und Nächte helfen, bis sie sich wiedersähen. Der Trost, der in seinen Worten lag, war stark genug, ihre ungewisse Zukunft in hellerem Licht erscheinen zu lassen.

Einige Tage später triumphierte Catherine Howard doch noch, als sie gegen Abend den Schlafsaal der Mädchen betrat. Unter dem Arm trug sie ein Paar Kufenschuhe, die der unermüdliche Manox – seinem Versprechen treu – in London erworben hatte. Es war nicht leicht gewesen, eine passende Größe für Catherines nur wenige Spannen lange Füßchen aufzutreiben. Wie der Musiklehrer berichtet hatte, war er lange von Schuster zu Schuster gelaufen, bevor er das Richtige entdeckte. Den Preis verschwieg er nobel, doch ahnte Catherine, daß dieser Schuhkauf ein großes Opfer für den schmalen Geldbeutel des Pädagogen bedeutet hatte.

Sie kicherte bei der Erinnerung an das geheime Stelldichein in der Hauskapelle; ihren Teil der vor Wochen getroffenen Vereinbarung.

Es war gar nicht so einfach gewesen, im schummrigen Licht des Winternachmittages den Weg hinter den Flügelaltar mit seinem bunten Gemälde zu ertasten. Denn sparsam, wie die Herzoginwitwe war, ließ sie die Kerzen im Kirchenraum nur dann anzünden, wenn auch ein Gottesdienst stattfand. Im engen Raum zwischen Altarrückseite und Kapellenwand war es zwar kalt, aber keineswegs ungemütlich gewesen. Und die Spinnweben würden in diesem Umfang bis zum nächsten Mal sicher nicht nachgewachsen sein, dachte Catherine. Beinahe hätten wir uns verraten, als Mary Lassells, diese überfromme Gans, hereinplatzte und endlose Gebete verrichtete. Nun, damit muß man an solcher Stelle eben rechnen ..

»Was lächelst du so vor dich hin?« sprach plötzlich Margaret Bennett, Alice Sheltons Bettgenossin. Dann fiel ihr Blick auf Catherines Schlittschuhe, und die Frage hatte sich von selbst beantwortet.

Margaret setzte sich neben Catherine auf deren Bett und äußerte schüchtern:

»Darf ich mir deine Schuhe einmal anschauen?«

Zögernd reichte das Howard-Mädchen ihren kostbaren Besitz der Kameradin. Als nächstes, so fürchtete sie, würde Margaret nach der Herkunft des kleinen Wunderwerks fragen. Und so geschah es auch tatsächlich. Stolz rückte Catherine den Rahmen ihrer Leinenhaube zurecht, bevor sie antwortete:

»Mein Vater hat mir diese Schlittschuhe schicken lassen. Denn Seine Majestät, der König, hat ihm ein bedeutendes Amt in Aussicht gestellt, das er noch in diesem Frühjahr antreten soll. Aus Freude darüber bedachte er mich mit einem Geschenk meiner Wahl.«

Margaret verzog die Mundwinkel.

»Du lügst zu schlecht, Catherine Howard. Seit wann stünde dein Vater in der Gunst des Königs? Jahr und Tag läufst du mit geflickten Röcken umher und selbst auf dem Rahmen deiner besten Haube ist nicht eine einzige Perle aufgenäht. Und jetzt soll ich dir deinen Schwindel glauben?«

Catherine wurde krebsrot im Gesicht. Sie kniff die Augen zusammen, ballte ihre kleinen Hände zu Fäusten und schlug nach der Gefährtin, die sich aber rechtzeitig duckte und ein höhnisches, glucksendes Lachen von sich gab.

»So!« rief die Zornige, »noch ein schlechtes Wort über meinen Vater und du kannst dein Testament machen! Von wem sollten meine Schuhe sonst kommen?«

»Soll ich's sagen?« neckte Margaret. »Soll ich's wirklich sagen?«
Die Tür zum Schlafsaal öffnete sich lautlos, so daß die beiden Mädchen zunächst nicht bemerkten, daß jemand eingetreten war. Aus gutem Grunde sorgten nämlich die Zöglinge der Herzoginwitwe unablässig dafür, daß weder Angeln noch Schloß durch lautes Knarren des Nachts verrieten, wer im Saal aus- und einging...
Mary Lassells schlich auf Zehenspitzen, um nur ja kein Wort zu verpassen. Gleich hinter ihr stürmte jedoch Alice Shelton ins Zimmer, die sich auf die beiden Streitenden warf, um sie zu trennen. Während Mary unbeteiligt danebenstand, fuhr Alice dazwischen und meinte:
»Schämt ihr euch nicht? Wir sind keine Kinder mehr. Wegen der Lappalien, um die es euch meistens geht, braucht ihr euch nicht zu prügeln.«
Margaret Bennett fuhr mit erhitzten Wangen hoch. Sie warf ihrer Bettgenossin einen verärgerten Blick zu und meinte:
»Wie weise du wieder sprichst, Alice! Wollen wir hoffen, daß der Mann, an den du verheiratet wirst, genauso denkt und dir mehr Küsse als Hiebe zukommen läßt...«
In Alice stieg heftiger Zorn auf, und blitzschnell holte sie aus, um Margaret eine Ohrfeige zu verpassen. Doch genauso rasch ließ sie die Hand wieder sinken, während Catherine schwer atmend die Schlittschuhe unter dem Bett verschwinden ließ. Die Bennett fuhr sich mit der flachen Hand unter den Haubenrand, um einige verrutschte Strähnen wieder darunterzuschieben und entfernte sich. Mary Lassells, um deren Anwesenheit sich keine gekümmert hatte, watschelte mißmutig hinterdrein.
»Was ist denn in dich gefahren?« wandte sich Catherine verständnislos an ihre beste Freundin. »Weshalb hast du nicht zugeschlagen?«
Alice strich an ihrem zerknitterten Rock herum und vermied es, Catherine in die Augen zu sehen.
»Spätestens in ein paar Stunden muß ich mich mit ihr wieder vertragen, wenn wir gemeinsam im Bett liegen.«
Aber da hatte es für einen kurzen Moment noch mehr gegeben. Seltsam, überlegte Alice, daß ich an Stephen gedacht habe, als Margaret von irgendeinem Mann sprach, der mich heiraten soll. Ich weiß nicht so recht, woran ich bei ihm bin – und doch sehne ich mich oft nach seiner Gegenwart. Ob meine Eltern auch ihn als zukünftigen Verlobten in Betracht ziehen?
»Wie du meinst«, sagte Catherine und nahm Alices Hand in die ihre.

»Margaret braucht meine Geheimnisse nicht zu teilen. Aber ich habe keinen Grund, dir nicht die Wahrheit anzuvertrauen. Du kannst es dir ohnehin denken, daß mir Henry Manox die Schlittschuhe geschenkt hat. Jetzt werde ich dich, wenn es meine Großmutter erlaubt, immer zum Fischteich begleiten können!«
Wie eine warme Welle stieg die Erinnerung an die Geborgenheit in Stephens Armen in Alice hoch. Macht Euch keine Sorgen.

In der Nacht waren laue Winde über das Land hereingebrochen. Riesige Wolkentürme schoben sich voran und entleerten Ströme dicker, warmer Regentropfen auf die erstarrten Felder. Binnen Stunden schmolz der Schnee dahin.
Alice erwachte, wie schon öfters, vom Geräusch des durch die Regenrinne schießenden Wassers und spürte sofort das wohlvertraute Drücken und Stechen hinter Stirn und Schläfen. Die eng neben ihr schlafende Margaret schien keine solchen Probleme zu haben. Mit halboffenem Munde, den einen Arm angewinkelt über's Gesicht gelegt, lag sie da.
Aus dem hinteren Teil des Schlafsaals näherte sich jemand auf Zehenspitzen. Schon bevor sich das rundliche, bleiche Gesicht über ihre Lagerstatt beugte, erriet Alice am Schritt, daß es Catherine sein mußte.
»Hörst du das?« flüsterte das Mädchen mit erstickter Stimme.
»Hab keine Angst vor dem Sturm, Catherine«, raunte Alice zurück. »Wenn die Fensterläden auch im Wind klappern, das Fundament dieser dicken Mauern wird so schnell nicht erschüttert.«
»Das ist es nicht«, sagte Catherine und begann fast unhörbar vor sich hin zu weinen. »Nun werde ich keine Gelegenheit mehr haben, gemeinsam mit dir auf dem Fischteich zu laufen und meine neuen Gleitschuhe vorzuführen. Jedenfalls in diesem Jahr.«
Alice seufzte und streichelte der Freundin über das aufgelöste, lange Haar. Zugleich drehte sich Margaret brummend um, wobei sie ihr mit dem Fuß ans Schienbein stieß und einen beträchtlichen Teil der Decke mit sich zog.
»Das weiß niemand, liebe Catherine. Es hat schon mancher März noch einmal kalte Tage gebracht. Außerdem sind es nur noch neun Monate bis zum nächsten Dezember.«
Unzufrieden mit diesem Trost zog sich Catherine in ihr Bett zurück. Aber einschlafen konnte sie nicht mehr. Das unablässige Rauschen,

Gluckern und Murmeln draußen erinnerte sie daran, daß mit jeder Minute mehr an Eis und Schnee dahinschmolz. Wenn die Sonne aufging, würde der Garten sicher einem grün-weißen Schachbrett gleichen, dessen Felder aus altem Gras und verschmutzten Schneeresten bestünden.
Auch Alice blieb unfreiwillig wach. Verzweifelt kämpfte sie gegen die immer stärker werdenden Kopfschmerzen an. Sie lag ausgestreckt auf dem Rücken, atmete tief durch und versuchte sich ins Gedächtnis zu rufen, wie einst im vergangenen Sommer Stephens Hände auf ihrer Stirn geruht hatten. Wie will er mich denn finden? dachte sie plötzlich. Ich werde Euch zu finden wissen, hat er gesagt. Ob wir einen gemeinsamen Bekannten haben, der den Zwischenträger spielen soll?
Abermals schlichen nackte Fußsohlen über die Holzdiehlen.
»Du, Alice, ich kann nicht mehr einschlafen«, klagte Catherine leise und hockte sich neben dem Bett der Freundin auf den Fußboden.
»Hast du Sehnsucht nach Henry Manox?« neckte Alice. »Soviel ich mitbekommen habe, hat er dich hier oben noch nie besucht.«
Wütend runzelte die kleine Howard ihre Augenbrauen.
»Dazu werde ich es auch nicht kommen lassen!« meinte sie flüsternd, doch in sehr bestimmtem Ton.
»Das überrascht mich allerdings. Gefällt er dir nicht mehr?«
Alice warf einen prüfenden Blick auf ihre Kameradin Margaret, ob diese sich nicht etwa schlafend stellte, um das Gespräch zu belauschen. Aber nichts erweckte ihr Mißtrauen.
»Hmm«, machte Catherine, »sicherlich gefällt er mir noch... Er drängt mich jedoch zu sehr und verlangt bisweilen Dinge, die ich ihm nicht gestatten will. Was glaubt dieser Mensch eigentlich, wer er ist? Der Sohn eines Landjunkers, der als Bräutigam für eine Frau aus meiner Familie überhaupt nicht in Betracht kommt!« Fröstelnd verschränkte das Mädchen die Arme vor der Brust.
»Ich für meinen Teil habe die Hoffnung noch nicht aufgegeben, daß auch etwas Liebe im Spiel sein wird, wenn ich verheiratet werde«, bemerkte Alice dazu. Catherine kommentierte ihre Äußerung mit unterdrücktem Kichern.
»Du bist hoffnungslos in Träumereien versponnen, liebe Alice. Wem wir hier den Kopf verdrehen und wer uns heute den Hof macht, das ist eine Sache. Welchen Gatten man uns bestimmt, eine andere. Also genieße deine freien Tage, solange du es noch kannst! Auf dem

Schloß deines Zukünftigen hast du lange genug Zeit zum Versauern.« Alice entwand der schlafenden Margaret Stück für Stück die Bettdecke, wickelte sich in einen Teil davon und drehte sich zur Seite.
»Du bist noch Jungfrau, nicht wahr, Alice?« hörte sie Catherines Stimme. »Sei nicht traurig, hier ist nicht Horsham! Überall auf den Nachbargütern leben junge Männer, die auch nicht allein sein möchten. Warte nur, bis es wieder Sommer ist...«
Tausend von diesen Jünglingen tausche ich gegen Stephen ein, dachte Alice. Wenn er mich doch liebte... Vielleicht tut er es ja. Warum hätte er sonst gesagt, ich solle mich nicht sorgen?
»Von diesem Dennyford, der mit dir Schach gespielt hat, hast du nie wieder gehört«, raunte Catherine. »Schade eigentlich, denn er hatte nicht nur einen ganz eigenen Witz, sondern sah auch recht passabel aus. Und er kannte dich aus Kindertagen, so etwas verbindet. Ob er wohl noch der Leibwache meines Onkels angehört?«
»Ich weiß nicht«, log Alice. Sie war nicht gewillt, ihr Geheimnis mit der Freundin zu teilen. Der Gedanke an Stephen und die kostbaren Augenblicke, die sie mit ihm verbracht hatte, sollten ihr allein gehören, keinem Menschen sonst. Das starke Gefühl, daß alles gut werden würde, wurde in ihr höchst lebendig und drängte die durch den Wetterwechsel verursachten Schmerzen ein wenig zurück.
Catherine erkannte, daß keine Unterhaltung mehr möglich war. Vorsichtig suchte sie sich den Weg zurück, immer auf der Hut vor den Nachttöpfen der Kameradinnen, über die sie gar zu oft schon gestolpert war. Seufzend kletterte sie in ihr Bett. Draußen dämmerte bereits der Morgen.

Wirbel um Cecily

Wieder waren einige Wochen ins Land gegangen. Zu Catherine Howards großem Kummer hatte der Winter nicht wieder Fuß fassen können und weitere grimmige Fröste waren ausgeblieben. So mußten die Schlittschuhe, nach denen Henry Manox so eifrig gesucht hatte, noch eine Weile ungenutzt bleiben.

Auf der Oberfläche des Fischteichs hatten sich zuerst Sprünge und Risse gezeigt, bevor das Eis knirschend in Platten auseinanderbrach und sich Tage später vollends auflöste. Am Ufer sprossen mittlerweile schon überall Blumen hervor. Die vorwitzigsten waren die Schneeglöckchen gewesen, Krokusse und Gänseblümchen folgten ihnen bald. Oft peitschte warmer Regen über die Hügel, so daß die Wiesen stets feucht und die Gartenwege ganz verschlammt waren. Die öffentlichen Straßen – sofern nicht mit Steinen gepflastert – befanden sich in keinem besseren Zustand, so daß, wer immer konnte, das Reisen vermied.

Agnes Howard wippte unruhig mit ihrem Lehnsessel auf und ab. Es wollte ihr kaum gelingen, sich auf die Stickerei zu konzentrieren, die quer über ihrem Schoß lag. Wie ein Kreisel gingen ihr die Worte des Stiefsohns im Kopf herum. Zwar lag der Brief, aus dem sie stammten, abseits auf dem Tisch, doch hatte sie das Schreiben mittlerweile so oft gelesen, daß sie die entsprechenden Stellen schon auswendig kannte. Kein Respekt! Was denkt sich Thomas dabei? Diese Frechheiten brauche ich mir nicht gefallen zu lassen. Als ob ich je das Wohl unserer Familie aus dem Auge verloren hätte! Kurzentschlossen warf Agnes das halbbestickte Tuch zur Seite, begab sich schwerfällig zum Schreibtisch und öffnete ein Kästchen. Diesem entnahm sie etwas Papier sowie ein Gläschen mit blauschillerndem Inhalt und griff zur bereitliegenden, angespitzten Gänsefeder.
Die alte Herzoginwitwe brauchte nicht lange zu überlegen. Ärger und Kränkung gaben ihr die Sätze ein, so daß die Feder mit häßlichem Kratzen nur so über das Blatt flog. Thomas war vielleicht das mächtigste Mitglied der Howard-Sippe, doch das gab ihm keinesfalls das Recht, seine Stiefmutter in derart beleidigendem Ton zu maßregeln.
Während sie das Schreiben versiegelte, überlegte Agnes, wem sie es anvertrauen könnte. Vielen Dienern traute sie nicht, denn sie waren von Natur aus neugierig. Andere hatte sie gar im Verdacht, in Diensten des allmächtigen Cromwell für Geld zu spionieren. Dieser unangenehme Mensch sucht natürlich nach Fakten, die eine unbeugsame Katholikin wie mich zu Fall bringen sollen, dachte Agnes. Warum soll ich ihm in die Hände spielen? Für kürzere Wege hatte sie auch schon ihre Zöglinge in Anspruch genommen, warum nicht diesmal. Alice Shelton zum Beispiel war ein freundliches, zuverlässiges

Mädchen. Bei dem Gedanken an sie fiel ihr zugleich ein, daß sie noch immer kein zuverlässiges Mittel gegen Kopfschmerzen gemischt hatte. Dagegen schuldete sie Richard Masters, dem Mundschenk ihres Stiefsohnes, noch eine lange versprochene Medizin, deren Bestandteile zumeist nur im Frühling zu finden waren.

Die alte Dame schlurfte zu einer Truhe, die unter dem Erkerfenster stand und mit ihren geschnitzten Initialen verziert war. Hierin bewahrte sie eine ganze Reihe dicht verschlossener Tiegel, Döschen und Fläschchen auf, bis an den Rand gefüllt mit selbstgebrauter Arznei. In einem länglichen Behältnis befand sich das Gesuchte, eine Mixtur gegen Gliederreißen, die in ihrem eigenen Hause von zweien der Köche bereits erfolgreich angewandt worden war. Nicht ohne Stolz holte Agnes die Medizin aus der Truhe und verriegelte den Deckel sorgfältig. Gerade wollte sie nach Alice rufen lassen, da vernahm sie Hufschläge auf dem Pflaster der Auffahrt. Fast gleichzeitig fiel ihr ein, daß sie beinahe die Ankunft einer neuen Schülerin vergessen hätte.

Auch die Mädchengruppe, die gemeinsam im Raum neben dem Musikzimmer beisammensaß und verschiedenen Handarbeiten nachging, vernahm die Geräusche von draußen. Sofort sprangen alle auf und rannten zum Fenster. Sogar Mary Lassells gab ihrer Neugierde nach und warf einen Blick hinab.

Unten im Hof hielten drei Pferde. Ein prächtig gekleideter, älterer Herr, sein jüngerer Begleiter und ein Mädchen, von Kopf bis Fuß in schwarzen Samt gehüllt, stiegen ab und wurden sogleich in die Eingangshalle geführt.

Geraume Zeit verstrich, bis es plötzlich klopfte und einer der Laufburschen der Herzoginwitwe Alice Shelton bat, mitzukommen. Diese folgte ihm durch Flure und Gänge ins Privatgemach Agnes Howards, wo sie ehrerbietig knickste und sich zu ihrer Überraschung dem Mädchen gegenübersah, dessen Ankunft sie beobachtet hatte.

»Das ist Cecily Towbence, die Tochter des Herzogs von Lethbridge«, sagte Agnes in förmlichem Ton. »Sie wird ein Bett im Mädchenschlafsaal erhalten, Unterricht in verschiedenen Fertigkeiten bekommen und fortan das Leben mit euch teilen. Ich erwarte, daß ihr gut miteinander auskommt.«

Alice, die genau wußte, welche Stellung der Vater Cecilys am Hofe einnahm, wurde etwas unbehaglich zumute. Und die lässige Haltung, in der die neue Gefährtin auf ihrem Stuhl mehr hing als saß,

störte sie ebenso. Die alte Herzogin aber, die es sonst sehr genau mit derlei Verhaltensregeln nahm, übersah das geflissentlich.
Cecily Towbence war ungefähr sechzehn Jahre alt. Ihre schlanke, biegsame Gestalt steckte in einem hautengen, hochgeschlossenen Kleid aus schwarzem Samt, das in einen weiten Rock mündete und an den Ärmeln mit mächtigen Pelzbäuschen besetzt war. Das Bemerkenswerteste jedoch waren ihre langen roten Haare, von so heller Farbe, daß man sie beinahe schon orange oder karottenrot nennen konnte. Sie hingen unglaublicherweise offen herab. Über dem Mittelscheitel thronte keck ein schief aufgesetztes Samtbarrett, um das sich eine Kette aus Diamanten spannte. Dies war zugleich der einzige Schmuck, den Cecily trug. Jetzt zog sie die Handschuhe aus feinstem Leder aus und jede ihrer Bewegungen verriet angeborene Eleganz.
Alice konnte den Blick nicht von der Neuen wenden und starrte sie ganz unverfroren an. Cecily erwiderte ihre Neugier mit überlegenem Lächeln. Solche Behandlung schien ihr offensichtlich nicht ungewohnt zu sein. Ihre großen, tiefblauen Augen ließen die Sommersprossen vergessen, mit denen ihr bleicher Teint übersät war. Eine gerade, kleine Nase, volle Lippen und ein etwas zu kurzes Kinn verliehen Cecily einen gewissen Liebreiz, was sich auch Alice eingestand.
»In Italien trägt man das so«, sagte Cecily und wies mit dem Zeigefinger auf ihren Hut. Ihre Stimme klang wie die eines piepsenden Vögelchens, im Ganzen aber nicht unangenehm. »Von dort stammt das gute Stück nämlich; mein Vater brachte es mir jüngst aus Genua mit, falls Ihr wißt, wo das liegt.«
»Selbstverständlich weiß ich, wo Genua liegt«, erwiderte Alice. »Der Unterricht in diesem Hause ist ziemlich umfassend.«
Die Herzoginwitwe räusperte sich und griff nach dem versiegelten Brief. Sie legte Alice eine Hand auf die Schulter und meinte:
»Ich habe dich rufen lassen, weil du dieses Schriftstück hinüber zur Residenz des Herzogs von Norfolk bringen sollst. Sieh zu, daß er es selbst in Empfang nimmt und nicht etwa einer seiner Diener. Nun geh', mein Kind, und verweile dich nicht länger als nötig.«
Alice knickste und verließ das Zimmer, ohne noch einmal das Wort an die Neue zu richten. Aus den Augenwinkeln bemerkte sie, daß Cecily sie beobachtete.
Trotz der Ermahnung Agnes Howards begab sich Alice zuerst in den

Schlafsaal, wo sie aus ihrer Kleidertruhe die beste Haube herauskramte, die sie besaß. Sie bestand ganz aus schwarzem Samt und der Rahmen, der den Mittelscheitel und einen Teil des Haares freiließ, war mit Perlen besetzt.
Ein Blick aus dem Fenster erfüllte sie mit einiger Hoffnung, daß das schöne Wetter anhalten würde. Zwar schoben sich immer wieder Wolken vor die Sonne, doch die Luft blieb auch dann noch mild und warm. Aus dem Obstgarten wehte bereits ein schwacher Duft nach Blüten herüber.
Alice warf ein Cape über die Schultern und machte sich auf den Weg.

Bald war der Vorhof überquert, in dem die drei Pferde angebunden standen, deren Ankunft sie vom Fenster aus miterlebt hatte. Wo mochte sich der Herzog von Lethbridge aufhalten? Im Gemach der Herzoginwitwe war er jedenfalls nicht dabeigewesen. Und wer konnte der geheimnisvolle Begleiter sein?
Bei jedem Schritt, den sie jetzt über die gepflasterte Auffahrt der Straße zuging, stieg die Spannung. Kaum beachtete Alice die Schönheit der dicken Knospen an den Zweigen der uralten Alleebäume, die kurz vor dem Aufbrechen standen und grünlich schimmerten.
Bald bog sie auf die Landstraße ein, die heute ziemlich unbefahren schien. Nur ein einsamer Bauernkarren zuckelte in einiger Entfernung vor Alice dahin, die ihn in ihrer Ungeduld rasch einholte. Kurz warf sie einen Blick auf die gleißend weiß verputzten Mauern des erzbischöflichen Palastes. Gerne hätte sie seinen Besitzer, Thomas Cranmer, einmal kennengelernt, schon allein deswegen, weil die alte Herzogin stets auf ihn schimpfte. Es ging auch im Haus die Meinung um, der Kirchenfürst habe Anne Boleyn verraten, statt ihr Leben zu retten. Was davon zutraf, wagte Alice nicht zu beurteilen, doch empfand sie mittlerweile lebhaftes Bedauern darüber, ihre Kusine niemals näher kennengelernt zu haben.
Auf der linken Straßenseite tauchte bereits das schmiedeeiserne Tor auf, hinter dem der Weg zum Norfolkschen Anwesen begann. Herzklopfen überfiel Alice, die sich fragte, ob der mächtige Fürst wohl den ganzen Tag über von seiner Leibeskorte umgeben war. Was ist, wenn Stephen bei ihm ist? Bestimmt verrate ich mich und erröte. Ach was, er wird schon nicht anwesend sein ... Aber wozu hab' ich dann meine beste Haube aufgesetzt?
Jetzt trat die junge Frau in die Vorhalle des Gebäudes. Ein Diener in

den Farben des Howardschen Familienwappens eilte ihr entgegen und fragte nach dem Zweck ihres Besuches. Fest umklammerte Alice den Brief, der vom Schweiß ihrer Hände schon ganz feucht war. Sie schien keineswegs gewillt, das kostbare Stück fortzugeben und verlangte, es dem Herzog selbst zu überreichen.
Der Bedienstete ging achselzuckend davon und kehrte nach einiger Zeit mit dem Haushofmeister zurück. Inzwischen spazierte Alice unbeaufsichtigt in der düsteren Eingangshalle umher, in der nichts auf den Reichtum des Eigners hinwies.
Als er das Siegel Agnes Howards erkannte, lenkte der Haushofmeister ein und winkte Alice, ihr zu folgen. Er schritt in merkwürdig wiegendem Gang voran, so als sei er früher zur See gefahren. Zunächst führte er die Besucherin durch einige zugige Flure, in denen die Binsen auf dem Boden nicht mehr den frischesten Geruch ausströmten. Dann aber ging es in ein Vorzimmer, das mit flämischen Wandbehängen und einer aufwendig gearbeiteten, laut tickenden Uhr ausgestattet war. Alice probierte schnell, ob die Haube auch richtig saß, als der Bedienstete klopfte und von drinnen die tiefe, brummige Stimme des Herzogs rief:
»Tretet ein!«

In Windeseile hatten sich die Neuigkeiten herumgesprochen. Im Schlafsaal zu Lambeth, dem einzigen Ort, an dem sie sich ziemlich ungestört versammeln konnten, hockten einige Mädchen auf ihren Betten und redeten über den Neuankömmling.
»Sie hat mich die ganze Zeit mit meinem Familiennamen angeredet«, berichtete Margaret Bennett. »Das fand ich äußerst merkwürdig. Schließlich haben wir, ungeachtet unserer Herkunft, hier alle den selben Stand.«
»Genau dies habe ich ihr auch deutlich erklärt«, fiel Dorothy Baskerville stolz ein. »Wir dürfen gar nicht erst zulassen, daß Cecily sich ihre eigenen Regeln macht. Ich jedenfalls werde sie weiterhin mit ihrem Vornamen ansprechen, ob sie das schätzt oder nicht.«
Catherine Howard winkelte die Beine an und stützte lässig den Kopf auf. Lächelnd meinte sie:
»Ich rechne es meiner Großmutter hoch an, daß sie – wenn auch schweren Herzens – den Diener wieder fortgeschickt hat, den Cecilys Vater ihr für persönliche Bedürfnisse mitgab. Soll sie ruhig mithelfen und sich plagen, wie alle anderen in diesem Haus auch.«

Mary Lassells ergriff das Wort und wie auf ein Kommando schauten alle zu ihr hin, was sie leicht durcheinanderbrachte. Mit gesenktem Blick äußerte sie schließlich:
»Es ist unerhört, wie sie sich mit aufgelöstem Haar in der Öffentlichkeit zeigt. Ihre Gnaden werden ihr das hoffentlich noch verbieten.«
»Wie gut, daß es dich gibt, Mary!« spottete Dorothy. »Wer würde sonst noch auf Sitte und Anstand achten?«
Aber Mary überhörte die Spitze, ganz gegen ihre sonstige Gewohnheit. Das Gefühl, in der Ablehnung Cecilys mit den anderen einig zu sein, war zu stark und verschaffte ihr ein langvermißtes Behagen.
»Recht hast du, Dorothy!« erwiderte sie so heiter wie möglich; ergriff das hinten herabhängende Ende ihrer Leinenhaube, drehte den Stoff zu einem unförmigen Gebilde zusammen und schob diesen Turban nach oben. Cecilys Piepsstimme nachäffend, sagte sie dazu: »Und nach dieser Mode trägt man es jetzt in den spanischen Kolonien!«
Schallendes Gelächter war der Lohn ihres Scherzes. Marys dünne Lippen verzogen sich zu einem Lächeln.
Die Tür öffnete sich und weitere Schülerinnen traten ein, durch den Lärm aufmerksam geworden. Mary Lassells entschied, genug Spaß gehabt zu haben und verließ den Raum. Catherine atmete hörbar auf. Joan Bulmer wandte sich an Dorothy Baskerville, deren Bett dem Eingang zum Schlafsaal am nächsten stand.
»Richard will heute nacht einmal vorbeischauen«, sagte sie leise und alle, die es hörten, kannten die Bedeutung dieser Worte.
»Es fängt also wieder an!« lachte Catherine. »Kaum zieht die warme Jahreszeit ein, belagern die Männer das Haus in Scharen …«
Dorothy ahnte, um was sie gebeten werden sollte. Keins der Mädchen unterzog sich gern der gefahrvollen Aufgabe, gegen Mitternacht aus dem Saal zu schleichen, drei Räume weiter zum Gemach der Herzoginwitwe zu gehen und den Schlüssel zu entwenden, mit dem sie abends den Zugang zu diesem Trakt des Schlosses versperrte. Genauso geschickt mußte natürlich gegen Morgen alles wieder verriegelt werden, als sei nichts geschehen.
»Sei kein Feigling, Dorothy!« ermunterte Joan. »Im übrigen glaube ich, daß die alte Dame nicht so dumm ist, wie ihr glaubt. Vielleicht stellt sie sich manchmal nur schlafend und ahnt in Wirklichkeit, was wir tun …?«
»Das herauszufinden, möchte ich lieber nicht riskieren«, warf Catherine ein. »Sicher, auch Großmutter war einmal jung und versteht uns

in vielem. Aber ob sie die Besuche unserer Freunde guthieße, bezweifle ich.«
»Also gut«, nickte Dorothy. »Ich werde mein Bestes versuchen. Kommt denn außer Richard sonst noch einer? Sprecht euch lieber gleich ab, denn vier Leute passen nicht in ein Bett für zwei.«
»Ich kann es noch nicht genau sagen«, meldete sich Elizabeth Sutton schüchtern zu Wort. Edward hat mir bisher keine Nachricht gegeben.«
»Warum erhörst du nicht endlich meinen Bruder?« platzte Catherine übermütig dazwischen. »Da hättest du es wesentlich einfacher, denn zum einen verehrt er dich seit neuestem und zum anderen bräuchte er nur vom Jungenschlafsaal heraufzukommen.«
»Pah!« machte Elizabeth und zupfte an ihren Ärmeln herum. »Der arme kleine Charles! Alles, was er besitzt, ist ein großer Name und ein Gesicht voller Pickel. Hätte er wenigstens so viele Schlösser wie Pusteln, wollte ich ihn vielleicht nehmen.«
Catherine staunte über so viel Frechheit. Empört schnappte sie nach Luft und erwiderte:
»Du wirst Charles noch auf den Knien anflehen, seine Gattin werden zu dürfen! Bald schon tritt er eine glänzende Stelle bei Hofe an!«
Elizabeth kicherte amüsiert.
»Natürlich, Catherine. Darauf warten wir genauso wie auf die Nachricht, daß dein Vater endlich das bedeutende Amt erhalten hat, von dem du bereits vor Wochen erzähltest...«
Wortlos erhob sich Catherine vom Bett, ließ die Gefährtinnen stehen und lief ins Musikzimmer, in dem sich gerade niemand aufhielt. Zum ersten Mal seit Beginn ihres Unterrichts klappte sie freiwillig den Deckel des Spinetts auf, legte die kurzen, drallen Finger auf die Tasten und suchte sich auswendig die Töne eines Liedes, das Manox vor längerer Zeit mit ihren Geschwistern eingeübt hatte.
Zuerst ging es nur zaghaft, doch bald gewann Catherine an Sicherheit. Während sie anschlug, legte sie das Ohr ans Holz des Instruments und lauschte, wie der nur kurz angerissene Ton im Innern verhallte. Ihre Hände wanderten fast wie von selbst über die Tastatur und Töne, aneinandergereiht wie Perlen auf einer Schnur, erfüllten das Zimmer. Als das Lied zu Ende war, begann Catherine noch einmal von vorne, immer wieder. In ihrer Kehle saß ein Kloß, gegen den sie tapfer anzukämpfen versuchte. Die Musik beruhigte sie ein wenig und allmählich vertraute sie ihrem eigenen Können.

Lautlos öffnete sich die Tür und Henry Manox, herbeigelockt durch das Spiel, trat ein.
»Ich kann nicht bei Euch bleiben, liebste Catherine«, sagte er, »da ich gerade einige Jungen auf der Laute unterrichte und die Stunde nur kurz unterbrach. Aber das Eine sollt Ihr wissen: ich bin stolz, recht behalten zu haben. Sagte ich Euch nicht immer, Ihr besäßet mehr als mittelmäßiges Talent zum Musizieren?«
Der Lehrer trat zu seiner Schülerin. Catherine hörte auf zu spielen, stand auf und schmiegte sich an ihn.
»Ihr glaubt an mich, Manox«, murmelte sie. »Das werde ich Euch nicht vergessen.«

Unweit des Norfolkschen Palastes fuhr eine Barke stromaufwärts auf der Themse. Für Thomas Cromwell und seine Begleiterin war dies der schnellste und bequemste Weg, zum Herzog zu gelangen. Der allerdings ahnte noch nichts von diesem Besuch.
Die Ruderer legten sich mächtig in die Riemen. Der Minister, der in dem kleinen hölzernen Aufbau des Bootes thronte, sah es mit zufriedener Miene. Mehr Kopfzerbrechen machte ihm die Frau an seiner Seite. Er fragte sich allmählich, ob es richtig gewesen war, Lady Rochford mitzunehmen.
Jane saß aufrecht neben ihm, als hätte sie einen Stock im Rücken. Wie stets trug sie eine ihrer gotischen Giebelhauben, die ihr vorzeitig gealtertes Gesicht äußerst unvorteilhaft zur Geltung brachte. Die Hände in den Schoß gelegt, spielte sie unruhig an den zahlreichen Ringen herum, die ihre Finger schmückten.
Dem Äußeren nach paßt du perfekt zu deiner Königin, dachte Cromwell boshaft und warf einen Seitenblick auf die Hofdame. Eine Jane farbloser als die andere. Über Anne Boleyn konnte man viel sagen, aber sie verstand es wenigstens, sich modisch zu kleiden.
»Euer Porträt, das Ihr in Eurem Privatgemach aufgehängt habt, hat mir ausnehmend gut gefallen«, ließ sich Lady Rochford nach längerem Schweigen vernehmen. »Es läßt wahre Meisterschaft erkennen, sofern man es mit den anderen Bildern in Eurem Hause vergleicht.«
Cromwell verzog leicht die Mundwinkel, als er Janes denkbar ungeschickt vorgetragenes Kompliment vernahm.
»Ja, ich gleiche mir tatsächlich«, antwortete er mit leichtem Spott. »Wie sollte es auch anders sein, wenn des Königs Hofmaler mein Bildnis anfertigt? In ganz England konnte man einen solchen Künst-

ler nicht finden. Vielleicht wißt ihr es nicht, aber Meister Hans ist aus Deutschland gebürtig.«
Jane schien das Thema nicht mehr weiter zu interessieren, denn sie verfiel wieder in dumpfes Schweigen und blickte starr geradeaus. Eintönig zogen die Ruderblätter ihre Bahn durch das munter sprudelnde Flußwasser. Manchmal trieben abgebrochene Äste vorbei, bisweilen dümpelten auch Gegenstände auf den Wellen. Mehrmals führte Jane die von ihrem Gürtel herabhängende Riechkugel, gefüllt mit kostbaren Essenzen, an die Nase, um sich von unangenehmen Gerüchen abzulenken, die über dem Flußbett lagerten.
Nach einiger Zeit langweilte sich der Minister und er versuchte abermals, ein Gespräch anzuknüpfen.
»Hoffentlich befindet sich Norfolk in guter Stimmung. Ich will endlich die Ruine dieser alten Abtei loswerden und werde auf eine Entscheidung seinerseits drängen. Hat er sie erst gekauft, mag er damit machen, was er will. Ich jedoch weiß keinen Zweck, dem man dieses Gebäude zuführen könnte.«
»Ist es denn sehr verfallen?« erkundigte sich Lady Rochford.
»Es gab schon schlimmer zerstörte Häuser«, antwortete Cromwell ausweichend. »Als Seine Majestät vor drei Jahren die Klöster auflösen ließ und dem päpstlichen Aberglauben die Stirne bot, gab ich auch den Befehl, Thostring Abbey zu räumen. Sobald die Mönche jedoch vertrieben waren, drangen Bauern aus den um London liegenden Dörfern ein. Sie raubten, was die Beamten übriggelassen hatten, den Rest zerschlugen sie und zündeten das Kloster an.«
»Weshalb sollte der Herzog von Norfolk eine Ruine erwerben wollen?« wunderte sich Jane.
Cromwell atmete tief durch und erwiderte:
»Weil noch mehr zum Verkauf steht als ein paar rauchgeschwärzte Mauern! Das gesamte Grundstück eignet sich hervorragend zur Wiederbebauung oder aber, nach Abriß der Reste, als Weideland.«
»Jetzt verstehe ich Euren Plan«, murmelte Jane und lächelte. Der Minister schaute zweimal hin, doch es war wirklich so. Jane Boleyn lächeln zu sehen, war bis dahin ein seltenes Ereignis gewesen.
Links und rechts der Themse erstreckten sich ausgedehnte Gärten. Oft lugten hinter den Bäumen schmucke Landhäuser hervor. Je näher die Reisenden gegen Lambeth kamen, desto prächtiger und prunkvoller sahen die Gebäude aus. Jetzt konnte nur noch eine kurze Strecke vor ihnen liegen.

»Am besten ist, ich nutze die Gelegenheit und beschwatze Norfolk, solange er noch gute Laune hat. Die andere Sache – Ihr werdet doch vorerst verschwiegen sein? – erwähne ich lieber erst kurz vor dem Aufbruch. Es wird ihn niederschmettern, das zu hören…«

Thomas Howard, Herzog von Norfolk, saß in seinem geräumigen, sehr komfortabel eingerichteten Privatzimmer. Der Sessel, auf dem er sich niedergelassen hatte, war mit Samt bespannt und weich gepolstert. Da der Fürst viel Zeit im Sattel verbrachte, wußte er solche Bequemlichkeit doppelt zu schätzen.

An der Tür klopfte es. Auf seine Entgegnung hin trat der Haushofmeister ein, gefolgt von einer jungen Frau, deren ziemlich angeschmutztes Reisecape schlecht zu der herrlichen Samthaube paßte, die sie trug. In den Händen hielt sie einen etwas zerknitterten, versiegelten Brief.

»Was bringt Ihr mir?« fragte Norfolk, denn als der Ältere durfte und mußte er zuerst sprechen.

»Eine Nachricht aus Lambeth, Euer Gnaden«, sagte Alice und knickste. »Mein Name ist Alice Shelton. Eure Frau Mutter trug mir auf, sie Euch und niemandem sonst unverzüglich zu überbringen.«

Der Herzog runzelte die Stirn und musterte Alice, die ihm den Brief in die Hand gab, mit seinen schwerlidrigen Eidechsenaugen.

»Wie trefflich, daß Ihr gekommen seid, Mistress Shelton«, meinte er dann. »Meine Nichte Catherine scheint ja mit Euch befreundet zu sein, jedenfalls berichtete sie mir das. Daher gebe ich Euch nun meinerseits ein Schreiben, das Ihr nach Lambeth mitnehmen sollt. Händigt es Catherine aus – sie hat lange auf diese Nachricht ihres Vaters gewartet!«

Alice knickste abermals und blickte enttäuscht um sich. Thomas Howard saß ganz allein in seinem Gemach; nirgendwo war ein Diener oder gar eine Leibwache zu sehen. Wo mag nur Stephen sein? Ich kann ja schwerlich diesen hohen Herrn fragen, was er gerade macht… Schweren Herzens folgte die junge Frau dem Haushofmeister, der sie wieder aus dem Schloß begleiten sollte. Alice fühlte, daß ihre Kehle vor Angst ganz ausgedörrt war, doch noch größer als die Furcht, ihr Geheimnis preiszugeben oder zu spät zurückzukehren, war die Sehnsucht, Stephen Dennyford wiederzusehen. Mit belegter Stimme wandte sie sich an den vor ihr gehenden Mann und fragte ihn, da sie hoffte, er wisse nicht, wer sie sei:

»Wißt Ihr, wo sich des Herzogs Leibwache aufhält?«
Der Haushofmeister blickte überrascht drein. »Die Männer wechseln ihre Posten öfters. Ihr müßt mir schon sagen, wen genau Ihr sucht.«
Jetzt half nichts mehr.
»Stephen Dennyford, den Sohn des Earl von Manting«, sagte Alice kaum hörbar.
Der Bedienstete nahm die Auskunft gleichmütig hin.
»Dann müssen wir einen anderen Weg gehen«, meinte er knapp und bog in einen Gang, an dessen Ende eine finstere Kellertreppe lag. Alice bekam es mit der Angst zu tun. Hoffentlich führte dieser Unbekannte nichts Böses mit ihr im Schilde ...
Geschickt raffte sie ihre Röcke, als sie hinter dem Mann die enge und schmutzige Treppe hinunterstieg. Unten angekommen, gingen die beiden nur noch einige Schritte weiter zu einer Tür, die mangels Licht kaum zu erkennen war. Laut pochte der Haushofmeister an, dann stieß er die Tür auf.
Ein halbes Dutzend junge Männer, unter denen sich auch Stephen und Giles Paston befanden, war damit beschäftigt, im Schein einer Laterne Zaumzeug, Sättel und Reitstiefel aller Größen zu säubern. Sie blickten erstaunt zur geöffneten Tür, in der Alice hinter der vierschrötigen Gestalt des Haushofmeisters hervorlugte. Der sagte mit einer Feierlichkeit, die nicht in diese schmutzige Umgebung paßte:
»Mylord Dennyford, hier ist eine junge Dame, die Euch zu besuchen wünscht.«
»Oho!« tönte es anerkennend-spöttisch aus der Runde. Stephen versuchte, nicht die Beherrschung zu verlieren. Geräuschvoll warf er die verdreckten Stulpenstiefel, an denen er sich abgemüht hatte, beiseite, und rieb die Hände an einem alten Tuch. Dann verließ er den Kellerraum und schlug die Tür hinter sich zu. Auf dem Weg ans Tageslicht fiel kein einziges Wort.
Endlich verschwand der Haushofmeister, der sich ohne größere Neugier sofort wieder seinen Geschäften widmete. Stephen und Alice gingen durch den hinteren Ausgang des Schlosses, der in den Garten führte.
»Vielleicht könnten wir zusammen bis dorthin wandern, wo das Gebiet Eures Dienstherrn an das meiner Erzieherin grenzt«, schlug Alice vor. »Dann brauche ich nicht über die Landstraße nach Hause zu gehen.«
»Ich weise Euch darauf hin, Alice, daß dieser Weg sehr viel länger

sein wird«, erwiderte Stephen kühl. »Ihr bringt Euch nur in Schwierigkeiten.«
Enttäuscht über diese Reaktion, senkte Alice den Kopf.
»Mein Besuch kommt Euch wohl ungelegen?« sagte sie und kam sich listig dabei vor, denn sie hoffte auf Widerspruch seinerseits.
»Ihr habt es erraten!« kam Stephens ehrliche Antwort. Insgeheim ärgerte er sich darüber, daß seine Freundin ihn bei einer nicht sehr herrenhaften Arbeit überrascht hatte – und das auch noch vor den Augen all seiner Gefährten. »Ich versicherte Euch doch, ich würde Euch zu finden wissen.«
»Nun«, meinte Alice keck, »bin ich Euch zuvorgekommen. Jeder Tag, an dem ich auf Nachricht von Euch wartete, war ein Tag zuviel.«
»Ihr seid recht ungeduldig«, brummte Stephen.
Inzwischen hatten die beiden Spaziergänger längst den Kräutergarten hinter sich gelassen und wanderten an kunstvoll geschnittenen Sträuchern vorbei, die noch schmucklos und kahl ihre Zweige ausstreckten. Doch auch an ihnen waren schon Knospen erkennbar. Überall sah man alte Vogelnester, die bald unter den Blättern verschwinden würden.
Nur ein kleines Stück Weg entfernt begann das Labyrinth, dessen Gänge zurechtgestutzte Taxusbüsche bildeten. Stephen wies darauf und schmunzelte.
»Habt Ihr ein solches Labyrinth schon einmal betreten?« Als seine Begleiterin den Kopf schüttelte, fuhr er fort: »Spätestens *darin* lernt einer, nichts zu überstürzen ...«
Alice spürte plötzlich einen Kloß im Hals. Tränen schossen ihr in die Augen, die sie mit einer hastigen, wütenden Bewegung beiseite wischte. Damit Stephen nichts merken sollte, bückte sie sich und hob einen Stein auf, den sie weit von sich schleuderte, in Richtung eines hinter dem Labyrinth gelegenen Teiches.
Laut plumpste der Brocken ins Wasser und scheuchte zwei Stockenten hoch, die unter dem überhängenden Uferrand verborgen gesessen hatten. Mit schimpfendem Quaken flatterten sie hoch und zogen über dem nahen Wäldchen vorbei. Noch immer breitete sich der Kreis im Teich aus und brach das Spiegelbild des Gestrüpps am Rand in bunte Streifen.
Alice, die die Enten nicht gesehen hatte, war zunächst erschrocken, hatte sich aber mittlerweile wieder gefaßt. An Stephens Bemerkung anknüpfend, sagte sie leise, aber bestimmt:

»Muß ich Euch wirklich darauf hinweisen, wie schnell das Leben vorbei sein kann? Es währt vielleicht vierzig, fünfzig oder mit etwas Glück auch sechzig und mehr Jahre. Aber viele Menschen sterben, ohne je ein Ziel erreicht zu haben – weil sie mit ihrer Zeit zu geduldig umgegangen sind!«
»Und welches Ziel verfolgt Ihr, Alice?« wollte Stephen wissen.
Die junge Frau dachte nach. Vieles ging ihr durch den Kopf, worüber sie jetzt weder sprechen wollte noch konnte. Schließlich gab sie eine vorsichtige Antwort.
»Mein Ziel ist das gleiche wie dasjenige vieler anderer Mädchen. Ich möchte ein Zuhause haben und einen achtbaren Mann, dem ich angehöre. Doch niemals wollte ich mit einem Menschen leben, den ich nicht lieben kann.« Sie machte eine kleine Pause, bevor sie weitersprach, traute sich aber nicht, Stephen dabei anzusehen. »Die Zeit meiner Verheiratung rückt näher, worauf mich meine Eltern jüngst hingewiesen haben.«
»Man sagt allgemein, Liebe sei etwas Törichtes und habe wenig mit der Ehe zu tun«, sagte Stephen, und in seiner Stimme schwang Wärme mit. »Wer etwas anderes behauptet, wird als Narr abgetan. Nun, dann will ich gerne närrisch sein.«
»Ihr denkt also genau wie ich?« meinte Alice, eine Spur zu freudig und zu hastig.
»Bisweilen. Weder was die Liebe, noch was eine Eheschließung angeht, scheint mir besondere Eile geboten. Mein Vater hat mich nie zu einer Entscheidung gedrängt und er wird es auch jetzt nicht tun. Sollte ich vor der Zeit sterben, treten meine Brüder an meine Stelle, sodaß es in jedem Fall einen Nachfolger geben wird.«
Die Zuneigung zu Stephen stieg plötzlich wie eine gewaltige Welle in Alice hoch. Sie konnte nicht anders, als die Arme um ihn schlingen, als sie mit zitternder Stimme sagte:
»Sprecht nie wieder von Eurem Tod, Stephen! Meint Ihr tatsächlich, ein anderer Mensch könnte je an Eure Stelle treten?«
Betreten schaute der junge Mann zur Seite. Er scheute sich zuerst, zu fragen, entschied sich aber endlich dennoch dazu.
»Sagt mir, warum bedeute ich Euch so viel? Was habe ich dafür getan, daß meine Gegenwart so kostbar für Euch ist?«
Wie oft hatte Alice darüber schon nachgedacht. Während endloser Stunden, in denen sie sich mit der ermüdenden und eintönigen Tätigkeit des Stickens hatte befassen müssen. In Nächten, wenn die

Enge des mit Margaret Bennett geteilten Bettes ihr den Schlaf raubte oder der Vollmond gar zu hell durchs Fenster schien. Viele Male hatte sie imaginäre Zwiesprache mit Stephen gehalten und ihm alles Mögliche erzählt, was ihr auf dem Herzen lag. Wenn es schicklich gewesen wäre, einem Mann zu sagen, was alles schön und bewundernswert an ihm war, hätte Alice ihm aufgezählt, daß...
Ja, was eigentlich?
Daß dieser Moment jemals eintreten würde, war ihr derart unwahrscheinlich vorgekommen, daß sie jetzt – als es galt – vor Verblüffung verstummte.
In der Ferne sah man bereits die Hügel mit den Schafweiden, die Agnes Howard gehörten. Irgendwo mußte die Grenze zwischen den Ländereien sein, die Stephen damals wegen des Schnees nicht erkannt hatte. Aber auch an diesem Tag war das nur schwer zu bewerkstelligen, denn die Grenzsteine standen vereinzelt und waren nicht besonders groß. Vor den beiden Spaziergängern stieg eine kleine Anhöhe mit einigen Felsbrocken und einer jungen Birke an. Von dort oben fiel der Blick auf den längst aufgetauten Fischteich, auf dem Alice noch wenige Wochen zuvor ihre neuen Schlittschuhe ausprobiert hatte.
»Es wird Zeit, sich zu verabschieden«, sagte Stephen. »Ihr habt noch ein wackeres Stück Weg vor Euch, und ich sollte besser umkehren, solange ich mich noch auf dem Grund und Boden meines Dienstherrn befinde.«
»Auf Eure zuletzt gestellte Frage habe ich gar nichts gesagt«, entgegnete Alice. »Ihr habt Euch sicherlich dazu überwinden müssen, dergleichen von mir wissen zu wollen. Deshalb wäre es unhöflich von mir, die Antwort zu verweigern.«
Stephen fuhr mit der flachen Hand über die Oberfläche eines der Felsblöcke und wischte etwas Sand herunter, bevor er sich daraufsetzte. Alice nahm neben ihm Platz.
»Noch weiß ich nicht, wo mein Zuhause sein wird«, sagte sie ruhig. »Aber bis ich das erfahre, seid Ihr derjenige, der mir eines schenkt. Es kommt mir oft so vor, als wohne in Euch viel mehr Ruhe und Kraft als in mir. Ihr scheint Euch um alles weniger zu sorgen als ich und dennoch fehlt es Euch offensichtlich an nichts. Dazu versteht Ihr etwas von den meisten Dingen und könnt Euch wunderbar darüber unterhalten. Euer angenehmes Äußeres muß ich auch noch erwähnen.«

»Haltet ein!« bat Stephen verlegen, aber seine Freundin hatte schon alles gesagt, was ihr wichtig erschienen war. »Das hört sich alles sehr schmeichelhaft an, doch glaube ich Euch, daß Ihr dieses Bild von mir habt. Und nun möchte ich Euch einmal dafür danken, daß Ihr versucht, mich zu verstehen. Wann immer wir uns begegnet sind, waren meine Tage noch lange mit Freude erfüllt. Seid Ihr heiter, bin ich es auch, denn ich kann dann gar nicht anders. Habt Ihr dagegen Schmerzen, ist mein größter Wunsch, sie von Euch zu nehmen.«
Alice blickte starr auf den Teich hinaus. Dort schwamm eine einsame Ente, deren Körper einen sich ständig verbreiternden Keil in das Wasser schnitt.
»Oh Stephen«, sagte sie endlich. »Eure Worte werden mich noch lange begleiten – bis zu unserer nächsten Begegnung...«
»Verzeiht meinen Ärger, den ich anfangs zeigte«, sprach der junge Mann und ergriff ihre Hände. »Dabei habt Ihr nur getan, was die Gunst des Augenblicks nahelegte und mich gesucht. Weshalb sonst hättet Ihr diese reizende Haube aufgesetzt?«
»Vielleicht wollte ich dem Herzog, Eurem Dienstherrn, gefallen«, scherzte Alice und zeigte ein freches Grinsen. Stephen legte den Arm um ihre Schultern und lachte.
»So schwer es mir auch fällt, doch wir müssen nun wirklich zurückkehren«, meinte er dann. »Im allgemeinen stehen mir im Dienste Norfolks einige Freiheiten zu, doch heute habe ich mich unerlaubt von meinen Aufgaben entfernt. Sollte dies dem Herzog hinterbracht werden, müßte ich zur Strafe einen halben Tag lang Kaminholz hacken...«
Im Geiste sah Alice ihren Freund schon schweißüberströmt und stöhnend das Beil schwingen. Der Gedanke, daß er ihretwegen zu leiden haben könnte, war ihr ganz unerträglich. Auf der Stelle sprang sie von dem Felsblock herab und strich ihr Cape glatt.
»Nun denn, Gott befohlen, liebe Alice«, sagte Stephen und küßte sie zärtlich auf die Stirn. »Bitte, vergeßt nur eines nicht: Laßt mir Zeit.«
Ohne sich noch einmal umzuwenden, ging Alice davon. Der Wind bewegte die gelben, ausgetrockneten Schilfrohre am Teichufer.

Während dieser Ereignisse hatten Cromwell und Jane Rochford längst mit ihrer Barke am Ufer angelegt und den Weg zum Norfolkschen Besitz eingeschlagen. Ein kurzer, mit Steinen gepflasterter Pfad führte zum Schloß, das sie in wenigen Minuten erreichten.

Cromwell hatte sich besonders schlau gedünkt, als er seinen Überraschungsbesuch plante. Er wußte genau, daß Thomas Howard und Jane Rochford sich nicht das Geringste zu sagen hatten und der Herzog die ehemalige Schwägerin seiner Nichte nicht empfangen würde, wenn sie ohne seine Begleitung aufkreuzte. Aber Minister Cromwell abzuweisen, konnte sich auch ein Howard nicht leisten, weswegen er der Hofdame seine Unterstützung gewährte.
Uneigennützig war sein Handeln nicht, denn das Geschäft, das er Norfolk vorschlagen wollte, sollte ein doppeltes sein: Jane würde ein Gut zum Kauf anbieten, das an eins der Howardschen Besitztümer grenzte. Cromwell wußte einerseits, daß der Herzog es schon länger im Auge hatte und dafür einiges zu zahlen bereit war. Andererseits gedachte er, diesen Umstand für sich auszunutzen und Norfolk zugleich die alte Abtei zuzuschieben, die er endlich los sein wollte. Erst unterwegs hatte er der Rochford die gesamte Absicht des Besuches mitgeteilt. Und da Jane nach dem Tod ihres Mannes und dessen Schwester vom Wohlwollen des Königs abhing, mußte sie sich in seine, Cromwells, Pläne einspannen lassen. Wer anders als er besaß einen solchen Einfluß auf Seine Majestät?
Thomas Howard blickte ins Gesicht seiner angeheirateten Nichte. Er empfand keinerlei verwandtschaftliche Bindung mehr an Jane, seit George und Anne auf dem Schafott gestorben waren. Dabei spielte es keine Rolle, daß er selbst mit den beiden auf nicht allzu gutem Fuße gestanden, ja, an ihrer Verurteilung mitgewirkt hatte. Jane mit ihren verhärmten Zügen, dem jammernden Ton in der Stimme und der steifen, trotzigen Körperhaltung war schon immer eine lebendiggewordene Anklage gewesen und damit keine angenehme Gesellschaft.
»Macht es kurz, Mylady«, schnarrte Norfolk unhöflich. »Ihr braucht mir nicht weiter zu beschreiben, worum Euch zu tun ist, denn der Besitz, den Ihr verkaufen wollt, wäre recht wertvoll für mich. Wieviel wollt Ihr dafür haben?«
Zu des Fürsten Verblüffung antwortete Cromwell an Janes Statt und zog ein vorbereitetes Schriftstück aus der Tasche. Er reichte es Norfolk über den Tisch und wies auf die Klausel hin, die dieses Geschäft mit dem Erwerb der Ruine Thostring Abbey verknüpfte.
»Ihr seid ein Fuchs, Cromwell. Jetzt fangt Ihr schon an, Eure besten Freunde hinter's Licht zu führen, wie?« sagte Norfolk säuerlich grinsend. »Nun, sei's drum. Vielleicht sollte ich das alte Kloster wirklich

kaufen und, nur um Euch zu ärgern, wieder ein paar Mönchlein hineinsetzen.«
Der Minister lachte schallend und spann den Scherz weiter.
»Warum nicht gleich ein kleines Wunder produzieren und eine gutgehende Wallfahrt aufziehen?«
»Mit selbstgefertigten Pilgerzeichen und eigenem Weinanbau!« dröhnte der Herzog. »Mag das Gesöff auch sauer sein, wenn es nur Geld bringt!«
»Wenn Euch Eure fromme Stiefmutter hören könnte!« grinste Cromwell und rieb sich Lachtränen aus den Augen. Jane, die das alles keineswegs komisch fand, schüttelte stumm den Kopf.
Der Minister war noch keineswegs gewillt, den Spaß zu beenden.
»Als neuen Abt schlage ich Euren Bruder Edmund vor, damit er endlich eine Berufung findet, die seiner würdig ist.«
Das Lachen schwand aus Thomas Howards Gesicht. Er straffte unwillkürlich die Schultern, als er Cromwell milde zurechtwies:
»Das wird kaum nötig sein! Heute früh traf ein Brief meines Bruders ein. Er hatte ihn einem aus Calais abreisenden Händler mitgegeben, zugleich auch eine Nachricht an seine Kinder, die bei unserer Stiefmutter erzogen werden. Es scheint, als winke ihm nun endlich das verdiente Glück. Denn die Edlen der Stadt haben ihn zum Bürgermeister von Calais gewählt!«
Seine Worte ließen den Minister unbeeindruckt.
»Leider muß ich Eure Freude trüben, Norfolk«, erwiderte er. »Euer Bruder hätte seine Post eher aufgeben sollen. So aber treffen die gute und die schlechte Nachricht an einem Tag zusammen ...«
Der Herzog sprang aus seinem Sessel auf.
»Was meint Ihr, Cromwell?« sagte er und wurde blaß. »Ist das ein weiterer von Euren Scherzen?«
»Ganz und gar nicht, Mylord«, ereiferte sich der Angesprochene. »Heute morgen, kurz bevor ich mich für den Besuch bei Euch reisefertig machte, traf ich Seine Majestät in höchster Erregung an. Er hatte soeben einen Erlaß unterzeichnet, mit dem er persönlich die Ernennung Eures Bruders für null und nichtig erklärte.«
Thomas Howards Stirnadern schwollen gefährlich an. Er umklammerte den auf dem Tisch stehenden Kerzenleuchter mit festem Griff. Jane Rochford befürchtete, er könne ihn vor Wut in ihre Richtung schleudern, und rückte vorsichtig ein Stück zur Seite.

»Bleibt nur sitzen, Lady Rochford!« schrie Norfolk sie an. »Ich werde Euch schon nichts zuleide tun, auch wenn mein Bruder es Intriganten wie Euch zu verdanken hat, daß sich sein Schicksal nicht wenden will!«
Jetzt kam Leben in Janes versteinertes Gesicht. Ihre schmalen Augenbrauen zogen sich steil nach unten, wie zwei Pfeile, die aufeinander zufliegen. Sie schoß auf und stieß mit zitternden Lippen hervor: »Das brauche ich mir nicht anzuhören! Nehmt Eure falschen Beschuldigungen sofort zurück oder Ihr werdet das Gut, das Ihr haben wollt, niemals bekommen!«
Cromwell faßte die Wütende bei der Schulter und drückte sie sanft zurück in ihren Sessel.
»Bei aller Freundschaft, Norfolk, seid nicht ungerecht«, sagte er begütigend. »Glaubt mir, es macht wenig Freude, derlei schlechte Botschaften zu überbringen. Und überlegt einmal, ob Euer Bruder tatsächlich so unschuldig an seinem Los ist.«
»Die armen Kinder...« murmelte der Herzog vor sich hin. »Sie werden sich ganz umsonst freuen.« Rasch ergriff er die Feder, tunkte sie ins Tintenfaß und unterschrieb den von Cromwell ausgearbeiteten Kaufvertrag. Die beleidigt vor sich hinschniefende Lady Rochford sollte keine Chance erhalten, es sich anders zu überlegen. Was er mit der gleichzeitig erworbenen Abteiruine anfangen sollte, wußte er ebensowenig, wie es vor ihm Cromwell gewußt hatte, doch schien ihm dieses Problem augenblicklich minder wichtig.

Agnes Howard fiel die bittere Aufgabe zu, Catherine und ihren Geschwistern mitzuteilen, daß durch das Eingreifen des Königs ihre Lage keineswegs verbessert worden war. Ihr Vater würde Oberaufseher von Calais bleiben und keineswegs Bürgermeister werden.
Catherine nahm die schlechte Nachricht ziemlich gefaßt auf und, ganz entgegen ihren sonstigen Gewohnheiten, sprach sie mit niemandem außer Alice Shelton darüber. Denn nachdem sie den von der Freundin überbrachten Brief nicht ohne Mühe entziffert hatte, war sie damit sofort zu Dorothy Baskerville, Elizabeth Sutton und Joan Bulmer gelaufen. Endlich schien eingetroffen zu sein, was sie so lange schon unbeirrt vorhergesagt hatte. Elizabeth hatte sich sogar für ihre Äußerungen über die Herkunft der Schlittschuhe entschuldigt, die Catherine ja als Geschenk ihres Vaters ausgegeben hatte, aus Vorfreude über das ihm angetragene Amt.

Doch nun war der Traum ausgeträumt, bevor er richtig begonnen hatte. Vielleicht würden die Gefährtinnen Catherines auf die eine oder andere Weise erfahren, wie Edmund Howards Höhenflug vom König verhindert worden war. Als Tochter hatte sie jedoch über diese Schande eisern zu schweigen, glaubte Catherine. Natürlich tat sie es auch aus Eigennutz, denn sonst wäre ihre Schwindelei ans Tageslicht gekommen. Und das war das Letzte, was sie in diesen Zeiten ertragen konnte.

Gerüchte machten die Runde im Haushalt der Herzoginmutter. Im Norden des Reiches sei es zu einem Aufstand gekommen, erzählten sich die Bediensteten. Entfernte Verwandte, nach London reisende Händler, aus aufgelösten Klöstern vertriebene Mönche und Nonnen hatten die Kunde verbreitet.

Und so war es wirklich. Die Unzufriedenen, geschart um einen Rechtsanwalt namens Robert Aske, zogen – offenbar unaufhaltsam – nach Süden. Auf ihren Fahnen leuchtete das Bild der Wunden Christi, zusammen mit Kelch, Pflug und Horn. »Pilgerfahrt der Gnade« nannten sie ihr Unternehmen, das der Herzog von Suffolk, des Königs alter Kämpe, mit seinen eilends ausgehobenen Soldaten zu bekämpfen gedachte.

In Lincolnshire, dann auch in Yorkshire lieferten sich Rebellen und Söldner heftige Gefechte. Viele Männer des niederen Adels schlossen sich Robert Aske an. In dieser Not besann sich König Heinrich auf Thomas Howard, der ihn nie im Stich gelassen hatte. Der Herzog war zwar nicht mehr der Jüngste, doch wenn es jemand gelingen konnte, des Aufstandes Herr zu werden, dann ihm.

Norfolk ritt mit einer Truppe von einigen Hundert Mann nach Doncaster, wo die Aufrührer sich verschanzt hatten. Schnell bemerkte er, daß sein und Suffolks Heer zahlenmäßig hoffnungslos unterlegen war und schickte einen Boten zu Robert Aske.

Im Lager der Rebellen staunte man nicht wenig. Der große Norfolk zu Verhandlungen bereit, ohne eine einzige Schlacht geschlagen zu haben? Geschmeichelt stimmte Aske einem persönlichen Treffen zu. Endlich hatte er Gelegenheit, einem Angehörigen des Kronrats verständlich machen, worum es ihm ging. War Norfolk nicht auch Katholik wie er? Wie konnte man es zulassen, daß nichtswürdige Kreaturen wie Cromwell, ein Mann aus kleinsten Verhältnissen, und der allen willfährige Cranmer des Königs Gunst erlangten? Sie waren es doch, die den früher so frommen Herrscher verleitet hatten, von der

wahren Kirche abzufallen. Seine schlechten Ratgeber würden Heinrich noch vollends ins Verderben stürzen, sofern man ihnen keinen Einhalt gebiete.
Bei soviel Naivität mochte Thomas Howard nicht sofort mit Gewalt dreinschlagen. Vielleicht kam man ja auch anders zum Ziel, zumal seine Armee schlecht gerüstet war. Er erließ im Namen des Königs eine Amnestie für alle Rebellen. Und unter seinem Schutz kam Robert Aske nach London, um auch König Heinrich selbst vorzutragen, was ein großer Teil seiner Untertanen dachte.
Die Nachrichten, die er in die Heimat mitbrachte, übertrafen sämtliche Erwartungen. Nicht nur, daß der Herrscher in seiner Güte selbst nach Yorkshire kommen wollte. Zu York würde auch ein Parlament einberufen und abgehalten werden, eines, dessen Wort endlich gehört werden würde und Gewicht besäße ... Mit Freuden hatte sich der tapfere Anwalt selbst dafür verbürgt, daß von nun an alles friedlich bleiben würde in den nördlichen Grafschaften. Bei so viel Entgegenkommen Heinrichs brauchte er nicht zu zögern.
Doch die Wochen vergingen, ohne daß auch nur eine der Zusagen erfüllt worden wäre. Wieder gärte es, die Menschen gaben bald ihrem Unmut offen Ausdruck. Schon hörte man von Übergriffen, von Plünderungen hier und da. Waren nicht auch königliche Steuereintreiber an Leib und Leben bedroht worden? Jetzt gab es kein Entrinnen mehr.
Des Königs Heerführer hatten die Zeit gut genutzt. Besser organisiert als beim ersten Mal, rückten sie schnell in Dörfer und Städte ein. Allenthalben stürzten sich die Raben auf reichliche Beute, die sie Norfolks erbarmungslosem Strafgericht verdankten. Sämtliche Aufrührer, deren er habhaft werden konnte, mußten ihre Taten mit dem Tode büßen. An einem Tag im Juli zahlte auch Aske für seine Vertrauensseligkeit. Norfolk, der eigens nach York gereist war, hatte nur ein verächtliches Lächeln übrig, als Aske in eisernen Ketten am Galgen endete.

Ein heißer Sommer war gekommen, dessen Hitze den Knechten und Mägden in Lambeth, aber auch den Bauern, viel zu schaffen machte. Zuzeiten drohte das Gemüse im Garten zu verdorren und mußte ständig begossen werden. Träge lagen die Schafe auf den gelblich ausgebleichten Wiesen und nutzten jedes Fleckchen Schatten aus. An den Fischteichen hielt sich niemand lange auf, der es nicht mußte,

denn Scharen von Stechmücken stürzten sich auf jeden, der in die Nähe des Wassers gelangte.
In diesen Tagen blieben die Zöglinge der Herzoginwitwe von Norfolk oft lieber in den kühlen Räumen des Schlosses, anstatt sich draußen zu vergnügen. Besonders die Mädchen fürchteten die pralle Sonne, die im Nu die Haut verbrannte. Die so entstandenen Schmerzen verschwanden zwar wieder nach einiger Zeit, doch ging dadurch die modische Blässe verloren. Und welcher Mann schätzte schon ein dunkles Gesicht, ähnlich dem der Bauern, die sich bei Wind und Wetter draußen aufhielten?
Oft saßen einige Musikbegeisterte unter den Obstbäumen beisammen und sangen zum Spiel der Lauten. Im Haushalt Agnes Howards lernten alle ein Instrument; manche Begabten wurden sogar auf mehreren unterrichtet. Wenn auch die Mädchen und Jungen im Tagesablauf auf Lambeth vielfältige Aufgaben zu übernehmen hatten, so brauchten sie doch nicht beim Einbringen der Wintergerste zu helfen oder beim Schlachten zur Hand zu gehen. Die Katen der Bauern, die vom Fischteich aus in der Ferne zu sehen waren, hatte noch keiner von ihnen aufgesucht. Das Leben jener Menschen fand in einer anderen Welt statt als der ihren; einer Welt, die ihnen so unbekannt und bedrohlich vorkam, daß man sie besser mied.

Schneller als gedacht setzten Anfang September dann doch einige heftige Gewitter ein. Gierig sogen die ausgedörrten Wiesen den Regen in sich auf, und die Fischteiche, deren Wasserspiegel gefährlich abgesunken war, füllten sich endlich wieder bis zum Rand. Agnes Howard atmete auf, denn bis dahin hatte sie um ihren Wald gebangt, der, trocken wie Stroh, leicht Opfer eines Brandes werden konnte.
Es folgten noch ein paar warme Tage, doch wie im Jahr zuvor wurden schon die ersten Vorkehrungen für Herbst und Winter getroffen. Die Gespräche im Haus drehten sich aber nicht nur um die Sorgen des Alltags. Von der Herzoginwitwe bis zum Laufburschen sprachen alle über die bevorstehende Niederkunft von Königin Jane. Ob England endlich ein Prinz vergönnt sein würde, den Seine Majestät schon so lange erhoffte? Was hatte König Heinrich nicht alles getan, um die Herrschaft seines Geschlechtes zu sichern ... Zum dritten Male war er verheiratet, und einige der dienstältesten Hofdamen hatten ihre Stellen bereits seit den Zeiten der Königinnen Katharine oder Anne inne. Diese Frauen hatten mehr Glück gehabt als ihre Herrinnen, die

beide durch des Königs Ungnade gestorben waren. Auch in Lambeth erinnerten sich etliche noch an die fromme Katharine aus Spanien, die nach vielen Jahren Ehe vom König verstoßen und auf einsame Schlösser verbannt worden war. Alle ihre Kinder waren tot, bis auf Prinzessin Mary. Doch Katharine hatte selbst im Unglück noch an ihrer Ehe festgehalten, auch wenn ihr Gatte sich zum Oberhaupt der Kirche Englands ernannt und deren Gültigkeit bestritten hatte. Bis zu ihrem einsamen Tod. Und das verdiente in den Augen der Altgläubigen, zu denen sich Agnes Howard zählte, Hochachtung. Aber auch Anne, Katharines früherer Hofdame und Nachfolgerin, war kein größeres Glück beschieden gewesen. Eine Tochter und mehrere Fehlgeburten – damit hatte sie den Zorn ihres Gatten herausgefordert und schließlich ihr Ende herbeigeführt. Seither mußten die von ihr begünstigten Anhänger Luthers auf der Hut sein! Zu diesen aber hatte sich die Howard-Sippe, trotz der Verwandtschaft mit den Boleyns, noch nie gezählt.

Trotz des Frühherbstes war die Nacht noch so warm, daß alle Fenster des Lambethschen Mädchenschlafsaales offenstanden. Leider lag dieser so hoch über der Erde, daß es zu riskant war, an der Fassade emporzuklettern. Die Zöglinge der Herzoginwitwe hatten sich trotzdem seit jeher zu helfen gewußt, wenn es darum gegangen war, ihren nächtlichen Besuchern Zutritt zu verschaffen.
Bereits vor Stunden hatte sich der letzte der Freunde leise über die Hintertreppe entfernt. Der von Joan Bulmers geschickter Hand gedrehte Schlüssel hatte keinerlei Geräusch verursacht. Die Tür war nun wieder verschlossen, als sei nichts gewesen, und Joan legte den Schlüssel zurück ins Zimmer der schnarchenden Herzoginwitwe.
Man müßte sich einmal mit einem Schloßmacher anfreunden. Der könnte uns heimlich einen Nachschlüssel herstellen und diese Komödie hätte ein Ende... Fast jeden Abend steht eine von uns Todesängste aus, wenn sie ins Zimmer der Alten eindringen muß... dachte Joan. Die überstandene Aufregung hatte sie nicht gleich einschlafen lassen. Zwar lag sie nun mit geschlossenen Augen da, doch die an ihr Ohr dringenden Töne unterschied sie nur zu genau. Dorothys typisches Seufzen. Elizabeth drehte sich schon wieder um, so daß die Strohmatratze ein Rascheln von sich gab. Und Alice murmelte irgendetwas, immer wieder. Joan gab sich Mühe, konnte das Wort aber nicht verstehen.

Im Osten dämmerte es. Ein noch kaum zu erahnender Lichtkreis erhellte das Nachtdunkel nur spärlich. Irgendwo in der Nähe krähte ein Hahn, worauf einer der Hofhunde in lautes Bellen verfiel.
Stephen Dennyford saß zwischen Hunderten von säuberlich auseinandergehauenen Holzstücken, den Rücken an die Bretterwand einer Scheune gelehnt. Dem völlig Erschöpften war das Beil aus den Händen gefallen, die Arme hingen ihm kraftlos am Körper herab. Schweiß lief ihm aus den wirren Haarsträhnen über die geschlossenen Augen bis in den Bart. »Ich wollte es nicht, oh Gott! Wie groß war die Angst, daß du zu spät kommst. Bleib doch, Stephen, ich bin schuld. Oh, geh nicht fort, Stephen, bleib hier, bleib hier ...«
Margaret Bennett fuhr abrupt aus ihrem Schlaf auf und fand sich in den Armen ihrer Bettgenossin Alice, die sich mit ungeahnter Kraft an sie klammerte. »Bleib hier! Bleib hier« hörte sie die Gefährtin halblaut hervorstoßen.
»Hör auf, Alice!« zischte Margaret und entwand sich dem Griff der Kameradin. »Hab' keine Angst, ich bleibe ja hier.«
Alice winkelte die Arme an und gab einen zufriedenen Seufzer von sich. Es war noch zu dunkel, um genau sehen zu können, doch Margaret glaubte, ein Lächeln auf ihren Zügen zu erkennen.

Stunden später brannte Musiklehrer Henry Manox vor Aufregung. Heute hatte seinen freien Tag. Er war mit Catherine Howard übereingekommen, sich bei der Windmühle zu treffen, die zum Grundbesitz der Herzoginwitwe gehörte. Manox und der Müller, der die Mühle gepachtet hatte, waren weitläufig miteinander verwandt. Daher glaubte der Lehrer, ein Stelldichein mit dem jungen Mädchen riskieren zu können. Daß bei der Mühle zu dieser Zeit bei günstigem Wind ein reges Kommen und Gehen herrschte, störte ihn nicht weiter. Was wußten schon die Bauern, die ihr Korn brachten oder abholten? Die wenigsten hatten ihn je zu Gesicht bekommen und Catherine kannten sie ganz gewiß nicht. Wenn es nur der Alten nicht auf die letzte Minute noch einfiel, Catherine mit irgendeiner Aufgabe zu betrauen. Vermutlich waren dies die letzten warmen Tage im Jahr, eine unwiederbringliche Gelegenheit, bevor der lange, öde Winter wieder alle Hoffnung zunichte machte ...
Manox stapfte an abgeernteten Kornfeldern vorbei. Scharen von Schwalben sammelten sich und zeigten damit das Kommen des Herbstes an, wenn auch die Blätter der Laubbäume in unverändert

saftigem Grün standen. Bald kam die Mühle in Sicht, die auf einer Anhöhe errichtet war. Ihre Flügel drehten sich ziemlich rasch. Unruhig tänzelten die Pferde so mancher Bauern vor den Karren, die sie zogen. Die Bewegung der Flügel, das laute Klappern, Ächzen und Knarren und auch der scharfe, kalte Luftzug in der Nähe des Gehäuses machte den Tieren Angst.
Manox stieg einen Trampelpfad hinan. Kurz streifte ihn der wohlige Geruch von Pfefferminze und er erwog eine kleine Rast, um die Pflanzen zu suchen. Dann aber setzte der Lehrer seinen Weg um so rascher fort. Heute gab es nur ein Ziel, und das hieß Catherine.
Catherine wählte den Weg durch den Wald, obwohl sie ihn so gut wie nie allein gegangen war. Das lag nicht daran, daß sie sich nicht zurechtgefunden hätte. Im Wald war es vielmehr zu jeder Jahres- und Tageszeit unheimlich. Überall konnten wilde Tiere lauern, zum Beispiel Füchse oder Wildschweine. Auch Hirsche mit ihrem Geweih waren sicher gefährlich. Sie kannte die mächtigen Stangen nur als Jagdtrophäen im Schloß ihres Onkels und war einem lebendigen Hirsch noch nie begegnet. Aber Catherines Furcht saß tief.
Ein Grausen befiel sie auch jedesmal, wenn sie an dem uralten Steinkreuz vorbeikam, das moosüberwuchert in einem dunklen Winkel des Forstes stand. Was genau an dieser Stelle passiert war, wußte keiner, doch ging die Rede, ein junger Hirte sei hier vor Jahrzehnten vom Blitz erschlagen worden.
Eine alte Magd in Horsham hatte Catherine einmal ziemlich anschaulich von der Hinrichtung einer armen Frau erzählt, die als Hexe angeklagt und zum Scheiterhaufen verurteilt worden war. Tagelang hatte das Kind, am ganzen Leibe zitternd, im Bett gelegen, nichts essen und nur wenig trinken können. Seither hatte Catherine entsetzliche Angst vor dem Feuer und setzte sich auch in winterlicher Kälte nur äußerst ungern in die Nähe des Kamins.
Der Gedanke an den Hirten, der sein Leben unter ähnlich grausamen Umständen wie die alte Frau verloren hatte, verursachte Catherine schreckliches Unbehagen. Am liebsten wäre sie wieder umgekehrt, als der Weg eine Biegung machte und sie das Steinkreuz von weitem durch die Bäume sah. Als sie endlich den Pfad zur Windmühle hinaufschritt, neigte sich der Nachmittag bereits seinem Ende zu und der Wind blies erheblich kühler. Noch immer warteten dort einige Bauern mitsamt ihrem in Säcke verpackten Mahlgut. Sie wandten sich neugierig nach dem Mädchen um, das in auffällig wertvolles

Tuch gekleidet ging und nur mit Mühe die enge Treppe zum Gehäuse emporklettern konnte, da der weite Rock sie behinderte.
Oben angekommen, blickte sich Catherine ratlos um. Ein ungeheurer Lärm erfüllte die hölzerne Mühle; alles um sie herum schien sich zu drehen, zu stoßen und zu rütteln. Riesige Zahn- und Kammräder bewegten sich gegeneinander und machten ihr Angst. Henry Manox näherte sich plötzlich von hinten und überraschte Catherine.
»Wo habt Ihr denn gesteckt, meine Liebste?« sagte er, doch seine Schülerin verschloß ihm den Mund mit einem Kuß.
»Dies ist nicht der rechte Ort, um Zärtlichkeiten auszutauschen, Henry«, meinte sie schließlich. »Hätten wir uns nicht irgendwo im Wald treffen können?«
»Wenn Euch das recht ist...« erwiderte der Musiklehrer. »Ich gebe aber zu bedenken, daß wir hier jederzeit essen und trinken können – unten im Müllerhaus. Nach einem so langen Weg seid Ihr gewiß hungrig.«
»So ist es, Henry. Nur bleibt uns dafür kaum Zeit, denn ich habe mich unterwegs zu lange aufhalten lassen.«
Aus dem oberen Stockwerk der Mühle kam ein Knecht die unglaublich steile und enge Leiter herab. Auf den Schultern trug er einen schweren Mehlsack.
»Aus dem Weg!« brüllte er und setzte wankend seine Schritte an den beiden vorbei.
»Wie gefährlich das ist!« schrie Catherine gegen das Knirschen und Rattern der Mechanik an. »Man kann hier leicht zu Tode stürzen!«
»Vor einiger Zeit soll das wirklich einem Knecht passiert sein. Und voriges Jahr wurde ein Bauer vom Mühlenflügel getroffen.«
Catherines Gesicht verlor jegliche Farbe.
»Und dann wagt Ihr es, mich an einen solchen Ort zu bringen?« rief sie empört. »Nicht genug, daß es laut und unbequem hier ist... vielleicht gibt es ja sogar Geister!« Mit diesen Worten stürmte sie davon, der erschrockene Manox hinterdrein.
Tatsächlich jedoch war Catherine ganz froh, einen Vorwand gefunden zu haben, um sich Henry zu entziehen. Dieses Stelldichein hatte er ihr mehr abgerungen, als daß sie noch große Lust nach seinen Zudringlichkeiten empfunden hätte.
So rasch es möglich war, stiegen die beiden die Mühlentreppe ins Freie hinab, um in der beginnenden Abenddämmerung wenigstens gemeinsam nach Hause zu laufen. In der Nähe stand ein Mann bei

seinen Pferden, den sie nur von flüchtigen Begegnungen kannten und in der Eile nicht einmal grüßten. Mit finsterem Gesicht starrte er dem ungleichen Pärchen hinterher.

Spätsommer und Herbst vergingen, ohne daß sich im Leben der Bewohner Lambeths viel änderte.
Das Reich dagegen stürzte aus Freudentaumel in tiefe Trauer, als im Oktober Königin Jane Seymour bei der Geburt ihres Kindes starb. Nun hatte der König endlich den ersehnten Sohn bekommen, doch um welchen Preis!
Zunächst hatte es den Anschein, als sei der Junge schwach und kränklich. So wurde alles getan, sein Leben zu retten, und die besten Ärzte des Landes an den Hof gerufen.
Zur Taufe des kleinen Edward erschienen der Herzog von Norfolk wie auch Thomas Cromwell. Jane Boleyn, Lady Rochford, hatte keine Einladung erhalten. Seine Majestät wünschte sie – ohne Angabe von Gründen – nicht bei dieser Feier zu sehen und stellte sich selbst Cromwells Bitten gegenüber taub, als er sich für seine alte Verbündete einsetzen wollte.

Mißglückte Werbung

Wie jedes Jahr kurz vor dem Weihnachtsfest erhielt Alice wieder einen Brief von ihren Eltern sowie eine Geschenkkiste, deren Inhalt der Herzoginwitwe wohlbekannt war.
Als Catherine davon erfuhr, eilte sie sofort zum Schlafsaal, wo sie ihre Freundin ganz richtig vermutete. Auf dem Bett lag die geöffnete Schachtel, daneben der Brief, den zu lesen Alice lange hinausgezögert hatte. Sie kauerte neben der Truhe, in der sie ihre Habseligkeiten aufbewahrte, und starrte auf eine merkwürdige Maserung im Holz. Diese sah aus, als sei eine schwarze Träne an der Kante heruntergelaufen und auf halbem Wege festgefroren.
»Bist du traurig?« fragte Catherine die Gefährtin geradeheraus.
Alice schüttelte langsam den Kopf.

»Nein, Catherine, eher ratlos. Erneut haben meine Eltern von Verhandlungen wegen meiner Verheiratung berichtet, ohne einen Namen dabei zu nennen.«
»Und jetzt hast du Angst, irgendeinem Unbekannten auf sein Landgut zu folgen, habe ich recht?« meinte die Freundin. »Und das, ohne je die Liebe erlebt zu haben... Arme Alice!«
Catherine meinte ihre Worte ehrlich. Sie legte der jungen Frau den Arm um die Schultern und streichelte ihre von der Kälte aufgerauhten Hände.
»Meine Eltern verlangen, daß ich ihnen, sobald sie ihre Wahl getroffen haben, den schuldigen Gehorsam erweise«, erzählte Alice leise. »Zur Belohnung für meinen guten Willen haben sie mir ein wunderschönes Geschenk bringen lassen – sieh einmal!«
Sie griff in die Schachtel auf dem Bett, schlug ein Stück Stoff zurück und holte eine sichelförmige Haube heraus, die am oberen und unteren Rand mit funkelnden Edelsteinen besetzt war. Vom hinteren Rand fiel ein schwarzer Schleier herab.
»Du meine Güte!« Catherine schlug die Hand vor den Mund. »Solche Hauben trug früher Anne Boleyn! Sie kommen aus Frankreich... Dieses Stück muß ein Vermögen gekostet haben!«
»Insgeheim hatte ich mir oft gewünscht, eine zu besitzen«, gestand Alice. »Vor allem, seit Cecily ihre diversen genuesischen Hütchen zur Schau stellt, während alle anderen weiterhin züchtig ihr Haar verbergen müssen.«
»Was gibst du meiner Großmutter die Schuld?« sagte Catherine gereizt. »Die Wahrheit ist doch, daß sich keine von uns getraut hat, es Cecily gleichzutun. Auch du nicht!«
Alice wußte, daß die Gefährtin recht hatte, drückte sich jedoch davor, dies einzugestehen. Schnell lenkte sie ab:
»Das wird sich nun ändern. Die Sichelhaube läßt meinen Mittelscheitel und die Strähnen links und rechts der Wangen frei. Ich denke, daß ich das Maß des Erlaubten damit nicht überschreite. Aber hübscher als die altmodischen Flügelhauben, unter denen das gesamte Haar verschwindet, finde ich sie auf jeden Fall.«
»Vielleicht solltest du deine Haube tragen, wenn du deinen künftigen Verlobten kennenlernst«, empfahl Catherine mit gesenkter Stimme.
Alice ging nicht darauf ein. Statt dessen fragte sie unvermittelt:
»Weshalb ist eigentlich dein Onkel so lange nicht hiergewesen? Der

Herzog von Norfolk hat Lambeth seit vielen Monaten nicht mehr besucht.«
»Wie kommst du plötzlich darauf?« kicherte Catherine erstaunt. »Gefällt dir mein Onkel etwa ..?«
Doch ihr Lachen erstarb, als sie bemerkte, wie sich die Augenbrauen der Gefährtin nach oben zogen und Alice verzweifelt gegen die aufsteigenden Tränen ankämpfte.
»Ich bin nicht dumm, meine Liebe«, flüsterte Catherine nach einer Weile und lehnte ihren Kopf an Alices Schulter. »Es kann sich nur um jemand handeln, der meinen Onkel begleitet. – Giles Paston oder Stephen Dennyford?«
»Stephen«, preßte Alice heraus. »Stephen...« Sein Name. Er klingt so schön. Ich möchte ihn hundertmal nennen am Tag.
Catherine schüttelte heftig den Kopf.
»Dieser Mensch muß großen Eindruck auf dich gemacht haben. Mir ist ein Rätsel, wie ein einziges Schachspiel ausreichen kann, sich zu verlieben.«
Alice warf das von ihrer Haube auf den Rücken hängende Leintuch nach vorn und bedeckte damit ihr Gesicht. »Ach, was weißt du schon, Catherine... Seit jenem Sommertag sind wir uns schon mehrmals begegnet. Und ich glaubte Stephens Worten, er würde mich zu finden wissen. Aber nun sind so viele Monate ins Land gegangen, ohne daß ich auch nur einen Brief von ihm erhalten hätte. Gewiß hat ihm eine andere besser gefallen und er verschwendet keinen einzigen Gedanken mehr an mich.«
»Das darfst du nicht sagen!« ereiferte sich die Freundin. »Es wäre doch sogar möglich, daß dein Stephen überhaupt nicht mehr lebt. Wie viele tückische Krankheiten gibt es, die dich über Nacht hinwegraffen können. Und wer wollte dir davon Nachricht geben, wenn niemand von eurer Liebe weiß?«
Diese Worte waren natürlich erst recht nicht dazu angetan, Alice zu beruhigen. Da fiel Catherine ein, mit welcher Frage ihre Gefährtin das Thema ins Spiel gebracht hatte und schlagartig wußte sie die Antwort auf die bohrenden Fragen, die Alice beschäftigten.
»Wenn ich es recht bedenke, konnte Stephen dir vermutlich gar nicht schreiben, denn mein Onkel hat seit dem Frühjahr die nördlichen Landesprovinzen bereist und dort Recht gesprochen. Natürlich nahm er seine Leibwache mit. Wie aber hätte denn ein Brief an dich über eine so weite Entfernung gelangen sollen?« Alice warf das Lein-

tuch zurück hinter die Schultern und blinzelte die Freundin an. Ihre gebeugte Haltung straffte sich ein wenig. Lächelnd fuhr Catherine fort: »Wer weiß, wie oft dein Liebster hin- und her überlegt hat, wie er dich wohl erreichen könnte? Bestimmt hat er den ganzen Sommer über an dich gedacht und sich geärgert über die schöne, kostbare Zeit, die euch beiden verlorengegangen ist.«

»Bist du sicher?« fragte Alice leise.

»Gewiß doch!« nickte Catherine. »Du darfst nicht so viel an dir zweifeln, meine Liebe. Von allen Mädchen, die in Lambeth leben, bist du eins der hübschesten. Und niemand hat mir in den letzten Jahren mehr Freundschaft und Treue geschenkt als du, selbst in schweren Zeiten. Stephen sollte sich glücklich schätzen, dich zu kennen.«

Catherines Worte blieben nicht ohne Wirkung auf Alice, die endlich aufhörte, vor sich hin zu schluchzen. Genau das hatte sie hören wollen, und wenn Catherine es sagte – die erfahrene Freundin, die immerhin einen Verehrer besaß – dann mußte es wahr sein.

Weihnachten und der Jahreswechsel brachten etwas Abwechslung in den Alltag der Bewohner Lambeths. Zudem gab es einige Frostwochen, die die Fischteiche gefrieren ließen. Endlich hatte Catherine Howard Gelegenheit, die von Henry Manox geschenkten Schlittschuhe auszuprobieren. An einem ihrer heißersehnten freien Nachmittage stürmte sie zusammen mit ihren kleinen Schwestern Isabel und Mary hinaus. Zwar hatte sie nie zuvor auf Kufen gestanden, doch schlüpfte sie in die Schuhe mit dem festen Glauben, ein angeborenes Talent für diesen Sport zu besitzen. Das Laufen sah so leicht aus, es mußte doch ein Kinderspiel sein! Bestimmt war Alice im vorigen Jahr nur zu ängstlich gewesen und deshalb hin und wieder gestürzt.

Am Ende war Catherine froh, daß nur ihre Schwestern zuschauten und nicht etwa noch andere Mädchen, denen sie ein lustiges Schauspiel geboten hätte. Isabel und Mary hüpften am Teichufer auf und ab und bogen sich vor Lachen. Verbissen übte Catherine weiter. Ein Glück nur, daß Manox nie nach ihren Fortschritten fragte. Der Musiklehrer hatte sich in den vergangenen Monaten etwas mehr zurückgehalten. Vielleicht hatte er endlich ihre wachsende Unlust an dieser Affäre gespürt.

Nach einiger Zeit wurde es Catherines Schwestern doch zu langweilig. Sie trollten sich davon und riefen ihr zu, gemeinsam mit Cecily Towbence die Kapelle aufsuchen zu wollen. Catherine, die nicht zu den besonders Frommen zählte, tat das mit einem Achselzucken ab. Cecily war wirklich ein merkwürdiges Mädchen. Ihr selbstbewußtes Auftreten und die schlichte Eleganz, mit der sie sich kleidete, hatte ihr nicht nur Neiderinnen, sondern auch Bewunderung eingebracht. Eine ganze Reihe vor allem jüngerer Mädchen scharte sich um sie und ließ nichts auf sie kommen. War sie mit diesen Gefährtinnen zusammen, gab sie sich fröhlich und aufgeschlossen. Ihre tiefe Frömmigkeit schien in dieses Bild wenig zu passen, und doch verbrachte Cecily manchmal Stunden im Gebet. Beim Gottesdienst in der Hauskapelle tönte ihre hohe und klare Stimme stets heraus.

Alice und Catherine beobachteten das alles mit wachsenden Mißtrauen. Heimlich lästerten sie über die Neue. Sie konnten weder die Art und Weise vergessen, mit der sie sich auf Lambeth eingeführt hatte, noch gönnten sie ihr, daß sie innerhalb kurzer Zeit das Vertrauen der Herzoginwitwe gewonnen hatte. Catherine erklärte letzteres damit, daß Cecilys Frömmigkeit nur Heuchelei sei; Alice glaubte, die Gefährtin werde ihrer Herkunft wegen bevorzugt.

Gerne hätten sie ihr einmal einen Streich gespielt, doch fürchteten sie die Folgen, falls ihr Tun entdeckt würde. Manchmal saßen sie beim Handarbeiten zusammen und malten sich aus, wie sie Cecily bloßstellen könnten, ohne bestraft zu werden. Natürlich führten sie keinen ihrer Pläne jemals aus. Meistens endeten ihre Überlegungen damit, daß Alice an Cecilys Alter erinnerte:

»Sie ist ja schon beinahe achtzehn und wird sicher bald verheiratet. Glaube mir, Catherine, dann sind wir sie los!«

Ende Februar bekam Alice einen Brief ihrer Eltern. Voll Schrecken las sie darin, daß ihr Vater in wenigen Wochen von Southern Watney herüberreiten würde, um sie abzuholen. Seine Bemühungen um die Verbindung zu einer mächtigen Familie aus Dorset hatten endlich Früchte getragen. Der Earl von Fairbury befürwortete eine Verlobung seines ältesten Sohnes John mit Alice. Nun wollte Sir John den beiden jungen Leuten Gelegenheit geben, sich auf dem Familiensitz der Sheltons erstmals zu begegnen. Sollten sie Gefallen aneinander finden, wäre das natürlich noch erfreulicher.

Außer Catherine Howard erfuhr keins der Mädchen, was Alice bevorstand. Sie war es denn auch, die eines Morgens der Freundin ausrichtete, sie möge sich unverzüglich im Privatgemach der Herzoginwitwe einfinden.

Agnes Howard stand am Tisch und sortierte Glasfläschchen unterschiedlicher Größe und Inhalts. Wie eh und je hatte sie in der Küche eigene Arznei hergestellt und beschriftete nun sorgfältig ihre Erzeugnisse.
Als Alice klopfte und eintrat, wandte sie sich um und ließ die Arbeit erst einmal ruhen.
»Dein Vater schrieb dir vor nicht langer Zeit, er wolle dich nach Southern Watney mitnehmen«, begann die alte Dame. »Nun scheint es also ernst zu werden mit deiner Verlobung. Obgleich du damit dein Ziel fast erreicht hast, lasse ich dich nur ungern ziehen. Denn nach deiner Rückkehr wirst du nicht mehr lang in diesem Haushalt leben.«
Alice kniete vor ihrer Erzieherin nieder und streckte ihr beide Hände entgegen.
»Es würde mich zu sehr schmerzen, Euch im Stich zu lassen, Mylady«, sagte sie mit gepreßter Stimme. »Ach, wolltet Ihr mit meinem Vater reden, daß ich noch nicht so bald verheiratet werde! Laßt mich bei Euch bleiben, bitte.«
Erstaunt blickte Agnes auf die junge Frau herab. Sie faßte Alice unterm Kinn und zwang sie, zu ihr hochzuschauen. Dann sprach sie in einem Ton, der nichts an Deutlichkeit übrig ließ:
»Was soll denn das, meine Liebe? Du wirst deinen Eltern gehorchen! Oder willst du, daß sie mich eine schlechte Erzieherin heißen? Sei froh, daß sie eine so vorteilhafte Eheschließung für dich aushandeln konnten! Für deine Mutter als eine geborene Boleyn wird dies nach dem unrühmlichen Tod von Königin Anne nicht leicht gewesen sein. Und nun geh und mach dich reisefertig, denn in wenigen Stunden kommt dein Vater und holt dich ab.«
Hier war kein Widerspruch mehr möglich. Alice erhob sich, knickste und verließ den Raum.
Im Schlafsaal befand sich niemand. Alle Fenster standen offen, damit Decken und Strohmatratzen in der warmen Frühlingsluft auslüften konnten. Für die Jahreszeit herrschten bereits ungewöhnlich hohe Temperaturen. Leichte Federwolken trieben gemächlich über den Himmel dahin. Eine milde Märzsonne strahlte über Garten, Hügel und die nahegelegenen Wiesen, aus denen die bunten Tupfer gelber und violetter Krokusse herausstachen.
Nachdenklich betrachtete Alice die Holzmaserung an ihrer Truhe, die einer schwarzen Träne glich. Dann öffnete sie das Möbelstück

und entnahm ihm einige Kleider, Hauben sowie ein Paar Schuhe. Das Ganze umhüllte sie mit einem Ledersack und verschnürte den so entstandenen Ballen, der jetzt leicht auf einem Pferderücken zu transportieren war. Rasch löste sie die Schleife ihrer Leinenhaube und tauschte diese aus gegen die kostbare französische Sichelhaube, das Weihnachtsgeschenk ihrer Eltern. Der Vater sollte sie nicht undankbar schimpfen können.

Als Alice fertig war, blieb sie auf dem Bett sitzen und wartete. Irgendwann mußte Sir John Shelton ja auftauchen. Ob sie ihren Vater wohl noch erkennen würde? Sein Bild stand nur sehr undeutlich vor ihrem inneren Auge. Seit Jahren hatten sie sich nicht gesehen. Vielleicht trug er inzwischen, wie die meisten, die etwas auf sich hielten, einen Bart. Seit der König diese Mode aufgebracht hatte, eiferten ihm fast alle Höflinge nach. Thomas Howard, der Herzog von Norfolk, ging allerdings glattrasiert wie seit jeher. Böse Zungen behaupteten, damit auch weiterhin jeder die Narben sehen könne, die sich der Sieger über die Schotten damals in Flodden Field zugezogen hatte.

Aus weiter Entfernung klang das Geräusch klappernder Hufe in den Schlafsaal. Jemand ritt offenbar durch die Kastanienallee hinauf nach Lambeth. Augenblicklich stürzte Alice an eines der großen Fenster und lehnte sich weit hinaus.

Wenn das ihr Vater war, hatte er noch einige Leute mitgebracht. Doch dann erkannte Alice die Farben des Norfolkschen Herzogswappens auf den Kleidern der Reiter. Vor Aufregung krallte sie die Fingernägel in den Stein der Fensterbrüstung und kniff die etwas kurzsichtigen Augen zusammen, um besser sehen zu können. Sollte sich Stephen unter den Begleitern des Fürsten befinden?

Ohne weiter zu überlegen, rannte Alice vom Fenster weg und verließ den Schlafsaal, dessen Tür sie donnernd ins Schloß warf. Auf der Treppe nach unten hieß es aufpassen, damit sie nicht über ihr Gewand stolperte. Aus der Empfangshalle drangen bereits wild durcheinanderrufende Stimmen.

Ratlos blickte sich die junge Frau zwischen all den Knechten, Mägden und Ankömmlingen um. Die Begleiter des Herzogs, der den Weg zum Privatzimmer seiner Stiefmutter einschlug, begannen sich zu zerstreuen. Keiner beachtete Alice, deren frohe Erwartung sich zunehmend ins Gegenteil verkehrte.

Eine kleine Gruppe der Männer ging in Richtung Garten. Hier und

da blinkten die bunten Farben ihrer Kleider zwischen den noch halb kahlen Büschen auf. Alice folgte ihnen, doch als sie an ihnen vorbeilief, erkannte sie, daß Stephen nicht dabei war. Traurig schlenderte sie zurück zum Schloß. Vielleicht würde ja bald der Vater eintreffen.
Kunstvoll geschnittene Büsche, die sie an das Labyrinth beim Landsitz Norfolks erinnerten, ragten rechter Hand empor. Das soll der Ort sein, an dem man Geduld lernt, dachte Alice und rief sich damit Stephens Worte ins Gedächtnis. Der hat gut reden! Schließlich hat er einen Vater, der ihm in allen Angelegenheiten freie Hand läßt.
Das schmiedeeiserne Tor am Eingang zur Buchsbaumallee knarrte in den Angeln. Stephen Dennyford schlüpfte heraus.
Alice erschrak bis ins Innerste und stieß einen heiseren Schrei aus. Stephen, der freudig überrascht dreinblickte, lief mit geöffneten Armen auf seine Freundin zu.
»Ich wußte, Ihr würdet irgendwann hier auftauchen«, sagte er, als er Alice an sich drückte und ihren Rücken streichelte. »Ihr seid mir hoffentlich nicht böse, weil ich nicht sofort nach Euch gesucht habe?«
»N-n-ein«, stotterte die junge Frau. »Ihr habt doch sicher einen weiten Ritt hinter Euch und brauchtet ein bißchen Zeit zur Erholung.«
»Genauso ist es«, bestätigte Stephen. »Aber laßt Euch einmal anschauen! Wie unglaublich gut Euch diese Haube steht ... Das werden Euch allerdings schon einige andere gesagt haben.«
Alice lächelte, hakte sich bei Stephen unter und kehrte mit ihm zur kleinen Buchsbaumallee zurück. Dort würden sie ungestört einige Zeit verbringen können. Mit einem Mal wurde ihr die Ankunft des Vaters ganz gleichgültig. Mochte er doch kommen, dann würde sie ihm den Mann präsentieren, den sie wirklich wollte!
»Ich trage diese Haube heute zum ersten Mal«, sagte Alice stolz. »Meine Eltern haben sie mir im letzten Jahr zum Weihnachtsfest geschenkt.«
»Aber das liegt einige Monate zurück«, bemerkte Stephen. »Weswegen habt Ihr das gute Stück nicht schon früher aufgesetzt?«
»Weil – weil mein Vater heute zu Besuch kommt. Es sollte eine besondere Überraschung sein. Er ...« Alice stockte. Wie konnte sie Stephen ihre Lage am besten vor Augen führen? Sie fühlte sich hin- und hergerissen.
Ich brauche deine Hilfe, dachte sie. Wenn mein Vater hier eintrifft, wäre es am besten, du würdest ihm von unserer Bekanntschaft erzählen und ihn um meine Hand bitten. Das würde mich von so vie-

len Sorgen und Zweifeln befreien... Aber wie soll ich dies von dir verlangen, ohne daß du dich schon wieder bedrängt fühlst? Alice entschied, ihrem Freund vorläufig noch nichts von der geplanten Verlobung zu berichten. Statt dessen sagte sie: »Ihr wart sehr lange verschwunden. Manchmal fragte ich mich, ob Ihr noch am Leben wart. Dann erzählte mir meine Freundin Catherine, daß Euer Dienstherr eine ausgedehnte Reise in die nördlichen Provinzen unternommen hatte.«

»Ja, so war es«, pflichtete Stephen bei. »Es waren lange Monate, in denen der Herzog gegen gefährliche Rebellen zu Felde ziehen mußte. Überall in den Städten hielt er Gericht und verurteilte die Rädelsführer. Wie hätte ich Euch Briefe schicken sollen? Aber nun, wo wir wieder zusammen sind, kommt mir erst so recht zu Bewußtsein, wie sehr Ihr mir gefehlt habt.« Er fuhr Alice mit einem Finger zärtlich über die Wangen. Sie schmiegte sich an ihn und zog ihn zu einer Ruhebank, die zwischen zwei gestutzten Buchsbäumen aufgestellt war. Beider Lippen fanden sich wie von selbst, doch spürte Stephen die Zaghaftigkeit seiner Freundin.

»Das war Euer erster Kuß, habe ich recht?« sagte er lächelnd.

Alice schaute zur Seite.

»Ihr habt es erraten«, äußerte sie bitter. »Wahrscheinlich seid Ihr Besseres gewöhnt...«

»Warum sagt Ihr so etwas? Weiß der Himmel, wie viele Mädchen ich bereits geküßt habe. Dennoch gab es für mich genauso ein erstes Mal wie für Euch, Alice. Ihr seid eine bezaubernde junge Frau – und ich bin gern mit Euch zusammen.«

Stephen schaute sein Gegenüber an und bemerkte, wie sie mit Gewalt versuchte, die Selbstbeherrschung zu bewahren. Aber sie konnte ihre Hände nur mühsam gefaltet im Schoß halten und um ihre Mundwinkel zuckte es verdächtig.

»Oh Stephen, ich muß es Euch sagen – frei heraus, denn sonst hat keins meiner weiteren Worte mehr Sinn«, stieß Alice hervor. »Wie ich Euch vorhin schon berichtete, wird noch heute mein Vater hier erscheinen. Ich soll ihn auf unser heimatliches Schloß begleiten. Er hat einen Verlobten für mich ausgewählt und wünscht, daß ich diesen jungen Mann zunächst einmal kennenlerne.«

»Ach!« sagte Stephen überrascht und interessiert. »Um wen handelt es sich denn, wißt Ihr das schon?«

»John Clamour, der Sohn des Earl von Fairbury aus Dorset.«

»Hmm«, brummte Stephen und überlegte kurz, »ich meine, schon von ihm gehört zu haben. Der Name seiner Familie ist mir natürlich nicht unbekannt. Soviel ich weiß, ist er der Erbe. Da wir uns aber nie begegnet sind, kann ich Euch nichts weiter zu seiner Person mitteilen.«

»Der Gedanke, Euch für immer fern zu sein, macht mir angst«, gestand Alice. Insgeheim wunderte sie sich selbst, woher ihr der Mut dazu kam. Allzu lange hatte sie gehofft und gewartet, Stephen werde eine Entscheidung herbeiführen. »Wißt Ihr es denn nicht längst, daß ich Euch über alles liebe?«

Nun war es heraus.

Stephen preßte Alice an sich.

»O Gott, Alice, Ihr wollt Liebe und Heirat miteinander verknüpfen. Ich kann Euch besser verstehen, als Ihr glaubt. Aber selbst wenn ich es wagen wollte, Eurem Vater gegenüberzutreten und Euch zur Frau zu begehren, so könnte ich es nicht, da mein Aufenthalt in Lambeth von kurzer Dauer sein wird. Der Herzog plant, nur wenige Stunden hier zu verbringen. Schon bald reiten wir weiter, und es wäre ein großer Zufall, wenn ich Euren Vater sähe.«

Alice sagte nichts mehr. Die Zweige der Buchsbäume verschwammen vor ihren Augen, aus denen große Tränen rannen. Sie spürte den Samt von Stephens Ärmeln unter den Fingern weggleiten.

»Hört doch auf zu weinen!« bat der junge Mann. »Ihr seid eine starke Frau, und kein Gesetz dieses Landes kann Euch zwingen, eine Ehe zu schließen, wenn Ihr es nicht wollt.«

Dein Vertrauen in allen Ehren, dachte Alice, aber du kennst meine Eltern nicht... Wie wütend und enttäuscht werden sie sein, falls ich John Clamour ablehne.

Aus der Ferne drang eine barsche Stimme, die nach den Begleitern des Herzogs rief.

»Ich muß fort!« sagte Stephen. »Wahrscheinlich wird bereits zum Weiterritt gerüstet.« Er schenkte Alice eine kurze Umarmung, dann rannte er los in Richtung Schloß.

In gemächlichem Schritt machte sich schließlich auch Alice auf den Weg. Vor der Eingangshalle waren einige Stallknechte damit beschäftigt, die Pferde der Gäste nach der Ruhepause wieder zu satteln. Ein weiterer Mann in kostbarer Kleidung stieg gerade von seinem Reittier und schickte einen der Diener ins Schloß, offenbar um seine Ankunft melden zu lassen.

Das wird mein Vater sein! dachte Alice, raffte ihre Röcke und sprang auf den Ankömmling zu.
Der Mann hatte seinen Hut abgelegt, so daß man das rundgeschnittene, von grauen Strähnen durchzogene hellbraune Haar erkennen konnte. Von nur durchschnittlicher Größe, aber fast schon korpulent zu nennen, strahlte seine aufrechte Körperhaltung Sicherheit und Selbstbewußtsein aus. Als er sich umdrehte und Alice erkannte, ging er ihr einige Schritte entgegen und streckte die rechte Hand aus. Er lachte über das ganze Gesicht, während die Tochter vor ihm niederkniete, seine Hand ergriff und küßte. John Shelton zog sein Kind empor und tätschelte ihre Wange. »Im letzten Jahr hatten sich unsere Pläne leider zerschlagen, so daß wir uns erst jetzt wiedersehen«, sagte er. »Doch was lange währt, wird endlich gut. Laß uns jetzt der Herzoginwitwe unsere Aufwartung machen, Alice! Und danach wollen wir alsbald nach Southern Watney aufbrechen.«
Alice ging dem Vater in die Empfangshalle voraus. Verstohlen blickte sie nach rechts und links, ob Stephen nicht doch irgendwo zu sehen war.

Der Schatten der Sonnenuhr im Ziergarten zeigte an, daß die Mittagsstunde bereits überschritten war. Thomas Howard, der Herzog von Norfolk, begab sich schnellen Schrittes aus dem Gästezimmer, in dem er nach der kurzen Unterredung mit seiner Stiefmutter noch eine kleine Mahlzeit zu sich genommen hatte. Kein sehr erfreulicher Anlaß hatte ihn nach Lambeth geführt. Nach dem anstrengenden Feldzug im Norden hätte er sich gern Ruhe gegönnt, doch als ihn die Nachricht erreicht hatte, der König liege auf den Tod erkrankt darnieder, war er sofort in die Hauptstadt gekommen, um seinen Herrscher zu besuchen und – sollte es notwendig werden – die Interessen seiner Familie zu wahren. Gegenwärtig sah es zwar so aus, als würde Seine Majestät langsam genesen, doch war die Gefahr längst nicht vorüber. Oft hatte sich Norfolk vor Augen geführt, wie schnell durch den plötzlichen Tod des Königs ein Krieg entstehen konnte. Schließlich war Kronprinz Edward erst ein halbes Jahr alt. Vielleicht, überlegte Thomas, sollte ich heute noch Cromwell aufsuchen ... Ich habe den alten Fuchs lange nicht gesehen. Besser, ich bringe mich ihm selbst in Erinnerung, bevor es meine Feinde tun ...
Im Hof stand sein Pferd, ausgeruht und frisch gesattelt. Thomas spuckte in die Hände und schwang sich ohne Hilfe behende auf sein

Reittier. Auch seine Begleiter, die er schon vor geraumer Zeit hatte zusammenrufen lassen, waren jetzt vollzählig versammelt und bestiegen ihre Pferde.
In diesem Augenblick öffnete sich die Tür zur Eingangshalle, aus der ein kräftiger, älterer Mann in Begleitung eines jungen Mädchens ins Freie trat. Stephen Dennyford sah die beiden und drängte augenblicklich sein widerstrebendes Pferd an Norfolks Seite.
»Verzeiht, Mylord, meinen Vorwitz«, murmelte er hastig. »Um Gottes willen, verschiebt unsere Abreise um wenige Minuten!«
Aufs Höchste erstaunt, gab der Herzog seinem Zögling ein Zeichen, abzusitzen. »Was erlaubt Ihr Euch, Dennyford?« entgegnete er in gereiztem Ton, als Stephen aus dem Sattel sprang und zu seinem Dienstherrn aufsah.
»Macht mit mir, was Euch beliebt, nur gewährt mir diese kurze Spanne«, sagte Stephen und bemerkte, daß er inzwischen im Mittelpunkt der Aufmerksamkeit stand.
»Ich weiß nicht, was Euch plötzlich so wichtig erscheint«, murrte Norfolk. »Fünf Minuten, bei Strafe, Dennyford! Wir müssen weiter nach London. Wirklich, Euer Verhalten ist unglaublich.« Er winkte ungeduldig und Stephen rannte hinüber zu Alice und ihrem Vater, die ihre Reisebündel hinter den Sätteln festzurren ließen.
»Seid gegrüßt, Sir! Ich bin Stephen Dennyford, der Sohn des Earl von Manting.«
Shelton wandte sich um.
»Meine Tochter und ich haben noch eine weite Strecke vor uns. Was wollt Ihr?« brummte er.
Alice führte vor Aufregung die rechte Hand zum Mund und legte den Zeigefinger auf die Unterlippe. In der grellen Mittagssonne funkelten die Juwelen auf dem Rand ihrer Sichelhaube, als trüge sie einen Kranz aus gleißendem Licht.
»Ich will und muß es kurz machen, Sir John. Eure Tochter braucht nicht zu reisen, sofern Ihr Euch entschließt, sie mir anzuverloben. Was die Zustimmung meines Vaters betrifft, so handle ich in gutem Einvernehmen mit ihm.«
Shelton runzelte die Brauen. Mit allem hatte er gerechnet, nur nicht damit, daß Alice hinter seinem Rücken eine Affäre beginnen und so ihren Ruf verspielen würde. Und dies, obgleich er sie schon vor über einem Jahr von seinen Heiratsverhandlungen in Kenntnis gesetzt hatte. Ohne zu zögern, versetzte er der Tochter eine schallende Ohr-

feige. Den entgeistert dreinschauenden Stephen aber herrschte er an: »Wäre Alice ehrlich zu Euch gewesen, hätte sie von ihrer bevorstehenden Verlobung berichtet und Euch dieses unwürdige Schauspiel erspart. Damit Ihr es wißt: Meine Tochter ist dem Sohn des Earls von Fairbury versprochen und ich gedenke nicht, mein Wort um Euretwillen zu brechen. Gehabt Euch wohl, Dennyford!«

Mit seinen starken Armen hob Shelton Alice, die keine Gegenwehr leistete, auf das für sie bereitgestellte Pferd. Dann stieg er selbst in den Sattel, trieb sein Tier an und ließ Stephen stehen.

Mit versteinerter Miene blieb der junge Mann zurück. Er spürte die bohrenden Blicke seiner Kameraden im Rücken nicht mehr. Des Herzogs barscher Befehl, sich auf der Stelle einzufinden, drang kaum in sein Bewußtsein. Wie gelähmt stand er da, mit halb erhobenen, leeren Händen. Dann kam Leben in ihn.

»Alice!« schrie er mit sich überschlagender Stimme.

Schon unterwegs zur Kastanienallee, drehte sich seine Freundin für einen kurzen Moment um. Auf ihren Zügen lag grenzenloser Schmerz.

Bald darauf waren die Sheltons aus dem Sichtfeld der Norfolkschen Reiter verschwunden. Der Herzog räusperte sich verlegen.

»Vergessen wir Euren Auftritt, Stephen«, sagte er knapp. »Jeder macht hin und wieder einen Fehler. Jetzt aber auf zu Minister Cromwell!«

Catherine Howard durchstreifte das Hühnergehege auf Lambeth und hielt Ausschau nach umherliegenden Federn und Flaumbällchen. Wo sie etwas erspähte, griff sie sogleich danach und barg es in einem mitgebrachten Leinensäckchen.

Das Hühnervolk, längst mit ihrem Anblick vertraut, ließ sich beim Fressen nicht stören. In respektvollem Abstand zu dem Eindringling pickten die Tiere an hartgewordenen Brotkrusten und ähnlichen Speiseresten, die ein Knecht ihnen am Morgen hingeworfen hatte.

Noch immer redete man im Haus von kaum etwas anderem als der unglaublichen Szene, die sich bei der Abreise Alice Sheltons abgespielt hatte. Catherine konnte es nicht fassen. Wie kam dieser Dennyford dazu, ihrer Freundin plötzlich einen Heiratsantrag zu machen? Entweder war er völlig verrückt geworden oder aber – Alice hatte ihr einiges verschwiegen. Ja, so mußte es gewesen sein. Wer weiß, wie oft sie ihn seit jenem Schachspiel noch getroffen hatte. Auf Alice war also auch kein Verlaß mehr. Ausgerechnet sie, die sich Catherines beste Freundin nannte! Die junge Frau zog das Bündel mit den Federn zusammen. Groß war die Ausbeute nicht gerade. Als nächstes galt es, verschiedene Kräuter im Garten zu sammeln, aus denen die Großmutter ihren gewohnten Arzneisud brauen würde. Catherine schlenderte zum Trampelpfad hinüber, nachdem sie das Tor zum Hühnergehege sorgfältig hinter sich geschlossen hatte.

Henry Manox winkte von weitem und eilte strahlend auf seine Schülerin zu. Catherine wünschte sich, er würde weniger Aufhebens machen.

»Psst, Henry!« zischte sie ihm zu. »Seid nicht so laut! Oder wollt ihr, daß wir auffallen?«

Der Musiklehrer tänzelte um sie herum.

»Ihr schlagt den Weg zu den Kräuterbeeten ein, stimmt's?« sagte er munter. »Ich habe gerade ein wenig Zeit und kann Euch gerne beim Pflücken helfen.«

»Wenn es denn sein muß«, seufzte Catherine und achtete darauf, beim Gehen gebührenden Abstand von Manox zu wahren. Nach kurzer Strecke schlüpften die beiden in den umzäunten Gemüsegarten und kauerten sich hinter den großen Rhabarberblättern nieder, wo sie nicht so schnell gesehen werden konnten.

»Ihr könnt Euch wohl kaum vorstellen, wie mir zumute ist!« stieß Manox hervor. »Gibt es eine größere Qual, als Euch täglich zu sehen und doch nicht liebkosen zu dürfen? Ich muß ja schon froh sein, wenn Ihr zwischen Tür und Angel ein wenig Zeit für mich erübrigen könnt!«

Catherine lehnte sich an ihn und streichelte Henrys Wangen. Sie lagen weich und mollig unter ihren kleinen Fingern, nicht von Pockennarben übersät wie die Gesichter so vieler anderer. Eine pulsierende Wärme ging von ihnen aus. Schnell zog Catherine den Knoten auf, mit dem der Hemdkragen ihres Freundes zugebunden war, und bedeckte seinen Hals mit spielerisch beißenden Küssen.

Manox hielt seine Schülerin fest und zog ihr die Leinenhaube vom Haar. Lachend murmelte er:

»Gut, daß es Alice war und nicht Ihr, die von hier fortmußte! Ach Catherine, das hätte ich nicht ertragen.«

Die junge Frau stützte sich auf den linken Arm, winkelte die Beine an und sah zu ihm hoch.

»An diesen Gedanken werdet Ihr Euch allerdings gewöhnen müssen,

Henry«, sagte sie leise. »Gewiß werde ich nicht mein ganzes Leben auf Lambeth zubringen. Irgendwann muß auch ich einmal heiraten.«
Jetzt galt es. All seinen Mut zusammennehmend, meinte Manox mit rauher Stimme:
»Dann laßt mich es sein, der um Euch anhält. Meine Familie ist zwar bei weitem nicht so hoch gestellt wie die Eure, doch verfügt sie über einige Güter auf dem Lande.«
Aus Catherines Kehle drang ein glucksendes Lachen.
»Und Ihr meint, das reicht aus?« entgegnete sie schließlich. »Henry, hört auf mit dem Unsinn! Mein Onkel versteht wenig Spaß, wenn es um das Verschleudern von Mitgift geht. Ich fürchte, er wird Euch kurzerhand aufhängen lassen, falls Ihr mit Eurem Plan Ernst machen solltet. Genießen wir lieber die Zeit, die uns noch bleibt!«
Trauer und Wut über die Zurückweisung mischten sich mit dem heftigen Verlangen, die Widerspenstige endlich zu besitzen. Henry drückte Catherine zur Seite und legte sich halb über sie, dann schnellte seine Zunge fischartig in ihren Mund. Zu spät bemerkten die beiden den langen Schatten, der über ihre verschlungenen Körper fiel und die Nachmittagssonne wegnahm.
»Was haben wir denn da?« zeterte laut die quäkende Stimme der alten Herzogin. »Mary Lassells Bruder hatte also recht, als er euch bei der Windmühle zu sehen glaubte! Schämt ihr euch nicht?«
Mit wenigen Schritten war die Alte zur Stelle und hob mit einer Gelenkigkeit, die ihr niemand zugetraut hätte, Catherines Beutel vom Boden auf. Wutentbrannt schlug sie damit nach dem Paar, das vor Schreck hochgefahren war und wie erstarrt auf alles Folgende zu warten schien. Das Säckchen öffnete sich und ein Wirbel von Flaumfedern regnete auf die verdutzten Liebenden herunter, einen sanften Zickzackkurs in die Luft schneidend.
»Sind denn alle hier verrückt geworden?« brüllte Agnes Howard, packte ihre Enkelin am Mieder und zog sie hoch. Manox kam auf die Füße und stürzte, Catherine ihrem Schicksal überlassend, eiligst davon. Er sah aus wie ein lächerlicher, übergroßer Vogel, als er, mit Federn bedeckt, blindlings durch die Gemüsebeete davonhüpfte. Hinter ihm verklang das Jammern der Herzoginmutter, die sich durch diese Unachtsamkeit um die Früchte ihrer Arbeit gebracht fühlte.
»Wir sprechen uns noch, Manox!« rief sie gellend. »Eure Tage auf Lambeth sind gezählt!«
Catherine umfaßte den Rock der vor ihr Stehenden und bat:

»Verschont den armen Teufel, Großmutter! Es soll nicht wieder vorkommen. Bedenkt doch, er ist ein guter Musiklehrer...«
Noch immer brummelte die Alte vor sich hin. Catherine erhob sich, hakte sich bei ihr unter und begleitete sie unter einschmeichelnden Worten zurück zum Schloß. Wenn nur kein Wort von dem Vorfall zu den Dienern gesagt wurde. Wie sie Agnes Howard kannte, war nämlich ihr Zorn ebenso kurz wie heftig.

Die Reise zu Pferd hatte Alice angestrengt. Auf dem langen Weg nach Southern Watney, dem heimatlichen Sitz ihrer Eltern, hatte der Vater ihr zu schweigen geboten. John Shelton wollte weder die Rechtfertigungen noch die Klagen seiner Tochter hören. Alles würde sich ohnehin zum Besten wenden, wenn das kurzsichtige junge Ding seinem zukünftigen Verlobten erst einmal gegenüberstünde. John Clamour, der Sohn des Earl von Fairbury, mußte inzwischen ebenfalls auf dem Schloß angekommen sein. Für ihn war die Reise von Dorset nach Kent viel länger als der Weg von Lambeth für die beiden Sheltons. Damit sich der Aufwand auch lohnte, sollte Clamour mindestens einige Wochen als Gast auf Southern Watney wohnen. John Shelton hoffte, seinen Schwiegersohn in spe, den er noch nie gesehen hatte, bei diesem Aufenthalt genau kennenzulernen und einzuschätzen. Wie zuverlässig mochte der junge Mann sein? Würde er die Rechte seiner Schwiegerfamilie genauso wahrnehmen und verteidigen wie die seiner angestammten Verwandten? Oft schon hatte solche Treue über Leben und Tod entschieden...
Es war schon später Nachmittag, als Vater und Tochter mit ihren Pferden die Brücke betraten, die den wassergefüllten Schloßgraben überspannte.
»Sie kommen! Sie kommen!« rief ein rundliches, in roten Samt gekleidetes Mädchen an einem der Fenster im oberen Stock.
Alice hob die von Müdigkeit bleischweren Lider und blickte hinauf. Die Ruferin mußte Susan Pepping gewesen sein, eine der jungen Frauen und Männer, die im Haushalt der Sheltons erzogen wurden. Ihr bleiches Gesicht, das an einen flachgeklopften Sauerteig erinnerte, war über die Jahre dicker und länglicher geworden.
Diener hatten das zweiflügelige, eisenbeschlagene Holztor geöffnet und begrüßten Sir John ehrerbietig. Ein kräftiger Kerl hob Alice vom Pferd und führte die Tiere der beiden Ankömmlinge sogleich zum Stall hinüber.

Im Halbdunkel der Eingangshalle wartete Anne Shelton. Alice musterte die Züge ihrer Mutter, die in ihrer Erinnerung liebevoller und entspannter haften geblieben waren. Eine gewisse Ähnlichkeit mit jenen der stumpf blickenden, abgehärmten Frau vor ihr war aber zweifellos noch vorhanden. Immerhin zog Anne ihre Tochter zu sich heran und berührte mit ihren spitzen Lippen vorsichtig deren Wange.
»Fühlst du dich wohl, Alice?« sagte sie mit einem Ton echter Sorge in der Stimme. »Nach der langen Reise bist du sicherlich erschöpft.«
»Ihr sagt es, Mutter«, antwortete Alice. »Unterwegs überraschte mich die geheime Krankheit der Frauen, weswegen es mir schwerfiel, die letzten Meilen zu reiten. Ein fahrender Händler verkaufte uns glücklicherweise ein paar Tücher, die ich mir um Bauch und Schenkel wickeln konnte. Es kam zur Unzeit, denn so früh hatte ich nicht damit gerechnet.«
»In Susans Kammer steht ein Bett für dich bereit. Am besten legst du dich gleich hin. Man wird dir noch einen Krug Wasser und eine Schüssel hinaufbringen, damit du dich säubern und die Tücher auswechseln kannst«, entgegnete die Mutter.
In einer Art freundschaftlichen Geste legte Susan Pepping den Arm um die Schultern der gleichaltrigen Alice und geleitete sie bis zum Ende der Halle, an dem eine Treppe zu den oberen Gemächern führte. Währenddessen machte es sich Sir John am reichlich gedeckten Tisch im Nebenzimmer bequem. Seine Frau nahm bei ihm Platz und flüsterte aufgeregt.
»Unser Gast ist bereits vor einigen Stunden eingetroffen! Sobald du fertig gespeist hast, hofft er, seine Aufwartung machen zu können.«
John Shelton schob sich ein großes, mit fetter Wurst belegtes Stück Brot in den Mund. Schnell spülte er das Ganze mit einem Schluck Bier hinunter, bevor er seiner Neugier freien Lauf ließ: »Und welchen Eindruck macht er auf dich?«
Anne blickte verlegen zur Seite.
»Er scheint älter zu sein, als sein Vater uns weismachte. Wenn er überhaupt je bei Hofe war, dann gewiß nicht lange, denn sonst wäre er nicht gar so schüchtern. Aber an Höflichkeit hat er es nicht mangeln lassen.«
Was seine Frau erzählt hatte, bestätigte sich für Sir John schon bald. Als er sein Privatgemach im oberen Stockwerk betrat, schnellte sogleich ein Mann aus einem der hölzernen Sessel in die Höhe. John Clamour ging mit steifen Schritten auf Shelton zu, deutete eine Ver-

beugung an und streckte ihm zaghaft die Rechte entgegen. Während der Hausherr hinter einem schweren Eichentisch Platz nahm, blieb Clamour neben ihm stehen, schaute ihn erwartungsvoll lächelnd von der Seite an und drehte nervös seinen pelzbesetzten Hut in den Händen.

»Es mag ein gutes Omen sein«, begann Sir John leutselig, »daß wir beide auf den Namen des heiligen Johannes getauft sind. Wollte Gott, Ihr fändet Gefallen an diesem Schloß und seinen Bewohnern. Denn ein Sohn blieb mir und meiner Gattin versagt, so fällt denn einst Southern Watney an unsere beiden Töchter und ihre Nachkommen.«

Clamour legte bescheiden die Hände ineinander, nachdem er eine Weile überlegt hatte, wohin er den Hut stecken sollte. Schließlich hatte er ihn wieder auf den Kopf gesetzt.

»In der kurzen Zeit, die ich bereits hier verbracht habe«, antwortete er, »konnte ich mich genügend lange umsehen. Ihr nennt ein herrliches Haus und ein vortreffliches Stück Land Euer eigen, Sir. Was den fehlenden Sohn angeht, so will ich Euch diesen gerne ersetzen – wenn Ihr mich als Schwiegersohn aufnehmen wollt. Mein Vater und ich hatten lange genug Zeit, eine Verbindung mit Eurer Familie zu überdenken. So wollen wir also füreinander einstehen! Eure Freunde sollen auch die meinen sein.«

Endlich bedeutete Shelton dem jungen Mann, er könne sich ihm gegenüber hinsetzen.

»Alice wird euch bestimmt eine gute Frau sein«, brummte er. »Die Jahre im Haushalt der verwitweten Herzogin von Norfolk müssen ja wohl einen Nutzen erbracht haben, oder? Manchmal ist meine Tochter etwas stur, aber solche Anwandlungen gehen bald vorbei, wenn Ihr sie nicht weiter beachtet.«

Clamour nickte eifrig. Von seinem bestickten Ärmelende hing ein schwarzer Faden herab, den er gedankenverloren aufzudröseln begann.

»W-w-wann werde ich das Vergnügen ha-haben? Ich – äh, ich meine ...« sagte er unglücklich.

»Geduld, mein Freund!« lachte Sir John. »Vielleicht wünscht Ihr Euch schon bald, Alice nicht so oft zu sehen ... Aber ernsthaft, das hat Zeit bis morgen. Gönnt meiner Tochter den Schlaf, so daß sie ausgeruht vor Euch treten kann. Im übrigen macht auch Ihr am Morgen einen besseren Eindruck als abends, wenn die Mühe des Tages Euer

Gesicht gezeichnet hat.« Dem war nichts mehr hinzuzufügen. Die beiden Männer erhoben sich und begaben sich zeitig zur Ruhe.

Zum ersten Mal seit langer Zeit hatte Alice ein Bett ganz für sich allein gehabt und nach den Anstrengungen der letzten Tage hatte ein traumloser Schlaf ihr die verlorene Frische zurückgegeben.
»Du siehst viel besser aus als gestern«, stellte ihre Mutter erleichtert fest, als Alice am Morgen die Küche betrat. »Während du deine Mahlzeit einnimmst, wird Nan dir frische Tücher auf's Bett legen. Du mußt ihr sagen, ab wann du sie nicht mehr benötigst.«
Alice genoß die Fürsorge. Auf Lambeth hatte es keinen besonders gekümmert, wie es um ihre Gesundheit stand.
Trotz ihres Wohlwollens strahlte die Mutter eine gewisse Nervosität aus, die der Tochter nicht verborgen blieb. Um davon abzulenken, stellte Alice eine Frage.
»Was gibt es Neues von Madge? Ich hatte gehofft, sie bei Euch anzutreffen.«
Annes Augen flackerten für einen kurzen Augenblick und Alice bereute es sofort, ihre Schwester erwähnt zu haben. Aber die Antwort ließ nicht auf sich warten.
»Für Madge war das Leben am Hof wie ein Tanz auf dem Vulkan«, sagte Anne und blickte dabei in die Schüssel mit eingemachtem Obst, die vor ihr stand. »Alles hatte sich für sie so prächtig angelassen, nachdem sie in die Dienste meiner Nichte, der Königin, getreten war. Anne Boleyns Freunde nahmen auch sie in ihren Kreis auf. Francis Weston machte ihr sogar schamloserweise schöne Augen, obgleich er schon seit einigen Jahren verheiratet ist. Henry Norris dagegen schien es mit seinen Verlobungsabsichten Ernst zu sein. Was mit den beiden passiert ist, weißt du sicherlich... Glaubst du, Madge hätte noch einen Tag länger in dieser verfluchten Stadt zubringen können, wo der Kopf ihres Liebsten über der Brücke aufgespießt war wie der eines gewöhnlichen Verbrechers? Sie ist nach Wales geflohen, auf das Gut einer Freundin, und fristet dort ihre Tage. Dein Vater hat es längst aufgegeben, sich noch weiter um sie zu kümmern. Madge weigert sich nämlich, auch nur einem seiner Ratschläge zu folgen. Und ihre Hoffnung, einen Ehemann zu bekommen, dürfte mittlerweile äußerst gering geworden sein.«
Alice bemerkte, wie ihre Mutter um Fassung rang, wagte es aber nicht, ihr eine Geste des Trostes zu zeigen.

»Wenigstens du hast nun die Möglichkeit, eine achtbare Partie zu machen«, fuhr Anne Shelton fort. »Wenn du fertig gegessen hast, werden dein Vater und ich dich deinem zukünftigen Verlobten vorstellen. Er ist ein überaus höflicher Mensch und kann es kaum erwarten, dich zu sehen.«

Alice, die gerade einen großen Zinnhumpen mit verdünntem Bier ansetzte, prustete und verschluckte sich. Offenbar gedachten ihre Eltern, keine Zeit zu verlieren.

Wenig später pochte Anne Shelton an die Tür des Privatgemachs ihres Gatten, trat ein und ermunterte ihre Tochter, nachzukommen. Alice ging zögernd in den Raum, durch dessen hohe Fenster schräge Sonnenstrahlen einfielen und helle Flecken auf den schwarzweiß ausgelegten Fußboden warfen. Inmitten der sparsam verteilten Möbel stand ihr Vater, der eins seiner schönsten Gewänder sowie die vom König geschenkte Kette angelegt hatte. Daneben ein junger Mann in dunkelblauem Samtwams, der mit beiden Händen seinen Hut umfaßte wie ein Seemann das Steuerrad des Schiffs. Anne Shelton, die bedeutend kleiner gewachsen war als ihr zukünftiger Schwiegersohn, ging mit raschen, trippelnden Schritten auf ihn zu und stellte sich mit aufgerecktem Kinn dazu. Alle drei starrten Alice an.

Sir John brach das Schweigen. Er wandte sich an den jungen Mann, der schnell den Hut an eine Sessellehne hängte, und sagte:

»Das ist meine Tochter Alice, die bisher im Haushalt der Howards zu Lambeth erzogen wurde. – Alice, komm näher! Dies ist John Clamour, der künftige Earl von Fairbury; der Mann, der sich mit dir verloben möchte.«

Wie angewurzelt blieb Alice mit leicht geöffneten Lippen stehen, die Arme hingen ihr schlaff herunter wie bei einer Gliederpuppe. Das einzige, was sich an ihr bewegte, waren die schwarzen Augen, die mit bemerkenswerter Schnelligkeit John Clamours Äußeres taxierten. Es hätte schlimmer kommen können, schoß es ihr durch den Kopf.

Clamour gab sich einen Ruck und stakste mit seinen langen Beinen auf sie zu. Auf seinen Zügen malte sich angestrengtes Wohlwollen, als habe er sich fest vorgenommen, seine Braut unter allen Umständen reizend zu finden. Alice erwartete den üblichen Handkuß und streckte ihm die Rechte entgegen. Doch Clamour ergriff sie, zog die Überraschte zu sich heran und gab ihr auf beide Wangen einen Begrüßungskuß.

»Wie wir euch schon vor geraumer Zeit versprochen hatten, könnt ihr beiden nun eine angemessene Spanne miteinander verbringen, auf daß ihr euch besser kennenlernt«, sagte Sir John. »Vor dem Gemüsegarten ist genug Platz zum Spazierengehen. Vielleicht nehmt ihr Sniff mit, Susan Peppings Hund? Ich mag ihn nicht allezeit um mich haben, weil er stets unseren Kater beim Mäusefangen stört.«
Mit diesem banalen Hinweis löste Shelton die feierliche Spannung der ganzen Szene. Alice atmete auf; ihr kam es vor, als trete sie beim Verlassen des Zimmers von einer Bühne ab. John Clamour folgte ihr auf dem Fuße, zwischen den Beinen ein wuselndes, kläffendes weißes Etwas, das aus einer geöffneten Tür herangeschossen war.

Das unbehagliche Gefühl, beobachtet zu werden, ließ die beiden nicht los, obwohl sie andererseits nicht damit gerechnet hatten, wirklich allein bleiben zu können. Immer wieder tauchten Gesichter an den Schloßfenstern auf, die neugierig hinunterstarrten und den Fortgang der Begegnung verfolgten. Dennoch begaben sich Alice und John Clamour zu einer Wiese, die direkt an den umzäunten, Brücke und Graben vorgelagerten Gemüsegarten grenzte. Dort setzten sie sich; Sniff sprang zutraulich auf den Schoß der jungen Frau und blinzelte zufrieden zwischen den Samtfalten heraus, sobald Alice sein angeschmutztes, verfilztes Fell zu kraulen begann.
»Hier sind wir wenigstens halbwegs vor den Blicken anderer geschützt«, schmunzelte Clamour. Alice erwiderte sein Lächeln, antwortete aber nichts. »Schade, daß wir nicht daran gedacht haben – wir hätten ein Schachbrett und Figuren mitnehmen und hier draußen spielen können«, sagte der junge Mann. »Ich gehe davon aus, daß Ihr die Regeln kennt.«
Was du nicht sagst, dachte Alice spöttisch. Verglichen mit Stephen, bist du bestenfalls ein Abklatsch … Sie fing an, eine Melodie vor sich hinzusummen.
»Die – äh, die Butterblumen«, nahm Clamour einen erneuten Anlauf. »Falls Ihr sie mögt, pflücke ich Euch gerne einen Strauß.«
Tatsächlich gehörten die leuchtend gelben Butterblumen, die zu Hunderten auf der Wiese blühten, zu Alices Lieblingen. Gerade die kleinen, eher unscheinbaren Pflanzen wie Gänseblümchen und Vergißmeinnicht bündelte sie oft zu herrlichen Sträußen zusammen und schmückte damit das Wenige, was man ihr an eigenem Raum zugestand.

Mißtrauisch überlegte Alice, ob ihre Eltern Clamour Hinweise gegeben hatten, womit er sich bei ihr einschmeicheln sollte. Dann aber verwarf sie den Gedanken. Was wußten ihre Eltern schon über ihre harmlosen Freuden oder eigenwilligen Vorlieben? Sie hatte so viele Jahre fern von daheim zugebracht, daß sie sich auf Southern Watney nicht mehr zuhause fühlte.
John Clamour blickte sie offen, mit einem leicht fragenden Ausdruck an. Seine Augen waren von hellem Braun, viel lichter als die Augen Stephens.
»Jaja, macht nur zu«, sagte sie zerstreut und gähnte.
Clamour, der sich schon halb erhoben hatte, ging plötzlich wieder in die Hocke und kam mit seinem Gesicht gefährlich nahe. Unterdrückte Ungeduld schwang in seiner Stimme mit, als er sagte:
»Liebe Alice, alles hat Grenzen. Zum Na-Na-Narren mache ich mich k-keineswegs!«
Sein Stottern ließ Alice in schallendes Gelächter ausbrechen. Verärgert packte Clamour sie an beiden Schultern und schüttelte sie, daß ihr Hören und Sehen verging.
»Was fällt Euch ein?« rief sie und rückte die verrutschte Haube wieder gerade. »Ihr benehmt Euch, als ob wir schon verheiratet wären, dabei sind wir nicht einmal verlobt.«
»Ich habe das Wort Eurer Eltern«, entgegnete John Clamour und ließ von seinem Gegenüber ab. »Lieber wäre es mir, wir entdeckten die guten Seiten aneinander, so daß wir mit Freude unsere Hochzeit feiern könnten. Ihr scheint jedoch entschlossen, dies gar nicht erst zu versuchen.«
Alice zupfte eine Schlüsselblume ab und drehte sie zwischen den Fingern. Sniff schaute mit hängender Zunge aufmerksam zu ihr empor. Mechanisch streichelte sie das Tier zwischen den Ohren.
Die Worte John Clamours hallten wie ein Echo in ihren Gedanken nach. Und Stephen? Er hatte Mut gezeigt und ihren Vater vor den Augen des bärbeißigen Herzogs um ihre Hand gebeten. Wenn dieser auch abgelehnt hatte, so mußte es doch einen Weg geben... Auf jeden Fall kam jegliches Einlenken Clamour gegenüber einem Verrat an Stephen gleich. Andererseits hatte Clamour aufgrund seiner rührenden Bemühungen Ehrlichkeit verdient, entschied Alice. Das Ganze in Worte zu fassen, fiel ihr ziemlich schwer.
»John, macht Euch keine großen Hoffnungen«, begann sie schließlich. »Mag sein, daß meine Eltern Euch meine Hand versprochen ha-

ben, meine Liebe aber gehört Stephen Dennyford, dem Sohn des Earl von Manting. Bevor ich Lambeth verließ, bat er meinen Vater um seine Einwilligung für unsere Heirat. Doch auch, wenn ich jetzt hier sitzen und mich mit Euch unterhalten muß – das letzte Wort in dieser Angelegenheit ist gewiß noch nicht gesprochen.«
Alices Lippen wurden schmal, ihr Blick schweifte irgendwohin über die Wiese, da sie es nicht fertigbrachte, John bei diesen harten Worten anzuschauen. Seine Reaktion verblüffte sie umso mehr.
»Ihr wißt sehr wohl, daß ich die älteren Rechte besitze«, sagte er ruhig. »Trotzdem will ich Eurem Glück nicht im W-W-Weg stehen. Es ist bewundernswert, wie Ihr zu dem Mann Eurer Wahl haltet. Das zeigt mir, was ich zu erwarten hätte, wenn ich dieser Ma-Mann wäre! Alles will ich tun, um mit der Zeit doch noch Euer Herz zu gewinnen.«
Die junge Frau drehte den Kopf zur Seite, las wortlos ein Holzstückchen auf und warf es in Richtung eines Feldrandes, an dem wilder roter Klatschmohn blühte. Sofort schnellte der Hund aus ihrem Schoß auf, flinker als der abgeschossene Pfeil eines Jägers. Alice erhob sich, um ihm nachzueilen und beobachtete aus dem Augenwinkel, ob John Clamour ihr folgen würde. Der jedoch blieb in seiner Grasmulde sitzen und suchte den Horizont nach Wolken ab.

Machtkämpfe

Der Wind rauschte in den Blättern der Allee beim Schloß zu Lambeth, die schon seit längerem ihre grüne Pracht voll entfaltet hatten. Ein einsamer Reiter sprengte auf seinem Tier mit lautem Hufgeklapper von der Landstraße her in Richtung des Herzoginnensitzes. Es war Stephen Dennyford, der mit zwei Aufträgen geschickt worden war. Und keiner davon behagte ihm besonders.
Der alte Herzog von Norfolk hatte keineswegs vergessen, was bei seinem Aufbruch vorgefallen war. Wenn er persönlich auch eher Heiterkeit als Verärgerung über Stephens ungewöhnliches Vorgehen empfand, so hielt er es nach einigem Nachdenken doch für besser,

wenn der ihm anvertraute junge Mann sich förmlich bei Agnes Howard entschuldigte. Schließlich hatte er sie in Gefahr gebracht, ihren guten Ruf als Erzieherin zu verlieren, indem er einfach ein Mädchen aus ihrem Hause zur Braut erbat, das schon einem anderen versprochen war. Man hätte ja denken können, die beiden hätten ein heimliches Verhältnis gepflegt... Thomas Howard, der nie als Kostverächter gegolten hatte, war durchaus bereit, Stephen derartige Liebschaften zu verzeihen. Daß der junge Mann Ernst daraus werden ließ und auch noch eine öffentliche Szene gewagt hatte, erforderte nun ein gewisses Handeln. Wahrscheinlich mochte es sich so zugetragen haben, wie die meisten Menschen vermuteten, aber der Schein mußte gewahrt werden. Stephen hatte zugleich die Aufgabe erhalten, das Kommen seines Dienstherrn bei der alten Herzoginwitwe anzukündigen. Zur Zeit hielt sich Thomas Howard noch im Palast des Königs zu Westminster auf, aus dem beunruhigende Nachrichten gedrungen waren. Sobald er dort entbehrlich war, wollte er mit seiner eigenen Barke den Fluß heraufkommen und seine Stiefmutter besuchen.

Jetzt ritt Stephen quer über den Hof auf den Eingang der Vorhalle zu, saß ab und band sein Pferd an einen in der Hauswand eingelassenen Eisenring. Niemand schien seine Ankunft bemerkt zu haben; in drückender Mittagshitze strahlte die Sonne auf die Ziegelmauern des Schlosses herunter, deren Farbe ihn an frisch geschnittenes Fleisch gemahnte. Mensch und Tier hatten sich in den schützenden Schatten der Mauern Lambeths zurückgezogen.

Eine wohltuende Kühle empfing den Reiter, als er die Eingangshalle betrat und sich mit blinzelnden Augen an das Dämmerlicht darin gewöhnte. Aus einem Flur kam Cecily Towbence, wie meist in einem Kleid aus schwarzem Samt. Auch an diesem Tag trug sie ihr feuerrotes Haar offen. Dicht an dicht lagen die welligen Strähnen um den Kopf und reichten hinab bis zum Gürtel. Über der blassen, von Sommersprossen übersäten Stirn war ein Scheitel gezogen, der Cecilys Frisur das Aussehen eines geteilten Vorhangs verlieh. Um nicht völlig barhäuptig zu gehen, hatte das Mädchen einige Perlenschnüre in das Haar am Hinterkopf miteingeflochten, was jedoch das Fehlen einer Haube eher unterstrich als verbarg.

»Wer seid Ihr?« fragte Cecily mit ihrer Piepsstimme.

»Stephen Dennyford«, antwortete der Ankömmling knapp. »Im Auftrag des Herzogs von Norfolk. Ich habe Eurer Herrin etwas auszurichten.«

Cecily runzelte die Stirn.
»Herrin? Meine Erzieherin, meint Ihr wohl?«
Stephen war nicht nach Wortklauberei zumute.
»Zeigt mir bitte den Weg«, sagte er und betrachtete wohlgefällig Cecilys Haar.
Die junge Frau drehte sich um und ging voran durch die Halle. Im Gehen wandte sie sich Stephen zu und meinte lächelnd:
»Dann seid Ihr also derjenige, über den hier alles redet... Wie mutig von Euch, jetzt noch der Herzogin unter die Augen zu treten!« Stephen schwieg. »Aber vielleicht seid Ihr ja auch gekommen, um Euch für diese Dummheit zu entschuldigen«, plauderte Cecily munter weiter. »Irgendwie liegt dies doch nahe. Nun denn, einem Blick wie dem Euren wird die Alte kaum lange widerstehen können. Seid guten Mutes.«
»Ihr seid vorwitzig«, sagte Stephen und grinste gegen seinen Willen.
»Sieh an, Ihr könnt also doch reden!« flötete Cecily heiter. »Diese Gabe werdet Ihr gleich benötigen, habe ich recht?«
Stephen klopfte noch einmal den Staub aus seinen Kleidern, als sie vor der schweren Holztür angelangt waren. Seine Verlegenheit suchte er durch das Aufsetzen einer betont gelassenen Miene zu überspielen. Mit einem Blick hatte Cecily jedoch das leichte Zittern seiner von Schweiß feuchten Finger erspäht und meinte:
»Ich überlasse Euch jetzt Eurem Schicksal. Schlagt Euch tapfer, armer Ritter!«
Ihre Worte schienen immer noch durch den Gang zu schweben, als sie längst davongeeilt war.

»Ich bin müde, bei Gott, hundemüde«, seufzte Thomas Cromwell, als er endlich aus dem Königspalast zu Westminster in sein Londoner Stadthaus gekommen war. In diesen Tagen schienen sich die Ereignisse zu überschlagen. Vor Sorge um seinen König kam er kaum noch zum Schlafen – und das gleich aus mehreren Gründen. Auch jetzt lagen tiefe Ränder unter den kleinen, sich flink bewegenden Augen. Und schon wieder zeigte sich blauschwarzer Schatten um Kinn und Mund, so daß der Minister eine zweite Rasur an diesem Tag für angebracht hielt. Dies gab er seinem Faktotum Francis zu verstehen, und bald darauf brachte der Diener eine wassergefüllte Schüssel, Handtücher und ein Schälchen mit Seifenkrautextrakt.
Francis band seinem Herrn eins der Tücher um Hals und Brust, da-

mit dessen kostbare braune Damastrobe keinen Spritzer abbekommen sollte. Während er Cromwell einseifte, begann er Vermutungen zu äußern:
»Es könnte sein, daß der Herzog von Norfolk Euch heute noch einen Besuch abstatten will...«
»Davon weiß ich nichts!« brauste der Minister auf. »Wenn dieser Schurke etwas von mir will, mag er sich ansagen wie alle andern!« Es fiel ihm nicht ein, Francis' Bemerkung in Frage zu stellen. Cromwell wußte genau, in welchem Tempo sich Informationen ausbreiteten, insbesondere unter den klatschsüchtigen Dienern, Ruderknechten und Küchenmägden. Und er war ein Meister im Ausnutzen solcher Zuträgereien.
Oh, dachte Francis, die Lage hat sich also weiter zugespitzt, wenn er Norfolk bereits einen Schurken nennt... Andererseits ist das bei seinem Temperament auch nicht ungewöhnlich.
»Wir könnten dem Herzog ja ausrichten lassen, so spät am Abend niemanden mehr zu empfangen, da wir an Kerzenwachs sparen müßten...« fuhr er lachend fort. Doch sein Dienstherr war nicht in der Stimmung für Scherze, und schon gar nicht mochte er, wenn man ihn an seine Sparsamkeit – andere nannten es Geiz – erinnerte. Verärgert pufffte er Francis in die Seite, so daß die Wasserschüssel gefährlich ins Schwanken geriet und ein paar Tropfen der Krautmixtur auf seine nagelneuen Kalbslederschuhe spritzten, wo sie häßliche dunkle Flecke hinterließen.
»Weil du es gerade sagst, mein Bester -« blubberte Cromwell unter dem Schaum heraus, in einem sarkastischen Ton, den sein Diener haßte, »als ich vorhin eintrat, sah ich immer noch Wachsreste auf dem Fußboden. Wie oft soll ich dir das noch einbläuen? Wenn es schon von den Leuchtern tropft, dann sorge möglichst rasch nach dem Ausblasen für Ordnung, verstanden?«
»Jawohl, Mylord«, antwortete Francis und zog ein Rasiermesser aus seinem Gürtel. Cromwell wurde es etwas mulmig, als er seinen fetten Hals darbieten mußte und der Diener vorsichtig langsam die Bartstoppeln abschabte. Seine Gedanken wanderten zurück nach Westminster, wo König Heinrich schon vier Tage auf den Tod erkrankt zu Bette lag. Das eitrige Geschwür an seinem Bein, das er nun schon einige Jahre mit sich herumtrug und über dessen Ursprung bei Todesstrafe nicht geredet werden durfte – es hatte sich plötzlich geschlossen und dem Herrscher ungeheure Schmerzen verursacht. Für

kurze Zeit hatte er sogar sein Sprachvermögen verloren, so daß alle das Schlimmste befürchteten. Und Prinz Edward zählte nicht einmal ein Jahr...

»Darf ich Euch trotz Eures Zorns eine Frage stellen, Mylord?« meldete sich Francis erneut zaghaft zu Wort.

»Laßt hören«, murmelte Cromwell niedergeschlagen.

»Ihr wißt sicher, ob bald eine neue Königin einzieht«, sagte Francis ohne diplomatische Umschweife.

»Du Naseweis. Was geht dich das an?« versetzte der Minister. »Selbst wenn ich wüßte, was der König in seiner unerforschlichen Weisheit beschlossen hat, wäre das ein Staatsgeheimnis, das ich gefälligst wahren müßte.« Thomas Cranmer, dachte er plötzlich. Der feine Herr Erzbischof führt etwas im Schilde... Aber wo mag er eine Lutheranerin auftreiben, die er auf den Thron setzen kann? Welche Frau würde wohl ihr Glück in die Hände eines Mannes legen, der Anne Boleyn zuerst nach Kräften begünstigt und später fallengelassen hatte? Wie hat er sich gewunden, der arme Mensch, um selber möglichst schadensfrei davonzukommen. Ich habe jedenfalls das Heucheln nicht nötig gehabt, die Boleyn wußte seit jeher, daß ich nur solange auf ihrer Seite stand, wie sie Erfolge vorweisen konnte.

Auf der Straße unten betätigte jemand den Türklopfer. Francis eilte zum offenstehenden Fenster, um auf den Besucher hinunterzuspähen. Derweil nestelte sich Cromwell selbst das Tuch ab, wischte sich über den Mund und warf es achtlos über eine Stuhllehne. Die Wasserschüssel schob er beiseite. Lautlos schloß der Diener das Fenster und flüsterte:

»Wie ich vermutete. Seine Gnaden, der Herzog von Norfolk.«

Für einen kurzen Augenblick spielte Cromwell mit dem Gedanken, sich verleugnen zu lassen. Dann besann er sich und schickte Francis zum Eingang:

»Ich lasse bitten.«

Norfolks schwere Schritte krachten bereits auf der Treppe, als der Blick des Ministers plötzlich auf den letzten Brief Lady Rochfords fiel, in dem sie ihre üblichen Klagen vortrug sowie die schon öfters gestellte Frage nach einer neuen Tätigkeit am Hof. Hastig schob er das Schreiben unter die Tischdecke, wobei er es halb zerknüllte. In diesem Moment pochte auch schon Thomas Howard an die Tür und trat ein.

»Machen wir's kurz, Mylord«, sagte er, alle Höflichkeit außer Acht

lassend. »In einem dürften wir uns einig sein: sowohl diese französische Heirat als auch die Verbindung mit der Mailänderin darf unter keinen Umständen stattfinden.«
Cromwell faltete die Hände über dem Bauch. Süßsauer grinsend, meinte er gedehnt:
»Habt Ihr auch bedacht, daß die beiden Kandidatinnen katholisch sind? Das käme Euch doch sicher sehr zupaß, Norfolk!«
Thomas Howard mußte sich zusammenreißen. Sein Tag war mindestens so anstrengend wie der Cromwells gewesen. Die Schlagader an seinem Hals schwoll, so daß man ihre Bewegung deutlich wahrnehmen konnte. Um die Spitze seiner langen Nase zuckte es.
»Katholisch hin oder her!« erwiderte er schließlich. »Wohin hat uns damals das Bündnis mit Spanien gebracht? Ausländische Heiraten verkomplizieren die Lage im Reich ganz unnötig.«
»Recht gesprochen!« sagte Cromwell und schaute zu, wie Norfolk nervös vor dem erloschenen Kamin auf und ab ging. »Darum seid ohne Sorge, denn zumindest die Herzogin von Mailand wirft sich bald selbst aus dem Rennen. Wie man mir vertraulich mitteilte, hat sie dem Werber des Königs eine äußerst unverschämte Antwort gegeben...« Er senkte die Stimme. Norfolk kam näher und hielt sein Ohr an Cromwells Mund. »Wenn ich zwei Köpfe hätte, würde ich sicher gerne einen auf's Spiel setzen und König Heinrichs Frau werden. Das soll sie wörtlich gesagt haben!«
Norfolk unterdrückte ein Lachen und heuchelte Entrüstung.
»Des Kaisers Nichte wagt viel!« meinte er.
»Und genau da setzt meine Überlegung an«, lächelte der Minister. »Der Kaiser wiederum war der Neffe Katharines, Heinrichs erster Frau. Ohne eine päpstliche Erlaubnis wird Christina von Mailand niemals unseren Herrscher heiraten. Sagt selbst, wärt Ihr der Papst, würdet Ihr einer jungen Prinzessin die Ehe mit einem Abtrünnigen gestatten?«
Norfolks Augen leuchteten auf. Tatsächlich, der Minister hatte eine mögliche Lösung gefunden. Blieb noch ein anderes Problem:
»Und was die Franzosen betrifft – die ändern ihre Meinung ohnehin schneller, als der Wind sich dreht. Unser guter Lord Hoby, was hat er denn mit seinen Verhandlungen erreicht? Und der wackere Holbein malt eine Dame nach der anderen, ohne daß Seine Majestät sich für eine entscheidet.«
Cromwell griff in einen Korb mit Konfekt, schob ein Stückchen in

den Mund und ließ es genießerisch auf der Zunge zergehen. Er brauchte Norfolk nicht darüber zu informieren, daß er – trotz der schweren Krankheit des Herrschers – bereits heimlich Kontakt zu einem kleinen deutschen Staat aufgenommen hatte. In wenigen Wochen schon würden Hoby und Holbein in das Herzogtum Jülich-Kleve-Berg reisen, wo zwei fürstliche Schwestern residierten. Was immer Anna und Amalias Vorzüge sein mochten, einen kannte er schon jetzt: sie waren streng protestantisch.

Die Butterblumen in dem Zinnkrug am Fensterbrett, die John Clamour für Alice Shelton gepflückt hatte, waren schon beinahe wieder verwelkt. Die Tage waren dahingeflossen, als wollten sie niemals enden. Weder John, der an seinem eifrigen Werben festhielt, noch ihre Zimmerkameradin Susan trugen dazu bei, daß Alice sich allmählich auf dem Schloß ihrer Eltern wohlzufühlen begann, im Gegenteil. Sie hoffte inständig, bald nach Lambeth zurückgeschickt zu werden. Vielleicht würde in der Zwischenzeit, die sie dort bis zum Heiratsdatum verbringen sollte, sich zwischen ihr und Stephen alles zum Guten wenden. Ungebrochen war ihr Wille, diesem Mann anzugehören.

Die Farben der Morgendämmerung drangen, von keinem hölzernen Laden gehindert, durch die Butzenscheiben in das Zimmer, in dem Alice und Susan noch schliefen. Plötzlich öffnete sich knarrend die Tür und eine Magd mit einer brennenden Kerze trat ein. Hinter ihr folgte John Clamour, in dieser frühen Stunde bereits komplett angekleidet. Anstandshalber blieb er auf der Schwelle stehen, während die Magd Alice aus dem Schlaf rüttelte.

Die junge Frau brauchte lange, bis sie zu sich kam. Ihr Gesicht war noch vom Schlaf geprägt, als sie sich unwillig erhob. Zwischen den Augenbrauen stand eine steile Falte, die Lippen waren vorgeschoben und die tief in den Höhlen liegenden Augen klein und verquollen.

»Eine Überraschung, liebe Alice!« sagte John Clamour laut und fröhlich. Susan drehte sich um und zog die Decke über die Ohren. »Eure Eltern haben mir die Erlaubnis erteilt, einen ganzen Tag lang allein mit Euch auszureiten. Und da dachte ich mir, daß Euch Manting als Ziel sicherlich sehr angenehm wäre. Es liegt allerdings eine halbe Tagesreise entfernt, so daß wir am besten sofort aufbrechen.« Mit diesen Worten entfernte er sich.

Während Alice sich ankleidete, ging ihr mancherlei durch den Kopf.

Was will er bloß in Manting? Es ist der Stammsitz von Stephens Familie... Nach den Worten einiger, die schon dort waren, ein gewöhnliches kleines Städtchen. Er will doch wohl nicht Stephens Vater aufsuchen ?! Seine Rechte mir gegenüber klarstellen ? Kann ein Mann so selbstlos sein, daß er mir aus Freundschaft das Zuhause seines Rivalen zeigt ?

In der Küche hatte John genügend Proviant für den Ausflug zusammenpacken lassen. Sie würden ungestört ihren Hunger stillen können und brauchten also unterwegs kein Gasthaus aufzusuchen, wo allerhand loses Volk verkehrte und oft genug Schmutz und Unrat zu Hause waren. Gerade wurde das verschnürte Päckchen nach draußen getragen und jeweils hinter dem Sattel festgezurrt.

Alice, die ein Paar feste Schuhe anziehen wollte, bemerkte plötzlich mehrere Mückenstiche an ihrem rechten Bein, die sie sich während der schwülwarmen Sommernacht zugezogen haben mußte. Mißmutig kratzte sie daran herum. John Clamour schaute um die Ecke.

»Wo bleibt Ihr denn?« drängte er freundlich-ungeduldig. Dann erfaßte er die Lage, eilte wortlos zur Küche zurück und brachte eine frisch durchschnittene Zwiebel mit. Behutsam hob er den steifleinenen Rock seiner Braut und rieb die Stichstellen, auf denen sich weiße Knubbel gebildet hatten, mit dem Zwiebelsaft ein.

Das simple Mittel verfehlte seine Wirkung nicht. Nach kurzer Zeit hörte das Brennen auf. John versäumte nicht, noch einige Zwiebeln in seine Reittasche zu stecken, dann verließen die beiden jungen Leute das Haus. Ein Pferdeknecht war ebenfalls schon auf den Beinen. Er half Alice auf, John schwang sich behende selber hoch.

Die Sonne stand erst knapp über dem Horizont, als die beiden aufbrachen. Noch herrschten erträgliche Temperaturen, doch bald würde gewiß wieder die Hitze wie eine drückende Decke über dem Hügelland liegen. Seit Wochen hatte es kaum geregnet. In den umliegenden Dörfern begannen die Bauern sich bereits um ihre Ernte zu sorgen. Wenn sie den uralten Eichenforst betraten, ließen sie aus Furcht vor Bränden besondere Vorsicht walten.

Alice und John schlugen einen Weg Richtung Süden ein. Das Städtchen Manting, das John als Ziel vorgeschlagen hatte, lag jenseits der Grenze Kents und gehörte schon zum östlichen Sussex.

Weit und breit waren sie die einzigen Menschen zu Pferd. Die Hopfenfelder am Rand der staubigen, ungepflasterten Straße schienen ganz verlassen. Halbverdorrte Pflanzen an den Stangen, die Blätter

mit einer dicken Sandschicht überzogen, boten einen trostlosen Anblick.
»Wir sollten uns beeilen, damit wir den kühlen Wald erreicht haben, bevor die Sonne allzu grell herniedersticht«, sagte John. Beide trieben ihre Reittiere an, so daß hinter ihnen eine lange Staubwolke den Pfad entlangwirbelte.
Bald ging es sanft hinab ins Medwaytal. Zur Linken tauchte ein Schloßpark auf, in den ein Landsitz eingebettet lag wie eine Gemme im Ring. Matt schimmerten die Mauern aus grauem Kalkstein im Morgendunst.
»Penshurst Place gehört den Boleyns«, bemerkte Alice. »Sie haben uns früher manchmal von dort aus besucht.«
Allmählich führte die Strecke immer kurvenreicher durch Schaf- und Rinderweiden. Schon zu dieser frühen Stunde zogen die meisten Tiere den Schatten kleiner Ställe oder Schuppen vor. Nur die Tränken wurden ab und an belagert – besonders von Vögeln, die sich laut zwitschernd auf dem Trogrand um die besten Plätze balgten.
»Im vorigen Jahr hatten wir ebenfalls einen warmen Frühling und einen heißen Sommer«, erzählte Alice. »Meine Mutter, die etliche unserer Güter verwaltet, bekam es mit der Angst zu tun. Wie auch jetzt glaubte sie damals, eine dauerhafte Zeit der Dürre stünde dem Land bevor.«
John wandte den Kopf. Er unterdrückte ein Lächeln, denn es hätte schlecht zum Ernst des Themas gepaßt. Doch die Freude darüber, daß Alice endlich einmal ganz entspannt mit ihm sprach, huschte über seine Züge. Er hatte nicht vor, sein gesamtes Eheleben – das immerhin einige Jahrzehnte währen konnte – in Zank und Streit zu verbringen. Ebenso wenig wünschte er sich, täglich die Zielscheibe des Hohns und Spottes einer Frau zu werden, die darauf verweisen konnte, sich von Anfang an nichts aus ihm gemacht zu haben.
Mit jedem Tag auf Southern Watney hatte John Clamour mehr bedauert, daß Alice ihr Herz an einen andern gehängt hatte. Manchmal fragte er sich, welche blinde Macht eigentlich die Karten mischte und dem einen zuerst vorenthielt, was er liebte, dem anderen aber soviel gab, daß er sich nicht entscheiden konnte, dem dritten schließlich Leidenschaft einpflanzte, die unerfüllbar schien. Im Grunde nämlich fand er bestätigt, was sein Vater ihm brieflich mitgeteilt hatte. Die Vorzüge Johns künftiger Braut, vom Earl von Fairbury in lebhaften Farben geschildert, hätten ja genausogut höfliche Schmeicheleien

sein können, um dem Sohn die Heirat schmackhafter zu machen. Aber Alice war insgesamt betrachtet tatsächlich ein hübsches Mädchen. Gern hätte er einmal ihr Haar gesehen, aber sie trug es entweder völlig unter der Haube verborgen oder ließ lediglich einen Blick auf den Mittelscheitel frei. Sogar beim morgendlichen Wecken hatte er nichts erkennen können, da sie eine Nachtmütze getragen hatte. John bewunderte auch das kompromißlose Eintreten der jungen Frau für das, wovon sie überzeugt war. Wie viele Menschen gab es, vor allem am Hof, die um des eigenen Vorteils willen andere stets belogen und betrogen. Eine spitze Zunge besaß Alice allerdings auch, der er sich insgeheim nicht immer gewachsen vorkam. Dies wiederum ärgerte ihn, denn nach allgemeiner Ansicht hatte eine Frau nicht vorwitzig zu sein, am allerwenigsten, wenn sie verheiratet war. Am liebsten hörte John sie mit ihrer weichen, ein wenig dunklen Stimme plaudern.

»Ihr sagt ja gar nichts!« wunderte sich Alice. John fuhr aus seinen Tagträumen auf und dachte rasch darüber nach, was das letzte Gesprächsthema gewesen war. »In der Tat, noch so ein Sommer wird der Ernte übel bekommen«, antwortete er dann unverfänglich.

Geraume Zeit trabten die beiden durch den Wald, der hinter den Weiden begonnen hatte und das Dörfchen Penshurst vor ihren Augen verbarg. Kein Lüftchen wehte, so daß die vielfältigen Gerüche der Ortschaft nicht herüberzogen.

»Ich will Euch kein Unrecht tun«, sagte Alice endlich. »Die vergangenen Tage zeigten mir, was für ein redlicher Mensch Ihr seid. Meine Eltern müssen überdies großes Vertrauen in Euch setzen, weil sie gestattet haben, daß ich einzig in Eurer Begleitung diese Reise unternehme. Also vertreibt mir doch ein bißchen die Zeit und erzählt mir etwas von Euch ...«

»Das Heim meiner Familie heißt Milmore Manor und liegt unweit der Stadt Wimborne Minster. Dort bin ich geboren und später auch erzogen worden, gemeinsam mit allen meinen Geschwistern. Wir hatten frohe Jahre und überstanden auch fast alle Krankheiten, die uns heimsuchten, zusammen.«

Alice staunte. Was John berichtete, klang ziemlich ungewöhnlich.

»Seid Ihr das älteste Kind? Wo sind Eure Schwestern und Brüder denn jetzt?« wollte sie wissen.

»Bridget, das einzige Mädchen unserer Familie, war die Erstgeborene. Dann kam ich und in der Folge James, Philip und Nicholas. Alle

leben noch auf Milmore Manor – außer Bridget, die schon vor einigen Jahren verheiratet wurde. Sie wohnt mit ihrem Gatten irgendwo in Gloucestershire. Man findet nur schwer dorthin und ich habe sie seit ihrer Hochzeit nicht wiedergesehen.«
Für einen Augenblick spürte Alice gewissen Neid, vermischt mit dem Verlangen, sich dieser Familie anzuschließen und in ihrer Geborgenheit aufzugehen. John bemerkte ihr Schweigen und übte sich im Gedankenlesen. Er ahnte, was seiner Braut durch den Kopf ging, denn von ihrem Aufwachsen in diversen Schlössern anderer Adliger hatte er bereits erfahren.
Die Sonne wanderte schnell und hatte bald einen Punkt erreicht, der die zwei Reiter auf ebenem Felde großen Strapazen ausgesetzt hätte. Da sie sich aber immer noch in dichtem Waldgebiet befanden, empfanden sie die würzige Luft als angenehm kühl. Nach kurzer Rast setzten sie ihren Weg fort.
»Dort muß Poundsbridge sein«, stellte John fest.
Verwundert entgegnete Alice:
»Ihr seid doch fremd in Kent! Wie könnt Ihr einen Weg wissen, den ich nicht einmal selber kenne?«
»Der alte Ninfield vom Pferdestall hat mir genauestens erklärt, wie die Reise verlaufen muß«, schmunzelte John. »Glaubt Ihr etwa, ich hätte Eurem Vater gesagt, daß wir nach Manting reiten? Da hätte ich gleich zum Zweikampf mit ihm antreten können!«
Nur noch zwei winzige Dörfer, Groombridge und Lye Green, sorgten für etwas Abwechslung auf dem langen Weg, der schließlich wieder aus dem Eichenwald herausführte und das gewohnte Bild dösender Schafe oder schwarzweißer Kühe auf ihren Weiden zeigte. Auf den Äckern am Wegesrand blühte der wilde rote Mohn kräftiger als die Feldfrucht, kleiner und unreifer im Stand als für die Zeit üblich. Am Horizont zogen ein paar Wolken auf, denen Alice aber keine besondere Bedeutung beimaß. John dagegen, der sich mit dem Wetter und seinen Erscheinungen auskannte, warnte vor einem am Nachmittag drohenden Gewitter. Vielleicht sei es besser, umzukehren.
Alice lachte.
»Euch war es wohl nicht ernst mit Eurem Vorschlag?« sagte sie bissig. »Nach all den Wochen ohne Regen wird es nicht gerade heute ein Unwetter geben. Aber bitte, reitet Ihr nur nach Hause zurück! Ich für meine Person finde auch ohne Euch nach Manting. Nun sind wir so weit gekommen, daß ich nicht aufzugeben gewillt bin.«

»Wie Ihr meint«, sagte John achselzuckend. »Beschwert Euch aber nicht, wenn ein Wolkenbruch Eure schöne Haube ruiniert.«
Sein ironischer Ton reizte Alice noch mehr. Wütend ballte sie die Faust und rief zu ihm hinüber:
»Niemand hat Euch gebeten, diese Reise mit mir zu unternehmen! Ich frage mich ohnehin, was Ihr Euch davon versprecht.«
Sichtlich getroffen, blieb John eine Weile still. Über den staubigen Lehmpfad trabten sie stumm nebeneinander her, bis er in ruhigem Ton das Gespräch wieder aufnahm.
»Alice, bei allen Heiligen, warum erschwert Ihr denn die L-L-Lage so unnötig? Ich bin Euch sehr gewogen... Außerdem hat das Leben uns nun einmal zusammengespannt, also s-sollten wir das Beste daraus machen. »
Die Wut war keineswegs aus ihren Zügen gewichen, als die junge Frau sich ihrem Begleiter zuwandte.
»Ihr nehmt als gegeben, was keineswegs unumstößlich ist!« zischte sie zurück. »Stephen Dennyford ist Euch mindestens ebenbürtig, und meine Eltern werden es sich überlegen müssen, ob sie durch ihre Absage den Earl von Manting vor den Kopf stoßen wollen. Ihr und Euer Vater müßt um mich geschachert haben wie um ein Stück Land, aber ich bin nicht Euer Besitz.«
Jetzt hielt es John für geraten, ein paar unangenehme Wahrheiten aufzutischen.
»Ha! Daß ich nicht lache!« grinste er und kratzte sich am Ohr. »Euer Vater suchte in den le-letzten eineinhalb Jahren nach Mitteln und Wegen, Eure Verwandtschaft mit den B-B-Boleyns zu vertuschen, nachdem sich Eure Familie lange Zeit damit gebrüstet hatte. Ungeachtet Eurer P-Person, liebe Alice, pries er Euch überall als Braut so vergebens an wie saures B-B-Bier.«
»Ach!« fauchte Alice. »Wie gnädig von Euch, mich dennoch zu nehmen! Aber irgendetwas muß sich Euer Vater davon versprochen haben.«
»Ihr sagt es«, erwiderte John. »Aber fragt mich nicht danach, ich weiß es nicht. Er wird seine Gründe haben. Was mich betrifft, so hoffte ich auf ein angenehmes Miteinander, vor allem, als ich Euch kennenlernte. Offenbar braucht Ihr jedoch diesen Dennyford, weil Ihr Euch selbst nicht genügt. Er soll Euch alles geben, was Ihr entbehrt... Und wo ist er, Euer tapferer Ritter? Hat er Euch auch nur einen einzigen Brief gesandt, seit Ihr Euch auf Southern Watney aufhaltet?«

»Die Eifersucht steht Euch schlecht zu Gesicht«, versetzte Alice spitz. Danach fiel kein Wort mehr, bis Manting in Sicht kam.

Die kleine Stadt lag in einer pfannenartigen Senke. Statt von Mauern eingeschlossen, war sie von Gärten und schmalen Feldern umgeben, deren Grenzen dichte Hecken bildeten. An der Bleichwiese vor dem mächtigen Torturm, auf der sich Dutzende Frauen mit Laken und anderen Wäschestücken abplagten, begann eine Straße. Sie führte beinahe schnurgerade in die Ansammlung von Häusern hinein, deren schwarzweißes Fachwerk gegen die strohgedeckten Dächer abstach. Aus alledem ragte ein klotziger Kirchturm hervor, an den sich die dreischiffige Halle anschloß.

Als Alice an Johns Seite in Manting einritt, fühlte sie ein eigenartiges Prickeln. Es kam ihr vor, als erobere sie Schritt für Schritt Stephens Besitz.

Am Straßenrand blieben die Menschen stehen und musterten die beiden Fremden, die sogar noch in ihrer staubbedeckten Reisekleidung unverkennbar als Adlige ausgewiesen waren. Solcher Besuch kam nicht alle Tage.

»Stephen wird nicht zu Hause sein«, sagte John liebenswürdig und lächelte seiner Braut zu. »Schließlich muß er ja beim Herzog von Norfolk lernen, wie's im Leben so zugeht, nicht wahr? Vielleicht geruht aber sein Vater, Euch zu empfangen. Gern führe ich Euch zum Landsitz des Earls; er liegt ein wenig abseits der letzten Stadthäuser.«

»Untersteht Euch!« raunte Alice, die inzwischen großen Durst bekommen hatte. »Wir suchen uns ein Plätzchen zum Ausruhen. Hinter der Kirche ragen die Wipfel ein paar alter Ulmen heraus. Laßt uns dort im Schatten rasten.«

»Ich müßte mich sehr täuschen, wenn wir in der Kirche nicht auch auf das Dennyfordsche Familiengrab stoßen. Dann könnt Ihr Euch in Ruhe die Namen Stephens illustrer Vorfahren anschauen. Vielleicht erfahrt Ihr, wie viele der Ehefrauen seines Urgroßvaters im Kindbett starben, ob eine seiner Tanten Alice hieß und dergleichen mehr.«

Alice ließ sich den Spott gefallen, saß ab und machte sich über die Köstlichkeiten her, die John für beide eingepackt hatte. Aus einem Wasserbeutel spritzte sie auch erfrischendes Naß auf ihr glühendes Gesicht.

Unweit der Ulmengruppe, unter der die zwei jungen Leute Platz genommen hatten, erstreckte sich der Friedhof. Seine Nähe störte sie

keineswegs. Zwischen halb mannshohem, flirrend dünnem Gras, das schon lange keine Sense mehr erlebt hatte, staken kreuz und quer schiefe Steine und Holzkreuze im Boden.
Nach dem Verzehr der mitgebrachten Speisen überprüfte John noch einmal den Knoten, mit dem er die Pferde angebunden hatte. Dann öffnete er die schwere Eichenholztür der Kirche und betrat mit Alice deren Inneres. Helles Licht fiel schräg durch die großen, dreiteiligen gotischen Spitzfenster herein. Kühle Luft umgab die Besucher, als habe man sie in einem Augenblick zu Eis verwandelt. Langsam ging Alice an den engstehenden Bänken entlang. Im Chorraum des Gotteshauses reihten sich mehrere Grabplatten aus Messing nebeneinander. Sie waren aufrechtstehend in die Wand eingelassen und von unterschiedlicher Größe.
Alice verstand genug Latein, um die Inschriften entziffern zu können. Wie John vorhergesagt hatte, handelte es sich bei den hier Beigesetzten durchweg um Mitglieder des Hauses derer von Manting, also der Familie Dennyford und ihrer angeheirateten Verwandten. Den meisten Raum nahm eine Platte ein, die einen würdevollen alten Mann darstellte und wie blankpoliert glänzte. Tatsächlich war sie auch erst wenige Jahre alt und zeigte Stephens Großvater, den dritten Earl von Manting. Mit geschlossenen Augen und vor der Brust gefalteten Händen stand er vor den Betrachtern. Ein viele Falten werfender Mantel hing von seinen Schultern; um den Hals trug der Mann eine großgliedrige Kette mit einem außergewöhnlichen Schmuckstück daran. Anscheinend war dies eine Art Medaillon, auf dem man eine fliegende Taube sah.
Alice entdeckte auch einige kleine Platten. Manche zeigten wie schlafend daliegende Säuglinge, bis ans Kinn verschnürt und gewickelt. Andere wiederum Kinder, pausbäckig und doch über Gebühr ernst porträtiert, als hätten sie ihren frühen Tod vorausgeahnt. Mit einer gewissen Scheu berührte Alice das kalte Metall und fuhr mit dem Finger an den eingravierten Buchstaben entlang. Als sie den Inschriften entnahm, daß es sich um Geschwister Stephens handelte, spürte sie einen Kloß im Hals aufsteigen. Seine Worte kamen ihr in den Sinn, daß ein anderer nachrücken würde, wenn er als Erbe ausfiele … Wie viele Kinder mochte seine Mutter geboren haben, wie viele hatte sie schon wieder verloren? Alice stellte sich vor, wie Stephen verzweifelt suchend durch das Haus lief, zuerst nicht begreifend, daß sein Bruder oder seine Schwester nie mehr wiederkommen

würde, um mit ihm zu spielen... Und wie er dann all seinen Kummer stumm in sich verschloß. Unzeitiger Tod und all das namenlose Leid in seinem Gefolge haben einen Bogen um Southern Watney geschlagen, dachte Alice und rieb sich die Augen frei.
John Clamour drängte zum Aufbruch. Zwar stach noch immer die Sonne vom Himmel, aber bestimmte Anzeichen deuteten darauf hin, daß es nicht so bleiben würde. Scharen von Stechmücken stürzten sich auf die beiden Reiter und ihre Pferde. Trotz der beinahe unerträglichen Schwüle trieben John und Alice ihre Tiere zur Eile an. Allmählich nahm der Himmel vom Rand her dunklere Farbe an, als laufe unendlich langsam ein Tintenfaß aus. Schicht um Schicht von Wolken schob sich über die Felder unreifen Getreides, die ängstlich hingeduckt unter der erdrückenden Weite des Firmaments lagen. Ein schwacher Wind kam auf, der den Reitern zuerst sehr willkommen war, denn er ließ die Schweißtropfen auf Stirn, Kinn und Wangen im Nu trocknen. Dann aber, als die Weiden wieder halbwilden Hecken und Büschen Platz machten und der Weg sich zum Eichenwald hinaufschlängelte, wehte es schon stärker. Ein seltsames Klagen tönte irgendwo heraus, und Alice hätte nicht zu sagen gewußt, ob ein Mensch oder ein Tier solche Laute von sich gab. Erschrocken schaute sie um sich, doch niemand war zu sehen. Die schwarzweißgefleckten Kühe standen mittlerweile eng beieinander, als wollten sie sich vor dem kommenden Unwetter schützen.
John und seine Braut ließen ihre Pferde an einem der Bäche trinken, die den Wald durchquerten und noch eine nennenswerte Menge Wasser führten. Doch verweilten sie keine Minute länger als nötig. Zwar schwieg John, doch seine Blicke verkündeten deutlich, was er dachte. Die Genugtuung, mit seiner Wettervoraussage recht gehabt zu haben, stand ihm ins Gesicht geschrieben. Die ausgedörrten Blätter der Bäume raschelten laut, als der Wind sie bald immer heftiger hin- und herbewegte.
Immer mehr Lichtungen lockerten schließlich das Waldgebiet auf. Die beiden jungen Reisenden hatten nun öfter freie Sicht auf das Schauspiel der Wolken, die sich inzwischen zu einer fast violett glänzenden Wand zusammengedrängt hatten. Das gleißende Sonnenlicht reichte noch bis knapp vor die Hügelkette, über der sich alles zusammenbraute. In großer Entfernung spielte der Luftzug mit Staub und Sand, die er in einem Wirbel emportrug. Für einen Augenblick stand das Gebilde wie eine gespenstische Säule, bevor es in sich zu-

sammenfiel und seine Teilchen davonstoben. Und dann hörten sie es. Das erste leise Donnern, Vorbote des Gewitters.
»Sollten wir nicht lieber im Wald bleiben und abwarten, was geschieht?« meinte Alice. »Es heißt, zwischen den Bäumen sei man vor Blitzen geschützt, besonders unter Buchen und Ulmen.«
»Ich weiß nicht recht«, entgegnete John. »Versuchen wir lieber, so weit zu kommen wie möglich. Es werden derartige Wassermassen vom Himmel stürzen, daß Ihr auch im Wald völlig durchnäßt werdet.«
Da die beiden Poundsbridge schon hinter sich gelassen hatten, wollten sie nicht wieder umkehren, um in den dortigen Bauernhäusern um Aufnahme zu bitten. Doch rasch wurde der Donner lauter. Der Himmel war jetzt beinahe völlig bedeckt. Aus Wetterleuchten wurden Zickzackblitze, die Abstände zwischen ihrem Aufflammen immer kürzer. Für die Dauer eines Augenblicks brannten sie Risse und Verästelungen in die Wolkenwand, die an Zeichen einer unenträtselten Schrift erinnerten.
Trotz ihrer zunehmenden Angst bestand Alice darauf, auf keinen Fall die Boleyns in Penshurst Place aufzusuchen. Kopfschüttelnd ritt John weiter, als die ersten dicken Tropfen fielen. Ziemlich rasch folgten andere und die Erde sog begierig das lang entbehrte Naß auf. Alice zeigte auf einen Pfad, der in ein Hopfenfeld abbog und bei einem geräumigen Speicher endete, der vor wenigen Jahren erst erbaut worden war. Von Minute zu Minute wurde der Regen stärker; im Nu füllten sich ausgetrocknete Löcher im Weg mit trübem Schlamm, in dem die herunterprasselnden Tropfen aufspritzten wie kleine Kronen. Doch vergeblich rüttelten Alice und John an den Toren des Hopfenhauses.
»Ich hätte mir denken können, daß hier zugesperrt ist!« rief Clamour und schlug sich vor die Stirn. Sein dichtes Haar hing schon in nassen Strähnen in die Stirn; Tropfen rannen daraus auf die Nasenspitze.
Endlich aber hatten die beiden Ausflügler doch noch Glück. Die Tür des runden, von einer weißen Dachhaube gekrönten Speicherturms ließ sich mit etwas Mühe öffnen. Im Innern herrschte völliges Dunkel, so daß John sie einen Spaltbreit offenstehen ließ. Er saß ab und half auch Alice vom Pferd.
»Zum Glück ist es nicht mehr weit bis nach Hause«, sagte Alice. »Bis zum Abend werden wir, so der Regen in absehbarer Zeit nachläßt, wieder zurücksein.«

John, der selbst vor Kälte bebte, packte aus seiner Satteltasche einen zusammengefalteten Überwurf aus, den er seiner Braut fürsorglich überstreifte. Er legte den Arm um Alice und sie schwieg dazu.
»Ich habe bisher vermieden, darüber zu sprechen«, murmelte sie nach geraumer Zeit. »Nur einige Meilen entfernt steht das Stammschloß der Boleyns, Hever Castle. Man munkelt, weder Lady Elizabeth noch Sir Thomas gehe es besonders gut... Kein Wunder, nach allem, was passiert ist. Und doch habe ich einen herrlichen Sommer bei den beiden verbracht, als noch alles gut war und ihre Familie in der Gunst des Königs stand.«
John spitzte erstaunt die Ohren. Alice hatte die unausgesprochene Anweisung ihrer Eltern, das peinliche Thema dieser Verwandtschaft auszusparen, nicht beachtet. Was wollte sie damit beweisen?
Während draußen unablässig weiter das Gewitter tobte, begann Alice auf Johns Bitte hin zu erzählen.
»Ich muß damals ungefähr neun Jahre alt gewesen sein. Es war die Zeit, als meine Kusine Anne noch als Favoritin König Heinrichs galt und seit einigen Jahren darum rang, seine Ehefrau zu werden. Die beiden statteten in jedem Jahr bis zu Annes Krönung ihrem Geburtsort Hever Castle einen Besuch ab.«
Neugierig fragte John dazwischen:
»Dann habt Ihr gar als Kind Seine Majestät gesehen?«
Mit säuerlichem Grinsen verzog Alice die Mundwinkel. »Wo denkt Ihr hin!« lachte sie. »Ich brachte das Kunststück fertig, gerade während der fraglichen Tage an einem gefährlichen Fieber zu erkranken. Natürlich mußte ich immerzu das Bett hüten. Ich war sogar zu schwach, den König vom Fenster aus zu betrachten. Und es versteht sich von selbst, daß Seine Majestät aus Angst vor Ansteckung mein armseliges Zimmer nicht betrat, genausowenig wie meine Kusine. Gerne hätte ich sie kennengelernt, da alle von ihrer Schönheit sprachen.«
»Arme Alice!« kommentierte John und zog seine Braut noch näher an sich heran.
»Einer der Jungen, die jenen Sommer bei den Boleyns verbrachten, war Stephen Dennyford. Damals trafen wir uns zum ersten Mal«, fuhr Alice ungerührt fort. »Eines Tages gerieten wir in eine ähnliche Lage, in der wir zwei uns eben befinden. Versteckt in einem Ziegenstall, hörten wir dem Rauschen des Regens zu und fragten uns, ob er je wieder aufhören würde. Ich fürchtete mich sehr vor den grellen

Blitzen und dem lauten Krachen des Donners. Das tat zwar auch Stephen, doch gab er sich größte Mühe, dies nicht zu zeigen. Noch heute höre ich seine Worte: 'Dein Ritter will ich sein! Alice, für dich scheuch' ich die Wolken fort!' Und dabei hielt er mich die ganze Zeit fest im Arm. – Übrigens, Ihr könnt mich jetzt loslassen. So kalt ist mir nicht mehr.«
Aufreizend langsam nahm John den Arm von Alices Schultern und stieß einen Seufzer aus..
»Ich habe eine gute Nachricht für Euch«, sagte er schließlich. War es Täuschung oder klang seine Stimme tatsächlich ein wenig erstickt? »Mein Anblick wird Euch demnächst für längere Zeit erspart bleiben. Denn ich wurde ausgewählt, Sir Philip Hoby und den Hofmaler Holbein auf ihrer Reise nach Deutschland zu begleiten. Je nachdem, wie die Heiratsverhandlungen für den König verlaufen, wird die Dauer des Aufenthalts kurz oder lang bemessen sein. Vielleicht müssen wir auch mehrere Male fahren. Bevor jedenfalls diese Mission nicht beendet ist – gleich, ob mit Zustimmung oder Ablehnung -, werden wir unsere Hochzeit nicht feiern. Und Ihr kehrt für die Zwischenzeit nach Lambeth zurück. Also freut Euch; solange ich am Hof des Herzogs von Kleve weile, könnt Ihr ein letztes Mal diesem Dennyford schöne Augen machen.«

Eine schockierende Entdeckung

An einem trüben Regentag kehrte Alice Shelton vorerst ins Schloß von Lambeth zurück. Nie hätte sie gedacht, daß sie das Haus und seine Bewohner so sehr vermissen würde. War es wirklich nur die Freude über die aufgeschobene Heirat oder war Lambeth tatsächlich mit der Zeit ein Stück Heimat geworden? Nach der förmlichen Begrüßung durch die Herzoginwitwe tat es gut, Catherine Howards Wiedersehensfreude zu spüren.
»Ich war überzeugt, du würdest wiederkommen!« jubelte Catherine, als sich die Freundinnen in den Armen lagen. »Du ahnst ja nicht, was während deiner Abwesenheit alles passiert ist... Aber du weißt ja,

wie schwer mir der Umgang mit der Feder fällt. Und ich kenne auch niemanden, der einen Brief an dich hätte mitnehmen können.«

»Sei ohne Sorge, Catherine!« sagte Alice und schlug die Richtung zum Mädchenschlafsaal ein. »Es liegt mir fern, dir irgendwelche Vorwürfe zu machen.«

Wieselflink schlüpfte die kleine Howard hinterdrein. Die Neugier stand ihr im Gesicht geschrieben.

»Nun berichte aber mal von deinem Verlobten!« forderte sie flüsternd. »Kann er mit Stephen konkurrieren?«

Alice schaute sich auf dem Flur um, bevor sie antwortete. Niemand schien in der Nähe zu sein.

»Auf keinen Fall«, entgegnete sie harsch. »John Clamour ist ein liebenswürdiger Langweiler. Und offiziell verlobt haben wir uns auch nicht. Jetzt habe ich erst einmal etwas Zeit gewonnen, denn er soll Sir Hoby und den Maler aus Deutschland auf eine Reise zum Kontinent begleiten. Der König sucht offenbar eine neue Gattin ...«

»Viel Glück dabei!« kicherte Catherine. »Das wird eine schwere Aufgabe. Bisher hat ja das Schicksal den Frauen Seiner Majestät übel mitgespielt. Aber wer weiß, vielleicht haben sie's einfach nur nicht richtig angefangen.«

»Aber du«, spottete Alice und stieß die Tür zum Schlafsaal auf. »Du verstündest es, den König bei Laune zu halten, mit sämtlichen Hofschranzen fertigzuwerden ...«

»Vor allem wüßte ich, mein Leben zu genießen«, fiel ihr Catherine ins Wort. »Wenn ich das nötige Geld besäße, würde ich mir erst einmal neue Kleider schneidern lassen. Und für dich, meinen Vater, meine Brüder und Schwestern sorgte ich ebenfalls.«

Die beiden jungen Frauen nahmen auf Alices Bett Platz und schwatzten weiter. Mit unterdrücktem Lachen malten sie sich aus, wie sie Hof hielten, wenn die Wahl des Herrschers auf sie fiele. Wie sich der lange Erzbischof Cranmer tief hinabbeugen müßte, um der kleinen Catherine die Hand zu küssen. Wie Alice mit dem fetten Cromwell tanzte oder dem finsteren Wriothesley ein Lächeln zu entlocken versuchte. Während Catherine ihre Tagträume weiterspann, packte Alice ihre zusammengefalteten Kleider und Hauben aus und verstaute sie in der Kiste mit ihren persönlichen Sachen. Gerade fiel ihr Blick auf das Tränenmuster im Holz, als die Tür aufging und Cecily Towbence hereinspazierte. Sie schenkte Alice ein strahlendes Lächeln und ging auf sie zu.

»Wie schön, Euch wiederzusehen!« sagte sie und berührte kurz den Ärmel ihrer Kameradin. »Wir alle haben Euch vermißt. Hoffentlich seid Ihr nicht allzu müde von der Rückreise. Catherine wird Euch doch gewiß schon mitgeteilt haben, daß heute abend ein großer Ball stattfindet.«

»Äh – hm, ja«, antwortete Alice, die nichts auf ihre Freundin kommen ließ. »Allerdings verschwieg sie mir, ob auch auswärtige Gäste erscheinen werden.«

»Soviel Ihre Gnaden mir anvertraut haben, wird es so sein. Im Haus leben nicht genug Jünglinge, daß jedes Mädchen einen Tanzpartner bekäme. Daher wurden auch Zöglinge aus umliegenden Schlössern eingeladen.« Cecily zögerte ein wenig, bevor sie fortfuhr: »Auch die jungen Männer aus dem Hause des Herzogs von Norfolk werden teilnehmen.«

Ich möchte nur wissen, warum du das so hervorhebst, dachte Alice mißtrauisch.

»Oh«, meinte sie gleich darauf laut, »dann werdet Ihr sicher wieder eins Eurer wunderbaren genuesischen Hütchen tragen?«

»Das weiß ich noch nicht«, flötete Cecily. »Das entscheide ich heute abend, ganz kurzfristig.« Mit diesen Worten machte sie kehrt und verließ den Saal. Catherine fragte sich, weshalb sie eigentlich den Raum hatte aufsuchen wollen.

»Ich hätte dir gewiß noch von dem Fest erzählt!« redete sie beschwörend auf Alice ein, als sie sah, wie sich deren Miene verfinsterte. »Aber alles auf einmal kann man nicht berichten, oder?« Das sah die Freundin natürlich ein. »Wir wissen alle erst seit kurzer Zeit von dem Ereignis«, meinte Catherine. »Manox und seine Mannen sind für die Musik verantwortlich. Underwood, der Tanzlehrer, will sehen, was wir gelernt haben. Selbstverständlich spielt sich alles unter der Augen meiner Großmutter ab. Das Vergnügen wird sich also in Grenzen halten.«

»Einerlei«, sagte Alice und streichelte über den Samt ihres linken Ärmels. »Stephen wird doch wohl auch kommen.«

»Der wird nichts riskieren«, versetzte Catherine. »Wenn er nicht sogar vom Herzog vorgewarnt wurde, deine Gesellschaft zu meiden. Im übrigen scheidet er demnächst aus der Eskorte meines Onkels aus. Er hat ein Amt bei Hofe bekommen und wird sich, sofern er sich bewährt, womöglich sogar selbst bald eine Begleittruppe halten können... Pech für dich Alice, aber Glück für mich. Du wirst nie erraten, wer seinen Platz einnehmen soll – ! Mein Vetter Francis! Ich habe schon viel von ihm reden hören, ihn aber noch nie kennengelernt. Manox kocht jetzt schon vor Eifersucht, denn einige der Küchenmägde haben wahre Wundergeschichten von ihm erzählt...«

Die Mädchen im Haushalt der Herzoginwitwe mußten am Nachmittag noch einmal tüchtig mithelfen. Es galt, Flure und Gänge zu säubern und mit frischem Stroh auszulegen. Des weiteren wurde die große Halle, in der das Fest stattfinden sollte, gründlich geputzt und von Ungeziefer gereinigt. Das Küchenpersonal dagegen blieb unter sich und bereitete ohne fremde Hilfe all die Köstlichkeiten vor, die später aufgetischt werden würden.

Endlich durften sich die Mädchen zurückziehen und alle verbliebene Sorgfalt auf die eigene Garderobe richten. Der Schlafsaal füllte sich, eine ging der anderen zur Hand. Aus den Augenwinkeln beobachteten Catherine und Alice, was die anderen alles trieben, um die Blicke auf sich zu ziehen. – Mittlerweile waren auch Elizabeth Sutton und Joan Bulmer von ihren Eltern mit einer Sichelhaube ausgestattet worden. Dorothy Baskerville trug dagegen ein flaches Samtbarett mit einer Leinenhaube darunter, nicht unähnlich den Jagdhüten der Männer. Es sah beinahe so elegant aus wie einer von Cecilys Hüten. Margaret Bennett ließ sich gerade in ein Korsett aus Fischbein zwängen. Ächzend zog eine Freundin es am Rücken zusammen und verknotete die Schnüre.

Allmählich griff Nervosität um sich. Sogar einige scharfe Worte flogen hin und her, bis plötzlich eine aus der Runde darauf hinwies, daß Cecily Towbence nicht anwesend war. Doch nur einen Augenblick später öffnete sich die Tür und sie stand auf der Schwelle. Sie blickte, einem eingerahmten Porträt nicht unähnlich, starr in den Saal und hielt den sie treffenden Blicken stand.

Cecily hatte es fertiggebracht, noch vor ihren Zimmergenossinnen umgekleidet zu sein und sich dann in die Küche zu schleichen, wo eine hilfreiche Magd ihr mit der Brennschere zur Hand gegangen sein mußte. Auf ihrem Kopf thronte eine von Steinen funkelnde, dunkelblaue Sichelhaube, die einen großen Teil des Scheitels freiließ. Die sichtbaren Strähnen waren überall gekräuselt und hochgebauscht worden; die restlichen Haare lagen nicht etwa in einem Netz verborgen, sondern quollen wie eine rote Flut unter der Haube heraus und fielen bis auf die Hüften. Aber weder der juwelenbesetzte Ausschnitt, noch die Ärmel aus Eichhörnchenpelz erregten die meiste

Aufmerksamkeit, sondern eine große Brosche, die mitten auf die Brust geheftet war. Sie besaß die Form eines Medaillons mit einer fliegenden Taube darauf.
Alice hielt den Atem an. Ihr gutes Gedächtnis ließ sie auch diesmal nicht im Stich. Die Grabplatte in der Kirche zu Manting! Dort hatte sie das Schmuckstück schon einmal gesehen.
»Ihr tragt ein herrliches Juwel, Cecily!« sagte Alice und lächelte, so freundlich sie es vermochte. »Das ist wohl ein altes Erbstück aus Eurer Familie?«
»Hm? – Oh, nein, nein«, erwiderte Cecily zerstreut. »Eine meiner Jugendfreundinnen hatte es von ihrer Großmutter erhalten, doch es gefiel ihr nicht. Als wir uns trennen mußten, weil ich nach Lambeth kam, schenkte sie es mir zur Erinnerung.«

Bald trafen die ersten Gäste ein. Im Großen Saal hatten die Musiker sich schon eingestimmt und brachten Lieder zu Gehör. Der Raum füllte sich mit Menschen, wobei die Herzoginwitwe persönlich überall herumging und die einzelnen Tanzpaare einander zuteilte.
Alice hatte sich hinter einem Vorhang in der Eingangshalle verborgen und wartete auf die Ankunft von Thomas Howards Leuten. Sie zitterte derartig, daß sie sich kaum noch unter Kontrolle halten konnte. Aber lange brauchte sie nicht zu warten.
»Pfui, was für ein Wetter!« rief Norfolk zur Begrüßung und stiefelte herein. »Warm, schwül und naß. Immerzu nieselt es von irgendwoher.«
Hinter ihm betraten acht junge Männer die Halle, denen ein Knecht mit ausgestrecktem Arm den Weg wies. Augenblicklich eilte Alice aus ihrem Versteck. Sie wußte, daß die Gäste einen Flur entlanggehen mußten, bevor sie in den Großen Saal gelangten. Ungesehen stürmte sie durch zwei kleinere Zimmer und öffnete, keinen Moment zu spät, eine Tür, die auf den nämlichen Flur führte. Als einer der letzten aus Norfolks Begleitgruppe schlurfte Stephen Dennyford, sichtlich lustlos, hinter seinen Kameraden drein. Alice zupfte ihn am Ärmel, zog ihn, bevor er protestieren konnte, in den Raum, aus dem sie gekommen war und schloß die Tür.
Sofort nahm Alice den geliebten Freund in die Arme, doch Stephen erwiderte ihre Zärtlichkeit nicht; stumm und reglos stand er da. Es schien sogar eine merkwürdige Kraft von ihm auszugehen, die Alice zurückstieß, als sei sie gegen eine Wand geprallt. Ungläubig sah sie

in sein Gesicht, er aber wich ihrem Blick aus und machte sich frei. »Seid vernünftig«, sagte er endlich. »Wir können heute abend nicht miteinander reden. Alle werden ein scharfes Auge auf uns haben. Wollt Ihr mich in Schwierigkeiten bringen?«

»N-n-nein«, stotterte Alice und starrte Stephen an, als sei er ein Geist. Die Worte, die sie sich so sorgsam zurechtgelegt hatte, rutschten gleichsam in ihre Kehle zurück und bildeten dort einen dicken Kloß, während der junge Mann hastig aus dem Zimmer schlüpfte.

Im Ballsaal huschte Agnes Howard wie ein fettes Eichhörnchen herum und teilte die Tanzpaare ein. Sie zwinkerte ihrer Enkelin zu und brachte Catherine, wie es heimlich vorher ausgemacht worden war, mit Francis Derham zusammen, ihrem schmucken Cousin. Mißmutig beobachtete Alice aus dem Augenwinkel, wie Stephen Dennyford ausgerechnet mit Mary Lassells auf's Parkett geschickt wurde. Angesichts eines so stattlichen Partners blühte Mary förmlich auf. Ihre grauen Augen schienen die Dutzende von Kerzenflammen widerzuspiegeln, mit denen die Halle beleuchtet wurde.

»Gestattet, daß ich mich vorstelle«, sprach eine näselnde Stimme neben Alice, deren Klang an eine Blechtrompete erinnerte. »Mein Name ist Robert Stalworth. Ich werde dafür sorgen, daß Ihr einen angenehmen Abend verbringt.«

»Nun, dann gebt Euch Mühe«, murmelte Alice.

»Äh, wie belieben?« sagte Stalworth indigniert.

Als sämtliche Paare in einer langen Reihe hintereinander standen, gab Manox das Zeichen zum Einsatz. Feierlich und getragen begann die Musik; Violen, Lauten und der Kontrabaß füllten die Halle mit harmonischen Klängen. Ein Tamburinspieler schlug den Takt dazu.

Catherine Howard beschloß, einen Wortwechsel zu riskieren. Das Orchester spielte so laut, daß die paar Sätze im Lärm untergehen würden.

Vetter Francis war zu diesem Zeitpunkt bereits ins Schwitzen gekommen. Woran mochte es liegen? Sehr anstrengend war der Tanz nicht. Feucht und heiß lag seine Hand in der Catherines.

»Die Angst, einen falschen Schritt zu tun, treibt Euch das Wasser aus den Poren!« zischte Catherine. Derham aber, nicht auf den Mund gefallen, gab zurück: »Ihr irrt, meine Liebe. Es ist Eure Schönheit, die mich so verwirrt.«

Master Underwood klatschte in die Hände und rief laut: »Wechselt die Partner!« Das bedeutete, daß jeder die Tänzerin vor ihm zu neh-

men hatte und der Vorderste in der Reihe ganz nach hinten ging. »Ich bin untröstlich!« alberte Derham in jammerndem Ton, während seine Kusine an den Nächsten weitergereicht wurde.
Alice stolperte fast über die eigenen Füße, als sie beim Wechsel statt zu ihrem neuen Partner zu schauen schräg nach hinten schielte, wo Stephen jetzt mit Cecily Towbence zusammenkam. Gerade erkannte sie noch, wie er das feine Grinsen aufsetzte, das sie immer so an ihm geliebt hatte.
»He, Ihr da!« Mit raschen Schritten eilte Master Underwood herbei und klopfte mit seinem großen Taktstock aus Holz laut auf den Boden. Unsanft rempelte er das Paar neben Margaret Bennett an, die seiner Meinung nach aus dem Takt geraten waren. Erschrocken riß sich Alice zusammen und heftete ihren Blick fest auf ihr Gegenüber.
Die Verschnaufpause nach der Pavane war nur kurz. Zur Abwechslung sollte es nun einen schnelleren Tanz geben, bei dem man weniger komplizierte Figuren im Gedächtnis behalten mußte. »Spielt die Brangill!« befahl Underwood, und Manox nickte gehorsam. Mit gerunzelten Brauen suchte er den Saal nach Catherine ab, die sich mit diesem dubiosen Vetter in eine dunkle Ecke verdrückt hatte.
Alle Teilnehmer formierten sich zu einem riesigen Kreis. In schnellem Reigen schwenkten alle das rechte Bein seitwärts, dann wieder zurück. Beim anschließenden Hüpfer jauchzten die Mädchen. Nun bildeten sich kleine Kreise mit je vier Mitgliedern. Francis Derham sprang behende zur Seite und trickste Robert Stalworth aus, der sich eigentlich hätte einreihen müssen. So aber gelang es dem frechen Draufgänger, mit Kusine Catherine zusammenzubleiben.
Alice wurde schwindlig, als sie Stalworths kräftigen Arm in ihrem Rücken spürte. Er führte sie so energisch, daß für einen falschen Schritt kein Platz blieb, und wirbelte sie in atemberaubendem Tempo herum. Schließlich kam abermals ein Wechsel. Cecily Towbence flog in die Arme eines anderen, und blitzschnell war Alice an Stephens Seite. Sie wußte, daß ihr nur wenige Minuten blieben.
»Was hattet Ihr in Manting zu suchen?« fragte Stephen streng. Damit hatte seine Partnerin nicht gerechnet. Hilflos verhaspelte sich Alice und kam für kurze Zeit aus dem Takt.
»Woher ...« fing sie an. Ein scheppperndes, unlustiges Lachen schnitt ihr das Wort ab.
»Seid Ihr so kindisch zu glauben, daß in einer kleinen Stadt wie Manting Euer Tun verborgen bleibt?« sagte der junge Mann.

»Ich verstehe Euch nicht!« klagte Alice und sprang einmal um ihren Partner herum, wie es die Regel verlangte. »Was fragt Ihr nach Dingen, von denen Ihr wissen müßtet, daß ich sie aus Liebe tue...«
Stephen hakte seinen Arm in den ihren und schwenkte zu einem Drehschritt aus.
»Wenn Ihr mich liebt, so ist das Eure Angelegenheit, meine Gute. Für Eure Dummheiten bin ich nicht verantwortlich.«
Alice fühlte, wie ihr der kalte Schweiß ausbrach. Einen Augenblick lang glaubte sie, in einem Alptraum gefangen zu sein.
»Ach, Ihr seid gewiß noch böse, weil Euch mein Vater so schäbig behandelt hat. Laßt Euch doch nicht irre machen. Ihr wißt im Grunde Eures Herzens auch, daß wir zueinander gehören, oder?«
Wieder klatschte Underwood in die Hände und neue Paare bildeten sich, so daß Stephen Dennyford darauf nicht mehr zu antworten brauchte. Charles Howard, Catherines Bruder, zog Alice mit sich.

Unter den Passagieren des Schiffes, das sich anschickte, den Ärmelkanal zu überqueren, herrschte keine große Aufregung. Das Meer sah friedlich aus, weder Sturmböen noch hohe Wogen bedrohten Leib und Leben der Reisenden. Die meisten von ihnen lehnten an der Reling, lauschten, wie der Wind in den Segeln knatterte und warfen einen letzten Blick auf die immer weiter entschwindenden weißen Klippen von Dover. Heiser schreiende Möwenschwärme schwebten überm Achterdeck oder umkreisten den Mast.
Philip Hoby, John Clamour und Hans Holbein, der Maler aus Deutschland, befanden sich an Deck. Um ihre diplomatische Mission möglichst geheimzuhalten, trugen sie unauffällige, aus einfachem Leinen gewirkte Kleidung und vermieden es, sich in Gegenwart anderer mit Namen anzureden. Bewußt hatten sie auch darauf verzichtet, eine eigens vom König bereitgestellte Barke zu benutzen. Man konnte nie wissen, durch welch widrige Umstände die Überfahrt zum Kontinent scheitern konnte. Fielen sie dann in die Hände der Franzosen oder der in den Niederlanden sitzenden Spanier, wäre ihre Mission sogleich verraten... John hatte seine Mütze abgenommen, da der Wind sie ihm sonst vom Kopf geweht hätte. Mit beiden Händen hielt er sie umklammert, als sei sie ein Stück Holz, das ihn vor dem Ertrinken retten solle. In einiger Entfernung standen Sir Philip und der Maler beisammen und unterhielten sich.
»Es ist nur zu verständlich, daß der Earl allein sein möchte«, raunte

Hoby. »Ich an seiner Stelle hätte auch kein großes Verlangen nach Zerstreuung. Für ihn muß es ein furchtbarer Schlag gewesen sein, bei der Heimkehr seine gesamte Familie sterbend vorzufinden.«
Holbein wurde es ungemütlich. Er haßte jede Erwähnung von Krankheit und Tod, gerade weil beides so alltäglich war. Wenn um ihn herum die Menschen plötzlich dahingerafft wurden, war das schon schlimm genug, aber stets daran erinnert zu werden, war einem empfindlichen Menschen wie ihm nahezu unerträglich. So nickte er nur zu Hobys Worten und hoffte, der Diplomat möge das Thema bald wechseln. Der jedoch fuhr munter fort, als verschaffe ihm das Verbreiten der Sensation heimliches Vergnügen:
»Daß die Pest immer neue Opfer fordert, ist ja allseits bekannt, aber daß gleich Clamours ganze Familie ausgelöscht wurde... Dergleichen hört man sonst nur aus den Städten, wo das armselige Volk in stinkenden Gassen aufeinandersitzt... Wer weiß, welcher Bettler oder Knecht den Tod ins Schloß der Fairburys getragen hat. Vielleicht wurden sie ja auch verhext. Auf jeden Fall blieben Sir John und seine verheiratete Schwester von diesem Fluch verschont.«
Fröstelnd zog Holbein die Schultern zusammen. Ihn überkam Mitleid mit dem jungen Burschen, der in gebeugter Haltung an der Reling stand und unbeirrt auf das Wasser hinausstarrte.
»Ihr entschuldigt mich für eine Weile?« sagte er und überließ Hoby sich selbst. Mit vorsichtigen Schritten bewegte er sich über die schwankenden Bohlen und nahm neben John Clamour Platz. Fast hätte er tröstend seinen Arm um ihn gelegt, doch schnell besann er sich eines Besseren und zuckte zurück. Trotz seiner Jugend war Clamour jetzt eine Person, die unbedingt respektiert werden mußte, hatte ihn der plötzliche Tod des Vaters doch zum neuen Earl von Fairbury gemacht.
»Gestern abend habt Ihr eine Zeichnung von Sir Philip angefertigt, nicht wahr?« sagte John und wandte sich dem Maler zu.
»So ist es«, bestätigte Holbein und freute sich über das Interesse des Earls. Offenbar achtete dieser trotz seiner Trauer doch auf alles, was um ihn herum vorging.
»Wenn die Reise vorüber ist, werde ich mit Hilfe meiner Skizze ein großes Bildnis Hobys malen«, fügte der Künstler hinzu. »Zuhause bewahre ich mehrere Tafeln von Holz auf, die hierfür geeignet wären. Sir Philip wird entscheiden, wie wir vorangehen wollen.«
»Vorgehen wollen, meint Ihr wohl«, verbesserte John den Deut-

schen. »Sagt an, Meister, wozu braucht Hoby dieses Bild? Will er sich etwa verheiraten?«

»Ja«, meinte Holbein mit gesenkter Stimme. »Auch seine Gewählte soll ich malen. Er hat es damit recht eilig. Dabei ist Lady Elizabeth erst vor einem Monat Witwe geworden. Also eine – wie pflegt ihr hier zu sagen – Frau aus der zweiten Hand...«

John ließ ein kurzes Lachen hören. Dann faßte er unvermittelt den Künstler am Arm und kam noch näher an ihn heran.

»Könntet Ihr ein Bild malen, ohne das Modell vor Euch zu sehen?« fragte der Earl. »Stellt Euch vor, ich beschreibe Euch eine Frau, so gut ich es vermag – und Ihr konterfeit sie genau nach meinen Worten!«

Unwillig schüttelte Holbein den Kopf. Auf eine solche Idee war bislang noch keiner seiner Auftraggeber gekommen. Welchen Sinn sah Clamour in diesem Unternehmen?

»Bedaure, aber Euer Wunsch nähme zu viel Zeit in Anspruch. Meine Ausführung entspräche schwerlich auf Anhieb Euren Vorstellungen.«

Noch gab John nicht auf. Im Geiste sah er bereits Alice in ihrem schönsten Gewand, einen Strauß Butterblumen in den Händen, für immer festgehalten durch den geschickten Pinsel eines weithin berühmten Malers.

»Ich würde Euch fürstlich entlohnen dafür«, lockte er Meister Hans.

Holbein überlegte. Das Angebot war nicht zu verachten. Eine Vorzeichnung konnte er immerhin anfertigen; ob der Earl nach der Reise noch auf einem fertig ausgeführten Gemälde bestand, würde sich zeigen. Vielleicht lenkte dieses Vorhaben den jungen Mann für einige Zeit von seinen düsteren Gedanken ab.

»Sobald wir auf dem Festland angelangt sind, können wir beginnen«, antwortete der Maler schließlich. »Der nächste Halt nach Calais wird in Dunkerque sein.«

Freundschaftlich legte John seinen Arm um Holbeins Schulter und führte ihn langsam von der Reling weg.

»Ich danke Euch schon jetzt, Meister. Wenn wir nächste Woche Antwerpen erreichen, sollt Ihr Euch auf meine Kosten einige schöne Farbsteine kaufen. Man hat mir berichtet, daß in jener kunstsinnigen Stadt ein großer Markt für alle Materialien existiert, die ein Künstler benötigt.«

»Das ist sehr gnädig von Euch«, erwiderte Holbein voll Freude. »Doch wie ich Euch schon sagte – mit den Farben wird es eine Weile dauern, weil kein Knecht mit uns reist, der die Steine zu reiben und mit Öl anzurühren versteht. Da ich alles allein erledigen muß, nehmt bitte vorlieb mit einer Zeichnung.«

Die drei Reisenden langten wohlbehalten in Calais an, wo sie sich anderntags Pferde kauften und über Gravelines nach Dunkerque ritten. Nur das Nötigste an Gepäck war mitgenommen worden. Auf die Frage des wißbegierigen John Clamour, wo und wie denn Meister Hans seine Tafeln transportiere, lachte Holbein.

»In diesen Taschen trage ich aufgerollte, leichte Leinwände bei mir«, sagte der Maler und wies auf ein paar unscheinbare Lederbeutel. Sind sie erst bemalt, kann man sie jederzeit auf Holztafeln aufziehen!«

Unterwegs lieh sich John bei Holbein, der ihm immer besser gefiel, sogar manchmal Stift und Papier und versuchte sich in rührend anfängerhaften Skizzen. Das allerdings hielt Holbein für eine Beschäftigung, die einem Adligen nicht anstand. Schließlich war der Malerberuf ein Handwerk wie jedes andere auch, das die einen mehr, die anderen minder mühsam erlernten und in welchem nach strengen Regeln geprüft wurde. Was hatte sich ein Grafensohn da einzumischen? Solche Gedanken behielt er aber diplomatisch für sich, auch wenn ihn Clamours Verhalten reizte. Nur einmal konnte er nicht umhin, zu bemerken:

»Wenn Ihr weiter so fleißig übt, bin ich bald nicht mehr vonnöten, denn dann werdet Ihr die Kleveschen Prinzessinnen porträtieren.«

»Im Gegenteil, lieber Meister!« entgegnete der Earl. »Ich bin des Deutschen nicht mächtig und auf Eure Übersetzung angewiesen.«

Insgeheim fragte sich Holbein, wie lange es wohl dauern würde, bis Clamour sich auch auf seine Sprachfertigkeit besann. Nur wenig später traten seine Befürchtungen ein. Doch Johns Eifer und seine raschen Fortschritte machten den Unterricht fast zum Vergnügen. Auf den schier endlosen Wegen, die das flache, windgepeitsche Land durchzogen, vertrieben sie sich die Zeit mit deutschen Wörtern und Sätzen. John fand, daß das Deutsche seiner Muttersprache gar nicht unähnlich war. Er malte sich bereits aus, welch günstigen Eindruck es erwecken würde, wenn es ihm gelänge, am Düsseldorfer Hof in der Landessprache für seinen König zu werben. Wie stünde dann Sir Philip da, ganz und gar auf Holbeins Dienste angewiesen! Hoby nämlich hielt sich mit den Pferden abseits und zuckte nur gelangweilt die Schultern, wenn John wieder und wieder neue Sätze einstudierte.

Die drei Diplomaten waren annähernd drei Wochen unterwegs, als eines Morgens Düsseldorfs mächtige Befestigungsanlagen in Sicht kamen. Feiner Nebel stieg vom Rhein auf. Bald konnten die Reisenden das herzogliche Schloß erkennen, das sich mit einer Querseite direkt in die Stadtmauer einfügte.

»Ein hübsches Bauwerk!« meinte Sir Philip anerkennend. »Einige Trakte sehen aus, als seien sie gerade erst fertiggeworden ...«

»Wir werden sehen, ob der Reichtum nur von außen prunkt«, sagte John Clamour skeptisch. »Ich hoffe doch, man wird uns im Schloß Quartier geben. Nach all den zugigen Spelunken unterwegs sehne ich mich wieder nach einer bequemen Lagerstatt.«

Sein Wunsch ging in Erfüllung. Die den englischen Gästen zugewiesenen Gemächer waren mit auserlesenen Wandteppichen behängt worden; die Zimmerecken wiesen weder Staub noch Spinnweben auf und die mit Daunen gefüllten Bettücher dufteten angenehm frisch.

»Trinkt nicht soviel unverdünntes Bier, Sir Philip!« mahnte John beim Abendessen, das die drei Gesandten in Gegenwart des Herzogs einnahmen. Den Prinzessinnen Anna und Amalia sollten sie am folgenden Tag vorgestellt werden.

Hoby grunzte irgendetwas in seinen schütteren, erdfarbenen Bart und wischte sich mit dem Ärmel Schaum vom Mund.

»Einmal gut gelebt, gedenkt Euch ewig!« antwortete er.

Die Umsitzenden sperrten Augen und Ohren auf, als sie die fremden Worte vernahmen. Keiner der Höflinge beherrschte die englische Sprache.

Auch John mundete das ungewohnt starke Gebräu, doch mischte er sein Bier wohlweislich mit Wasser. Nicht auszudenken, wenn er morgen mit einem Brummschädel das Bett hüten müßte, wo er doch zusammen mit seinen Gefährten den Kleveschen Damen die Heirat mit König Heinrich schmackhaft zu machen hatte.

Sir Philip fragte sich die ganze Zeit, nach welcher Mode die Frauen hier wohl gekleidet gingen. Bisher hatte er außer einigen Mägden im Schloß und bis ans Kinn verhüllten Bürgerinnen auf der Straße nichts Weibliches zu sehen bekommen. Die Schwestern des Herzogs waren dem abendlichen Mahl ferngeblieben. Und wo steckten ihre Hofdamen und die Gattinnen der anwesenden Ratgeber? Sperrten die Deutschen etwa ihre Frauen lieber ein, als sie den Blicken Fremder auszusetzen?

Als sich die Gesandten in ihre Gemächer zurückzogen, suchte John, der trotz des üppigen Essens vor Aufregung noch nicht müde war, den Maler Holbein auf. Er hatte Angst, am kommenden Morgen zu versagen und wollte sich zerstreuen, indem er dem Meister bei der Farbenbereitung zur Hand ging. Aber Holbein lehnte schroff ab. Erstens sei dies Knechtsarbeit, zweitens müsse selbst das gelernt sein. Doch erklärte er sich bereit, ein weiteres Mal die hundertfach geprobten Sätze mit seinem Sprachschüler durchzugehen. John erzählte ihm, beim Abendessen des öfteren bekannte Worte vernommen und manchmal ganze Sätze verstanden zu haben. Da die Deutschen von seinen Kenntnissen nichts ahnten, hätten sie ganz unbefangen miteinander gesprochen.
»Übrigens«, sagte John, bevor er sich zur Nachtruhe begab, »kann ich Euch in einer Eurer Ansichten nicht folgen, Meister Hans. Gott hat mir offensichtlich die Fähigkeit geschenkt, Dinge im Bild wiederzugeben – wenn auch nicht in dem Maße wie Euch. Spielt es da wirklich eine Rolle, daß ich als Edelmann geboren bin? Sollte der Herr des Himmels denn irren?«

Am anderen Morgen erwachte der Earl, ohne von einem Diener geweckt worden zu sein. Ein Blick aus dem beschlagenen Fenster zeigte ihm das freundliche Licht des Frühherbstes über der Stadt. Aus den Kaminen stiegen dünne Rauchfahnen in die windstille Luft.
Im Schloß rührte sich nichts; wahrscheinlich hatte die Furcht vor seiner ersten großen diplomatischen Aufgabe Johns Schlaf viel zu früh beendet. Er griff nach einigen Blättern, die er während der Reise mit Skizzen vollgekritzelt hatte, und nahm den Silberstift zur Hand.
Warum sollte ich mich von Meister Holbein abhängig machen? dachte John plötzlich. Vielleicht brauche ich seine Hilfe gar nicht und schaffe es selbst, Alice aus der Erinnerung zu zeichnen.
Der lustlose Hofmaler hatte bislang noch keinen einzigen Entwurf für das erbetene Bildnis fertiggestellt. So kniff der Earl die Augen zusammen und zog langsam einige Umrißstriche auf ein unbeschriebenes Stück Papier. Dann reute es ihn, die eckigen Formen einer Giebelhaube gestaltet zu haben – wer wollte ihn hindern, seine Braut in ihrer ganzen Schönheit und Frische, mit aufgelöstem Haar darzustellen? Dennoch machte er weiter und versuchte, sich Alices Augen zurückzurufen. Sie glichen blanken, schwarzbraunen Knöpfen und waren eher rund – oder doch nicht? Etwas länglicher, als es ihm mit

dem Stift geglückt war? Je mehr er sich anstrengte, um so undeutlicher wurde das Gesicht der fernen Verlobten, bis es am Ende ganz verschwamm und John enttäuscht den Stift aus der Hand legte.
Beim Frühstück mit seinen Gefährten brachte der Earl fast keinen Bissen herunter. Holbein murmelte etwas von Kopfschmerzen und gab sich äußerst ungesprächig. Sir Philip Hoby dagegen ließ es sich gutgelaunt schmecken.
Kurze Zeit später führten Bedienstete die Herren in den gleichen Saal, in dem sie schon bei der Ankunft Herzog Johann vorgestellt worden waren. Der Haushofmeister verkündete das Erscheinen der beiden Prinzessinnen Anna und Amalia und öffnete einen häßlich quietschenden Türflügel.
Zwei junge Frauen in dicken, über und über bestickten und mit Schmuck beladenen Brokatgewändern schritten nacheinander in den Raum. Das Gewicht ihrer Kleider ließ ihnen keine andere Wahl, als langsam und aufrecht den Gesandten entgegenzukommen, was ihren Bewegungen eine gewisse Würde verlieh. Die Schwestern waren gleich groß und ihre Roben zum Verwechseln ähnlich, so daß sie einem Paar kunstvoll gefertigter Puppen glichen. Doch aus dem Wust von hochgestellten Krägen, ausladenden, glitzernden Hauben und Halsbändern schauten zwei höchst lebendige Gesichter.
Anna, mit ihren 23 Jahren auch nicht mehr die Jüngste auf dem Heiratsmarkt, verzog ihre feingeschnittenen Lippen zu einem kleinen Lächeln. Sie muß schwarzhaarig sein, denn ihre Augenbrauen sind schwarz ... schoß es John Clamour durch den Kopf. Der Blick aus den irgendwie müde wirkenden Augen der Frau faszinierte ihn. Endlich sank er in die Knie, küßte die dargebotene Hand und sprach auf deutsch:
»Euer Hoheit, s-s-seid gegrüßt! König Henry, m-mein Herr, entbietet Euch die ... die ...«
Aus dem Hintergrund raunte Holbein: »... allerbesten ...«
»... die allerbesten Wünsche und Gottes S-Segen«, fuhr John fort. Rund um seine Nase bildeten sich Schweißtropfen.
Erfreut und erstaunt zugleich lachte Prinzessin Anna den Botschafter an und zog ihn zu sich hoch. Jetzt war John ihr ganz nah. Für einen Augenblick sah er ihre makellosen Zähne, doch bemerkte er auch die winzigen, gut verheilten Pockennarben auf ihren Wangen.
»Ich sehe, Euer König hat seine klügsten Männer gesandt«, sagte Anna, ebenfalls auf deutsch. Ihre Schwester nickte dazu. Vor ihr ver-

beugte sich nun Holbein und bat im Namen seines Herrschers um eine Gelegenheit, die beiden Damen porträtieren zu dürfen.
»Ihr könnt gerne heute nachmittag mit Eurer Arbeit beginnen«, meinte Anna, die als die ältere der Schwestern offenbar mehr zu sagen hatte. Sie wandte sich an John: »Spielt ihr ein Instrument?«
Clamour verstand die Prinzessin nicht und bekam einen roten Kopf. Hilfreich sprang Holbein ein: »Macht Ihr Musik für Ihre Hoheit?«
»Oh, ja«, antwortete John, »ich spiele die Laute.«
Anna nickte huldvoll und winkte Holbein zu. »Der Herr gibt sich große Mühe mit unserer Sprache. Wir sind entzückt! Er möge uns unterhalten, während wir in langen Stunden für unsere Bilder sitzen.«
Sir Philip Hoby betrachtete das alles aus überlegener Distanz. Mochte der junge Earl sich bei den Damen einschmeicheln – worauf es ankam, waren die Verhandlungen mit dem Herzog. Und die würde *er* führen, mit Holbeins Hilfe.

Auch in Lambeth hatte der Herbst seinen Einzug gehalten, ganz plötzlich, nachdem es wochenlang sehr heiß gewesen war. Allmählich war die Luft morgens kühler geworden und trotz des gelegentlichen Sonnenscheins, der zur Mittagszeit hervorkam, blieb die Wärme der vergangenen Tage verloren.
Catherine Howard und Alice Shelton ließen sich am liebsten zum Beerenpflücken einteilen, denn so manche Frucht konnte dabei unbemerkt in den eigenen Mund wandern. Die beiden hatten sich viel zu erzählen, suchte doch Catherine nach Mitteln und Wegen, den schneidigen Vetter Francis wiederzusehen, der es ihr spätestens seit dem Hausball bei der Herzoginwitwe angetan hatte. Francis war an die Stelle Stephen Dennyfords gerückt, als dieser aus der Eskorte des Herzogs von Norfolk ausschied. Und so steigerten sich die verwandtschaftlichen Gefühle Catherines zu ihrem sonst eher gefürchteten Onkel ganz enorm. Kein Weg war ihr zu weit, wenn es darum ging, Botengänge zum Nachbarschloß zu unternehmen. Francis schrieb ihr kleine Briefchen, die auf mancherlei Arten den Weg zur Empfängerin fanden. Die treue Alice half Catherine beim Entziffern, wenn diese sich wieder einmal schwertat mit dem Lesen.
Es war noch früh am Nachmittag, als die Freundinnen gemeinsam den Garten durchstreiften. Sie wollten ein paar freie Stunden genießen, was selten genug vorkam.

Catherine wirkte aufgeregt. Der Grund war nicht schwer zu erraten.
»Francis wird dich bald nachts besuchen, nicht wahr?« sagte Alice geradeheraus.
»Ja, mit ihm ist es etwas anderes als mit Henry Manox... Der mag sich noch so eifersüchtig anstellen – ich habe ihm stets gesagt, daß er ein großer Narr ist, falls er sich Hoffnungen macht«, erwiderte Catherine. »Francis und ich wollen aber noch einige Tage warten. Ich glaube, heute und morgen könnte Gefahr für mich bestehen, ein Kind zu empfangen.«
Plötzlich spürte Alice, wie ihre Kehle auszutrocknen begann. Sie griff nach ihrem Mieder, in dem ein verborgener, ziemlich zerknitterter Brief von John Clamour steckte – mit der schrecklichen Nachricht, daß ihre zukünftigen Schwiegereltern sowie Johns Geschwister mit Ausnahme der verheirateten Bridget an der Pest gestorben waren. Obgleich sie diese Menschen nicht gekannt hatte, fühlte sie doch großes Mitleid mit John, der ihr damals so begeistert von einem Familienleben berichtet hatte, das sie selbst in dieser Form nie hatte erleben dürfen.
»Sag nur, du trägst diesen Unglücksbrief immer noch mit dir herum?« fragte Catherine, der nichts entging. »Sieh doch mal das Gute daran, Alice!« flötete sie munter und zupfte eine Handvoll Beeren ab, die sie genußvoll verschlang. »Dein John ist jetzt ein Earl und nicht irgendein abhängiger Erbe!«
»Wie kannst du nur so gefühllos reden!« fuhr Alice die Freundin an. »Geh' endlich zu deinem Francis und laß mich zufrieden.«
Catherine erschrak.
»Was hast du vor?«
»Ich will mir einmal die Ruine der alten Abtei anschauen«, antwortete Alice. »Vielleicht kommen mir unterwegs ein paar heitere Gedanken...«
»Aber bleib' nicht so lang!« rief die kleine Howard in neckischem Ton und sprang zum Haus zurück. »Am Abend gehen dort die Geister der erschlagenen Mönche um!«

Der Weg nach Thostring Abbey war schon länger nicht mehr begangen worden. Hin und wieder blieb Alice mit ihren Gewändern in dornigen Zweigen hängen und befreite sich vorsichtig. In schrägen Strahlen schien die Nachmittagssonne durch hohe Bäume. Hier und da sprossen kleine Pilze dichtgedrängt aus dem Laub. Alice kannte

die giftigsten davon zur Genüge. Wie viele müßte ich essen, um zu sterben? dachte sie, während sie ihren Weg fortsetzte.
Kastanienbäume hatten sich teilweise ihrer Last entledigt, so daß der Pfad wie mit einem Teppich aus glänzenden rotbraunen Kugeln bedeckt lag. Mehrmals bückte sich Alice, um ein paar der schönsten Exemplare aufzusammeln. Sie fühlten sich beruhigend glatt und rund in der Hand an.
Und wieder einmal dachte sie sehnsüchtig an Stephen. Wie unendlich weit schien die Zeit, als sie die Arme um seine aufregend schmale Taille geschlungen und er ihr die so oft entbehrten Momente der Wärme geschenkt hatte ... Wo mochte Stephen sich gerade aufhalten? Gab es eine Möglichkeit, in Kontakt mit ihm zu treten? Sein Zorn auf sie, ob berechtigt oder nicht, war gewiß längst verraucht ...
Der Wald endete kurz vor dem Gelände der Abtei, deren geborstene und von Flammen geschwärzten Mauern sich noch immer zu imposanter Größe aufreckten. Überall lagen Trümmer herum: Holzbohlen, Backsteine, dazwischen Scherben zerbrochener Küchengefäße. Gras und kleine Büsche hatten schon begonnen, sich in den deckenlosen, Wind und Wetter preisgegebenen Räumen anzusiedeln. Die Fensterscheiben fehlten; ab und zu hingen noch Reste windschiefer Läden in den verrosteten Angeln.
Vorsichtig streifte Alice durch die Ruine, von der sie wußte, daß Thomas Howard, der Herzog von Norfolk, sie vor geraumer Zeit erworben hatte. An sich war das Gebäude wertlos, da es ohne die dazugehörigen Äcker und die es umgebenden saftigen Weidegründe verkauft worden war. Was mochte Norfolk bewogen haben, Besitzer einer Abtei zu werden, die man im Grunde nur abreißen konnte?
Eine frische Brise kam auf und bewegte die Wipfel der Bäume. Das Rauschen der Blätter schwoll mächtig an, die Kälte ließ Alice für einen Augenblick innehalten. Rasch zog sie sich in Richtung des mächtigen Kirchenschiffs zurück, als ein blitzender kleiner Gegenstand am Boden ihre Aufmerksamkeit erregte. Sie bückte sich und entdeckte einen vergoldeten Knopf. Lange konnte er dort nicht gelegen haben, denn er sah recht sauber aus. Trotzdem rieb Alice einmal kurz darüber, bevor sie ihn in einer Ärmelfalte verschwinden ließ. Wer mochte den Knopf an so abgelegener Stelle verloren haben? Vielleicht hatte Norfolk sein Eigentum in Augenschein genommen?
Unter den hohen Spitzbögen der gotischen Fenster lagen wirre Haufen kleiner und großer, bemalter Glasbruchstücke. Neugierig wühlte

Alice darin herum und zog schließlich eine Scherbe hervor, die immerhin so groß wie ihr Oberkörper war.
Im Licht der stetig sinkenden Nachmittagssonne erkannte sie eine stehende Marienfigur in blauem Gewande. Atemlos bestaunte die junge Frau das Kunstwerk. Ganz allein stand sie in der Mitte der Kirchenruine. Es war, als ob mehrstimmiger Gesang aus der Ferne herübergeweht wurde, doch als Alice die für einen Moment geschlossenen Augen wieder öffnete, schalt sie sich eine Träumerin und brach mit raschen Schritten auf. Allmählich wird es Zeit, zum Schloß zurückzukehren, dachte Alice.
Sie ging den Pfad entlang, den sie gekommen war. Da waren doch Stimmen! Ganz leise zwar, aber stetig näherkommend. Alice hielt an und lauschte. Nein, sie hatte sich nicht geirrt. Lautlos schlich sie weiter, hinter den Büschen verborgen, die an dieser Stelle den Trampelpfad zur Abtei vom parallel verlaufenden Waldweg abgrenzten.
Der jungen Frau wurde es mulmig zumute. Sie war allein und wollte peinliche Fragen, die man ihr stellen würde, lieber vermeiden. Außerdem wußte man nie, was andere im Schilde führten.
Zwei Menschen näherten sich langsam auf dem Hauptweg. Ängstlich duckte sich Alice hinter einen Baumstamm und spähte durch die unteren Zweige.
Sie gingen eng nebeneinander, berührten sich aber nicht. Ihre Silhouetten brannten sich im Bruchteil einer Sekunde bis in die tiefsten Gründe ihres Bewußtseins ein. Stephen trug eine Mütze, die Alice noch nie an ihm gesehen hatte. Sie stand ihm außerordentlich gut, war aus dunkelbraunem Samt gearbeitet und trug in der Mitte einen großen, warm funkelnden Edelstein in der Farbe seiner Augen. Stephen schien glücklich zu sein. Er lachte sein unnachahmliches Lachen, das auf jeder Wange drei starke Grübchen einzeichnete. Die Frau an seiner Seite war Cecily Towbence.
»Das war es also«, sagte Alice laut zu dem Baumstamm vor ihr. »Deshalb hat sich Stephen zurückgezogen; das war die Freiheit, die er brauchte.« Ein stechender Schmerz breitete sich in ihrem Rücken aus, als presse ihr eine Riesenfaust die Nieren zusammen.
Dann hielt es sie nicht mehr an ihrem Platz. Ein wahnsinniger Drang nach Bewegung ergriff Besitz von ihr und zwang sie, durch Zweige und Büsche zu springen, die sich mit spitzen Dornen an ihr festkrallten. Klatschend streiften Blätter ihr Gesicht, als Alice immer schneller durch das Unterholz rannte. Ihr Atem ging stoßweise, während

salzige Tränen in ihren Mund liefen. Irgendwann verließ sie die Kraft, und in der Nähe der Schloßmauer fiel die junge Frau zu Boden, während sich die Finger auf der verzweifelten Suche nach Halt in die kalte Erde bohrten. Sie bekam einige Grashalme zu fassen und ein stachliges Gehäuse, aus dem eine blanke, rotbraune Kastanie hervorlugte, in der Farbe von Stephens Augen. Längst hatten sich die Bänder von Alices Leinenhaube gelöst, so daß die unordentlich darunter zusammengestopften Haare völlig aufgelöst nach vorn fielen. Ersticktes Klagen kam aus ihrer Kehle, als sie zwischen den Zähnen das knorrige Wurzelholz eines Baumes spürte. Ein schwarzblau glänzender Skarabäus krabbelte gemächlich davon.

»Ich freue mich so sehr auf übermorgen!« sagte Francis Derham, als er mit seiner Kusine Hand in Hand durch die endlosen Reihen der buntbelaubten Obstbäume schlenderte. »Wenn Ihr wüßtet, wie lange ich insgeheim auf eine solche Gelegenheit gewartet habe...«
»Mir geht es nicht anders. Dem Himmel sei Dank, daß er mir einen Vetter geschenkt hat, wie Ihr es seid... Noch nie hat mir einer derartig den Kopf verdreht, das versichere ich Euch.«
Derham zog seine Kusine hinunter ins Gras, das sich trotz der vorgerückten Jahreszeit mild und trocken anfühlte. Auf den Knien halb aufgerichtet, umfaßte er ihre Handgelenke und sah ihr in die Augen.
»Glaubt Ihr wirklich, es wird alles gutgehen?« fragte er in einem plötzlichen Anflug von Skepsis. »Kaum auszudenken, welche Folgen es hätte, wenn Eure Großmutter mich in Eurem Bett entdeckte...«
»Da macht Euch keine unnötigen Gedanken!« wehrte Catherine ab. Bisher war das Entwenden des Schlüssels nie ein Problem. Außerdem haben viele andere Mädchen ebenfalls einen Liebhaber, Ihr seid also nicht allein.« Sie kuschelte sich in Francis' Arme. Sein Samtwams fühlte sich angenehm weich an und gab die Wärme seines Körpers weiter. »Sagt, was müßt Ihr heute noch tun? Ich will den Rest des Tages in Gedanken bei Euch sein!«
»Euer Onkel plant noch einen Besuch bei Cromwell, bevor es dunkel wird. Als er dahinterkam, daß der schlaue Minister eine Gesandtschaft nach Deutschland geschickt hatte, schäumte er vor Wut! Ausgerechnet um die Tochter des Herzogs von Kleve sollten die Männer freien. Wer weiß, was Cromwell sich davon verspricht. Alles, was ich zu hören bekam, war, daß Kleve es nicht mit dem Kaiser hält und sich der Lehre Luthers zugewandt hat. Kein Wunder, daß mein Herr

nun seine Absichten vereitelt sieht, hoffte er doch, des Königs neue Frau werde katholisch sein.«
Catherine gähnte lauthals. »Wie Ihr Euch begeistern könnt für solch langweilige Staatsgeschäfte«, sagte sie kopfschüttelnd.
Erstaunt blickte Derham auf.
»Verzeiht, wenn ich Euch gelangweilt habe«, murmelte er. »Womit könnte ich Euch denn einmal eine Freude bereiten?«
Als hätte sie schon lange auf diesen Augenblick gewartet, platzte Catherine heraus: »Wie schön wäre es, könnten wir beide einen ganzen Tag in London verbringen! Jetzt wohne ich schon so lange vor den Toren der großen Stadt und habe sie noch nie betreten!«
»Das wird schwierig werden«, entgegnete Derham und erhob sich vom Boden. Sorgfältig klopfte er seine kostbaren Kleider aus. »Meine freien Stunden sind abgezählt, und Euch würde man im Hause auch bald vermissen.«
»Dann laßt Euch etwas einfallen!« sagte Catherine und lächelte. »Oder wollt Ihr schon vor einem solch kleinen Hindernis aufgeben? Seid Ihr nicht der, für den ich Euch halte, liebster Vetter?«
Statt einer Antwort langte Derham um Catherines Taille und wirbelte die dralle junge Frau mühelos mehrere Male herum, bevor er sie zum Abschied küßte.

Beim Abendessen – längst war Norfolk mit seiner Eskorte wieder aufgebrochen – fiel Catherine auf, daß ihre Freundin Alice fehlte. Während sie schweigend die heiße, eingedickte Suppe auslöffelte, ließ sie ihre Augen umherwandern. Ob wohl irgendeine der Mädchen ihre Abwesenheit bemerkt hatte? Ihr gegenüber saß Cecily Towbence, doch aus Abneigung gegen die Kameradin wandte sich die junge Howard lieber an eine andere.
»Wo steckt denn Alice Shelton?«
»Weiß nicht«, erwiderte Dorothy Baskerville mürrisch.
»Ich glaube, sie hat sich bereits ins Bett gelegt«, schaltete sich Margaret Bennett ein, die es ja wissen mußte.
»Alice Shelton kam vor kurzem in einem jammervollen Zustand von draußen herein«, sagte Cecily Towbence ungefragt. »Sie muß im Wald gestürzt sein. Und irgendetwas hat sie völlig verschreckt, möchte ich meinen. Arme Alice«, fügte sie hinzu. Das Mitleid in ihrer Stimme klang echt.
Kaum hatte die Herzoginwitwe die Tafel aufgehoben, stieg Catheri-

ne zum Schlafsaal hoch und suchte ihre Freundin. Der bereits angezündete Kamin verbreitete schwaches, sanftes Licht; durch das Fenster drangen die letzten Streifen silbriger Abenddämmerung. Als Catherine sich im dunklen Raum zugerechtgefunden hatte, kauerte sie sich kurzerhand neben Alice in deren Bett.

»Was ist passiert?« wollte sie wissen und streichelte die Wange ihrer Kameradin. Alice zuckte zusammen, da Catherine die frischen Schrammen nicht bemerkte. Dann berichtete sie flüsternd, was sie im Wald beobachtet hatte.

»Fürwahr, eine große Überraschung!« entfuhr es Catherine. »Wieso ausgerechnet Cecily? Hat Stephen sich in ihre genuesischen Hütchen verliebt? Ich frage mich, was das Mädchen ihm bieten kann.«

»Das liegt doch auf der Hand«, murmelte Alice verbittert. »Eine Tochter des Herzogs von Lethbridge ist natürlich eine viel bessere Partie als Miss Shelton, deren Familie in Ungnade fiel!«

»Aber…« Catherine richtete sich plötzlich auf und stützte sich auf den Ellbogen, »... bist du sicher, daß die beiden ein Liebespaar sind? Sie haben sich weder geküßt noch bei der Hand gehalten!«

»Stephen ist schlau, das habe ich an ihm stets bewundert«, entgegnete Alice. »Und Cecily ist noch verschlagener, sonst wäre er ihr nicht ins Netz gegangen. Glaubst du, die beiden machen ihre Liebe öffentlich? Gewiß würde Stephen sich nie mit den anderen Liebhabern im Schlafgemach einfinden.«

Catherine rüttelte die Freundin sanft an der Schulter.

»Sei vorsichtig, Alice! Hast du einen Beweis?«

Ein triumphierendes Lächeln verzerrte die Züge der jungen Frau, als sie den golden blitzenden Knopf hervorholte.

»Das könnte von Stephen stammen!« flüsterte sie. »Ich glaube, er besitzt ein Wams mit ganz ähnlichem Zierat. Vielleicht ist ja die Ruine sein geheimer Treffpunkt, wenn er Cecily sehen will.«

»Hmm…« machte Catherine, keineswegs überzeugt. »Ist dir sonst noch etwas aufgefallen?«

Erregt berichtete Alice von dem Schmuckstück mit der Taube, das Cecily erstmals auf dem Hausball der Herzoginwitwe getragen hatte. »Welch ein Zufall, daß Stephens Großvater genau das gleiche Medaillon besaß! Angeblich hat sie es von einer Freundin… Das muß allerdings eine sehr reiche Freundin sein, die ein so kostbares Juwel einfach verschenkt! Weißt du, was ich glaube? Stephen hat ihr das Erbstück des Großvaters gegeben, um ihr seine Liebe zu zeigen!«

Catherine barg den Kopf der Kameradin an ihrer Schulter und streichelte durch das verfilzte Haar, das ungeflochten unter der Nachthaube herausquoll. »Jetzt versuche erst einmal zu schlafen, Liebes«, raunte sie beschwichtigend. »Morgen wäschst du dir den Kopf und frisierst dich. Anschließend reden wir noch einmal über die Sache. Wenn sich herausstellt, daß du recht hast, solltest du deinen Zorn an Stephen ablassen, statt durch Unterholz und Dornen zu rennen.«

Die Prinzessin vom Niederrhein

Das Jahr geht allmählich zur Neige, dachte Thomas Cromwell und öffnete seufzend das Fenster in dem Raum des Königspalastes, der ihm für Dienstgeschäfte zugewiesen war. Kalte Novemberluft strömte herein, vermischt mit dem würzigen Geruch umgepflügter Erde, den der Wind von Lambeth über den Fluß trug. Überall aus den Londoner Kaminen stieg der Rauch und verdüsterte den wolkenschweren Himmel. In den beinahe kahlgefressenen Sträuchern vor dem Schloß zankten sich laut schimpfend einige Wacholderdrosseln um die letzten Beeren.

Noch waren die drei Männer, die Cromwell zu sich bestellt hatte, nicht eingetroffen. Gespannt erwartete er, was Philip Hoby, Hans Holbein und John Clamour an Nachrichten aus Kleve mitbrächten. Die Chance, eine Ehe mit einer der Prinzessinnen einzufädeln, war zur Zeit eher gering. Zu unbedeutend schien das kleine deutsche Fürstentum, von dem mancher bei Hof noch nicht einmal den Namen kannte. Und doch! Der König hatte sich in den Kopf gesetzt, dem Kaiser eine Lehre zu erteilen, nachdem ihm dessen Nichte einen so spektakulären Korb gegeben hatte. Eine Möglichkeit bestand ja darin, die Tochter des Klever Herzogs zu heiraten, der sich von Kaiser Karl losgesagt hatte. Vielleicht konnte er seinem Herrscher die Idee so nahebringen, als sei Heinrich selbst darauf gekommen...

Obgleich durch das offene Fenster viel Wärme abzog, blieb Cromwell stehen und beobachtete, was tief unten vor sich ging. Bittsteller kamen zu Fuß oder zu Pferd, Wachen marschierten auf und wurden

abgelöst, der Fährmann ruderte quer über die Themse und setzte Leute von Lambeth auf die Westminster-Seite über. Gerade legte er wieder an und half einer jungen Frau aus dem Boot, deren schmales Gesicht fast unter einer riesigen Pelzhaube verschwand. Neugierig lehnte sich der Minister aus dem Fenster; er hatte das hübsche, kostbar gekleidete Mädchen noch nie gesehen. Mit festem Schritt eilte sie auf den Haupteingang des Palastes zu, wo man sie nach kurzem Wortwechsel einließ. Damit aber war sie aus Cromwells Blickfeld verschwunden.
In diesem Augenblick klopfte es. Der Minister fuhr herum und schloß eiligst die Fensterflügel. Auf sein Geheiß traten die Männer ein, die als Gesandte die beschwerliche Reise nach Düsseldorf hinter sich gebracht hatten.
Während die vier flüchtige Umarmungen zur Begrüßung austauschten, kümmerte sich Diener Francis um das leibliche Wohl der Ankömmlinge. Er tischte Getränke und Gebäck zur Erfrischung auf und zog sich dann in die Nebenkammer zurück.
»Laßt sehen!« rief Cromwell ungeduldig, als der Hofmaler mehrere Zeichnungen und eine farbige Skizze hervorholte.
»Zur Ausarbeitung zweier Ölgemälde fehlte mir bislang die Zeit«, sagte Holbein fast entschuldigend. »Bei diesem Wetter spüre ich oftmals ein starkes – wie sagt man? Gliederreißen? In den Fingern, jedenfalls«, setzte er hinzu.
Lässig winkte Cromwell ab.
»Euren Fleiß stellt keiner in Frage«, antwortete er und betrachtete sich die Züge der Damen aus Düsseldorf ganz genau.
»Anna scheint die Hübschere von beiden zu sein, wenngleich auch die Ältere«, stellte der Minister fest. Das regelmäßige, ovale Antlitz, direkt von vorn gezeichnet, ließ ihn nicht unbeeindruckt. »Die Augenbrauen der Prinzessin sind ein wenig kurz«, mäkelte er. »Was habt Ihr weiter zu berichten?«
»Fast könnte man die beiden Schwestern für Zwillinge halten, wäre da nicht der große Unterschied ihrer Gesichtszüge«, meinte John Clamour. »Ihr Betragen ist einwandfrei, ihre Rede wohlgesetzt.«
Sir Philip Hoby brach in Gelächter aus.
»Welch ein Glück, daß unser junger Earl von Fairbury sich mit der Sprache der Deutschen so abgemüht hat. Sonst hätte er schwerlich beurteilen können, was die Prinzessinnen mitzuteilen hatten«, spöttelte er. »Was ich Euch damit sagen will: sehr gebildet sind die bei-

den nicht gerade. Sie sprechen kein Wort Englisch, verstehen weder Französisch noch Latein. Ebenso beherrschen sie kein einziges Musikinstrument. Seine Majestät wird sich in solcher Gesellschaft rasch langweilen ...«

»Papperlapapp!« Cromwell wurde ärgerlich. »Der König wünscht sich viele Söhne, Unterhaltung hat er an seinem Hof genug!«

John versuchte, die peinliche Situation zu retten: »Dumm sind die Schwestern gewiß nicht. Sie würden bestimmt manche Fähigkeiten erlernen, falls man sie als Bräute in Erwägung zieht.«

»Na also!« donnerte Cromwell und ließ sich in einen schweren Ledersessel plumpsen. »Ich kann Euch nur raten, die Sache ernsthaft weiterzuverfolgen. Es darf nicht sein, daß uns Norfolk eine Kandidatin seiner Wahl vor die Nase setzt! Oder wollt Ihr ein katholisches Fräulein aus den tiefsten Provinzen Frankreichs oder Österreichs, das uns heimlich an die Papisten verrät?«

Holbein schüttelte heftig den Kopf. Doch insgeheim dachte er sich sein Teil. Deutlich stand ihm noch vor Augen, wie der Baseler Pöbel beim Bildersturm seine schönsten Altargemälde aus den Kirchen geholt und johlend zerstört hatte. Die Protestantischen waren auch nicht besser...

»Wenn es sein muß, fahrt Ihr eben noch drei-, vier-, fünfmal nach Kleve! Dieser kleine Machthaber sollte froh sein, daß der mächtige König von England seine Tochter überhaupt haben will!« Cromwells Faust landete auf dem Tisch. Erschöpft von seinem Ausbruch, nahm er die Mütze ab und fuhr sich mit den dicken Fingern durch die feuchtglänzenden Haare.

John Clamour beobachtete den Minister abschätzend. Offenbar geriet Cromwell zunehmend unter Druck; so reizbar und auffahrend hatte er diesen Bär von einem Mann noch nie erlebt. Im Schloß hieß es auch, der König gehe häufig recht grob mit seinem Ratgeber um; daß er ihn stieß oder gar ohrfeigte, war angeblich keine Seltenheit.

Alice Shelton hatte Kummer und Ungewißheit, die viele Wochen an ihr genagt hatten, nicht mehr länger ertragen und sich auf den Weg nach Westminster gemacht. Keiner ahnte etwas von ihrem Vorhaben. Der Herzoginwitwe hatte sie ausrichten lassen, sie liege krank zu Bett, heimlich den Schlafsaal verlassen und sich zu Fuß über die Landstraße zum Anlegeplatz der Fähre begeben. Kaum konnte Alice den Blick von dem riesigen Gebäude wenden, das mit hundert Türmchen, Schornsteinen und Erkern vor ihr in den trüben Novemberhimmel ragte. Noch nie hatte sie so nah vor des Königs Palast zu Westminster gestanden – und gleich würde sie ihn sogar betreten. Hunderte von Fenstern blickten gleich blanken Augen auf die Themse, die sie gerade überquert hatte. Raschen Schrittes eilte Alice nun auf das Tor zu, vor dem zwei Wachen ausharrten. Die beiden versperrten mit gekreuzten Hellebarden den Eingang und stellten die gewohnheitsmäßige Frage:

»Was ist Euer Begehr?«

»Ich wünsche den Zweiten Gewandmeister zu sprechen, Sir Stephen Dennyford«, sagte Alice. »Die Herzoginwitwe von Norfolk vertraute mir eine Botschaft für ihn an.«

»Verstehe«, entgegnete einer der Wächter und ließ Alice passieren. Es kam andauernd vor, daß aus Sicherheitsgründen Nachrichten nur mündlich ausgerichtet werden durften.

Die erste Hürde ist geschafft, dachte Alice frohlockend. Jetzt galt es noch, den weiteren Weg zu erfragen. Dieses Schloß war bestimmt fünfmal so groß wie Lambeth, da konnte man sich leicht verlaufen. Auf den geräumigen Fluren eilten Menschen verschiedensten Alters, zumeist kostbar gewandet, an ihr vorbei, ohne sie eines Blickes zu würdigen – so, als führe ein unsichtbarer Puppenspieler sie alle an seinem Faden... Obwohl Alice gerne in aller Ruhe die Leute beobachtet hätte, zwang sie sich, weiterzugehen. Die Zeit verstrich; vielleicht war zuhause schon jemand ihre Abwesenheit aufgefallen.

Durch die freundliche Auskunft eines Lakaien fand sie schließlich die richtige Tür. Um sich für das, was ihr bevorstand, die nötige Gelassenheit zu bewahren, ging Alice im Geiste noch einmal den Rückweg durch, auf dem sie den Palast wieder verlassen würde. Hoffentlich hatte sie sich alles richtig eingeprägt.

»Tretet ein!« rief Stephens Stimme von drinnen, als Alice klopfte und die Tür schwungvoll öffnete.

»Alice Shelton! Was für eine Überraschung. Wir haben uns länger nicht mehr gesehen«, sagte Stephen und steckte eine Feder ins Tintenfaß zurück. Rasch räumte er ein paar Schriftstücke beiseite und blies einen Rest Streusand vom Tisch. »Was kann ich für Euch tun?«

»Ihr könntet Euch zum Beispiel daran erinnern, daß wir eine Zeitlang sehr glücklich zusammen waren«, meinte Alice und schob die Krempe der großen, pelzbesetzten Jagdhaube aus der Stirn. »Es ist nicht einfach, immer nur von Erinnerungen zu zehren.«

Mit routinierter Geste wies Stephen auf die ihn umgebenden Möbel und die sparsame, aber geschmackvolle Ausstattung des Raumes, in dem er seit kurzem residierte.
»Mein neues Amt läßt mir leider kaum Zeit, über Herzensdinge nachzudenken, liebe Alice«, schmunzelte er. »Manchmal arbeite ich bis spät in der Nacht.«
Alice probierte ein Lächeln, das ihr nicht so recht glücken wollte. Einer ihrer Fingerringe schien plötzlich zu eng geworden; nervös schob sie ihn ein Stückchen nach oben. »Trotzdem findet Ihr noch Zeit, zur Ruine von Thostring Abbey zu spazieren.« Hoffentlich klingt meine Stimme gleichgültig genug.
»Ja, und? Kann ich mir meine Zeit nicht so einteilen, wie ich es möchte?« sagte Stephen. »Seid Ihr gekommen, um mich nach solchen Nichtigkeiten zu fragen?
Allmählich verlor Alice die mühsam aufrechterhaltene Beherrschung.
»Nennt Ihr es etwa nichtig, wenn Ihr Cecily Towbence den Hof macht? Und ich warte währenddessen wochenlang vergeblich auf Nachricht von Euch!«
Unter der Pelzhaube wurde es Alice derart heiß, daß sie – ganz gegen den guten Geschmack verstoßend – die Schleife unterm Kinn löste und die Kopfbedeckung herunternahm. Stephens Blick fiel auf das streng gescheitelte schwarze Haar, das am Hinterkopf zu einem großen Knoten verschlungen war.
»Es geht Euch nicht im geringsten an, wo, wie und mit wem ich meine Zeit verbringe!« antwortete Stephen in leisem, aber scharfem Ton. »Ihr seid weder verlobt noch verheiratet mit mir.«
Alice richtete sich in ihrem Stuhl kerzengerade auf.
»Das mag wohl sein«, entgegnete sie, »aber einer Gans wie Cecily werde ich das Feld nicht kampflos überlassen. Ihr habt bei all Euren schlauen Plänen vergessen, daß ich Euch liebe. Und schon um der schönen Zeiten willen, die wir gemeinsam verbrachten ...«
»Das ist Vergangenheit«, schnitt Stephen seinem Gegenüber kühl das Wort ab. »Ich habe Euch einmal wirklich sehr – - äh, gemocht, aber Ihr wollt das Glück einsperren wie in einen Kerker, Alice. Und dieses Denken stößt mich ab.«
Die Worte rauschten wie Meeresbrandung durch ihre Ohren. Für einen Augenblick kam es Alice vor, als falle sie in bodenlose Tiefen. Dann verlieh ihr die Wut Riesenkräfte.

»Soll ich Euch einmal sagen, was mich abstößt?« stieß sie hervor und erwartete keine Antwort. »Euer ewiges Taktieren und Hinhalten, angefangen damit, daß ich Euch anreden soll wie jeder beliebige Fremde! Obwohl wir uns seit unserer Kindheit kennen! Aber damit ist jetzt Schluß. Daß ich am liebsten für immer mit dir zusammenbleiben möchte, heißt nicht, das Glück einsperren wollen. Ich muß schließlich auch an mein weiteres Leben denken. Wie soll das denn aussehen, wenn ich keinen Mann finde? Hast du darüber niemals nachgedacht? Wie schön wäre es gewesen, Pflicht und Neigung miteinander zu verbinden. Aber nein, deine Freiheit... Daß es gerade Cecily sein muß, trifft mich am meisten.«
»Jetzt laßt doch Cecily aus dem Spiel!« ereiferte sich Stephen.
»Sieh da, wie der tapfere Ritter sein armes Fräulein verteidigt!« spottete Alice. »Du glaubst wohl, ich bin blind und taub? Paß nur auf, daß der Herzog von Lethbridge nichts merkt. Wenn es um die Ehre seiner Tochter geht, wird er keinen Spaß verstehen. Und vielleicht ist ihm ja der Sohn eines Earls als Schwiegersohn nicht gut genug...«
»Verlaßt sofort dieses Zimmer!« Stephen erhob sich hinter dem Tisch. Selbst in seinem Zorn sah er noch erregend schön aus. Alice zitterte. Ihn wütend zu erleben war immer noch besser, als seiner schrecklichen Gleichgültigkeit ausgesetzt zu sein.
»Ich will Euch nicht mehr begegnen«, sagte Stephen Dennyford, und seine Worte klangen, als bräche er den Stab eines endgültigen Urteils. »Es ist unglaublich, wozu Ihr fähig seid; das hätte ich nicht von Euch gedacht... Welch eine Enttäuschung!«
Alice stand in der Tür. Wirre Sätze gingen ihr durch den Kopf, von denen keiner den Weg aus ihrem Innern fand. Sie blickte kurz zurück, erfaßte Stephens schlanke Gestalt, die großen, schmalen Hände und seine Kastanienaugen. Dann ging sie davon, hinaus aus seinem Leben.

Die Besprechung bei Cromwell war zu Ende. John Clamour wandte sich an Holbein, den Hofmaler, bevor er ihm entwischen konnte:
»Denkt Ihr noch an das versprochene Bild?«
Der Künstler setzte ein Gesicht auf, als quäle ihn einer mit Daumenschrauben.
»Äh, ja... Aber es wäre mir lieber, die Dame Eures Herzens säße Modell. Zwei, drei Stunden wären bereits ausreichend.«
Kurz überlegte John, was Alice dazu sagen würde. Es war schwer,

ihre Reaktion einzuschätzen. Andererseits würden sie sich bis zur endgültigen Entscheidung des Königs über die Klevische Ehe kaum treffen können. Wer konnte wissen, wie oft er die Reise nach Düsseldorf noch wiederholen mußte ... Am liebsten hätte John eine Miniatur seiner Braut besessen, wie sie Holbein in unnachahmlicher Manier malen konnte.

»Darüber muß ich erst mit der Betreffenden sprechen«, sagte er schließlich und wünschte dem davoneilenden Deutschen einen schönen Tag.

Gemächlichen Schrittes ging John die Treppe hinab, die zum vorderen Ausgang des Palastes führte. Er grüßte einen flüchtigen Bekannten, der seinen Weg kreuzte, schaute in einen von Dämmerlicht erfüllten Flur – und blieb stehen.

»Alice! Seid Ihr es wirklich? Was – was tut Ihr hier?«

Mit totenbleichem Gesicht trat Alice ihm entgegen. Der ungeheure Schmerz der durch Stephen erfahrenen Kränkung begann in ihrem Kopf wiederzuhallen. Hinter der Stirn dröhnte ihr Herzschlag wie ein Hammer. Wenigstens war hier ein Mensch, der bis zur Grenze des Sich-Verleugnens geduldig mit ihr umgegangen war, ein Mann, der sich freute, ihr unverhofft zu begegnen – immerhin ...

»Ich wollte zu Minister Cromwell persönlich«, log die junge Frau. »Vielleicht hätte ich erreichen können, daß er sich für meine Schwester Madge einsetzt – aber er hatte wohl Besseres zu tun.«

»Grämt Euch nicht!« erwiderte John und zog Alice endlich in seine Arme. »Ich selbst nahm gerade an der Besprechung teil, die der Minister leitete. Es ging um meine Reise zum Kontinent.«

Alice wühlte ihr Gesicht in den wunderbar weichen Pelz, der in üppigem Besatz Kragen und Knopfleiste von Johns halblangem Mantel zierte. Es tat gut, jetzt nicht völlig allein dazustehen. Gegen ihren Willen stiegen Tränen hoch, die sich mit dem aufgesetzten, höflichen Lächeln mischten.

»Entweder Ihr seid enttäuscht über Cromwells Zurückweisung oder Ihr freut Euch, mich wiederzusehen«, sagte John entschieden. »Natürlich wäre der zweite Fall schmeichelhafter für mich. Doch fürchte ich, der erste trifft zu! Laßt mich Euch helfen; für mich hat Cromwell immer Zeit!« versuchte er zu trösten.

»Das ist sehr gütig von Euch, aber ich müßte längst nach Lambeth zurückgekehrt sein. Mylady von Norfolk weiß gar nicht, daß ich ihr Haus verlassen hatte.«

John hakte sich bei seiner Zukünftigen ein und geleitete sie bis zur Anlegestelle der Fähre. Dann wies er auf ein kleines Ruderboot mit vier Mann Besatzung, das in der Nähe vertäut lag:
»Seit ich den Besitz meines Vaters übernahm, gehört mir ein eigenes Boot. Kommt, ich bringe Euch sicher zum Gut der Herzogin zurück.«
Dieses Angebot konnte Alice schwerlich ausschlagen. Sie nahm auf einer harten Holzbank Platz und schmiegte sich an John, als die Männer ablegten und kalter Zugwind die Gesichter streifte. Die vier hatten tüchtig zu arbeiten, da es flußaufwärts ging.
»Während der letzten Wochen habt Ihr mir sehr gefehlt«, gestand John. »Am liebsten würde ich unsere Hochzeit schon morgen feiern, doch solange die diplomatische Mission der Eheschließung Seiner Majestät nicht abgeschlossen ist, hat das keinen Zweck. Vielleicht kommt diese Wartezeit, die mir so schwerfällt, Euch zugute... Hat dieser Dennyford Euch noch irgendein Zeichen seines Wohlwollens gegeben? Ihr habt ihn schon halb vergessen, hoffe ich.«
»Aber gewiß doch!« sagte Alice und blickte John treuherzig an. »Ihr hattet völlig recht, es war Zeitverschwendung, an ihn zu denken.«
Der Earl musterte seine Braut mißtrauisch. Dieser Sinneswandel war verdächtig schnell eingetreten. »Ich wollte Euch gerne glauben«, murmelte er.
Hinter den entlaubten Bäumen, die das Ufer säumten, kam Schloß Lambeth in Sicht, schemenhaft und weit dahinter der Besitz Thomas Howards. Nebel stieg aus den Niederungen auf und trieb langsam über die gluckernden Themsewellen. Alice sog wie eine Ertrinkende frische Luft ein und erwiderte:
»Ihr könnt mir vertrauen, John. Da wir ohnehin einander versprochen sind und in absehbarer Zeit vor den Priester treten werden, kann ich Euch genausogut jetzt schon angehören.«
John zuckte zusammen. Was er da hörte, hätte er sich in seinen kühnsten Träumen nicht vorgestellt. »Ihr m-m-meint, wir s-sollten... Aber mein Quartier im Palast teile ich m-mit drei anderen, und morgen wo-wollte ich abreisen...«
»Kommt heute abend dorthin, wo der Zaun des Lambethschen Obstgartens endet«, sagte Alice jetzt in entschiedenem Ton. »Ich kenne eine trockene Scheune voller Heu, in der es nicht allzu kalt sein dürfte.«
Daß niemand Alice vermißt hatte, verschaffte der jungen Frau keine

rechte Erleichterung. Denn nun hieß es, das Kunststück unbemerkten Verschwindens gleich noch einmal durchzuführen. Vorerst lag sie im Bett, das sie am Abend wieder mit Margaret Bennett teilen würde, und spielte die Kranke. Eigentlich hätte Stephen mein erster Mann sein sollen, dachte sie verbittert. Doch Neugier und Vorfreude gewannen schließlich die Oberhand. Dennyford brauche ich nicht. Soll er doch bis in alle Ewigkeit mit Cecily oder anderen umherziehen – es gibt schließlich noch viele andere Männer. Solche, die mich begehren! Ob John wohl vor mir schon Frauen gekannt hat? Jedenfalls hat mir Catherine bald nichts mehr voraus … Heute abend werde ich wissen, was sie an der Sache mit ihrem Vetter so entzückt …

Es dauerte lange, bis im Mädchenschlafsaal Ruhe eingekehrt war. Heute hatte keine einzige der Kameradinnen Besuch von einem Liebhaber erhalten, dennoch fing das Wispern und Kichern immer wieder von vorne an. Als Alice glaubte, alle seien eingeschlafen, kleidete sie sich lautlos an. Ihr Fluchtweg war selbst den meisten der wagemutigen Kavaliere zu gefährlich, doch daran dachte sie am besten gar nicht. Die hölzernen Sprossen unter dem Fenster, aus dem sie stieg, waren unter dem darüberwuchernden Efeu manchmal schwer zu finden. Ein paarmal befürchtete die Ausreißerin, abzurutschen und aus der nicht ganz unbeträchtlichen Höhe hinabzufallen. Aber alles ging gut.

Der Nebel hatte sich verzogen. Um den fast vollen Mond, der niedrig über dem Horizont schwebte, befand sich ein milchiggelber Hof. Sobald die Augen sich dem schwachen Licht angepaßt hatten, marschierte Alice los. Die schmalen, hellen Gartenpfade waren leicht zu erkennen, und bald hatte sie den Waldrand erreicht, an dem der Zaun aufhörte.

Wie erwartet raschelte es zwischen den Büschen, und John Clamour trat hervor. Alice schloß die Augen und küßte ihn. Fast fühlte er sich an wie Stephen. Sie versuchte, diesen Gedanken rasch zu verdrängen. Der Weg zu einer der Scheunen, die in der Nähe des Feldgeräteschuppens standen, wurde zur Stolperfalle. Immer wieder mußte das Paar den Blick nach oben richten, um an den links und rechts stehenden Bäumen die Wegschneise auszumachen. Schnell gerieten die beiden ins Schwitzen. Alice wurde ständig beklommener zumute.

Endlich, nach einer halben Ewigkeit, knarrte die Tür des unverschlossenen Heuspeichers und die Liebenden schlichen sich ins

Innere. Dort war es stockfinster, nicht ein Lichtstrahl beleuchtete, was nun kam.
Alice überließ sich völlig John, der offenbar genau wußte, was er zu tun hatte. Er half ihr, die dicken Gewänder aufzunesteln, bevor er sich der eigenen Kleidung entledigte. Von Gänsehaut überzogen, stellte Alice fest, daß die Temperatur in der Scheune nur dann erträglich war, wenn man seine Kleider anbehielt. Doch schließlich preßte sie John umso härter an sich, um wenigstens von ihm ein bißchen Wärme zu erhalten. Die Strohhalme piekten entsetzlich in den Rücken, als sich die beiden der Länge nach fallenließen.
John sagte wenig. Alice verfolgte den Weg, den seine Hände an ihrem Körper nahmen, und genoß das Streicheln. Allmählich verschwand die Neugierde, John nackt zu sehen; vielleicht wäre das peinlich gewesen. Sie bemühte sich, trotz der unbequemen Lage, in der sie sich befand, ihm alles recht zu machen, doch anderes als Küssen fiel ihr nicht ein ... Was mochte John erwarten?
»Meine Frau«, murmelte der junge Mann und verlor jetzt keine Zeit mehr. Behutsam drang er in sie ein. Alice biß die Zähne zusammen, als der stetig anschwellende Schmerz ihr fast den Unterleib zerriß. Also das – das ist es ... Endlos reihte sich eine Sekunde an die andere, dehnten sich die Minuten ins Uferlose. Sie klammerte die Arme um Johns Rücken und spürte, wie er immer rascher auf- und niederschnellte, bis er endlich nach einem kleinen Seufzer ermattet aufhörte und neben sie zu liegen kam.

Henry Manox gedachte nicht untätig zuzusehen, wie Catherine Howard sich Tag für Tag weiter von ihm entfernte. Dieser obskure Vetter schien sie mittlerweile völlig in der Hand zu haben. Dabei besaß Francis Derham nur wenig mehr Vermögen als er selbst. Gewiß war es jener eitle Schnösel gewesen, der Catherine überredet hatte, die so hoffnungsvoll begonnenen Musikstunden aufzugeben. Von selbst wäre sie nie auf einen solchen Einfall gekommen, überlegte er. Aber nunmehr hatte er seinen Entschluß gefaßt. Rasch erhob er sich aus der Fensternische, in der er gekauert hatte und in der es unangenehm zog. Vom Kaminsims des Zimmers holte er eine weitere Kerze, entzündete sie an den glimmenden Holzscheiten und stellte sie neben die bereits brennende auf dem Tisch. Dann griff Manox zu Feder und Tinte und kritzelte bedachtsam einige Sätze auf ein gelbliches Stück Papier.

Es war einen Tag vor Martini. Zu dieser Zeit wurde es schon früh dunkel draußen, so daß der Verbrauch an Kerzen im Haus enorm gestiegen war. Nach wenigen Minuten hielt der Musiker inne und blickte in das flackernde Licht. Was er vorhatte, mußte genau geplant werden.
Aus dem Hof klang das durchdringende Geschnatter der seit Wochen gemästeten Gänse herauf, die einige Knechte zum Schlachthaus hinübertrieben. Am folgenden Tag würde es köstlichen Braten geben. Aber nun ließ Manox seine Phantasie nicht länger abschweifen. Zügig brachte er seinen Brief zu Ende, faltete den Bogen mehrere Male zusammen und adressierte ihn an die Herzoginwitwe von Norfolk. Jetzt brauchte er das Schreiben nur noch in die Hauskapelle zu schmuggeln, genau auf den Betstuhl der alten Dame. Bei der Frühmesse würden Agnes Howard gewiß die Augen übergehen. Schadenfroh kicherte der Musiklehrer in sich hinein.
Wenige Stunden später betrat Catherine Howard lautlos die Kapelle. Nur das Ewige Licht brannte und warf einen schwachen roten Schein in das Mittelschiff, der nur knapp bis zu den Altarstufen reichte. Vorsichtig tastete sich die junge Frau vorwärts. Unter den Händen spürte sie das kalte, kunstvoll gedrechselte Holz der Betbänke. So ging sie langsam raumeinwärts und nahm schließlich Platz, um auf ihre Schwester Isabel zu warten.
Was die beiden zu besprechen hatten, sollte den Mitbewohnerinnen des Schlafsaals auf keinen Fall zu Ohren kommen. Deshalb hatte Catherine darauf bestanden, sich in der kalten, in diesen Abendstunden meist verlassenen Hauskapelle zu treffen.
Isabel war nicht mehr das alberne kleine Mädchen, dessen größtes Vergnügen darin bestand, sich im Obstgarten zu verstecken. Sie zählte nun beinahe 14 Jahre, hatte ihre kindlichen Formen eingebüßt und genoß zunehmend das Vertrauen ihrer älteren Schwester. Catherine bediente sich neuerdings gerne der anhänglichen, diskreten Isabel, um Vetter Francis geheime Botschaften zu übermitteln. Da ihr Lesen und Schreiben nach wie vor Mühe bereiteten, schien es einfacher – und weniger gefährlich -, wenn Isabel sich einprägte, was Catherine mitzuteilen hatte.
Die Kirchentür öffnete sich einen Spaltbreit, und Isabel huschte herein. Auch sie ertastete sich den Weg, ging jedoch an einer anderen Bankreihe vorbei als zuvor Catherine. Plötzlich stieß sie einen unterdrückten Schrei aus.

»Psst!« mahnte die ältere Schwester. »Sonst entdeckt uns noch jemand.«
Aufgeregt flüsterte Isabel zurück:
»Sieh doch mal, was ich gefunden habe! Irgendwer hat der Herzogin einen Brief in den Betstuhl gelegt.«
Sofort erhob sich Catherine, ergriff kurzentschlossen eine der Altarkerzen und entzündete sie am Ewigen Licht. Um kein verräterisches Wachs dabei zu vergießen, hielt sie die hohle Hand darunter und nahm den kurzen Schmerz in Kauf, als ein Tropfen hineinfiel.
Inzwischen hatte Isabel mit zitternden Fingern das Papier auseinandergefaltet. Mit vereinten Kräften entzifferten die Schwestern eine Handschrift mit hohen, steilen Buchstaben und vielen Schnörkeln.
... sehe ich es als meine Pflicht an, Euch vom schamlosen Treiben Eurer Enkelin Catherine in Kenntnis zu setzen. Wollet mir gütigst erlauben, auf deren Umgang mit ihrem Vetter Francis Derham hinzuweisen, welcher sich ungebührlich aufführt und den Zöglingen Eures Hauses in unstatthafter Weise nachstellt ...
Ein Blick auf die Unterschrift löste das Rätsel.
»Dieser Schuft!« zischte Catherine. »Das soll er mir büßen!«
Sie zerriß das Schreiben in winzig kleine Fetzen, die auf den Steinboden herabsegelten. Dort fegte sie die Überreste mit den Fingern zu einem Häufchen zusammen, hielt die Kerzenflamme daran und beobachtete zufrieden, wie das Ganze in kürzester Zeit zu Asche zerfiel. Isabel trat die letzten Funken aus und zerrieb mit dem Absatz den verräterischen schwarzen Fleck.
Nicht lange danach war Henry Manox von einem Tag auf den anderen verschwunden. Es hieß, Agnes Howard sei mit seinen Diensten schon länger unzufrieden gewesen und habe ihn entlassen.

Die Zeit bis zum Weihnachtsfest verlief, vom Fehlen des Musiklehrers einmal abgesehen, ohne besondere Ereignisse. Der Himmel schien sich nicht auf eine bestimmte Jahreszeit festlegen zu wollen, obgleich es dem Kalender nach Winter war. Nur in wenigen Nächten gab es Frost, der bald wieder milden Winden und regenreichen Morgenstunden wich.
Alice war sich nun ganz sicher, daß das Abenteuer mit John ohne Folgen geblieben war. Tage danach war ihr plötzlich eingefallen, wie unbedacht sie sich mit dem jungen Mann eingelassen hatte, der nun längst wieder am Hof zu Kleve weilte. Die Spannung bis zu den Ta-

gen, da sich ihr monatliches Übel einstellte, kam ihr schier unerträglich vor. Zumal sie nicht einmal ihrer besten Freundin Catherine von ihrem Erlebnis berichtet hatte. Insgeheim schämte sich Alice, denn irgendetwas schien sie falsch gemacht zu haben. War denn Catherine nicht stets ganz begeistert, wenn sie mit Francis zusammengewesen war? Oder lag es am Ende gar an John? Jedenfalls schien eine Wiederholung dieses Aktes Alice kaum wünschenswert. Wenn sie an die dabei empfundenen Schmerzen dachte, konnte sie sich ausmalen, welch eine Tortur erst ein ganzes Eheleben mit diesem Mann bedeutete. Da war es nur ein schwacher Trost, daß John offenbar recht zufrieden von ihr geschieden war und ihr eine baldige Hochzeit in Aussicht gestellt hatte. Gelegentlich trafen Briefe von John ein, in denen er mit höfisch gesetzten Worten seine ernsten Absichten beteuerte. Von der gemeinsamen Nacht erwähnte er nie etwas, weil er vermutlich damit rechnete, daß seine Schreiben der Herzoginwitwe vorgelegt werden mußten.

Alice saß über einer Stickerei, als sich die Tür des Zimmers öffnete und Catherine Howard eintrat. Sie trug neuerdings eine flotte, jagdhutähnliche Mütze, die Francis Derham ihr mehr oder minder offiziell verehrt hatte. Die junge Frau ging zum Fenster und starrte in die früh einsetzende Dämmerung hinaus. In weiter Entfernung drang Licht aus Scheunen und Stallgebäuden.

»Ich habe von einer Bauersfrau gehört, die in die Zukunft schauen kann«, sagte Catherine leise. »Man erzählt sich, sie habe das zweite Gesicht und irre sich selten.«

»Und?« Alice zuckte mit den Schultern. »Du willst sie doch nicht etwa besuchen?«

»Genau das habe ich vor!« sagte die Freundin und tippte vielsagend an ihren Hut. »Ich berste fast vor Neugier! Stell dir nur vor, vielleicht kann die Frau sogar sehen, ob Francis mein Gatte wird!«

Ein Gefühl des Unbehagens kam in Alice auf.

»Solche Leute sind mir unheimlich«, gab sie zu. »Außerdem weißt du nicht, ob sie mit dem Teufel im Bunde sind. Willst du eine Todsünde riskieren?«

»Ach was!« Catherine winkte unwirsch ab. »Bisher ist es niemand eingefallen, die alte Witwe anzuzeigen. Wo kein Kläger, da kein Richter.«

Eine Weile schwiegen die beiden. Jede dachte für sich nach, bis Catherine das Gespräch wieder aufnahm.

»Wer weiß, Liebes!« raunte sie geheimnisvoll. »Ankarette die Waliserin – so heißt die Bäuerin – kann dir vielleicht sagen, ob Stephen zu dir zurückkehrt.«
Alice warf den Kopf zurück und stieß ein bitteres Lachen aus.
»Das glaubst du doch selbst nicht, Catherine! Erwähne seinen Namen nicht mehr...«
Die junge Howard gab noch nicht auf. Sie kauerte sich neben Alice, blickte treuherzig zu der Freundin hoch und meinte:
»Dir ist wohl nicht zu Ohren gekommen, daß Cecily Towbence Anfang des neuen Jahres verlobt werden soll?«
Die Reaktion war enttäuschend.
»Wenn ich's mit eigenen Augen sehe, werde ich's glauben«, sagte Alice.
»Zufällig hörte ich, wie meine Großmutter mit jemand anderem darüber sprach«, hakte Catherine nach. »Der Herzog von Lethbridge hat einem anderen Bewerber den Vorzug gegeben. Vorausgesetzt natürlich, daß Stephen je um Cecily geworben hat...«
»Davon gehe ich aus!« sagte Alice. Plötzlich war alle Zurückhaltung von ihr abgefallen. »Weshalb sonst hätte St – , hätte er mir diese Kränkung angetan?«
Catherine schüttelte den Kopf. »Ich weiß nicht, ob du recht hast, Liebes. Oft sind die Dinge nicht so, wie sie uns erscheinen.«

In den folgenden Tagen erhielt Alice gleich zwei Briefe: einen von John aus Deutschland und einen von ihren Eltern. Alle drei zeigten sich zuversichtlich, daß die Hochzeit wohl im Herbst des neuen Jahres stattfinden würde. John rechnete mit einer Verhandlungsdauer von etwa sechs Monaten, während der er nur sporadisch nach England zurückkehren durfte. Insgesamt jedoch kamen die Gespräche gut voran. Besonders stolz war er auf seine stetig zunehmenden Deutschkenntnisse. In Düsseldorf hatte er einen privaten Lehrer in seine Dienste genommen, der unermüdlich mit ihm übte. Überhaupt schilderte der junge Earl Hof und Land als durchaus angenehm, habe man sich erst einmal an die Sitten der Fremden gewöhnt.
Das Geschenk der Sheltons an ihre Tochter bestand diesmal aus einem Perlenhalsband, das sich beim Anlegen eng um die Kehle spannte. Die meisten Gefährtinnen beneideten Alice darum, nur die Bettgenossin Margaret Bennett meinte mit düsterer Miene:
»Perlen bringen Unglück!«

Auch Catherine freute sich kaum, denn abermals hatte keiner ihrer Verwandten an sie gedacht. Aus Calais kamen nur schlechte Nachrichten; gerüchteweise hieß es, ihr Vater Edmund habe sich hemmungslos dem Trunk ergeben.

Die Laune der jungen Howard besserte sich jedoch schlagartig, als Francis Derham auf seinem neuen Rappen vor dem Schloß auf- und abgaloppierte und höflich bei der Herzoginwitwe vorsprach. Derart von den feinen Manieren des Vetters eingenommen, gewährte ihm die alte Dame eine kurze Zusammenkunft mit Catherine. Selbstverständlich blieb sie die ganze Zeit über anwesend, so daß die beiden keine Zärtlichkeiten austauschen konnten. Das war Catherine aber gleichgültig, als sie Derhams Geschenk vor aller Augen auspackte: ein Paar echte Lederhandschuhe!

Der Trubel der Weihnachtstage ging vorüber und auch die letzten Tage des alten Jahres. Wie üblich, ermahnte der nach Lambeth gereiste Priester in seiner Silvesterpredigt die Zuhörer zur Rückbesinnung auf das Vergangene. Catherine Howard zog es vor, die Blicke schweifen zu lassen und den Grad der Zerknirschtheit anderer abzuschätzen. Sie wußte, daß die Beziehung zu Francis in den Augen dieses Priesters sündig war, doch sie bereute keinen Augenblick.

Ihre Freundin Alice verdrängte dagegen aus anderen Gründen jeglichen Gedanken an die zurückliegenden Monate. Statt dessen malte sie sich die Zukunft aus, die nun im großen und ganzen vorgezeichnet schien.

Wenn sie im Sommer oder Herbst als John Clamours Frau nach Dorset ziehen würde, weit weg von all dem Unglück, in das sie sich Stephen Dennyfords wegen verstrickt hatte... John war ein guter Mensch, ohne Frage. Vielleicht würde er auf weitere diplomatische Reisen geschickt, so daß sich die gemeinsam verbrachte Zeit nach langer Abwesenheit sogar recht angenehm gestalten könnte.

Allmählich packte Alice doch die Neugier auf das, was vor ihr lag. Sie gab Catherine ihre Zustimmung zum Besuch bei Ankarette der Waliserin, der Frau mit dem zweiten Gesicht.

Schon zwei Wochen später bot sich die ersehnte Gelegenheit. Die Freundinnen erhielten von der Herzoginwitwe die Erlaubnis, auf den gefrorenen Schloßteichen Schlittschuh zu laufen. Doch kaum außer Sichtweite, bogen sie ab in Richtung Waldrand und kämpften sich auf verschneiten Trampelpfaden zu den Bauernkaten durch.

Das Jahr 1539 hatte mit heftigen Schneeschauern begonnen, die langsam wieder abgeflaut waren. Die vom Himmel gefallenen Massen erhielt nun eine Eiseskälte, die alles Lebendige zu lähmen schien. Selbst der Himmel wirkte wie eine erstarrte graue Schicht, da man keine einzelnen Wolken unterscheiden konnte.
Der kleine Weiler, der noch zum Besitztum der Norfolks gehörte, duckte sich in eine baum- und strauchbestandene Mulde, als suche er Wärme. Wie von einer dichten Decke erstickt, drangen hier und da Geräusche aus den Häusern. Doch sonst blieb alles unheimlich still. Kerzengerade stiegen fadendünne Rauchsäulen aus den Kaminen.
Catherine blickte über den gemauerten Rand des Dorfbrunnens. Etliche Ellen tiefer bedeckte eine dicke, in der Mitte notdürftig aufgehackte Eiskruste den Grund. In dem Loch stand schwarzes Wasser, das die Form ihres Gesichtes ans Tageslicht zurückwarf.
»Weißt du eigentlich, in welcher Hütte die Waliserin wohnt?« fragte Alice.
»Nicht genau«, gab Catherine zu. »Der Diener des Haushofmeisters hat mir den Weg dorthin beschrieben. Alles Weitere hängt von unserer Findigkeit ab.«
Sie fanden das Haus am Rand einer eingezäunten Weide, etwas abseits der anderen Katen. Von außen machte es mit seinem sorgfältig abgedichteten Strohdach und dem neuverputzten Gebälk einen gepflegten Eindruck. Die Witwe schien, wenn auch nicht wohlhabend, doch ihr Auskommen zu haben.
Vergeblich mühten sich die neugierigen jungen Frauen, durch die geschlossenen Fensterläden ins Innere zu spähen. Schließlich nahmen sie ihren Mut zusammen und klopften.
Als hätte sie hinter der Tür gelauert, öffnete die Bauersfrau sofort. Die Freundinnen hatten ihren Besuch nicht angekündigt, doch Ankarette zeigte keinerlei Erstaunen. Offenbar suchten sie nicht nur die umliegenden Dörfler auf. Sie rückte ein paar einfach gezimmerte Hocker nah an den Kamin, zeigte stumm darauf und wartete.
»Ihr – - Ihr könnt Euch wohl denken, weshalb wir gekommen sind«, sagte Catherine zögernd. »Euer Ruf als Wahrsagerin wird stets bekannter.«
Ankarette musterte die Frauen abschätzig.
»Was zahlt ihr?« fragte sie im singenden Tonfall der Waliser.
Die Freundinnen fuhren verblüfft herum. An alles hatten sie gedacht, aber keiner von ihnen war es eingefallen, daß die Dienste der Sehe-

rin wohl kaum umsonst zu haben waren. Sollten sie den Weg umsonst gelaufen sein?
Catherine durchwühlte Falten und Taschen sämtlicher Kleidungsstücke, doch sie wußte von vornherein, daß sie darin nichts finden würde. Alice dagegen nahm kurzentschlossen ihre Pelzhaube ab und betrachtete deren edelsteinbesetzten Rahmen.
»Sorgt Euch nicht, gute Frau!« sagte sie und deutete auf eine mittelgroße Perle, die sie alsbald mit Hilfe einiger Haarnadeln aus der Fassung zu brechen begann. »Das soll Euer Lohn sein. Er ist reichlich bemessen, so daß Ihr für uns *beide* wahrsagen könnt.«
Die Bäuerin erhob sich, holte glimmende Holzscheite aus dem Kamin und entzündete damit die Glut an einer kleinen Feuerstelle, auf der sie sonst ihr Essen kochte. Darüber hängte sie ein Kesselchen, das nun mit allerhand Kräutern, Flüssigkeiten und Essenzen gefüllt wurde. Allmählich stiegen merkwürdig riechende Dämpfe auf. Fasziniert blickten Catherine und Alice in die Flammen.
Ankarette stellte zwei tönerne Becher vor die beiden Besucherinnen und füllte sie mit heißem Gebräu. Sie forderte sie zum Trinken auf und ließ sich ebenfalls am Kamin nieder. Süß und schwer schien das Getränk, wie eine warme Woge, die durch den ganzen Körper rollte und die Augen vernebelte. Mit stierem Blick, satt und zufrieden, hockten sich schließlich die drei gegenüber.
Lange Zeit wurde nichts gesprochen.
Dann tastete die Waliserin vorsichtig nach Alices Händen und hielt sie mit ihren mageren Krallen umschlossen. Ängstlich vermied Alice, in Ankarettes Augen zu sehen und schaute auf die hintere Wand, an der blankgeputzte Messer, Löffel und Schöpfkellen hingen.
»Ich sehe eine Burg – weit fort... dort ist ein Mann«, kam es singsangartig von den Lippen der Bäuerin. »Er will zu Euch, doch da sind so viele Hindernisse. Und doch weiß er, es wendet sich zum Guten – er ist reich...«
»Wie heißt er? Wie sieht er aus?« redete Alice mit weitaufgerissenen Augen dazwischen. Ist es John im Schloß zu Düsseldorf? Ist es Stephen am Hof des Königs?
Ankarette verstummte und schüttelte den Kopf. Dann wandte sie sich Catherine zu. Plötzlich verzerrte sich das Gesicht der Alten, als winde sie sich unter Schmerzen. Die lückenhafte Reihe ihrer gelblichen, abgenutzten Zähne trat zutage. Schweißtropfen liefen unter dem Rand ihrer gefältelten Leinenhaube heraus.

»O Gott!« stöhnte Ankarette. »Von Euch – wird gar nichts übrig bleiben...«
Catherine schrak zusammen. In ihren Augen spiegelte sich das Sprühen der Funken im Kamin. Wie aus bösem Traum erwachend, grabschte sie nach Alice, taumelte vom Hocker weg und zog die Freundin mit sich.
»Hier bleibe ich nicht länger«, hörte sie sich sagen und wunderte sich zugleich, wie schwer sie sich beim Sprechen tat. Alice rückte den Rahmen der Pelzhaube gerade und stürzte zur Tür. Im Gehen warf sie einen neugierigen Blick zurück auf Ankarette, deren weiße Schürze eigenartig zu leuchten schien. Die Alte stand wie angewurzelt, mit halboffenem Mund, aus dem dünner Speichel rann. Ihre Gestalt war ein dunkler Fleck im Raum, hinter dem überall Flammen hervorzüngelten.
Irgendwo unter einem Busch in der Nähe hatten Catherine und Alice ihre Schlittschuhe versteckt, die sie jetzt hervorholten. Wortlos hasteten sie nach Lambeth zurück. In den Ästen am Waldrand fing sich allmählich die Dunkelheit.

Thomas Howard machte sich ernsthafte Sorgen um seinen Bruder Edmund. Der Tunichtgut hatte ihm noch nie Anlaß zur Freude gegeben, aber so schlimm hatte es selten um ihn gestanden. Aus Calais erreichten den Herzog Briefe verschiedener Bekannter, aber auch regelmäßig die Berichte seiner Spitzel. Trotz seines Hangs zur Flasche hatte Edmund mit seiner Ehefrau – der dritten mittlerweile – fleißig weitere Kinder in die Welt gesetzt, die er kaum zu ernähren vermochte. Um seine in England zurückgebliebenen Sprößlinge kümmerte er sich ohnehin so gut wie gar nicht. Deren Fortkommen, Heirat und ähnlich unwichtige Dinge überließ er dem Schicksal – das hieß in diesem Fall, seinem mächtigen Bruder Thomas. Aber bald würde Edmunds letzte Geldquelle versiegen... Cromwell, wie immer bestens informiert, hatte von der bevorstehenden Entlassung des Verwalters von Calais vernommen. Der König wurde ständig mürrischer und unduldsamer, und diesen Edmund hatte Seine Majestät ohnehin nie ausstehen können.
Thomas fühlte sich hin- und hergerissen zwischen Familienstolz, der ihm trotz allem gebot, seinem Bruder zu helfen, und Eigennutz, sich einer verlorenen Sache zu widmen. Vielleicht gab es ja einen Kompromiß: Sollte Edmund sehen, wie er zurechtkam. Für seine zahl-

reichen Kinder würde der Herzog tun, was in seinen Kräften stand. Die armselige kleine Catherine beispielsweise war, wie er auf seinen Besuchen bisweilen sah, zu einem hübschen Fräulein herangewachsen. Mit ihrer Schönheit und dem vortrefflichen Namen der Howards sollte es, trotz mangelnder Mitgift, nicht so schwer sein, einen Bewerber um ihre Hand zu finden. Eine andere Möglichkeit sah Thomas darin, der Nichte einen Platz unter den Hofdamen der neuen Königin zu verschaffen. Sollte Cromwell wirklich mit seinen Plänen Erfolg haben, dann kam eine Protestantin auf den Thron. Es galt, diese vorwiegend mit Damen aus katholischen Familien zu umgeben, um ihren Einfluß von vornherein zu beschneiden.

In seinem Zimmer im Schloß zu Düsseldorf bewegten John Clamour ganz ähnliche Gedanken. Auf dem Schreibtisch lag ein Brief Cromwells, der ihm vor wenigen Stunden überbracht worden war. Nachdenklich berührte der Earl das erbrochene rote Siegel und las das Schreiben ein zweites Mal.

... Laßt nicht nach in Euren Bemühungen um Prinzessin Anna. Schmeichelt ihr, unterhaltet sie, tut, was immer Euch gut dünkt. Denn ich besitze untrügliche Hinweise darauf, daß Seine Majestät unseren Plänen zu folgen gedenkt. Im ganzen Lande werden Burgen und Festungen ausgebessert, an der Küste zum Kanal errichtet man Schanzen, Türme und Wälle. Wenn England aber einen Einfall seiner Feinde befürchten muß, so kann es dafür nur einen Grund geben: das Bündnis mit Kleve wird stattfinden und dem Kaiser wie den Franzosen ein Ärgernis sein.

John ließ den Brief sinken. Also nicht einmal Cromwell, der als des Königs engster Vertrauter galt, wußte über Heinrichs Pläne genau Bescheid. Würde es Krieg geben? Das bedeutete Steuererhöhungen ... Die Menschen litten ohnehin unter der Last immer neuer Abgaben. Zumindest hatte John dies bei seinem letzten Besuch auf dem heimatlichen Besitz festgestellt. Man hätte meinen können, der König habe die unermeßlichen Kirchenschätze, die ihm doch erst vor kurzer Zeit zugefallen waren, schon wieder mit vollen Händen ausgegeben. Sogar Sir Philip Hoby, der sich normalerweise sehr zurückhielt mit persönlichen Ansichten, hatte jüngst eine Bemerkung darüber gemacht. Holbein hatte dazu geschwiegen, wie meist. Bei Ausländern wurde doppelt schnell Hochverrat unterstellt.
Prinzessin Anna saß, wie vermutet, in ihrem Gemach und stickte an

einer Altardecke. John Clamour, der inzwischen wie einer ihrer Höflinge aus- und eingehen durfte, klopfte an und trat ein.
»Seid gegrüßt«, sagte er mit seiner warmen, tiefen Stimme in recht akzeptablem Deutsch. »Wie geht es Euch heute?«
»Ausgezeichnet, habt vielen Dank«, antwortete die Prinzessin. »Ihr seid ein lustiger Mann, mein Graf. Ich habe noch niemals einen Edelherrn gesehen, der wie ein Maler zu zeichnen verstand. Jeder bei Hofe spricht davon. Kommt und zeigt mir Eure Kunst!«
»A-aber diese Bilder sind unwürdige«, sagte John bescheiden. »Stellt daneben die Werke von Meister Holbein, und Ihr werdet sehen.«
Anna lächelte und winkte den Earl heran. Er durfte sich, als besondere Gunst, in ihrer Gegenwart setzen.
»Erzählt mir etwas über Euer Leben, lieber Graf. Noch weiß ich so wenig von Euch. Ihr habt gewiß schon eine Frau?«
»Äh, nein«, erwiderte John. »Es ist dies eine spezielle Lage für mich. Wenn diese Sache mit England und Kleve – äh, fertig ist, dann kann ich heiraten. Nahe bei London wartet eine junge Dame.«
»Wie reizend!« Anna riß mit flinken Fingern einen neuen, andersfarbigen Faden von einer Garnrolle und brachte ihn beim ersten Versuch durch's Nadelöhr. Sie richtete ihre großen Augen auf den Botschafter und fuhr sich mit der Zunge über die Lippen. »So muß ich ja wünschen, daß mein Schicksal mich an die Seite Eures Königs führt, auf daß Eure Pläne nicht scheitern! Denn ich habe großen Gefallen an Euch gefunden, Graf Fairbury.«
John spielte verlegen an den Schlitzen seiner Puffärmel herum und tat so, als entferne er ein Staubkorn. »Ach, sorgt Euch nicht, Hoheit!« meinte er. »Es komme, wie es mag – Alice wird meine Frau. Ich bin jetzt allein in Dorset und möchte haben eine neue Familie!«
»Versprecht mir eins,« lachte Anna. »Gebt mir in jedem Falle Nachricht von Eurer Hochzeit und es wird Euer Schaden nicht sein. Niemand nennt die Prinzessin von Kleve einen Geizhals ...«

Wie John Clamour am Hof zu Düsseldorf, so hatte auch Francis Derham von den Maßnahmen erfahren, mit denen sich das Land auf eine drohende Invasion vorbereitete. Manchmal wurde sogar offen darüber gesprochen, doch ahnte außerhalb eingeweihter Kreise niemand den Grund dafür. Cromwells Bemühungen um die Heirat mit der protestantischen Prinzessin aus Deutschland sollten erst dann im Volk bekannt werden, wenn sie von Erfolg gekrönt waren. So glaubten die Leute denn allgemein, daß die Beutegier der Franzosen, der Neid der Spanier und der religiöse Haß der Kaisertreuen England unruhige Zeiten bringen würden. In diesen Tagen war es für Ausländer nicht ratsam, in den Straßen Londons allzu großes Aufsehen zu erregen.

Francis hatte schon länger darüber nachgedacht, wie er den Wunsch seiner Kusine erfüllen könnte. Catherine zog es in die Hauptstadt, die sie bislang nur vom Hörensagen kannte. Und nun bot sich erstmals eine Möglichkeit, einen ganzen Tag lang der Aufsicht der alten Herzoginwitwe zu entkommen. Der Leibwache Thomas Howards war mitgeteilt worden, daß Agnes Howard ins Schloß von Westminster beordert worden war und sie bei dieser Gelegenheit ihren Stiefsohn besuchen wollte. Worum es auch immer ging, es mußte derart wichtig sein, daß sich die Alte aus ihrem Landsitz herausbequemte, dachte Francis vorwitzig. Zufällig fiel das Datum auf seinen freien Tag, so daß er nur noch ein Boot organisieren und Catherine benachrichtigen mußte.

Die erste dieser Aufgaben erledigte Francis, indem er einen Fischer bestach, der nahe beim Fährhaus auf der Lambether Seite der Themse wohnte. Ein paar Silbermünzen wirkten Wunder. Der Mann versprach sogar, auf die beiden Ausreißer zu warten, bis sie ihren Gang durch die Stadt beendet hatten.

Als nächstes schmuggelte der schlaue Page eine Geheimnachricht in den Kaninchenstall der Herzogin. Im dritten Käfig von links, dem ausgemachten Versteck, fand ihn Isabel Howard auf ihrem täglichen Rundgang. Sogleich steckte sie den Zettel ihrer Schwester zu und versetzte Catherine damit in helle Aufregung.

Drei Tage später war es soweit. Etwa eine halbe Stunde, nachdem Agnes Howard von der prächtig geschmückten Barke des Herzogs von Norfolk abgeholt worden war, schlüpfte Catherine aus der Hintertür der Schloßküche. Der Februarmorgen war klar und hell, keine Wolke trübte den Himmel, doch blies ein bitterkalter Wind. Schon allein deswegen, aber auch, um nicht so leicht erkannt zu werden, hatte sich die junge Frau in ihre dicksten Kleider gehüllt.

Übermütig hob Francis seine Kusine hoch, sobald das Schloß außer Sichtweite kam, und trug sie lachend auf seinen Armen zum Flußufer. Dort wartete bereits der Fischer mit dem Boot.

Natürlich ging die Fahrt nicht so rasch vonstatten wie sonst in der Barke des Herzogs, der ein Dutzend Ruderer beschäftigte. Während

sich der angeheuerte Mann in den Riemen tüchtig mühte, schwatzte das Liebespärchen munter drauflos.
»Hoffentlich erschreckt Ihr Euch nicht allzu sehr, wenn wir unter der London Bridge hindurchfahren«, sagte Francis besorgt. »Dort oben werden die abgeschlagenen Köpfe hingerichteter Verbrecher ausgestellt.«
Catherine schluckte hörbar. »Dann werde ich fest die Augen schließen!« meinte sie. »Nein, von solchen Dingen habe ich immer nur erzählen hören.«
»Wenn Ihr ein derart zartes Gemüt besitzt«, warf der Vetter ein, »muß ich genau überlegen, wo wir entlanggehen. Wir könnten ja unterwegs auf einen Galgen stoßen, an dem die Raben Mahlzeit halten – wenn Ihr versteht, was ich damit ausdrücken will.«
Der Fischer schaltete sich zum ersten Mal in das Gespräch ein.
»Da Ihr es gerade erwähnt, Sir: Es sieht ganz danach aus, als hätten die Raben bald wieder etwas zu fressen... Vielleicht habt ihr schon von der sonderbaren Bäuerin aus Wales gehört, die hinter'm Schloß der alten Norfolk wohnt? Sie wurde jüngst verhaftet. Soll 'ne Hexe sein und auch gestohlen haben. In ihrem Haus fand sich eine kostbare Perle. Von wem die stammt, konnte Ankarette nicht sagen. Angeblich kannte sie den Namen der Frau nicht, die sie ihr schenkte.«
Die Howard hielt den Atem an.
»Und?« fragte Francis. »Wie wird es weitergehen mit ihr?«
Ratlos zuckte der Fischer die Schultern.
»Wer weiß ? Die Waliserin war allen stets verdächtig... Auf einmal will keiner etwas mit ihr zu tun gehabt haben. Niemand spricht zu ihren Gunsten. Wird schon stimmen, daß sie zauberkundig ist. Und das bedeutet nunmal Tod am Galgen.«
Unwillkürlich griff sich Francis an die Kehle.
»Wenn ich da an die Gebräuche auf dem Kontinent denke«, bemerkte er. »Dort verbrennen sie solche Leute oft auf dem Scheiterhaufen. – Catherine, hat es Euch die Sprache verschlagen? Ihr seid ja so blaß! Kommt, erzählen wir von anderen Dingen. Ich weiß, Ihr verabscheut Gewalt.«
Ohne Pause hielt das Boot auf die Stadt zu, deren Lärm und Getöse von weitem zu hören war und ständig anschwoll. Rechts und links der Themse eilten unzählige Menschen entlang. Manche gingen zu Fuß, allein oder in Gruppen; andere ritten zu Pferd, fuhren auf behäbigen Wagen, oder führten einen Eselskarren mit sich. Kaum konnte Catherine erwarten, bis der Fischer in der Nähe der London Bridge

anlegte, das Boot vertäute und ihr und Francis beim Aussteigen half. Wie versprochen, blieb der Mann wartend zurück.
Das Paar brauchte nur wenige Schritte, um die Böschung zu erklimmen und befand sich dann an der geräumigen Auffahrt zur Brücke. Staunend stand Catherine da und blickte bis zum anderen Ufer hinüber, wo es zur Innenstadt ging. Rechts und links, über das Brückengeländer ragend wie Schwalbennester, waren enge Häuser, Hütten und Läden auf das Bauwerk gesetzt. Scharen von Kunden drängten und zwängten sich dazwischen. Hoch über dem hektischen Gewirr schwankten hölzerne Stangen im Wind, auf denen die von Francis erwähnten Köpfe steckten. Neugierig riskierte Catherine doch einen Blick aus dem Augenwinkel. Bei den meisten fehlten schon die Haare, andere starrten aus leeren Höhlen in die Ferne und bei einigen handelte es sich nur noch um grinsende Schädel.
Francis nahm seine Kusine fest an die Hand und lotste sie durch die Menschenmassen. Viele der Passanten strömten üble Gerüche aus. Am Straßenrand kauerten verkrüppelte Bettler in knöcheltiefem Dreck und Unrat.
»Paßt auf, wohin Ihr tretet!« mahnte der junge Mann. »Hier macht sich kaum einer die Mühe, seinen Abfall in den Fluß zu werden. Statt dessen verstopfen sie das Pflaster damit...«
Eng drückte sich Catherine an den Vetter. So viele Menschen auf einmal hatte sie nie gesehen; allmählich bekam sie Angst. Die Lage besserte sich keineswegs, als die Spaziergänger endlich die lange Brücke hinter sich gelassen hatten und in die Straßen der City einbogen.
Mitten auf den Gassen floß träge schmutziges Wasser durch eine Rinne. Francis half seiner Kusine, des öfteren darüberzuspringen, wenn sie wieder einmal auf beiden Straßenseiten zugleich interessante Dinge entdeckte.
In der Nähe der Sankt Pauls-Kathedrale, deren Turm mit tausend Ranken und Spitzbögen verziert war, stieß das Paar auf den Laden eines Wachsziehers. Catherine begeisterte sich für dessen Kerzen, die in unterschiedlichsten Formen und Größen auf einem Tisch vor dem Eingang feilgeboten wurden.
»Ich bitte Euch, Liebste!« sagte Francis seufzend. »Wollt Ihr heute abend einen Sack voll Waren mit in den Schlafsaal schleppen?«
»Ach, Francis!« Catherine drückte die Hand des Vetters. »Wenn ich schon einmal hier bin. Wer weiß, wann sich so eine Gelegenheit wieder bietet.«

Aber Derham blieb fest.
»Ihr wißt genau, daß ich Euch gegenüber noch nie geizig war. Vielmehr gebietet uns die Vorsicht, so zu handeln.« Mit diesen Worten packte er die junge Frau am Handgelenk und zog sie hastig hinter sich her.
Die Zeit verging rasch. Erst als der Hunger die zwei Spaziergänger plagte, merkten sie, daß die Mittagsstunde geschlagen hatte. Francis riet jedoch davon ab, ein Wirtshaus aufzusuchen. »Ein Mädchen wie Ihr hat darin nichts verloren«, meinte er weltmännisch. »Man würde Euch sofort ansehen, woher Ihr stammt. Und das Letzte, was wir brauchen können, ist Aufruhr Euretwegen.«
Das sah auch Catherine ein. Schließlich erwarb Derham bei einer kleinen Garküche in der Nähe der Fleet Street eine große Portion Suppe mit Fleischstückchen darin. Als diese fast ausgelöffelt war, schob Francis seine Freundin grob zur Seite und drängte sie in einen dunklen Ladenraum.
»Dort vorne geht Giles Paston!« murmelte er in Catherines Ohr. »Er darf uns auf keinen Fall zusammen sehen.«
Derham wartete eine Weile, bevor er wieder auf die Straße trat und der Garköchin die Tonschüssel zurückbrachte. Seine Kusine hatte inzwischen die Lust verloren, sich noch weiter umzusehen.
»Mir dreht sich alles vor den Augen! Jetzt weiß ich, wie Alice Shelton zumute ist, wenn sie Kopfschmerzen hat.«
Behutsam legte Francis den Arm um Catherine und führte sie zur London Bridge zurück.
»Schade, daß ich Euch den Tower nicht zeigen konnte!« meinte er. »Es ist eine sehr imposante Zitadelle, auch wenn der König nur selten Quartier darin nimmt.«
»Ich weiß nicht, ob es mich dort hinzieht«, antwortete Catherine. »Wenn ich vom Tower reden höre, fällt mir sofort die unglückliche Anne Boleyn an und der Tag, an dem sie hingerichtet wurde. Im Mai liegt das alles schon drei Jahre zurück.«
Kurz bevor das Paar ins Fischerboot einstieg, kam die kleine Howard doch noch zu ihrem Londoner Souvenir. In einem Laden auf der Brücke kaufte Francis einen Mönchsknoten aus ineinandergedrehten roten Seidenfäden.
»Falls er echt ist, hat er gewiß einem Kardinal gehört!« scherzte er und schenkte ihn Catherine als Liebespfand.
Da die Rückreise flußaufwärts ging, dauerte die Fahrt wesentlich län-

ger als am Morgen. Der Fischer sprach nicht viel, da das Rudern ihm Kraft abverlangte. Dennoch nahm er das Thema wieder auf, das ihn offenbar sehr beschäftigte:
»Die Waliserin wird bestimmt verurteilt! Ihre Tochter war genauso ein verdorbenes Weibsbild. Gwynneth hieß sie. Sie zog es vor, allein und ohne Mann zu hausen und vergnügte sich stattdessen heimlich mit den Männern anderer Frauen. Irgendwann meldete das einer dem Dorfvorsteher. Gwynneth hatte Glück, daß sie bloß verbannt wurde statt getötet ... Man hat seit Jahren nichts von ihr gehört.«

Catherine nahm es als selbstverständlich an, daß niemand ihre Abwesenheit aufgefallen war. Als gegen Abend die Herzoginwitwe mit sorgenvoller Miene vom Hof zurückkehrte, versuchten alle zu erfahren, was in Westminster vorgefallen war. Doch die alte Dame schwieg wie ein Grab. Sie schloß sich in ihre Privatgemächer ein und braute Arznei bis in die Nacht.
Auch für Catherine und ihre Freundin Alice wurde es sehr spät. Lebhaft schilderte die junge Howard ihre Londoner Erlebnisse.
»Und die Köpfe auf der London Bridge! Das wär' etwas für dich gewesen!« neckte sie. »Da packt einem das kalte Grausen. – Übrigens, diese Seherin, bei der wir neulich waren, ist verhaftet worden.«
»Was sagst du da?« meinte Alice erschrocken.
»Ja, der Fischer berichtete darüber«, fuhr die Freundin fort. »Ihre Fähigkeiten soll sie vom Teufel haben. Und die Perle, die du ihr gegeben hast, hält man für Diebesgut.«
»Aber – das ist ja ein schrecklicher Irrtum!« ereiferte sich Alice. »Die arme Frau! Wir sollten ihr helfen.«
»Bist du wahnsinnig?« schnappte Catherine. »Wenn das herauskommt, werden wir die größten Schwierigkeiten bekommen. Dann ist's vorbei mit heimlichen Ausflügen und Liebesnächten. Meine Großmutter wird ein strengeres Regiment führen als jetzt! Und außerdem wirst du die Waliserin ohnehin nicht mehr retten können. Unter der Folter hat noch jede zugegeben, eine Hexe zu sein. Unsere Namen, die Ankarette zum Glück nicht kennt, wären dann durch deinen Leichtsinn mit diesem Fall verknüpft!«
Und so kam es, daß Alice schweren Herzens auf den Rat ihrer Freundin hörte. Doch seither wurde sie zunehmend auch von Zahnschmerzen heimgesucht.

Durch Ränke zum Hofdienst

Thomas Howard, der dritte Herzog von Norfolk, war ein hartgesottener Mann. Doch als er vom Tod seines Bruders Edmund erfuhr, kamen ihm die Tränen.

Stunden zuvor hatte ein Bote ihm einen Brief aus Calais überbracht. Vor wenigen Tagen geschrieben, teilte Schwägerin Margaret ihm mit, was sich in den vergangenen Wochen abgespielt hatte:

... traf den armen Edmund vollends das Unglück, als Seine Majestät ihn vom Posten des Oberaufsehers abberief, ohne ihm zugleich eine andere Aufgabe zuzuweisen. Es fand sich nicht einmal genügend Geld im Hause, um mir eine Überfahrt nach England zu ermöglichen. Ich hätte sonst Euch oder den Bischof von Winchester aufgesucht, um Hilfe zu erbitten. Ja, selbst Mylord Cromwell hätte ich mich zu Füßen geworfen, um meines Gatten Los zu erleichtern. Doch der Tod kam all diesen Plänen zuvor. Von zu viel Wein verwirrt, fand er eines Nachts sein eigenes Haus nicht mehr, erkältete sich stark und starb nach einigen Tagen Fieberwahns.

Norfolk schüttelte den Kopf. Also so weit war es mit Edmund schon gekommen, daß er sich nicht selbst ins Heimatland traute. Wahrscheinlich hätten ihn seine Gläubiger sofort verhaften lassen. Bedauerlich, welche Schande dieser Mann über die Howard-Familie gebracht hat. Andererseits waren wir 23 Geschwister – und wer würde es wagen, alle für die Mißwirtschaft eines einzigen Außenseiters zur Rechenschaft zu ziehen? Der Sekretär des Herzogs klopfte an.

»Ihr habt mich rufen lassen, Mylord?«

Thomas bejahte und begann, einen Brief an seinen Halbbruder William zu diktieren. Diesem legte er die Pflicht auf, Agnes – seine Mutter – von dem Todesfall in Kenntnis zu setzen.

Catherine, Isabel, Mary und Charles Howard hörten einige Tage später vom Tod ihres Vaters. Die beiden jüngeren Mädchen weinten lange, obgleich sie sich nicht einmal mehr an das Gesicht des Verstorbenen erinnern konnten. Charles gab sich den Anschein des Gleichgültigen und Catherine setzte für längere Zeit eine bedrückte Miene auf. Manchmal, kurz vor dem Einschlafen, zogen die alten Bilder wieder an ihrem inneren Auge vorbei, die einzig angenehmen Erinnerungen an Edmund, die sie besaß: heiße Tage in Saint Omer und Calais, als sie wohlgeborgen im behäbigen Kahn an seiner Seite gondelte. Wie sie lachten und den Enten Futter ins Wasser warfen. Wie sie aus Angst, der große Kathedralenturm könne umfallen, stets die Augen davor geschlossen und sich an den Vater gekuschelt hatte.

Im Mai waren Alice Sheltons Zahnschmerzen so schlimm geworden, daß Agnes Howard sich notgedrungen entschloß, eine Extraktion zu wagen. Sie schickte nach Walter dem Zahnreißer, der sein blutiges Handwerk gewöhnlich mit großer Geschicklichkeit versah.

Im Nebenraum des Musikzimmers hatten hilfreiche Hände ein Lager aus Decken und Stroh errichtet, auf dem sich Alice niederlegen mußte. Die Herzoginwitwe wünschte nicht, daß die Prozedur im Schlafsaal der Mädchen durchgeführt wurde. Wenn es zu Komplikationen kam, wären die Spuren nur schwer zu entfernen.

Die alte Dame saß auf einem Hocker und redete bis zum Eintreffen Walters beruhigend auf ihren Zögling ein.

»Ich weiß, wie schwer es ist, einen Zahn zu verlieren. Unter Schmerzen bekommt man ihn, und ehe man's glaubt, ist er schon nicht mehr zu gebrauchen. Du solltest einsehen, Alice, daß es besser ist, das hohle Ungetüm zu ziehen. Darunter sitzt nämlich Eiter, und diese Entzündung kann dich töten, wenn wir noch länger warten.«

Alice sog tief die betäubenden Dämpfe ein, die aus einer von Agnes Howard gehaltenen Schüssel aufstiegen. Wie so oft, wußte die Arzneikundige auch diesmal Rat. Sie reichte der aufgeregten jungen Frau auch einen Becher mit ungemischtem Wein, der ihr Schmerzempfinden dämpfen sollte.

»Ich habe Angst, Mylady«, gab Alice zu. »Zwar verlor ich vor langer Zeit meine Milchzähne, aber dies hier ist etwas anderes. Vielleicht erweist sich die Wurzel als widerspenstig.«

»Das müssen wir alle einmal überstehen«, erwiderte Agnes in mütterlich-besorgtem Ton. »Aber wenn du dich tapfer verhältst, sollst du belohnt werden. Ich besitze eine kleine Sammlung von Miniaturbildnissen, die ein reisender Künstler aus Flandern angefertigt hat. In früheren Jahren kam er des öfteren nach Horsham, in manche Gegenden von Surrey und Kent und später sogar nach London. Er hieß Meister Lucas, und er malte viele meiner Zöglinge. Dank seiner Kunst weiß ich heute noch, wie heutige Barone und Herzoginnen als Kinder aussahen. Und auch dir werde ich diese Bilder zeigen.«

»Ihr seid sehr gütig«, sagte Alice. »Ich werde Euch keine Schande machen, Mylady.«

Mary Lassells hielt sich die Ohren zu.
»Das ist ja fürchterlich! Wie bei einer Geburt!«
Margaret Bennett knuffte sie in die Seite. »Du hast völlig recht, meine Liebe. Nur mit dem Unterschied, daß Alice einen hohlen Zahn zur Welt bringt.«
Die beiden jungen Frauen drückten sich vor dem Musikzimmer herum. Die Tür zu dessen Nebenraum öffnete sich gerade, und Walter der Zahnreißer kam heraus. Auf dem Leintuch, das er sich vor sein Wams gebunden hatte, war nur wenig Blut zu sehen, und so blickten sich Margaret und Mary enttäuscht an.
»Scheint keine größere Sache gewesen zu sein«, meinte die Bennett. »Laß uns mal nach Alice sehen.«
Die Kameradin lag noch immer auf der Matte, nun mit Decken bis zum Kinn verhüllt. Agnes Howard hatte sich schon vor der Operation zurückgezogen, schließlich warteten jede Menge Geschäfte auf sie, die zu erledigen waren.
»Was hältst du denn da in der Hand, Alice?«
Neugierig beugte sich Margaret über die Bettgenossin. Stumm zeigte Alice den gezogenen Zahn vor, den sie wie eine Trophäe hochhielt. An seinem unteren Ende saß eine gebogene Wurzel, einer Katzenklaue nicht unähnlich.
»Den kannst du John Clamour zur Hochzeit schenken, als Beweis deines Durchhaltevermögens«, spottete Margaret. Aber Mary Lassells fand das keineswegs lustig.
»Laß sie in Ruhe! Komm, wir gehen«, sagte sie und heftete den strengen Blick ihrer grauen Augen fest auf die Zimmergenossin. Alice schaute Mary dankbar an und drehte sich dann zur Wand hin.

Einige Tage danach verabschiedete sich Cecily Towbence von allen. Es war beschlossen, daß sie zunächst im Haus ihres Vaters Verlobung feiern und im August, gleich nach der Hochzeit, als zukünftige Herzogin von Baffington, in die Nähe der schottischen Grenze ziehen sollte.
»Schade, daß sie uns verläßt«, sagte Joan Bulmer. »Anfangs kam ich kaum mit ihr aus, aber Cecily hat sich schließlich immer besser in unsere Gemeinschaft eingefügt.«
»Das ist unser aller Los«, antwortete Dorothy Baskerville, die selbst bald heiraten würde. »Mir fällt es auch nicht leicht, euch zurückzulassen. Wer weiß, wofür man das Leben in Lambeth eintauscht.«

Alice war es unangenehm, an die Vergangenheit erinnert zu werden; da ihr die Herzoginwitwe aber versprochen hatte, die Miniatursammlung zu zeigen, konnte sie jetzt keine Krankheit vorschützen. Ihre Freundin Catherine fühlte sich weniger unbehaglich. Bis zuletzt hatte sie ihren Groll gegen den »Eindringling« nicht aufgegeben. Demgemäß fiel auch ihr Kommentar zu Cecilys Abschied aus: »Schön, daß sie geht!« Natürlich gab sie der Tochter des Herzogs von Lethbridge genau wie alle anderen lächelnd gute Wünsche mit auf den Weg. Alice muß noch besser lernen, sich zu verstellen, dachte Catherine. Sonst wird sie's nicht weit bringen...

Wie verabredet, meldete sich Alice im Privatgemach der Herzoginwitwe. Agnes Howard hatte bereits ein mit Schnitzereien verziertes Kästchen aus dem Schrank genommen und öffnete es, als ihre Schülerin eintrat. Auf dunkelblauem Samt lagen feinste kleine Gemälde in leuchtenden Farben, kreisrund, oft nur von der Größe einer Münze. Wahrscheinlich besaßen nicht viele Menschen in England einen solchen Schatz. Denn kaum ein Maler verstand sich auf diese Kunst – und die wenigen kamen meist aus dem Ausland.
Agnes Howard breitete die eingefaßten Miniaturen vorsichtig auf dem Tisch aus und nickte, als Alice eine in die Hand nehmen wollte. Ein bleichgesichtiges Mädchen mit spitzer Nase und fragenden graublauen Augen war darauf zu sehen.
»Das ist Roberta Algernon«, erklärte die Alte. »Sie war in mehr als einer Hinsicht ungewöhnlich: einerseits ihres Vornamens wegen. Hat man je von einem Mädchen namens Roberta gehört? Es war dies ein Einfall ihres Vaters, des Earls von Hastings. Er hatte sich einen Sohn gewünscht, dem er seinen eigenen Namen – Robert – geben wollte. Später verheiratete er die Tochter ins Ausland. Die Algernons haben uralte Wurzeln in Frankreich. Bis heute ist Roberta die einzige, die nicht mehr in England wohnt.«
Alice legte das Bild zurück und schaute auf das nächste Porträt.
»Geoffrey Keane«, kommentierte die Herzoginwitwe. »Ursprünglich war er für die geistliche Laufbahn bestimmt und wurde in einem Kloster erzogen. Dann aber starben seine älteren Brüder während einer Schweißfieberepidemie. Plötzlich war Geoffrey der Erbe. Mit elf Jahren kam er nach Horsham und blieb dort bis zu seiner Verlobung.«
Aus dem Rahmen blickte ein Junge mit leichtem Ansatz zum Dop-

pelkinn. Im Kloster hatte man sicher festlich getafelt. Ein leichter Silberblick, den der Künstler keineswegs unterschlagen hatte, wirkte ebenfalls nicht sehr vorteilhaft.
Cuthbert Hilliard, der auf dem folgenden Werk zu sehen war, weilte schon nicht mehr unter den Lebenden. Die Herzoginwitwe erinnerte sich an ihn als einen munteren Jungen, der den Hauslehrern ewig Streiche gespielt und sich mit dem Lesen schwergetan hatte. Dafür konnte ihm im Reiten und Fechten so leicht keiner etwas vormachen. Diese Fähigkeiten hatten Cuthbert insofern Unglück gebracht, als er an einem Feldzug gegen die aufsässigen Iren teilnahm und gleich beim ersten Scharmützel fiel.
»Ich könnte Euch stundenlang zuhören«, sagte Alice ergeben und sah ihre Erzieherin an. »Wie vielfältig und unberechenbar doch die Schicksale der Menschen verlaufen!«
»Recht gesprochen«, erwiderte die Alte. »Jeder Tag kann der letzte sein. Wenn nun Walter der Zahnreißer ungeschickt hantiert hätte, wärst du vielleicht auch schon tot.«
Alice befühlte ihre linke Wange, an der nur noch eine leichte Schwellung an die Extraktion erinnerte. Agnes Howard fuhr fort, ihre Bildersammlung vorzustellen und berichtete von Eleanor Wendell. Sie war erst mit dem ältesten Sohn eines Barons verlobt worden und nach dessen überraschendem Hinscheiden mit seinem Bruder. Inzwischen hatte sie dem Gatten acht Kinder geboren.
»Sie sah schon als Kind kerngesund aus«, bemerkte Alice. »Um so viele Geburten zu überstehen, muß eine Frau sehr robust sein.«
»Mark Leal!« Stolz wies die alte Dame auf eine weitere Miniatur mit einem untersetzten, knollennasigen Buben in schwarzen Samtgewändern. »Er rettete seinem Onkel das Leben, als die beiden bei der Überfahrt zum Kontinent Schiffbruch erlitten. Später stellte sich heraus, daß niemand sonst der Katastrophe entronnen war. Heute ist er ein Baron in Gloucester.«
Die Herzoginwitwe griff tiefer in das Kästchen und beförderte ein Bild ans Tageslicht, das sie zögernd betrachtete. »Eigentlich ist es unklug von mir, es dir zu zeigen...« meinte sie. »Der junge Mann hat sich vor mehr als einem Jahr ziemlich töricht benommen. Du übrigens auch, aber letzten Endes habe ich dir verziehen.« Mit diesen Worten reichte Agnes das Porträt Stephen Dennyfords weiter.
»Wie – wie kamt Ihr zu diesem Bild?« fragte Alice unsicher. »Hat Dennyford denn je bei Euch gelebt?«

»Ja, aber nicht lange. Er war für eineinhalb Jahre auf Horsham, bevor seine Eltern ihn abermals in eine andere Familie gaben. Zu seinem zehnten Geburtstag ließ ich ihn von Meister Lucas malen.«
Das war im Jahr nach unserem Sommer in Kent, dachte Alice sofort. Lange starrte sie auf das sehr lebendig wirkende Kunstwerk. Angedeutetes Lächeln lag auf Stephens pausbäckigem Gesicht, die Kastanienaugen blickten fröhlich auf die Betrachterin. Eine dunkelbraune Samtmütze verlieh dem Jungen ein leicht verwegenes Aussehen. Ja, das war er wirklich. Man mußte sich nur den Bart wegdenken, den er – wie die meisten am Hof – als Erwachsener trug.
Wortlos lauschte Alice den weiteren Erzählungen ihrer Erzieherin, doch von da ab zog alles wie ein plätschernder Bach an ihr vorbei ...

Unmerklich ging der Frühling in einen gleichmäßig warmen, doch niemals allzu heißen Sommer über. Ein leichter Wind sorgte stets dafür, daß die Arbeit in Garten und Feld nicht zur Qual wurde. Einige Regentage zwischen den Schönwetterperioden ließen auf eine gute Ernte im Herbst schließen. Die Bauern atmeten auf, denn das bedeutete, daß die Gefahr einer Hungersnot erst einmal abgewendet war.
In diesen ersten Junitagen war Agnes ganz in ihrem Element. Vor kurzem erst hatte ihr Stiefsohn Thomas sie überraschend besucht und sie in einen Plan eingeweiht, der die Lebenswege einiger Familienmitglieder entscheidend verändern sollte. Norfolks rauhe Stimme klang ihr noch im Ohr:
»Das Trauerjahr Edward Bayntons läuft demnächst ab ... Es wäre von großem Vorteil für die Howards, wenn wir diesen Witwer und sein Vermögen an uns binden könnten. Ich schlage vor, daß eine von Edmunds Töchtern seine Frau wird – vielleicht die kleine Isabel.«
»Aber sie zählt doch erst vierzehn Jahre! Ein halbes Kind«, hatte Agnes eingewandt. »Warum nicht Catherine? Mit ihren achtzehn Sommern ist sie gerade im richtigen Alter.«
Jetzt war Norfolk mit seinem Geheimnis herausgerückt. Die Heirat des Königs mit Prinzessin Anna von Kleve war von den Diplomaten beider Länder besiegelt worden. Und ihm war es geglückt, Nichte Catherine das Amt einer Hofdame zuzuschanzen. Nichts sah Heinrich lieber um sich als ein paar junge und hübsche Gesichter. Auf irgendeine Art und Weise war es auch der Familie Norris gelungen, ihrer Tochter Mary die gleiche Aufgabe zu sichern. Da Mary genau wie

Catherine auf Lambeth erzogen wurde, sollte sich Agnes beizeiten darauf einstellen, mehrere Zöglinge zugleich zu verlieren.
Nun also kontrollierte die Herzoginwitwe sämtliche Vorbereitungen für Isabel Howards Hochzeit. Sie würde auf Schloß Lambeth stattfinden, damit alle Gefährtinnen des Mädchens daran teilnehmen konnten. Sir Baynton war ein großherziger und lebenserfahrener Mann, der seiner zukünftigen Gattin den Abschied von ihrer Kindheit erleichtern wollte. Er, der sechsundzwanzig Jahre älter als seine Braut war, würde sicher noch viel Geduld für sie aufbringen müssen.
Über zweihundertfünfzig Gäste fanden sich schließlich bei herrlichem Wetter in den geräumigen Gartenanlagen auf Lambeth ein. In aller Eile hatte die Herzoginwitwe Zelte aus buntgewirktem Tuch herbeischaffen lassen, die ihrem Stiefsohn Thomas gehörten. Diese hatten schon bei einigen Feldzügen und Jagdpartien als standesgemäße Reiseunterkunft gedient. Nun erfüllten sie friedlichere Zwecke. Dennoch konnte es Alice Shelton nicht lassen, ihrer Freundin Catherine zuzuflüstern:
»Es fragt sich, wer hier Jagd auf wen gemacht hat... Deine Schwester hätte sich wohl kaum träumen lassen, innerhalb so kurzer Zeit von der Schulbank ins Bett eines Ehemannes zu geraten. Oder war es der waidmännische Eifer deines Onkels, der das Bayntonsche Vermögen erjagen will?«
»Du bist boshaft!« zischte Catherine zurück. »Gönnst du Isabel ihr Glück nicht?«
Alice zerrte an der schweren Giebelhaube, die sie zur Feier des Tages tragen mußte, und kratzte sich hinterm Ohr.
»Äh, doch – sofern man von Glück sprechen kann! Vielleicht muß deine Schwester bald schon schwere Geburten überstehen. Dabei hat sie erst seit kurzem das monatliche Übel aller Frauen.«
»Und wenn schon«, sagte Catherine schnippisch. »Wenn sie es schlau anstellt, braucht sie das Kindbett noch lange nicht aufzusuchen. Francis und ich haben bis jetzt jedenfalls keine unerwünschten Folgen unserer Liebe in Kauf nehmen müssen.«
Alles reckte die Hälse, denn in diesem Augenblick trat Isabel Howard, begleitet von der Herzoginwitwe und deren Sohn William, aus der Empfangshalle nach draußen. Auf einem Rasenstück zwischen Schlehensträuchern war ein tragbarer Altar errichtet worden, vor dem der Bräutigam mit dem Priester bereits wartete.
Gemessenen Schrittes zog Isabel durch das Spalier von Gefährtinnen

und Gefährten. Klein und zierlich, fehlte Catherines Schwester jedoch deren dralle Rundlichkeit und die Ausstrahlung purer Lebenslust, die der vier Jahre Älteren eigen war. Statt dessen wirkte Isabel – besonders nun, da sie im Mittelpunkt der Aufmerksamkeit stand, schüchtern und in sich gekehrt. Taille und Mieder ihres perlenbestickten, rosafarbenen Kleides waren eng geschnürt, was ihre Flachbrüstigkeit über Gebühr betonte. Das hellrote Haar trug Isabel offen wie einst Cecily Towbence; es reichte bis zu den Hüften. Über dem Scheitel saß eine juwelenbesetzte Sichelhaube, die erste, die das Mädchen je besessen hatte. Onkel Norfolk wollte nicht als Geizhals gelten und hatte die unvermögende Nichte vor der Heirat eilends mit angemessener Kleidung ausgestattet. Das kostbare Halsband dagegen war das Brautgeschenk Edward Bayntons.

Isabel stand jetzt neben dem Witwer, einem Mann von imposanter Größe. Das Paar sah so unterschiedlich aus, daß es schon beinahe lächerlich wirkte. Als der Priester dann das Wort an die beiden richtete und Bräutigam Edward seinen prächtigen Hut abnahm, leuchtete sein Glatzkopf in der Sonne.

»Nun ja, sie hätte es schlechter treffen können!« sagte Dorothy Baskerville, als nach der Zeremonie die Gäste vor den Zelten schmausten. Aus einzelnen Tischen hatte man lange Tafeln zusammengestellt und mit einfachen Sitzbänken versehen. Die köstlichsten Braten wurden serviert, dazu auserlesene Beilagen und Leckereien, die teilweise vom Kontinent importiert worden waren.

»Joan Bulmers Gatte war aber hübscher«, bemerkte Margaret Bennett und löffelte eine weitere Portion Pastete auf ihren Teller.

»Das ist deine Ansicht, ich teile sie nicht!« meinte Mary Lassells ernsthaft. »Sir Edward ist ein sehr freundlicher Mensch, der wunderschön lacht.«

»Sieh an!« spottete Margaret. »Baynton ist höflich, das stimmt. Wahrscheinlich erscheint dir jeder, der dir ein nichtssagendes Kompliment macht, schon als Adonis.«

Während die, die das gehört hatten, in Gelächter ausbrachen, wandte sich Mary wütend ab und starrte in ihre Suppenschüssel.

Alice Shelton wirkte ziemlich geistesabwesend. Schon seit Tagen kämpfte sie um einen Entschluß, der ihre Zukunft in andere Bahnen lenken sollte. Zeugin dieser Hochzeit zu sein, bestärkte sie nur noch mehr in der Meinung, ihre Unabhängigkeit durchzusetzen. Die Erinnerung an den für sie lediglich schmerzhaften Liebesakt mit John

Clamour vermischte sich mit Catherines aufgeregtem Geflüster, als die Freundin ihr das Geheimnis verraten hatte. Das Geheimnis, daß sie mit Mary Norris an des Königs Hof gehen und dort ihr Glück machen werde. Die Feier war noch in vollem Gange, als Alice sich unter einem Vorwand zurückzog. Die Gelegenheit war günstig; jetzt oder nie! Hundertmal war sie in Gedanken den Wortlaut des Briefes durchgegangen, den sie an den Erzbischof von Canterbury richten wollte. Warum war ihr das nicht früher eingefallen?

Thomas Cranmer, der im Palast gegenüber des Norfolk-Besitzes residierte, kannte Alice nicht persönlich. Aber der Geistliche hatte beste Verbindungen zu den Boleyns und ihren Verwandten unterhalten. Ja, durch Königin Anne war er erst wirklich zur Macht gelangt. Nach deren Sturz, den er nicht hatte verhindern können, war der Bischof dennoch bemüht, den Anhängern des reformierten Glaubens zu helfen. Hatte er doch selbst eine Frau genommen, was der König gar nicht schätzte. Vielleicht sah Cranmer einen Vorteil darin, als Gegengewicht zu den katholischen Howards eine eigene Parteigängerin bei den Damen der neuen Königin unterzubringen. Alice berührten Glaubensfragen nicht besonders, doch dies war vermutlich ihre einzige Chance, Cranmer für sich einzunehmen. Catherine durfte auf die Protektion durch ihren Onkel zählen; sie selbst mußte es nun auf sich gestellt versuchen.

Alice wußte, daß sie durch solch eigenmächtiges, unerhörtes Vorgehen einen Bruch mit ihren Eltern herbeiführen würde. Gelang der Plan, würden sie ihr möglicherweise vergeben und Stolz auf die Stellung der Tochter empfinden – nachdem ihre Schwester Madge so kläglich gescheitert war. Wenn Cranmer jedoch ablehnte, mußte sie John Clamours Frau werden, sofern der sie dann überhaupt noch haben wollte. Nach allem, was zwischen ihnen beiden passiert war, empfand Alice gewisse Sympathien für John, der ihr anfangs so unbeholfen vorgekommen war. Sie hatte sich in ihm getäuscht. John war alles andere als ein Träumer, trotz seiner romantischen Anwandlungen, und verfügte anscheinend über einen unerschöpflichen Vorrat an Geduld. Schüchterner Charme und diplomatisches Geschick hatten ihm schließlich erste Erfolge im Dienst der Krone beschert.

Aber wenn ich ehrlich bin, liebe ich ihn nicht... Ob die Achtung, die ich für ihn empfinde, ein ganzes Leben ausreicht? Und mit ihm zu schlafen, war kein Vergnügen. Vielleicht habe ich es falsch gemacht. Vielleicht habe ich aber auch kein Talent zur Ehefrau?

Wenige Tage später legte Thomas Cromwells große Barke, kaum weniger prächtig als die seines Königs, an der Mauer des erzbischöflichen Palastes zu Lambeth an. Der Minister kletterte heraus, stieg eine Treppe am Kai hoch und wurde sofort durch einen Gästeeingang an der Flußseite ins Innere des Gebäudes geleitet.
Cranmer begrüßte den jüngst zum Lordsiegelbewahrer Aufgestiegenen wie einen alten Freund. Und tatsächlich verfolgten beide ja auch viele gemeinsame Interessen. Cromwell schützte ebenso wie der Bischof die Lutheraner, stets am Rande des Erlaubten. Denn König Heinrich hielt es weder mit den Reformierten, noch mit den altgläubigen Katholiken – für ihn galt nur das eigene Wort als Richtschnur für alle. Obgleich Cranmer Cromwell nie verziehen hatte, durch welch teuflisches Komplott der Minister die Boleyns zu Fall gebracht hatte, respektierte er dessen Stellung und Fähigkeiten. Das bisweilen grobe Gebaren des Emporkömmlings stieß ihn jedoch ab. Manchmal zog Cromwell ihn damit auf, indem er beim Mahl besonders häßliche Geschichten aus seiner Zeit als Söldner in Spanien und Italien zum besten gab. Für heute hatte er sich jedoch vorgenommen, auf diesen Spaß zu verzichten. In diesen Tagen war es nicht ratsam, den Erzbischof zu verärgern.
Die beiden Würdenträger zogen sich in ein kleines Privatgemach zurück und schickten ihre Diener nach draußen. Cranmer öffnete selbst das Fenster und blickte auf die breite Zufahrt, die zur Landstraße führte. Weit dahinter blinkten die Türme des Schlosses der Herzoginwitwe im Mittagslicht.
»Die Howards machen wieder einmal von sich reden!« sagte der Erzbischof mit seiner sanften Stimme. Noch immer drehte er Cromwell den Rücken zu.
Dieser hingegen suchte vergeblich nach einer Schale mit Konfekt und runzelte verdrießlich die Stirn. Schon wollte er Cranmer darauf hinweisen, daß die Fastenzeit bereits seit etlichen Wochen vorüber sei, doch dann biß er sich auf die Zunge.
»Nicht genug damit, daß eine der zahlreichen Töchter Lord Edmunds an den reichen Baynton verkuppelt wurde«, fuhr Cranmer fort. »Jetzt erzählt Norfolk auch noch überall herum, daß eine andere Nichte an den Hof kommen wird.«
Cromwell kratzte sich am Kinn.
»Seid ohne Sorge!« antwortete er. »Das Kunststück, nach der unseligen Boleyn eine weitere Verwandte auf den Thron zu bringen, wird

ihm kein zweites Mal gelingen. Selbst Norfolk wird es nicht wagen, jetzt noch den Vertrag mit Kleve hintertreiben zu wollen.«
»Soweit hatte ich überhaupt nicht gedacht«, sagte der Bischof verblüfft und sank in einen Sessel. »Glaubt Ihr wirklich, daß Norfolk solche Pläne verfolgt? Ich vermutete eher, daß er den Hofstaat der neuen Königin mit ihm ergebenen Personen durchsetzen möchte.«
»Dies auf jeden Fall, Exzellenz!« bestätigte der Minister. »Wir müssen uns vorsehen.«
»Was habt Ihr vor?« Cranmer wurde neugierig. »Die Prinzessin aus Kleve wird Euch gewiß ewig dankbar sein für die Vermittlung einer so vorteilhaften Heirat. Genügt Euch das nicht?«
Beinahe hätte Cromwell laut gelacht. War der Erzbischof tatsächlich so naiv oder nur ein guter Schauspieler? In all den Jahren hatte selbst er in seinem Urteil darüber geschwankt. Fest stand nur, daß Cranmer sich trotz aller politischen Wechselfälle stets in seinem Amt gehalten hatte.
»Ich müßte mich täuschen, Exzellenz, wenn Ihr nicht längst einige Fäden im Hintergrund gesponnen hättet«, spielte der Minister geschickt die Karte zurück. »Ihr wollt nun ebenfalls jemanden im Kreis der Hofdamen unterbringen und braucht dazu meine Hilfe, habe ich recht?«
Cranmer lächelte und errötete leicht. Daß ihm das nach all den Jahren immer noch passiert, dachte Cromwell amüsiert.
»So ist es, mein Freund. Aber ich will ohne Eure Zustimmung nichts unternehmen. Laßt mich deshalb darlegen, worum es geht. Ihr kennt die Familie Shelton ...?«
»Allerdings!« polterte der Minister los. »Die kleine Madge war ein süßes Ding, das Seiner Majestät für ein paar Wochen den Kopf verdreht hatte. Dann allerdings ließ sie sich mit diesem Verräter Norris ein ...«
»Soviel ich weiß, hat der König Letzteres gar nicht mehr mitbekommen. Wenn überhaupt, dann werden es höchst angenehme Erinnerungen sein, die er noch an die junge Frau hat.«
»Will Madge etwa an den Hof zurückkehren?« staunte Cromwell.
»Nein!« erwiderte Cranmer. »Ich weiß nicht einmal, was aus ihr wurde. Aber vor kurzem erhielt ich ein Schreiben von ihrer Schwester Alice ...« Der Bischof beugte sich über ein mit Schriftstücken übersätes Schränkchen. Fieberhaft suchte er, bis er Alices Brief in die Hand bekam.

... habe ich stets die gleiche Überzeugung gehegt wie schon meine Eltern, die lange Seiner Majestät dienten. In Treue und Festigkeit hat unsere Familie den papistischen Irrtümern widerstanden und dafür gar manches zu leiden gehabt..., zitierte Cranmer.

So kann man es auch nennen, dachte Cromwell zynisch. Die Sheltons trugen ihre Neigung zum Luthertum allzu offen zur Schau. Und das alles, um sich die Gunst der Boleyn zu erhalten. Aber dann – mitgefangen, mitgehangen.

»Kurz und gut«, fuhr der Erzbischof fort, »Alice Shelton bittet um ein Amt bei der zukünftigen Königin Anna. Ja, sie fleht mich geradezu demütig darum an! Gewiß könnten wir auf ihre Ergebenheit zählen, falls ihr Wunsch sich erfüllt.«

Cromwell kicherte in den Kragen seines Leinenhemdes hinein. Diese Entwicklung der Dinge überraschte ihn keineswegs. Jetzt zahlte sich aus, daß er vor einiger Zeit mehrere im Haushalt der Herzoginwitwe Beschäftigte dazu angeworben hatte, ihn über die dortigen Vorgänge auf dem laufenden zu halten. So war ihm unlängst hinterbracht worden, daß Alice Shelton als Catherine Howards beste Freundin galt. Hier bot sich also eine Möglichkeit, Norfolks neuestes Werkzeug aus nächster Nähe zu überwachen.

»Ich werde Euren Vorschlag befürworten«, sagte der Minister bedächtig. »Zufällig kam mir zu Ohren, daß diese Alice seit ihrer Kindheit sämtliche Geheimnisse der kleinen Howard teilt. Wie nützlich für uns! Befriedigen wir getrost Mistress Sheltons Ehrgeiz.«

Catherine Howard konnte es nicht fassen.

»Sag das nochmal, Alice«, murmelte sie. »Ist es wirklich wahr?«

»Hier hast du es schriftlich, Liebes«, lachte die Freundin. »Wir werden uns auch in Zukunft nicht trennen müssen.«

Spontan schlang Catherine die Arme um Alice und hielt sie eine Weile ganz fest. »Ich bin so froh! Obwohl es stets mein Traum war, Hofdame zu werden, wuchs doch täglich die Angst vor all den Fremden, die mich dort umgeben. Mary Norris geht zwar mit, doch stand sie mir nie besonders nahe. Und nun wirst gerade du mich begleiten!«

Alice streckte vorsichtig die Beine im Gras aus und schaute zu den Johannisbeersträuchern hinüber. Sie trugen noch keine reifen Früchte – wie damals, im Juni vor drei Jahren ...

»He, du Träumerin!« sagte Catherine gutgelaunt. »Bist du nicht stolz auf dich? Ehrlich, so mutig wie du hätte ich nie sein können. Jetzt wirst du dein Glück machen.«

»Noch kann ich meinen Erfolg nicht genießen«, gab Alice zu bedenken. »Gerade heute steht mir einiges bevor. Deine Großmutter hat mich zu sich bestellt. Ein Diener verriet mir, daß ein Brief von meinen Eltern abgegeben wurde, über den sie vermutlich mit mir sprechen will. Außerdem ist John Clamour aus Deutschland zurückgekehrt. Er hat sich ebenfalls für heute angemeldet. Natürlich werde ich ihm mitteilen müssen, was der Erzbischof von Canterbury für mich beschlossen hat. Und davor fürchte ich mich. Weißt du, Catherine, es fällt mir immer furchtbar schwer, andere Menschen vor den Kopf zu stoßen.«

Die beiden Freundinnen waren kaum aus dem Garten zurück, als Mary Lassells auftauchte und Alice ins Privatgemach der Herzoginwitwe bat. Langsam ging die junge Frau hinein und schloß die Tür hinter sich. Mein Herz klopft so laut, daß man es bestimmt hören kann, dachte sie und hob den Blick.

Agnes Howard saß wie ein großer, schwarzer Klotz unbeweglich im Sessel. Aus ihrer Miene wurde nicht deutlich, was sie empfand. Alice knickste und wartete stumm.

»In all den Jahrzehnten, in denen Kinder anderer Familien bei mir aufwuchsen, hat es einen Fall wie deinen nicht gegeben«, sagte die Alte. »Einerseits finde ich deinen Ungehorsam verwerflich, Alice Shelton. Andererseits ist es äußerst beeindruckend, wie du dein Glück in beide Hände nimmst und lieber durch ein glanzvolles Amt als durch eine vorteilhafte Heirat die Ehre deiner Familie wiederherstellen willst.« Agnes lächelte. Alice wagte kaum zu atmen. »Du kannst dir vorstellen, daß deine Eltern alles andere als begeistert waren. Ich war zuerst genauso wütend wie Sir John und Lady Anne. Aber das Wort Erzbischof Cranmers wiegt schwer. Es ist eine große Ehre, wenn er dich als Hofdame statt als Ehefrau eines Adligen sehen will. Seinen Wünschen sollte ich mich nicht widersetzen.«

»Haben meine Eltern mich nun verstoßen?« fragte Alice.

»Das nicht gerade«, antwortete die Herzoginwitwe. »Laß ihnen ein wenig Zeit, über die Sache hinwegzukommen. Sie haben dem jungen Earl von Fairbury ihr Wort gegeben – und wie stehen sie jetzt da? Außerdem hat sich deine Schwester bei Hof damals keinen Ruhm erworben. Mit deinem Trotz bist du überdies den anderen Zöglingen ein schlechtes Vorbild. Wenn dergleichen nun Schule macht!«

Alice, trotz allem erleichtert über die Reaktion der alten Dame, kniete vor ihr nieder.
»Steh auf!« sagte Agnes unwirsch und lachte gegen ihren Willen. »Du brauchst mir nicht zu danken. Ich war auch einmal jung und habe es nicht vergessen! – Wenn du mit Catherine und Mary von hier fortgehst, wirst du mir trotz allem fehlen.«
»Das Schlimmste kommt erst noch«, meinte Alice zaghaft. »John Clamour kann jeden Moment hier eintreffen ...«
Die Herzoginwitwe hob den Finger. »Dafür mußt du ganz alleine geradestehen, meine Liebe! Geht am besten in den Garten, denn es wäre zu peinlich, wenn ihr von Zeugen umgeben wäret. Fürwahr, ich möchte nicht in deiner Haut stecken.« Damit war Alice entlassen.

Wenn Catherine Howard geglaubt hatte, Derham freue sich ebenso wie sie selbst über ihre Zukunftspläne, dann sah sie sich bitter getäuscht. Mit alten, zerschlissenen Kleidern und ausgemusterten Küchengeräten unter dem Arm war sie in den Gemüsegarten gegangen. Der Auftrag der Großmutter lautete, die Vogelscheuche neu herzurichten, die von Wind und Wetter mittlerweile arg zerzaust war. Während Catherine noch an dem grotesken Gestell herumhantierte, näherte sich Vetter Francis vom Garten her.
»Ich bin entzückt, Euch zu sehen!« rief er und schwenkte galant seine Mütze. »Dieser Glücksfall erspart mir unnötiges Suchen.«
Schnell schaute sich Catherine um, ob jemand in der Nähe war. Da sie keinen erblicken konnte, gab sie Francis einen langen Kuß.
»Wir haben uns länger nicht getroffen«, sagte sie dann. »So habt Ihr sicher noch gar nicht gehört, daß ich in einigen Wochen Lambeth verlasse.«
Derham schrak zusammen.
»Was ? Ihr scherzt wohl!«
»Durchaus nicht!« erwiderte Catherine pikiert und bugsierte einen ausgebeulten Topf auf das Ende der Längsstange. Indem sie sich emsig der Arbeit widmete, vermied sie es, ihrem Liebhaber ins Gesicht zu schauen. »Schon lange war es mein Wunsch, an den Hof des Königs zu gehen. Durch die Vermittlung des Herzogs von Norfolk wird er mir nun erfüllt.«
Francis schüttelte den Kopf. Ratlos zupfte er am löchrigen Wams der Vogelscheuche herum. »Das ist ja äußerst erfreulich«, murmelte er. »Aber – eigentlich wollte ich gegen Ende des Jahres Euren Onkel um

Eure Hand bitten. Und wie jeder weiß, dürfen nur Unverheiratete als Ehrenfräulein dienen.«
»Wie recht Ihr habt!« flötete Catherine. »Versetzt Euch doch einmal in meine Lage. Gewiß würdet Ihr ein solches Amt nicht um einer Heirat willen in den Wind schlagen. Denn wenn Ihr nur der rechten Familie angehört, findet sich ein Partner zu jeder Zeit. An den Hof jedoch wird man nur einmal berufen!«
»Für so berechnend hätte ich Euch nicht gehalten, liebe Kusine!« brummte Derham. »Vielleicht habt Ihr aber schon bald genug von der Langeweile. Das Sticken wird nämlich durch die Gegenwart einer Königin auch nicht interessanter.« Plötzlich riß der junge Mann Catherine die Strohhalme aus der Hand, mit denen sie die Ärmel der Scheuche ausstopfte, und drehte sie zu sich um. Die Geliebte fest an sich pressend, sagte er ihr ins Ohr: »Ich gehe solange außer Landes, bis Ihr Euch besonnen habt. Vor der Küste Irlands gibt es viele Möglichkeiten, zu Vermögen zu kommen … Obwohl ich bereits jetzt auf einige ererbte Güter verweisen könnte! Als Zeichen, daß es mir Ernst ist, überlasse ich Euch 100 Pfund. Verwendet sie für Euren Einstand bei Hof. Solltet Ihr auf die Ehe mit mir verzichten wollen, werde ich die Summe in angemessener Zeit wieder einfordern. Komme ich dagegen in der Fremde um, mögt Ihr das Geld behalten.«
Catherine rieb ihre Nase an die seine und lächelte.
»Wir werden sehen. Ihr seid zu gütig, Francis!«

In einem anderen Teil des Gartens standen Alice Shelton und John Clamour beisammen und unterhielten sich über ein ganz ähnliches Thema. Nahe des Eingangs zur Buchsbaumallee hatten sich die beiden niedergelassen.
»Ihr habt mich sehr förmlich begrüßt«, begann der junge Earl. »Die Höflichkeit erforderte es. Jetzt aber sind wir allein!«
Alice machte keine Anstalten, ihrem Verlobten um den Hals zu fallen. Betreten blickte sie zur Seite. Statt auf Johns Bemerkung zu antworten, stellte sie ihm eine Frage:
»Was würdet Ihr sagen, wenn höhere Gewalt mich hinderte, Euch zu heiraten?«
John schaute sie verblüfft an und fuhr mit der Hand an den Kragen.
»Ich wüßte nicht, wer oder was das sein könnte«, erwiderte er schließlich. »Erklärt mir bitte, was Ihr meint.«
Wie feige von mir, mich hinter Erzbischof Cranmer zu verstecken.

Doch wie bringe ich es fertig, einen Mann zurückzuweisen, der mich anscheinend liebt?

»In der vorigen Woche erhielt Mylady von Norfolk einen Brief des Erzbischofs von Canterbury. Er befiehlt mich höchstpersönlich an den Hof. Da ihm die religiöse Gesinnung unserer Familie bekannt ist, will er der neuen Königin jedwede Unterstützung bieten.«

Meine Eltern werden dir früh genug erklären müssen, wie diese Berufung zustandekam...

Mit verzweifelter Geste fuhr sich John durch das dichte Haar und starrte Alice an, als wolle er in ihr Innerstes blicken.

»Wißt Ihr denn, wa-wa-was das b-bedeutet?« Die Aufregung brachte ihn zum Stottern, und er ärgerte sich über das eigene Unvermögen. »Im D-D-Dienst der Königin werdet Ihr zur alten Jungfer!«

Alice kicherte hysterisch.

»Jungfer! Das solltet Ihr ja wohl besser wissen!« Sie bemerkte, wie John seine schöne Mütze zu einer unförmigen Wurst drehte.

»Ich bitte Euch!« sagte Clamour leise. »Alice, ich weiß, wie mutig und stark Ihr sein könnt, wenn Ihr etwas wirklich wollt. Ihr habt Euch um Stephen Dennyfords willen mit Eurem Vater überworfen. Es mag ein großes Opfer, vielleicht sogar nicht ungefährlich sein, den Wunsch Cranmers abzuschlagen. Aber ich besitze die älteren Rechte und will Euch zur Herrin auf Milmore Manor machen.«

Bloß keine Schwächen zeigen. Nicht weinen!

Alice rückte zum äußersten Rand der Bank und heftete den Blick auf einen Punkt unterhalb von Johns Kragen. Dann schluckte sie ein paarmal und sagte mit rauher Stimme:

»Es wäre eine Sünde, Euch länger hinzuhalten, John. So leid es mir tut, meine Pflichten Seiner Majestät gegenüber gehen vor. Darum nehmt bitte Euer Wort zurück; ich gebe Euch frei.«

Der Earl zog die Schultern zusammen, als sei ihm kalt. Dabei krallte er die Finger in die Oberarme, bis es schmerzte.

»Ich kann Euch nur warnen, meine Liebe«, entgegnete er. »Ihr habt keinerlei Vorstellung, welches Intrigenspiel im Hofstaat vor sich geht! Dem seid ihr nicht gewachsen. Haltet Euch nur das Schicksal Eurer Schwester vor Augen! Denkt auch an die Boleyns. Und wohin verschwanden die Seymours nach Königin Janes Tod?«

Trotzig stand Alice auf und ließ John stehen. Seine Vorhaltungen wurden ihr unerträglich.

»Die Sache ist entschieden!« sagte sie, einen Ton schärfer als zuvor.

»Wollt Ihr mir den Abschied unnötig erschweren, John? Laßt uns nicht im Streit auseinandergehen! Ihr habt eine andere Frau verdient, die besser zu Euch paßt als ich.«
»Cranmers Befehl kommt Euch anscheinend nicht ungelegen«, meinte der Earl höhnisch. »Wir hätten uns gewiß aneinander gewöhnt, wenn Ihr nur nicht so ungeduldig wärt. Denn das sollt Ihr wissen: zu keiner Zeit habe ich Euch als eine mir aufgezwungene Partie betrachtet. Meine Liebe war Euch sicher, Alice.« John konnte nur noch mit Mühe die Tränen zurückhalten. Langsam wandte er sich ab und setzte seine Mütze wieder auf. Als er durch die Buchsbaumallee davonging, war die Spannkraft aus seinen Schritten gewichen. Die Last seiner Traurigkeit war selbst noch präsent, nachdem er den Garten verlassen hatte.
Alice nahm ihre Haube ab, riß sich die Nadeln aus der Frisur und stellte sich dem aufkommenden Wind entgegen. Sie kostete diese Freiheit nicht mehr zaghaft aus wie damals, als sie Catherines Hilfe dazu benötigt hatte. Zu spüren, wie die kühle Luft mit ihren schwarzen Locken tanzte, war ähnlich aufregend wie an die vor ihr liegende Zeit zu denken.

Am anderen Tag war es heißer denn je. Um etwas Erfrischung zu finden, schlugen einige junge Leute aus dem Haushalt der Herzoginwitwe vor, die kurze Strecke ans Ufer der Themse zu gehen und sich dort mit Musik und Gesang im Schatten der Bäume die Zeit zu vertreiben. Als Agnes Howard eingewilligt hatte, zogen sie jubelnd los. Catherine Howard, im Überschwang ihrer Vorfreude auf das Leben am Hof, hatte sogar die ungeliebte Laute über die Schulter gehängt. Nun, da Henry Manox längst zur Vergangenheit gehörte, holte sie das Instrument manchmal freiwillig hervor und übte darauf, so lange sie Lust dazu verspürte.
Bald hatte die Gruppe den schattigen, vom Laubdach der Alleebäume geschützten Zufahrtsweg zum Schloß zurückgelassen und überquerte die Landstraße. In dieser Hitze waren nicht viele Wagen unterwegs. Eine kurze Strecke ging es an der Umfassungsmauer des erzbischöflichen Palastes vorbei. Alice Shelton schaute absichtlich in eine andere Richtung. Dann stürmten die jungen Leute die grasbewachsene Böschung zum Fluß hinunter. Um die Fliegen zu vertreiben, entzündeten einige trotz des Sommertages ein kleines Feuer.

Margaret Bennett entrollte ein paar mitgebrachte Decken, denn Grasflecken in den kostbaren Stoffen der Kleider waren nur äußerst mühsam zu entfernen. Die Lautenspielerinnen ließen sich sogleich darauf nieder.
Als erstes wurde »Wohin du gehst, da will ich sein« angestimmt – zu Ehren Mary Lassells. Überraschend hatte sich für das unattraktive, frömmlerische und viel zu ernsthaft wirkende Mädchen aus bürgerlichem Hause ein Bewerber gefunden. So sollte denn im folgenden Winter die Hochzeit gefeiert werden. Mary hatte davon schriftlich erfahren; ihren Zukünftigen, einen gewissen Master Hall, kannte sie nicht persönlich.
Während der mehrstimmige Gesang der Norfolkschen Zöglinge über den Fluß hinweghallte, musterte Mary mißtrauisch die Gesichter der ihr am nächsten Stehenden. Sie fragte sich, weswegen eine solche Fröhlichkeit von ihnen ausstrahlte und kam zu dem Schluß, daß die meisten nur vorgaben, sich mit ihr zu freuen. In Wirklichkeit waren diese Heuchler doch froh, sie bald los zu sein. Marys Mundwinkel sanken noch weiter herab als sonst.
Dann und wann rumpelte oben auf der Böschung ein Karren vorüber, aus dem ein Neugieriger hinunterschaute. Ein paar Bauersleute, die zu Fuß unterwegs waren, blieben längere Zeit stehen und erfreuten sich an der Musik.

Von London her kam eine große, buntbemalte Barke heruntergerudert. Sie strebte auf die Anlegestelle beim Palast des Erzbischofs zu, doch lag diese zu weit entfernt, als daß man den oder die Besucher mit bloßem Auge erkennen konnte. Dorothy Baskerville summte die ersten Töne von »Wer kommt an und klopfet«. Die Mädchen kicherten, fielen aber schließlich mit ein.
Als die ersten müde wurden, packte Margaret Bennett ein Bündel köstlicher Speisen aus, die vom Mittagstisch übriggeblieben waren. Alice Shelton nahm neben Anthony Sterling Platz, der auf Schloß Lambeth als einer der geschicktesten Lautenspieler galt.
»Kennst du Lieder, die man bei Hofe singt?« fragte sie den verblüfften jungen Mann. »Seine Majestät dichtet selbst, und das – wie man hört – ganz vortrefflich.«
Anthony gab zu, bisher kein solches Stück geübt zu haben. »Der gute Master Manox zog es vor, mir immer nur das beizubringen, was er selbst in seiner Jugend gelernt hatte«, sagte er und lächelte. »Aber

scheu' dich nicht, mir ein Lied mehrere Male vorzusingen. Das wird genügen, es mir einzuprägen!«

»Komm, ich vertraue dir etwas an«, murmelte Alice und zog Anthony beiseite. »Ich kenne ein Lied, das der König einst für Anne Boleyn komponierte. Meine Schwester Madge begleitete die Unglückliche damals als Hofdame und sang es oft mit ihr. In einem jener Sommer verbrachten wir ein paar Wochen auf dem Landsitz unserer Eltern. Dort lehrte mich Madge dieses Lied, das »Kurzweil in Gesellschaft nur« heißt. Ich habe es nie vergessen, denn seitdem sah ich meine Schwester nicht wieder. Es ist alles, was mir von ihr blieb.«

Der junge Sterling griff in die Saiten. Nach der dritten Probe gewann er an Sicherheit. Seine Gefährtin lächelte. Anthony verfügte wirklich über die rasche Auffassungsgabe, die man ihm nachsagte.

Nach geraumer Zeit erhoben sich die beiden, während die meisten anderen noch aßen.

»Wir werden euch nun ein Stück zu Gehör bringen, das Seine Majestät persönlich schrieb!« sagte Anthony stolz. Auch wenn der König dieses Werk heute vielleicht gar nicht mehr schätzt... dachte Alice und grinste.

Ein kräftiger Anfangsakkord.

Hinter der Biegung der Landstraße erklangen Hufschläge, die rasch näherkamen. Niemand schenkte ihnen Beachtung.

»Kurzweil in Gesellschaft nur
vertreibet meiner Trauer Spur«,

erhob sich die klare, tragende und sinnliche Stimme von Alice. Catherine schaute fasziniert ihre Freundin an.

»Euch will ich suchen allezeit,
bis daß Ihr steht vor mir bereit...«

Oben auf der Straße hielten zwei Reiter an, ein kostbar gewandeter Herr mit seinem Diener, und blickten auf die Gruppe.

Während Anthony Sterling ganz in seine begleitende Tätigkeit versunken war, schaute Alice aus dem Augenwinkel kurz hinauf.

»Ob ich auch schlafe oder wach',
singe, tanze, weine oder lach' -
mein Herz schon krank vor Sehnsucht ist,
da es Euch täglich mehr -«

Alice blieb die Stimme weg. Von einer Sekunde auf die andere kam nur noch ein heiseres, häßliches Krächzen aus der Kehle, bevor sie ganz verstummte. Ihren Gefährtinnen, die das äußerst lustig fanden,

blieb jedoch genauso das Lachen im Halse stecken, als sie den Mann hinter den hohen Grasbüscheln erkannten.
Da stieg er von seinem Pferd, der Zweite Gewandmeister Seiner Majestät, im farbigen, nach neuester Mode gearbeiteten Reisekostüm. Stephen Dennyford, so kam es einigen vor, hatte ein bißchen an Gewicht zugelegt, sah ansonsten aber kaum verändert aus. Atemlos starrten die jungen Leute auf die beiden.
Die stimmlose Sängerin stand unbeweglich wie einer der sie umgebenden Weidenbüsche. Die Arme halb erhoben, schien sie nur darauf zu warten, daß der buntgekleidete Reiter auf sie zuliefe.
Stephen! Wir müssen miteinander sprechen. Ich habe einiges falsch gemacht. Und inzwischen ist so vieles geschehen. Die Gedanken jagten einander, doch eine ungeheure Kraft legte ihren Körper lahm.
Mit verschränkten Armen sah Stephen zum Ufer hinunter. Er erkannte die Gestalt von Alice Shelton, und ein Gefühl dumpfer Leere erfüllte ihn. Warum sang sie nicht weiter? Langsam griff er sich an den Kopf, nickte seinem Diener zu und schwang sich aus dem Stand in den Sattel zurück. Ein Stoß mit den Sporen, und eine Staubwolke hinter ihm verbarg alles, was ihn an einige der dunkelsten Tage seines Lebens erinnerte.

In den folgenden Monaten nahm das Leben in und um die Schlösser von Lambeth für viele Menschen eine neue Richtung.
Bei einem letzten geheimen Treffen nahmen Catherine Howard und ihr Cousin Francis Derham Abschied voneinander. Wie versprochen, überreichte der junge Mann der künftigen Hofdame die Summe von hundert Pfund, eingenäht in einen schwarzen Samtbeutel. Von dem Unternehmungsgeist, den er all die Wochen zuvor so überzeugend zur Schau getragen hatte, war nichts mehr übrig. Daß er mit düsteren Worten von den Gefahren sprach, die vor der Küste Irlands seiner harrten, sollte nicht nur Catherines schlechtes Gewissen wecken. Vielmehr gab Francis auf diese Weise auch seiner Enttäuschung darüber Ausdruck, daß die Base ihm selbst in diesem Moment ihr Jawort verweigert hatte. Etwas Besseres als eine Ehe mit der kleinen Howard konnte Derham nicht passieren, doch wußte seine Freundin das ebenso gut wie er. Und in der letzten Zeit hatte sich Catherine in seiner Gesellschaft zunehmend gelangweilt. Irgendwie schien die geheimnisvolle Spannung verschwunden, die ihre Stelldicheins stets begleitet hatte.

Trotzdem fiel es Catherine schwer, Francis Lebewohl zu sagen. Sicher würde bis zu seiner Rückkehr viel Wasser die Themse hinunterfließen. So war es ganz natürlich, daß sich die beiden weinend in den Armen lagen. Erst als Derham erneut von einer Heirat zu reden begann, entzog sich Catherine und eilte, ihm alles Glück der Welt wünschend, davon.
Bald danach teilte der Herzog von Norfolk ihr mit, daß die aus dem Haushalt seiner Stiefmutter stammenden jungen Damen keine Unterkünfte im Königsschloß bekommen würden. Seit Jahren schon hatte der Platzmangel zugenommen, besonders in Westminster, dem Lieblingsaufenthalt Seiner Majestät. Ein großer Teil von Hofstaat und Dienerschaft mußte auswärts übernachten. Sogar ein so mächtiger und bedeutender Mann wie der Herzog durfte höchstens zwei Zimmer mit seinen Knechten belegen.
Thomas Howard schlug sogar aus diesem mißlichen Umstand noch Kapital. In seinem Schloß, unweit dem der Stiefmutter gelegen, ließ er der Nichte prächtigere Räume einrichten, als sie in Westminster je besessen hätte. So verflog Catherines anfängliche Enttäuschung im Nu. Mary Norris und Alice Shelton wies sie eines jener Zimmer zu, das sie gemeinsam bewohnen sollten.
Etliche Zeit verbrachte Catherine mit einem Schneider, der bisher hauptsächlich für betuchte Kaufleute und verwöhnte Adelige gearbeitet hatte. Durch eine Empfehlung seiner Mätresse Bess Holland war Norfolk auf diesen Mann aufmerksam geworden. Das in ihn gesetzte Vertrauen zahlte sich aus, denn es gelang ihm glänzend, Catherines körperliche Vorzüge mit seiner Kunst zur Geltung zu bringen. Dafür ließ der Herzog dann auch einiges springen – und Francis Derhams Geld blieb unangetastet.

Im September reiste zum letzten Mal eine englische Delegation nach Kleve. Schon jetzt hatten Herbststürme eingesetzt, so daß verschlammte Straßen den Reisenden große Mühsal bereiteten. Holbein, der Hofmaler, war nicht mehr mit von der Partie. Sein Bildnis der Kleverin hatte König Heinrich in seinem Privatkabinett aufgehängt. Es gefiel dem Herrscher ganz ausgezeichnet, und offenbar suchte er sich durch das Betrachten auf seine neue Ehe einzustimmen.
Zusammen mit Sir Philip Hoby und Sir Nicholas Wotton war auch John Clamour, der Earl von Fairbury, wieder unterwegs zum Rhein.

Von seiner Pflicht in Anspruch genommen, suchte John den Kummer mit Alice zu vergessen. Am 4. Oktober 1538 wurden Ehekontrakt und Freundschaftsvertrag von beiden Seiten unterzeichnet. Nun blieben Prinzessin Anna nur noch wenige Wochen, ihre Aussteuer zusammenpacken zu lassen und sich mit ihren Dienerinnen auf den langen Weg nach England zu begeben. Das schlechte Wetter und die bevorstehende kalte Jahreszeit stimmten sie wenig froh, doch schaffte es John Clamour, Annas Neugier auf sein Heimatland zu wecken. Schließlich wollte sie ihm gar das Versprechen abnehmen, einige Monate im Jahr am Hof zu verbringen und weiterhin Deutsch mit ihr zu sprechen. John stimmte zu, um seine zukünftige Königin nicht zu kränken. Doch längst besaß er die Zusage des Kronrats, ihn mit diplomatischen Aufgaben an die Grenze des Reiches zu schicken. Hoch oben im Norden, wo die kriegerischen Schotten jederzeit zum Losschlagen bereitstanden, wollte der Earl Abstand zu allem finden, was ihm jetzt noch naheging.

Stephen Dennyford, der Erbe von Manting, hatte lange Zeit gebraucht, über die erlebten Aufregungen hinwegzukommen. Erst spät hatte er bemerkt, daß Cecily Towbence in ihm nie etwas anderes als einen guten Freund und amüsanten Plauderer gesehen hatte. Fast hätte er ihr in einem schwachen Moment seine Gefühle für sie offenbart, doch das Debakel mit dem Heiratsantrag an Alice Shelton hatte Stephen Vorsicht gelehrt. Seine Zurückhaltung machte sich bezahlt, denn als Cecily eines Tages klarstellte, worauf sich ihre Beziehung zu beschränken habe, konnten größere Peinlichkeiten vermieden werden. Umso härter hatten ihn dann Alices Vorwürfe und Verdächtigungen getroffen. Und nach Cecilys Heirat hatte er die Freundin eine Weile sehr vermißt. Anfangs war er sehr wütend auf Alice Shelton gewesen. Später machte sein Zorn einer zunehmenden Gleichgültigkeit Platz. Und neuerdings fielen Stephen sogar mancherlei Gründe ein, die Alices Handeln zwar kaum entschuldigten, aber teilweise erklärten. Zwar hatte er es bei dem überraschenden Zusammentreffen am Flußufer nicht fertiggebracht, ein paar Worte mit ihr zu wechseln und seitdem hatten sie sich nicht mehr gesehen. Doch Stephen wußte, daß er inzwischen – sollte eine ähnliche Situation erneut eintreten – gelassener reagieren würde. Am Hof, wo er sich in seinem Amt als Zweiter Gewandmeister wohlfühlte, gingen nämlich Gerüchte um. Angeblich sollte Alice gemeinsam mit ande-

ren Schützlingen des Herzogs von Norfolk schon bald der neuen Königin aufwarten. Schon allein deswegen war es unklug, ihr Feindseligkeit oder Abneigung entgegenzubringen.
Und trotz allem: wenn Stephen ehrlich war gegen sich selbst, schätzte er seine Jugendfreundin bis zu einem gewissen Maße immer noch.

Im Spätherbst brach Anna von Kleve aus dem heimatlichen Düsseldorf auf, um sich mit dem König von England zu verheiraten. Seit sie die Gruppe der englischen Gesandten kennengelernt hatte, stand für sie fest, daß sie das Herzogtum verlassen wollte. Ihre Wünsche entsprachen glücklicherweise denen ihres Bruders Wilhelm. Seit einigen Monaten regierte der junge Mann über sein niederrheinisches Erbe, nachdem Herzog Johann ganz plötzlich einem Schlaganfall erlegen war. Mit beträchtlichem Ehrgeiz betrieb Wilhelm eine Politik, die darauf abzielte, Einigkeit unter denjenigen deutschen Fürsten herzustellen, die der Lehre Luthers zuneigten. Vereint ließ sich dem katholischen Kaiser – von Haus aus ohnehin ein halber Spanier! – um so besser die Stirn bieten. Derlei Überlegungen waren Anna fremd; Wilhelm hatte sich denn auch darauf beschränkt, ihr nur einige Grundzüge seiner hochfliegenden Pläne zu erläutern. Immer wieder hatte er der Schwester klargemacht, welch wichtige Rolle ihr bei dem Bündnis mit England zukam und damit ihren Stolz geweckt.
In Begleitung von dreihundert Reitern bewegte sich nunmehr der ganze Hochzeitszug über die schlammigen Straßen. Trotz aller Vorfreude wurde die Reise für Anna und die zwölf Hofdamen, die mit ihr kamen, von Tag zu Tag beschwerlicher.
In Calais befand sich die künftige Königin bereits auf englischem Territorium. Widrige Winde verhinderten die Überfahrt über den Ärmelkanal, so daß Anna länger als gedacht in der Stadt verweilte. Da sich in ihrem Gefolge niemand befand, der fließend Englisch sprach, war sie umso dankbarer über die Hilfe des neuen Stadtverwalters, Lord Lisle. Dieser war des Deutschen mächtig und übersetzte, als der Bischof während der Sonntagsmesse Anna ein Geschenk des Himmels nannte. Mit einer solchen Frau als Gefährtin des Königs gehe das Reich glänzenden Zeiten entgegen.
Während sich die Kleverin über ihre neue Heimat berichten ließ, luden fleißige Hände ihre Aussteuer und das Reisegepäck in Schiffe um. Zur Sicherheit ihrer Person wurden auch noch einige Kriegsgaleeren aufgeboten, die die Fahrt über den Kanal bewachen sollten.

Insgesamt wartete nun eine Flotte von ungefähr fünfzig Fahrzeugen auf besseres Wetter, das während der Weihnachtstage dann auch endlich einsetzte. Mit Deal Castle als Zielhafen stach der Troß in See.

Des Königs Mißgriff

Jane Boleyn, Lady Rochford hatte die langersehnte Nachricht erhalten und konnte es dennoch kaum fassen. Nach drei Jahren Abwesenheit vom Hof kehrte sie nun stillschweigend in ihren alten Dienst zurück. Offenbar waren die Ratgeber des Königs der Meinung, seit der Affäre der verurteilten Königin sei genügend Zeit vergangen. Zudem hatte Jane ja der Krone durch die Aussage gegen ihren eigenen Mann keinen geringen Nutzen gebracht. Jetzt wartete sie im Schloß zu Westminster auf drei junge Damen; Debütantinnen, die sie als erfahrene Gesellschafterin in ihre Aufgaben einführen sollte. Zumindest bei einer von ihnen handelte es sich um einen Schützling Norfolks, der ihr nicht gewogen war – da hieß es vorsichtig sein. Jane war fest entschlossen, von Anfang an ihre Autorität derjenigen herauszukehren, die im gefährlichen Spiel der Politik erfolgreich mitgemischt hatte.

Die Frauen, die Lady Rochford vorgestellt werden sollten, saßen derweil auf der Lambether Seite der Fähranlegestelle und erwarteten die Rückkehr des Bootes. Der Herzog von Norfolk hatten ihnen seinen Haushofmeister als Begleitung mitgegeben, der sich allerdings sehr schweigsam verhielt. Dagegen schwatzten Catherine Howard und Alice Shelton um so aufgeregter. Mary Norris ließen sie abseits stehen.

»Woher wußte John denn, daß du jetzt im Schloß meines Onkels wohnst?« fragte Catherine und deutete neugierig auf einen zerknitterten Brief, den Alice in der Hand hielt.

»Das wußte er gar nicht«, erwiderte die Freundin. »Er gab dieses Schreiben einfach einem Bediensteten des Herzogs von Lethbridge mit, der auf der Reise nach Süden war, und brachte ihn durch eine erkleckliche Geldsumme dazu, mich persönlich aufzusuchen.«

Zum hundertsten Mal las Alice die wohlgesetzten Worte, die Johns Redeweise so lebendig widerspiegelten. Catherine schaute ihr über die Schulter.

Verehrte Alice,
seit mehr als fünf Wochen halte ich mich nun in der Stadt Berwick auf, die zum Besitz des Earls von Northumberland gehört. Vom Meer her, welches nicht weit entfernt liegt, wehen rauhe Winde bei Tag und Nacht. Wie mir berichtet wurde, ist es zur Sommerzeit in dieser Region kaum angenehmer als in den jetzigen Monaten. Doch es besteht kein Grund zur Klage, da ich mir dieses Los selbst gewählt habe und alle meine Kräfte in den Dienst Seiner Majestät zu stellen gewillt bin.
Ich wollte Euch wissen lassen, wohin ich nach unserem Abschied ging. Hoffentlich befindet Ihr Euch ebenso wohl wie es mir ergeht. Bisweilen treffe ich mit den Abgesandten der Schotten zusammen, die vom Norden her zur Grenze ziehen, um dort Gespräche mit mir und anderen Bediensteten des Königs zu führen. Sie sind wunderlich anzuschauen, sofern sie die ursprüngliche Tracht ihres Landes anlegen. Es sind Männer unter ihnen, die sich in der Art der Frauen gewanden, ohne daß die Röcke bis zum Boden reichen. Auch pflegen sie bei ihren Festen ein Instrument zu spielen, das lauter als eine Posaune klingt und einer Flöte nicht unähnlich ist. Sie nennen es Sackpfeife, doch hört sich deren Ton nicht annähernd so lieblich an wie derjenige unserer Hörner und Pfeifen.
Jedermann in dieser Region kennt den Wankelmut des Schottenkönigs und die Verschlagenheit der hiesigen Stammesfürsten. Daher heißt es für mich, auf der Hut zu sein und den schönen Worten dieser Männer keineswegs Glauben zu schenken. So wird es gehen, bis Seine Majestät geruht, mich in einen anderen Teil des Reiches zu schicken.
Wenn es meine Zeit erlaubt, werde ich hin und wieder nach Dorset reisen und die Verwaltung meiner Besitztümer überwachen. Ihr hättet mich dabei unterstützen können, doch Ihr zogt es vor, in die Dienste der zukünftigen Königin zu treten. Dafür wünsche ich Euch viel Glück. Haltet Euch stets vor Augen, was ich Euch über den Gang der Dinge am Hof sagte. Solltet Ihr einmal meine Hilfe benötigen, zögert nicht, es mir mitzuteilen. Denn ich bin und bleibe
Euer Freund
John Fairbury
Gegeben zu Berwick, am 1. Dezembertage 1539.

»Er kann nicht von dir lassen«, sagte Catherine leise. »Willst du ihm antworten?«

»Das weiß ich noch nicht«, erwiderte Alice und zuckte die Schultern. Sie faltete den Brief zusammen und ließ ihn im Ärmel verschwinden. Währenddessen hatte der Fährmann seinen Kahn zurückgerudert und ein Tau um den Pfosten am Ufer geworfen. Er winkte der kleinen Gruppe zu, und mit Hilfe des Norfolkschen Haushofmeisters kletterten Mary, Catherine und Alice ins Boot hinein. Mit keiner Miene verriet Alice, daß sie das Innere des prachtvollen Schlosses bereits kannte. Catherine hatte sie zwar von ihrem unerlaubten Ausflug erzählt, an dessen Ende der Bruch mit Stephen stand. Aber Mary Norris war nicht zu trauen; selbst Catherine hatte die Gefährtin nie so recht einschätzen können.

Über Treppen und Gänge liefen die jungen Frauen, nunmehr begleitet von einem Lakaien William Howards.

»Dieser Mann erinnert mich an etwas, das ich dir unbedingt noch erzählen wollte!« raunte Catherine im Gehen. »Oheim William hat neuerdings ein Verhältnis mit Dorothy Baskerville.«

»Nicht möglich!« entfuhr es Alice, lauter als gewollt. Schnell schlug sie die Hand vor den Mund. »Schleicht er sich tatsächlich nachts in den Schlafsaal? Der Bruder des Herzogs von Norfolk??«

Catherine unterdrückte ein Kichern und mühte sich, dem Lakaien auf den Fersen zu bleiben, der ziemlich rasch voranschritt. »Natürlich nicht! Dorothy besucht ihn ab und an in seinen Privatgemächern. Meine Großmutter weiß es, schweigt aber dazu. Kürzlich ist Dorothys Hochzeit unter vorgeschobenen Gründen ins nächste Jahr verlegt worden.«

Alice dachte an ihre Kameradin Dorothy, die mit Nüchternheit und trockenem Witz die meisten Situationen zu ihrem Vorteil nutzte. Das sah ihr ähnlich, sich mit dem alten William einzulassen, der mit seinen Säbelbeinen und der schiefen Nase, seinem ewigen Schweißgeruch und den Triefaugen beileibe kein Schönling war. Nein, mit Dorothy würde ich nicht tauschen wollen! dachte sie selbstzufrieden. Dann tauchte plötzlich Lady Rochford wie ein aus dem Boden gewachsenes Standbild vor ihnen auf. Catherine betrachtete die mit Juwelen behängte Frau, die beide Bänder ihrer strengen Giebelhaube nach oben drapiert hatte. Das ist wahrscheinlich auch schon alles, was sie sich an modischen Besonderheiten gestattet, ging es ihr durch den Kopf. Die junge Frau lächelte unwillkürlich.

Alle drei knicksten höflich und warteten, daß Jane sie ansprach.

»Willkommen in Schloß Westminster!« sagte die Rochford betont freundlich. »Es gilt, einiges zu beachten, wenn man seinen Dienst ordentlich versehen und nicht unangenehm auffallen will. Mit meiner Hilfe werdet Ihr allmählich lernen, worauf es ankommt. Aber nun nennt mir bitte Eure Namen; den meinigen kennt Ihr ja gewiß.«

Entschlossen trat Catherine vor.

»Ich bin Catherine, die Tochter Edmund Howards. Irgendwie sind wir beide also miteinander verwandt.«

Eigentlich haßte es Jane, an ihre Familienbande mit den Boleyns erinnert zu werden. Dieses junge Ding da hatte sich aber so geschickt und liebenswürdig dabei betragen, daß sie nicht böse darüber sein konnte. Und noch immer lag dieses Lächeln auf Catherines Gesicht, das auch bei Lady Rochford seine Wirkung nicht verfehlte. Fast hätte sie die Kusine ihres verstorbenen Gatten spontan in die Arme genommen, doch dann riß sie sich zusammen und wandte sich der nächsten Debütantin zu.

»Alice Shelton, Tochter von Sir John und Lady Anne Shelton.« Jane musterte die vor ihr Stehende interessiert. Also noch eine Verwandte. Von dieser Familie kannte sie lediglich Madge, die sich leichtsinnig betragen hatte und nach Anne Boleyns Sturz bei Hof nicht mehr hatte Fuß fassen können.

Wer genau hinschaut, sieht die Ähnlichkeit. Alice kann nur Madges Schwester sein, überlegte Jane. Ein paar hübsche Züge haben sich da in ihr Gesicht verirrt! Auf beiden Familienseiten gab es Frauen mit schwarzem Haar und dunklen Augen – diese Französin bei den Sheltons und die Tochter von Lord Hoo bei den Boleyns.

Als sie sich vorstellte, erntete Mary Norris einen erschrockenen, mit Ablehnung vermischten Blick, den sie ebenso kalt erwiderte. Sie wußte sehr wohl, daß Lady Rochford vor drei Jahren auch Henry, ihren Bruder, zu Unrecht belastet hatte. Somit traf sie zumindest eine Mitschuld an dessen Tod. Für einen kurzen Augenblick wünschte sie sich, diese Stelle nie angetreten zu haben. Jetzt würde sie ständig mit jener Intrigantin zusammenarbeiten, womöglich noch – auf Reisen – in einem Bett mit ihr schlafen müssen. Mary tröstete sich schließlich mit dem Gedanken, daß sie vorerst ihr Zimmer im Norfolkschen Schloß mit Alice teilte. Und das Bett, das ihnen gemeinsam zugewiesen war, bot jeder viel mehr Platz als die Ruhestätten im Mädchenschlafsaal von Lambeth.

Jane zeigte ihnen auf einem Rundgang die Gemächer, in denen sich die künftigen Hofdamen besonders oft aufhalten würden. Alice,

deren scharfen Augen nichts entging, bewunderte die Holzschnitzereien an Decken und Wänden, wies jedoch darauf hin, daß überall merkwürdige Lücken in den Verzierungen zu sehen waren. An einer Stelle fiel ihr dagegen eine einzelne Tafel auf, die die ineinander verschlungenen Initialen H und J zeigten.
Lady Rochford war es sichtlich peinlich, auf die Bemerkungen Alices zu antworten. Dennoch bequemte sie sich dazu, bevor es irgendein Lakai statt ihrer tun konnte.
»H und J stehen für Henry und Jane«, sagte sie knapp. »Da Königin Jane im Kindbett starb, wurden überall die Initialen aus den Schnitzereien entfernt. Fast überall«, fügte sie rasch hinzu.
»Ich möchte wetten, daß hier vorher Tafeln mit H und A angebracht waren«, meinte Mary Norris giftig.
Alice brach in lautes Gelächter aus. »Der König hätte sich gleich wieder eine Frau suchen sollen, deren Name mit A beginnt!« prustete sie hervor. »Dann wäre seinen Handwerkern Arbeit erspart geblieben!«
Jane Rochfords Reaktion kam so überraschend, daß weder Mary noch Alice Zeit zum Ausweichen hatten. Mit all ihrem aufgestauten Ingrimm packte die Hofdame die beiden jungen Frauen und stieß sie mit den Köpfen zusammen. Der Aufprall wurde durch die Rahmen der Pelzhauben nur unwesentlich gemildert. Au weh! dachte Catherine. Jetzt bekommt Alice gewiß wieder ihre Kopfschmerzen!
»Wie könnt Ihr es wagen, solche Worte von Euch zu geben!« schrie die Rochford wütend.
Mary Norris schluchzte kaum hörbar in den Ärmel, Alice drehte Jane den Rücken zu und griff sich an die Stirn, als könne sie den Vorfall gar nicht glauben.
Catherine hielt die Spannung nicht mehr aus. Beschwichtigend legte sie ihre Hand auf den Arm Jane Rochfords und schlug vor:
»Gebt uns eine Stunde, in der wir uns zurückziehen und in der Ihr Euch von all den anstrengenden Erklärungen erholen könnt, Mylady. Wir werden in diesem Saal auf Euch warten, sofern Ihr es erlaubt.«
Mit soviel Ehrerbietung war schon lange niemand mehr Lady Rochford entgegengetreten. Catherine erntete noch mehr Wohlwollen als zuvor. Und schließlich gefiel sich Jane, die eine schlaflose Nacht hinter sich hatte und langsam ermüdete, darin, den Frauen mit herablassender Geste den Wunsch zu gewähren.
Kaum war die Rochford verschwunden, zog Catherine Alice beiseite.

»Los, steh auf!« ermunterte sie. »Vergiß den Schreck und nutze deine Zeit! Irgendwo in diesem Schloß hält sich doch Stephen Dennyford auf. Ich glaube, ihr habt euch allerhand zu sagen.«
Alice rieb sich mechanisch die Stirn. Verärgert gab sie zurück:
»Wer hat behauptet, daß mir an diesem Menschen noch irgendetwas liegt? Vielleicht will ich ihn überhaupt nicht wiedersehen! Außerdem ist er bestimmt schon abgereist, um das Weihnachtsfest mit seinen Verwandten in Manting zu feiern.«
»Um Ausreden bist du nicht verlegen«, stichelte Catherine und verknotete spielerisch den Zipfel ihrer perlenbesetzten Leinenhaube. »Meiner Treu, Stephen hat ein zu wichtiges Amt, als daß er Seiner Majestät das Neujahrsgeschenk nicht persönlich überreichen wird. Nun geh schon!«
»Ich habe es nicht nötig, einem Mann hinterherzulaufen«, sagte Alice. Trotzig zog sie sich in eine Fensternische zurück und blickte hinunter auf das Ufer, an dem Menschen vorüberhasteten.
»Unsinniger Stolz hat schon manches Glück vereitelt«, bemerkte Catherine altklug. »Das wirst du eines Tages bereuen.«
»Mein Kopf tut mir weh«, klagte Alice halbherzig. »Und vielleicht ist Stephen ganz unabkömmlich.«
»Wenn du nicht zu ihm gehst, wirst du's nie erfahren«, antwortete Catherine und verschränkte die Arme. »Mehr sage ich dazu nicht mehr.«
Mary Norris hatte zu weinen aufgehört und lauschte dem halblaut geführten Gespräch der Freundinnen, von dem sie nur einen Teil mitbekam. Als Alice sich schwerfällig vom Boden erhob und allein den Saal verließ, blickte sie ihr verständnislos hinterher.

Alice Shelton besaß ein gutes Ortsgedächtnis, und so fand sie auch den Weg zum Zimmer des Zweiten Gewandmeisters ziemlich mühelos. Eine Weile stand sie unschlüssig vor der Tür und traute sich nicht, anzuklopfen. Mit langsamem Schritt bewegte sie sich wieder fort. Heftig bohrte der Schmerz hinter der Stirn, besonders an der Stelle, an der sie unmittelbar mit Mary zusammengestoßen war. Im Halbdunkel des Flurs nahm Alice ihre Pelzhaube ab und zog instinktiv die Nadeln aus ihrem aufgesteckten Haar. War es nicht eins von Cecilys Geheimnissen gewesen, anders als die meisten auszusehen? Das immerhin konnte sie ja lernen von ihr.
Wieder ging Alice zur Tür und lauschte. Befand sich überhaupt je-

mand im Raum dahinter? Sie hörte keinen Laut. Gewiß war Stephen nicht anwesend. Ein Seufzer der Erleichterung.
Geräuschlos öffnete sich plötzlich die Tür. Ein Mann trat heraus. Hinter ihm tauchte das Gesicht Stephens auf, der seinen Gast gerade verabschiedete und zum Gruß die Hand hob. Er erstarrte in der Bewegung.
Alice drückte sich an die Wand gegenüber des Zimmers und ließ den Davongehenden passieren. Ängstlich fixierte sie ihren Jugendfreund und hielt den Atem an, mit geschlossenen Augen den Knall der von Stephen zugeschlagenen Tür erwartend.
Doch es kam alles ganz anders.
»Seid willkommen, Alice«, hörte sie Stephen aus dem Türrahmen sagen. »Habt Ihr inzwischen Eure Stimme wiedergefunden?«
Alice fuhr mit der freien Hand zum Hals und räusperte sich. »Hmmm – ja!«
»Ich weiß nicht, weshalb Ihr hier seid, doch wenn Ihr Zeit erübrigen könnt, kommt in mein Gemach«, sagte Stephen und winkte sie herein. Verwirrt kam Alice seiner Aufforderung nach.
Drinnen sah es noch genauso aus wie vor über einem Jahr, als ihre Freundschaft am gleichen Ort ein so jähes Ende gefunden hatte. Alice schlug die Hände vors Gericht und meinte:
»Ich hätte Euch jetzt nicht aufsuchen dürfen... Verzeiht mir, Stephen, denn mich quälen wieder einmal Kopfschmerzen.«
Stephen kam näher und betrachtete erschrocken eine Stelle mitten auf Alices Stirn, die blauschwarz verfärbt aussah. »Um Himmels willen! Was ist Euch widerfahren?«
Nur ungern berichtete die junge Frau von dem Grund ihres Hierseins und dem Wutanfall der Lady Rochford. Stephen ließ nicht erkennen, daß er über Alices Berufung zum Hofdienst bereits Bescheid wußte. Die frechen Bemerkungen von Mary Norris und Alice, die zum Streit mit Jane geführt hatten, nötigten ihm ein Schmunzeln ab.
»So werden wir uns also öfter über den Weg laufen«, sagte er schließlich und zog einen Stuhl heran, den er dicht neben dem Sessel plazierte, den er Alice angeboten hatte.
Alice schaute ihn offen an und wußte mit einem Mal, daß es ihr durchaus nicht gleichgültig sein würde, tagsüber mit Stephen unter einem Dach zu hausen. Im Grunde hatte sie das die ganze Zeit über schon gewußt. Nun mußte sie die Selbsttäuschung aufgeben.
»Zum Glück liegt unter meinem Zimmer ein großer, gut geheizter

Saal«, setzte Stephen das Gespräch fort. »Zu dieser Jahreszeit ist das ein wahrer Segen, denn ein wenig Wärme zieht dann auch zu mir herauf.«

Alice hatte ihre Hände in die Haube vergraben, als sei diese ein Pelzmuff. Bei den Worten ihres Gegenüber lief ihr ein Frösteln über den Rücken. Plötzlich fiel ihr wieder ein, wie sie an einem klaren, stillen Wintertag gemeinsam aufs Eis gegangen waren, und sie fragte unvermittelt:

»Man sagt, Seine Majestät sei überaus geschickt in Leibesübungen aller Art. Läuft er denn auch mit Kufenschuhen auf dem Eis?«

Ein warmes, tiefes Lachen füllte den Raum. Stephen schüttelte den Kopf und klopfte vor Heiterkeit mit der Hand auf den Tisch, als er sich die Szene ausmalte.

»Daran merke ich, daß Ihr dem König noch nie persönlich begegnet seid«, meinte er und wischte sich die Augen. »Mit Verlaub, unser Herrscher ist nicht mehr der strahlende, schlanke junge Kämpfer von einst. Da müßte ein See schon bis auf den tiefsten Grund zugefroren sein, um sein Gewicht zu halten. Unter den jetzigen Bedingungen würde er einbrechen wie ein Sack voller Steine.«

Alice prustete los. Die Respektlosigkeit, mit der Stephen über den Gebieter des Hofes sprach, hob sich wohltuend von den Lobeshymnen, die alle anderen auf König Heinrich sangen, ab. Erstaunt stellte sie fest, daß die Schmerzen hinter der Stirn schwächer wurden. Sie beobachtete Stephen, als er sich erhob und zu einer nebenan gelegenen Kammer schritt.

»Hier schlafe ich!« sagte er und kam alsbald mit einem Schachbrett unter dem Arm wieder zurück.

Mit ruhiger Hand baute der Gewandmeister die Figuren auf und überließ Alice höflich die weiße Farbe, so daß sie das Spiel eröffnen durfte. Dieser Umstand brachte ihr allerdings wenig Vorteile, denn viel zu viele ablenkende Gedanken schossen ihr durch den Kopf. So machte sie ständig größere Fehler, die Stephen geschickt zu seinen Gunsten nutzte. Am Ende starrte sie nur noch wie hypnotisiert auf die wohlgeformten, langen Finger, die ohne zu zögern die Holzfiguren hin- und herbewegten.

»Das ist nicht recht von Euch, mich derart rasch gewinnen zu lassen«, schmunzelte Stephen. »Drängt es Euch etwa zurück zu Lady Rochford?«

»Keineswegs!« erwiderte Alice und erkannte das Unvermeidliche ihrer Situation. Das Spiel war nicht mehr zu retten. Stephen ergriff einen seiner Läufer und zog damit vor. In der Nähe des weißen Königs hielt er plötzlich inne und ließ die Figur unschlüssig in der Luft schweben. Über den Tisch hinweg bohrte sich sein Blick in Alices Augen.

»Nun sagt es schon!« meinte die junge Frau. »Worauf wartet Ihr noch?«

»Matt«, sagte Stephen beinahe beiläufig, ohne seinen Sieg auszukosten. »Ich vermute, Ihr seid aus der Übung gekommen.«

»Da mögt Ihr recht haben«, antwortete Alice und räumte das Brett beiseite. »Es gab in letzter Zeit vieles, was wichtiger war als das Schachspiel.«

Stephen verspürte durchaus keine Lust, zu fragen, was das wohl gewesen war. Statt dessen griff er zu einem kleinen Messer und begann, den Kiel seiner Schreibfeder anzuspitzen. Alice wurde es langsam mulmig – gewiß kehrte die Rochford bald zurück. Und wehe, wenn sie nicht alle Debütantinnen vollzählig antraf...

»Ich glaube, ich muß Euch jetzt verlassen«, sprach die junge Frau und erhob sich. »Habt Dank für die freundliche Aufnahme und die heitere Kurzweil.« Ein lähmender Druck legte sich abermals um die Stirn, als sie sich der Tür zuwandte.

»Das Vergnügen war ganz meinerseits«, beschwichtigte Stephen höflich und kam um den Tisch herum auf sie zu.

In diesem Augenblick wünschte sich Alice, die letzten anderthalb Jahre hätten niemals stattgefunden. Eintauchen in die Geborgenheit dieser großen Arme. Die Wärme jener Hände spüren, die wie durch Zauberei den Schmerz aus ihrem Kopf gezogen und das Leiden gemildert hatten. Aber es war nicht mehr so wie früher.

»Kommt, ich helfe Euch rasch, das Haar aufzustecken«, sagte Stephen mit einem vielsagenden Blick auf die Pelzhaube. »Gebt mir die Klammern und haltet mit einer Hand Euren Nacken frei.«

Es dauerte nur ein Dutzend Sekunden, bis der Gewandmeister die Strähnen zusammengedreht, befestigt und unter die Haube gestopft hatte. Die beiden wünschten sich gegenseitig viel Glück für ihre Aufgaben. Dann lief Alice in den Flur hinaus; Stephen schloß behutsam die Tür hinter ihr.

Der Boden war knochenhart gefroren in diesen letzten Dezembertagen, als die beschwerliche Reise der Fürstentochter aus Kleve sich ihrem Ende näherte. Begleitet von Gesandten ihres zukünftigen Ge-

mahls, ritt Anna auf London zu. Nicht nur die Überfahrt nach Deal Castle hatte ihre Kräfte erschöpft, sondern auch die vielen Empfänge, die ihr unterwegs bereitet wurden.
Nachdenklich betrachtete William Fitzwilliam, Earl von Southampton, die Frau aus dem fremden Land, die wie ein unförmiges Bündel auf dem Pferd neben ihm saß. Schon allein ihre dicken, unvorteilhaft geschnittenen Gewänder hätten seiner Meinung nach ausgereicht, Anna vor der Kälte zu schützen. Nun trug sie auch noch zwei Pelzmäntel übereinander. Aus einem Wust von Schleiern und Schichten fellbesetzter Überwürfe blickte ein bleiches, abgemagertes Gesicht, von den Strapazen der letzten Wochen deutlich gezeichnet. So darf sie Seiner Majestät auf keinen Fall unter die Augen treten, dachte Southampton beunruhigt. Hoffentlich erholt sie sich bis zu den Hochzeitsfeierlichkeiten ein wenig. Es bleiben ja noch drei Tage.

In Rochester, etwa 30 Meilen von der Hauptstadt entfernt, schlug der Troß seine Zelte auf. Trotz ihrer Müdigkeit bestand die Kleverin darauf, mit ihren Begleiterinnen einige Spiele zu machen. Während der Wartezeit in Calais hatten sie Gregory Cromwell, der Sohn des Ministers, und Southampton mit dem Zeitvertreib bekannt gemacht, der am Hof derzeit am meisten geschätzt wurde.
Anna genoß es, sich weiterhin in ihrer Muttersprache unterhalten zu können. Ihre Hofdamen sprachen ebensowenig Englisch wie sie. Wollte sie sich mit Southampton und seinen Mannen verständigen, benötigte sie jedesmal die Hilfe eines Diplomaten, der von Düsseldorf an mitgereist war. Allmählich fiel ihr das auf die Nerven.
Während die zukünftige Königin lächelnd die Karten an ihre Mitspielerinnen verteilte, saß Southampton in einem angrenzenden Zelt und diktierte einen weiteren Brief an seinen Herrscher. Nochmals schilderte er Annas Vorzüge in den buntesten Farben. Er erwähnte ihre würdevolle Haltung, ihren guten Willen beim Erlernen der Sprache ihres neuen Heimatlandes, sowie die herzliche Aufnahme, die sie bei der Bevölkerung der bisherigen Reisestationen gefunden habe. Über ihr Aussehen schrieb er lieber nichts, denn darüber war in den zurückliegenden Monaten genug Schmeichelhaftes gesagt worden. Fast reute es ihn, Anna mit der Sonne verglichen zu haben, gegen die die liebreizende Christina von Mailand lediglich wie der bleiche Mond erscheine.
Auf den Feldern rund um Rochester lag kein Schnee, sondern eine

dichte, festgefrorene Rauhreifschicht. Auch die Bäume waren davon bedeckt. In der Mittagssonne dieses kalten, aber sonnigen Tages glitzerten sie mit den Juwelen der Höflinge um die Wette.
Einige Männer standen zwischen den Zelten der Reitknechte und unterhielten sich. Alle waren gespannt, was die folgenden Tage bringen würden.
Plötzlich lief ein sehr hochgewachsener Mann eiligen Schrittes auf die Gruppe zu. Er hatte einen merkwürdigen Gang: vornübergebeugt, leicht in den Knieen einknickend, als schätze er es nicht, ständig wegen seiner Größe aufzufallen. Ein unordentlich um den Hals gewundener Pelz flatterte hinter ihm her.
»Da kommt ja Nicholas Dennyford!« rief einer. »Was bringt Ihr uns für Neuigkeiten?« meinte Gregory Cromwell gutgelaunt, der ebenfalls dabeistand.
Der Angesprochene schluckte schwer, dann faßte er sich verlegen an die Nase.
»Ihr werdet es kaum glauben«, stieß er hervor. »Gerade eben kam ein Bote an, den mein Bruder mir schickte. Er vertraute mir an, daß Seine Majestät inzwischen auf dem Wege hierher sein müsse. Mit einer Barke wolle König Heinrich nach Rochester kommen, jedoch ohne sich seiner zukünftigen Frau zu erkennen zu geben. Als ein schlichter Landedelmann wünscht er vor ihr zu erscheinen.«
Der junge Cromwell lachte aus vollem Halse.
»Scheint, der Bräutigam hält es vor Neugier nicht mehr aus! Dabei dürften doch Hochzeitsvorbereitungen eine gewohnte Sache für ihn sein...«
»Hoffentlich gefällt ihm die Deutsche«, meinte Nicholas in zweifelndem Ton.
»Unter all diesen Frauen mit den unaussprechlichen Namen ist sie noch die Schönste«, bemerkte Anthony Browne trocken.
»Meiner Treu, sie wird sich ja wohl nicht mit allen ihren ausgepolsterten Röcken und Unterröcken ins Ehebett begeben«, scherzte Gregory. »Ist sie erst ausgezogen, wird der König schon Appetit bekommen auf weitere Kinder.«
»Wenn wir gerade dabei sind –« warf Browne ein und wandte sich wieder Nicholas Dennyford zu, »wollte Euer Bruder sich nicht ebenfalls vermählen? Mir scheint, Manting wartet auf einen Erben...«
»Davon weiß ich nichts«, gestand Nicholas und vergrub die gerötete Nase in den zerschlissenen Pelz.

Etwa zwei Stunden später wehte der Wind aus der Richtung der Stadt das ständig anschwellende Geräusch zahlreicher Pferdehufe herüber. Ungefähr 20 Reiter näherten sich dem Zeltlager, vor denen ein Herold einhergaloppierte. Schnell hatte der Mann das Brokatzelt mit den Klevischen Wappen ausgemacht und hielt darauf zu.
»Was ist das für ein Lärm da draußen?« sagte Anna von Kleve verwundert und legte die Karten beiseite. »Bitte seht einmal nach, Fräulein Swartzenbrock.«
Die Angesprochene schob den Pelzvorhang am Eingang einen Spalt beiseite und erblickte den Herold, der gerade aus dem Sattel stieg.
»Seid gegrüßt! Mein Herr, der Marquis von Pembroke, schickt mich, um seine Ankunft zu melden. Er wäre entzückt, Euch sehen zu dürfen.«
Mit unglücklichem Gesichtsausdruck starrte Fräulein Swartzenbrock den in buntes Tuch gekleideten Fremden an. Sie hatte kein einziges Wort verstanden. Einen Augenblick lang standen sich die beiden Bediensteten sprachlos gegenüber, dann erfaßte der im Zelt sitzende Düsseldorfer Diplomat die Situation und eilte hinzu.
Prinzessin Anna schien zu erraten, was sich da abspielte. »Ach, wäre doch mein lieber Graf von Fairbury anwesend! Wie gut war er bereits des Deutschen mächtig«, murmelte sie. »Ich vermisse überdies seine Gesellschaft. Es kommt mir wunderlich vor, daß er des Königs Gesandten nicht begleitet. Fräulein von Brempt, Ihr erinnert Euch doch noch an ihn?«
»Gewiß, Euer Gnaden!« erwiderte die Hofdame. »Vielleicht könnt Ihr nach dem Grafen fragen lassen, auf daß er Euch das Erlernen des Englischen erleichtere.«
Anna runzelte die Stirn. »Das möchte unklug sein, liebe Brempt«, meinte sie zögernd. »Fairbury ist entweder krank, tot, unabkömmlich oder im Gefängnis. Wenn ich es mir recht überlege, so wird mein zukünftiger Gemahl seine Gründe haben, weshalb er auf seine Dienste verzichtet.« Gähnend lehnte sie sich zurück.
Der Herold betrat das Zeltinnere, beugte das Knie und brachte seinen Spruch ein zweites Mal vor. Immerhin verstand Anna einige Worte sowie den Namen »von Pembroke«. Huldvoll nickte sie dem Boten zu, während ihr Übersetzer wortreich ihr Einverständnis erklärte, den fremden Edelmann vorzulassen.
Der Besuch ließ nicht lange auf sich warten.
Ein rotbärtiger Mann in kostbar besticktem Wintermantel trat leicht

humpelnd auf Anna zu, die inmitten ihrer Damen stand. Trotz seiner Gehbeschwerden bemühte er sich, eine stolze, aufrechte Haltung an den Tag zu legen. Die kalte Luft draußen hatten sein Gesicht mit Röte überzogen, aus der sich überall auf den Wangen geplatzte Äderchen abhoben. Mitten im riesigen Pelzkragen saß sein kantiger, aufgeschwemmt wirkender Kopf, den er unbeweglich hielt. Als die flink hin- und herschießenden Äuglein die Prinzessin ausgemacht hatten, zwängte ein dünnes Lächeln die Hamsterbacken auseinander.
Keinen Augenblick ließ Anna sich täuschen. Dieser an Größe wie Umfang imposante Mensch war gewiß kein kleiner Landedelmann. Vielmehr sah er dem Königsporträt ähnlich, das Meister Holbein im vergangenen Jahr mit nach Kleve gebracht hatte.
In vollendeter Manier sank Anna in die Knie und dankte für den Besuch, der ihr erneut die Herzlichkeit der Engländer beweise. Eilfertig übersetzte der Düsseldorfer Diplomat. König Heinrich wiederum entgegnete, er sei lediglich gekommen, um der Fürstin zum neuen Jahr alles Glück zu wünschen und Geschenke zu überreichen. Selbst jetzt gab er sich nicht offiziell zu erkennen.
Der Herrscher wollte Anna vom Boden aufheben, doch das Bücken war seinem geplagten Leib zu mühsam. Vornübergebeugt bekam er die riesigen, aufgebauschten Samtärmel der Kleverin zu fassen und rüttelte daran. Das war so unmißverständlich, daß Anna sich schnellstens erhob.
Nun drückte der Monarch ihr rechts und links einen Kuß auf die Wange und drehte sich schon wieder um. Die ganze Szene hatte kaum einige Minuten gedauert. »Wir wollen Euch nicht weiter zur Last fallen«, stieß er hervor und winkte seinen Begleitern. Wie ein Spuk waren die Männer bald darauf aus dem Lager verschwunden.
Unweit der Zeltstadt machte Heinrich seinem Unmut Luft.
»Was für Märchen habt Ihr mir da erzählt, Cromwell?« zischte er wütend. Der sich verflüchtigende Atem umhüllte für einen kurzen Moment des Königs Gesicht. »Diese Stute aus Flandern soll schöner sein als die Kaisernichte aus Mailand? Wieviel Bestechungsgeld habt Ihr kassiert, damit Ihr Euren Herrscher so dreist belügt?«
Dem Minister wurde es himmelangst. Rasch lenkte er sein Pferd etwas weiter von dem Tobenden fort. Er wußte, es hatte keinen Sinn, in dieser Situation Erklärungen abzugeben. Wie meist würde sich Heinrich irgendwann wieder beruhigen und mit den Tatsachen abfinden. Sicher, die Kleverin war kein Ausbund an Schönheit, doch

hatte die Frau eine weite Reise hinter sich und benötigte Erholung. Außerdem konnte man ihr diskret anbieten, ab sofort englische Mode zu tragen, die ihre Reize besser zur Geltung bringen konnte.
Als der Zug die Barken erreicht hatte, zögerte Heinrich nicht einen Augenblick. »Entzündet die Fackeln!« rief er den Bootsleuten zu. »Und wenn wir die ganze Nacht über brauchen – ich bleibe nicht an diesem Ort! Zurück nach Greenwich!« Er kletterte an Bord und zog Cromwell, der sich davonmachen wollte, mit. »Ihr bleibt an meiner Seite, verstanden?« brummte der König. »Euch habe ich diesen grandiosen Plan zu verdanken – vielleicht fällt Euch ja auch ein Mittel ein, wie diese Heirat zu vermeiden ist. Auf, Cromwell, denkt nach!«
Das darf doch nicht wahr sein, ging es dem Minister durch den Kopf. Zeit gewinnen! Er wird sich schon noch an die Dame gewöhnen. Nur jetzt nicht in einem übereilten Moment zerstören, worauf ich seit fast zwei Jahren hingearbeitet habe…
»Euer Gnaden«, murmelte Cromwell vorsichtig, »hat Euch die Prinzessin denn wirklich ganz und gar mißfallen? Trug sie nicht vielmehr königliche Haltung zur Schau, hat sie Euch nicht freundlich angelächelt, trotz ihrer großen Ermüdung?«
Heinrich nickte zustimmend. Noch immer ärgerlich, zupfte er an seinen Lederhandschuhen herum, während die Ruderer abstießen und die Barke leicht zum Schaukeln brachten. »Aber ich mag sie nicht leiden«, setzte er wie ein trotziges Kind hinzu.

Am Abend des 6. Januar 1540 hatte der König fast alle Bedingungen erfüllt, die im Heiratsvertrag mit dem Herzogtum Kleve ausgehandelt worden waren. Wieder einmal hatte Erzbischof Cranmer seinen Landesherrn getraut. Nun stand noch eine letzte Aufgabe an: der Vollzug seiner neuen Ehe. Heinrich strich sich über den Bauch, in dem es unangenehm drückte und zwickte. Vielleicht hatte er über Gebühr beim Festmahl zugelangt und dabei zuviel ungemischten Wein getrunken. Jetzt kämpfte der König gegen den Schlaf; immer öfter schlossen sich die Lider über den verschwiemelten Augen.
Anna von Kleve warf einen ängstlichen Seitenblick auf den frischgebackenen Gemahl. Sie hatte keine Ahnung, was genau in diesen letzten Stunden des Tages folgen sollte. Aber das eine wußte auch sie: ein schlafender Ehemann würde dazu kaum imstande sein.
In vier riesigen Reihen waren aneinandergestellte Tische zu langgestreckten Festtafeln verbunden worden, an denen die Hofgesellschaft

mitsamt den ausländischen Gesandten seit dem frühen Nachmittag beisammensaß und immer noch zechte. Catherine Howard und Alice Shelton saßen verhältnismäßig nah am Brennpunkt des Geschehens, da sie als neue Hofdamen der Königin sich stets in Reichweite Annas von Kleve aufhalten mußten.

»Giles Paston macht mir hübsche Augen«, kicherte Catherine und zeigte ungeniert in Richtung des jungen Mannes, der in einiger Entfernung an der Tafel schräg gegenüber hockte. Ab und zu warf der Höfling einen sehnsüchtigen Blick zu Catherine, die demonstrativ den Kopf abwandte und Thomas Culpeper anstarrte.

»Wußtest du, daß Culpeper und ich verwandt sind?« raunte Catherine ihrer Freundin zu. »Ich dachte es mir gleich, als ich seinen Namen hörte und sprach ihn gestern darauf an. Er muß ein entfernter Vetter von mir sein, meine Mutter stammte aus der Familie Culpeper.«

Alice beugte sich vor, um an ihren Nachbarn vorbei einen besseren Blick auf den Pagen Seiner Majestät zu erhaschen.

»Sieh dich vor, Catherine! Ein anderer deiner Vettern hat dir schon einmal den Kopf verdreht...«

Die junge Howard lachte und zupfte das gefältelte Ende ihres linken Ärmels zurecht.

»Pah! Francis ist schon halb vergessen. Was mußte er denn nach Irland gehen und sich dort vor der Felsenküste herumtreiben! Der wird auch ohne mich glücklich.«

Mit deutlich zitternder Hand hob Heinrich VIII. den aufs neue gefüllten Weinpokal empor. Schnell nahm er die andere Hand zuhilfe und führte das schwere Gefäß zum Mund, ohne viel zu verschütten. In der Nähe hörte er eine helle Mädchenstimme kichern und blinzelte in die Richtung, aus der das Lachen kam. Saßen da nicht zwei ganz gleich gekleidete Hofdamen nebeneinander? Der König lehnte sich nach vorn und kniff seufzend die Augen zusammen. Jetzt war es doch nur noch eine. Aber die sah appetitlich aus. Die Kleine steckte gerade wieder ihren Kopf mit dem der Nachbarin zusammen. Wahrscheinlich gehörte sie zum Personal seiner Frau, sonst hätte man sie weiter entfernt plaziert. In diesem Augenblick bedauerte Heinrich, daß Anna einen eigenen Haushalt unterhielt, in dem herumzukommandieren ihm zwar nicht verwehrt war, aber unnötigen Verdacht geweckt hätte. Um wieviel hübscher war dies Mädchen als die knochige Flämin, die ihn mit erwartungsvollem Blick anstierte! Wie schlau mußte er es anfangen, daß Anna ahnungslos blieb...?

»Seine Majestät wünscht, daß Ihr vor Ihn tretet!«
»Ihr macht doch gewiß keinen Scherz, Sir Edgecombe?« sagte Catherine Howard mit bleichem Gesicht, als der Kammerherr sie leicht an der Schulter berührte und halblaut murmelte, was Heinrich ihm aufgetragen hatte.
»O Gott!« Ein wenig schwankend – schließlich hatte auch sie dem Wein kräftig zugesprochen – erhob sich Catherine und ging leichtfüßiger als erwartet auf die Tafel des Königspaars zu.
Vor dem mit Schüsseln, Kannen und halbaufgegessenen Speisen überladenen Tisch sank sie in die Knie und senkte den Blick. Merkwürdig, welche Einzelheiten sie plötzlich wahrnahm: direkt vor ihren Fußspitzen lagen winzige Krümel französischen Gebäcks, dazwischen hatte vergossener Rotwein die frischen Binsen eingefärbt.
»Nennt mir Euren Namen!« donnerte die volltönende Stimme des Königs von oben herab. »Und seid nicht so schüchtern, junge Frau, schaut Euren Gebieter an dabei!«

In der Umgebung des Monarchen hörten sämtliche Gespräche auf. Neugierig starrten Pagen, Ritter und Damen auf die Szene. Anna von Kleve hatte immerhin verstanden, was Heinrich von Catherine wollte und wartete gespannt, wie selbstsicher ihre neue Begleiterin antworten würde.
Catherine blickte zum Tisch hinauf, wo sie das Gesicht ihres Königs direkt über einem silbernen Tafelaufsatz in Form eines Kessels erblickte. Es sah aus, als wachse es aus dessen Mitte heraus, wie eine groteske Blüte. Unwillkürlich lächelte Catherine und löste damit den eigenen Bann der Angst.
»Ich heiße Catherine Howard und stehe in Diensten Ihrer Gnaden der Königin«, sagte sie mit etwas brüchiger Stimme.
»Dann seid Ihr wohl Edmund Howards Tochter?« fragte Heinrich halb ungläubig, halb ärgerlich. Doch die junge Frau ließ sich nicht einschüchtern.
»Und zugleich die Nichte des Herzogs von Norfolk, Eures treuen Dieners«, erwiderte Catherine.
Heinrich lachte dröhnend. »Wohl gesprochen, mein Fräulein! Ihr habt Mut. Wollte Gott, Ihr könntet ebenso flink tanzen wie Ihr antwortet.«
»Es steht in Eurer Macht, das zu erproben«, meinte Catherine, die immer noch auf dem Boden kniete. »Ein Wort von Euch genügt.«

Das ließ sich der König nicht zweimal sagen. Auf seinen Wink hin spielten die Musiker eine Brangill, die er freilich ganz allein mit der Hofdame seiner Frau tanzte. Denn zwischen all den Sitzbänken und Tafelreihen war eigentlich kein Platz für solches Vergnügen vorgesehen. Und so bewegte sich Catherine zwischen Hunderten staunender Augenpaare an der Seite des nicht mehr nüchternen Bräutigams. Die Zeiten, in denen der Monarch wie ein junger Gott zu den Taktschlägen des Tamburins gesprungen war, gehörten der Vergangenheit an. Mit gemessenen Gesten agierte Heinrich auf der hastig freigeräumten kleinen Fläche, kaum brachte er seine schweren Beine hoch. Dann drehte er sich um sich selbst, einem alten Tanzbären nicht unähnlich, während Catherine ihre eigenen Schritte in entgegengesetzter Richtung um ihn herumtanzte.
Mit gemischten Gefühlen betrachtete Anna von Kleve die Szene. Schon wieder näherten sich die Gehilfen des Haushofmeisters, um die niedergebrannten Kerzen auszuwechseln. Wie lange sollte dieses Fest denn noch währen?

Kurz vor Mitternacht begab sich Heinrich VIII. endlich in sein Schlafgemach, wo er wie jeden Abend von einem halben Dutzend Personen ausgekleidet und in sein Nachtgewand gehüllt wurde. Vor der Schwelle scharrten bereits die Füße der Nachtwache, die ihn mit Laternen durch den Flur zum Zimmer der Königin geleiten sollten. Müde stützte sich der Herrscher auf den Arm seines Zeremonienmeisters und gab das übliche Zeichen. Sofort öffneten zwei Pagen die Tür, während sich der Troß aus Höflingen und Dienern in Bewegung setzte. Als Heinrich im flackernden Kerzenlicht Minister Cromwell erblickte. hielt er einen Augenblick inne und warf ihm einen zornigen Blick zu.
»Es war wohl nicht zu verhindern, wie, mein Bester?« flüsterte er giftig. »Glaubt mir, wenn ich jetzt noch zurück könnte, ich würde nicht zögern! Wenn ich nicht England über alles liebte ...«
Anna von Kleve hörte von weitem schon das Geschlurfe, Gemurmel und unterdrückte Gelächter. Voll Aufregung scheuchte sie mit freundlichem Winken ihre Damen fort. Unter fortwährendem Knicksen entfernten sich Brempt und Swartzenbrock. Mary Norris ergriff Annas Nachttopf, um ihn zum wiederholten Male auszuleeren. Catherine Howard befand sich bereits auf dem Flur und lugte nur noch einmal neugierig um den Türpfosten, während ihre Freun-

din Alice die Samtvorhänge des riesigen, geschnitzten Himmelbettes raffte und an der Wand dahinter befestigte. Fast mitleidig blickte sie auf die Frau aus dem fremden Land, die nur wenige Jahre älter war als sie selbst. Ob die Königin wohl ahnte, was an Schrecklichem nun auf sie zukam? Diese entsetzlichen Schmerzen – und dabei war John noch ein schlanker, gutgebauter Mann gewesen. Alice malte sich aus, was ihre Herrin zu erdulden hatte, wenn König Heinrich mit seiner ganzen Leibesfülle auf ihr lag.

»Gute Nacht, Euer Gnaden«, sagte Alice und meinte mehr als die bloße Floskel. Mit aufgerissenen Augen schaute die Deutsche zwischen den Kissenbergen hervor. Vor einer Stunde war sie noch gottserbärmlich müde gewesen, doch jetzt war der tote Punkt überwunden. Eine Mischung aus Furcht und Erwartung malte sich auf dem Gesicht der Königin. Alice berührte kurz die Hand ihrer Herrin, die auf der bestickten Decke lag, knickste ehrerbietig und begab sich hinaus.

Hatten bisher Diener und Würdenträger die königlichen Personen noch bei den intimsten Verrichtungen begleitet, so waren Heinrich und Anna jetzt unter sich. Wenigstens die Hochzeitsnacht gehörte den beiden allein. Niemand sonst blieb im Zimmer, wenn auch vor der Tür gelegentlich das Rascheln von Kleidern oder Husten und Schniefen zu hören waren. Eine einzige Kerze brannte auf dem Ständer neben Annas Bett. Die weißgekleidete, massige Gestalt Heinrichs bewegte sich wie ein Gespenst auf die Königin zu. Wortlos hob er die Decke hoch und stieg seufzend in die Kissen. Anna spürte, wie es wärmer neben ihr wurde. Bewegungslos blieb sie auf dem Rücken liegen und drehte den Kopf zu ihrem Ehemann, den auch seine mit Spitzen gesäumte Nachthaube nicht verschönerte.

Noch immer gab der König keinen Ton von sich. Statt dessen knöpfte er das Nachtgewand seiner Frau auf und schaute ungeniert in den Ausschnitt. Anna ließ ihn gewähren; er mochte schon wissen, was zu tun war.

Langsam wanderte seine fleischige Hand über ihren Körper. Für kurze Zeit hielt der König die linke, dann die rechte Brust seiner Frau fest und wog sie prüfend. Erst fühlte sich Annas Mund ganz trocken an, dann zog sich alles darin zusammen, als habe sie Essig verschluckt. Ihre Augen suchten die dunklen Holzbohlen des Bettdaches ab. Sie wünschte, all das würde aufhören. Aber es ging weiter, immer weiter. Die Hand suchte sich ihren Weg abwärts. Dort hatte sich Anna nicht einmal selbst jemals berührt. Es war nicht unangenehm und doch fremd zugleich. Ein Kitzeln bis unter die Haarspitzen. Ihre Wangen brannten und in heftiger Bewegung drehte Anna den Kopf zur Seite. Im gleichen Augenblick zog sich die Hand abrupt zurück. Der Mann neben Anna rollte sich fort und zog ein Stück Decke über seine Fleischmassen.

»Ihr könnt auf keinen Fall mehr Jungfrau sein«, murmelte er schläfrig. »Sonst hättet Ihr nicht einen so schlaffen Busen. Ich weiß, wovon ich rede.«

Die letzten Worte gingen in undeutlichem Flüstern unter. Heinrich VIII. suchte sein eigenes Bett nicht mehr auf. Das Gesicht von der Deutschen abgewandt, versank er unter lautem Schnarchen in seinen Träumen.

Langsam knöpfte Anna ihr Gewand zu. Wie gelähmt beobachtete sie, wie die Kerze so weit herunterbrannte, daß sie verlosch. In bläulichem Schimmer rollten die letzten Wachstropfen am Ständer herab und der Docht neigte sich zur Seite. Dann war es im Zimmer vollends dunkel.

Drei Wochen später wollten sich die Hofdamen der Königin ausschütten vor Lachen, als Lady Edgecombe von einem Gespräch mit Anna von Kleve erzählte.

»Und als ich ihr das Haar zusammenband, fragte ich Ihre Gnaden, ob denn das Land bald auf einen Erben hoffen dürfe? Ratet, was sie antwortete: 'Gewiß, Mylady. Jeden Abend Seine Majestät gibt mir einen Kuß und wünscht eine gute Nacht. Und am Morgen kommt er wieder und wünscht einen guten Morgen.'«

»Wenn das alles ist, was die beiden miteinander zu schaffen haben, muß England noch lange auf einen Prinzen warten«, kicherte Mary Norris. »Vielleicht wollte sich die Königin nur lustig machen.«

Lady Edgecombe fuhr erbost herum und funkelte Mary an.

»Ihr seid ein junges Ding, das keine Ahnung hat!« meinte sie arrogant. »Niemand macht sich über mich lustig, nicht einmal die Königin!«

Catherine Howard ging zur Tür, an der es schon zweimal geklopft hatte. Im Gehen warf sie beiläufig ein:

»Auch ich glaube, daß Ihre Gnaden ganz einfach unwissend ist. Seine Majestät verschmäht die Prinzessin aus Kleve. Sie ist ihm offenbar so zuwider, daß er seit der Hochzeitsnacht erst wenige Male den Weg

zu ihrem Schlafgemach gefunden hat. Das berichtete jedenfalls die Wache.«
Schwungvoll öffnete die junge Frau die Tür zum Vorzimmer der Königin und ließ den Hofschneider herein, der über dem Arm eine Auswahl bunter Brokatstreifen trug und in einer Hand einen Gipskopf hielt, über den eine Giebelhaube gestülpt war.
»Sieh an!« bemerkte Lady Edgecombe. »Das ist gegenüber dem deutschen Mummenschanz ein großer Fortschritt. Obwohl ihr eine Sichelhaube wahrscheinlich besser stünde...«
»Der Gewandmeister wird einen Wutanfall bekommen«, prophezeite Catherine Howard. »Königin Anna wird demnächst schon alles Geld ausgegeben haben, das ihr für ein ganzes Jahr zusteht.«
Alice Shelton zuckte leicht, als sie das Wort »Gewandmeister« hörte. Natürlich war nicht von Stephen die Rede, denn der arbeitete ja für den Haushalt König Heinrichs. Trotzdem...
Der Schneider machte ein höchst erstauntes Gesicht, als Anna von Kleve ihm keinen Einlaß in ihr Privatgemach gewährte. Achselzuckend nahm Alice ihm die Stoffproben und die Haube ab und hieß ihn vor verschlossener Tür warten, bis die Königin ihre Entscheidung getroffen hatte.
»Ach Alice«, sagte Anna mit müder Stimme. »Ich kann einfach keinen Mann sehen jetzt.«
Trotz der unbeholfenen Ausdrucksweise verstand Alice sogleich, was ihre Herrin meinte. Schweigend breitete sie die Brokatstücke vor ihr aus. Dann wagte sie es doch.
»Darf ich das Wort an Euch richten, Madam?«
»Gewiß doch«, nickte die Königin.
»Es ist für jeden ersichtlich, wie gute Fortschritte Ihr mit dem Englischen macht. Selbst Eure Aussprache befriedigt das Ohr aller, die sie hören.«
Anna lächelte zum ersten Mal an diesem Tag. Mistress Sheltons langer Satz drückte wohl, wie sie an einzelnen Worten erkannte, Lob für ihre Bemühungen aus, sprachlich zurechtzukommen. Während sie über den Brokat streichelte, meinte sie:
»Master Roper ist ein strenger Lehrer. Wir üben täglich viele Stunden. Es muß sein, weil meine Damen zurückgehen sollen nach Kleve. Ich darf nicht Deutsch sprechen mit ihnen. Seine Majestät sagte das gestern. Arme Swartzenbrock! Und die anderen auch. Sie sind gern bei mir.«

Alice dachte an die klevischen Fräuleins. Wenn sie zurück in die alte Heimat geschickt wurden, schadete das niemand. Und doch tat es ihr leid für Anna von Kleve.

Die Königin saß vor dem Spiegel aus venezianischem Glas. Ihr aufgelöstes, dunkles Haar, dünn und spröde, fiel in langen Strähnen über die mageren Schultern. Kritisch betrachtete sie ihr Ebenbild und zwinkerte sich selbst aufmunternd zu.

»Ich kannte einen Mann, er sprach Deutsch!« sagte sie und hob probeweise ein Haarbüschel aus dem Nacken nach oben. »Er kam nach Kleve und hieß Earl von Fairbury. Kennt Ihr ihn?«

Alice reagierte so überrascht, daß jedes Leugnen zwecklos gewesen wäre. Langsam kam sie auf die Königin zu und brachte ihr ein bereitgelegtes Halsband.

»Ja. Er lebt nicht mehr hier«, antwortete sie so knapp wie möglich.

»Ist Fairbury tot?« entsetzte sich Anna von Kleve, die den Satz mißverstanden hatte.

»Nein, Madam«, erwiderte Alice mit Nachdruck. »Der Earl ist Gesandter des Königs bei den Schotten.«

Anna hatte das mittlere Wort nicht verstanden, nickte aber dennoch eifrig. »Er sagte von Heirat«, meinte sie und blickte ihre Hofdame hilfesuchend an.

»Mag sein«, gab Alice kühl zurück. »Ich hoffe von Herzen, daß er glücklich wird.«

»Glücklich!« wiederholte die Königin und freute sich über das Wort, das ihr akzentfrei über die Lippen kam. »Ja, der Earl sagte von einer Dame.«

Alice war es leid. Irgendwann erfuhr es ihre Herrin ja doch, da war es am besten, wenn sie die Sache selbst in die Hand nahm.

»Ich war die Dame«, meinte sie und zog sich einen Schritt zurück. »Aber wir heirateten nicht. Ich wollte lieber Euch dienen, meine Königin.«

Anna von Kleve brauchte eine Weile, bis sie den Sinn dieser Worte ganz begriffen hatte, doch dann zeigte sich eine gewisse Bestürzung auf ihrer Miene. »Und... und...ich, ja ich habe .. äh, bin...« Es wollte ihr nicht gelingen, in der fremden Sprache auszudrücken, was ihr durch den Kopf ging. Und ich bin der Grund, weshalb diese Hochzeit nicht zustandekam. Nachdenklich hob sie ihre rechte Hand und blickte auf ihren Ehering, einen breiten Goldreif, in den rundherum ein Motto eingraviert war. Es lautete: »Gott schenke mir Glück für immer.«

Norfolks folgenschwerer Plan

Das Wetter der Februarmitte setzte Minister Cromwell sehr zu. Die kalte Feuchtigkeit kroch ihm in die Glieder und Knochen, wo er ein Reißen verspürte, das ihn beinahe zum Jammern brachte. Als ob die schweren Sorgen, die ihn ansonsten noch drückten, nicht ausgereicht hätten!

Er sah sich außerstande, den weiten Weg von Greenwich – wo der Hof momentan lebte – nach Lambeth zurückzulegen. Die Ruderer würden Stunden dafür brauchen; zuviel der Qual. So hatte er einen Boten zu Erzbischof Cranmer geschickt und ihm ausrichten lassen, der Kirchenmann solle ihn so schnell wie möglich aufsuchen, denn es gehe um eine äußerst wichtige Angelegenheit.

Cromwell hörte die Uhr von einem der großen Türme draußen schlagen. Es ging allmählich auf Mittag zu. Falls Cranmer zeitig aufgebrochen war, konnte er jeden Augenblick eintreffen. Die Fenster der Gemächer des Ministers gingen nicht auf die Flußseite hinaus, so daß seine ungeduldige Neugier unbefriedigt blieb.

Francis, der Kammerdiener, hatte bereits alles bereitgestellt, was zum Empfang des hohen Kirchenfürsten vonnöten war.

Bald darauf drangen vom Innenhof des Palastes aufgeregte Rufe und das Lärmen einer größeren Menge herauf; Anzeichen, daß eine bekannte Persönlichkeit den derzeitigen Wohnsitz des Königs erreicht haben mußte. Und nur eine Viertelstunde später atmete Cromwell erleichtert auf, als er den Erzbischof in seine Gemächer bitten ließ.

»Ich hoffe, es ist etwas wirklich Dringendes«, sagte der sonst so sanftmütige Bischof etwas ungehalten, nachdem die beiden Männer sich begrüßt hatten. »Der Himmel weiß, wieviele Aufgaben meiner harren!«

Mit einem unterdrückten Seufzen drehte sich Cromwell in seinem Stuhl in die am wenigsten schmerzhafte Position und meinte dann: »Ich danke Euch tausendmal, daß Ihr mir den Weg über das wüste Wasser erspart habt. Eigentlich müßtet Ihr mich besser kennen, Cranmer, und mir nicht unterstellen, ich bäte Euch wegen läppischer Belanglosigkeiten hierher.«

Der Erzbischof nahm den angebotenen Sitz nicht ein. Statt dessen wanderte er mit bedächtigem Schritt im Zimmer umher, wobei das große Silberkreuz, das an langer Kette von seinem Halse hing, hin

und her schwang.
»Laßt mich raten«, meinte er mit leichtem Grinsen. »Es kann im Grunde nur um die Königin gehen, habe ich recht? Es gibt doch hoffentlich keine Probleme mit ihr?«
»Ihr scherzt wohl«, zischte Cromwell böse. »Mittlerweile pfeifen es die Spatzen von den Dächern; sie dürften es selbst bis Lambeth gepfiffen haben, daß Seine Majestät sich nichts aus der Königin macht.« Ratlos zuckte der mächtige Ratgeber die Schultern. »Und bislang weiß ich kein Mittel dagegen.«
»Weswegen sollte gerade ich dabei helfen können?« versetzte Cranmer in arglosem Ton.
»Weil es auch um Euren Kopf geht, Herr Erzbischof!« konterte Cromwell und winkelte mit verzerrten Mundwinkeln die Beine an. »Königin Anna soll ihre schützende Hand über alle halten, die dem neuen Bekenntnis zuneigen. Doch welchen Einfluß kann sie gewinnen, wenn unser Monarch sie kaum beachtet? Laßt mich offen sein – Doktor Chambers' Gehilfe überbrachte mir jüngst in aller Heimlichkeit ganz alarmierende Neuigkeiten. Angeblich ist Seine Majestät wegen der Häßlichkeit der Königin außerstande, die Ehe zu vollziehen.«
Ungläubig schüttelte Cranmer den Kopf. »Doktor Chambers ist ein Mann von 87 Jahren. In letzter Zeit hat er sich mit seinen Diagnosen mehr als einmal geirrt.«
»Aber Doktor Butts sagt das Gleiche«, fuhr Cromwell besorgt fort. »Sobald der König allein schläft, ist alles in Ordnung. Während er träumte, widerfuhren ihm nächtens zwei Ergüsse – so hinterbrachten es mir zwei Kammerdiener. Aber nichts regt sich mehr, wenn er seine Frau ansieht! Unter diesen Umständen sieht es düster aus mit den Hoffnungen auf einen weiteren Sohn.«
Cranmer ließ diese Worte auf sich wirken. Dann blickte er an Cromwell vorbei auf das Bein eines Schreibtisches, setzte sich endlich nieder und murmelte:
»Wie ich den König kenne, wird er über kurz oder lang eine Scheidung anstreben. Ihr solltet Euch zu retten suchen, Cromwell, denn schließlich war diese Verbindung Eure Idee. Sucht schleunigst Gründe für eine Ungültigkeitserklärung zusammen!«
Zorn überkam den Minister. Hätte es ihn nicht so geschmerzt, wäre Cromwell aufgesprungen und hätte mit dem Fuß auf die hölzernen Bohlen des Fußbodens gestampft.

»Das sieht Euch ähnlich!« rief er. Seine Stimme überschlug sich und erstickte in einem Husten. Es dauerte eine Weile, bis er in ruhigerem Tone weiterreden konnte. »An Erfahrung mangelt es Euch gewiß nicht, wie man ausgediente Königinnen loswird«, bemerkte er dann süffisant. »Glaubt Ihr im Ernst, ich gäbe so schnell auf? Das Reich kann doch nicht innerhalb weniger Monate eine Kehrtwendung seiner gesamten Außenpolitik unternehmen! Nur weil Königin Anna unserem Herrn nicht gefällt, sollen wir den Pakt mit Kleve brechen und den Herzog in die Arme der Kaiserlichen treiben? Niemals! All meine Mühen wären vergebens gewesen!«
Sofort stand Cranmer wieder auf und begann seine Wanderung um den Schreibtisch des Ministers, wie ein mühledrehender Gaul.
»Eure gekränkte Eitelkeit müßt Ihr beiseiteschieben«, antwortete er. »Und den Satz über die ausgedienten Königinnen will ich überhören. Gerade Euch steht eine solche Bemerkung am wenigstens zu; habt Ihr doch kaltblütig Anne Boleyns Leben gegen unsichere Freundschaftszusagen des Kaisers eingetauscht!«
»Sie hat dem König lediglich eine wertlose Tochter geschenkt und eine Reihe toter Söhne. Mit ihren 35 Jahren stand in dieser Hinsicht auch nicht mehr viel zu erwarten. Weswegen hätte Seine Majestät an dieser Frau festhalten sollen, die ihm noch dazu die Feindschaft der Habsburger eintrug?«
Cranmer blieb abrupt stehen.
»Ihr solltet Euch nicht in Rechtfertigungsversuchen ergehen«, lenkte er nach kurzer Bedenkzeit ein. »Die Dinge sind nicht ungeschehen zu machen. Überlegen wir also, was heute zu tun ist.«
Cromwell beugte sich in seinem Stuhl vor und öffnete ein Fach des Schreibtisches. Ein Brief kam ans Tageslicht, den der Minister ein paarmal durch die Luft schwenkte. Dann zog er eine Pelzdecke heran, die über dem Tisch lag, und breitete sie über seine schmerzenden Knie.
»Diesen Brief schrieb mir der Earl von Fairbury, der noch immer nahe der schottischen Grenze lebt«, raunzte Cromwell. »Offenbar hat der junge Schnösel überhaupt keine Ahnung, was die kleine Shelton tatsächlich am Hof zu suchen hat. Jetzt macht er unnötigen Ärger ihretwegen!«
»Ich verstehe nicht ganz«, gab der Erzbischof zurück. »Was steht denn in seinem Schreiben?«
»Fairbury bekennt, daß er mit Alice Shelton fleischliche Gemein-

schaft hatte. Dazu kommt, daß er ihr seit Jahren als versprochen galt – durch Abkommen der Eltern. Eine Übereinkunft der Brautleute selbst hat zwar nicht stattgefunden, wird aber durch den vollzogenen Geschlechtsverkehr ohnehin überflüssig. Ihr wißt selbst, was das bedeutet, Cranmer. Die beiden sind somit nach gültigem Recht Mann und Frau.«
»Je nun, Cromwell, was stört es uns? Kein Gesetz dieses Landes verbietet den Hofdienst verheirateter Frauen. Es mag vielleicht in den letzten Jahren zunehmend unüblich geworden sein, solche hier zu beschäftigen – aber doch nur, weil immer mehr Sippen ihre heiratsfähigen Töchter unterbringen, in der Hoffnung auf eine gute Partie!«
Der Minister hob die Hand und fuhr verneinend mit dem Zeigefinger hin und her. »Tut nicht so naiv, Herr Erzbischof«, schnarrte er unfreundlich. »Wenn Fairburys Aussage stimmt, kann er die Rechte eines jeden Ehemanns geltend machen und seiner Frau befehlen, den Hof zu verlassen!«
»Das müßt Ihr verhindern, Cromwell«, sagte Cranmer hastig. »Die Shelton leistet uns gute Dienste. So hat sie mir jüngst einen umfangreichen chiffrierten Bericht zukommen lassen. Eigentlich wollte ich Euch über diese brisanten Erkenntnisse erst in einigen Tagen in Kenntnis setzen. Aber da Ihr Euch so standhaft weigert, eine Scheidung von Königin Anna überhaupt in Betracht zu ziehen, muß ich Euch leider sagen, daß ihre Person vielleicht von geringerem Nutzen ist, als Ihr glaubt. Denn obwohl ihr Bruder ein glühender Anhänger der Lehre Luthers ist und auf Seiten des Schmalkaldischen Fürstenbundes steht, so neigt Anna von Kleve doch im Grunde ihres Herzens dem Papismus zu.«
Jetzt hielt es Cromwell nicht mehr in seinem Stuhl. Ruckartig sprang er auf und klappte Sekunden später in der Leibesmitte zusammen wie ein abgeknickter Zweig.
»Ihr lügt!« preßte er hervor. »Welche Beweise sollte es dafür geben?«
»Sie hat mehrfach unkluge Äußerungen getan«, fuhr Cranmer ungerührt fort. »Sie ließ Bedauern angesichts der Klosterauflösungen erkennen. In die englischsprachige Bibel, die ihr zur Hochzeit überreicht wurde, hat sie noch keinen einzigen Blick geworfen. Mit Catherine Howard, der Nichte Norfolks, und Mistress Shelton hat sie mehrfach lateinische Gebete dahergesagt. Vermutlich haben diese drei Hohlköpfe nicht einmal den Sinn dessen gewußt, was sie daherplapperten.«

»Ihr sprecht äußerst respektlos von Eurer Herrin, der Königin«, rief Cromwell. »Seht Euch vor, Herr Erzbischof! Ihr könnt nicht erwarten, daß ich Euer gemeines Spiel mitspiele. Seine Majestät wird sich schon noch an die Deutsche gewöhnen, drum seid nicht gar so ungeduldig.« Während der Minister sich ereiferte, schöpfte er aus den eigenen Worten Hoffnung. Plötzlich war ihm völlig unklar, weswegen er Cranmer hatte rufen lassen. Auf Rat und Tat dieses Menschen zu bauen, hieß eine Burg auf Sand zu errichten.

Als der Erzbischof gegen Abend wieder in seiner Residenz eintraf, fand er eine weitere Nachricht von Alice Shelton vor. Sein Privatsekretär hatte das chiffrierte Schreiben bereits in lesbare Sätze übertragen. Atemlos überflog der Kirchenfürst das Papier. Ganz offensichtlich startete die Gegenseite unter Führung Norfolks einen Generalangriff. Oder wie war es sonst zu deuten, daß Catherine Howard in den Palast des Bischofs von Winchester umziehen sollte? In traurigem Ton berichtete Alice, ihre Freundin Catherine habe durch einen Brief ihres Onkels Norfolk erfahren, daß sie in den folgenden Wochen oder Monaten eigene Gemächer erhalten würde – in der Residenz des durchtriebenen Stephen Gardiner, der seit kurzem der Diözese Winchester vorstand. Ein aufbrausender Hitzkopf, den Katholischen nahestehend, der auch in der Öffentlichkeit die Gesellschaft der Howards und anderer altgläubiger Sippen suchte. Cranmer brauchte nicht lange zu überlegen, um zu wissen, was das zu bedeuten hatte. Norfolk, der sich zur Zeit auf einer höchst wichtigen diplomatischen Reise nach Paris befand, wollte im Verein mit Gardiner den Kuppler spielen und seine Nichte in des Königs Bett schmuggeln. Daß Heinrich eine gewisse Abneigung gegen seine neue Gattin entwickelt hatte, kam den beiden Füchsen gerade zupaß. Alice Shelton hatte des weiteren geschrieben, sobald der Herzog aus Frankreich zurück sei, wolle er mit Catherine ein Gespräch führen. Auch dies unterstützte Cranmers Vermutung. Bestimmt würde die kleine Howard genaue Instruktionen erhalten, wie sie Seine Majestät zu umgarnen und Königin Anna zu entfremden hatte. Wenn nicht der Himmel noch ein Wunder zugunsten Cromwells geschehen ließ, hatte der Minister verloren.

Der erste April 1540 war ein sonniger Tag und viel zu warm für die Jahreszeit. Mit Bedauern nahmen es die Hofdamen Königin Annas

zur Kenntnis, daß sie mit ihrer Herrin in deren Gemächern bleiben sollten anstatt das schöne Wetter zu genießen.
Gerade hatte sich die Kleverin aus dem Raum entfernt, um ihren Toilettenstuhl aufzusuchen. Geschäftig wuselten drei Zofen und eine Kammerfrau um sie herum, deren Aufgabe es einzig war, Anna in dieser Angelegenheit zur Hand zu gehen. Augenblicklich nutzten die zurückgebliebenen Damen das kleine Stückchen Freiheit. Sie legten ihre Stickereien beseite und traten an die riesigen Fenster, in deren oberem Teil der königliche Glasmaler erst vor kurzem das Klever Wappen eingefügt hatte. Sehnsüchtig blickten sie in den gepflasterten Innenhof des Greenwicher Schlosses hinunter, den pausenlos Leute überquerten.
»So langweilig habe ich mir den Hofdienst wirklich nicht vorgestellt«, maulte Alice Shelton und öffnete einen Fensterflügel. Catherine Howard trat neben sie und antwortete: »Wie mein Onkel berichtete, hat Seine Majestät es übel vermerkt, daß Ihre Gnaden weder singen noch musizieren kann. Wie gerne würde ich sogar meine Laute wieder zur Hand nehmen, wenn ich dafür nicht tagaus tagein Tücher sticken müßte, die die Königin den Armen schenkt!«
»Weil du gerade von Armen sprichst, Alice« meinte die Basset plötzlich spitz, »sieh mal, wer da unten geht! Das sind doch Giles Paston und Stephen Dennyford. Ich kann mir nicht helfen, Dennyford ist häßlich wie die Nacht.«
Catherine Howard durchschaute sogleich, in welche Falle die hitzköpfige Freundin gelockt werden sollte und trat Alice auf den Fuß. Die verstand den Wink, konnte sich aber dennoch nicht eine Erwiderung versagen:
»Was gefällt dir nicht an ihm?«
Katharine Basset kicherte und griff sich nervös an den edelsteinbesetzten Rahmen ihrer Giebelhaube. »Hmmm – er ist noch so jung und bekommt schon graue Haare! Außerdem ist sein Bart ziemlich ungepflegt. Und diese vielen Grübchen, wenn er lacht...«
Genau das macht sein Lachen so reizvoll, dachte Alice. Am liebsten hätte sie Stephens Namen hinuntergerufen und dem Gewandmeister zugewinkt, doch angesichts so vieler Zuschauerinnen mußte sie es notgedrungen bleiben lassen.
»Habt ihr eigentlich denselben Schneider, Catherine?« rief aus dem Hintergrund des Zimmers die Stimme Agnes Tukes.
Gertrude Lilgrave, die neben Agnes hockte, runzelte die Stirn. Diese

Howard-Gans und ihre Busenfreundin laufen herum wie zwei bunte Vögel aus dem neuentdeckten Land. So etwas hätte Königin Jane, Friede ihrer Seele!, niemals zugelassen. Erst drei Jahre war es her, daß des Königs Gemahlin darauf bestanden hatte, die einzig farbig Gekleidete unter lauter braun und schwarz gewandeten Damen zu sein. Und wie streng hatte sie geschimpft, wenn auch nur ein einziges Haar unter der Giebelhaube hervorlugte! Aber so änderten sich die Zeiten. Mit der Deutschen war allzu große Nachlässigkeit eingezogen, fand Gertrude. Das mußte aufs Schärfste mißbilligt werden.
»Du und Alice habt euch heute fast wie Zwillinge gekleidet.« Agnes Tuke ließ in ihrer Neugier nicht locker. Die beiden Freundinnen sahen sich an und lachten. In der Tat trugen sie beide Gewänder nach französischer Art, jüngst angefertigt von einem Mann, der sich mit der neuesten Mode des Kontinents auskannte. Eine großzügige Spende von Catherines Onkel Norfolk hatte das kleine Wunder ermöglicht.
»Du hast es erraten, Agnes!« sagte Catherine Howard fröhlich. »Wir haben unsere Gewänder beim selben Schneider erhalten.« Ihr eigenes Kleid glänzte in heiterem Gelb, während Alice in ihrem himmelblauen Pendant dazu eine ideale Ergänzung bot.
Keine von beiden ahnte, weswegen der alte Norfolk in letzter Zeit so spendabel war...

Als Giles Paston und Stephen Dennyford gemeinsam den Schloßhof überquerten, blickte keiner von ihnen hoch zu den Gemächern der Königin, wo die Hofdamen Annas von Kleve flüsternd an den Fenstern standen. Die jungen Männer waren in ihr Gespräch vertieft und achteten nicht auf das, was um sie herum vorging.
»Es ist ungewiß, wann Seine Majestät zurückkehrt«, sagte Giles. »Fast möchte man glauben, seine Jagdausflüge sollen ihn von der Königin wegführen. Jedenfalls hat er die Gemächer Ihrer Gnaden seit langer Zeit gemieden.«
»Wie bedauerlich für Euch, Giles!« spottete Stephen. »Denn ohne den König zu begleiten, habt Ihr keinen Grund, die Hofdamen seiner Gattin aufzusuchen...!«
Paston errötete stark, was bei einem erwachsenen jungen Mann ziemlich merkwürdig aussah.
»Hat – äh, hat irgendjemand behauptet, daß ich das möchte?« erkundigte er sich ungeschickt.

Stephen lachte und ging mit langen Schritten durch ein Seitentor, das aus dem Hof hinunter zur Themse führte, wo eine kleine Flotte von Barken vertäut lag.
»Ich bin gewitzt genug, manche Dinge selber zu bemerken«, versetzte er schließlich. Paston, der eigentlich eine andere Richtung hatte einschlagen wollen, trippelte wie ein folgsamer Schoßhund hinter ihm her. »Meint Ihr, keiner sieht, was für glühende Blicke Ihr der kleinen Catherine Howard zuwerft? Und wie sehr Ihr leidet, weil sie nicht für Euch, sondern für Culpeper schwärmt?«
Giles rieb sich verlegen die Hände an den Samthosen. »Nun gut, ich will's nicht leugnen«, gab er kleinlaut zu. »Vielleicht spielt auch eine Rolle, daß Thomas Culpeper als Page Seiner Majestät stets in dessen Nähe weilt. Wer weiß, was Catherine sich davon verspricht.«
»Armer Narr«, grinste Stephen und winkte seinen in geraumer Entfernung wartenden Ruderern. »Ich kenne die junge Howard nur flüchtig, aber sie macht eher den Eindruck eines oberflächlichen Mädchens. Ob sie in der Tat so berechnend denkt... Wenn Ihr allerdings nach einer Frau sucht, die zur Ehe taugt, dann empfehle ich Euch Catherines unzertrennliche Freundin. Ihr erinnert Euch doch gewiß noch an Alice Shelton ?«
Giles Paston blickte recht erstaunt drein. Neben ihm rüsteten sich die Ruderer zur Abfahrt; einer nach dem anderen kletterte in die Barke.
»Aber – aber ich dachte stets, Ihr hättet selbst ein Auge auf Mistress Shelton geworfen! Habt Ihr nicht sogar bei ihrem Vater um ihre Hand angehalten?«
Stephen nahm die dunkelbraune Samtmütze mit dem Edelstein in der Mitte vom Kopf und hielt sie seitlich vor's Gesicht, damit die ihn anstarrenden Bediensteten nicht mitbekommen sollten, was er sagte. Mit gesenkter Stimme meinte er:
»Um der Wahrheit die Ehre zu geben – ich habe mich niemals ernsthaft mit dem Gedanken befaßt, Alice zu meiner Frau zu machen. Was auch immer sie an Freundlichkeit von mir empfangen hat, war abgenötigt... Ich traute mich nicht, das Mädchen vor den Kopf zu stoßen und so ließ ich mich dummerweise zu Taten drängen, die ich später vielfach bereute. Also paßt auf, lieber Giles. Falls Ihr Euch Mistress Shelton nähert, dann haltet Euch im Zaum, denn gar zu gern sieht sie nur, was sie sehen will: nämlich den Ehemann in Euch, und Ihr habt den Schaden.«
Giles' wässrigblaue Augen waren kreisrund geworden. Wie beläm-

mert stand er da und schaute zu, wie der Zweite Gewandmeister des Königs in sein Boot kletterte und das Kommando zum Ablegen gab. Als die Barke langsam in Richtung der Hauptstadt entschwand, stieg er kopfschüttelnd wieder das Ufer hinauf. Was Stephen über Alice gesagt hatte, wich dem Gedanken an seinen Rivalen um Catherines Gunst, Thomas Culpeper. Der kaltlächelnde Schönling war ihm schon länger ein Dorn im Auge.

Thomas Culpeper, dem Pastons finsteres Nachsinnen galt, befand sich in diesem Augenblick viele Meilen entfernt in einem Jagdgebiet, das der König mit der Hälfte seines Haushalts und vielen geladenen Adligen aufgesucht hatte. Da die Aufgabe, Heinrichs krankes Bein zu verbinden, heute einem Kameraden zugefallen war, konnte Thomas es sich leisten, mit einigen Jagdgehilfen ziellos umherzustreifen. Mehr oder minder zufällig hatten sie dabei ein Wild ganz besonderer Art gestellt: die Ehefrau des Parkwächters, die sie allein beim Reisigsammeln angetroffen hatten. Mochte die kleine Howard sich einstweilen noch verweigern; dieses Weib hier hatte keinen Grund, sich so zickig anzustellen. Sie von den Kumpanen festhalten zu lassen und seinen Mutwillen mit ihr zu treiben, war eins. Ärgerlich nur, daß die Frau – ihren Namen wußte er nicht – durch ihr Geschrei ein paar Dorfbewohner aufgescheucht hatte, die ihr sogleich zu Hilfe geeilt waren. Thomas hatte sich der Bauern nur erwehren können, indem er als Abschreckung einem von ihnen mit tödlicher Genauigkeit sein Jagdmesser zwischen die Rippen rammte. Vielleicht würde es der König erfahren – und was dann? Seine Majestät war in letzter Zeit ziemlich reizbar geworden, was an seiner neuen Gattin, dem sich vergrößernden Beingeschwür oder beidem liegen mochte. Konnte man darauf bauen, daß er auch dieses Vorkommnis verzieh, wie schon so viele andere? Thomas nahm sich vor, in den nächsten Tagen seinen Dienst ganz besonders zuvorkommend zu versehen.

Mitte April hatte die Natur endlich das Land aus dem unerbittlichen Griff der Kälte entlassen. Nachdem ein paar unerwartet heiße Tage bunte Frühlingsblumen auf die Wiesen gezaubert hatten, zeigte sich bald auch eine unangenehmere Folge der Wärme. Überall schlüpften Hunderttausende von Stechmücken aus, die jedem, der am Wasser zu tun hatte, das Leben sauer machten.

Trotzdem zog Thomas Howard, Herzog von Norfolk, es vor, nach seiner Rückkehr von der diplomatisch wichtigen Parisreise mit seiner Nichte Catherine zu dem Teich hinter Schloß Lambeth zu spazieren, der im Winter schon so oft zum Eislaufen gedient hatte. Was er der jungen Frau mitzuteilen hatte, war streng geheim. Die Einzige, die er in seine Pläne einweihte, war die alte Herzogin Agnes. Norfolk hatte in ihrem Privatgemach mit ihr gesprochen, während Catherine nach der gemeinsamen Fahrt in der Barke sich erst einmal im Hof erging, wo sie einige der auf Lambeth Zurückgebliebenen stürmisch begrüßten.

Norfolk stiefelte aus der großen Halle, dorthin, wo Catherine ihn schon mit ehrerbietig gefalteten Händen erwartete. Er zweifelte keinen Augenblick daran, daß er der Nichte begreiflich machen konnte, worum es ging. Dabei war es nicht nötig, ihr Einblick in die Feinheiten der Politik zu gewähren. Jetzt würde es Cromwell endlich an den Kragen gehen. Immerhin hatte der Franzosenkönig selbst behauptet, daß allein den Minister der Zorn des Kaisers traf. Als sei König Heinrich nur als braves Opferlamm von seinem Ratgeber in die klevische Ehe gedrängt worden, die den Kaiser so herausforderte! Vielleicht konnte der Monarch seinen Amtsbruder ja mit einem ganz besonderen Geschenk wieder versöhnen – mit Cromwells Sturz … Billiger als dem bedrängten Klever Herzog Truppen zu übersenden, war das allemal.

Als die junge Howard den Onkel kommen sah, fiel sie auf die Knie und verharrte in dieser Haltung.

Sie dürfte ruhig etwas hochgewachsener sein, dachte der Herzog kritisch. Catherine schaut ja aus wie ein größeres Kind. Aber den König hat es bislang nicht gestört … Er eilte auf seine Nichte zu und hob sie rasch vom Boden auf.

»Deine Höflichkeit beweist, daß die Erziehung in Horsham Früchte getragen hat«, fing er wohlwollend an. »Indes, es wird nicht nur das sein, was Seine Majestät für dich einnimmt.«

Catherine folgte dem Herzog ein bißchen ängstlich in geringem Abstand, bis er sie mit ungeduldiger Geste aufforderte, auf gleicher Höhe mit ihm zu laufen. Mit großen Schritten ging es voran.

»Schon bei der Hochzeit des Königs im vergangenen Januar bist du ihm aufgefallen. Und, wie man hört, seither noch des öfteren.«

Verlegen verschränkte Catherine die Finger.

»Ich weiß nicht, Mylord, was ich Euch darauf antworten soll«, erwiderte sie schließlich. »Seine Majestät umgibt sich bisweilen gerne mit den Hofdamen seiner Gemahlin; es ist so seine Art. Man erzählt sich viel Unwahres. Gewiß will mich manch einer verleumden und dichtet mir eine Liebschaft mit dem König an. Doch ich stehe in dessen Gunst nicht höher als alle anderen.«

Norfolk wußte es besser. Seine Leute hatten Augen und Ohren überall. Manche darunter waren so geschickt, daß sie gelegentlich sogar Cromwells eigene Spione bespitzeln konnten. War es denkbar, daß Catherine wirklich nicht bemerkt hatte, wie sich die Laune des Herrschers plötzlich besserte, sobald sie in der Nähe auftauchte? Wußte das ahnungslose kleine Ding gewisse männliche Blicke nicht zu deuten? Oder spielte die Nichte ein durchtriebenes Spiel – hatte sie sich heimlich einen jungen Herrn am Hofe auserkoren und ignorierte das Interesse König Heinrichs?

Der Herzog griff Catherine etwas grob an den Ärmel. »Ich bin nicht hier, um mit dir zu scherzen«, sagte er in plötzlicher Verstimmung. »Niemand würde dir einen Vorwurf machen, wenn du Seine Majestät ein wenig – hmm, ja, erfreutest. Denk daran, Nichte, es gibt keine größere Ehre für eine Frau dieses Landes. Und welche Wohltaten könntest du für deine ganze Familie erwirken!«

Catherine warf dem Onkel einen skeptischen Blick zu. Langsam bewegten sich die beiden aus dem Obstgarten hinaus in Richtung der Schafwiesen.

»Aber – Ihre Gnaden, die Königin! Ich soll die Schande des Ehebruchs auf mich nehmen !? Wie enttäuscht wäre Großmutter, wenn ich an eine solche Sünde auch nur denken würde!«

Fast hätte Norfolk laut losgelacht, doch im letzten Moment besann er sich. Die Kleine war wohl doch nicht so gerissen, wie er zuerst geglaubt hatte. Selbstverständlich hatte die alte Herzoginwitwe sich vor Freude und Überraschung kaum zu fassen gewußt, als er ihr sein Vorhaben enthüllt hatte. Das Wort »Ehebruch« war dabei kein einziges Mal gefallen.

»Hör zu, liebe Nichte«, sagte er mit heiterer Stimme und legte der winzigen jungen Frau seinen breiten Arm um die Schultern. Hier half es nicht, mit Gewalt vorzugehen. »Du tust nichts Unrechtes, wenn du dich Seiner Majestät hingibst. Denn inzwischen ist es ein offenes Geheimnis unter den Ratgebern, daß die Ehe mit Königin Anna gar nicht gültig geschlossen wurde. Böse Menschen wie Cromwell, der aus dem Dreck emporkam, und Erzbischof Cranmer, dem die Falschheit schon aus den Augen spricht – sie haben unserem Gebieter falsche Ratschläge erteilt und ihn ins Joch einer Verbindung

gezwungen, die er zutiefst verabscheut. Glaube mir, die Tage der Deutschen sind gezählt.«
Vor Schreck fuhr sich Catherine mit beiden Händen ans Gesicht.
»Wird – wird Ihre Gnaden getötet werden?« flüsterte sie. »Und was wird dann aus mir und Alice und Mary – und den anderen Hofdamen? Müssen wir nach Hause zurück?«
Norfolk kostete den Erfolg seines geschickten Schachzuges eine Weile aus und tat so, als überlege er. Währenddessen schritten die beiden unvermindert rasch voran. In einiger Entfernung kam bereits der einzelstehende Baum am Eislaufteich in Sicht.
»Es hängt von dir ab, was aus dir wird«, sagte er endlich. »Sollte es dir gar gelingen, zu Englands neuer Königin aufzusteigen, brauchst du dir weder um dein eigenes Schicksal Sorgen zu machen noch um das deiner Gefährtinnen. Und denke daran, wie der arme Monarch betrogen wurde. Es wird Zeit, daß dieses Gewürm von stümperhaften Ratgebern verschwindet. All jene sind doch heimliche Ketzer! Hilf du mir, dem wahren Glauben zu dienen und sie zu verjagen!«
Catherine klopfte das Herz. Noch nie hatte eine hochgestellte Persönlichkeit so zu ihr gesprochen. Keiner hatte sie je für beachtenswert gehalten. Ihr verstorbener Vater war verlacht worden, sie selbst wegen ihrer Armut gedemütigt. Und nun bat der große Herzog von Norfolk sie um seine Hilfe! Stumm nickte sie dem Onkel zu, unfähig, ihre Gedanken zu formulieren.
Thomas Howard ließ seine Worte wirken. Bald hatten die Spaziergänger den Teich erreicht und lehnten sich an den großen Stein, auf dem einst Alice und Stephen gesessen hatten. Da sich Catherine aber noch immer nicht äußerte, hakte der Herzog nach.
»Hat es dir die Sprache verschlagen?«
Vor Catherines geistigem Auge stand die wie ein riesiger Felsklotz aufragende Gestalt des Königs. Kostbare Stoffe umhüllten seinen beleibten Körper, verschwenderische Pracht von Edelsteinen blendete das Auge. Die geschwollenen Beine – die schwärende Wunde an der Wade, die Thomas Culpeper so oft verbinden mußte … Aber darüber ließe sich hinwegsehen … Und ich könnte viel häufiger in Thomas' Nähe sein – vielleicht weiterhin seine flüchtigen Küsse erhaschen … und ein für allemal Abstand von Francis nehmen, der vorgestern erst so voller Hoffnung aus Irland zurückgekehrt sein soll …
Es sah schon ziemlich merkwürdig aus, als Catherine mit unsicherem Lächeln dem Onkel ihren absoluten Gehorsam erklärte und daß sie

mit Freuden alles tun wolle, was dem König Hilfe und ihrer Familie Nutzen brächte. Denn von einer Wolke von Stechmücken umgeben, schlug der Herzog, grantige Worte ausstoßend, wild um sich.

John Clamour, der Earl von Fairbury, befand sich auf dem Weg nach Süden. Inzwischen sah er keinen Grund mehr, sich im abseits gelegenen Grenzgebiet zu Schottland vor der Welt zu verkriechen. Sein Kummer um die geplatzte Eheschließung mit Alice Shelton war einem schleichenden Zorn gewichen, der ihn zu Taten drängte. Als erstes hatte er die Situation überdacht und festgestellt, daß er durch sein Handeln Tatsachen geschaffen hatte, die zugunsten seiner Ansprüche entscheiden konnten. Die Zeit der Rücksicht war vorbei. Sollte doch jeder erfahren, daß er mit Alice geschlafen hatte! Recht war Recht, und um das seine wollte er sich nicht bringen lassen.
Es war nicht besonders schwer gewesen, die Erlaubnis des Königs zu erwirken, den Posten im unwirtlichen Norden zu verlassen und andere Aufträge zu erhalten. Ein von Heinrich VIII. unterzeichnetes Schriftstück drückte die Zufriedenheit des Monarchen mit den bisher geleisteten Diensten aus und wies John an, sich innerhalb von drei Monaten nach Oxford zu begeben. Dort sollte er die Fertigstellung noch im Bau befindlicher Collegegebäude überwachen, in anderen Anstalten Inspektionen durchführen und die Verwaltung eines aufgelösten Klosters, das nun dem König gehörte, auf ihre Tüchtigkeit prüfen.
John hielt sich in Peterborough auf, wo er für einige Wochen rasten wollte. Mehr als die Hälfte seines langen Weges lag bereits hinter ihm. Im ärmlichen, ausgeplünderten Norden hatten ihn überall Bilder verfolgt, die ihm lange nicht mehr aus dem Kopf gehen würden. Robert Askes Rebellion hatte ihre Spuren hinterlassen. Mehr als drei Jahre waren seit dem Aufstand ins Land gegangen, doch die, die man in eisernen Ketten gehängt hatte, baumelten noch immer an Bäumen und Galgen. In Lumpen gehüllt, von Wind, Wetter und Tieren angenagt, waren es nur noch stinkende, menschenähnliche Hüllen.
Vom Städtchen Peterborough aus, in dessen Kathedrale die verstorbene Königin Katharine ruhte, die erste Frau seines Gebieters, hatte er einen Brief gesandt, auf den bisher noch keine Antwort eingetroffen war. Der Earl wußte nur zu gut, daß es keinen Sinn hatte, sich an Alice Shelton zu wenden, um die nach geltendem Recht bereits vollzogene Ehe einzuklagen. Durch irgendwelche Intrigen hatten die

Sheltons es fertiggebracht, ihre Tochter am Hof unterzubringen, auch wenn sie nach außen beteuerten, mit dieser plötzlichen Berufung nichts zu tun zu haben. John glaubte ihnen nicht, weswegen er sie auch nicht von seinem Vorgehen in Kenntnis setzte. Die einzig Mächtigen, die ihm zu seinem Recht verhelfen konnten, waren Cromwell und Erzbischof Cranmer. Darum hatte er sich an den allmächtigen Minister gewandt. Längst hätte die Antwort eintreffen müssen – sofern er ihm denn zurückgeschrieben hatte. Lag der Grund für Cromwells Schweigen in der politischen Bedrängnis, in die der Minister offenbar geraten war? Gegen Mittag hatte John in seiner Herberge, einer früheren Abtei, den Brief eines seit Kindertagen vertrauten Freundes empfangen. Andrew Throckmorton, der Graf von Sheen, berichtete ihm mit unsichtbarer Tinte das Neueste von den Hintergründen der höfischen Geschehnisse. Andrew lebte im Schatten der Krone und wußte meist noch vor allen anderen, was im komplizierten Geflecht der widerstreitenden Parteien gespielt wurde. Über eine Kerzenflamme gehalten, traten die Buchstaben allmählich hervor. Johns Verdacht bestätigte sich teilweise.

Seit Norfolk aus Paris zurückkam, sitzt gar mancher Kopf wackelig auf seinen Schultern. Der Kaiser auf dem Kontinent rüstet zum Krieg, da er den Abfall des Herzogs von Kleve nicht dulden will. Doch ließ er vor kurzer Zeit unserem gnädigsten König erneut seine Freundschaft antragen, wenn Seine Gnaden sich nur bereitfänden, die Stifter des Unfriedens zu bestrafen. Alle dachten, es müsse Cromwell als den Schuldigen treffen. Dieser aber versicherte sich der Gunst Bischof Gardiners und speiste mehrmals mit diesem. Die beiden sollen sich ewige Freundschaft geschworen haben. Zudem erteilte der König Cromwell den Auftrag, den Orden der Johanniter aufzulösen und dessen Güter aufzuteilen. Es scheint, daß er sich nach wie vor der Gunst Seiner Majestät erfreut, denn wie man hört, wurde er gestern zum Earl von Essex ernannt. Andererseits drücken ihn schwere Sorgen und im Kreise des Kronrats klagt er über seine nachlassende Gesundheit. Man munkelt über seine Verbindung zu lutherischen Ketzern, was ihn gar nicht erfreut und die allgemeine Verwirrung hinsichtlich der Günstlinge Seiner Majestät schürt.

Selbst die alten Soldaten wünschen sich in diesen Zeiten keinen erneuten Feldzug, besonders nicht gegen den Kaiser. Das Parlament besaß jüngst die unglaubliche Frechheit, Steuern für Kriegsmittel zu verweigern, sodaß die Entsendung von Truppen zur Unterstützung des Herzogs von Kleve immer unwahrscheinlicher wird. Darüber hinaus will sich in dieser Sache niemand gern auf die

Seite der deutschen Ketzer stellen. Seine Majestät zeigt nun deutlich, daß er seiner Gattin mehr als überdrüssig ist. Er hat sie seit vielen Wochen nicht besucht und es heißt, eine Scheidung werde vorbereitet. Was die Wünsche unserer Feldherren angeht, so sollen sie, wenn es nach dem Willen der Franzosen geht, doch noch ihren Krieg bekommen. Unser gnädigster König wird Schottland erobern, so es Gott gefällt, und um des Friedens willen werden die Franzosen sich still verhalten und ihr Bündnis mit jenem Volk spitzfindiger Räuber auflösen. Sei froh, daß du das unsichere Gebiet verlassen durftest, da du doch ein Mann des Wortes, nicht des Schwertes bist. Ich gedenke deiner täglich im Gebet und hoffe darauf, dich bei deiner Ankunft hier willkommen heißen zu dürfen.
Gegeben zu Hampton Court, im Schloß Seiner Majestät, am 15. April im Jahre des Herrn 1540. So bin und bleibe ich dein Freund
A. Sheen

Wenige Tage nach dem Erhalt dieses Briefes reiste John Clamour weiter. Sein Ziel hieß nun Cambridge. Dort wohnte ein Tuchhändler, der in großem Umfang Ware aus Flandern und Holland, aber auch ganz entlegenen Teilen der Welt in seinen Speichern lagerte. Sein Ruf hatte in Süd- und Mittelengland nicht seinesgleichen. John hatte die Absicht, sich bei diesem Manne umzusehen und kostbare Stoffe zu kaufen, die sich weiterverarbeiten ließen. Wenn er in Heiratssachen etwas erreichen wollte, führte der Weg über einflußreiche Frauen. Zunächst wollte er sein Glück bei der Königin probieren. Anna von Kleve würde sich gewiß seiner mit Freuden erinnern und ihm vielleicht helfen, seine Ehe mit Alice einzuklagen. Immerhin verlor sie dadurch ja eine Hofdame, also mußte sie mit Geschenken gnädig gestimmt werden. Es trifft zwar zu, daß ich Alice stets versicherte, es sei mir lieber, sie bliebe aus freien Stücken bei mir. Aber nachdem ich nun in dieser Angelegenheit so weit gegangen bin, bleibe ich nicht auf halbem Wege stehen, dachte John trotzig.
Sollte sich allerdings herausstellen, daß eine Gabe an Königin Anna verschwendete Liebesmüh' wäre, weil sie bereits in Ungnade gefallen war, würden die wunderbaren Stoffe auch anderswo gute Dienste leisten. Alice selbst würde sich allerdings kaum durch Bestechung dieser Art verlocken lassen.
Südlich von Hundingdon überquerte er die Ouse, dann setzte er seinen Weg weiterhin zu Pferd fort. An einem regnerischen Vormittag im April ritt er in die Stadt Cambridge ein, wo er das Haus des reichen Tuchhändlers nicht lange zu suchen brauchte. Als John vor Näs-

se triefend in den Hof kam und absaß, stürzten sogleich Hausdiener des Kaufmanns herbei und kümmerten sich um Pferd und Reiter. Dann winkte ein Mann dem Earl, er solle ihm ins Haus folgen. John blickte sich um und beobachtete, wie seine Stute in den Stall geführt wurde. Durch die offene Tür des Gebäudes bemerkte er ein weiteres, unglaublich schönes Tier mit glänzendem schwarzen Fell. Er nahm sich vor, den Händler darauf anzusprechen.

Humphrey Gloucester zeigte sich, als er dem Earl von Fairbury gegenübertrat, nicht weniger kostbar gekleidet als ein Fürst, was ihm als Bürgerlichem eigentlich nicht zustand. Seinem Benehmen war anzumerken, daß er sich sehr mühte, höflich – um nicht zu sagen, höfisch zu wirken, doch wahrscheinlich hatte er den Hof des Königs niemals zu Gesicht bekommen und trat auf, wie er es vom Hörensagen für vornehm hielt.

»Kommt mit, Mylord! Nichts soll Euch verborgen bleiben. Vom Keller bis zum Dach steht Euch jedes meiner Lager offen.«

Händler und Kunde stiegen von einem geräumigen, aber spärlich eingerichteten Saal im Erdgeschoß aus eine Holztreppe empor. An deren Ende tat sich ein kleinerer Raum auf, in dem zwischen zwei Regalen voller Stoffballen ein Mann stand und, das Kinn in die Hand gestützt, überlegte. Er war so neuwertig und elegant gekleidet, daß John sofort wußte, daß er hier einen hohen Adligen aus der Region oder sogar einen Abgesandten des Hofes vor sich hatte. Fragend blickte er Humphrey Gloucester an, der ihm ins Ohr wisperte:

»Fürwahr ein äußerst bedeutender Mann! Habt Ihr nicht sein Pferd gesehen und ihn daran schon erkannt?«

Wichtigtuer! dachte John. Warum sagt er nicht gleich, um wen es sich handelt? Aber er setzte eine geduldige Miene auf und spielte das Spiel mit. »Ich konnte nur einen kurzen Blick auf das prächtige Tier werfen ...«

»Ein Hengst, wie er kaum ein zweites Mal zu finden sein dürfte! Jeder fragt sich, wie es überhaupt möglich ist, ein solches Tier zu reiten. Zumal der Herr Gewandmeister erst seit wenigen Wochen im Besitz des Rappen ist ...«

John fuhr sich unwillkürlich mit der Hand an die Gurgel. Fast hätte er den Händler hinter sich hergeschleift, so eilig stürmte er auf einmal die letzten Stufen hinauf und in das Stofflager hinein. Der Mann, der dort gerade einen schweren Goldbrokat prüfte, wandte kaum den Blick zu ihm hin.

»Darf ich die Herren einander vorstellen?« sagte Gloucester mit einem tiefen Bückling. Doch der Kunde machte eine fast verächtliche Handbewegung und erwiderte: »Das wird nicht nötig sein, da wir dieses selbst besorgen können.« Er drehte sich John zu, dem er ansah, daß er eine hohe Stellung innehatte und deutete eine Verbeugung an. »Ich bin der Zweite Gewandmeister Seiner Majestät, Stephen Dennyford.«

Das also ist der Mensch, der Alice und ihr Herz verhext hat, dachte John. Mit einem scharfen Blick erfaßte er Stephens Gesicht, das er einprägsam, aber nicht unbedingt schön fand. Was mag so herrlich an ihm sein? Nun ja, seine Augen sind wirklich fesselnd...

Warum starrt der Mann mich so an? wunderte sich Stephen und konnte sich selbst die Antwort darauf geben, als John wie ein Gähnender den Mund aufriß und hervorbrachte:

»Mein Name ist John Clamour. Ich bin der Earl von Fairbury, Alice Sheltons Gatte.«

Falls Stephen von dieser Auskunft schockiert war, verbarg er seine Reaktion geschickt. Dem unsicher in der Tür verharrenden Gloucester gab er ein Zeichen, zu verschwinden. Der Händler, unversehends zum Befehlsempfänger im eigenen Haus geworden, zog sich tatsächlich zurück.

Stephen beschloß, gar nicht auf Clamours Provokation einzugehen und begann in sachlichem Ton.

»Ich habe den Auftrag, Material für die neuen Gewänder Seiner Majestät in Augenschein zu nehmen und auszuwählen. Und was führt Euch hierher, Fairbury?«

»Vielleicht habe ich vor, meiner Frau ein Stück Tuch mit besonders dekorativem Muster mitzubringen«, meinte John angriffslustig.

Aber Stephen strich nur scheinbar interesselos immer wieder über den vor ihm liegenden Stoffballen. Schließlich versetzte er:

»Euch hat der Regen wohl das Hirn erweicht, Fairbury? Seit wann ist Alice Shelton denn mit Euch verheiratet? Hat sie Euch nicht fallen lassen wie eine geknackte Nußschale?«

Johns Hand fuhr an den Dolch. Im letzten Moment besann er sich und spielte seine Trumpfkarte aus. »W-w-wir haben uns f-f-fleischlich geliebt. W-was für eine Rolle spielt es d-da, ob ein P-Priester...« Stephen schnitt ihm höhnisch grinsend das Wort ab.

»Ihr könnt viel behaupten, Fairbury. Außerdem interessieren mich Eure angeblichen Erlebnisse keineswegs. Lächerlich!« Mit diesen

Worten verließ er das Lager und bewegte sich mit rasend schnellen Trippelschritten die Treppe hinab. »Gloucester, meinen Mantel!« rief er, schon fast unten angelangt. »Schickt den Brokat, den Ihr mir zuerst gezeigt habt...«

Im Palast zu Greenwich standen eine Woche nach diesen Ereignissen die Dinge unverändert. Gleichförmig rannen die Stunden dahin. Anna von Kleve, die keine Freundin großer Worte war, hüllte sich von Tag zu Tag mehr in Schweigen. Manchmal stand sie lange an einem der großen Fenster und blickte auf den Fluß hinaus, als ob ihr Gemahl unversehends in seiner prächtigen Staatsbarke hinter der Biegung auftauchen und zurückkehren könne. Doch mit jedem Tag, der verging und mit jeder Nacht, die Anna allein in ihrem riesigen Himmelbett verbrachte, wurde diese Wahrscheinlichkeit geringer. Oft mußte Alice Shelton ihre Herrin trösten. Das Schlimmste daran war jedoch, daß sie dabei hin- und hergerissen wurde zwischen der Loyalität zu ihrer Königin und der Zuneigung zu Catherine, die man schon heimlich als aufgehenden Stern bei Hofe ansah.
An einem jener Morgen saß Anna von Kleve nach dem Besuch der Frühmesse und einem kleinen Frühstück in ihrem Gemach. Unablässig erscholl aus dem unteren Stockwerk das blecherne Getöse der Hoftrompeter aus des Königs Kapelle.
»So geht es jetzt schon geraume Zeit«, klagte die Königin und richtete ihre müden Augen auf Alice. »Es ist kein Zufall, dies. Wer gibt Order, daß sie blasen unter meiner Kammer?«
Alice erhob sich, um das Fenster zu schließen, aber Anna hielt sie zurück. »Oh nein, meine Gute!« rief sie rasch. »Es könnte sein, daß mein Gemahl kommt. Und das wir müssen doch sehen.«
Das bezweifle ich, dachte Alice, sagte aber nichts. Mittlerweile nahmen sich viele der Hofdamen und Ehrenfräuleins einiges heraus, so als verdiene Königin Anna keinen Respekt mehr. Seit die Damen Brempt, Swartzenbrock und ihre Gefährtinnen aus dem Land gejagt worden waren, fühlte sich die Kleverin einsamer denn je. Und nun verschwanden manche Bediensteten des öfteren, ohne um Erlaubnis zu bitten oder zu sagen, wo sie zu finden waren. Unerhörtes ging hier vor, fand Alice. Sie harrte fast als Einzige immer an der Seite ihrer Herrin aus. Zum einen war sie mit der Deutschen und ihrem schwerfälligen, aber nicht unliebenswürdigen Wesen vertraut geworden – so weit das bei ihren unterschiedlichen Stellungen ging.

Zum anderen versorgte sie nach wie vor Erzbischof Cranmer mit Geheimberichten vom Hof. In letzter Zeit war der Kirchenfürst immer unzufriedener geworden, denn da Königin Anna zusehends gemieden wurde, gab es selten etwas, was sich mitzuteilen lohnte.
In ihrer Giebelhaube sah Anna zwar nicht gerade hochmodisch aus, doch war diese Tracht immer noch kleidsamer als der überladene Kopfschmuck aus Deutschland, der ausgesehen hatte wie ein zu großer Korb. Alice trat zu ihrer Herrin.
»Ihr seht es auch, nicht wahr?« sagte die Königin plötzlich. »Eure Freundin Catherine Howard ist oft fort. Fast jeden Tag sie kriegt Geschenke, schöne, teure, viele. Ich höre, mein Gemahl schickt diese. Warum?«
Alice fand die Frage ziemlich rührend. Natürlich hätte sie Anna erzählen können, daß Catherine rücksichtslos ihren Dienst vernachlässigte, weil sie sich des öfteren mit Seiner Majestät traf. Der Mann, dem es nicht gelang, die wenigen Meilen von London zu seiner Frau zu finden, lebte im Schloß Westminster lustiger denn je. Catherine berichtete von großartigen Festen, bei denen sie mit den Höflingen tanzen und nach Herzenslust schmausen durfte. Auch ein gelegentlicher Tanz mit Thomas Culpeper fiel dabei nicht weiter auf. Und wollte der König ungestört mit ihr zusammen sein, ließ er sich eben von Stephen Gardiner einladen. Der gewiefte Bischof hatte Catherine, von Norfolk unterstützt, den Vorschlag gemacht, in seinen Palast überzusiedeln, so daß der König sie ohne großes Aufsehen jederzeit besuchen konnte. Königin Anna hatte man gar nicht erst um ihr Einverständnis gefragt.
Alice murmelte eine nichtssagende Antwort. Gleich darauf hörte sie mit Schrecken, wie die Turmuhr schon zehn Schläge über den Fluß schickte. Sie hatte sich vorgenommen, an diesem Vormittag mit Stephen zu sprechen. Er mußte wieder einmal an Dinge erinnert werden, die er erwähnt, aber dann nicht eingehalten hatte.
Sie hatte Anna von Kleve einen Teil der Wahrheit erzählt – aber eben nur einen Teil. Daß die Heirat mit John Clamour wegen ihrer Berufung zum Hofdienst nicht zustandegekommen war, hatte Alice als bedauerliches Spiel des Schicksals hingestellt und ihre Neigung zu Gewandmeister Dennyford als neuerliche Chance, doch noch eine gute Partie zu machen. Da niemand der Königin etwas Gegenteiliges hinterbracht hatte, hieß Anna Alices Unternehmungen gut und gewährte ihr milde manch freie Stunde. Dafür mußte Mistress Shelton

aber auch oft mitten in der Nacht aufstehen und die Hand ihrer schlaflosen Herrin halten, bis diese endlich eingeschlummert war.
Stephen Dennyford hatte heute nichts weiter zu tun, da der König ihm nach seiner Rückkehr von der Reise in seinen Diensten ein paar Tage zum Ausruhen gewährte. Er wußte noch nicht genau, was er unternehmen wollte – vielleicht in ein Jagdgebiet nahe der Hauptstadt reiten und dort ein feines Wildbret schießen. Vielleicht lohnte es sich auch, den nicht weit entfernten Landsitz des Barons Beninglay aufzusuchen. Der Mann war zwar nur von niederem Adel, besaß aber eine Reihe hübscher Töchter.
Noch bevor Stephen den Ausgang zum Innenhof des Schlosses erreichte, sah er aus einem der Flure Alice Shelton kommen. Was mochte die nun wieder auf dem Herzen haben?
»Was für ein Glück, daß wir uns treffen!« sagte sie und strahlte ihn an.
Ein von Euch herbeigeführter Zufall, dachte Stephen emotionslos.
»Ihr wart eine ganze Weile auf Reisen, lieber Stephen, und so habe ich jeden Abend für Eure glückliche Wiederkehr gebetet. Gewiß erinnert Ihr Euch an Euer Versprechen?«
»Ich wüßte nicht, daß ich Euch eins gegeben hätte«, meinte der Gewandmeister und warf Alice einen Blick von der Seite zu.
»Selbstverständlich habt Ihr das getan«, beharrte sein Gegenüber. »Schon vor einigen Wochen wolltet ihr mich mitnehmen, wenn Ihr auf Eurem herrlichen neuen Pferd ausreitet.«
Stephen seufzte und legte die Hand auf Alices Schulter. Eigentlich hatte er keine Lust, etwas mit der Jugendfreundin zu unternehmen, was sie einander wieder näherbringen konnte. Besonders nicht, wenn er sich doch noch entschloß, bei Lord Beninglay und seinen gutgewachsenen Mädchen vorbeizusehen.
»Macht Euch keine unnützen Hoffnungen, meine Liebe!« sagte er dann. »Bedenkt, daß mein Rappe ein sehr feuriges Tier ist, das selbst mich hin und wieder noch abwirft. Wollt Ihr Euch solchen Gefahren aussetzen? Außerdem ist das Wetter gerade heute gar nicht abschätzbar. Es könnte Regen geben und Ihr würdet Euch erkälten. Ihr ahnt gar nicht, wie sehr mich das betrüben würde.«
In verschämter Freude über diesen letzten Satz biß sich Alice auf die Unterlippe. Dennoch, so leicht gab sie nicht auf.
»So werde ich also zur Königin zurückkehren und ihr berichten müssen, daß sie es bei Euch mit einem Wortbrüchigen zu tun hat.«

Tut das ruhig! dachte Stephen und grinste. Das ficht mich gar nicht an, weil die Deutsche allem Vernehmen nach schon bald nicht mehr unsere Herrin sein wird.

»Und wie wird sich erst Catherine Howard entrüsten, wenn sie davon erfährt! Sie war ja seit jeher der Meinung, Ihr wärt ein Taugenichts und viel zu schade für mich«, fuhr Alice fort und reckte das Kinn. Dann wandte sie sich um, daß der Schleier hinter ihrer Sichelhaube wie ein Banner im Wind herumflog, und schritt in Richtung Flur zurück. Ein paar Kammerzofen kamen vorbei und warfen neugierige Blicke auf sie.

»Wartet doch!« rief Stephen und holte die Verärgerte mit langen Schritten ein. Am Ende macht sie ihre Drohung wahr und erzählt der kleinen Howard irgendwelche Schlechtigkeiten über mich. Das könnte mir schaden, denn Seine Majestät ist geradezu vernarrt in Alices Freundin. »Ich habe mir nur allzu viele Sorgen um Euer Wohlergehen gemacht. Keineswegs wollte ich Euch den zugesagten Ausritt vorenthalten.«

»Sprecht Ihr die Wahrheit, Dennyford?« murmelte Alice in skeptischem Ton. In ihren Augen las Stephen allerdings ihre Bereitschaft, ihm jedes Wort zu glauben.

»So wahr ich Seiner Majestät Zweiter Gewandmeister bin!« erwiderte der junge Mann. »Und im übrigen könnt Ihr mich weiterhin Stephen nennen.«

»Um zu verhindern, daß Ihr Euer Versprechen abermals vergeßt, sollten wir unseren Ritt so bald wie möglich antreten«, drängte Alice. »Am besten sofort, denn Ihr habt doch gerade Zeit...!«

Stephen ärgerte sich insgeheim, da ihm die Jugendfreundin offenbar nachspioniert hatte. Wer hatte ihr verraten, daß der König ihm ein paar freie Tage gewährt hatte? Aber einerlei. Bald würde er das Unternehmen hinter sich gebracht haben und frei sein, zu tun, was ihm beliebte.

Getreu Dennyfords Befehl brachte einer seiner Knechte den gesattelten schwarzen Hengst eine halbe Stunde später zu einer Stelle außerhalb der Palastmauern. Hinter den ausgedehnten Schloßgärten begann freies Feld, das bald in flache Weiden überging, von Weißdornhecken begrenzt. In größerer Entfernung war die dunkle Linie des Waldanfangs zu erkennen.

Stephen bestieg den Rappen und half dem Knecht, Alice hinaufzuheben. Die Hofdame hatte ein schmuckloses Gewand angezogen und die Sichelhaube gegen einen Jagdhut ausgetauscht. Jetzt saß sie mit gespreizten Beinen hinter Stephen; ein völlig ungewohntes Gefühl, da sie nicht im Damensitz ritt wie sonst. Endlich preschte auf den Befehl seines Herrn das Tier davon, und im Nu hatten sie den Knecht an der Wiese zurückgelassen.

Unterwegs wurde kaum etwas gesprochen. Stephen unterließ es bewußt, Alice nähere Einzelheiten von der Reise zu berichten, die ihn zu Tuchhändler Gloucester geführt hatte. Natürlich erwähnte er auch die merkwürdige Begegnung mit John von Fairbury mit keinem Wort.

Alice mußte sich eingestehen, daß es kein sehr bequemer Ausflug war. Mit großer Geschwindigkeit jagte der Hengst über steinige Wege und sprang über kleinere Hindernisse hinweg. Beim Aufkommen fühlte sie sich jedesmal, als stauche jemand ihr Rückgrat zusammen. Ängstlich klammerte sie sich an Stephen fest. »Zur Hölle, Alice! Hört auf, mir die Nägel in das Wams zu krallen!« schimpfte er los. Vergebens suchten ihre Füße Halt, denn nur der Reiter konnte die vom Sattel herabhängenden Steigbügel nutzen. Allmählich erlahmten Alices Beine, die sie krampfhaft angewinkelt hielt. Wäre doch alles schon zu Ende! Nicht einmal die unmittelbare Nähe ihres geliebten Freundes übte jetzt noch Reiz auf sie aus.

So ging es eine geraume Weile. Als sie an einem Obstgarten vorüberritten, tauchten sie in eine ganze Wolke weißer Kirschblütenblätter ein, die der Wind ihnen um die Ohren wehte. Dann kam ein nicht allzu breiter Bach in Sicht, über den Stephen seinen Hengst springen lassen wollte. Mit einem weiten Satz stieß sich das Tier ab und landete sicher auf der gegenüberliegenden Uferböschung, doch Alice wurde herabgeschleudert wie ein Sack von einem allzu hoch beladenen Wagen. Vor Schreck flatterten in der Nähe ein paar verstörte Kiebitze hoch. Nach Luft ringend kroch die junge Frau durch das feuchte Gras.

Stephen stoppte sein Reittier und kehrte um. Rasch stieg er ab und hängte die Zügel in das Astgewirr eines am Bachrand wachsenden Gesträuchs. Dann schaute er nach Alice.

»Seht Ihr! Habe ich Euch nicht schon früher gewarnt? Ihr habt Euch doch nicht etwa eins Eurer Glieder gebrochen?«

Alice blieb liegen und bewegte langsam den Kopf hin und her. »Wahrscheinlich nicht, obwohl meine linke Schulter schmerzt.« Unbeholfen griff sie sich mit dem rechten Arm dorthin, wobei sie den

Jagdhut vom Kopf streifte. Das darunterliegende Band, das ihr Haar zusammenhielt, wurde aufgezogen und ein Teil der dunklen, weichen Masse rutschte hervor.

Etwas in Stephen war unfähig, sich gegen den Anblick der Verletzten zu wehren. An einem Tag, der schon seit langem in den unendlichen Flußlauf der Zeit gemündet war, hatte er eine Leinenhaube von diesem Haar geschoben, an einem anderen einen Kuß auf diese Stirn gedrückt. Jetzt kniete er neben Alice nieder und zwängte vorsichtig seinen Arm unter ihren Rücken. Die junge Frau blieb stumm.

»Geht es? Ich helfe Euch auf«, sagte Stephen, doch es ging mitnichten. Der Gewandmeister sah sich gezwungen, Alice eine Strecke weit zu tragen. Sie hielt die Augen geschlossen und spürte die wiegenden Bewegungen seiner Schritte, die Stärke der Arme, auf denen ihr Leib ruhte, sowie Wärme und Eigengeruch, die sein Körper ausströmte. Sie vernahm seine wegen der Last schwereren Atemzüge und war trotz aller Schmerzen glücklich, so glücklich wie noch nie in ihrem Leben.

Catherine Howard fieberte dem Abend entgegen. Durch einen Diener hatte der Bischof von Winchester, Stephen Gardiner, ihr kurzfristig eine Einladung zukommen lassen. An sich war das ein äußerst unverfrorenes Handeln, da er schlecht die Hofdame zu Tisch bitten und ihre Herrin, die Königin, übergehen konnte. Das beweist, wie schlecht die Sache Ihrer Gnaden steht, dachte Catherine und verspürte einen Anflug von Mitleid. Anna von Kleve war ihr eine sehr nachsichtige Gebieterin, wenn auch nicht so leicht umzustimmen wie die alte Herzoginwitwe von Norfolk.

Die Zeiger der Greenwicher Turmuhr wollten nicht vorrücken. Ich könnte ja trotzdem schon damit beginnen, mich umzuziehen, überlegte Catherine und schlüpfte in das Ankleidezimmer, das nicht viel größer war als eine Besenkammer. In weniger als einer Viertelstunde darf Alice mit der Unterhaltung Ihrer Gnaden aufhören. Dann werde ich sie bitten, mir beim Schnüren behilflich zu sein.

Lähmende Nervosität überkam sie, wenn sie daran dachte, was Onkel Norfolk ihr eingeschärft hatte. Heute abend galt es, auch wenn keiner es so deutlich ausgedrückt hatte. Eine zweite Chance würde schwerlich wiederkommen, falls sie versagte. Die Howards erwarteten nicht mehr und nicht weniger von ihr, als daß sie in der folgenden Nacht Seiner Majestät zu Willen war.

Wer weiß, was für Lobeshymnen der Herzog auf mich gesungen hat! Kann ich die Wünsche Seiner Gnaden erfüllen? Wird er merken, daß ich keine Jungfrau mehr bin? Gerade nahm Catherine ihre Sichelhaube herunter, als Alice das kleine Gemach betrat.

»Ich habe der Königin wohl zehnmal oder mehr das Lied vom Zuckerbäcker auf dem Virginal vorspielen müssen«, stöhnte sie. »Sie kann davon einfach nicht genug bekommen.«

»Geduld, meine Liebe!« kicherte Catherine und winkte der Freundin, ihr das Kleid aufzuschnüren. »Weißt du noch, wie wir uns in Lambeth ausgemalt haben, was geschähe, wenn wir uns mit Seiner Majestät verheirateten? Nun, wage einmal einen kühnen Gedanken! Was würdest du sagen, wenn ich deine neue Gebieterin würde?«

Alice lachte auf und knuffte ihre Kameradin in die Seite. »Sei still, Catherine! So etwas zu denken, ist Sünde.« Flink zog sie die zahlreichen Bänder auf und bog das gesteifte Oberteil von Catherines Kleid auseinander. Das sah aus, als schlüpfe ein Schmetterling aus seinem Kokon.

»Ich meine es ernst, mein Herz«, sagte die junge Howard und wandte sich um. »Mein Onkel Norfolk und viele andere wichtige Männer, die es besser wissen als wir beide, sagen, die Ehe Ihrer Gnaden sei nicht rechtmäßig. Seine Majestät ist die Verbindung ohne Neigung eingegangen ...«

»Pah!« rief Alice höhnisch aus. »Dann wären ja die meisten Ehen in diesem Lande ungültig. Zeig' mir den, der aus Liebe geheiratet hat! Des Königs Ratgeber werden sich wohl eine bessere Ausrede ausdenken müssen ...! Und wenn sie nicht unsere rechtmäßige Gebieterin ist, wie erklärst du dir dann, daß die Königin in Kürze die Preise beim Maiturnier vergeben soll ?«

Aber Catherine ging nicht auf diese scharfen Worte ein. Ungestüm warf sie sich der Freundin an den Hals und murmelte:

»Ich fürchte mich so! Du weißt ja nicht, beste Alice, was die Großmutter und mein Onkel beschlossen haben ... Nur weil du zu mir gehörst wie eins meiner Glieder, sage ich dir, was noch keiner sonst wissen darf. Heute nacht werde ich in Bischof Gardiners Schloß das Bett Seiner Majestät teilen. Hoffentlich mache ich nichts falsch!«

Die Ländereien der jüngst hingerichteten Verräter, die der König mir vorgestern übertrug, waren wohl eine Art Vorschuß für meine noch zu erbringende Leistung ... Von diesem Geschenk erzähle ich Alice besser nichts; sie führt sich ja auf wie ein Tugendbold.

»Dann – dann sollst du am Ende gar …?« Alice hatte die Zusammenhänge durchschaut. Es dauerte eine Weile, bis sie die Fassung wiedergewann.
Mit ihren kurzen Beinen stieg Catherine in einen anderen Reifrock. Langsam verflog die Angst, als sie die Lust am Fabulieren überkam. »Selbstverständlich wirst du am Hof bleiben können. Ich mache dich zu meiner Gesellschafterin. Mary Norris werde ich entlassen, ich traue ihr nicht über den Weg.«
Jetzt lächelte Alice und ließ sich auf das Spiel ein. Halb im Scherz, halb ernsthaft schlug sie vor, während sie der Freundin ein Paar weitgebauschte Ärmel anknöpfte:
»Dann wirst du sicher auch veranlassen können, daß Seine Majestät mich mit dem ältesten Sohn des Earls von Manting verheiratet.«
Catherine prustete los und schüttelte den Kopf. »Ich halte das für keine gute Idee, meine Liebe. Willst du dich unglücklich machen? Erstens bist du viel zu schade für diesen merkwürdigen Menschen, der sich inzwischen kaum mehr um dich kümmert. Und zweitens besagt ein Gerücht, daß er ein Auge auf Joan Buck geworfen hat, die Witwe von Sir Peter.«
»Was sagst du da?« Alice ließ die Freundin halb angezogen stehen und nahm mangels Stühlen auf einem Kissenpolster auf dem Boden Platz. »Wie kommt er dazu, sich mit einer Frau abzugeben, die schon durch so viele Hände gegangen ist? Sie soll Sir Peter ja nicht besonders treu gewesen sein … Außerdem ist sie mindestens zehn Jahre älter als Stephen! Das verstehe ich nun wirklich nicht! Nein, nein, Catherine, das ist bestimmt nicht wahr.«
»Lady Rochford behauptet es aber«, beharrte die junge Howard. »Und die hat tausend Augen und Ohren am Hof. Es heißt, Dennyford schätze nicht nur die reiche Mitgift der Lady Buck. Aus dem Mitleid über ihre Trauer und Einsamkeit nach Sir Peters Tod soll schließlich die Liebe zu ihr erwachsen sein.«
»Das wird sich noch zeigen.« Alice versuchte, äußerlich ruhig zu bleiben. Selbst Catherine wollte sie kein Schauspiel bieten. Denn auch die beste Freundin war nicht dagegen gefeit, sie immer wieder an ihrem wunden Punkt zu berühren.

»Wenn mich nicht alles täuscht, wird es ein langer, heißer Sommer werden«, sagte der massige Mann, der im Dunkeln am offenen Fenster stand. Catherine hielt das für eine sehr unkonventionelle Begrüßung. Unmittelbar, nachdem sie die schwere Holztür des königlichen Schlafzimmers hinter sich geschlossen hatte, war sie auf den Boden gesunken und würde dort verharren, bis eine andere Weisung kam.

Links und rechts des geräumigen Bettes brannten drei Kerzen auf bronzenen Leuchtern. Als der Mann am Fenster sich umwandte, wagte Catherine einen Blick zu ihm hin. Mit Augen, die sich bereits an das spärliche Licht gewöhnt hatten, erfaßte sie immer mehr Einzelheiten. Der Monarch glich dem wuchtigen Bergfried einer seiner zahlreichen Festungen. Sein Leib steckte in einem gefältelten weißen Nachthemd, das lose an ihm herabfiel und ihm das Aussehen eines wandelnden Zeltes verlieh.

»Steht auf, Mistress Howard!« befahl König Heinrich. Gehorsam erhob sich Catherine, doch selbst aufgerichtet reichte sie ihrem Herrscher nur bis knapp an die Brust. Wohl wissend, was jetzt kommen sollte, war sie nicht voll angekleidet erschienen, sondern in kostbaren Nachtgewändern, die Onkel Norfolk ihr jüngst hatte schneidern lassen. Darüber trug sie einen Pelzmantel, der sie beim Weg über die zugigen Schloßgänge warmgehalten hatte. Das kastanienbraune Haar steckte unter einer Schlafhaube aus weißem Leinen; nur der Mittelscheitel war zu sehen.

Der König bewegte sich leicht humpelnd um Catherine herum wie ein Bildhauer um sein halb fertiges Werk. Er ließ nicht zu, daß die Hofdame seiner Frau sich selbst ihrer Kleider entledigte, sondern nestelte mit ungeschickten Händen die Schnüre auf, die ihn von Mistress Howards nackter Haut trennten. Der Pelzmantel fiel zu Boden. Bei dem darunterliegenden Obergewand half Catherine durch geschickte Bewegungen nach, so daß es Stück für Stück an ihr herunterglitt.

»Wollt Ihr mich nicht umarmen, wie es sich ziemt, wenn Ihr Eurem liebenden Landesherrn gegenübertretet?« sagte Heinrich. Aus seinem Tonfall ging nicht hervor, ob dies verliebte Neckerei war oder ob er glaubte, von seiner Untertanin alles bis hin zum beliebigen Erzeugen von Zärtlichkeit fordern zu können. Catherine tat, wie geheißen. Durch Heinrichs Nachthemd spürte sie seine Männlichkeit, die ihr für einen so großgewachsenen Mann überraschend klein vorkam. Sie sagte kein Wort; für ihren Souverän hatte sie als unerfahrene Jungfrau zu gelten. Wenn er nur nichts merkte!

Der König packte die junge Frau und setzte sie etwas unbeholfen auf den Rand seines Bettes, als sei sie eine Puppe. Er bedeutete ihr, beim Ausziehen seines eigenen Gewandes behilflich zu sein. Als das Nachthemd endlich von Heinrichs Körper gefallen war, hüpfte Catherine wieder vom Bett, legte das kostbare Stück ordentlich zusammen und hängte es über des Königs Toilettenstuhl, der in einer Zimmerecke stand. Heinrich lachte.

»Ihr denkt wirklich an alles, Catherine. Offenbar seid Ihr auch noch ein Ausbund an häuslicher Tugend, nachdem ich mich von Euren musikalischen Talenten schon des öfteren überzeugen konnte.« Er hob die Decke an und winkte der Hofdame, zu ihm zu schlüpfen. Aus den Laken stieg penetrant der Duft frischen Rosenwassers auf, mit dem die Kammerdiener das Bett parfümiert hatten. Catherine schnupperte dennoch den faulen Geruch, der der Mundhöhle ihres Herrschers entströmte, als er sich ihrem Gesicht näherte, um sie zu küssen.

Sie bemühte sich, den ungeheuer feisten Mann mit ihren kurzen Armen zu umschlingen, doch das mußte notgedrungen scheitern. Heinrichs Körper, plötzlich bar aller königlichen Pracht, schien aus unzähligen Fettrollen zusammengesetzt. Überall wuchsen Haare an seinem Rumpf, sogar auf den Schultern.

»Dreht Euch mehr zu mir!« verlangte der Monarch und Catherine kam dem Befehl sofort nach. Dabei stieß sie mit der Ferse an eins seiner angewinkelten Beine. »Haaaahh!« Aus der Tiefe von Heinrichs Kehle drang ein unterdrückter Schmerzensschrei. »Seht Euch gefälligst vor! Wie könnt Ihr mir an das arme, wehe Bein treten!«

»Verzeiht mir, Euer Gnaden!« murmelte Catherine erschrocken und drückte Küsse auf die kahle Stirn ihres Gebieters, der ohne die juwelenbestickten Mützen und Hüte mit seinem eiförmigen Schädel aussah wie der häßlichste seiner Untertanen. Wie tapfer mußte Thomas Culpeper sein, der wöchentlich mindestens dreimal die schwärende Beinwunde Heinrichs, die sich seit Jahren nicht mehr geschlossen hatte, pflegte und verband!

»Ich sehe Euch die Ungeschicklichkeit nach«, flüsterte der König großmütig. »Ihr ahnt gewiß nicht, wie sehr ich mich auf diesen Augenblick gefreut habe! Nach der Heirat mit jener Mähre vom Niederrhein glaubte ich schon, all meine Manneskraft verloren zu haben. Doch allein Euer Anblick bewirkt, daß ich mir darum keine Sorgen mehr zu machen brauche! Wäre es nicht höchst unstatthaft, so wollte ich Euch von Holbein nackt gemalt haben.«

Heinrich fuhr fort, liebkosend an Catherine herumzutasten. Sie brauchte die plumpe Prüfung, der sich die Kleverin hatte unterziehen müssen, nicht zu erdulden. Es war jedoch unmöglich, ihren Gesichtsausdruck zu beurteilen, denn sie hatte die Nachtkappe abgestreift und das dichte Haar über Augen und Mund geschüttelt.

»Ihr seid so klein wie ein Mädchen, aber so rundlich geformt wie eine Frau!« sagte der Herrscher und legte wie ein ordnungsbewußter Schüler Strähne für Strähne der langen Haarpracht beiseite auf die Kissenpolster.

Da der gewichtige Mann seine winzige Partnerin nicht unter sich begraben wollte, schubste er sie so, daß sie auf die Seite zu liegen kam und wies sie an, ein Bein über das seine zu legen. Danach brachte er nicht mehr viel zustande, doch zur Wiedergewinnung seines Selbstbewußtseins reichte es.

Als alles endlich vorüber war, traten Catherine vor Enttäuschung Tränen in die Augen, weil sie an Manox und seine ausdauernden Zärtlichkeiten dachte sowie an Francis, der einen wunderbaren Liebhaber abgegeben hatte.

»Ihr weint, Liebste?« sagte Heinrich und strich der jungen Frau über die Wangen.

»Weil Ihr mich so glücklich gemacht habt, Euer Gnaden«, preßte Catherine heraus. »Ihr habt recht. Wenn Ihr es nur wollt, so wird es ein langer, heißer Sommer werden.«

Ehe mit Hindernissen

Der erste Mai, der ganz im Zeichen des zu Greenwich abgehaltenen Turniers stehen sollte, präsentierte sich im Strahlenmantel der Sonne. Das Wetter war bereits den ganzen April über so ungewöhnlich warm gewesen, daß die Menschen erneut befürchteten, der Sommer werde nicht anders werden als die von katastrophaler Hitze heimgesuchten Sommer der Vorjahre. Noch brauchte man sich um das in ausreichendem Maße vorhandene Wasser keine Sorgen zu machen. Dennoch war es beunruhigend, daß praktisch kaum Regen fiel. Der

Himmel bedeckte sich lediglich ab und an, manchmal nieselte es, doch es reichte nicht, um in die Tiefe der Erde zu dringen.
Pünktlich um sechs Uhr weckten Zofen diejenigen der Hofdamen, die im Schloß übernachteten. Unten auf der Themse ruderte mit raschen Schlägen ein Bediensteter des Herzogs von Norfolk Mary Norris, Alice Shelton und Catherine Howard zum Greenwich-Palast. Solange die Königin hier wohnte, mußten die drei im nahegelegenen Haus eines Bischofs nächtigen, denn in der Residenz war wie schon im Schloß zu Westminster zu wenig Platz für den riesigen Hofstaat.
»Wäre Ihre Gnaden doch in Westminster geblieben! Vom Haus meines Onkels war es nur ein kleines Stück bis dorthin,« meinte Catherine.
Alice zog den pelzbesetzten Mantel enger um den Leib. Zu dieser frühen Stunde regierte noch die Kälte der Nacht, die erst gegen Mittag der unzeitigen Wärme weichen würde. Tautropfen bedeckten den Boden des Bootes.
»Ich vermute, die Königin hatte gar keine Wahl, wo sie sich aufhalten sollte. Offenbar hat ihr Seine Majestät bedeutet, daß er mit seinem Haushalt allein in Westminster zu bleiben wünscht. Aber was kümmert es dich, Catherine! Sind wir beide doch ohnehin nur noch eine Woche zusammen unter einem Dach. Wenn du erst beim Bischof von Winchester wohnst, wirst du deinen gewohnten Aufgaben nicht mehr nachgehen können ...«
Catherine nahm die Freundin in den Arm und lehnte den Kopf an ihre Schulter. »Hab' doch Mut, Alice!« sagte sie. Inzwischen war ihr egal, ob Mary Norris mithörte; wenn sie nicht dumm war, wußte sie längst, welches Spiel gespielt wurde. »Bald wird alles anders. Die arme Königin – wie sehr freut sie sich auf das heutige Wiedersehen mit ihrem Gemahl! Ich fürchte nur, er wird ihre eine herbe Enttäuschung bereiten.«
Alice beugte sich zu der kleinen Howard herab und flüsterte ihr ins Ohr.
»Wieso hat Seine Hoheit eigentlich nicht bemerkt, daß er nicht dein erster Mann war?«
Im Grund, fand Catherine, ging das die Freundin nichts an. Aber in kindlichem Stolz auf ihre Eroberung, die sie soviel Überwindung und Selbstverleugnung gekostet hatte, konnte sie es nicht lassen, zu erwidern:
»Er war so sehr mit sich beschäftigt, daß er kaum der Dinge achtete.

Von Ausdauer kann ich auch nicht gerade sprechen. Es war immerhin genug, um ihn glauben zu lassen, er habe mich zur Frau gemacht.«
Die breite Fassade des vieltürmigen Schlosses wuchs in den Himmel empor, je näher der Nachen dem Kai kam. Auf der Uferstraße sahen die Frauen schon jetzt viele Menschen aller Schichten, die in Richtung Turnierplatz strebten.

Einige Stunden später nahmen Anna von Kleve und ihre Damen auf der überdachten Tribüne Platz. Staunendes Gemurmel, in das sich Hochrufe mischten, kam von der Volksmenge rings um den abgesperrten, viereckigen Platz. In einiger Entfernung sah man die Edelherrn, die sich für dieses Jahr zum Schaukampf gemeldet hatten und sich jetzt vorbereiteten. Manche hatten ein eigenes kleines Zelt dabei, in dem sie Waffen und Rüstungsteile aufbewahrten. Die Wände aus Tuch waren farbenfroh mit den Wappen und Devisen der Kämpfer bemalt. Bunt blinkten auch die fast mannshohen Schilde, die gut sichtbar vor den Eingängen aufgestellt waren.
Jetzt kündigten Trompetenstöße das Nahen des Königs an. Während das Volk an Ort und Stelle im Staub niederkniete, erhoben sich Anna von Kleve und ihr Hofstaat und verbeugten sich tief. In dieser Stellung verblieben alle, bis Heinrich VIII. den Thronsessel unter dem Baldachin neben seiner Gemahlin erreicht hatte. Der Herrscher mühte sich, vital zu erscheinen, doch jeder konnte bemerken, wie ihn bereits die wenigen Stufen zur Tribüne kurzatmig werden ließen. Schwer stützte sich der alternde Mann auf einen Stock mit vergoldetem Knauf, da er wegen seines eitrigen Beines noch immer hinkte. Die Zeiten, in denen er selbst gegen Turnierritter angetreten war, waren vorüber.
Heinrich winkte und augenblicklich standen die Zuschauer auf und jubelten: manche pflichtschuldigst, manche aus Freude über das Schauspiel, manche aus echter Neigung zu ihrem Souverän. Wieder schmetterte der Ton der Hoftrompeter über das Areal. »Das Üben hat sich anscheinend gelohnt«, meinte Mary Norris aus dem Hintergrund ironisch. Catherine Howard und Alice Shelton kicherten. Aus dem Augenwinkel sahen sie, wie der König ihrer Gebieterin ein förmliches Küßchen auf die Wange gab.
»Ich habe mich viel gesehnt nach Euch«, sagte Anna von Kleve leise, legte die Hände im Schoß zusammen und blickte ihren Gemahl un-

verwandt an. »Warum so lange warten? Ihr waret doch nicht weit weg. Wollt Ihr nicht einen Prinzen mit mir?«
Mißbilligend blinzelte Heinrich seine Frau an. Das hatte ihm gerade noch gefehlt, daß die Deutsche in ihrer unverblümten Art ihn an seine ehelichen Pflichten erinnerte. So hielt auch er sich nicht zurück: »Ihr werdet allmählich dreist, Madam«, zischte er unheilverkündend.
Erschrocken wandte Anna sich ab. Sie biß sich auf die Lippen und beobachtete mit zusammengekniffenen Augen, wie die ersten beiden Reiter herantrabten und auf das Zeichen des Königs warteten.
»Sir Edmund Knyvet gegen François de Montvaux!« rief ein Herold.
»Wir freuen uns, daß so viele edle Herren, auch aus verschiedenen Ländern des Kontinents, Unserer Einladung gefolgt sind!« König Heinrichs Stimme drang bis in den letzten Winkel. »Wir erklären somit das Turnier für eröffnet. Ihr Herren, fangt an!«
Knyvet und Montvaux ritten nacheinander an der Tribüne vorbei, verbeugten sich vor dem Herrscherpaar und machten Königin Anna ihre besondere Aufwartung. Der Franzose ging davon aus, daß die Kleverin genau wie ihr Gemahl seine Muttersprache fließend beherrschte, und äußerte höfliche Komplimente. Anna verstand kein Wort, ließ sich aber nichts anmerken und antwortete lediglich mit huldvollem Lächeln.
»Er hat gesagt, er preise sich glücklich, die Königin einmal selbst zu sehen, nachdem man überall nur Lobendes über sie erzählt«, flüsterte Alice, die durch ihre französische Großmutter schon sehr früh mit der Sprache in Kontakt gekommen war. Catherine dagegen war froh, daß sie überhaupt auf Englisch Lesen und Schreiben gelernt hatte. Abgesehen davon, daß ihr nicht der Sinn nach fremden Sprachen stand, hätte die Herzoginwitwe es auch kaum für nötig befunden, ihr solche beibringen zu lassen – schließlich sollte sie ja nicht ins Ausland verheiratet werden.
Die beiden Ritter waren in die Schranken getreten und saßen mit heruntergeklapptem Visier startbereit auf ihren gepanzerten Pferden. Auf das von Anna von Kleve gegebene Zeichen galoppierten sie los. Ein jeder stürmte, den Gegner auf der anderen Seite im Auge, die durch Holzbretter abgesteckten Bahnen hinab. Jetzt kam der Augenblick, an dem beide mit ihrer Lanze versuchten, den feindlichen Kämpfer aus dem Sattel zu heben. Aber keiner verbuchte einen Erfolg für sich. Zur Freude des Publikum wendeten die Herren, um erneut gegeneinander anzureiten.

Auch auf der Tribüne erlegte sich niemand Zurückhaltung auf. Der gesamte Hofstaat sprang von den Sitzen auf, brüllte, trampelte, und feuerte den jeweiligen Favoriten an. Der Franzose hatte nur eine kleine Schar Anhänger, nämlich die Gruppe um den Ständigen Gesandten des Pariser Hofes sowie ein paar übermütige Pagen, die sich offenbar aus Jux auf die Seite des Ausländers geschlagen hatten. Begeistert warfen sie ihre Mützen in die Luft, als der glücklose Sir Edmund vom Spieß des Grafen Montvaux hinweggefegt wurde und krachend auf der Sandbahn landete. Wie ein hilfloser Käfer lag er auf dem Rücken und zappelte mit den Beinen. Sogleich sprangen seine Knechte hinzu, um ihm aufzuhelfen und das aufgeregte Pferd wieder einzufangen. Unter den gellenden Pfiffen der Zuschauer humpelte der Geschlagene auf sein Zelt zu, während der Franzose zur Tribüne ritt, um seinen Preis abzuholen.

Von hinten tippte Gertrude Lilgrave Mary Norris auf die Schulter, die sich prompt umwandte. »Hast du auch schon bemerkt, daß Cromwell, der frischgebackene Earl von Essex, durch Abwesenheit glänzt?« Sie lächelte vielsagend.

Hinter den Damen stand ein Hofbeamter, der sich unbemerkt herangeschoben und den Wortwechsel zwischen Gertrude und Mary mitgehört hatte. Es war der Zweite Gewandmeister des Königs, Stephen Dennyford. Er schmunzelte und machte sich seine eigenen Gedanken.

Diesen Gänsen fällt aber auch alles auf. Wenn die ahnten, was Cromwell von diesem Schauspiel fernhält! Vielleicht versucht er gerade, seine drei Glaubensgenossen freizukaufen, die Seine Majestät in den Kerker werfen ließ! Es muß dem Herrn Minister und Großsiegelbewahrer ein gehöriger Schreck in die Glieder gefahren sein, daß der Zorn des Königs auch vor Bischöfen nicht haltmacht... Hätte man Cranmer gleich dazu verhaftet, dann wären die Lutheraner vollends ihrer besten Köpfe beraubt.

Jetzt stand eine kleingewachsene Hofdame von ihrem Holzsitz auf und drängte sich durch die Reihen. Stephen erkannte Catherine Howard, als sie sich umdrehte. Die junge Frau schlüpfte hinter die Tribüne, um die brokatenen Röcke zu heben und sich zu erleichtern. Auf dem Rückweg trat er ihr entgegen, noch bevor sie die Stufen wieder erklimmen konnte.

»Mistress Howard! Ihr werdet von Woche zu Woche schöner. Woran mag das liegen?«

»Ihr verschwendet Eure Zeit, Dennyford« sagte Catherine unfreundlich. »Laßt mich vorbei, ich habe es eilig.«
Stephen blieb stehen wie festgewurzelt. »Gemach, gemach!« zwinkerte er ihr zu. »Jetzt sind erst noch Euer Vetter Surrey und Giles Paston dran. Ihr werdet Master Culpeper bestimmt nicht verpassen.«
Catherine glich in ihrer aufgebrachten Reaktion einem kläffenden Schoßhündchen. »Wer sagt Euch, daß ich Master Culpeper favorisiere? Vielleicht halte ich es ja mit Sir Richard Cromwell, seinem Gegner! Ihr aber, was steht Ihr hier herum und redet Unsinn, anstatt Euch ebenfalls zu melden? Habt Ihr keinen Mumm oder fürchtet Ihr, Euch vor den Augen von Alice Shelton zu blamieren?«
Stephen stemmte die Fäuste in die Seite, trat einen Schritt zurück und lachte mit seiner tiefen Stimme drauflos.
»Ich bin zu klug, um mir von irgendwem die Knochen brechen zu lassen!« versetzte er. »Mein Leben ist zu kostbar, um es mutwillig aufs Spiel zu setzen.«
Mit entschlossener Miene raffte Catherine ihre Röcke, drängte sich an ihm vorbei und kehrte zu ihrer Sitzreihe zurück. Inzwischen stach die Sonne so sehr vom wolkenlosen Himmel, daß beschlossen wurde, nach dem folgenden Kämpferpaar eine Pause einzulegen.
»Ist das nicht Thomas Culpeper, der vor kurzem einen Bauern erstach?« raunte ein Wachsoldat der königlichen Garde, als er den prächtig aufgeputzten Kammerherrn an der Seite Richard Cromwells einziehen sah.
»Ihr habt recht«, ließ sich ein anderer Bediensteter vernehmen. »Eine Schande ist das, wie dieser Mann sich hier frei bewegen kann, während andere für eine solche Tat hängen müssen!«
König Heinrich hatte sich seiner Frau zugewandt, um sie zurechtzuweisen. Es ging in seinen Augen nicht an, daß sie in einem Gebetbuch blätterte und den sich vor ihr in den Schranken abmühenden Kämpfern die Aufmerksamkeit entzog. Doch mit geschärften Sinnen, wie stets, waren ihm die geflüsterten Worte des Leibgardisten nicht entgangen. Ruckartig wandte der selbst noch im Sitzen riesenhafte Mann sich um und herrschte den Soldaten an.
»Ihr wagt es, Master Culpeper zu beleidigen? Wollt Ihr etwa ein besserer Richter sein als Euer Souverän, der Culpeper längst vergeben hat, was er beging? Wißt Ihr nicht, daß der arme Kammerherr in Notwehr handelte?«
Verängstigt blickte der Gardist unter sich. Ihm ging durch den Kopf,

daß Culpepers 'Notwehr' wohl kaum nötig gewesen wäre, wenn er nicht die Frau des Parkwächters vergewaltigt hätte. Aber jedes weitere Wort konnte ihn den Kopf kosten, darum fiel er stumm auf die Knie, um Heinrichs Verzeihung zu erbitten. Der König, ohnehin durch die bloße Gegenwart seiner Gemahlin sehr gereizt, ließ sich erst dazu herbei, nachdem er befohlen hatte, dem vorwitzigen Soldaten zur Strafe einen Monatslohn vorzuenthalten.

Thomas Culpepers Plan, Catherine Howard zu beeindrucken, schlug gründlich fehl. Unter dem schadenfrohen Gelächter seiner Gegner purzelte er in den Staub, während Richard Cromwell die Siegesprämie kassierte. Catherine fühlte sich von allen Seiten beobachtet. Irgendwer mußte ausgestreut haben, daß Thomas ihr gefiel – oder hatte sie sich durch allzu große Bewunderung seiner Person selbst verraten? Jedenfalls tarnte sie sich, indem sie bei Culpepers Sturz kaum eine Miene verzog und stattdessen mit ihrem weißen Schnupftuch dem König zuwinkte.

Kaum waren die Kämpfer abgezogen und die offizielle Pause ausgerufen, galoppierte, von einer Staubwolke eingehüllt, ein einzelner Reiter auf den Platz. Nur wenige beachteten ihn. Der helm- und waffenlose Mann, dessen Pferd keinen Panzer trug, preschte bis unterhalb des Thronsessels der Anna von Kleve. Die Königin saß noch immer unter dem Baldachin, während ihr Gemahl inmitten seiner Garde die Tribüne verlassen hatte, um gemeinsam mit Norfolk, Bischof Gardiner und Catherine Howard in einem nahebei errichteten Prunkzelt zu speisen. Er hatte ihr deutlich zu verstehen gegeben, ihre Anwesenheit sei nicht erwünscht.

Der Reiter grüßte Anna ehrerbietig. »Ich hoffe, Ihr seid wohlauf, Hoheit?« fuhr er sodann fort.

»Fairbury! Lieber Graf!« stieß die Königin auf deutsch hervor, als sie den jungen Mann erkannte. »Wo wart Ihr so lange?« fügte sie dann auf englisch hinzu.

»Seine Majestät geruhte, mich nach Schottland zu schicken«, antwortete John Clamour. »Doch nun durfte ich zurückkommen und wollte Euch meine Aufwartung machen.«

»Ihr werdet auch kämpfen?« lächelte Anna.

»Gewiß, Hoheit! Doch bitte ich Euch außerdem, mich in einer bestimmten Sache anzuhören.«

»Nicht jetzt, Mylord«, wehrte die Königin ab. »Kommt in drei Tagen nach Greenwich, dort mögt ihr sprechen.«

Für den Augenblick war das alles, was John erreichen konnte. Immerhin, Anna von Kleve hatte sich seiner erinnert. Und die Tatsache, daß trotz aller Gerüchte die Königin hier in der Öffentlichkeit an der Seite ihres Gemahls auftrat, bewies doch wohl, daß es mit ihrem angeblichen Sturz nicht weit her sein konnte. Ebenso erfreut sich Cromwell bester Gesundheit und größerer Macht denn je, dachte John und ritt unter Dankesbezeugungen davon zu seinem Zelt. Über ihm wehten Dutzende von Flaggen und bunten Wimpeln.
Zwei Wochen später hatte John noch immer nicht erreicht, was er wollte. Da er Cromwell in seinem Londoner Stadthaus wähnte, war er ohne Voranmeldung dort aufgetaucht, um dem Minister keine Möglichkeit zu Ausflüchten zu geben. Aber John hatte nicht mit dem gut funktionierenden Spitzelsystem des nunmehrigen Earl von Essex gerechnet. Schon lange, bevor er den mächtigen Türklopfer bediente, hatte sich herumgesprochen, weswegen er Cromwell aufsuchen wollte. Da dieser sich im Augenblick mit anderen Sorgen herumschlug, ließ er sich beharrlich verleugnen. Kammerdiener Francis scheuchte den unwillkommenen Besucher insgesamt dreimal fort.
John glaubte zwar nicht, daß Anna von Kleve ein ähnlich mysteriöses Spiel mit ihm spielte – immerhin wußte er ja nicht einmal, weswegen Cromwell ihn nicht empfangen wollte -, doch war er auch hier bei seinem ersten Versuch, eine Audienz zu erhalten, auf eine Mauer des Schweigens gestoßen. Mit Hilfe seines Freundes Andrew, des Grafen von Sheen, war es ihm schließlich vor drei Tagen gelungen, eine Zusage der Königin zu erhalten. Jetzt befand er sich zu Fuß auf dem Weg von seinem derzeitigen Quartier zum Fluß. John nächtigte in der Nähe von Baynard's Castle, einem alten Stadtschloß des Königs, das dieser schon lange nicht mehr bewohnt hatte. Es lag am Ufer der Themse, in der Nähe zahlreicher Anlegestellen. Dort würde sich gewiß jemand finden, der ihn nach Greenwich übersetzte. Seine eigenen Ruderer hatte John entlassen, als er nach Schottland gegangen war.

In Greenwich war derweil Anna von Kleves halber Hofstaat mit nutzlosen Arbeiten beschäftigt. Es war, als müsse ein riesiges Rad in Betrieb gehalten werden, das sich aber trotz seines Schwungs keinen Zoll von der Stelle bewegte. Seit den Maifeiern lebte die Königin wieder in ihrem einsamen Prunk dahin. Catherine Howard, ihre Hofdame, ließ sich nur noch sehr selten blicken und bot ihr wortlos,

aber mit dreister Miene die Stirn, sobald sie sie an ihre Pflichten erinnerte. Mittlerweile hatte auch der Dümmste begriffen, daß der König der Howard in reichem Maße zukommen ließ, was er seinem ehelich angetrauten Weibe verweigerte. Ja, es schien gar, als verjünge sich der kränklich gewordene Mann. Er versuchte sich wie früher an zunächst einfachen sportlichen Übungen; er aß weniger und mit Bedacht, so daß ihm sogar das golddurchwirkte Wams wieder paßte, das noch vor Jahresfrist so gespannt hatte. Und es verging keine Woche, in der er dem Mädchen nicht ein kostbares Geschenk übergeben ließ. Offenbar brauchte Catherine nur die molligen kleinen Hände aufzuhalten, und es regnete Edelsteine und Goldmünzen hinein.
Alice Shelton vermißte ihre Freundin, die vor wenigen Tagen ganz in das Haus des Bischofs von Winchester übergesiedelt war. Sie hatte das natürlich kommen sehen, und doch war alles noch so unwirklich. Seit gut zehn Jahren war sie fast nie von Catherine getrennt gewesen.
Anna von Kleve hatte sich am Vormittag wieder zu Bett begeben, was höchst ungewöhnlich war. Noch am Morgen hatte sie niemand für krank gehalten... Es war kein Fieber, das die Königin vom gewohnten Tagesablauf abweichen ließ. Anna fühlte eine lähmende Angst, die sich auf nichts Bestimmtes richtete. Sie wollte sich diesem Tag nicht stellen. Ihr war gleichgültig, was oder wer heute kommen mochte. Eins schien sicher: ihr Gemahl ganz gewiß nicht.
Hinter zugezogenen Samtvorhängen schlummerte die Königin. Im Gemach vor dem Schlafraum saßen ihre Damen und nähten stumm und lustlos an weiteren Kleidungsstücken herum, die später an Arme verschenkt werden sollten. In diese eintönige Szenerie brach das Klopfen eines Lakaien an der Tür.
Alice, dankbar für jede Gelegenheit, das verhaßte Sticken zu unterbrechen, lief sofort los. Wie sich herausstellte, vermied dies unnötiges Aufsehen, denn der Diener war ihretwegen losgeschickt worden. Im Flüsterton unterrichtete er die Hofdame davon, daß sein Herr, der Zweite Gewandmeister, sie zu sehen wünschte.
»Ich werde Ihre Hoheit wohl kaum aufwecken dürfen, damit ich sie um Erlaubnis fragen kann, ihre Gemächer kurzfristig zu verlassen«, sagte Alice halblaut in den Kreis der Näherinnen. »Entschuldigt mich bitte für eine Weile.«
Gemessenen Schrittes folgte sie dem Lakaien, der sie durch das Gewirr der Stockwerke und Flure zum Raum seines Gebieters geleite-

te. Merkwürdig, daß Stephen hier in Greenwich weilte und nicht in dem Schloß, in dem sein Herr, der König, residierte.
»Ihr könnt Euch entfernen, Leonard«, sagte Stephen, als er aus der Tür seines Gemaches trat und dem Lakaien die Tür vor der Nase schloß. Offensichtlich war der Raum sehr hastig bezogen worden, denn nur die wichtigsten Einrichtungsgegenstände waren darin verteilt. Das Zimmer wirkte kahl und wenig einladend. Statt kostbarer Stühle, die anderswo benötigt wurden, lagen nur Kissenpolster auf dem Boden herum. Alice blickte auf ein Schachbrett, das mit fertig aufgestellten Figuren bestückt war.
»Ihr beliebt wohl zu scherzen?« meinte sie ungnädig in Stephens Richtung. »Ich sollte den Dienst Ihrer Hoheit verlassen, nur um Euch mit Spiel die Zeit zu vertreiben?«
Stephen, der sich bereits niedergelassen hatte, blickte überrascht auf. Das hatte er nicht erwartet. Plötzlich fehlten ihm die Worte. Dafür kamen sie Alice um so leichter auf die Zunge.
»Eure Frechheit ist kaum noch zu überbieten, Dennyford«, sagte sie und wandte sich zur Tür. Insgeheim hatte sie erwartet, daß Stephen zumindest einen wichtigen Grund hatte, sie rufen zu lassen. Doch statt sich zu freuen über sein plötzliches Interesse an ihrer Person, reagierte sie gekränkt. Anscheinend denkt er, ich stünde jederzeit zu seiner Verfügung. Als käme nicht vor allem und jedem Ihre Hoheit, die Königin!
»Bleibt bitte!« bat Stephen und der Klang seiner Stimme ließ Alice augenblicklich zögern. Ihre Miene blieb noch unnachgiebig. »Verzeiht diesen närrischen Einfall, doch ich erinnerte mich an viele aufregende Duelle, die Ihr mir auf diesem Brett geliefert habt. Ich weiß auch nicht, was mich überkam, daß ich Euch von Eurer Herrin weglocken wollte. Aber seht, Seine Majestät befahl mir, den hier beschäftigten Gärtner aufzusuchen und mit ihm den Anbau neuartiger Pflanzen zur Gewinnung von Färbestoffen für des Königs Gewänder zu besprechen. Ist meine Anwesenheit damit erklärt?«
Alice nickte langsam. Ihre Züge entspannten sich ein wenig. Dann dachte sie plötzlich an Joan Buck. Stephen hatte sie zu oft enttäuscht. Aber dennoch – dieser Augenblick, als er sie vom Bachufer fortgetragen hatte. Es war Glück und Qual zugleich, in seiner Nähe zu verweilen.
»Ich sollte jetzt besser gehen. Entschuldigt, aber mein Dienst geht vor!« sagte Alice. »Jeden Augenblick kann Ihre Gnaden aufwachen.«

»Aufwachen ?« hakte Stephen nach. Hier war eine Chance, Alice in ein Gespräch zu verwickeln. Ihr unerwarteter Widerstand reizte ihn.
»Ja«, erwiderte die Hofdame und zog ihre Hand vom Türschloß zurück. »Die Königin ist unpäßlich und schläft ein wenig.«
»Dann könnt Ihr Euch genausogut für eine Weile zu mir setzen und zu mir sprechen. Ihr habt ja recht, für ein Schachspiel ist im Grunde keine Zeit.«
Alice atmete hörbar aus und setzte sich vorsichtig auf die Kissen, den Rock des Kleides wie eine erstarrte rosa Woge um sich gebreitet. Sie schaute Stephen an und bemerkte tatsächlich einzelne graue Haare in der kragenlangen Haarpracht des Freundes. Und dabei war er nur ein oder zwei Jahre älter als sie.
»Leidet Ihr eigentlich noch unter diesen schlimmen Kopfschmerzen?« fragte Stephen plötzlich. Dabei blickte er sich vergeblich nach etwas Trinkbarem um.
»Seit ich der Königin diene, haben sie stark nachgelassen«, antwortete die junge Frau. »Ab und an muß ich ein paar harte Tage durchstehen, doch im Ganzen hat mir der Ortswechsel gutgetan.«
»Die Luft von Horsham und Lambeth war Euch wohl nicht sehr zuträglich«, stellte Stephen fest. »Nun, ich muß sagen, was Horsham angeht, verstehe ich Euch durchaus. Ich hielt mich zwar nicht lange dort auf, doch alles, was ich noch in Erinnerung habe, ist der durchdringende Geruch eines großen Misthaufens.«
»Könnt Ihr Euch denn nicht mehr des Malers entsinnen, der Euer Bildnis in ein kleines Medaillon bannte?« sagte Alice.
Stephen schob sich verblüfft die Mütze aus der Stirn. »W-Woher wißt Ihr das?«
»Das tut überhaupt nichts zur Sache«, meinte Alice selbstsicher und überraschte damit ihr Gegenüber ein weiteres Mal. »Jedenfalls haben wir uns damals gründlich verpaßt, denn gerade als Ihr von Horsham wegzogt, kam ich dort an, um bis zu ... äh, bis zu meiner Berufung zum Hofdienst dort zu bleiben.«
»Meine Kinder- und Jugendjahre waren wohl etwas bewegter«, sagte Stephen mit gespieltem Gleichmut. »In den Dienst des Herzogs von Norfolk trat ich erst ziemlich spät, mit fast sechzehn Jahren. Davor wanderte ich herum wie der Trinkbecher in einer Runde froher Zecher.« Er lachte über seinen eigenen Witz. »Irgendwann war ich auch einmal im Hause Lord Lees ...«
»Aber das ist ja ganz nah bei Manting!« fiel ihm Alice ins Wort.

»Wieso – hmm, ich meine, da habt Ihr gewiß des öfteren Eure Eltern besucht...?«
Stephen schüttelte den Kopf. Er lächelte immer noch und schaute dabei haarscharf an Alices rosa Sichelhaube vorbei.
»Nein«, sagte er einfach. »Ich fühlte mich wohl bei Lord Lee. Außerdem war mein Vater ohnehin stets am Hof und meine Mutter schwanger Jahr um Jahr. Ich hätte dort nur gestört. Und, wie gesagt, ich fühlte mich wohl bei Lord Lee.«
Alice schob einen Fuß unter dem Rock heraus und betrachtete ihre bestickte Pantoffelspitze. Schließlich meinte sie:
»Ich kann besser, als Ihr glaubt, nachfühlen, was Euch widerfuhr. Falls es Euch noch niemand hinterbracht hat – ich habe meine Stellung durch eigenmächtiges Handeln erhalten und damit die Gunst meiner Eltern verloren. Seit ich der Königin diene, haben sie mir weder geschrieben noch sich bei Hofe sehen lassen.«
»Was heißt denn 'nachfühlen'?« Stephen wehrte sich gegen das, was Alice ihm zu übermitteln suchte, denn es sah gefährlich nach Mitleid aus. »Ich habe nie gesagt, daß es mir je an irgend etwas mangelte.«
»Das habe ich durchaus verstanden«, erwiderte Alice ruhig und versuchte sich zu erheben. Stephen reichte ihr beide Hände und half ihr auf. Er machte keine Anstalten, sie vom Gehen abzuhalten. Aber in seinen Augen stand ein Anflug von Respekt und Bewunderung. Er hatte der Jugendfreundin keinen derart starken Willen zugetraut.
»Übrigens steht Euch Rosa besonders gut«, sagte der Gewandmeister im Ton ehrlicher Anerkennung.
»Man muß tun, was einem möglich ist«, erwiderte Alice und lächelte. »Schließlich gibt es ja noch so viele Damen, die auch anziehend sind, nicht wahr?« Erneut sah sie im Gedächtnis Joan Buck, die sich so ausgesucht elegant kleidete und damit ihre Jahre zu vertuschen hoffte.
»Ich kenne Euch zu gut«, sagte Stephen und legte Alice in einer Geste plötzlicher Vertraulichkeit den Arm um die Schulter. »Gewiß habt Ihr soeben an jemand Bestimmtes gedacht.«
»Das ist nicht der Rede wert«, schmunzelte Alice. Diesmal würde sie sich mehr Zurückhaltung auferlegen. Stephen streichelte seiner Freundin zärtlich über die Stirn. »Paßt gut auf, daß sich dahinter keine Schmerzen mehr ansammeln! Und vielen Dank für die Zeit, die Ihr erübrigt habt.« Er ließ das Türschloß aufschnappen, und Alice schlüpfte hinaus.

John Clamour aber, der Earl von Fairbury, hatte seine Reise auch diesmal umsonst angetreten. Als er endlich per Boot Schloß Greenwich erreichte und seine Ankunft melden ließ, wiesen die Hofdamen der Königin ihn höflich ab. Nicht einmal die Erinnerung an gemeinsam verbrachte heitere Tage vermochten es, Anna von Kleve aus ihrer lethargischen Stimmung zu reißen. Im ersten Zorn beschloß John, so lange vor der Tür ihres Gemachs zu warten, bis sie ihn irgendwann einließe. Dann aber gab er den nutzlosen Widerstand auf und kehrte nach London zurück. Schließlich konnte er jeden Augenblick mit Alice zusammentreffen, und er hätte nicht gewußt, wie er sich ihr gegenüber verhalten sollte.

Wieder waren ein paar Wochen vergangen. Allmählich schlug die anfängliche Freude über das schöne Wetter um in bittere Sorge um die Ernte des Jahres, die unter den sengenden Sonnenstrahlen zu verdorren drohte. Der König hatte mit seiner Vorhersage nicht nur recht behalten – die Natur hatte seine Worte noch übertroffen. Wenn Catherine Howard hin und wieder über die Themse fuhr, um ihre Freundin Alice zu besuchen, fiel ihr der gesunkene Wasserstand des Flusses deutlich ins Auge.

Jetzt war Catherine auf dem Weg zum Königspalast von Westminster. Die Barke ihres Onkels, mit dem dorthin unterwegs war, bewegte sich zügig auf dem träge dahingluckernden Fluß. Die beiden Howards hatten ihre schönsten Festgewänder angelegt, denn wenn der König einlud, durfte keiner knausern.

»Ich hörte, so gut wie alle Würdenträger am Hof und sämtliche Damen seien eingeladen – abgesehen von der Königin und ihren Bediensteten«, sagte Catherine, als die Ufermauer in Sicht kam. Von überall her kamen aufgeputzte Reiter, Damen in engen Sänften und weitere, wimpelgeschmückte Barken an.

»Du bist ein gutherziges Ding, Nichte«, versetzte Norfolk und grinste. »Dir hat es Alice Shelton zu verdanken, daß sie dem Fest Seiner Majestät nicht genauso fernbleiben muß wie die anderen, die sich zu Greenwich langweilen. Was findest du eigentlich an dieser jungen Frau?«

Catherine zuckte die Achseln. »Ich mag sie eben. Viele Jahre haben wir wie Schwestern zusammengelebt.«

Im Großen Saal des Schlosses standen Männer und Frauen buntgemischt in Grüppchen beisammen und unterhielten sich. Der König

war noch nicht anwesend, aber von der Empore herab bliesen bereits die Musiker der Hofkapelle zur Einstimmung. Lakaien in den roten Samtwämsern Seiner Majestät eilten zwischen den Gästen umher und sorgten dafür, daß die Pokale stets gefüllt waren.
Als Catherine und Thomas Howard eintraten, verstummten manche und drehten sich neugierig um. Die Favoritin war über und über mit Schmuck behängt, den der König ihr jüngst erst verehrt hatte. Das Vorderteil ihres Mieders war unterhalb des Ausschnitts bis zur Hälfte mit kostbaren Steinen bestickt, die rostbraune Sichelhaube damit bedeckt, als sei sie in eine funkelnde Kruste eingehüllt.
Rasch sah sich Catherine um und nahm im Vorbeigehen die nun schon vertrauten Gesichter der Höflinge wahr. Culpeper erblickte sie nirgends. Vielleicht traf er erst in Begleitung seines Gebieters ein.
In der Nähe des riesigen Kamins stand Lady Rochford und betrachtete die Schwatzenden mit scharfem Blick. Plötzlich setzte sie sich in Bewegung und bahnte sich einen Weg durch die Menge. Unbeirrt steuerte sie auf Alice Shelton zu, die gerade die Wachen passierte und den Saal betrat.
»Seid gegrüßt, liebe Alice!« sagte Jane und streckte der verblüfften Hofdame in ungewohnter Herzlichkeit beide Hände entgegen. »Laßt Euch gratulieren!«
»Wozu?« wunderte sich Alice.
»Wir sind ja nun gewissermaßen miteinander verwandt, nicht?« lächelte die Rochford und um ihre Augen kerbten sich unzählige Fältchen ein. »Wird Euch Ihre Gnaden denn gestatten, zur Hochzeit Eures Bruders zu reisen?«
Für einen Augenblick fragte sich Alice, ob Lady Rochford betrunken war oder durch das heiße Wetter ganz von Sinnen. Dann erklärte sie in zurückhaltendem Ton:
»Es tut mir leid, doch ich verstehe Eure Worte nicht. Ich habe keinen Bruder, sondern nur eine Schwester namens Margaret, früher auch Madge genannt.«
Lady Rochford hob in einer Geste der Überraschung die mageren Hände. »Seltsam, daß Ihr so ahnungslos seid«, sagte sie und schüttelte den Kopf. »Vielleicht hat man Euch einen Kurier gesandt, der unterwegs erkrankte? Jedenfalls, liebe Alice, habt Ihr einen Bruder! Gewiß entsinnt Ihr Euch Eures Vetters John, des einzigen Sohnes Eures Onkels Leonard. Nun, der Arme verstarb vor einigen Wochen auf einer Reise nach Rochester. Er soll mitten auf der Straße vom Pferd ge-

stürzt sein und den Geist aufgegeben haben, ohne die Sakramente der Kirche! Bald danach nahm Euer Vater den jungen John an Kindes Statt an, so daß Ihr in John Shelton dem Jüngeren nunmehr einen Bruder habt.«

»Aber -« unterbrach Alice Lady Rochfords Bericht, »wozu denn dies? Sir Leonard war kein armer Mann, sodaß John versorgt werden müßte. Und außerdem ist mein Vetter erwachsen und kann somit gar nicht meines Vaters Mündel sein.«

»Ihr seid recht kurzsichtig«, tadelte die Lady. »Wer spricht von Mündel? Denkt Ihr denn auch einmal daran, daß Euer Vater seinen Besitz nicht unbedingt in fremde Hände vererben will? Was aber ist die Folge, wenn einer nur zwei Töchter hat? Die Schwiegersöhne werden sich lachend die Hände reiben!«

Alice dachte an Madge, die ebenso verstoßen wie sie, aber weniger ehrenvoll irgendwo in Wales ihr Dasein fristete. Sie hätte sich freuen müssen, daß ihr Vater letztendlich doch noch die Erfüllung seines Herzenswunsches erlebte. Statt dessen fühlte sie nur, wie ihre Kehle austrocknete.

»Aber nun bekommt Sir John erst einmal eine Schwiegertochter!« fuhr Lady Rochford in munterem Tonfall fort. »Meine Schwester Margaret wird den jüngeren John schon in drei Wochen heiraten. Ich hoffte, Euch bei den Feierlichkeiten zu treffen.«

Die Gedanken drehten sich in Alices Kopf. Das war alles ein bißchen viel auf einmal. Und sollte sie zugeben, daß sie von diesen Vorgängen nicht das kleinste Wörtchen erfahren hatte?

»Wir werden sehen!« meinte Alice schließlich und straffte die Schultern. »Erst muß ich mit Ihrer Hoheit darüber sprechen.«

Lady Rochford wandte sich ab und Alice blieb allein zurück. Ihre Hand tastete sich zum rechten seitlichen Aufschlag der Giebelhaube, an dem sie eine große Brosche befestigt hatte. Was sie gehört hatte, war zu ungeheuerlich. Es war ihr unmöglich, einen klaren Gedanken zu fassen.

»Was stehst du so nachdenklich, Alice?« fragte Catherine Howards helle Stimme. Die Freundin umarmte sie und strahlte sie an. Alices Antwort gar nicht abwartend, meinte sie dann:

»Kümmere dich nicht um die griesgrämige Rochford! Gewiß hatte sie wieder etwas an Benehmen oder Kleidung auszusetzen, nicht wahr?«

Alice beugte den Oberkörper vor, damit Catherine nicht an ihrer

Miene sah, wie unfestlich ihr zumute war. Leise klirrten die Perlenschnüre, die quer über das Mieder gespannt verliefen. »Du hast recht«, erwiderte sie dann. »Komm, wir wandern ein wenig im Saale herum und schauen, wer sonst noch eingeladen wurde.«
Catherine hakte sich bei der Gefährtin ein und schlenderte an der mit bunten Teppichen verhängten Wand entlang. Hier und da bemerkte sie Leute, die sich beinahe ehrfurchtsvoll umdrehten, ihre Gespräche unterbrachen und höflich grüßten. Befriedigt nahm es die junge Hofdame zur Kenntnis.
»Siehst du die Gruppe da drüben?« wisperte Catherine. »Das ist doch dein geliebter Dennyford! Und schau einmal, wer ihn begleitet!«
Ein Unglück kommt selten allein, dachte Alice, als sie Stephen neben der in rosa Satin gehüllten Lady Buck erblickte. Die beiden befanden sich in lebhafter Unterhaltung mit einer kleingewachsenen, dünn und knochig wirkenden Frau. Ihre lange Nase und der strichartige Mund verliehen ihr das Aussehen einer Spitzmaus. Die strenge Giebelhaube betonte dies noch, da die gesamte Haarpracht der Dame darunter verschwunden war.
»Mylady Ainsworth!«, flüsterte Catherine. Betont langsam ging sie mit ihrer Freundin an den dreien vorbei, doch keiner schien sie zu bemerken. Alice merkte, wie sie vor Zorn errötete.
»Aha!« zischte sie. »Der Herr will mich wohl nicht wahrnehmen, wie es scheint. Vielleicht fesselt ihn der Gesprächsstoff zu sehr. Immerhin haben die beiden Damen ja manches gemeinsam!« Sie lachte boshaft.
Catherine zupfte Alice am Ärmel. »Nun sag' schon! Gibt es da etwas, was sich zu erfahren lohnt?«
»Und ob!« sprudelte die junge Frau heraus. »Lady Bucks Bruder ist ein entlaufener Mönch. Da staunst du, nicht wahr? Noch vor der Aufhebung der Klöster hat er seine Gelübde gebrochen und sich aus dem Konvent der Benediktiner von Stanford davongemacht. Und eine der Schwestern dieser Ainsworth hat einen früheren Abt geheiratet. Nach den neuen Gesetzen ist diese Ehe überhaupt nicht gültig, denn ein Keuschheitsgelübde – so hat Seine Majestät klar genug kundtun lassen – gilt ewig, auch wenn wir keine Klöster mehr haben! Wenn der Herr Abt also nicht schleunigst das Weite sucht, wird er über kurz oder lang gehängt...«
»Wie peinlich!« kicherte Catherine albern.
Drei Trompetenstöße kündigten den König an. Augenblicklich erstarrte die Hofgesellschaft und sank in die Knie. Heinrich VIII.

durchschritt in bester Laune die Tür zum Saal, deren Flügel hinter ihm geschlossen wurden. Freundlich lächelnd bewegte er sich ohne Stock, nur leicht humpelnd, durch die schweigende Menge und stieg die drei Stufen zum Thronsessel empor. Unter dem roten Baldachin nahm er Platz und befahl den Anwesenden, sich zu erheben. Sogleich richteten alle die Augen auf ihren Herrscher und brachen in bewundernde Rufe aus. Des Königs Schneider hatten sich mit der neuen Festrobe wieder selbst übertroffen.

Kaum hatte die Kapelle begonnen, zum Tanz aufzuspielen, winkte Heinrich Catherine Howard an seine Seite, umfaßte mit seinen Riesenhänden ihre Taille und wirbelte sie hoch, als sei sie ein halbwüchsiges Mädchen. Vor aller Augen küßte er sie immer wieder. Die steifen Figuren der langsamen Pavane lockerte der König dadurch auf, daß er Catherine die Hand tätschelte oder spielerisch auf den Po klopfte. Sie war es zufrieden und lächelte Heinrich glückstrahlend an.

Schon nach drei Tänzen geriet Seine Majestät außer Atem. Während die jüngeren Höflinge fortfuhren, sich zu vergnügen, stützte sich Heinrich, der Hüne, auf die winzige Mistress Howard und nahm sie mit zum Thronsessel. Dort mußte Catherine auf seinem Schoß Platz nehmen und wurde mit Leckerbissen gefüttert, die der König ihr eigenhändig in den Mund steckte. Ihr andauerndes Gelächter brachte Heinrich in Stimmung. Insgeheim wetteten manche, wie lange er es auf dem Fest aushalten würde, bevor er sich mit ihr zurückzog.

Die Saaltür öffnete sich für einen Moment und ein Bote schlüpfte herein. Er drängte sich durch die Feiernden bis vor den Thron des Königs, wo er sich dreimal tief verbeugte. Auf das Winken Heinrichs hin kam der livrierte Mann näher, kniete nieder und überreichte ihm ein Stück Pergament mitsamt einer im Tintenfaß steckenden Feder.

»Verzeiht vielmals, Majestät! Man schickt mich aus Ewell. Sofern Ihr die Güte habt, das Urteil heute noch zu unterzeichnen, kann es bereits am morgigen Tag vollzogen werden.«

Ächzend beugte sich der König vor, um Schreibzeug und Rolle in Empfang zu nehmen. Catherine hüpfte von seinem Bein herunter, stellte sich neben den Thron und lugte neugierig über Heinrichs Schulter. Aber plötzlich verschwand das Lächeln aus ihrem Gesicht.

»Euer Gnaden, womit belästigt man Euch hier?« fragte sie und Heinrich VIII., der das Schriftstück überflog, hielt inne.

»Es ist reizend, wie Ihr Euch um mich sorgt!« lachte der Monarch.

»Aber die Störung wird nicht lange währen. Eine Unterschrift, und ein Mann aus Sussex erhält seine wohlverdiente Strafe.«

»Was hat er sich denn zuschulden kommen lassen?« wollte Catherine wissen. Sie hatte nur einzelne Worte erkennen können, die allerdings bedrohlich ausgesehen hatten.

»Wie Ihr wißt, lasse ich seit gut zwei Jahren an einer Residenz bauen, die ihresgleichen nicht hat auf der Welt. Darum lautet ihr Name Nonsuch Palace. Der Ort meiner Wahl für dieses Kleinod war bereits bebaut, doch ich habe Cuddingtons Bewohner in andere Dörfer umsiedeln und ihre Häuser zerstören lassen.« Blut schoß in Heinrichs Wangen, er erregte sich, als er fortfuhr: »Und einer jener schwachköpfigen Bauarbeiter weigert sich, über dem ehemaligen Friedhof Marmorplatten für eine Wandelhalle zu legen! Ich sage Euch, Catherine, der Aberglaube dieser kindischen Landbevölkerung kennt keine Grenzen. Und so hetzte er andere Arbeiter auf, indem er von den Geistern der Toten sprach, die mein Schloß dann heimsuchen würden. Endlich verstieg sich der Mann gar dazu, seinen Herrscher und Auftraggeber zu verwünschen. Er ist des Todes! Morgen mittag soll er hängen!«

Catherine grauste es bei dem Gedanken. Vielleicht bereute der Einfaltspinsel längst, was er unbedacht geäußert hatte. Im Gegensatz zu den meisten anderen Menschen in ihrer Nähe hatte die junge Frau niemals eine Hinrichtung beobachtet. Allein schon die Erzählung einer Augenzeugin, die bei einer Hexenverbrennung zugegen gewesen war, hatte ausgereicht, ihr den Abscheu vor jeglicher Gewalt einzuflößen. Während sie neben dem Thronsessel niederkniete, blickte sie den König mit weit aufgerissenen Augen an.

»Laßt doch Milde walten, ich bitte Euch sehr herzlich!« sagte sie impulsiv. »Der Mann mag betrunken gewesen sein, vielleicht hat ihm auch die Hitze der Sonne den Geist verwirrt. Ich bin sicher, auch das gemeine Volk liebt Euch unverbrüchlich, denn kein Untertan, der bei Verstand ist, kann anders, als Euch lieben!«

Heinrich VIII. blickte erstaunt auf Catherine nieder. Die Musikanten spielten weiter, doch in der Nähe des Throns hörten einige Höflinge auf zu tanzen und beobachteten, was vorging. Sie sahen, wie ihr Herrscher die kleine Hofdame unter den Achseln griff und mit einem einzigen Ruck auf die Füße stellte. Dann umarmte er Catherine, nahm die Feder und strich ein paar Worte auf dem Pergament vor ihm aus.

»Wenn ich Euch damit gefällig sein kann, so soll es geschehen«, murmelte der König. »Es möchte sein, daß Euch das Wohnen in Nonsuch auf ewig verleidet ist, wenn ich diesen Menschen hinrichten lasse. Drum will ich ihn begnadigen, auch wenn er es nicht verdient.«
Der Bote rollte das Pergament zusammen und erhielt Anweisung, ein neues Schriftstück aufsetzen zu lassen, das die Amnestie bestätigte. Nach einer Verbeugung machte er sich auf den Weg.
Heinrich VIII. aber streichelte Catherine Howards Wange und flüsterte ihr etwas zu. »Ihr vereinigt wunderbare Eigenschaften in Eurer Person, liebes Herz. Die Güte, mit der Ihr andere bedenkt, ist einer Königin würdig. Wenn es noch eines Beweises bedurft hätte, auf daß ich meinen Entschluß faßte, so wäre es diese Eure Bitte gewesen. Ich werde mich von Prinzessin Anna trennen; sie war niemals rechtmäßig meine Gattin, wie Ihr wißt! Werdet meine Frau, Catherine, und bleibt an meiner Seite: in guten wie in schlechten Tagen ...«

,Nur eine kurze Spanne später – man schrieb den 10. Juni – war eine weitere Parlamentstagung angesetzt. Der Geheime Rat des Königs versammelte sich gegen Mittag im Schloß von Westminster, um dort zu speisen und anschließend den Debatten beizuwohnen.
Thomas Cromwell, Earl von Essex, schien um Jahre gealtert. Von seinem letzten Gichtanfall hatte er sich leidlich erholt. Aber immer häufiger überkam ihn jetzt schon morgens nach dem Aufstehen ein heftiges, unkontrollierbares Zittern. Auch langte er beim Essen nicht mehr so zu wie früher, weswegen seine feisten Wangen mittlerweile eingefallen ausschauten. Die ohnehin tiefliegenden Augen waren noch weiter in ihre Höhlen zurückgesunken. Und trotz der rastlosen Arbeit des Tages konnte Cromwell des Nachts keine Ruhe finden. Manchmal lag er in seinem Bett, starrte an die Decke und fühlte sich zerschlagen wie ein Geräderter, ohne daß der ersehnte Schlaf sich einstellte.
Gerade stieg der Minister die Treppe zum Ratszimmer im Königspalast empor, nachdem er mit der Barke aus seinem Londoner Stadthaus gekommen war. Nur wenige Schritte vor ihm ging der Herzog von Norfolk. Wenigstens mußte der Anschein der Höflichkeit gewahrt werden, und so rief Cromwell ihm einen freundlichen Satz zur Begrüßung zu.
Norfolk hielt einen kurzen Augenblick inne, als er die Stimme vernahm, und setzte dann seinen Weg fort, ohne sich umzudrehen.

Cromwell preßte den schmalen Mund zusammen und nahm die letzten Stufen.
Im Ratszimmer standen bereits die meisten Herren versammelt und unterhielten sich grüppchenweise im Flüsterton. Cromwell rechnete insgeheim damit, daß die Gespräche schlagartig verstummen würden, sobald er den Raum betrat. Doch weit gefehlt! Staunend nahm er zur Kenntnis, daß alle ihn gänzlich übersahen. Niemand erwiderte seinen Gruß oder wandte auch nur den Kopf. Den Minister beschlich ein ungutes Gefühl. Aber die als Söldner in Italien verbrachten Jahre hatten ihn gelehrt, keine Angst zu empfinden. Cromwell atmete tief durch.
Kurze Zeit danach geleiteten Lakaien die Ratsmitglieder in einen kleineren Speisesaal. Alle nahmen ihre gewohnten Plätze ein. Keiner richtete das Wort an ihn und so versuchte er gar nicht erst, ein Gespräch zu erzwingen. Mit bekümmerter Miene zupfte der Minister ein paar Fleischbrocken ab, kaute endlos darauf herum und starrte auf die Tischplatte. Was ging hier vor? Er dachte an seine lutherischen Freunde, darunter Bischof Barnes, die noch immer im Tower saßen. Ob die Altgläubigen wieder eine Intrige gegen ihn eingefädelt hatten?
Die herrlichen Silberplatten aus des Königs Geschirr wurden mitsamt den Speiseresten wieder abgetragen. Wie auf ein Kommando erhoben sich die Herren des Geheimen Rates und schlugen die Richtung des Sitzungssaales ein, obgleich die Stunde der Debatte noch längst nicht gekommen war. Cromwell zuckte die Schultern und begab sich vor die Tür des Speiseraumes, denn wie üblich, würden dort einige Bittsteller warten.
In den mit Sitzen versehenen Fensternischen hatten es sich tatsächlich etwa fünf oder sechs Leute bequem gemacht. Als sie den Minister erblickten, sprangen sie auf und umringten ihn. Als Erster war ein schlanker junger Mann in kostbaren Gewändern bei Cromwell angelangt. Der Earl von Essex erkannte ihn sofort.
»Fairbury! Welche Freude, Euch zu sehen! Was treibt Euch denn aus dem fernen Schottland zurück an des Königs Tisch?«
Als wüßte er nicht, daß ich mich schon seit geraumer Zeit in London aufhalte, dachte John Clamour. Was für ein scheinheiliger Heuchler! Wie oft hat er mich bei seinem Hause abweisen lassen – obwohl er mit Sicherheit anwesend war? Aber ich brauche seine Hilfe ...
»Ich will es kurz machen, Essex«, antwortete John und strich sich

eine Haarsträhne aus dem Gesicht. »Ob Ihr meinen Brief erhalten habt, weiß ich nicht, jedenfalls wartete ich vergeblich auf ein Rückschreiben.«
Instinktiv verschränkte der Minister die Arme. Die übrigen Bittsteller spitzten neugierig die Ohren. John ärgerte sich darüber, sah sich jedoch gezwungen, diese Gelegenheit nicht ungenutzt vorübergehen zu lassen.
»Ihr kennt gewiß die Hofdame Alice Shelton? Sie ist meine Ehefrau und hat mich böswillig verlassen, um den eitlen Glanz der Welt zu suchen.«
»Könnt Ihr das beweisen?« fragte Cromwell säuerlich. »Ich dachte stets, Mistress Shelton sei unvermählt. Welcher Priester hat Euch getraut?«
John wurde rot. Die Umstehenden grinsten.
»Wir – äh – , also, w-w-wir haben uns... erkannt, ich meine, äh, fleischlich«, stotterte der Earl. »D-d-damit ist unsere Verbindung nach Kirchenrecht gültig, oder nicht?«
»Sicherlich habt Ihr recht«, erwiderte Cromwell, dem Johns Bitte ähnlich willkommen war wie ein Flohstich am Hintern. »Doch ich bin kein Kirchenmann, was sucht Ihr also Hilfe bei mir? Wendet Euch an den Herrn Erzbischof von Canterbury! Und überdies, mein Freund, müßte man erst einmal Mistress Shelton zu der Sache befragen. Vielleicht stünde ihr Wort gegen das Eure.«
»Ihr könnt sie doch einen Eid schwören lassen!« ereiferte sich John. »Wenn ihr die Strafe der ewigen Verdammnis vor Augen steht, wird sie die Wahrheit bekennen müssen!«
Sanft schubste Cromwell den Earl zur Seite. »Wie ich schon sagte, Fairbury, wendet Euch an Cranmer.« Und damit ermunterte er den Nächsten, heranzutreten.

Als der Beginn der Parlamentssitzung näherrückte, verließ Cromwell den Flur und begab sich eilends zum Saal, wo die Debatte stattfinden sollte. Kaum hatte er den Kopf durch die Tür gesteckt, als mehrere der Herren ihre Gesichter zu ihm drehten und ihn böse anfunkelten. Unbeeindruckt suchte Cromwell seinen Platz neben Thomas Howard, dem Herzog von Norfolk, auf. Dieser aber erhob sich plötzlich mit gemessenen Bewegungen und raunzte:
»Neben einem Verräter mag ich nicht sitzen! Hier ist kein Platz für untreue Diener Seiner Majestät!«

Cromwell, der beim Eintritt in den Saal höflich seine Mütze abgenommen hatte, bemerkte, daß eigenartigerweise alle anderen Anwesenden ihre Kopfbedeckung noch trugen. Eine steile Zornfalte bildete sich zwischen seinen Augenbrauen, als er Norfolk entgegenschleuderte:

»Was ist das für ein Sturm, daß nur mir die Mütze davonfliegt, die euren aber auf den Köpfen bleiben? Ha? Ihr wagt es, mich einen Verräter zu nennen? Wie undankbar, nach allem, was ich für Seine Majestät getan habe!« Er warf seine Samtkappe dem Herzog vor die Füße.

Die Tür am Ende des Saales flog auf und eine Truppe der königlichen Leibwache marschierte, bis an die Zähne bewaffnet, herein. Mit starrer Miene schritt der Hauptmann an der Spitze der Männer auf den verblüfften Cromwell zu und packte ihn beim Ärmel. »Ihr seid verhaftet wegen Hochverrats und Ketzerei!« informierte er den Minister.

Kaum hatten die adligen Ratgeber dies vernommen, stürzten sie von ihren Plätzen und fielen über den verhaßten Emporkömmling her. Der alte Earl von Southampton bückte sich behende und riß dem wehrlosen Cromwell die Binde des Hosenbandordens vom Knie. Fäuste knufften ihn von hinten, einer hieb ihm in den Nacken, daß er glaubte, sein Hirn werde zur Stirn herausfahren. Mit verzerrtem Grinsen packte Norfolk die kostbare Kette mit dem heiligen Ritter Georg, die um den Hals des Ministers hing, und zerriß das herrlich gearbeitete Insignium.

Schließlich drängte die Wache die Männer ab und schob den Gestürzten zur Hintertür hinaus. Ein schwarz verhängtes Boot wartete unten am Flußufer, das mit dem Staatsgefangenen an Bord die Reise zum Tower antreten würde.

»Geht nur den Weg, auf den Ihr so viele andere geschickt habt!« brüllte einer aus der Schar hinterher. »Dann wißt Ihr endlich, was diese gefühlt haben!«

»Und macht Euch keine Hoffnung auf Gnade!« fügte Norfolk hinzu. Doch die Barke legte gerade ab.

Am anderen Morgen war Anna von Kleve zeitig und in bester Laune aufgestanden. Wie ein Wunder war es ihr vorgekommen, daß der König, ihr Gemahl, sie endlich in Greenwich besucht und sogar mit ihr gespeist hatte. Wie ausgesucht liebenswürdig hatte sich Heinrich benommen, wie überschwenglich hatte er ihre verbesserten Kennt-

nisse der Landessprache gepriesen! Jetzt würde doch noch alles gut. Über die Liebelei mit der albernen kleinen Howard ließe sich großmütig hinwegsehen.
Anna ahnte nichts Böses, als ein Eilkurier mit Befehlen des Königs eintraf. Der Haushofmeister begleitete ihn bis zum Privatgemach seiner Gebieterin, wo Anna zu ihrem größten Erstaunen erfuhr, die Pest sei ausgebrochen. Und da ihr Gatte sich große Sorgen um die Erhaltung ihrer Gesundheit mache, solle sie augenblicklich mit ihrem Hofstaat nach Schloß Richmond aufbrechen.
Den Anordnungen Seiner Majestät durfte sich niemand widersetzen. Innerhalb weniger Stunden wurden aus den Privatgemächern kostbare Geschirre und erlesene Wandbehänge entfernt und eingepackt. Die Lakaien halfen den Damen Ihrer Hoheit, ihre Besitztümer in Körben und Truhen zu verstauen, bevor die Pferde gesattelt wurden. Die gute Stimmung der Bediensteten war rasch dahin, als sich in Windeseile verbreitete, noch am Tag zuvor sei kein einziger Pestfall in der unweit gelegenen Hauptstadt bekanntgeworden. Einige besonders Schlaue wußten natürlich auch um Cromwells Einkerkerung und zogen ihre Schlüsse daraus. Keinem war besonders wohl in seiner Haut, als gegen Mittag der lange Zug unter der wie seit Wochen sengenden Sonne aufbrach.

Catherine triumphiert

Fast vier Wochen gingen dahin, ohne daß die Hitze, die jedes Leben zu ersticken drohte, abnahm. Sie kroch in die dicken Mauern des Tower und füllten Thomas Cromwells Kerker zunächst mit angenehmer Wärme, später mit bleischwerer, kaum zu atmender Luft. Die langen, hellen Tage wechselten sich mit langen, schwülen Nächten ab.
Auch die Bewohner von Schloß Richmond litten. Anna von Kleve und ihre Bediensteten lebten in banger Ungewißheit. Niemand hatte ihnen offiziell gesagt, sie seien in Ungnade gefallen, doch zugleich durften sie sich nicht weiter als eine Meile vom Gebäude entfernen.

Catherine Howard teilte das Schicksal der Eingeschlossenen nicht, denn sie hatte nun ihrer Hofdamenstellung endgültig Lebewohl gesagt und wohnte derzeit als des Königs Mätresse stets in seiner Nähe.
John Clamour, der Earl von Fairbury, hatte beschlossen, in seiner verfahrenen Situation vorerst nichts mehr zu unternehmen. Da Seine Majestät ihm keine neue diplomatische Mission mehr zugeteilt hatte, wollte er noch für ein paar Wochen in der Hauptstadt verweilen und dann nach Dorset zurückkehren, um sich endlich einmal ganz den ererbten Gütern zu widmen.
Und dann ging alles plötzlich schneller als gedacht.
Am 6. Juli betrat der König das Parlament, wo ihm die Lords des Ober- und des Unterhauses unterwürfig erklärten, sie seien sehr betrübt, die Rechtmäßigkeit seiner Ehe mit Königin Anna in Zweifel ziehen zu müssen. Inzwischen wisse doch wohl das halbe Land, daß der gnädige Herrscher die Verbindung gegen seinen Willen eingegangen sei und diese nie vollzogen wurde. Im übrigen habe ein in der Jugendzeit eingegangenes Verlöbnis der Prinzessin mit dem Erben Lothringens bestanden, über das man nicht leichtfertig hätte hinweggehen dürfen.
Heinrich hatte nichts gegen diese Erklärungen einzuwenden. Mit würdevoller Miene nickte er zu allem, was die Herren vorbrachten, und dachte mit Grausen an seine leeren Kassen. Aus einer Truhe ohne Inhalt ließen sich auch beim besten Willen keine Riesensummen zaubern, mit denen man dem kleinen Kleve gegen den großen Kaiser beistehen konnte. Und der hatte bereits ein Heer in den Niederlanden aufmarschieren lassen …
Am Ende legte er die ganze Angelegenheit in die Hände der Geistlichen. Es wurde beschlossen, die Konvokationen von Canterbury und York über die Fortsetzung seiner Ehe entscheiden zu lassen.
Kaum war die Sitzung vorüber, als schon die Herren des Kronrates in Richtung Richmond aufbrachen, an ihrer Spitze Bischof Gardiner und der Herzog von Suffolk. Sie besuchten die Frau, die dem Namen nach noch immer ihre Königin war, und setzten sie in Kenntnis über die nun angelaufenen Untersuchungen. Anna reagierte kühl, auch nachdem ihr der komplizierte Sachverhalt von einem Dolmetscher in ihre Muttersprache übersetzt worden war. Ohne großes Bedauern erklärte sie den verblüfften Ratgebern, sie unterwerfe sich selbstverständlich dem Urteil der Kirche und wolle in Ruhe abwarten, zu welchem Ergebnis man gelange.

Währenddessen brütete Thomas Cromwell im Tower über einem viele Seiten umfassenden Schreiben. Die Feder flog nur so über das Pergament, das man ihm freizügig zur Verfügung gestellt hatte. Der gestürzte Minister sah den letzten Strohhalm, der sich ihm bot, und ergriff ihn bereitwillig. Der König hatte ihn über Dritte wissen lassen, er sei an einem detaillierten Bericht interessiert, in dem Cromwell seine persönlichen Erinnerungen an Zustandekommen und Verlauf der klevischen Ehe festhielt.
Cromwell wußte genau, worauf es jetzt ankam. Seine Majestät wünschte die Scheidung, das stand unumstößlich fest. Würde er ihn begnadigen, wenn er ihm durch eine möglichst ungünstige Darstellung Annas von Kleve das Verfahren erleichterte?
Sein Gedächtnis ließ ihn auch jetzt nicht im Stich. Da und dort fügte der frühere Minister noch ein paar Sätze hinzu, die nie gefallen waren, damit das Ganze plausibler wurde. Selbstverständlich hatten beide Ehepartner von Beginn an die größte Abneigung gegeneinander empfunden und natürlich hatte der König nur nachgegeben, weil er, Cromwell, ihn beschwatzte …
Die Ereignisse des letzten halben Jahres gewannen Gestalt, als der Earl von Essex, der sich seiner neuen Würde nicht lange hatte erfreuen dürfen, um sein Leben schrieb.

Den 12. Juli 1540 würde Catherine Howard lange nicht vergessen. Schon früh am Morgen brachte ein Bote einen dicken, mehrfach gefalteten Brief in ihr Gemach im Westminster-Palast, auf dem kein Absender angegeben war. Die junge Frau überlegte, ob sie die Sendung noch vor dem Erscheinen ihrer Freundin Alice öffnen sollte. Dann entschied sie sich, ihre Neugier nicht länger zu bezähmen. Es machte gar nichts, wenn Alice davon etwas mitbekam; schließlich kannte sie ohnehin alle ihre Geheimnisse.
Catherine staunte nicht schlecht, als sie die Unterschrift der Schreiberin entziffert hatte. Joan Bulmer, Gefährtin aus den Tagen von Lambeth und Horsham. Was mochte sie veranlassen, sich plötzlich an sie zu erinnern?
An der Tür klopfte es, und auf Catherines Aufforderung trat Alice Shelton ein. Die beiden hatten sich seit der Verbannung der Königin und ihres Hofstaates nicht gesehen und umarmten einander stürmisch.
»Du hast mir so gefehlt!« sagte Alice. »Kannst du dir vorstellen, wie

langweilig es war ohne deine muntere Gesellschaft? Immer nur wie eine Gefangene in dem riesigen Schloß umherzuwandern, die schlechte Laune der anderen zu ertragen, dazu die Ungewißheit über die Zukunft unserer Gebieterin ...«

»Aber das dürfte ja nun alles geklärt sein«, erwiderte die junge Howard und ließ sich mit der Freundin auf einem Stapel Kissen nieder, die auf dem mit frischen Binsen ausgelegten Fußboden lagen. »Die deutsche Prinzessin ist nun eine reiche Dame! Nicht nur, daß Seine Majestät ihr mehr als viertausend Pfund an Einkünften im Jahr gewährt – sie darf auch gleich in Richmond wohnen bleiben, da ihr das Schloß als Abfindung zugesprochen wurde. Ebenso Bletchingly und Hever – das Schloß der Boleyns ...«

Alice dachte an das mächtige Gebäude mit dem Wassergraben, das seit dem Tod der Eltern der verfemten Königin verwaist dastand. Sir Thomas und Lady Elizabeth waren kurz nacheinander gestorben, doch lagen sie nicht in einer gemeinsamen Gruft bestattet. Lady Boleyn ruhte, wie Alice sich erinnerte, seit gut einem Jahr in der uralten Kirche St. Mary, die im Schatten der Mauer des Erzbischofpalastes zu Lambeth stand. Auf der Reise zum Herzog von Norfolk, ihrem Bruder, hatte sie plötzlich eine Krankheit befallen und binnen kurzer Zeit ins Grab gebracht.

Vor Alices geistigem Auge stand schemenhaft eine viel jüngere Lady Boleyn, so wie sie damals ausgesehen hatte, in jenem Sommer, als sich der kleine, tapfere Stephen Dennyford im klaren Wasser des Burggrabens spiegelte. Das Glück jener Tage war unwiederbringlich dahin.

»Seit vorgestern ist die Kö – die Prinzessin nicht mehr die Frau Seiner Majestät – ja, sie ist es nach dem Urteil der Kleriker eigentlich nie gewesen«, sagte Alice.

Nachdenklich blickte Catherine aus dem Fenster. Keine Menschenseele war draußen zu sehen.

»Wie hat sie die Nachricht aufgenommen?« fragte sie schließlich.

»Du wirst es kaum glauben, aber irgendwie wirkte Mylady von Kleve erleichtert«, antwortete Alice. »Sie wird vorerst im Land bleiben und die Früchte ihrer Nachgiebigkeit genießen. Denn es ist vereinbart, daß ihr jegliches Vermögen aberkannt wird, falls sie nach Deutschland zurückkehrt.«

Catherine streckte sich nach dem Tisch und holte den Brief Joan Bulmers herunter. Sie warf das Schreiben Alice auf den Schoß und bat sie, ihr beim Entziffern behilflich zu sein, da sie sich immer noch mit Lesen und Schreiben schwertat. Gemeinsam arbeiteten sich die Freundinnen durch die engbekritzelten Seiten, die in gewundenen Endlossätzen immer wieder auf das eine Thema zurückkamen. Joan hatte nach Catherines Weggang geheiratet und lebte jetzt irgendwo in Yorkshire. Doch selbst bis dorthin hatte sich herumgesprochen, welch glänzende Position die früher so arme Catherine inzwischen innehatte. Joan ging ganz unverblümt davon aus, daß ihre Kameradin aus Jugendtagen noch weiter aufsteigen und bald Königin werden würde, wozu sie ihr jetzt schon gratulierte. Sie beschwor Catherine eindringlich, sie aus dem langweiligen Norden in die Hauptstadt zu beordern und ihr am Hof eine Stelle zu verschaffen. Offenbar war dies dem Leben mit ihrem Ehemann bei weitem vorzuziehen, denn Joan wies eigens darauf hin, daß er sich einem Wort der Königin nicht widersetzen dürfe.

»Schau dir diesen letzten Satz an!« meinte Alice. »Das klingt ja fast wie eine Drohung... Was weiß Joan über dein Verhältnis mit Francis? Wird sie ihren Mund halten?«

»Ich glaube, du machst dir unnötige Sorgen«, konterte Catherine spitz. »Du glaubst doch nicht ernsthaft, Joan Bulmer wäre einer Erpressung fähig? Und was hat sie denn schon in der Hand? Hat sie nicht selbst ständig ihren Liebhaber in den Schlafsaal gelassen, diesen Edward Waldegrave?«

»Du wirst bald die Frau des Königs, daran würde selbst das Geschwätz einer alten Freundin nichts ändern können«, warf Alice ein. »Wer hätte das gedacht, daß du einmal eher heiraten würdest als ich!« Die junge Howard lachte.

»So kann es gehen im Leben! Es tut mir ja leid für dich, daß Stephen sich so außerordentlich kühl verhält...«

Alice zog die Knie an den Körper, schlang die Arme darum und barg ihr Gesicht daran. Lächelnd meinte sie:

»Stell' dir vor, Stephen wäre ein Bach mit kaltem Wasser! Ich würde dennoch täglich darin baden, nur um sein Murmeln und Rauschen zu hören, seine glitzernden Wellen zu sehen, um bei ihm und in ihm zu sein!«

»Womit du dir ziemlich rasch eine Erkältung einhandeln würdest«, bemerkte Catherine realistisch-trocken. Dann ging sie zu einer mit kostbaren Schnitzereien verzierten Truhe, dem neuesten Geschenk ihres königlichen Verehrers, klappte den Deckel auf und holte ihre

Laute heraus. Seit sie begriffen hatte, wie wichtig Heinrich Musik aller Art war, übte sie wieder täglich, um ihm zu gefallen. Sie nahm auf dem einzigen Stuhl des Zimmers Platz, schlug die Beine übereinander und zupfte ein paar Akkorde. Alice richtete sich auf und lehnte sich neben der Fensterbank an die Wand, um der Freundin zuzuhören.
Die Aussicht ging auf ein Stück Park an der Seite des Palastes, dessen tägliche Bewässerung hatte eingestellt werden müssen, weil es wichtiger war, den Wasserbedarf des riesigen Hofstaates abzudecken. Dementsprechend trostlos und vertrocknet sahen Gras und Büsche aus.
Eine Person bog um die Ecke und lief mit raschen Schritten in Alices Blickfeld. Wenn die junge Hofdame durch die Vormittagshitze träge geworden war, so wurde sie in diesem Augenblick hellwach. Die Frau, die dort unten vorüberging, war Lady Buck.
Dirne! dachte Alice unfreundlich. Im Hintergrund zupfte Catherine unbeirrt weiter und versuchte die Begleitung zu einer neuen Komposition des Königs.
Mit ihrer allzu langen Schleppe eine kleine Staubwolke hinter sich aufwirbelnd, verschwand die Buck wieder auf dem Gartenweg. Kaum war sie außer Sicht, tauchte des Königs Zweiter Gewandmeister auf, ebenfalls allein, und ging die gleiche Strecke.
»Was hat denn das wieder zu bedeuten?« wunderte sich Alice laut. »Das darf doch nicht wahr sein!«
Catherine reckte den Hals und konnte sich das Geschehen zusammenreimen. Übermütig änderte sie den Text ihres Liedes und sang mit heller Stimme:
Oh, gönnt Ihr mir mein Mädchen nicht, Mädchen nicht?
Das die Mitgift mir verspricht –
Weiter kam sie nicht, denn Alices Wut kehrte sich jetzt schlagartig gegen die Freundin, von der sie sich nicht ernstgenommen fühlte. In blindem Zorn holte sie aus, um Catherine eine Ohrfeige zu versetzen. Starr vor Schreck sah diese Alice auf sich zukommen und duckte sich erst im letzten Moment. Der Hieb ging ins Leere und Alice stolperte in die Kissen, wo sie halb aufrecht auf den Knien landete.
»Es ist lange her, daß wir uns zuletzt geprügelt haben«, sagte Catherine mit erzwungener Ruhe und legte die Laute beiseite. »Ich lege keinen Wert darauf, daß wir heute wieder damit beginnen.«
Plötzlich wurde Alice bewußt, was sie im Begriff gewesen war, zu

tun. Vor Scham lief sie rot an. Catherine Howard aber kam zu ihr auf den Boden und legte ihren Arm um Alices Schultern.

»Du brauchst nicht zu befürchten, daß ich dich nun nicht mehr als Hofdame übernehmen will«, sagte sie beschwichtigend. »Ich bin froh, weil es dich gibt. Aber das eine mußt du dir unbedingt merken – Stephen Dennyford ist es völlig gleichgültig, daß und wie du lebst. Es lohnt sich nicht, seinetwegen zu leiden. Ebenso brauchst du nicht zu warten, bis er womöglich Lady Bucks überdrüssig wird. Denn dann kommt die nächste dran, und danach wieder eine andere. Es wird immer eine andere geben, aber du wirst es nicht sein!«

»Aber Stephen muß doch wissen, wie sehr ich ihn liebe«, entgegnete Alice beinahe tonlos. »Ich würde alles für ihn tun, damit sein Leben glücklicher denn je verliefe.«

Catherine küßte ihre Freundin auf die Stirn.

»Ich weiß ja auch nicht, weswegen ein Mann ein Mädchen wie dich einfach verschmähen kann, aber offenbar tut Dennyford genau das, und wir beide können nicht das Geringste daran ändern.«

Nur eine Woche später war Baron Wriothesley, einer der unbeliebtesten Ratgeber des Königs, nach Schloß Richmond gekommen. Er hatte den Auftrag, die Auflösung des Haushalts der Königin offiziell bekanntzugeben und die Namen derer mitzuteilen, die ab sofort zum zahlenmäßig verkleinerten Hofstaat der Ex-Königin gehören sollten. Unter der Hand hatte sich längst herumgesprochen, wer weiterhin im Dienst Annas von Kleve bleiben durfte. Außerdem war es ein offenes Geheimnis, daß die Mitglieder des Kronrates die neuernannten Bediensteten persönlich ausgesucht hatten. Sollte Anna, die nun als »Schwester« Seiner Majestät anzusprechen war, sich nur noch im Kreise von Spitzeln bewegen dürfen?

Mit nichts zu erschütternder Würde stieg die Prinzessin die große Treppe zur Empfangshalle hinab, wo all ihr Personal versammelt stand. Äußerlich erinnerte fast nichts mehr an die unvorteilhaft aufgeputzte Deutsche, als die sie vor noch nicht einem Jahr ins Land gekommen war. Eine französische Sichelhaube umrahmte Annas Gesicht, der schlanke Hals ragte aus einem elegant geschnittenen weißen Steifkragen.

Wortlos streifte sie den Ehering vom Finger und überreichte ihn Wriothesley mit beinahe schelmischem Lächeln. Dann meinte Anna bedauernd:

»Ich verliere viele Damen und Herren, um die es mir herzlich leid tut. Möge unser gnädiger König sie nicht vergessen. Und, wenn er erlaubt, ich möchte Mylady Mary und Mylady Elizabeth wiedersehen.«
Wriothesley verbeugte sich. »Ihr sprecht an, Madame, was ich Euch ohnehin noch mitteilen wollte«, sagte er mit einer Stimme, die sich anhörte wie das Meckern eines Ziegenbocks. »Selbstverständlich dürft Ihr die königlichen Töchter besuchen, wann immer Ihr wollt.«
Fast hätte der Ratgeber den Kopf geschüttelt, als er beobachtete, wie der lange Zug von Hofdamen, Zofen, Gesellschafterinnen, Ehrenfräuleins, Mägden, Kammerdienern und Köchen ein letztes Mal an der Herrin vorbeizog und diese jede einzelne Person mit Handschlag verabschiedete. Sie hat es verstanden, sich einzuschmeicheln, dachte Wriothesley. Aber genutzt hat es ihr trotzdem nichts. Mit ihrer wahllosen Herzlichkeit erwies sie sich zumindest bei Seiner Majestät keinen Gefallen. Annas tadellose Haltung nötigte ihm widerwillige Bewunderung ab. Entweder war die »Schwester« des Königs grenzenlos dumm – oder so schlau, sich perfekt zu verstellen.

Fast zur selben Stunde empfing Catherine Howard ihre alte Stubengenossin Joan Bulmer, die es vor Neugier nicht in Yorkshire ausgehalten hatte und quasi ihrem eigenen Brief hinterhergereist war. Joan wollte sich persönlich von Catherines Wohlwollen überzeugen und hatte sie in den kühlen Mauern des Westminster-Palastes aufgesucht. Vorsichtshalber schloß sie das Fenster mit den Butzenscheiben, um etwaige Mithörer auszusperren, und blickte die frühere Freundin erwartungsvoll an.
Wer hat Joan mit so üppiger Kleidung ausgestattet? ging es Catherine durch den Kopf. Reich war sie nie, und auch dieser Ehemann aus dem Norden besitzt keine großen Güter... Irritiert schaute die junge Howard am Brokatkleid der Besucherin herunter und musterte die perlenbesetzte Giebelhaube, deren Flügel beide nach oben geschlagen waren.
»Du hast meine Antwort wohl nicht abwarten können, liebe Joan?« fragte Catherine mit spitzer Liebenswürdigkeit. »Sei versichert, ich werde dir deinen Wunsch nicht abschlagen.«
Erleichtert seufzte die Bulmer auf. Dann wollte sie plötzlich wissen, ob noch weitere Mitglieder des früheren Haushalts der Herzoginwitwe von Norfolk wegen einer Stellung am Hof angefragt hätten.
»Bis jetzt nicht«, erwiderte Catherine. »Aber für mich ist es selbst-

verständlich, daß Alice Shelton als meine älteste und beste Freundin zur Hofdame ernannt wird. Desgleichen erwäge ich, diejenigen um mich zu scharen, die mich in Lambeth und Horsham nie im Stich ließen: meine Schwestern Isabel und Mary, ferner Katharine Tylney, Margaret Morton und Alice Restwold.«
»Sieh an!« entfuhr es Joan. »Dann wäre der halbe Schlafsaal ja wieder beisammen...«
»Aber so lustig wie damals wird es nicht mehr zugehen«, warnte Catherine. »Am besten lassen wir die Vergangenheit ruhen.«

»Der König heiratet nun schon zum zweitenmal in diesem Jahr«, witzelte einer der Wächter, die die Zelle Thomas Cromwells betreten hatten. »Leider hat man Euch nicht eingeladen, Mylord...«
Der gestürzte Minister reagierte nicht auf den plumpen Scherz, mit dem er so kurz vor dem Tod noch lächerlich gemacht werden sollte. Apathisch starrte er vor sich hin und lehnte sogar ab, sich von einem eigens herbeigerufenen Barbier rasieren zu lassen.
Wäre es irgendwem aus Cromwells früherer Umgebung erlaubt gewesen, ihn im Gefängnis zu besuchen, so hätte er ihn wohl kaum noch wiedererkannt. Der Kampf um die Wiedererlangung der königlichen Gunst, das nächtelange Schreiben von Berichten aus der Erinnerung und Bittbriefen, die keiner erhörte, hatten seine schon vorher anfällige Gesundheit untergraben. Der Earl von Essex, einst ein Mann wie ein Baum, war stark abgemagert und seine Nase stach plötzlich aus dem Gesicht hervor wie eine dünne Lanze. Gleichmäßig waren ihm die Tage und Nächte dahingeronnen, bis der Kommandant des Tower persönlich zu ihm gekommen war und ihm mitgeteilt hatte, daß das Parlament seine Hinrichtung beschlossen hatte. Als Cromwell wütend auffahren wollte, er sei von keinem ordentlichen Gericht verurteilt, fiel ihm wieder ein, daß die Ermöglichung des an ihm angewandten Verfahrens eine seiner letzten Amtshandlungen gewesen war. Seitdem saß er stumm unter dem Fenster und blickte in eine Ecke der Zelle, in der Mäuse ihren Kot hinterlassen hatten. Trotz der Tatsache, daß der Kommandant ihm Feder, Tinte und Pergament hatte bringen lassen, damit er sein Testament mache oder an seine Familie schreibe, hatte der Todeskandidat nichts davon angerührt.
»Ihr habt hoffentlich die Nacht über gebetet?« sagte der Wächter dreist. »Andernfalls habt Ihr nun leider keine Zeit mehr dafür. Beeilt

Euch, das Volk wartet schon seit dem Morgengrauen auf dieses Spektakel.«
Cromwell strafte den Mann mit Verachtung. Langsam erhob er sich und blickte Kommandant Kingston entgegen, der über den Gang zur Zelle kam und ihm selbst die Ketten um seine Hände schloß. Willig hielt Cromwell sie ihm hin und brach schließlich sein Schweigen.
»Da mein Vermögen von der Krone eingezogen wurde, hat es keinen Sinn, daß ich einen Letzten Willen hinterlasse. Ich stelle es ganz der Gnade Seiner Majestät anheim, was er meinen Söhnen zukommen läßt. Was aber die Kleider angeht, die ich am Leib trage, so bitte ich Euch, sie meinem früheren Kammerdiener Francis zu überlassen – jedenfalls die, die mein Blut nicht befleckt. Ich danke Euch, Master Kingston.«
Die Hitze schlug dem Gefangenen wie den Wächtern beim Verlassen des Kerkers entgegen, als habe man die Klappe eines Backofens geöffnet. Cromwell blinzelte geblendet an den weißen Mauern des White Tower hoch, als er dort vorbeigeführt wurde. Das hübsche Fachwerkgebäude an der Ecke gegenüber war so gut wie fertiggestellt, nur hier und da werkelten noch ein paar Arbeiter am Verputz herum. Direkt daneben hatte Anne Boleyn gewohnt – vor vier Jahren – und von hier war sie die wenigen Schritte bis zum Schafott vor der Kirche gegangen, wo er unter den Zuschauern gewartet hatte ...
Cromwell blickte nicht zu dieser Stelle zurück, als er mit seinen Begleitern langsam über die Pflastersteine des riesigen Innenhofes hügelabwärts zum Eingangstor ging. Ihm war es nicht vergönnt, wie Anne Boleyn innerhalb der Toweranlage zu sterben; Tausende würden Zeugen seines Todes werden.
Über die herabgelassene Zugbrücke, die den breiten Wassergraben überspannte, ging es in die Außenwelt. Fast hatten die Soldaten Mühe, sich durch die Schaulustigen zu kämpfen, die sich rund um das Schafott versammelt hatten und selbst noch die Nebenstraßen verstopften.
Direkt beim Aufgang zum Gerüst hatte sich Sir Thomas Wyatt eingefunden. Guter alter Freund! dachte Cromwell. Du hast dich als einziger durch die Umstände meines Falls nicht abschrecken lassen. Seit wie vielen Stunden magst du schon hier gewartet haben, um diesen Platz zu ergattern?
Master Kingston überblickte die Situation und erkannte, daß hier lediglich zwei Freunde voneinander Abschied nehmen wollten. So er-

laubte er, daß Wyatt den Ex-Minister umarmte. Cromwell seinerseits konnte die Geste nicht erwidern, da ihm noch immer die Handgelenke gefesselt waren.
»Es ist eine Prüfung Gottes«, stieß der Todgeweihte schluchzend hervor. »Ach Wyatt, Ihr wißt, daß ich mich niemals an unserem gnädigsten König versündigte, doch irgendwie muß ich in meinem Leben gefehlt haben, weil Gott mich dieses Schicksal erleiden läßt. Gebt auf Euch acht, daß Euch nicht dasselbe widerfährt, denn der Hof ist ein gefährlicher Ort.«
Cromwell wandte sich ab und erklomm die Stufen zum Schafott. Der maskierte Henker näherte sich, um traditionsgemäß die Verzeihung des Hinzurichtenden zu erbitten. Entsetzt fuhr Cromwell zurück, als er den unsicheren Schritt und den nach Alkohol riechenden Atem des Mannes bemerkte. Offenbar benötigte er ebensoviel Mut wie sein Opfer für das, was nun kommen sollte.

Zur selben Stunde hatten sich im Palast von Oatlands einige wenige Eingeweihte eingefunden, um die Hochzeit ihres Monarchen zu feiern. Keine der Heiratszeremonien, die Heinrich VIII. bisher hinter sich gebracht hatte, war besonders pompös gewesen. Er betrachtete eine solche Eheschließung als reine Privatangelegenheit, bei der ihn die Anwesenheit des Hofstaates nur störte. Schließlich war er ohnehin von morgens bis abends von Menschen umgeben, selbst dann, wenn er einmal allein zu sein wünschte.
Der rote Backsteinbau von Oatlands lag zwischen herrlichen alten Bäumen versteckt. Nur an der unterschiedlichen Färbung des Grases konnte man noch erkennen, daß er bis vor kurzem von einem inzwischen zugeschütteten Wassergraben umschlossen gewesen war. Auch die Brücke mit den hübschen Bögen, die sich darüber gespannt hatte, war verschwunden. An ihrer Stelle erhob sich jetzt ein Anbau, in dem der König ein Musikzimmer hatte einrichten lassen.
»Welches Unglück könnte deine Hochzeit jetzt noch verhindern?« sagte Alice Shelton, als sie letzte Hand an das Kleid ihrer Freundin legte. Das Brautgewand hatte der Hofschneider gemeinsam mit dem Ersten Gewandmeister des Königs entworfen. Es bestand aus hellbraunem Samt und war um den perlenbesetzten Ausschnitt herum mit allerlei Edelsteinen bestickt. Unter den Überärmeln aus kostbarem Zobelpelz lugten geschlitzte Ärmel aus hellgrünem Satin hervor. Über Catherine Howards streng gescheiteltem kastanienbraunen

Haar thronte eine über und über mit Edelsteinen besetzte Sichelhaube, an deren unterem Rand riesengroße Perlen entlangliefen. Hierzu paßte die Kette, der König seiner jungen Braut am Morgen hatte überreichen lassen. Rubine und Smaragde wechselten sich mit Perlen ab. Und ein kostbarer Anhänger, der früher Jane Seymour gehört hatte, verschönerte das Ganze. Er bestand aus einem großen Rubin und einem noch größeren Smaragd, die beide in Gold gefaßt waren und von denen eine tropfenförmige Perle herabhing.
Catherine ergriff ihren Rosenkranz und einen Blumenstrauß, als ihr Onkel, der Herzog von Norfolk, erschien, um sie in die kleine Hauskapelle zu geleiten. Dort warteten Bischof Bonner, Herr der Diözese London, der erst am Tag zuvor eingetroffen war, und der königliche Bräutigam. Am ganzen Leibe zitternd, betrat die Braut den von bunten Glasfenstern erhellten Kirchenraum. Ein kurzer Blick rundum zeigte ihr, wen der Herrscher Englands für würdig befunden hatte, an seiner fünften Hochzeit teilzunehmen. Da saßen der alte Herzog von Suffolk mit seiner frisch angetrauten, vierzehnjährigen Frau, die ebenfalls Catherine hieß, sein Mündel gewesen und eigentlich als Gattin für seinen Sohn vorgesehen gewesen war. Bischof Gardiner und mehrere seiner Gefolgsleute nahmen Plätze ein, desgleichen einige Damen, darunter Isabel Lady Baynton und Alice Shelton.
König Heinrich erschien in Mantel, Wams und Hosen aus Goldbrokat. Eilends hatte der Hofschneider ihm Knöpfe aus haselnußgroßen Diamanten annähen müssen. Die breitesten und wertvollsten Ketten hingen um Heinrichs Nacken, auf dem sich infolge der Aufregung und Vorfreude rote Flecken zeigten. Schwerfällig, die Beine weit auseinanderhaltend, stapfte der Monarch auf Catherine zu, als er sie durch die Kapellentür kommen hörte. Norfolk konnte ihm die Nichte kaum schnell genug übergeben, und selbst in diesem Augenblick noch gestattete sich Heinrich das Vergnügen, der jungen Frau einen Klaps auf den Hintern zu geben. Der Herzog blickte auf die Hand seines Herrschers, wo an jedem Fingerglied – mit Ausnahme des gesamten Mittelfingers – ein Ring steckte, und schüttelte kaum merklich den Kopf.
Bischof Bonner verlas einen Text aus der Bibel, in dem von der Liebe der Ehegatten die Rede war, sprach ein Gebet und forderte sodann das vor ihm stehende Paar auf, nacheinander die Worte der Trauungszeremonie zu sprechen.
Catherine versprach, Heinrich treu zu bleiben. »In guten und in

schlechten Tagen, in Reichtum und Armut, in Krankheit und Gesundheit. Im Bett und bei Tisch will ich frisch und munter sein, bis daß der Tod uns scheidet.«

Nach der kurzen Feierlichkeit wurde umso ausgiebiger gespeist. Catherine langte herzhaft zu und ermunterte ihren Gemahl, es genauso zu machen. Insgeheim hoffte sie, er werde so gesättigt aufstehen, daß ihn schon bald die Müdigkeit übermannte und er lieber schlafen gehen als seine Männlichkeit an ihr erproben würde. Während sie das zarte Fleisch einer gebratenen Pfauenbrust mit den Fingern auseinanderriß, überlegte die junge Königin, wen sie in ihren neu einzuberufenden Hofstaat übernehmen wollte. Onkel Norfolk hatte ihr bereits diverse Vorschläge unterbreitet, denen sie sich schlecht widersetzen konnte. Unter anderem sollte Herzoginwitwe Agnes einen Posten als Hofdame bekommen, den sie aber schon ihres Alters wegen nur pro forma annehmen würde. Praktisch hieß das, daß Catherine aus Familiensinn zwar Ausgaben entstanden, sie dafür aber keine Leistung zurückerhielt.

Alice Shelton saß auf einem Platz deutlich unterhalb der Braut, so daß Catherine sich jedesmal ziemlich weit herabbeugen mußte, um sich mit der Freundin zu unterhalten. Es war der Königin unmöglich, die Gedanken für sich zu behalten, die sie hinsichtlich ihres Haushaltes bewegten.

»Der Herzog besteht auch darauf, daß meine Kusine Mary an den Hof kommt. Die Ärmste ist ein ziemlich verbittertes Wesen, obgleich nur drei Jahre älter als wir beide; ich mag sie nicht besonders.«

»Ich habe von ihrem Schicksal gehört«, erwiderte Alice. »Es erklärt in gewisser Weise, warum sie sich so abweisend verhält.«

»Wie dem auch sei«, fuhr Catherine unbeirrt fort, »die Witwe meines Vaters soll ebenfalls mit einem Posten versorgt werden. Ich freue mich nicht unbedingt auf ihr Erscheinen, denn wie ich hörte, hat sie meinen armen Vater oft herablassend behandelt und ihm die letzten Jahre seines leider so kurzen Lebens vergällt.« Seufzend fügte sie hinzu: »Aber wenn Onkel Norfolk darauf besteht...«

Für die nächsten zehn Tage blieb die kleine Gesellschaft im streng abgeschirmten Oatlands. Meist verbrachte das frischvermählte Paar seine Zeit im Privatgemach der Königin. Trotz seines immer hinfälligeren Körpers erfreute sich König Heinrich an seiner blutjungen Gemahlin. Wenn die beiden sich zu den Mahlzeiten blicken ließen, versuchten die Höflinge jedes noch so kleine Zeichen an beider Aussehen zu deuten. Wirkte der Monarch abgekämpft, mußte er sich allzu sehr anstrengen für die neue Frau? Und wurde diese nicht von Tag zu Tag draller und wohlgelaunter? Wie flüsternd erzählt wurde, hatte der französische Botschafter sogar behauptet, Königin Catherine sei seit vier oder fünf Wochen schwanger.

Alice Shelton hatte sich über den plumpen Versuch eines Kammerdieners empört, sie auszuhorchen. Der Mann, den sie schon länger im Verdacht hatte, für die Franzosen zu spionieren, war ohne große Umschweife an sie herangetreten und hatte sie mit geheucheltem Mitleid gefragt, ob es denn wahr sei, daß die arme Königin so sehr unter ihrer allmorgendlichen Übelkeit zu leiden habe.

Nur wenige Eingeweihte wußten, daß an diesem Gerücht nichts stimmte. »Hätte der Herr Botschafter nur recht!« war Catherines Ausruf hierzu gewesen. »Ich weiß, wie sehr sich Seine Majestät einen weiteren Sohn wünscht. Edward ist ein kränkliches Kind, und seine zu Bastarden erklärten Töchter nützen ihm nichts. Wollte Gott, ich empfinge ein Kind vom König!«

Am letzten Tag des Aufenthaltes auf dem Land begab sich Heinrich VIII. auf die Jagd. Catherine, die sich aus dem reihenweisen Abschlachten von Tieren nicht allzuviel machte, blieb im Schloß.

»Du kannst mich unterhalten, wenn du nichts Besseres zu tun hast«, sagte die junge Königin und nickte in Alice Sheltons Richtung. »Dort drüben steht ein Virginal, auf dem du mir vorspielen kannst – schließlich hast du doch auch Stunden bei Master Manox erhalten, oder?«

Alice knickste und begab sich zu dem Instrument. Unsicher probierte sie einige Tasten. Dann hielt sie plötzlich inne und schaute zu ihrer Freundin.

»Es ist mir nicht recht, daß du mir gestattet hast, dich weiterhin so vertraulich anzusprechen. Gewiß werden die anderen Hofdamen eifersüchtig werden, sobald sie das hören. Sollte ich dich nicht vielmehr 'Euer Gnaden' nennen, wie es dir zusteht und rechtmäßig ist?«

Catherine überlegte einen Augenblick.

»Du hast recht«, meinte sie niedergeschlagen. »Doch du bist mir wie eine Schwester, Alice, und ich dulde es nicht, daß du nicht anders als eine meiner Millionen Untertanen behandelt werden sollst. Darum schlage ich vor, daß du in Gegenwart anderer mich so ansprichst, wie es der Gemahlin Seiner Majestät gebührt. Aber wenn wir für uns sind, magst du zur alten Form zurückkehren.«

Impulsiv stand Alice vom Sitz am Virginal auf, sank auf die Knie und küßte den Rocksaum ihrer Freundin, die jetzt ihre Gebieterin war. Catherine jedoch packte sie bei den Schultern und zog sie zu sich empor. Es war ihr noch ungewohnt, daß vertraute Menschen plötzlich in ehrfurchtsvollem Respekt vor ihr erstarrten. Mühsam unterdrückte sie aufsteigende Tränen, als sie Alice ganz nah spürte und ihr geheimer Kummer endlich einen Weg nach außen fand.
»Der König rührt mich so...« preßte Catherine hervor. »Er ist sehr gut zu mir. Hin und wieder durfte ich ihn sogar bei seinem Vornamen nennen, was nicht einmal seinen engen Freunden erlaubt ist. Fast täglich schenkt er mir neues Geschmeide und im Bett müht er sich so redlich, daß es mir schon Angst macht... Aber – o Gott, seine Krankheit! Nässende Geschwüre bedecken seine Beine, von denen jedes einzelne beinahe so dick ist wie mein ganzer Leib. Der Geruch, der von ihm aufsteigt, kann auch mit noch so viel Rosenwasser nicht überdeckt werden. Dann denke ich wiederum daran, daß ich als seine Gattin nichts als Liebe für ihn empfinden müßte, und schäme mich. Ach, würde ich doch endlich schwanger!«
Alice konnte nichts weiter tun, als die Freundin wie früher sachte in den Armen zu halten. Worte halfen da kaum. Vielleicht würde Catherine, die früher von den meisten beiseitegeschoben worden war, schon bald Entschädigung für ihre Unannehmlichkeiten finden, wenn sie dem Hof als neue Königin offiziell vorgestellt würde. Am folgenden Tag sollte das Idyll von Oatlands zu Ende sein und die Gesellschaft nach Hampton Court ziehen.

Am 8. August 1540 saß die fünfte Gemahlin des englischen Königs unter einem Baldachin, der eigens im Speisesaal aufgestellt worden war, und wurde vor den Augen des versammelten Hofstaates von den vornehmsten Damen beim Essen bedient. Man ließ sich Zeit mit den Gängen, so daß es schon früher Nachmittag war, als Catherine sich in das Empfangszimmer begab und erstmals ihr persönliches Gefolge um sich versammelte. Während für die älteren Damen Stühle bereitstanden, mußten die jüngeren mit auf dem Boden verteilten Kissen vorliebnehmen.
Eine nach der anderen stellte sich nun vor, bar jeder Etikette, denn die offizielle Aufwartung hatten alle bereits am Morgen, vor der Königin knieend, hinter sich gebracht. Viele kannten einander schon vom Sehen oder weil sie eine Zeitlang gemeinsam erzogen worden

waren, dennoch bestand Catherine auf ihrer Idee, da sie einen familiären Ton unter ihren Dienerinnen einführen wollte.
Agnes Howard, die alte Herzoginwitwe, thronte auf ihrem Sitz, als sei sie die Gebieterin und nicht ihre Enkelin. Sie bemerkte lächelnd, daß dies für längere Zeit ihr letzter Auftritt in diesen Gemächern sein werde, da sie Erlaubnis erhalten habe, weiterhin Schloß und Gut Lambeth und dessen Bewohner zu beaufsichtigen.
Catherine verzog bei diesem Satz keine Miene. Statt dessen musterte sie die Züge ihrer Stiefmutter Margaret, einer geborenen Jennings, die sich danach vorstellte. Die Witwe, von Lord Edmund ohne nennenswertes Vermögen zurückgelassen, konnte auch mit ihrem schlicht-eleganten Gewand und der mit einer Samtkrempe verzierten Franzosenhaube nicht darüber hinwegtäuschen, daß finanzielle Sorgen der letzten Jahre und ihr herrisches Gebaren ihrerseits Spuren in ihrem Gesicht hinterlassen hatten.
Mary Howard, Herzoginwitwe von Richmond, trug noch immer Schwarz. Dabei war ihr jugendlicher Gatte bereits seit über vier Jahren verstorben. Catherines Kusine, einzig überlebende Tochter des Herzogs von Norfolk, sah ihrem Vater wie aus dem Gesicht geschnitten ähnlich. Doch die typischen Züge des alten Haudegens waren bei ihr ins Weibliche gemildert. Marys Teint wirkte durch die Strenge ihrer Witwengewänder noch blasser und ließ sie zerbrechlich aussehen.
Die junge Frau sprach nicht viel, denn in der Runde kannte ohnehin jede ihre Geschichte. Mit vierzehn an den unehelichen Sohn Seiner Majestät verheiratet, den mit ihr gleichaltrigen Henry Herzog von Richmond, hatte man ihr verboten, die Ehe mit ihm zu vollziehen. Denn Henry war zwar groß und hübsch, aber von zarter Gesundheit. Kurz nach seinem siebzehnten Geburtstag hatten die Dinge dann einen unerwarteten Verlauf genommen: Der junge Mann erlitt einen Schwächeanfall nach dem anderen und erlag nach wenigen Wochen an Tuberkulose, die seinen Leib von innen ausgehöhlt hatte.
Nicht minder tragisch war das Schicksal der blonden Margaret Douglas, als Tochter einer der Schwestern des Königs eine begehrenswerte Partie. Inzwischen war sie 25 Jahre alt und mußte immer noch als Objekt politischer Verwicklungen um sich schachern lassen. Vor fast vier Jahren hatte Margaret kurzentschlossen das Spiel beendet und sich selbst für einen Bewerber entschieden, Thomas Howard, den Halbbruder des ebenfalls Thomas getauften Herzogs von

Norfolk. Die beiden hatten heimlich geheiratet und damit die Rache des Königs heraufbeschworen. Voneinander getrennt, schmachtete das Paar im Tower, wo Thomas schon nach kurzer Zeit unter geheimnisvollen Umständen gestorben war. Seitdem hatte man Margaret Douglas nur noch selten lachen sehen.
Die Runde der Hofdamen wurde vervollständigt durch die Gräfin von Sussex, Lady Elizabeth Clinton und Alice Shelton. Zu den Kammerfrauen zählten Lady Rochford – die ihren Platz auch hier wieder hatte behaupten können -, Catherines Schwestern Isabel Baynton und Mary, die soeben dem Earl von Arundel angetraut worden war, Eleanor Paston Gräfin von Rutland sowie Elizabeth Cromwell, Schwiegertochter des hingerichteten Ministers und Schwester der verstorbenen Königin Jane Seymour, und Lady Winifred Edgecombe, die auch schon Anna von Kleve gedient hatte.
Die Zofen und Ehrenjungfern schlossen Joan Bulmer, Alice Restwold, Margaret (genannt Margyt) Morton, Katharine Tylney und eine gewisse Jane Stonor ein, von der es hieß, sie habe Anne Boleyn in ihren letzten Lebenstagen begleitet. Doch niemand wagte, die Frau darauf anzusprechen.

John Clamour, der Earl von Fairbury, staunte über alle Maßen. Der reitende Bote, der ihm ein Schreiben vom Hof überbrachte, richtete ihm ausgerechnet von Alice Shelton herzliche Grüße aus. In seiner Freude ließ John den erschöpften Mann fürstlich bewirten und bat einen seiner Kammerdiener, ihm Gesellschaft zu leisten. John selbst konnte es kaum erwarten, den Brief zu öffnen.
In seinem Privatgemach stand das große Flügelfenster weit offen. Der Earl blickte über die verdorrten Felder seiner angrenzenden Güter. In diesem Jahr hatte der Herr im Himmel dem Herrn von Milmore Manor wahrlich mehr als eine Prüfung geschickt.
Vorsichtig erbrach John das Siegel und entfaltete den Brief, der bis zum äußersten Rand mit Alice Sheltons flüssiger Handschrift bedeckt war. Er begann zu lesen:

Mylord,
ich empfehle mich Euch und bitte zugleich um Entschuldigung, daß Ihr so lange keine Nachricht von mir erhalten habt. Es dürfte Euch nicht verborgen geblieben sein, welcher Art die Ereignisse der zurückliegenden Wochen und Mo-

nate waren. Nunmehr, da das Leben am Hof wieder seinen geregelten Gang geht, will ich nicht versäumen, mich meines treuen Freundes zu erinnern und zur Feder zu greifen.
Auch Meister Holbein schickt Euch Grüße. Er hat gerade im Auftrag Seiner Majestät eine Miniatur vollendet, die Ihre Gnaden Königin Catherine im Hochzeitsgewand zeigt. Was Ihre Hoheit selbst angeht, so ist sie die mildeste Gebieterin, die Ihr Euch nur denken könnt. Ihr zu dienen, ist eine angenehme Pflicht, die ich umso lieber auf mich nehme, weil die Königin mich seit vielen Jahren kennt. Zur Zeit werden Vorbereitungen für eine Reise getroffen, die am 22. Tag dieses Monats von Windsor aus beginnen wird. Ich werde im Gefolge Ihrer Gnaden von Schloß zu Schloß fahren und dabei gewiß durch viele Orte kommen, die mir bislang unbekannt waren.
Obgleich wir alle täglich um Regen beten, da schon seit Monaten übermäßige Hitze das Königreich heimsucht, wünschen wir uns doch eine Reise, die ohne Stürme verläuft. Laßt uns abwarten, was der Allmächtige beschließt.
Und indem ich diesen Brief nun beende, versichere ich Euch, Euer nicht zu vergessen und Euch in meine Bittgebete einzuschließen.
Gegeben zu Hampton Court im August A.D. 1540
Alice Shelton

John strich sich die Haare aus der Stirn. Was hatte das nun wieder zu bedeuten? Gerade hatte er sich mit dem Gedanken vertraut gemacht, Alice – so schmerzlich es auch war – endgültig zu vergessen und sich im Umkreis seines Herrschaftsbereiches nach einer anderen adeligen Braut umzusehen. Schließlich wußten nicht viele Menschen von dem, was sich zwischen ihm und Mistress Shelton abgespielt hatte. Cromwell hatte das Geheimnis mit ins Grab genommen, Erzbischof Cranmer hatte nicht reagiert, Anna von Kleve konnte ihm jetzt nicht mehr helfen und Stephen Dennyford hatte das Ganze vermutlich ohnehin nicht geglaubt.
Was also brachte Alice dazu, ihm plötzlich wieder zu schreiben? War das ein versteckter Hinweis, daß es ihr am Hof zunehmend mißfiel und sie nur darauf wartete, daß er, John, auftauchte, um sie zu erlösen? Darauf falle ich nicht herein, teures Fräulein, dachte er abwehrend. Ob du mich in deine Bittgebete einschließt, ist mir beinahe gleichgültig...
Dennoch nahm er sich vor, ein kurzes, wenngleich nichtssagendes Antwortschreiben zu formulieren und, sollte ein weiterer Brief von Alice eintreffen, in absehbarer Zeit den Hof zu besuchen.

Die Reise, von der Alice in ihrem Brief gesprochen hatte, führte den König und den größten Teil seines Hofstaates zunächst in Richtung Norden. Zwar murrte das Gefolge über die Hitze, in der es zum Reiten recht unangenehm war, doch lagen die einzelnen Besuchsstationen zu weit auseinander, als daß man nur in den Morgenstunden oder am späten Nachmittag sich hätte fortbewegen können. Eine riesige Staubwolke kündete meist schon von weitem, was da im Anmarsch war. Und gleich einem Schwarm gefräßiger Insekten machten sich Herrscher und Höflinge bei denen breit, die sich nach einer Einladung gedrängt hatten. Was in den Schlössern und Herrenhäusern an Platz zu erübrigen war, beanspruchten selbstverständlich König, Königin und deren Dienerschaft für sich. Alle anderen mußten, je nachdem, mit Übernachtungsmöglichkeiten in Ställen, Heuböden oder mitgeführten Zelten vorlieb nehmen.

Über Reading und Grafton zog der Treck nach Ampthill, in ein Schloß, das der Krone gehörte. Nur wenige Jahre waren vergangen, seit die erste Frau Heinrichs VIII., Katharine von Aragon, hierher verbannt worden war. Doch nur im Flüsterton wagten es einige, davon zu sprechen.

Nur wenige Meilen entfernt lag die große, aufgelöste Woburn-Abtei. Heinrich hatte sie dem altgedienten Kämpen John Russell geschenkt, dem Earl von Bedford. Nun schaute er neugierig nach, wie weit die Umbauarbeiten schon gediehen waren, denn der Earl gedachte, aus dem Kloster einen ständigen Wohnsitz für seine Familie zu machen. Kurz nach der Rückkehr des Königs bedeckte sich der Himmel und das erste Gewitter dieses Jahres zog auf. Vom frühen Abend an schütteten die Wolken in überreichem Maße herab, was die englische Erde einen ganzen Sommer lang so sehr entbehrt hatte. Doch der Boden war derart trocken, daß das Wasser zunächst abfloß statt einsickerte.

Von da an wollte der Regen nicht mehr aufhören. Mit einem Schlag hatte die Hitze ein Ende gefunden und der Herbst übergangslos Einzug gehalten. Auf den schlammigen Wegen war ein Fortkommen unmöglich, und so wurde der König mitsamt seinem Gefolge auf Ampthill festgehalten.

Heinrich selbst war dies mehr als recht. Er hätte an jedem Ort der Welt, dem Wetter zum Trotz, ausharren können – solange Catherine bei ihm war. Die Stunden, die anderen in ihrer Beschäftigungslosigkeit quälend lange vorkamen, verrannen für Englands Monarchen viel zu schnell. Wenn seine junge Frau ihm nicht gerade zu Willen sein mußte, hatte sie ihn anderweitig zu unterhalten. Ein ums andere Mal sangen die beiden im Duett, übten an Virginal und Laute neue Stücke ein oder erfreuten sich am Anblick der Juwelen und Gewänder, die Catherine stolz vorführte, nur um sich alsbald wieder umzukleiden.

An einem jener verregneten Abende eilte Alice Shelton, die das Privileg hatte, im Schloß in der Nähe der Herrin schlafen zu dürfen, in ihre Kammer. Sie teilte den Raum mit zwei anderen Frauen, Lady Winifred Edgecombe und Catherines Schwester Mary, der Frau des Earls von Arundel. Doch beide waren gerade nicht anwesend, was Alice erleichtert zur Kenntnis nahm. In ihrer Hand hielt sie einen Brief, den ein völlig durchnäßter Kurier wohlbehalten an sein Ziel gebracht hatte. Wenn die geschwätzige Edgecombe davon Wind bekam, wußte wahrscheinlich bald der halbe Hofstaat, daß der Earl von Fairbury Schriftverkehr mit Alice Shelton unterhielt.

Aus einem der anderen Räume, jenseits des Flures, drang schon seit geraumer Zeit der Lärm fröhlicher Zecher. Gewisse Ausrufe deuteten darauf hin, daß auch Würfel und Karten zum Einsatz kamen. Alice ließ sich davon nicht stören und entfaltete das kurze Schreiben.

John Clamour verschwendete schon beinahe die Hälfte seiner Zeilen darauf, ihr für die jüngst erhaltene Nachricht zu danken und deren ordnungsgemäßen Eingang zu bestätigen. Als nächstes handelte er das Wetter ab. Natürlich hatten auch seine Güter unter der ungeheuren Sommersglut gelitten. Des weiteren berichtete er über einen Besuch eines Pfarrers, dessen Gotteshaus in der Nähe von Milmore Manor lag. Er hatte dem Geistlichen Stoff für ein Meßgewand geschenkt, das die Frau des Bürgermeisters von Wimborne Minster nun nähte. Immerhin schloß der Earl mit der Bemerkung, daß er sich sehr über Alices Gebete freue und er ihrer ebenfalls auf diese Weise gedenke.

Ein wenig enttäuscht verkramte Alice den Brief in ihren sorgfältig aufgestapelten Unterhemden. Dann schlich sie auf den Flur und gönnte sich das Vergnügen, an mehreren der meist nur angelehnten Türen zu lauschen.

Die Zecher und Spieler waren noch lauter und ihre Zungen noch schwerer geworden. Alice erkannte die Stimme Sir Edward Bayntons und unterdrückte ein Kichern. Der gesetzte Herr Hofmeister, als Schwager der neuen Königin sonst würdevoller denn je, lallte herum

und mußte sich, als er kostbaren Muskatellerwein verschüttete, von einem seiner Untergebenen gar einen Dummkopf heißen lassen. Irgendjemand kroch auf dem Fußboden herum und suchte eine verschwundene Spielkarte, wobei er einem anderen auf die Zehen trat. Lautes Fluchen war die Folge. Dann goß einer, anscheinend der Earl von Sussex, unter dem Gelächter der Feiernden schäumendes Bier in den Helm eines der Wachsoldaten. Vermutlich versuchte er, die Kopfbedeckung in gefülltem Zustand dem Träger wieder aufzusetzen, was einer der Anwesenden verhinderte, indem er dem Earl ein Bein stellte. Dieser hieb wütend um sich.
Schnell entfernte sich Alice, da sie den Ausbruch einer Schlägerei befürchtete, und lauschte an einer anderen Tür. Dort schien die Unterhaltung weitaus gesitteter zuzugehen.
Sie hörte die Stimmen Gregory Leghs, Thomas Culpepers und William Reskimers. Joan Buck, Elizabeth Clinton und Winifred Edgecombe waren ebenfalls zugegen. Wo Lady Buck sich aufhält, ist Stephen gewiß nicht weit, dachte Alice. Und dennoch gab es ihr einen ärgerlichen Stich durch den Magen, als sie dann auch ihn sprechen hörte.
»Diese Familie aus Italien musiziert wirklich so schön, daß es die Engel im Himmel gewiß nicht besser könnten!« schwärmte Lady Edgecombe.
»Da hat der arme Cromwell – Gott sei seiner Seele gnädig! – wenigstens dies eine Mal eine weise Entscheidung getroffen, als er die Bassanos aus Venedig holte«, stellte Stephen Dennyford fest.
»Pssst! Wollt Ihr wohl aufhören, den Namen dieser Unperson weiter in den Mund zu nehmen!« schaltete Lady Buck sich ein.
»Die Italiener haben Ihrer Gnaden der Königin auch einige neue Tänze vorgeführt«, erzählte Thomas Culpeper. »Angeblich war sie entzückt von den manchmal etwas gewagten Figuren, wollte sie aber nicht lernen, bevor Seine Majestät die allerhöchste Zustimmung dazu erteilte.«
»Ach was«, ließ sich Lady Buck wieder vernehmen, »die wahren Meister der Musik sind doch ohnehin die Niederländer. Aber natürlich traute sich der König nicht, jemanden von dort kommen zu lassen, weil er sich damit allzu leicht einen Spitzel des Kaisers eingehandelt hätte ...«
Wie kann sie es wagen, sich ein solches Urteil anzumaßen! Sie ist ja noch nie in den Niederlanden gewesen, dachte Alice hinter der Tür.

Als ob Lady Buck von allem und jedem etwas verstünde. Und warum läßt Stephen sich von ihr derartig über den Mund fahren?
»Da Ihr gerade den – äh, verstorbenen – Earl von Essex erwähntet, Dennyford: beim heiligen Johannes, das war ein gar ungeschickter Henker, der sich seiner annahm! Brauchte drei Streiche, bis er sein Werk vollendet hatte!« sagte Gregory Legh.
»Wahrscheinlich hatte der Kerl zu sehr dem Bier zugesprochen«, mutmaßte Culpeper. »Traurig, aber keineswegs ungewöhnlich.«
»Der Reitknecht meines Kammerdieners stand ziemlich weit vorne am Schafott«, berichtete Stephen. »Ärgerlicherweise fanden sich später – nun, sagen wir: Spuren seiner Anwesenheit auf der Kleidung, so daß ich ihm ein neues Wams zu kaufen genötigt war.«
»Was Ihr nicht sagt, Stephen«, mischte sich Lady Buck wiederum ein. »Das interessiert hier niemanden, oder? Laßt uns vielmehr von den kleinen Spaniels sprechen, die Lady Rochford sich hat züchten lassen ...«
Alice hatte genug vom Lauschen und zog sich kopfschüttelnd zurück. Jetzt kam ihr noch unbegreiflicher vor, daß Stephen von der in ihren Augen ältlichen Witwe Sir Peter Bucks so gefesselt war. Wahrscheinlich ist es doch nur ihr Geld, dachte sie und suchte ihre inzwischen völlig dunkle, aber noch immer leere Kammer auf.

Unsichtbare Mauern

Genau zwei Monate nach dem Aufbruch traf der Hofstaat des englischen Königs wieder in Windsor ein. Als Heinrich VIII. erfuhr, daß in der unweit gelegenen Hauptstadt die Pest wütete, überkam ihn Panik. Für kurze Zeit erwog er, trotz des schlechten Wetters die ungesunde Gegend sofort wieder zu verlassen. Dann aber bezwang er seine Furcht und ordnete an, daß die Innenräume des gesamten Schlosses mit Essig besprengt und überall frische Binsen auf dem Boden ausgelegt werden sollten. Des weiteren war jeder Besuch in London untersagt und niemand, der von dort kam, wurde eingelassen.
Der Palast glich einer riesigen Baustelle, als in den geräumigen Sälen

die Bildteppiche und Gemälde von den Wänden genommen und diese so gründlich gesäubert wurden, daß es anschließend roch wie in einem Vorratskeller mit eingemachten Speisen. Hunderte von Bediensteten hasteten aneinander vorbei, um Kerzenleuchter und Geschirr zum Putzen abzutransportieren, hölzerne Tische und Truhen abzuschrubben und den mit allerlei Festgetretenem verkrusteten Boden zu reinigen.

Doch trotz solcher Mißlichkeiten war der König vergnügt wie selten. Catherine schaffte es mühelos, ihm als Belohnung für ihre Liebesdienste immer neue Vergünstigungen für die Howard-Sippe abzuschwatzen. Es bereitete ihr Freude, beispielsweise ihrem Bruder Charles endlich zu einem angemessenen Posten zu verhelfen. Ab sofort durfte er sich Königlicher Lanzenträger nennen! Die Zeiten, in denen er als pickeliger Jüngling, ohne Aussicht auf ein Erbe, in Lambeth geschmäht worden war, lagen noch nicht allzu lange zurück. Wie hatte er Catherine leidgetan, als sich die von Onkel Norfolk begonnenen Projekte für Charles immer wieder zerschlagen hatten! Jetzt war sie endlich in der Lage, deren Kommen sie stets optimistisch vorhergesagt hatte, und den Bruder nicht zu vergessen, war das Mindeste.

»Es ist an der Zeit, daß Ihr meine Töchter kennenlernt«, sagte König Heinrich an einem Tag im November. »Was Eure Verwandten betrifft, so habe ich schon außerordentlich viele gesehen« – er zwinkerte Catherine zu –, »doch durch unsere Heirat seid Ihr nun Mutter geworden, ohne etwas dafür zu tun ...« Heinrich lächelte, umfing seine Frau von hinten und preßte ihr die Hand auf den im steifen Korsett eingeschnürten, flachen Bauch.

»Sagt an, sagt an«, raunzte er gutgelaunt, »meine Diener murmeln, es sei Euch in den letzten Tagen morgens nicht wohl? Wollt Ihr mich mit einer guten Nachricht überraschen, so gebe ich Euch nun die beste Gelegenheit!«

Catherine senkte traurig den Kopf. Sie wußte, wie enttäuscht der König sein würde, wenn sie ihm erklärte, daß die Übelkeit ihr zwar unerklärlich, aber auf keinen Fall durch eine Schwangerschaft begründet war. »Ich – ich bin mir nicht sicher, Euer Majestät... sagte sie abwehrend.

»Laßt uns das Beste hoffen!« rief der König. »Euer Vielleicht ist doch schon ein halbes Ja.« Und er befahl, für den folgenden Tag die Pferde bereitzustellen. Am frühen Morgen wollte Heinrich VIII. mit sei-

ner Frau und einigen ausgewählten Höflingen nach Hatfield aufbrechen, wo seine beiden Töchter aus erster und zweiter Ehe in einem gemeinsamen Haushalt lebten.
Da der König sich noch immer vor der Pest fürchtete, die in London umging, ritt die Gruppe anderntags in großem Bogen um die Hauptstadt herum und dann Richtung Norden. Das kalte Nieselwetter plagte ein paar der älteren Lords, die unter Gichtanfällen litten. Auch dem König selbst fiel es schwer, zu lächeln. Seine Beine waren wieder geschwollen und heiß wie die eines Fiebernden. Dennoch versuchte er, sich um seiner jungen Frau willen nichts anmerken zu lassen und hielt sich mühevoll auf dem Pferderücken aufrecht.
Wegen vieler Unterbrechungen kamen die Reisenden erst gegen Abend in Hatfield an. Das Backsteinschloß auf einer Anhöhe oberhalb der Dorfkirche war von weitem zu erkennen. Der Garten aber, der im Sommer ziemlich gelitten haben mußte, sah in dieser trostlosen Jahreszeit nun aus wie von feindlichen Truppen verwüstet.
Heinrich und Catherine gingen selbstverständlich als erste in die Große Halle des Gebäudes, wo der Zeremonienmeister sie begrüßte. Danach traten die beiden Töchter des Königs aus einer Tür und versanken in einem Hofknicks vor Vater und Stiefmutter.
Als sie sich wieder erhoben hatten, sprach der König mit seiner Donnerstimme einige herzlich gemeinte Worte. Catherine spürte, wie Mary, die Ältere der beiden, sie unverhohlen musterte. Es war ihr unangenehm, doch versuchte sie, dieses Gefühl zu verdrängen. Sicher, Mary war fünf Jahre älter als sie selbst und hätte somit ihre Schwester sein können, nicht ihre Tochter... Der Blick aus ihren engen, hellgrauen Augen hatte etwas Zwingendes an sich, was Catherine allmählich unheimlich wurde. Spontan neigte sie sich zu Elizabeth herunter, der sechsjährigen Tochter ihrer hingerichteten Kusine Anne Boleyn, und zog sie zu sich heran. Catherine war nur bei Annes Krönung zugegen gewesen, und das Ereignis lag Jahre zurück. Sie konnte sich nicht mehr an die Gesichtszüge der Königin erinnern, die sie nur für einen kurzen Moment des Vorüberziehens auf der Straße gesehen hatte. Ihr Haar, das wußte sie, war lang und schwarz gewesen. Das Kind vor ihr aber besaß eindeutig die karottenrote Haarfarbe des Vaters.
»Ich sehe, Lady Elizabeth ist Euch zugetan!« sagte der König lächelnd. »Das freut mich außerordentlich. Aber Frau Hofmeisterin« – er wandte sich an eine Frau, die still in der Nähe verharrte,

»sprecht ihr dennoch einen Tadel aus. Es geziemt sich nicht, zuerst die Königin zu begrüßen, wenn Euer Souverän in eigener Person anwesend ist.«

Elizabeth machte sich von Catherine los und stellte sich trotzig, mit hinter dem Rücken verschränkten Armen, zwischen die Gruppe des königlichen Paars und des Hofstaats von Hatfield.

»Ich erbitte Eure Verzeihung!« sagte sie ordnungsgemäß, doch in alles andere als überzeugtem Ton. Beinahe klang es wie eine Verhöhnung des mächtigen Vaters.

»Es scheint uns, Lady Elizabeth sollte zusätzlichen Unterricht in gutem Benehmen erhalten, statt drei Sprachen zugleich zu erlernen«, brummte der König verstimmt. »Kommt, laßt uns in den Saal gehen und eine Abendmahlzeit einnehmen.«

Während Catherine von der köstlichen Apfelpastete nur kleine Brocken abbiß und schluckte, stieg immer größerer Ärger über Prinzessin Mary in ihr hoch. Merkte Heinrich denn nicht, wie unverschämt die junge Frau sie schon die ganze Zeit anstarrte? Außerdem hatte sie bei der Begrüßung nur sehr einsilbig, um nicht zu sagen: verstockt geantwortet. Catherine war bloß froh, daß Mary sie zumindest an Körpergröße kaum überragte. Mit ihrer drahtigen, dünnen Figur hinterließ sie zudem einen ungünstigeren Eindruck als ihre dralle Stiefmutter.

Plötzlich kam Catherine ein Einfall. Wenn Mary auch nicht viel mit ihr gesprochen hatte, so hatte sie doch gehört, daß die Prinzessin eine eigentümlich tiefe, fast männliche Stimme besaß. Ob sie damit an einem so sangesfreudigen Hof glänzen konnte?

»Lady Mary möge für mich singen«, sagte Catherine plötzlich in den von lauten Eßgeräuschen erfüllten Saal hinein. Mary blickte verstört von ihrem Teller auf, kniff die Mundwinkel zusammen und hielt den Löffel aufrecht wie eine Fahnenstange. Ungläubig schaute sie zu ihrem Vater hin, der jedoch seiner Gemahlin keinen Wunsch abschlagen mochte.

»Ihr habt gehört, meine Tochter, was die Königin wünscht!« rief er von seinem erhöhten Sitz zum Tisch der Prinzessin und ihres Gefolges hinunter. Mary legte den Löffel betont aufmerksam neben den Teller mit dem erkaltenden Auflauf, bevor sie aufstand und eine ihrer Damen aus dem Raum schickte, um ihre Laute herbeizuholen.

Schon jetzt genoß Königin Catherine diebisch die gelungene Rache für Marys unhöfliches Auftreten, das ihr ein völliges Rätsel war. Jeder wußte doch, wie sehr Katharine von Aragons Tochter an den alten Formen der Religion hing, und wie sie nur unter Drohungen dazu gebracht worden war, ihren Vater als Kirchenoberhaupt anzuerkennen. Sie sollte sich freuen, in mir eine Mutter zu erhalten, die dem ihr so wohlgesonnenen Hause Howard entstammt, dachte Catherine.

Inzwischen hatte die Prinzessin – die niemand so ansprechen durfte, da sie für unehelich erklärt worden war – zwischen dem Tisch des Herrscherpaares und dem Tisch des Hofstaats auf einem Schemel Platz genommen. Sie zupfte die Laute ein paar Takte lang trotz ihrer kurzen, plumpen Finger recht gewandt. Doch dann begann sie zu singen, und Catherine hatte Mühe, sich das Lachen zu verbeißen.

Wie sie es sich ausgemalt hatte, dröhnte Mary in tiefen Lagen und kämpfte sich mit durchdringender, etwas metallener Stimme durch das Lied. Der König verzog keine Miene dabei und widmete sich mit Hingabe dem Pfauenbraten. Auch als Catherine sich kichernd zur Seite wandte, sagte er kein Wort. Statt dessen tastete seine Hand unter dem Tisch nach ihrem Knie.

Gerne hätte Catherine die kleine Elizabeth nochmals zu sich gerufen, doch gleich nachdem die Diener abgetragen hatten, begleitete ein Schwarm von Zofen das ungewöhnlich ernst dreinblickende Mädchen zu Bett. Nur kurze Zeit danach ermüdete auch König Heinrich sichtlich und befahl seiner Frau, deren Tatendrang noch keineswegs gebremst war, sich gemeinsam mit ihm zur Nachtruhe zu begeben. Anders als in den großen Schlössern, wo jeder von ihnen traditionsgemäß über ein eigenes Schlafzimmer verfügte, mußten sie im beengten Hatfield mit einem gemeinsamen Raum zum Übernachten vorlieb nehmen. Heinrich freute sich darüber, würde er somit doch das Vergnügen haben, in Catherines Armen einschlafen zu können.

Der Earl von Fairbury wußte es zu schätzen, daß seine Schwester mitten im November den Weg von ihrem Herrensitz nahe Spoonley in Gloucestershire zum Familienschloß Milmore Manor zurückgelegt hatte. Doch nicht nur dies; es war überhaupt Bridgets erster Besuch im Elternhaus seit ihrer Verheiratung.

Stumm vor sich hinweinend, unfähig, auch nur ein Wort von sich zu geben, waren sich die Geschwister lange in den Armen gelegen. Auch später verzichtete John darauf, Einzelheiten des Todes der Eltern und der gemeinsamen Brüder zu berichten, die er inzwischen von einigen Dienern erfahren hatte, die die grauenvolle Seuche überlebt hatten. Und Bridget fragte von sich aus nicht danach.

Johns ältere Schwester, durch ihren Ehemann zur Baronin aufgestiegen, war ungefähr dreißig Jahre alt. Sie hatte einen ihrer jüngeren Söhne mitgebracht, den sechsjährigen Christopher, sowie einen Diener als Begleitschutz für die Reise.

John blickte auf Bridgets Samthaube und schüttelte insgeheim den Kopf. Entweder verstand seine Schwester nichts von Mode oder sie mußte am Nötigsten sparen, jedenfalls trug man einen derartigen Kopfputz bei Hofe schon seit den Zeiten Katharine von Aragons nicht mehr. Ihr Kleid sah ebenso altmodisch aus und war durch eine eingesetzte Stoffbahn um einiges zu weit. Wahrscheinlich hatte sie es für ihre letzte Schwangerschaft abändern und nicht wieder enger machen lassen.

Christopher marschierte wie ein winziger Soldat zum Onkel hinüber, der neben dem Kamin Platz genommen hatte und mit dem Schürhaken in den brennenden Scheiten stocherte. In gerader Haltung baute er sich vor John auf und grüßte ihn artig mit einer tadellosen Verbeugung. John lächelte und packte den Jungen bei den Schultern.

»Wenn du so weitermachst, wirst du in wenigen Jahren zum Ritter geschlagen!« sagte der Earl. »Falls Seine Majestät doch noch einmal gegen die heimtückischen Schotten oder die dreisten Franzosen zieht, kannst du dich dabei auszeichnen.«

Das Kind nickte ernsthaft. »So weit ist es noch nicht, Mylord«, antwortete es. »Zuerst soll ich in ...«

»Sei nicht so vorlaut, Christopher!« mahnte Bridget, die sich auf einer gepolsterten Sitzbank gegenüber dem Sessel ihres Bruders niedergelassen hatte. »Darüber werde ich – und nur ich – mit dem Onkel sprechen.«

»Worum geht es denn?« fragte der neugierig gewordene John. Er gab dem neben der Tür wartenden Kammerdiener ein Zeichen, den Raum zu verlassen, dann schob er seiner Schwester selbst eine Schale voller Nußkerne zu.

»Es fällt mir nicht leicht, schon jetzt mit meinem Anliegen herauszuplatzen, weil du nämlich denken könntest, ich sei nur deswegen zu dir gekommen«, meinte Bridget verlegen. »So ist es aber keineswegs, und ich hoffe, du glaubst mir.«

Christopher lief zum Tisch mit der Schale, warf dem Onkel einen Blick aus seinen schwarzen Augen zu und entnahm, als dieser freundlich nickte, einige Kerne. Bridget begann:
»Nachdem mein Gemahl und ich bereits unsere drei ältesten Kinder in verschiedenen Haushalten unterbringen konnten, suchen wir nun eine angesehene Familie außerhalb unserer Grafschaft, der wir Christopher zur Erziehung anvertrauen können. Ich dachte, du könntest uns dabei helfen, denn du stehst in der Gunst des Königs und kennst gewiß viele bedeutende Männer und Frauen am Hof.«
Ein wenig überrascht neigte John seinen Kopf und blickte den Neffen an, der erwartungsvoll mit dem Kauen seiner Nußkerne aufgehört hatte. Christopher war ein ungewöhnlich hübsches Kind von ebenmäßigem Wuchs, mit schulterlangem schwarzem Haar, sehr dunklen Augen und kleinem Mund. Sicher würde er durch sein Äußeres und seine offensichtlich guten Manieren keine Schwierigkeiten haben, einer Dame von Rang zu gefallen, die ihn bei sich aufnehmen würde. Aber er war der Sohn eines unbedeutenden Landadligen, und nicht einmal der Erbe. John würde all seinen Einfluß geltend machen müssen, falls er sich für die Belange des Neffen einsetzte.
»Ehrlich gesagt, wundert es mich, daß du deine Kinder nicht selber aufziehst«, sagte John schließlich. »Hast du vergessen, wie schön es bei uns war und wie fest alle zusammenhielten, als wir selber klein waren? Empfändest du die gleiche Liebe zu mir, hätten unsere Eltern uns fortgegeben und ich wäre wie ein Fremder für dich?«
»Nein«, erwiderte Bridget mit zitternder Stimme. »Nur steht es mir nicht zu, über die Zukunft unserer Kinder allein zu entscheiden. Robert weist beständig darauf hin, welches Glück anderen schon zuteil wurde, die – obgleich aus keiner der führenden Familien des Landes stammend – frühzeitig die richtigen Verbindungen knüpften. Wenn Christopher mit späteren Herzögen und Grafen aufwächst, wird man ihm vielleicht einen Posten im Heer Seiner Majestät übertragen, so daß er ausreichend versorgt sein wird.«
John läutete nach dem Kammerdiener und verlangte einen zusätzlichen Pelz. Die dicken Mauern seines Stammsitzes gaben die von außen eindringende Kälte nach innen weiter und bewahrten sie, anstatt vom Kaminfeuer aufgeheizt zu werden. Mehrmals hauchte der Earl gegen die klammen Finger und rieb die Hände aneinander. Seine Schwester schien unter großem Druck zu stehen, daß sie sich mit-

samt ihrem Sohn bei solchem Wetter auf eine längere Reise gewagt hatte. Die naheliegendste Möglichkeit, den Neffen unterzubringen, bestand natürlich darin, seinen Freund zu fragen, den Grafen von Sheen, Andrew Throckmorton. Doch dieser war unvermählt und meist im Dienst des Königs unterwegs. Christopher würde bestenfalls als Page bei ihm bleiben können, ein unruhiges Leben führen und wenig Gelegenheit haben, sich bei Hauslehrern eine gewisse Bildung zu erwerben.
Vielleicht konnte sich Andrew seinerseits einsetzen, überlegte John. Die Sippe der Throckmortons war mit einigen Familien im Norden des Reiches verwandt und verschwägert. Eine der Kusinen, eine gewisse Catherine Parr, war sogar mit dem mächtigen John Neville, Lord Latimer, verheiratet. Dies war allerdings der einzige Glanz, der auf die Throckmortons fiel... Was nutzte es Bridget, wenn ihr Sohn wieder nur in Kreisen des gewöhnlichen Landadels verkehrte. Man müßte versuchen, nach den Sternen zu greifen... Aber Cromwell war tot, und Norfolk würde sich gewiß nicht für einen Mann stark machen, der geholfen hatte, Anna von Kleve auf den Thron zu bringen. Von den Kirchenfürsten kannte John keinen gut genug, um mit einem solchen Ansinnen zu kommen.
Als ihm Alice Shelton einfiel, schob er den Gedanken gleich wieder von sich. Und doch – besaß sie nicht das Ohr der Königin? Welch bessere Fürsprache konnte man sich wünschen? John wollte nicht wie ein Bittsteller am Hof erscheinen, schon gar nicht vor der Frau, die ihn in seinen Augen schmählich verlassen hatte. Aber er schuldete andererseits seiner Schwester alles, was an Hilfe denkbar war. Der Earl beschloß, eine Nacht darüber zu schlafen.

In der Gegend um London hielt die Pestseuche weiterhin reiche Ernte. Trotz seiner frühzeitig ergriffenen Gegenmaßnahmen fühlte sich der König in immer stärkerem Maße bedroht und befahl seinem Hofstaat den Umzug nach Woking. Zuvor jedoch untersuchten seine Leibärzte die Höflinge und Bediensteten und erklärten jeden einzelnen für gesund oder krankheitsgefährdet. Von diesem Urteilsspruch hing ab, ob der oder die Betreffende mitreisen oder, jeglicher Gefahr preisgegeben, in Hampton Court bleiben mußte.
Lady Winifred Edgecombe stürzte völlig aufgelöst in das Gemach der Königin, wo Catherine Howard gerade mit einigen Hofdamen neue Tanzschritte einübte. Fast vergaß sie die elementarsten Um-

gangsformen, so eilig hatte sie es, ihre unterdrückte Wut herauszulassen. Dementsprechend flüchtig fiel ihr Kratzfuß für Catherine aus, die pikiert die Stirn krauszog.
»Euer Hoheit!« begann die Edgecombe. »Seid so gütig und gewährt mir ein bißchen von Eurer Zeit, damit ich Euch etwas Unglaubliches berichten kann.«
Neugierig geworden, hörten die junge Königin und ihre Damen auf der Stelle auf mit ihren Drehungen und wandten sich der Sprecherin zu.
»Ich wage zu behaupten, daß die Leibärzte Seiner Majestät – mit Verlaub – bestochen worden sind! Wie ist es sonst möglich, daß mein Schwager, ein kerngesunder Mann, soeben für pestanfällig erklärt wurde? Und ein Kerl wie Hutton, der Kammerdiener, der sich seit Tagen mit schlimmem Husten herumplagt, darf den Umzug mitmachen! Angeblich habe er nur beim Ausfegen zuviel Staub in die Lunge bekommen!«
»Beruhigt Euch doch, liebe Edgecombe«, sagte Catherine sanft. »Ich werde diesbezügliche Nachforschungen anstellen lassen, darauf habt Ihr mein Wort.« Sie fing einen mißbilligenden Blick ihrer Kusine Mary auf. Im Hintergrund war zu vernehmen, wie Alice Shelton ein Kichern unterdrückte. Auch Isabel Baynton, die Schwester der Königin, konnte sich kaum noch im Zaum halten.
»Ich möchte nur wissen, was daran so komisch sein soll!« explodierte Lady Edgecombe und zeigte mit dem Finger auf Isabel, als wolle sie sie aufspießen. »Ihr habt es nötig, wo doch Euer Herr Gemahl gerade erst eine Verwarnung wegen seines Zechgelages auf der Sommerreise erhalten hat!«
In Isabels Gesicht wechselte die Farbe binnen Sekunden. Sie war stolz auf ihren ältlichen Ehemann. Hatte er sich vielleicht auch danebenbenommen, so hatte noch lange nicht jeder das Recht, diese Tatsache schamlos herauszuposaunen. Doch noch ehe sie auffahren konnte, brachte die Königin alle zum Schweigen.
»Genug!« sagte Catherine. »Ihr werdet diese Räume nicht verlassen. Ich aber habe mich soeben dazu entschlossen, Seine Majestät aufzusuchen und werde erst in angemessener Zeit zurückkehren. Lady Cromwell und Lady Clinton, Ihr werdet mich begleiten.«
Die Angesprochenen erhoben sich aus den Fensternischen, in denen sie nach der unterbrochenen Tanzübung Platz genommen hatten. Einige der Zurückbleibenden suchten nach ihren Stickrahmen. Frau

Stonor winkte Alice Shelton herbei, um ihr eine angefangene Priesterstola zu zeigen, die sie geschickt mit bunten Ornamenten verzierte.
Insgeheim hatte sich Catherine vorgenommen, vor dem Treffen mit ihrem Gatten, der sich getreu seinem neuen Tagesplan zu dieser Stunde sportlichen Übungen unterzog, einen Überraschungsbesuch einzuschieben. Die Königsnichte, Lady Margaret Douglas, hatte sich durch ihre Zofe am frühen Morgen krank melden lassen. Doch Catherine kam dies verdächtig vor. Noch am gestrigen Tage hatte die junge Frau erstaunlich munter gewirkt... Derartige Manöver kannte Catherine noch bestens aus ihrer Zeit in Lambeth. Außerdem glaubte sie bemerkt zu haben, daß Margaret seit Ende der Sommerreise immer dann aufblühte, wenn Charles in der Nähe war, Catherines zu Ehren gekommener Bruder. So sehr ich den beiden ihr Glück gönne, dachte sie, so unglaublich unvorsichtig führen sie sich auf... Margaret hat schon einmal eines Howards wegen die Hölle erlebt...
Die Frauen erreichten den Korridor mit den Türen zu den Zimmern der Hofdamen. Elizabeth Seymour-Cromwell öffnete auf Catherines Geheiß eine bestimmte Pforte und trat in einen Vorraum, wo zwei erschrockene Zofen sich aneinanderklammerten. Offenbar sollten sie als Vorposten gegen unerwünschten Besuch dienen, konnten es aber natürlich nicht wagen, der auf der Schwelle stehenden Königin den Zutritt zu verwehren. Und dann riß Lady Clinton die Tür auf.
Das Erste, was Catherine Howard im Halbdunkel des nordseitig gelegenen Raumes sah, war der Rücken eines unbekleideten Mannes, der auf dem Bett lag, unter sich eine ebenfalls nackte Frau. Diesen Rücken – ziemlich behaart, schlank und vom Hals ab mit tiefen Narben versehen – hätte Catherine unter Hunderten wiedererkannt, denn er gehörte ihrem Bruder Charles.
Einige Sekunden lang schien das Paar nicht zu begreifen, was vor sich ging. Dann tauchte der Kopf der blonden Margaret auf, die verwirrt in Richtung der Königin starrte.
Catherine reckte das Kinn. »Ihr habt mich sehr enttäuscht, Lady Douglas«, sagte sie ohne eine Spur von Zorn in der Stimme. »Überrascht bin ich dennoch kaum, denn eine solche Art Krankheit hatte ich insgeheim vermutet.«
»Sag' doch etwas!« flehte Margaret hilflos ihren Liebhaber an. Charles aber hatte sich auf das Bett gekniet und hielt sich die Ohren zu wie ein trotziges Kind.

»Wäre ich Euch allein auf die Schliche gekommen, ließe sich der Vorfall verschweigen«, fuhr Catherine fort. »Aber die Ladies Clinton und Cromwell werden Seiner Majestät pflichtgemäß Bericht erstatten müssen, wenn ich es nicht tue, ganz zu schweigen von den beiden Zofen, die Ihr in Euer unehrliches Spiel hineingezogen habt.«
Damit drehte sich Catherine um und ging davon. Ihre Begleiterinnen, weit davon entfernt, peinlich berührt zu sein, blickten noch immer fasziniert auf die Szene, bevor sie ihre Röcke rafften und der Gebieterin auf den Flur folgten.
Der König war soeben aus der Übungshalle gekommen, wo er seit langer Zeit erstmals wieder den Faustkampf trainiert hatte. Pflichtgemäß hatten die Höflinge sich von dem schwerfälligen Koloß, der sich bisweilen kaum auf den geschwollenen Beinen halten konnte, anrempeln und schlagen lassen müssen. Dennoch hatte selbst diese Tätigkeit den Herrscher ziemlich ermüdet. Mit hochrotem Gesicht saß er auf einem bereitgestellten Lehnstuhl im Vorraum seines Privatkabinetts und ließ sich einen Erfrischungstrunk reichen, als ein Wachsoldat das überraschende Nahen der Königin verkündete. Kurz darauf rauschte Catherine herein.
Wenn sie erwartet hatte, daß Heinrich sich wie stets über ihren Anblick freute, so mußte sein unwirsches Stirnrunzeln Verwunderung, ja Furcht in ihr auslösen. Auf die Idee, daß es dem einst so strahlenden König schlicht peinlich sein konnte, in solcher Situation unverhofft vor seiner sehr jungen Frau zu stehen, kam sie gar nicht. Aber Heinrich hatte noch mehr auf dem Herzen, wie sich bald zeigte.
»Catherine, mein Liebling!« rief er und rang sich ein Lächeln ab. »Schön, daß Ihr kommt, denn so brauche ich nicht nach Euch schicken zu lassen und ihr erspart meinem Diener einen Weg.«
Die Königin knickste und legte dem erschöpften Gemahl die Hände auf die Schultern, um ihn zu massieren.
»Das hat Zeit«, wehrte Heinrich VIII. ab. »Ich habe nicht vor, mich jetzt von Euch zerstreuen zu lassen. Machen wir es kurz, Madam: ich weiß von den Verfehlungen Eures Bruders, der in schamloser Weise meiner Nichte nachstellt. Falls Ihr gerade vorhattet, für ihn zu bitten, so könnt Ihr das unterlassen und Eure Zeit zu Besserem nutzen.«
Catherine erbebte. So hatte sie den Monarchen noch nie erlebt. Wie konnte er so zornig sein über das junge Glück? Schließlich war Charles nicht irgendwer, sondern der Bruder der Königin und Mitglied einer der vornehmsten Familien des Landes. Und was Lady Margaret

anging, mußte sie mit ihren fünfundzwanzig Jahren froh sein, wenn einer sie noch nahm.
»Warum sollte ich für Charles Howard bitten, Hoheit?« fragte sie und blickte Heinrich in die Augen. »Sicher, er hätte unbedingt Eure Erlaubnis erbitten müssen, sich Eurer Nichte zu nähern...«
»Welche Gnade von Euch, mir dies Vorrecht einzuräumen!« polterte der König, riß sich den Pelz, der ihn vor Erkältung schützen sollte, vom Oberkörper und warf ihn wütend zu Boden. »Hätte ich ihm sodann erlauben sollen, sich einmal unverbindlich ins Bett von Lady Margaret zu begeben? Der tumbe Tropf kann sich doch nicht eingebildet haben, er könne die Nichte seines Herrschers, des Gebieters über England und Irland, gar heiraten?!«
Catherine verschränkte nervös die Finger vor der Magengegend und blickte zu Boden.
»Ich – ich habe davon ja auch nichts gewußt«, flüsterte sie kleinlaut. »Verzeiht mir, doch ich hätte Euch gewiß sofort Kunde gegeben. Nun werde ich wohl eine Hofdame verlieren...«
Schwerfällig stemmte sich der König aus dem Lehnsessel hoch, streckte die Hand aus und fuhr Catherine mit einemmal zärtlich über den Scheitel.
»Ich glaube Euch, was Ihr sagt«, murmelte er. »Meine Nichte werdet Ihr nun für einige Zeit nicht mehr zu Gesicht bekommen. Noch heute nachmittag werde ich sie verhaften und im früheren Kloster Syon einsperren lassen. Dort mag sie für ihre Unkeuschheit büßen und anschließend wieder in Eure Dienste treten.«
Damit winkte er Catherine, sich zu entfernen. Was mit ihrem Bruder geschehen würde, wagte sie nicht mehr zu fragen.

Währenddessen hatten die Hofdamen, die in Catherines Königinnengemächern zurückgeblieben waren, sich vorerst wieder der Handarbeit zugewandt.
»Wie vorwitzig Ihr seid, Winifred!« sagte Lady Margaret Howard, die Stiefmutter der Königin, zu Lady Edgecombe. »Wenn mich nicht alles täuscht, sind das Babyschuhe, an denen Ihr näht.«
»Verratet mich nicht!« lächelte die Angesprochene. »Es kann doch bestimmt nicht mehr lange dauern, bis Ihre Gnaden das erste Kind von Seiner Majestät erwartet. Und ich habe derweil vorgesorgt und kann ihr eine hübsche Überraschung präsentieren!«
Lady Howard nickte bedeutungsvoll. »Paßt nur auf und versteckt

Euer Geschenk gut! Wie ich die Königin kenne, ist Neugier eine ihrer Eigenschaften, die sie schon früher kaum verbergen konnte …«
Hört, hört! dachte Alice Shelton, die diese Worte in dem Zimmerwinkel vernahm, in den sie sich mit Jane Stonor begeben hatte. Diese Frau tut so, als sei Catherine in all den Jahren bei ihr aufgewachsen und von ihr erzogen worden. Daß ich nicht lache …
»Und für die Umrandung hatte ich letzten Endes dann doch das hellgrüne Garn gewählt, auch wenn es recht schwer erhältlich war«, sagte Frau Stonor dicht neben Alices Ohr. »Aber irgendwie erinnerte es mich an die Farbe der Stola, die der begleitende Priester auf Anne Boleyns letztem Gang trug. Diesen Anblick, der so außergewöhnlich war wie seine Umstände, habe ich nie mehr vergessen.«
»Wie meinen?« sagte Alice plötzlich und konzentrierte sich wieder auf die Frau neben ihr, die eine angefangene Priesterstola auf den Knien ausgebreitet hatte. »Entschuldigt, aber ich war in Gedanken.«
»Ich habe mich an einen Maitag vor vier Jahren erinnert, als die sogenannte Königin Anne auf's Schafott geführt wurde und ein Priester ihr das letzte Geleit gab. Er trug eine hellgrüne Stola, geradeso wie die, die ich jetzt besticke.«
Verwundert drehte sich Alice zu ihrer Mitbediensteten um. »*Ihr* wart dabei, als meine Ku – als Anne Boleyn starb?«
Die Stonor setzte ein undurchdringliches Gesicht auf. »Nun hört aber auf mit Eurem Spiel, Mistress Alice«, sagte sie. »Außerdem könnt Ihr ruhig zugeben, daß sie Eure Kusine war, denn wer wüßte das besser als ich. Doch was wollt Ihr mich arme Frau ausfragen, wo Euch Eure Mutter gewiß schon jede Einzelheit der letzten Lebenstage der Boleyn berichtet hat. Schließlich schlief sie ja in einem Bett mit mir und ließ mich jeden Tag die Protokolle der Äußerungen Annes an Cromwell überbringen!«
Am Portal zum Königinnenkabinett klopfte es. Die Wache schaute herein und hinter ihr schob sich geschickt die geschmeidige Figur des Earls von Fairbury in den Raum, der nicht den Eindruck machte, als wolle er eine Abfuhr in Kauf nehmen.
»Umso besser«, antwortete John auf die Auskunft, die Königin sei gerade abwesend. »Hättet Ihr zugehört, so wüßtet Ihr, daß ich niemals gewagt hätte, unangemeldet bei Ihrer Gnaden vorsprechen zu wollen. Ich habe allerdings eine Nachricht für Mistress Shelton, wenn's beliebt. Und die werde ich persönlich mitteilen. Also laßt mich bitte ein.«

Mary Arundel, Catherines jüngste Schwester, ärgerte sich über Johns in ihren Ohren hochmütigen Ton.
»Mistress Shelton hat sich gerade erbrochen«, sagte sie mit einem kurzen Blick über die Schulter in den Nebenraum. »Sie wird kaum großen Wert darauf legen, sofort einem Bittsteller – so seht Ihr zumindest aus – gegenüberzutreten.«
Alice verließ mit unsicheren Schritten das besagte Zimmer und kam in den Hauptraum. Ihr Gesicht hatte die Farbe von Aschenstaub angenommen, die Augen glichen erloschenen Kohlen. Als sie John erkannte, gab sie kein Zeichen innerer Bewegung von sich. »Laß nur, Mary, es ist gut«, sagte sie und schob die Gefährtin beiseite. »Dies ist der Earl von Fairbury; es wäre sehr unhöflich von mir, ihn nicht zu empfangen. Sobald die Königin meiner bedarf, findet ihr mich draußen auf dem Korridor.«
Der Wachsoldat begleitete John und Alice aus dem Kabinett, schloß die Tür hinter sich und nahm wieder seinen Posten ein. Die beiden tauchten sogleich in den Strom derer ein, die auf den Gängen hin- und hereilten, ließen sich kurz mittreiben und blieben an der nächsten Ecke stehen.
Trotz allem, was zwischen ihnen vorgefallen war, verspürte John den kaum zu beherrschenden Drang, Alice einfach in die Arme zu nehmen. Das Gefühl des Wiedersehens war so stark, daß ihm ein Kloß in die Kehle stieg. Dann aber sagte er:
»Ich sehe, daß es Euch nicht gut geht, Alice, und bedauere dies. Es ist zu hoffen, daß das Leben am Hof ansonsten durchaus Euren Erwartungen entspricht.«
»Bislang hatte ich wenig zu klagen«, versetzte Alice fast unhörbar. »Seid Ihr denn zufällig hier oder will Euch der König auf eine neue Mission schicken?«
John zog den Wintermantel enger um sich und setzte die Mütze wieder auf. Der Gang war zugig.
»Weder noch!« meinte er. »Machen wir keine großen Umschweife – ich möchte, daß Ihr mir einen Gefallen tut, um all dessentwillen, was ich für Euch schon getan habe und was Ihr gewiß längst vergessen habt... Als Freundin der Königin dürfte es Euch nicht allzu schwerfallen, einen Haushalt zu finden, in dem mein sechsjähriger Neffe erzogen werden kann. Der arme Bursche hätte es sonst als jüngeres Kind unter ein paar Geschwistern nicht leicht, bei einer namhaften Familie unterzukommen.«

Alice dachte sofort an Johns Erzählungen über seine harmonischen Jugendjahre in Dorset und die Erwähnung seiner älteren Schwester. Es konnte sich nur um einen Sprößling dieser Frau handeln, da die jüngeren Clamours ja alle der Pest zum Opfer gefallen waren.
»Wißt Ihr eigentlich, was Ihr da verlangt? Ich kenne den Kleinen ja nicht einmal. Wie kann ich mich für ihn verbürgen, wenn er später vielleicht nichts als Ärger macht?« wehrte sie ab.
Aber John gab nicht vorschnell auf. Dafür hatte er nicht den weiten Weg nach Hampton Court zurückgelegt, und das kurz vor dem ersten Advent.
»Wenn das Wetter es zugelassen hätte, wäre der fragliche Junge selbst mitgekommen. Glaubt mir Alice, wenn Ihr ihn seht, schließt Ihr ihn sofort ins Herz. Nehmt mein Wort dafür, daß er Euch, mir und seinen Eltern Ehre machen wird.« Als Alice darüber nachzudenken schien, fuhr John fort: »Und wenn Ihr es für ein gutes Vorzeichen haltet – er heißt weder John noch Stephen ...«
Ein kleines Lächeln nistete sich in Alices Mundwinkeln ein und in ihre Augen kehrte ein Lebensfunke zurück. John merkte, daß sein Scherz einen Bann gebrochen hatte. »Ich wäre Euch wirklich äußerst dankbar, wenn Ihr Euch für Christopher verwenden könntet«, sagte er und berührte beiläufig ihre Hand.
»Ein schöner Name! Man trifft ihn weniger häufig an als den Euren. Und selbst der wird noch in den Schatten gestellt durch die Anzahl derer, die nach Sankt Thomas benannt sind ...« Alice lachte leise.
Da wußte John, daß er zumindest in dieser Angelegenheit auf Alice würde rechnen können.

Die Zeit bis zum Weihnachtsfest verging für den Hofstaat wie im Flug. Das Leben glich, dank der Vergnügungssucht der jungen Königin, einer ununterbrochenen Kette von Festen, Banketten, Bällen und Maskenspielen. Und während hinter den Mauern der gewaltigen Königsschlösser die Höflinge fröhlich ihren Reigen tanzten, schlug das Wetter draußen nicht minder heftige Kapriolen.
An manchen Tagen sank die Temperatur in eisige Tiefen und der Schnee, der aus schweren Wolken fiel, blieb liegen. Doch dann kam plötzlich von irgendwoher warmer Windhauch, der über Täler und Ebenen fegte und den Schnee erst zu feuchten Klumpen, dann in mächtige Schmelzwasser verwandelte, die Bäche und Flüsse gefährlich anschwellen ließen. Und wenn alle glaubten, es breche ein vor-

weggenommener Frühling an, wurde es plötzlich wieder so kalt, daß einem das Blut im Leib zu gefrieren drohte.
Das Christfest sollte diesmal in Hampton Court gefeiert werden, weswegen dort schon zwei Wochen vorher alles gesäubert und, so weit es ging, eingerichtet wurde. Kurz zuvor kehrte der König mit seiner Frau von einer romantischen Stippvisite zurück, die beide für vierzehn Tage nochmals an den Ort ihrer Heirat geführt hatte, die ehemalige Wasserburg Oatlands.
Catherine atmete jedoch heimlich auf, als sie mitsamt dem die »Privatreise« begleitenden Troß – dem halben Hofstaat – wieder in die Nähe der Hauptstadt zog. Ohne Thomas Culpeper war es in der eingeschneiten alten Festung langweilig und fade. Der clevere Höfling hatte es vorgezogen, sich nach der Parkwächteraffäre, die immer wieder Gesprächsthema war, eine Weile dem Blick der Öffentlichkeit zu entziehen. Da Catherine nicht wagte, selbst für ihn beim König zu bitten, hatte sie die alte Herzoginwitwe angestachelt, in der Sache tätig zu werden. Thomas hatte sich nämlich ihr gegenüber gerechtfertigt: er sei nur irrtümlich für den Täter gehalten worden; in Wahrheit habe einer seiner Kameraden die schändliche Tat begangen! Doch die zu Hilfe eilenden Dörfler hätten dies nicht erkannt, sondern sich sogleich auf ihn gestürzt. Was sei da übriggeblieben, als sich seiner Haut zu wehren…
John Clamour feierte Weihnachten, nur von seinen Leibdienern umgeben, in dem gemieteten Haus eines reichen Londoners. Es war dasselbe Anwesen, das ihm schon bei anderen Aufenthalten in der Hauptstadt als Residenz gedient hatte. Er hatte lange keine Nachricht von Alice erhalten und freute sich deshalb umso mehr, als sie ihm am Heiligen Abend durch einen Boten etwas schicken ließ. Alice besaß zwar nicht die nötigen Mittel, sich Bedienstete zu halten, doch hatte ihre Freundin, die Königin, Großzügigkeit bewiesen und ihr einen ihrer eigenen Diener zur Verfügung gestellt. Der Mann gab ein Päckchen ab, an das ein versiegeltes Schreiben geheftet war.
In dem Päckchen fand John ein Paar Handschuhe aus feinem, weichem Leder, die in farbig bestickten Stulpen endeten, um auch die Handgelenke warmhalten zu können. Der Brief dazu lautete:

Mylord,
ich entbiete Euch die aufrichtigsten Grüße zum Fest der Geburt unseres Herrn Jesu Christi. Seid gewiß, daß ich an Euch denke und nehmt zum Zeichen des-

sen dies armselige Geschenk. Wie Ihr wohl wißt, weiß ich die Nadel nicht halb so gut zu führen wie andere Damen am Hofe Ihrer Majestät und so bitte ich um Nachsicht mit jener Arbeit meiner eigenen Hände. Vergeßt meiner nicht, wenn Ihr betet, das wünscht sich von Herzen
Eure treue Freundin *Alice Shelton*

John war angenehm überrascht, aber auch ein wenig verlegen, denn er hatte kein Geschenk für Alice besorgt. In der ersten Verwirrung fiel ihm auch gar nicht auf, daß seine »treue Freundin« kein Wort davon erwähnt hatte, ob sie schon für seinen Neffen etwas hatte erreichen können. Er beschloß, kurz nach den Neujahrsfeierlichkeiten selbst an den Hof zu gehen und dort nach Möglichkeiten zu suchen.

Königin Catherine kam es vor, als ziehe sich Weihnachten über viele Tage hin. Jeden Morgen überraschte ihr Gemahl sie mit neuen Kostbarkeiten. Mal war es Schmuck, den er neckisch unter der Bettdecke oder in ihren Pantoffeln versteckte, mal schob er ihr persönlich die Urkunde über den Besitz irgendwelcher Güter und Ländereien zu. Der Hofstaat munkelte über soviel Freigiebigkeit, wo doch die königliche Kasse, noch vor wenigen Jahren mit der Beute aus den Klöstern wohlgefüllt, mittlerweile kurz vor dem Bankrott stand.
Der Neujahrsmorgen dämmerte herauf, doch blieb das Wetter trüb und windig. König Heinrich ließ sich von seinen Lakaien schon frühzeitig wecken und schlüpfte, nachdem er diverse Zeremonien über sich hatte ergehen lassen müssen, geschwind aus der Tür seines Schlafgemachs. Der Weg zu den Gemächern seiner Frau war bequem kurz, hatte er doch die Anlage während seiner heftigen Verliebtheit in Anne Boleyn erbauen lassen. »Seine Majestät kommt!« riefen die Wachen auf dem Gang pflichtgemäß und wieder einmal seufzte Heinrich auf und wünschte sich, nicht ständig von allen beobachtet zu werden.
Nachdem er Hindernisse in Form von Vorzimmern und Wache haltenden Zofen überwunden hatte, legte sich der König endlich an die Seite seiner jungen Gemahlin. Catherine brummte erst unwillig, dann blinzelte sie verstört und kam langsam zu sich. Heinrich grinste. Er zog die unter dem Kinn gebundene Schleife ihrer Nachthaube auf und spielte mit dem langen Zopf herum, der darunter zum Vorschein kam.
»Guten Morgen, mein Liebling!« sagte er leise. »Seid Ihr mittlerwei-

le sicher, daß Ihr meinen Sohn in Euch tragt, oder können wir uns ohne Bedenken lieben?«
Draußen wurde das Winseln zweier kleiner Spanielwelpen hörbar. Heinrich VIII. hatte seinem Kammerherrn Anthony Browne schon am Abend zuvor den Befehl erteilt, noch vor dem Frühstück mit den Geschenken, die die Königin zu Neujahr erhalten sollte, vor ihrem Schlafgemach Stellung zu beziehen. Dazu gehörten auch die kleinen Hunde, die während des Wartens schon die beiden hübsch gedrechselten Pfosten im Eingangsbereich des Gemachs bepinkelt hatten.
Ein Geselle des Hofjuweliers stand ebenfalls geduldig in der Schar der Hofdamen. Er trug eine winzige Schatulle mit einem Rubinring für Catherine.
Nur eine Stunde später, als das Herrscherpaar sich – nunmehr wieder jeder im eigenen Haushalt – ankleiden ließ, traf die Barke Annas von Kleve ein.
»Seht nur!« sagte Gregory Cromwell, der Sohn des hingerichteten Ministers, und zeigte hinunter zur Anlegestelle. Er stand neben Erzbischof Cranmer, hoch über dem Erdboden hinter einem Fenster dicht unter dem Dach des Schlosses. Beider Blick ging über die Brücke aus rotem Ziegelstein hinweg, die, von steinernen Wappentieren auf Säulen gesäumt, vom Tor weg zur Themse führte.
»Prinzessin Anne ist dicker geworden«, sagte Cranmer respektlos. »Als sie vor ziemlich genau einem Jahr in England eintraf, gemahnte ihre Figur an den Stab eines Zeremonienmeisters. Offensichtlich hat die gute Küche unseres Landes dazu beigetragen, Ihrer Gnaden zu einem gesunden Aussehen zu verhelfen.«
»Aber leider zu spät!« bemerkte Cromwell vorwitzig. »Sagt, Herr Erzbischof, wißt Ihr denn gar kein Mittel, die brave Prinzessin wieder in ihre Rechte einzusetzen? Vielleicht würde sie Seiner Majestät inzwischen ja besser gefallen als damals.«
Während unten eine Barke nach der anderen anlegte und das zahlreiche Gefolge Annas seine Herrin umschwärmte wie Bienen ihre Königin, schüttelte Cranmer abwehrend den Kopf.
»Zu gefährlich, bester Cromwell, zu gefährlich«, meinte er in verschwörerischem Tonfall. »Solange unser Gebieter derart in das törichte kleine Howardmädchen vernarrt ist, werdet Ihr mit diesen Überlegungen Euer Leben riskieren. Und hat der Klerus nicht erklärt, die Ehe sei niemals rechtens gewesen und habe infolgedessen nie bestanden? Wollt Ihr die Diener des Herrn zu Dummköpfen

stempeln?« Er warf Gregory einen argwöhnischen Blick zu. Der junge Mann hatte zwar seine innersten Gedanken und heimlichen Absichten erraten, doch andererseits hatte der Erzbischof genauso willfährig wie seine Kollegen der Trennung zugestimmt.
»Wenn der Herr im Himmel es will, wird die Stunde der Prinzessin wieder schlagen«, meinte Cranmer schließlich vielsagend. »Vorerst kann sie, als angenommene Schwester Seiner Majestät, ein fürstliches Leben führen. Ist sie nicht, nach der Königin, die Frau mit den meisten Vorrechten bei Hofe?«
Anna von Kleve bemerkte die beiden Herren natürlich nicht, die sich am Fenster über sie unterhielten. Gerade zog sie gemessenen Schrittes, von neun Hofdamen umgeben, über die Brücke in Richtung der Schloßinnenhöfe. Unten am Kai wurde indessen die letzte Barke entladen, auf der sich Annas Neujahrsgeschenk an das Herrscherpaar befand: zwei Reitpferde aus bester Zucht. König Heinrich hatte sich ihr gegenüber nicht kleinlich gezeigt, was die Abfindung betraf. Zwar war ihr die Rückkehr in die Heimat verboten, doch hatte ihr andererseits keiner ein Haar gekrümmt, denn auch der Bruder im fernen Kleve hatte trotz des Vertragsbruchs stillgehalten. Ihre Erleichterung wollte Anna mit großartigen Gaben zum Ausdruck bringen.
Auf dem Weg in den Empfangssaal von Hampton Court standen die Hunderte von Höflingen Spalier und sanken vor der »Schwester« Seiner Majestät auf die Knie. Nichts erinnerte mehr an die schüchterne, hausbackene Prinzessin des Vorjahres, die bis zur Lächerlichkeit vermummt auf dem Rücken ihres Pferdes durch Eis und Schnee getrabt war. Anna trug eine blaue Sichelhaube, an deren Rändern Diamanten funkelten. Ihre nun rundlichen Wangen und das leichte, natürliche Lächeln auf den rotgefärbten Lippen verliehen ihr einen Charme, den auch die lange Nase und die immer noch müde wirkenden Augen kaum beeinträchtigen konnten.
Die Hoftrompeter bliesen einen Tusch, als Anna endlich in dem riesigen Saal anlangte. Von den mächtigen Dachbalken hingen überall bunte Banner herab und in den Wandhalterungen steckten brennende Fackeln, die das ungenügende Licht des Wintermittags ergänzten. Die winzige Gestalt der jungen Königin wartete reglos vor dem Thronsessel an der Stirnseite des Raumes. Dann trat durch eine Seitentür König Heinrich hinzu und rief seiner Exfrau mit Donnerstimme entgegen: »Seid gegrüßt, liebste Schwester!«
Als Anna vor ihm niederkniete, hob er die Widerstrebende sogleich

auf und richtete ein paar heitere Sätze an sie. Die Höflinge blickten einander verdutzt an. Gleich darauf geschah noch Merkwürdigeres. Prinzessin Anna kniete vor ihrer früheren Hofdame nieder und bestand darauf, während des nun folgenden kurzen Gesprächs mit Catherine in dieser Stellung zu verharren.

Die kleine Königin glich einem mit Votivgaben behängten Madonnenbild, so über und über war sie mit funkelnden Ketten, Anhängern und anderen Juwelen geschmückt. Jetzt sind wir beide dort, wo wir hingehören, dachte sie zufrieden, aber ohne Häme. Sie hatte ihre einstige Herrin immer mehr belächelt als gefürchtet und gönnte ihr nichts Böses. Durch Annas devote Haltung geschmeichelt, befahl Catherine spontan, den Rubinring sowie die beiden Hündchen herbeizuschaffen. Vor den Augen des Königs und des ganzen Hofes streifte sie Anna das Schmuckstück über – es paßte nur an den kleinen Finger der großgewachsenen Fürstin. Sodann setzte sie die zwei Welpen auf den Arm der entzückten Kleverin.

Heinrich VIII. starrte auf die Szene, als traue er seinen Augen nicht. Dann aber beschloß er, sich keine Blöße zu geben.

»Die Königin ist zu gütig«, sagte er mit säuerlich grinsendem Gesicht. »Umsonst hat sie es empfangen, umsonst gibt sie es weiter«, fügte er in Abwandlung eines Bibelzitats hinzu.

Der Tag verging als langgezogene Reihenfolge von immer wieder neuen Speisen und Getränken, so daß alle den Beginn des abendlichen Balls herbeisehnten. Eine zweite Garde von Hofmusikern marschierte auf die Galerie, die die Tischreihen überblickte, und löste die Kapelle ab, die bislang gespielt hatte. Bald schon räumten Dutzende von Dienern Essensreste, Geschirr und Bänke fort und rückten die Tafeln zur Seite. Der König gab das Zeichen, mit dem er den Tanz eröffnete und schritt mit seiner Frau als Erster vorneweg.

Doch sein Vergnügen war nur kurz. Bei jedem Atemzug rasselte und pfiff es aus Heinrichs Brustkorb. Die Augen des halb Betrunkenen waren fast ganz zwischen den aufgequollenen Lidern und den hochroten, feisten Wangen verschwunden. Während die meisten anderen fröhlich im Takt die Beine hochwarfen, schlurfte der König unter Schmerzen umher. Schließlich tätschelte er gütig lächelnd die Wange seiner kleinen Frau und verkündete, sich zu Bett zu begeben. Das Ende des Festes sollte die Königin nach Lust und Laune bestimmen. Kaum war ihr Gemahl unter Trompetenklängen von dannen gezogen, umarmte Catherine die angeheiterte Anna von Kleve.

»Kommt, liebste Schwägerin, laßt uns miteinander tanzen!« Und so verfolgten die einen mit Staunen, die anderen mit Gelächter, wie einträchtig sich des Königs vierte und fünfte Frau amüsierten.

Früh am nächsten Morgen begab sich Alice Shelton zum Schloßtrakt mit den Gästezimmern. Mit Einverständnis Catherines hatte sie sich entfernt, um bei Anna von Kleve vorzusprechen. Als die Fürstin vollständig angekleidet war, ließ sie die Tür ihres Gemaches öffnen und Alice eintreten.
»Ihr seid noch immer nicht verheiratet, liebe Shelton?« fragte Anna geradeheraus und kicherte darüber, daß die Besucherin errötete. Sieben im Raum anwesende Zofen und Gesellschafterinnen spitzten die Ohren.
»Gott der Herr hat mein Schicksal bislang in eine andere Richtung gewandt«, sagte Alice übertrieben demütig. Ihre feierliche Miene und die fromme Ausdrucksweise sollten ihre einstige Gebieterin milde stimmen. »Aber vielleicht ist mir doch noch ein rechtschaffener Gatte beschieden, wer mag es wissen.«
Anna winkte Alice, wieder aufzustehen und musterte sie von Kopf bis Fuß.
»Ich wüßte einen feinen Mann für zur Hochzeit von Euch«, meinte sie augenzwinkernd. »Es ist der Earl von Fairbury.«
Alice wand sich vor Verlegenheit. Gleichzeitig ergriff sie die einmalige Gelegenheit, ohne weitere höfliche Umschweife zum Zweck ihres Besuches zu kommen.
»Von eben diesem Herrn soll ich Euch grüßen!« sagte die Hofdame. »In seinem Auftrag wage ich, Euch mit einer Bitte zu belästigen, denn wie Ihr wißt, hat er Euch seit jeher verehrt und hofft, daß Ihr Euch seiner erinnert. Der Earl hat einen Neffen, den er sehr liebt und den er würdig erziehen lassen möchte. So bauen er und ich darauf, daß Ihr vielleicht eine gute und fromme Familie dazu bringen könnt, das Kind aufzunehmen.«
Die Prinzessin zog die Augenbrauen hoch und dachte eine Weile darüber nach, was Alice gesagt hatte. Es fiel ihr schwer, den langen und komplizierten Sätzen des höfischen Englisch zu folgen. Doch insgesamt war ihr klargeworden, was man von ihr wollte.
»Sagt, liebe Alice, kennt Ihr dieses Kind? Was soll ich berichten, wenn man mich fragt?«
Die Hofdame betrachtete angestrengt einen Weinfleck am Rock-

saum der Kleverin. Sie wußte selbst nicht, weshalb sie plötzlich log, und sprudelte heraus:
»Aber ja doch, ja! Ich habe nie ein wohlerzogeneres Kind gesehen. Es ist ein so reizender Junge, als sei er eines Prinzen Bruder. Er ist auf den Namen des heiligen Christophorus getauft und zählt sechs Jahre.«
Wieder folgte eine kleine Pause. Die Gesellschafterinnen nähten fleißig an ihren Hemden für arme Leute weiter oder stichelten durch auf Rahmen gespannte Tücher. Aber kein Wort entging ihnen, und eine stach sich vor Überraschung in den Finger, als sie ihre Herrin antworten hörte:
»Ich glaube Euch. Wenn der Junge ist wie ein halbes Kind vom König, dann soll er leben bei des Königs Schwester. Schickt ihn zu mir nach Richmond.«

Ein Schachzug Lady Rochfords

Die Karnevalszeit war im Jahr 1541 nicht sehr lang. Umso häufiger und aufwendiger ließ Königin Catherine bei Hofe feiern. Ihre Hofdamen kamen mit dem Einstudieren von Tänzen und Maskenspielen kaum noch nach, während der Hofschneider zusätzliche Gehilfen einstellen mußte, um stets neue Gewänder rechtzeitig fertigzustellen.
An diesem Abend im Februar hatte sich Catherine als Pfau verkleidet. Wochenlang waren eifrig die Federn der für die Schloßküche geschlachteten Tiere gesammelt worden, um das Kostüm zu schmücken. Die Königin trug eine Kappe, von der Dutzende der schönsten und längsten Schwanzfedern in die Luft standen. Blaugrün schillernde »Augen« saßen am Ende der bei jedem Schritt wippenden Zier. Auch der weite Mantel war mit ganzen Schichten von bunten Federn bestickt.
Lady Rochford stand neben ihrer Herrin. Sie sollte eine Wildkatze vorstellen, doch die aus zerfaserten Seilen gefertigten Zotteln, die auf ihr Gewand aufgenäht waren, ließen sie eher wie ein Äffchen erscheinen.

»Denkt Euch nur«, sagte die Lady halblaut in empörtem Ton, »welch unglaubliches Ansinnen der Graf von Sheen an mich herantrug. Er bat darum, eins meiner Kleider samt Ärmel, Unterrock und Haube ausleihen zu dürfen! Er besaß die Frechheit, auf Eurem Fest als Frau verkleidet auftreten zu wollen!«
»Unerhört«, antwortete Catherine und unterdrückte mühsam ein Grinsen. Alice Shelton lachte und stupste Isabel Baynton an.
»Sieh doch, dort hinten in der Ecke des Saales! Jemand hat sich als Baum verkleidet. Ob es ihm nicht zu heiß wird in diesem Aufzug?«
Neugierig bahnte sich Alice einen Weg durch die zahlreichen Gruppen, in denen die Ballteilnehmer beisammenstanden. Schließlich stand sie vor dem bizarren Gebilde mit Ästen aus Samt, in denen steifer Draht steckte, und Blättern aus grüner Seide. In Höhe des Gesichts befanden sich Schlitze, aus denen Augen blickten.
»Ein Stern geht auf!« sagte eine hohl klingende Stimme aus dem Innern des Stamms. Der Baum neigte sich zu Alice hin, die ein Kleid aus dunkelblauem Samt trug. Es war mit vielzackigen Sternen aus Goldbrokat besetzt und im lose fallenden Haar steckte ein funkelndes Diadem mit Sternen und Halbmonden.
»Wer seid Ihr?« fragte die Hofdame. »Zeigt Euch doch! Ihr hattet einen wunderbaren Einfall für Eure Verkleidung.«
Der Baum hob plötzlich zwei Äste, die sich als Arme entpuppten, und lüftete eine Art Visier. John Clamour, der Earl von Fairbury, wies sein etwas verschwitztes Gesicht vor.
»Da staunt Ihr, nicht wahr? Ich wollte Euch überraschen, nachdem Ihr mir in einer Weise geholfen habt, die alle meine Erwartungen übertraf.«
Alice prallte zurück. »Das ist Euch gelungen. Wieso seid Ihr hier am Hof und nicht in Dorset?«
John setzte ein kleines Lächeln auf. »Im Grunde sollte ich Euch nichts verraten, denn es ist noch keine endgültige Entscheidung gefallen«, wisperte er listig. »Doch Euch als einer guten Freundin kann ich ja anvertrauen, daß ich mit Lord Beninglay in Verhandlungen stehe. Eine seiner zahlreichen Töchter soll mir anverlobt werden.«
»Äh – äh, äh, das freut mich aber ungemein«, sagte Alice und zwang sich zu einem heiteren Ton, der ihr Gegenüber nicht täuschen konnte. »Nun findet Ihr doch noch das Glück, mit Gottes Hilfe.« Ihre Finger verschränkten und lösten sich wieder.
»Wollt Ihr eine Einladung für die Hochzeitsfeierlichkeiten? Ihr wißt,

wieviel ich Euch schulde, sodaß diese Geste eigentlich selbstverständlich wäre«, setzte der Earl nach und bewegte sich trippelnd aus der Nähe des Kamins fort. Die Baumkrone schwankte hin und her.
»Ach – hmm, ich glaube, ich muß leider Euer großzügiges Angebot ausschlagen«, gab Alice zu verstehen. »Weil ... – äh ...«
»Vielleicht wird es gar eine Doppelhochzeit werden«, versetzte John ungerührt. »Man deutete an, daß sich auch der Zweite Gewandmeister seiner Majestät um eine von Beninglays Mädchen bemüht.«
Der Schuß traf ins Schwarze. Alice rang um Fassung. »Aber – aber Dennyford ist doch mit Lady Buck zusammen«, entgegnete sie. »Das muß ein übles Gerücht sein.«
»Fragt ihn doch selbst, meine Liebe!« sagte John boshaft. »Oder ist er nicht mehr Euer allerbester Freund und Jugendgefährte? Dann wird er die Wahrheit bekennen müssen.«
John von Fairbury hatte sich längst wieder entfernt, als Alice immer noch darüber nachgrübelte, welche der Töchter Lord Beninglays wohl die Auserwählte sein sollte. Je länger sie sich mit der Sache beschäftigte, umso mehr ärgerte sie sich über ein Gefühl bohrender Eifersucht, das gegen ihren Willen in ihr aufstieg.
Auch Catherine Howard empfand Wut, als ihr Gemahl ihr eine Botschaft schicken ließ. Heinrich VIII. hatte nicht am Fest teilgenommen, da sein schwärendes Bein ihm sehr zu schaffen machte. Nun hatte er seiner Frau eine Notiz zukommen lassen, in der er ihr befahl, augenblicklich den Ball zu verlassen, um ihren ehelichen Pflichten nachzukommen. Dabei hatte der Abend, nach Catherines Meinung, doch gerade erst angefangen.
Der König will die Gelegenheit nutzen, auf daß ich einen Sohn empfange, dachte sie, als sie mit sauertöpfischer Miene bekanntgab, sich zurückziehen zu wollen. Mehr als zwei Monate zu spät hatte sich das geheime Übel aller Frauen bei ihr eingestellt, und sie hatte dies teils erleichtert, teils enttäuscht zur Kenntnis genommen. Doch die Reaktion Seiner Majestät war unbeschreiblich gewesen. Jetzt, vierzehn Tage danach, gedachte Heinrich VIII. keine Zeit zu verlieren.

Über viele Wochen hinweg blieb die Stimmung zwischen dem Königspaar so launisch wie das Wetter. Manchmal kam es den Höflingen sogar vor, als beeinflusse der Wechsel von Sonne und Wind, Schnee und Regen, Nebel und Wärme die Art und Weise, wie sich die beiden zueinander verhielten. Oft polterte der Monarch mit sei-

ner durchdringenden Stimme los und nahm dabei irgendeine Nichtigkeit zum Anlaß, nur um Wut und Pein loszuwerden, die sein wundes Bein ihm bereiteten. Außerdem ärgerte sich Heinrich darüber, daß trotz seiner verbissenen Bemühungen die junge Frau an seiner Seite immer noch nicht schwanger war. Noch verdrängte er den Gedanken, die Schuld daran könne bei ihr liegen. Doch hin und wieder entfuhr ihm in Gegenwart seines Leibkammerherrn Thomas Culpeper, dem er großes Vertrauen schenkte, ein Satz wie dieser: »Die Spanierin, die sich einst meine Gemahlin nannte, war ja schon guter Hoffnung, wenn ich nur meine Hose an den Bettpfosten hing!«
Später dann bereute er seine Zornausbrüche und überschüttete Catherine mit Geschenken. So hatte er beispielsweise eine herrliche Armbrust schnitzen und mit Einlegearbeiten verzieren lassen. Er liebte nichts mehr als Turniere und Jagd und hoffte sehr, sein Zustand werde über kurz oder lang wieder zulassen, daß er mit seinem Gefolge in die Wälder reiten konnte. Zwar war es ihm schon allein seines Gewichtes wegen inzwischen unmöglich, wie früher stundenlang das Wild durchs Dickicht zu verfolgen. Aber wenn er sich an einem gewissen Ort auf die Lauer legte und die Treiber ein ganzes Rudel an ihm vorbeitrieben, schoß er immer noch treffsicher das ein oder andere Tier. Und was er vermochte, würde für die junge Catherine gewiß ein Leichtes sein, war doch auch ihre unselige Kusine Anne Boleyn eine geschickte Schützin gewesen.
Kaum war König Heinrich genesen, begab er sich an einem halbwegs trockenen und warmen Tag in das nächstgelegene Wildgehege. Da seiner kleinen Gemahlin die Kraft fehlte, ihre Armbrust zu spannen, stellte er ihr einen kräftigen Lakaien zur Seite, der diese Aufgabe für Catherine übernahm. Trotzdem geriet der Ausflug zum Fiasko, denn die Königin weinte bitterlich über jedes tödlich getroffene Tier, das vor ihren Augen zusammenbrach. Auch schoß sie, da sie keinem etwas zuleide tun wollte, absichtlich in Büsche und Baumstämme. Der Lakai mußte anschließend mühsam die Pfeile zusammensuchen.
Im April schließlich ging es dem Herrscher aller Engländer und Iren so schlecht, daß er eine Woche lang das Bett hüten mußte. Manchmal drangen laute Schmerzensschreie aus seinem Gemach und das Geschepper und Geklirr von Gegenständen, die er in irrsinniger Wut nach seinen Bediensteten warf. So oft Catherine auch um Einlaß bat, niemand gewährte ihr Zutritt zu den Räumen ihres Gemahls. Heinrich VIII. hatte nämlich strenge Anweisung gegeben, daß sie ihn auf

keinen Fall besuchen durfte. Vielleicht war es ihm peinlich, nicht mehr als strahlender Sieger und noch immer jugendlicher Sportsmann, sondern als jammernder, verlebter Kranker vor ihr zu erscheinen.

Catherine saß heulend in ihrem Privatgemach. Sie schämte sich ihrerseits, den Hofdamen allzu offen ihre Gefühle zu zeigen und hatte daher den größten Teil von ihnen zum italienischen Kapellmeister geschickt. Dort sollten sie eine Stunde lang ihre Kenntnisse der verschiedenen Instrumente auffrischen, die sie erlernt hatten.

Die Königin sah Lady Rochford eintreten und schaute zur Seite. Diese Frau hatte etwas Unheimliches an sich. Doch als Jane den Mund öffnete, klang ihre Stimme überraschend mütterlich.

»Es ist ein Unglück für Euch, Hoheit!« begann die verhärmte Lady und kniete vor Catherine nieder. »Eure Traurigkeit schneidet mir tiefer ins Herz als der Gedanke an alles, was ich selbst verlor.«

Verwundert sah Catherine auf. Was mochte die Rochford damit meinen? Hieß es nicht überall, an der Dezimierung ihrer angeheirateten Familie komme ihr selbst einige Schuld zu? »Erklärt mir Eure Worte«, murmelte sie und räumte ein paar Kissen zusammen. Dann wies sie stumm mit dem Finger darauf und gab der Hofdame so zu verstehen, sie solle zu ihren Füßen Platz nehmen.

»Ich kann Euch nachfühlen, was eine solche Lage bedeutet«, sagte Jane ruhig. »Meine Ehe mit Eurem Vetter George Boleyn war nicht einfach.«

»Er war ein Fremder für mich«, warf Catherine ein. »Ihr wißt ja selbst, wieviele Verwandte ich habe. George gehörte zu denen, die ich nie kennenlernte. Erzählt mir doch von ihm, auf daß ich mir ein Bild machen kann.«

Janes Blick bohrte sich haarscharf an der Gebieterin vorbei in die Wand. Mit fast tonloser Stimme begann sie:

»Graf Rochford war das, was die meisten einen schönen Mann nennen würden. Stellt ihn Euch als einen stattlichen, mittelgroßen Menschen vor, der zur Körperfülle neigte, aber seiner sportlichen Übungen wegen immer eine gute Figur behielt. Sein Haar war mittelblond, der krause Bart besaß einen Stich ins Rötliche. Die Augen waren dunkel, aber nicht so schwarz wie die seiner Schwester.«

»Eure Hochzeit war vermutlich von den Eltern ausgehandelt«, bemerkte Catherine. »Und es war schwierig, sich aneinander zu gewöhnen ...«

Jane Boleyn, Gräfin Rochford, bekam feuchte Augen.
»Es war unmöglich, Hoheit. Menschenwerk versagt, wo Gottes Widersacher im Spiel ist.«
Die Königin fuhr zurück.
»Ihr – Ihr meint, der Teufel brachte George dazu, sich von Euch abzuwenden? Oder mit anderen Frauen Umgang zu pflegen?«
Die Lady antwortete nicht. Statt dessen blickte sie sich hastig um, ob irgendwo im Zimmer eine gefüllte Weinkaraffe zu sehen wäre. Als sie nirgends eine entdeckte, senkte sie stumm den Kopf. Catherine ergriff mitleidig die Hand ihrer Hofdame. Noch nie hatte sie sich der Rochford so nahe gefühlt. Was mußte die Frau schon durchgemacht haben!
»Sicher, sicher«, fuhr diese nach einer Weile fort und lachte spöttisch auf. »George umgab sich gern überall mit schönen Frauen. Aber all das geschah, um seine Mitmenschen zu täuschen. Er... – er... ich kann es Euch nicht sagen, es ist zu schrecklich – ich habe es noch nie einem Menschen erzählt...«
»Nun sprecht ohne Scheu!« forderte die Königin. »Ihr wißt, daß ich Euch gewogen bin. Ihr könnt ja nichts für die Sünden Eures verstorbenen Gatten.«
Jetzt waren die Rollen vertauscht. Catherine hatte sich langsam beruhigt, während Jane weinte. »Der Teufel verführte ihn dazu, einen hübschen Jüngling zu lieben. Es war Mark Smeaton, der Königin Musikant.«
Catherine schrie auf und hielt sich die Hand vor den Mund. Auf einmal fiel es ihr wie Schuppen von den Augen. Das also war das Geheimnis, das hinter der unglücklichen Ehe Lady Rochfords gesteckt hatte. Wie oft mochte sie versucht haben, Georges Liebe zu gewinnen – und wie oft hat er sie wohl trotz all ihrer Bemühungen zurückgewiesen um einer verbotenen Leidenschaft willen!
»Seine Majestät verlangt einen Sohn von Euch, nicht wahr?« lenkte die Hofdame ab. »Könnt Ihr seinen Wunsch erfüllen?«
Nachdenklich streichelte Catherine ihren unter dem Samtkleid verborgenen Bauch.
»Vielleicht! Das vierwöchentliche Übel ist abermals ausgeblieben. Beim letzten Mal erlag ich einer Täuschung der Natur, aber jetzt scheint die heilige Katharina meine Gebete erhört zu haben.«
»So war es ganz recht vom König, Euch mitten im schönsten Vergnügen vom Tanz wegzurufen«, äußerte Lady Rochford vorwitzig.

»Wenn sich Eure Vermutung bestätigt, wird um Euretwillen wieder Freude in mein Herz ziehen.«
Catherine drückte Jane an beiden Schultern und lächelte ihr zu. »Es wird alles wunderbar werden. Und habt Dank für Eure Ehrlichkeit. Ich werde keiner Menschenseele etwas verraten.«

Als wollte der König mit Nachdruck seinen Anspruch an Catherine bestätigen, begab er sich öfter denn je nach Hatfield zu seinen Töchtern. »Wenn sie auch Bastarde sind, so sind sie dennoch mein Fleisch und Blut!« pflegte er jovial zu sagen. Jedesmal mußte seine Frau mitreisen, doch sobald Heinrich einen Tag im Londoner Schloß seines Sohnes Edward verbrachte, fand er tausend Gründe, weshalb er Catherine nicht mitnehmen konnte. Sie bekam den Jungen nur zu Gesicht, wenn dieser einmal – von einem riesigen Hofstaat umgeben – den aktuellen Wohnsitz seines Vaters aufsuchte.
»Ich verstehe es nicht! Ich bin doch nun seine Mutter«, trotzte Catherine, konnte aber nichts an den Tatsachen ändern. Auch die unverändert ablehnende Haltung ihrer Stieftochter Mary trug nicht zur Verbesserung ihrer Stellung bei. Beklagte sich Catherine bei ihrem Ehemann über die Behandlung, die Mary ihr angedeihen ließ, lachte Heinrich nur und nahm die Widerspenstige in Schutz. »Vergeßt nicht, Madam, daß sie eher Eure Schwester als Euer Kind sein könnte«, sagte er dann meist. »Schon ihre Mutter war überdies von einiger Dickköpfigkeit. Aber Ihr seid Eurerseits zu empfindlich und nehmt übel, was als Scherz gemeint ist. Ihr bekümmert Euch zu viel um anderer Leute Sprößlinge! Gebärt doch selbst Söhne und Töchter, das wird Euch ablenken!«
So hatte Catherine darüber nachgedacht, wie sie die Uneinsichtige strafen könnte. In ihrem Stolz zutiefst getroffen, zahlte sie mit gleicher Münze zurück und erließ eine Anweisung, zwei von Marys Lieblingsgesellschafterinnen aus dem Hofdienst zu entlassen.
An einem Vormittag im Mai empfing die Königin zahlreiche Bittsteller, die teilweise schon seit längerer Zeit auf ihre Chance gewartet hatten. Catherine war es lästig, sich jeden Tag mit solchen Pflichten abzugeben oder gar feste Zeiten einzurichten, in denen sie für die Untertanen zu sprechen war. Sie half gerne, wo sie konnte, doch mußte dies ihrer Stimmung entsprechen und das Anliegen des Bittenden sie anrühren, als wäre es ihr eigenes.
Die Menschen drängten sich vor der Tür des Audienzzimmers.

Landjunker und niederer Adel war ebenso vertreten wie reiche Anwälte aus der Hauptstadt, Kaufleute oder Handwerkerswitwen. Sogar ein paar Bauern wagten es, die Frau ihres Herrschers aufzusuchen.
Catherine saß in einem Sessel in der Mitte des Raumes, stützte den Arm auf die Lehne und barg nachdenklich ihr Kinn in der Hand. Margaret Douglas, die endlich aus der Klosterhaft in Syon entlassen worden und wieder in den Hofdienst eingetreten war, diente ihr als Sekretärin. Das blasse Mädchen hockte über großen Pergamentbögen und kritzelte in Stichworten mit, was die Leute vorbrachten.
»Helen Page, meine unverheiratete Schwester, ist zu Unrecht angeklagt... Sie soll ein in Schande empfangenes Kind gleich nach der Geburt getötet haben. Doch ich schwöre Euch, niemals könnte sie sich zu einer solchen Tat überwinden. Der Junge kam gewiß schon tot zur Welt. Der Richter aber glaubt ihr nicht, und wir haben kein Geld, ihn zu bestechen...«
»Helft Eurem in Not geratenen Verwandten! John Legh, der Sohn des Schwagers Eurer verstorbenen Mutter während ihrer ersten Ehe, hat angeblich Hochverrat begangen. Dabei sagte er doch lediglich, der König werde sterben, wenn er weiterhin so viele Quacksalber an seinem wunden Bein herumhantieren lasse...«
»Nach dem Tod meines Mannes mußte ich den Töpferladen verkaufen, um unsere Schulden zu bezahlen. Unsere Kinder starben alle kurz nach der Geburt und meine Eltern erlagen voriges Jahr der Pest – wovon soll ich jetzt leben, ohne zu betteln?«
Währenddessen war Alice Shelton unterwegs zum Gewandmeister der Königin, der einen speziellen Auftrag erhalten hatte. In den letzten Tagen hatte der Mann zu nächtlicher Stunde mit dem Hofschneider zusammengesessen und überwacht, wie dieser ohne seine Gesellen eine Mütze aus kostbarstem Samt fertigstellte. Die Königin hatte ihm über Lady Rochford detaillierte Anweisungen zukommen lassen, welche Materialien zu verwenden sein. Es hatte den Gewandmeister ziemliche Mühe gekostet, das Rechnungsbuch zu fälschen, um zu verschleiern, für welchen Zweck er den Diamanten tatsächlich benötigte, der auf der Mitte der Kopfbedeckung prangte. Nun würde Alice das teure Stück ohne großes Aufsehen abholen und, sofern keine Zeugen in der Nähe waren, an Thomas Culpeper übergeben. Während sie die Treppen hinabstieg, schmunzelte sie über das verliebte Begehren ihrer Freundin. Catherine hatte wohl nicht bedacht, daß ihr Favorit die Kappe kaum in der Öffentlichkeit würde

tragen können. Denn dann würde sich jeder fragen, wieso der junge Höfling sich solchen Luxus leisten konnte. Und bald würden sich Lästerzungen rühren, die die Königin als Spenderin ausmachten.
In der Nähe der Werkstattür des Hofschneiders hörte Alice Männerstimmen. Augenblicklich blieb sie stehen und lauschte, bekam aber nur noch das Ende des Wortwechsels mit.
»Sagt dem hochverehrten Herzog, ich könne das Geld im Augenblick nicht aufbringen! Ein Zweiter Gewandmeister des Königs erhält nur karge Zuwendungen und muß noch froh sein, wenn er nicht gezwungen ist, sein Erbe zu beleihen! Jawohl, sagt ihm das!«
Natürlich erkannt Alice sofort Stephen Dennyfords Stimme. Da sie ihm aus verschiedenen Gründen nicht begegnen wollte, blieb sie, eng an die Flurwand gedrückt, stehen.
Aber Stephen schlug genau die Richtung ein, aus der die Hofdame gekommen war. Mit langen Schritten, offenbar sehr verärgert, und gesenktem Kopf kam er den Gang entlang. Ohne besondere Überraschung zu zeigen begrüßte er Alice.
»Ich habe Euch längere Zeit nicht gesehen«, sagte er, um Liebenswürdigkeit bemüht. »Dabei wäre es doch denkbar einfach, sich zu treffen. Mindestens zweimal in der Woche lädt die Königin zum Glücksspiel ein, was nicht nur ihre, sondern auch meine Leidenschaft ist. Solange ich jedoch dorthingehe, wart Ihr noch kein einziges Mal anwesend. Haltet Ihr Karten und Würfel vielleicht für Teufelswerk?«
»Nein«, erwiderte Alice. »Aber erstens: wer sagt, daß ich begierig bin, Euch zu sehen? Und zweitens habe ich nicht soviel Geld, daß ich es bedenkenlos verspielen könnte. Im Gegensatz zu Euch, die Ihr Euch aus dem unerschöpflichen Reichtum der Lady Buck bedient...«
Stephen lief rot an und ballte die Fäuste. Dann schluckte er schnell hinunter, was ihm auf der Zunge lag und setzte eine freundlich-ahnungslose Miene auf.
»Lady Buck ist eine liebe Freundin, von der ich mich niemals aushalten lassen würde«, meinte der Gewandmeister und versuchte, eine Spur Empörung in die Stimme zu legen. Allmählich gewann er darin eine gewisse Übung, hatte er doch erst am Tag zuvor Joan Buck besänftigen müssen, die ihm wegen seines Kontaktes zu Lord Beninglay eine Szene gemacht hatte.
»Was Ihr nicht sagt«, gab Alice zurück. Ihr Ton ließ durchblicken, daß sie ihm das Dementi nicht abnahm. »Allmählich glaube ich, daß Ihr mich seit Jahren nur zum Narren haltet, Dennyford. Ihr macht

nichts als schöne Worte, aber durch Eure Taten beweist Ihr doch, daß Ihr Euch immer weniger aus mir macht.«
Stephen nahm eine steife Haltung an und streifte mit spitzen Fingern ein Stäubchen von seinem Samtwams.
»Ihr täuscht Euch«, sagte er ohne großen Nachdruck. »Wirklich, Alice, es ist keineswegs so, wie Ihr denkt. Ich mag Euch nach wie vor. Ihr jedoch haltet mich für einen Spitzbuben, nur weil ich im Augenblick keine Heiratspläne habe – um genau zu sein: keine, die Euch betreffen ...«
Jetzt hatte die junge Frau genug. »Gehabt Euch wohl, Dennyford!« sagte sie kalt. »Ich lasse mich jederzeit durch Euer Entgegenkommen überzeugen. Doch so lange Lady Buck oder irgendwelche Töchter Lord Beninglays – kurzum: alle möglichen anderen Frauen für Euch interessanter sind als ich, die ich Euch so lange schon liebe ...« Der Rest des Satzes blieb unausgesprochen. Alice hatte bereits die Tür zum Schneiderraum erreicht, klopfte an und trat ein.

»Seine Majestät, der König!« verkündete die Wache. Königin Catherine verbeugte sich tief, als ihr Gemahl ihr Privatgemach betrat. Die Zofen und Hofdamen sanken auf die Knie.
»Wie ich sehe, seid Ihr wohlauf, Madam«, sagte Heinrich VIII. mit unterdrücktem Zorn. »Das ist wenigstens etwas Erfreuliches.«
»Was begehrt Ihr von mir?« Catherine bekam es mit der Angst zu tun, kaum war ihr schwaches Stimmchen zu vernehmen.
»Ich sag' es Euch ohne Umschweife, Madam: es wird nicht wieder vorkommen, daß Ihr eigenmächtig über das Personal meiner Tochter verfügt! Lady Mary war sehr erbost darüber, zwei ihrer liebsten Hofdamen zu verlieren. Als ich davon erfuhr, habe ich sofort nach den fraglichen Frauen schicken lassen, damit sie ihren Dienst wieder aufnehmen. Was fällt Euch eigentlich ein? Behandelt man so die Tochter Eures Monarchen?«
Catherine war es ganz gleichgültig, daß ihr halber Hofstaat Zeuge des Streites wurde. Sie war ohnehin so gut wie nie allein.
»Ist Euch entgangen, mein Herr und Gemahl, daß Eure Tochter ihr Herz gegen mich verstockt hat? Und dies, obwohl ich seit einem Dreivierteljahr ihre Mutter bin und ihr nichts als Liebe entgegengebracht habe. Sie verweigert mir den nötigen Respekt!«
Wütend klopfte der König mit seinem Gehstock auf den Fußboden. »Ihr wiederholt Euch, Madam! All das habt Ihr mindestens schon ein

Dutzendmal vorgebracht. Ich versichere Euch, Ihr laßt Euch von Eurer Einbildung täuschen! Lady Mary ist Euch wohlgesonnen. Niemand weiß das besser als ich, ihr Vater.«
»Verzeiht mir«, stammelte Catherine plötzlich. Verdutzt und peinlich verwirrt blickten die Hofdamen zu ihr hin. Den Tränen der Königin, die jetzt reichlich zu fließen begannen, hatte Heinrich VIII. noch nie widerstehen können, und so folgte auch diesmal sofort die Versöhnung. Der Mann, der eben noch herumgebrüllt hatte, drückte im nächsten Moment seine verschüchterte junge Gemahlin an sich und versprach ihr neue, perlenbesetzte Schuhe.
Doch auch die Vorfreude auf die wunderbare Gabe konnte nicht verhindern, daß Catherine am Abend von heftigen Krämpfen befallen wurde. Es war, als steche jemand immer wieder ein Messer in ihren Bauch. Und kaum hatten die Zofen sie auf das Prachtbett gelegt, setzte eine Blutung ein, die ihr noch Tage zu schaffen machte.
»Sie hat das Kind Seiner Majestät verloren!« flüsterten einige …

Allem Zank am Hof zum Trotz wurde das Wetter endlich besser. Eine dauerhafte Maiwärme brachte die Bäume zum Blühen und ließ das Gras sprießen wie lange nicht mehr. Gelegentliche Regenschauer erwiesen sich nur als Zwischenspiel. In seinem Entzücken über das Ende der kalten Tage ordnete König Heinrich einen Schiffskorso an, der sich über die Themse bewegen und den Londonern ein Schauspiel sondergleichen bieten sollte.
»Betrachtet es als ein Vorspiel für Eure Krönung!« sagte er, als er mit seiner Gemahlin die fortschreitenden Arbeiten für den Umzug besichtigte. »Sobald Ihr mir einen Sohn geschenkt habt, soll mir nichts teuer genug sein! Ein Fest, prachtvoller als es die alten Heiden feierten, wird für Euch ausgerichtet!«
Nur wenige Tage vor Beginn des Spektakels ging Catherine mit ihren Hofdamen im Garten von Hampton Court spazieren. Während einige sich ihre Laute umgehängt hatten und heitere Melodien spielten, kam Lady Rochford an ihre Herrin heran und flüsterte ihr etwas zu.
»Master Culpeper ist ganz begeistert von seiner schönen Mütze. Er dankt Euch vieltausendmal dafür, Hoheit. Doch zugleich ist er traurig, weil er Eure Gabe nicht vor aller Augen tragen darf. Ihr solltet wissen, daß er an Euch denkt und Eure Gesellschaft sehr vermißt.«
Überrascht blickte die Königin zu der Älteren auf. Wie war das mög-

lich? Hatte Culpeper sich der Hofdame anvertraut? Und wenn nicht, woher sollte Lady Rochford die Sache mit der Mütze wissen? Schließlich waren Hofschneider und Gewandmeister doch zu äußerstem Stillschweigen verpflichtet worden... Alice hatte wohl auch nicht geplaudert...

»Sagt ihm, wenn Ihr Master Culpeper gelegentlich wiederseht, daß er jederzeit zum Kartenspiel eingeladen ist. Sofern seine Dienstzeit es zuläßt, versteht sich«, antwortete Catherine vorsichtig. Sie wagte Lady Rochford nicht zu fragen, weshalb Thomas ihr rückhaltlos zu vertrauen schien.

Alles wurde pünktlich fertig. Und auch der Himmel gab seinen Segen zum Umzug König Heinrichs. Es war vorgesehen, vom Tower aus stromaufwärts zu rudern und später in Westminster anzulegen. Dort hatte der Herrscher einen Gottesdienst in der großen Abtei geplant, in dem er durch ein öffentliches Gebet für die wunderbare Ehe danken wollte, die er mit seiner Frau führte. Vor dem Portal war in verschiedenfarbigen Blumen auf dem Pflaster das Motto ausgelegt, das Catherine bei der Hochzeit für sich gewählt hatte und das auch ihre Diener in die Livree gestickt trugen. Es lautete: Kein anderer Wille als der seine.

Die Teilnehmer des Festaktes sollten eine Gedenkmünze erhalten, die die Profile des Königspaares zeigten. Auf der Rückseite stand zu lesen: Die Rose ohne Dornen. Nur fünfhundert Stück waren geprägt worden, und selbstverständlich waren die zur Kirche Zugelassenen ein handverlesenes Publikum.

Am Tag vor dem großen Ereignis waren Catherine und ihr Hofstaat von Hampton Court zum Tower gereist. Dort verbrachte man die Nacht. Vor Aufregung machte die junge Königin kaum ein Auge zu. Einerseits raubte ihr die Vorfreude den Schlaf, andererseits ging ihr das fürchterliche Ende ihrer Kusine nicht aus dem Kopf, die auf dem Rasen unterhalb des Fensters zu Tode gekommen war. Catherines Schwester Isabel, Lady Margaret Douglas und die aus Lambeth herübergekommene alte Herzoginwitwe versuchten sie abzulenken. Am frühen Morgen weckte sie der ohrenbetäubende Kanonendonner vom Dach des White Tower, der den Beginn der Festlichkeiten anzeigte.

Herren und Damen des Gefolges der Königin hatten sich prächtig eingekleidet. Catherine, die niemals kleinlich gewesen war, hatte sogar dem einen oder anderen mit Schmuck aus der eigenen Truhe aus-

geholfen oder vom König reiche Geschenke für die Betreffenden erbettelt. Sie selbst erschien von Kopf bis Fuß in Goldbrokat gehüllt. Die Überärmel waren aus Hermelin gefertigt, Sichelhaube und Unterrock aus zinoberrotem Samt.
Am Wassertor bestieg Catherine eine verdecklose Barke, die mit Blumenkübeln, Wimpeln und Spruchbändern geschmückt war. Sechs ihrer Lieblingshofdamen begleiteten sie, darunter Alice Shelton und Lady Rochford. Die übrigen Damen murrten. Das Wort von der »Lambeth-Clique« ging um, die sich aufgrund der längeren Bekanntschaft mit der Königin zu große Vertraulichkeit herausnahm.
Es dauerte ziemlich lange, bis die Barken in die richtige Reihenfolge gebracht waren. Dann aber fuhren, während die Geschütze abermals vom Tower donnerten, König und Königin auf etwa gleicher Höhe vorneweg, jeder in seinem eigenen Boot. Dahinter kam eine unabsehbare Reihe kleinerer Barkassen, die fast den gesamten Hofstaat trugen. Unmittelbar hinter seiner Nichte folgte der Herzog von Norfolk, stolz aufrecht stehend in seiner Privatbarke, die von zehn Männern gerudert wurde. An den Ufern warteten die Einwohner der Hauptstadt sowie der an die Themse grenzenden Dörfer und Städte. Ob aus Southwark, Bermondsey oder Lambeth – keiner wollte sich das Schauspiel entgehen lassen. Natürlich waren auch aus weiter entfernten Gemeinden wie zum Beispiel Chelsea zahlreiche Neugierige angereist, die dem bunten Korso zujubelten.
»Meine Untertanen sollen Gelegenheit erhalten, ihre Königin kennenzulernen!« sagte Heinrich VIII. Seine breite Goldkette leuchtete in der Sonne auf. Er saß auf einem Thronsessel und hatte einen Arm um den schmächtigen Edward gelegt, seinen vierjährigen Sohn und Erben. Mißtrauisch blinzelte der Kleine auf die begeisterten Massen.
Viele Stunden dauerte es, bis der Zug Westminster erreichte. Unterwegs fuhren die Boote unter der London Bridge hindurch. Königin Catherine und Alice Shelton waren die einzigen Insassen ihrer Barke, die es vermieden, auf die vermodernden Köpfe der Hingerichteten zu schauen, die dort aufgesteckt waren. Da der König für diesen Tag jeglichen anderen Schiffsverkehr auf der Themse verboten hatte, konnte sich der Korso ungestört voranwälzen. Fast die gesamte Breite des Stroms war von Booten eingenommen.
Freundlich winkte Alice den Menschen am Ufer zu, obwohl sie natürlich wußte, daß die Verehrung des Volkes der Königin galt und nicht ihr. Dennoch war es ein beinahe berauschendes Gefühl, soviel

Wohlwollen und Verzückung zu spüren. Wie mußte Catherine erst zumute sein, die früher achtlos beiseitegeschoben worden war!
Schade, daß John Clamour das alles nicht miterlebt, dachte Alice plötzlich. Er müßte ja längst wieder in seine Heimat nach Dorset zurückgekehrt sein. Mein Brief an ihn ist schon seit geraumer Zeit unbeantwortet, also wird hoffentlich in den nächsten Tagen Nachricht von ihm eintreffen. In meinem Antwortschreiben werde ich ihm dann von dieser ganzen Herrlichkeit berichten...
Es war früher Nachmittag, als das Ziel in Sicht kam. Ein Teil der Ruderer sprang in Ufernähe in das seichte Wasser, während andere die Taue auswarfen. Schließlich zog man die Barken an Land, wo die Passagiere trockenen Fußes aussteigen konnten.
Hinter dem Kai bot sich der vertraute Anblick der Fassade von Schloß Westminster. Doch nicht dorthin bewegte sich der Zug der Höflinge, sondern in die in geringer Entfernung dahinterliegende Abteikirche.
Für einen Augenblick gelangte Stephen Dennyford mit seinen Mannen in die Nähe der Hofdamen Ihrer Hoheit. Er zog, allen sichtbar, vor Alice den Hut und meinte:
»Kein anderer Wille als der seine! Ein Motto, das zu Euch wohl kaum passen würde, oder?«
Alice lachte. »Das kommt ganz auf den Mann im Spiel an!« parierte sie die Andeutung. »Probiert es doch aus...«
Langsam kam das Kirchenportal mit den zwei beeindruckenden Türmen in Sicht. Zuerst zog der König mit seinen Kammerherrn und den Rittern vom Hosenbandorden ein, dann erst folgte die Königin mit ihren Hofdamen. Alice konnte sehen, daß die Männer, die bereits ins Kircheninnere marschiert waren, achtlos über den Blumenteppich vor dem Eingang hinweggetrampelt waren. Catherines Motto war dadurch schon fast unleserlich geworden, die Buchstaben lagen im Staub auseinandergerissen.
Wieder stockte der Zug.
Da drängte sich ein Mann im gelben Seidenwams durch die Menge, die den Prozessionsweg säumte. Da er auf dem Rücken eines Pferdes saß, mußten ihm die Zuschauer wohl oder übel Platz machen. Die Wachsoldaten beäugten ihn scharf, als er in die Nähe der Königin kam, doch dann beugte sich der Mann hinab, um einer der Hofdamen einen großen Blumenstrauß in den Arm zu legen, so leuchtend gelb wie seine Kleidung.

»Die – die Butterblumen«, sagte John Clamour, etwas außer Atem. »Ich b-b-bin wie ein Wahnsinniger von Dorset geritten. Und diese hab' ich unterwegs für Euch gepflückt, bei meiner einzigen Rast...«

Noch Tage später gab es bei Hof und in der Stadt nur ein einziges Gesprächsthema, nämlich den Bootskorso und den ergreifenden Dankgottesdienst. Die Glücklichen, die eine Gedenkmünze erhalten hatten, zeigten das gute Stück überall herum.

Für Königin Catherine brach jetzt eine ruhigere Zeit an, denn ihrem Gemahl ging es gesundheitlich besser. Heinrich genoß wie früher die Reize seiner jungen Frau und verteilte nach wie vor großzügige Geschenke an die nimmersatten Howards.

Es war an einem heißen Nachmittag Anfang Juni. Der Hofstaat residierte wieder in Hampton Court, dem Lieblings-Sommeraufenthalt des Königs. Lady Margaret Douglas stürzte schwer schnaufend, mit glühenden Wangen, ins Zimmer der Königin. Kaum brachte sie einen ordentlichen Kratzfuß zustande. An ihrer entsetzten Miene erkannten Catherine und ihre Damen, daß irgendwo im Palast etwas Fürchterliches geschehen sein mußte.

»Hoheit, schnell! Erbarmt Euch Eures unglücklichen Vetters und helft! Draußen am Tennisplatz schärft ein Henker sein Beil; sein Gehilfe heizt schon das Kohlebecken!«

Catherine fuhr auf. Verwirrt fragte sie sich, welcher ihrer zahlreichen Vettern in Not geraten war. Dann faßte sie Margaret am Ärmel und redete auf sie ein.

»Jetzt kommt erst einmal zu Euch!« meinte sie im Befehlston. »Und dann erklärt Ihr, worum es eigentlich geht.«

Margaret senkte den Blick. Ihre Umgangsformen hatten wieder einmal zu wünschen übriggelassen. Sich zur Ruhe zwingend, entgegnete sie:

»Sir Edmund Knyvet hat sich beim Tennisspiel mit einem Kontrahenten angelegt. Die beiden gerieten in Streit und duellierten sich schließlich, wobei Sir Edmund seinen Gegner mit dem Säbel verletzte. Seine Majestät war außer sich wegen des Vorfalls, da er doch kürzlich derartige Zweikämpfe verboten hat. Nun soll Sir Edmund am Ort seiner Missetat bestraft werden. Man hackt ihm die Hand ab, die den Säbel führte!«

Die Königin raffte ihre Röcke zusammen und begab sich ohne ein weiteres Wort aus dem Gemach. Wie ein wildgewordener Hühner-

haufen stürzten die Hofdamen hinterdrein. Die einen waren neugierig auf das blutige Schauspiel, das sich ihnen binnen kurzem bieten würde, die anderen hofften, daß ihre Herrin noch das Schlimmste verhindern konnte.
Catherine eilte durch nicht endenwollende Gänge, durchquerte mehrere Innenhofe und stand schließlich am Rand des Großen Tennisplatzes, wo Edmund Knyvet, einer aus der Schar ihrer ungezählten Cousins zweiten Grades, mit bleichem Gesicht sein Schicksal erwartete. Trotz der sommerlichen Hitze klapperten seine Zähne unaufhörlich. Am Rand des Spielfeldes waren Sägespäne ausgestreut, ein Holzklotz darauf plaziert und auch der Gehilfe des königlichen Leibarztes stand bereit, um die Wunde sogleich auszubrennen. Nur ein paar Neugierige hatten sich eingefunden, denn da zwischen Tat und Strafe erst kurze Zeit verstrichen war, war das Ereignis nicht allgemein bekannt.
Die Königin kam keine Sekunde zu spät.
»Haltet ein!« rief sie und der Henker senkte das bereits erhobene Beil langsam wieder. Knyvet, der seinen Kopf so weit wie möglich abgewandt hatte, drehte sich blitzschnell um und zog geistesgegenwärtig die Hand vom Block. Danach kam ihm allmählich zu Bewußtsein, daß seine Kusine aufgetaucht war, um ihm zu helfen. Er fiel auf die Knie und murmelte Unverständliches.
»Ich werde Seine Majestät bitten, Sir Edmund zu begnadigen«, sagte Catherine mit aller Würde, die sie aufbringen konnte. »Als Eure Königin habe ich wenigstens die Vollmacht, aufschiebende Wirkung für Eure Strafe zu erlangen, doch ich hoffe, daß Ihr bis zum Abend dank meiner Fürsprache ein freier Mann sein werdet. Laßt Euch das eine Lehre sein, Vetter.«
Catherine erreichte ihr Ziel. Heinrich war so guter Laune, daß er seiner Frau nichts abschlagen mochte, weswegen Sir Edmund Knyvet im Besitz seiner rechten Hand blieb. Doch mit der ausgelassenen Stimmung der Königin war es seit diesem turbulenten Ereignis vorbei. Am Abend blickte sie von einem der Palastfenster herab und sah unten zufällig Thomas Culpeper vorübergehen, der im Dienst seines Herrn unterwegs war. Lady Rochford wurde aufgefordert, mit Catherine einen Spaziergang durch die mit Fackeln erleuchteten Gärten zu unternehmen, was sofort wieder Getuschel unter den Hofdamen hervorrief. Auch Alice Shelton runzelte die Stirn. Sie war mit Jane nicht recht vertraut geworden und hegte ein unterschwelliges

Mißtrauen gegen die Frau, die geholfen hatte, ihren Mann und ihre Schwägerin dem Henker zu überantworten. Alice fand es unbegreiflich, wie die hagere, ältliche Hofdame es in kürzester Zeit hatte schaffen können, Catherines Vertrauen zu gewinnen. Manchmal sah es fast so aus, als entfremde ihr die Lady die Gefährtin aus Kindertagen, die ihr näher stand als die eigene Schwester.

»Es schickt sich nicht, Hoheit, daß Ihr Arm in Arm mit mir geht«, sagte Lady Rochford mit mildem Tadel. »Ich habe ohnehin gemerkt, daß mir neuerdings viel Eifersucht von Seiten Eurer anderen Bediensteten entgegenschlägt.«

Catherine zog enttäuscht den Arm zurück. In Lambeth hatte es niemanden gestört, wenn sie mit Isabel oder Alice, ja selbst der ehrfurchtgebietenden Herzoginwitwe in vertraulicher Umarmung durch die Gärten gegangen war.

»Daran werde ich mich nie gewöhnen!« sagte sie trotzig. »Ich könnte Euch natürlich befehlen, Arm in Arm mit mir zu gehen ...«

»Ihr wißt selbst, daß das unklug wäre«, antwortete die Lady. »Es wird auch viel darüber geklatscht, daß Ihr der Shelton heimlich eine intime Anrede gestattet.«

Woher wißt Ihr denn das schon wieder? hätte Catherine beinahe gefragt. Aber sie biß sich auf die Zunge. Die Lösung des Rätsels konnte nur darin bestehen, daß irgendwer an der Tür gelauscht hatte und auf diese Weise dahintergekommen war. Catherine ahnte nicht, daß Jane Rochford selbst die Lauscherin war und so auch schon das Geheimnis um Culpepers Mütze gelüftet hatte.

»Pah, das interessiert mich nicht! Alle diese Leute werden es nicht mehr wagen, ihre Schandmäuler zu öffnen, sobald ich erst Mutter eines Herzogs von York bin. Betet für mich, daß dies bald geschieht – denn es geht eine furchtbare Kunde um ...« sagte die Königin, blieb stehen und schaute ihre Gesprächspartnerin an. Das Licht einer Gartenfackel zeichnete unbarmherzig Lady Rochfords harte Züge nach, die so verquält aussahen wie bei einer mittelalterlichen Märtyrerfigur.

»Da Ihr stets auf wundersame Weise zu erfahren scheint, welche Umtriebe an Seiner Majestät Hof vor sich gehen, so wißt Ihr auch bestimmt, daß mein Gemahl die Prinzessin von Kleve wieder als Ehefrau anerkennen will ?!« stieß Catherine halblaut hervor. »Es geht die Rede, er habe Lady Anne geschwängert, als er sie kurz nach dem letzten Christfest in Richmond besuchte. Und jetzt tut es ihm leid, sie vorschnell verstoßen zu haben ...«

Alle Etikette vergessend, legte Lady Rochford den Arm um die schluchzende kleine Königin. Catherines Naivität rührte sie gegen ihren Willen an.

»Weshalb sprecht Ihr denn nicht selbst mit Seiner Majestät?« versuchte sie sich aus der Affäre zu ziehen. »Ich kann in dieser Sache kaum besser Bescheid wissen als er!«

Catherine wand sich und drehte den Zeigefinger in ein riesiges Schnupftuch. »Ich – ich wage es nicht«, erwiderte sie. »Ihr wißt doch selbst, wie schnell der König in Zorn gerät. Vielleicht wird er mich ein dummes Ding heißen, weil ich dergleichen Unsinn geglaubt habe. Ist es aber die Wahrheit, so wird er umso wütender werden, weil man mir seinen Plan vorzeitig verraten hat. Ach, was soll nur aus mir werden?«

Lady Rochford funkelte Catherine an.

»Wie empört es mich, was man Euch antut!« zischte sie leise. »Man setzt Euch quälender Ungewißheit aus – und dabei gibt es doch einen Mann, der Euch von Herzen liebt, der viel darum gäbe, wenn er nur kurze Zeit mit Euch verbringen dürfte!«

»Wer ist es?« sagte Catherine ahnungslos, im Glauben, die Hofdame habe von der Schwärmerei eines Lakaien für seine Gebieterin erfahren.

»Ihr kennt ihn gut«, antwortete Jane vorsichtig. »Doch Ihr dürft ihm gegenüber niemals erwähnen, daß ich das Geständnis seiner Liebe an Euch weitergegeben habe. Schließlich habe ich Thomas Culpeper versprochen, darüber zu schweigen ...«

»Das überrascht mich keineswegs«, sagte Catherine und biß sich lächelnd auf die Unterlippe. »Ich würde lügen, wenn ich behauptete, daß Master Culpeper mir nicht gefällt. Aber wir werden uns umsonst nacheinander verzehren müssen, denn wie sollte er mich aufsuchen, ohne daß es Dutzende von Höflingen erfahren?«

Jane griff Catherine um die Taille und schob sie sanft in Richtung Schloss zurück. Die Sommernacht verlor langsam an Wärme. »Laßt mich nur machen. Es gibt immer Mittel und Wege«, sagte sie selbstsicher. »Und glaubt Ihr nicht, daß einem jungen und starken Burschen gelingen könnte, was einem alten und kranken Manne bislang verwehrt blieb?«

Sommerreise mit Zwischenspiel

Für Ende Juni war der Aufbruch zur großen Sommerreise des Monarchenpaars geplant. Heinrich VIII. hatte den Norden seines Reiches stets als einen möglichen Unruheherd betrachtet. Hier hingen die Untertanen, von denen die meisten ein sehr karges Leben fristeten, noch zäh dem alten Glauben an. Diese rebellischen Menschen waren auch die ersten gewesen, die vor nunmehr vier Jahren den Aufstand der Gnadenpilgerfahrt entfacht und weitergetragen hatten. Nachdem der Herzog von Norfolk das Gebiet mit einer Hinrichtungswelle überzogen hatte und soviel Zeit verstrichen war, fühlte sich der König erstmals sicher genug, die nördlichen Bewohner Englands in eigener Person aufzusuchen. Er hatte noch nie eine so weite Reise unternommen.

Die Berater Heinrichs hatten einen detaillierten Plan ausgearbeitet, nach dem sich der Troß des Hofstaates fortbewegen sollte. In York würde ein Gipfeltreffen mit dem König der Schotten stattfinden, James. Der junge Mann war nicht nur ein politisch wichtiger Nachbar, sondern auch verwandtschaftlich mit der Tudordynastie verbunden. König Heinrich war sein Onkel mütterlicherseits und Catherines Hofdame, die blonde Lady Margaret Douglas, seine Halbschwester.

Am liebsten hätte der König die »Rose ohne Dornen« in der Kathedrale zu York krönen lassen. Doch mit solchen Plänen hatte er schon vor vier Jahren keinen Erfolg gehabt, als Jane Seymour sich ihrer Schwangerschaft wegen zu schwach fühlte, um in den Norden zu reisen. So war die Krönung bis nach der Geburt Prinz Edwards verschoben worden – und Jane hatte nicht überlebt... Catherine lebte, ja, sie war das blühende Leben selbst – nur in ihr regte sich keines. Also würde es auch keine Krönung geben.

Einer, der die wochenlange Fahrt mitmachen würde, war Thomas Culpeper. Er fühlte sich wohl wie lange nicht mehr. Seit vierzehn Tagen war er der Liebhaber der Königin, und das brachte gleich in mehrfacher Hinsicht Vorteile.

Thomas erinnerte sich, wie alles begonnen hatte.

Daß ausgerechnet Lady Rochford den Liebesboten spielen mußte, hatte ihn doch ziemlich überrascht. Ebenso war er verblüfft und erfreut zugleich gewesen, daß Catherine sich ihm auf dem Umweg über eine dritte Person so rückhaltlos offenbart hatte. Denn die Hof-

dame hatte ihm mit schwärmerischen Worten berichtet, wie sehr es die Königin mittlerweile schon bereut hätte, den Überredungskünsten ihres Onkels Norfolk nachzugeben und die Frau Seiner Majestät zu werden. Die Arme habe fürchterlich unter den Wutanfällen des Monarchen zu leiden und müsse dem siechen Alten immer wieder zu Willen sein.
Thomas war zu eitel, um an dem Wahrheitsgehalt dieser Worte zu zweifeln. Die Schlußfolgerung aus Lady Rochfords Erzählung konnte nur lauten, daß schleunigst ein junger Mann auftauchen mußte, der Catherine in ihrem Elend half. Befreien konnte er sie zwar nicht, aber dafür würde bei der derzeitigen Konstitution des Königs ohnehin bald Gevatter Tod sorgen. Während er seine Luftschlösser weiterbaute, malte sich Culpeper aus, wie er als Regent an Catherines Seite die Vormundschaft über Prinz Edward übernähme – ach was, als wirklicher Vater eines untergeschobenen Königskindes sogar noch ein weiteres Eisen im Feuer hätte …
Von all dem abgesehen, war Catherine auch eine gute Liebhaberin. Erstaunlich, was sie trotz ihrer Jugend schon alles wußte. Wer hatte ihr das beigebracht? Oder handelte sie instinktiv und tat, wonach ihr war?
Beim ersten Mal hatte die Rochford einen Schlachtplan ausgeklügelt, um keinen Verdacht aufkommen zu lassen. Wie abgesprochen, verlangte es die Königin spät abends plötzlich nach einem Bad. Die Wanne aber befand sich in einem der oberen Gemächer, von dem aus man über eine kleine Stiege leicht in den Schloßturm gelangen konnte. Catherine war dorthin geschlüpft, nackt unter einem weit geschnittenen Mantel. Er war weit genug, um auch Thomas einzuhüllen, und so hatten sie sich im Stehen auf der Wendeltreppe geliebt, im kühlen und zugigen kleinen Türmchen.
Es hatte keine drei Tage gedauert, bis Thomas mit einer schlimmen Erkältung zu Bett lag. Während er genas, hatte die Königin beständig versucht, Kontakt zu ihm zu halten und dabei festgestellt, daß andere Menschen, die nicht ständig überwacht wurden, viel leichter einen Fehltritt begehen konnten. Einmal schickte sie Lady Rochford und trug ihr auf, Thomas einzuschärfen, seine Sünde auf keinen Fall in der Beichte zu bekennen. Schließlich könne der König als Oberhaupt der Kirche alles hören, was seine Untertanen dem Priester bekannten!
Vor kurzem hatte ein Bote einen eigenhändigen Brief Catherines

überbracht, den Thomas hütete wie einen Schatz. Immer wieder überflog er die krakelige Kleinmädchenschrift und streichelte über das zerknitterte Pergament.

Master Culpeper,
ich empfähle mich Euch hertzlich und bite Euch, mir Nachriecht zu geben, wie es euch geht. Ich höhrte das ihr Krank Seit und darum biete ich Euch, weil mich diß beunruhigd, nochmahls das Ihr mier schreipt. Denn nimals habe ich mich so ser nach etwas geseent als wie Euch zu sehen und mit euch zu sprächen, was nun hofendlich balt der fall sein wirt. Es ist mier ein groser Trohst daran zu denken aber, es pringt mich faßt um, das ich nicht imer bei Euch sein kann. Ich fertrauhe darauf das Ihr stehts so gut zu mier sein wärded wie ihr es fersprochen habt und so bite Ich euch das ihr zu mir komd, wenn Lady Rochford mich bedihnt, weil ich dann am Meisden muse habe, euch zur Ferfügungk zu stehen. Ich sände euch einen armen Burschen der in meinen dinsten steht und mein fertraun hat und bite euch in aufzuneemen, auf dass Ihr mier des öftren nachriecht geben könt. Biete gept mein diner ein Pfärd weil, Ich grose shwierichkeiten habe, eins zu bekomen, und so biete ich das Ihr mier eins durch ihn schigt. Und so verpleibe Ich wie zuvohr und sag Euch Lebewol in der hofnungk, Euch balt widerzusehen, und ich wünsche das ihr jezd hir wärt und seht, welch grose muehe es miech kosdet Euch zu shreiben.
Die eure so lank das leben wehrt
Katheryn
Ich habe noch etwas fergesen, nemlich meinem diner zu sagen noch bei mier zu bleiben, denn er sagt, was ihr Ihn auch imer heisd, er wirz tun.

Kurz vor dem Aufbruch zur Sommerreise sprach der stellvertretende Towerkommandant bei Königin Catherine vor. Er hatte die traurige Pflicht, ihr einige Gegenstände zu überbringen, die sie zugunsten einer Gefangenen gestiftet hatte. Die hochbetagte Gräfin von Salisbury, Margaret Pole, war bereits im Jahre 1539 in einen der Kerker des Tower geworfen worden, da ihr Sohn sich vom König losgesagt hatte. Reginald zog es vor, beim alten Glauben zu bleiben, seinen Herrscher nicht als Kirchenoberhaupt anzuerkennen und sich nach Rom zu begeben. Dort wurde er vom Papst zum Kardinal geweiht, während in England seine alte Mutter für ihn leiden mußte.
Als Königin Catherine vom Schicksal der ehrwürdigen Matriarchin erfahren hatte, die in Winternächten dem Erfrieren nahe war, hatte sie ohne zu zögern Gräfin Salisbury mit allem Notwendigen ausge-

stattet. Dazu gehörten Pelzdecken, ein warmer Mantel, frische Nachtgewänder und eine strohgefüllte Matratze ebenso wie zwei Giebelhauben samt Stirnband. Obwohl Catherine all diese Dinge aus eigenen Mitteln beglichen hatte, war die Zustimmung des Königs unerläßlich gewesen. Der damals sehr verliebte Herrscher hatte sie gnädig erteilt.

Doch Ende Mai hatte es sich Heinrich, unberechenbar wie meist, anders überlegt. Falls die Untertanen im Norden sich wieder erheben wollten, würde er ihnen zuvorkommen. Die widerspenstigen Altgläubigen sollten sehen, wie Englands Herrscher ein Exempel statuierte. Außerdem störte es ihn zunehmend, daß seine Frau Geld an die gebrechliche alte Gräfin verschwendete.

Und so gab er Befehl, sie am Morgen des 27. Mai ohne große Umstände zu exekutieren. Der überraschten Gefangenen wurde beim Aufstehen erklärt, daß ihr noch genau eine halbe Stunde des Betens und der Vorbereitung bleibe. Nicht einmal ein Schafott war errichtet worden. Ein einfacher Holzklotz auf dem rasenbedeckten Innenhof des Tower mußte genügen. Zu allem Übel war auch noch der Henker verreist. Man hatte ihn in ein weitentferntes Herzogtum geschickt, um dort eine größere Anzahl Rebellen zu töten. Also trat sein Gehilfe an, ein junger Kerl von kaum 15 Jahren, der sein blutiges Handwerk erst seit kurzem erlernte. Die Art und Weise, in der der Unglückliche sein Opfer vom Leben zum Tode beförderte, sorgte selbst jetzt noch für Gesprächsstoff.

Heinrich VIII. hatte den Höflingen streng untersagen lassen, seiner jungen Gemahlin irgendwelche Einzelheiten der Exekution mitzuteilen. Doch nun, als der Zweite Towerkommandant vor seiner Königin stand und die von ihr gestifteten Habseligkeiten der Gräfin zurückbrachte – Nachlässe Hingerichteter waren Kroneigentum -, ließ Catherine nicht locker und fragte den Mann aus. Widerstrebend gab er ihr Antwort. Und was er sagte, trug nicht dazu bei, ihre Furcht vor dem König zu verringern.

Noch nie hatte es eine derart aufwendige Sommerreise gegeben. Fast der gesamte Hofstaat reiste mit, als es von Westminster aus zunächst stromabwärts nach Greenwich ging. Während in einer langen Reihe von Barken sperrige Umzugsgüter sowie die Damen und Herren des Hofes die Themse hinabgerudert wurden, bewegte sich auf der Uferstraße ein schwerfälliger Troß von Packpferden, Maultieren und Kar-

ren voran. Da der König auf keinen Luxus verzichten und überdies seine Untertanen mit möglichst viel Prunk beeindrucken wollte, war entsprechender Aufwand zum Transport nötig.
In Greenwich gab es ein Sommerfest, in dessen Verlauf bedeutende Vertreter der Bürgerschaft und des Landadels ihrem Herrscher Geschenke überreichten und Huldigungsgedichte aufsagen ließen. Derweil huschte Lady Rochford wie ein hurtiges Wiesel durch die verwirrenden Gänge des riesigen Schloßgebäudes und erkundete Möglichkeiten, wie ihre Herrin ungestört Thomas Culpeper empfangen könnte. Ihre Ausdauer wurde belohnt. Noch in der darauffolgenden Nacht klappte es mit dem Stelldichein. Beinahe allerdings wäre Thomas der auf dem Flur hin- und hermarschierenden Wache in die Arme gelaufen, als er gegen Morgen das Gemach der Königin verließ. Schnell drückte er sich in die schattige Biegung einer nach unten führenden Wendeltreppe und verhielt sich still, bis die Schritte verklungen waren.
Einige Hofdamen Catherines, die Wand an Wand mit ihr schliefen, fragten sich am Morgen, ob ihre Herrin schlecht geträumt habe, denn eine Zeitlang hätten sie lautes Stöhnen vernommen. Natürlich wagte keine, die Königin direkt darauf anzusprechen.
Es gab auch erneut böses Blut, weil nur Lady Rochford und Alice Shelton Catherine in ihre Privatgemächer begleitet und anschließend die Tür zum Schlafzimmer mitsamt dessen Vorraum hinter sich abgeschlossen hatten. Doch es blieb keine Zeit, über die Gründe solcher Geheimniskrämerei nachzudenken, denn bald wurde die Reise fortgesetzt.
Leider spielte das Wetter nicht mit wie erhofft. Die meisten Tage zeigten ein kühles Gesicht; der Himmel blieb bedeckt, während bisweilen lähmende Schwüle den auffrischenden Wind verdrängte, aber der Sonne keinen Durchbruch verschaffte.
Wo kein Schloß aus Kronbesitz in der Nähe war oder ein Adliger sich durch seine Gastfreundschaft auf Jahre hinaus verschuldete, nächtigte man in Zelten auf freiem Feld. In wenigen Stunden entstand wie von Geisterhand eine kleine Stadt, wenn die Behausungen aus feinem, regenabweisendem Tuch nach genauen Plänen aufgebaut wurden. Dazwischen rannten Bedienstete im bald niedergetrampelten Gras umher, rupften Hunderte von Pferden ihr Futter aus der Erde und entzündeten die Wachsoldaten Feuer für die Nacht.
Zog der Hofstaat anderntags weiter, konnten ob der Verwüstung die

Bauern der umliegenden Gegenden nur ratlos mit den Schultern zucken.
Die Barken wurden in Greenwich zurückgelassen, die Reise nur noch mit Pferd und Wagen fortgesetzt. Es ging über Grafton in Richtung Norden. In der Nähe von Peterborough gab es ein etwas vernachlässigtes Landschloß, das König Heinrich gehörte. Er weigerte sich jedoch standhaft, dort Quartier zu nehmen, denn in Kimbolton Castle war Königin Katharine gestorben, seine erste Frau – verstoßen, weil auch sie ihm keinen Kronprinzen geschenkt hatte. Selbst die Stadt Peterborough mied der Herrscher, sehr zum Mißfallen der Einwohner, weil die wuchtige Kathedrale das Grab eben jener in Ungnade Gefallenen barg. Dafür freuten sich die Leute in Stanford umso mehr, daß Heinrich ihnen die Ehre erwies. Die Kaufleute des durch Wollhandel reichgewordenen Städtchens hielten einen Umzug ab und ließen sämtliche Glocken des Ortes läuten. Das Herrscherpaar übernachtete in der trotzigen Burg nahe am Weland-Fluß. Wer dort nicht ebenfalls Platz fand, wurde in Gasthäusern und in den Gebäuden der ehemaligen Abteien untergebracht.
Bald ging es auf der uralten Hermelin-Straße voran. Über die Flecken Brune und Sliforde zog der Hof nach Lincoln, das er am 9. August erreichte. Königin Catherine war sehr gespannt, ob die Einwohner irgendwelche Feindseligkeit erkennen lassen würden, hatte doch die Stadt nächst dem weiter nördlich gelegenen York am meisten zu leiden gehabt nach der Niederschlagung der Gnadenpilgerfahrt.
Von 1000 Soldaten umringt, näherte sich das Herrscherpaar zu Pferd der von einer hohen Mauer umschlossenen Stadt. Seit einigen Stunden bereits genossen die Teilnehmer der Reise endlich wieder die Sonne, vor deren Strahlen sich nur gelegentlich eine Wolke schob.
Am Stadttor baumelten merkwürdige Eisengebilde von den Zinnen, die annähernd Menschengestalt besaßen und in denen irgendwelche Überreste zu verrotten schienen. »Was Ihr hier seht«, sagte König Heinrich belehrend und wandte sich an Catherine, »war einmal eine Schar nichtswürdiger Untertanen, die sich gegen ihren von Gott eingesetzten Monarchen auflehnten. Ich gab Befehl, alles zur steten Mahnung so zu belassen, bis der Lauf der Zeit dem ein Ende setzt. Mit Freuden stelle ich allerdings fest, daß das englische Eisen von unerhörter Qualität ist. In vier Jahren so gut wie kein Rost!«
Auf Lincolns Marktplatz war eine Tribüne errichtet, auf der Heinrich

VIII. Platz nahm, als gelte es, Gericht zu halten. Und tatsächlich durften sich die Repräsentanten der Stadt ihm nur auf Knien nähern. Demütig baten sie um Verzeihung für das Übel, das vor einigen Jahren »ein paar abspenstige Wirrköpfe«, wie der Bürgermeister meinte, angerichtet hätten. Mit ausladenden Gesten tat der König daraufhin seine Großmut kund und hielt eine längere Rede.

Seine junge Frau gähnte derweil immer öfter. Catherine war müde vom vielen Reiten und mißgestimmt, weil sie seit vielen Tagen keine Gelegenheit mehr gehabt hatte, mit Thomas Culpeper zu sprechen, geschweige denn mit ihm zu schlafen. Hoffentlich gelang es der Rochford, wieder alles zu arrangieren!

Culpeper stand, räumlich um einiges von der Königin entfernt, in der Schar der königlichen Kammerherren. Er konnte Catherine kaum erkennen, weil es schwierig war, über die Köpfe der vor ihm Aufgereihten hinwegzusehen und die winzige Gestalt auszumachen. Beim Einzug durch das mit so gräßlichem Schmuck behängte Stadttor hatte er einen kurzen Blick auf sie werfen können. Er hatte keinen Einfluß darauf, eine günstige Gelegenheit für ein Treffen herbeizuführen.

Die lange Reihe von Zeremonien hatte jedoch erst begonnen. Das Herrscherpaar wurde in ein Zelt geführt, wo es von ausgewählten Höflingen umgekleidet wurde. In Gold- und Silberbrokat gewandet ritt es anschließend die kurze Strecke zur Kathedrale und schritt über einen roten Teppich ins Innere. Dort waren ein großer und ein etwas kleinerer Thron errichtet. Zum Gesang des Kirchenchors wurden König und Königin beweihräuchert, bevor ein feierliches Hochamt abgehalten wurde. Gleich danach begab sich der König mit einem Großteil seiner Herren auf die Jagd. Wohlgelaunt verkündete er, seinen Teil zur Bewirtung beitragen zu wollen, indem er seinen eigenen Braten schieße. Um ihm diese Aufgabe zu erleichtern, hatte der Bürgermeister am Ufer des Wideham-Flusses ein Gehege errichten lassen, vollgepfercht mit Hunderten von Hirschen und Rehen. Zuerst ließ Heinrich eine Meute von Windhunden hinein, dann stürmte er selbst hoch zu Roß mit seinen Begleitern ins Innere, wo alsbald eine widerliche Schlächterei begann. Eifrige Helfer entfernten die noch warmen Kadaver, um sie in die Küche der Burg zu schleppen, in der der Hofstaat nächtigte.

Am späten Nachmittag gab Alice Shelton Thomas Culpeper zu verstehen, er möge sich bereithalten. Das stundenlange Abendessen, bei

dem sich der König schmecken ließ, was er mittags erbeutet hatte, brachte ihm mehr Qual als Genuß. Doch nach Einbruch der Dunkelheit trugen Lakaien den immer wieder einnickenden Monarchen zu Bett. Und gegen ein Uhr nachts nahte die Erlösung in Gestalt der kleinen Catherine, die ihre Königinnengemächer verließ, atemlos über den Flur und eine steile Treppe emporhastete.
Fast war sie oben angelangt, als am Fuß der Stiege Katherine Tylney vorbeiging, ebenfalls eine aus der Schar der Lambether Freundinnen, die in Catherines Diensten standen. Die Hofdame nahm eine Bewegung im Dunkeln wahr und glaubte, einen mit Silber besetzten Pantoffel aufblinken zu sehen. Halblaut rief sie hinauf, wer da sei, bekam es aber mit der Angst zu tun, als niemand Antwort gab. Ein Stoßgebet nach dem andern murmelnd, begab sich die Tylney – die lediglich im Flur ein dringendes Geschäft verrichtet hatte – wieder in den Raum, den sie mit fünf anderen Zofen teilte.
Am nächsten Morgen wurde Catherines Zeremonienmeisterin vorstellig und kündigte einen jungen Mann an, der in auffahrender Art die Königin zu sprechen verlangt hatte. Als man ihm dies abschlagen wollte, hatte er angeblich hämisch gelacht und versichert, es genüge, Königin Catherine seinen Namen zu sagen, worauf sich ihm alle Türen öffnen würden.
»Wie nennt sich jener Unverschämte?« wollte Catherine verärgert wissen.
Die Lady setzte eine verächtliche Miene auf. »Francis Derham«, antwortete sie. »Er scheint ein unbedeutender Aufschneider zu sein. Solltet Ihr ihn kennen, Hoheit?«
Nur schwer erholte sich die Königin von der Überraschung. Allmählich gelang es ihr, sich zusammenzureißen und ein unbeschwertes Gesicht zur Schau zu tragen. »Ihr werdet es kaum glauben, aber jener Unbedeutende ist einer meiner Vettern! Wir wurden eine Zeitlang in benachbarten Häusern erzogen.«
»Oh!« Die Zeremonienmeisterin zog sich mit einem Kratzfuß zurück. »Vergebt mir meinen Vorwitz; ich wollte Euren Verwandten nicht beleidigen.«
»Ich lasse bitten«, befahl Catherine und schickte, zur großen Verärgerung der Damen, wieder einmal alle bis auf Alice Shelton und Lady Rochford aus dem Gemach.
Francis hatte sich äußerlich kaum verändert. Sein Schritt aber war schneller und federnder geworden, die Gesichtszüge etwas härter.

Offensichtlich hatte er vor der irischen Küste keine allzu große Beute erringen können, denn seine Kleidung sah kaum hoffähig aus. Er sank in die Knie, wobei sein Mantel über die schmutzigen Stiefel streifte. Statt zu warten, bis er angesprochen wurde, ergriff er dreisterweise selbst das Wort:
»Seid gegrüßt, liebe Kusine! Hoffentlich erinnert Ihr Euch meiner – nach soviel Glück, das Euch zuteil wurde!«
Lady Rochford riß die Augen auf. Empörend, was der Schnösel sich da herausnahm. An Stelle der Königin hätte sie sehr ungnädig reagiert. Doch Catherine übersah den Fauxpas und richtete den jungen Herrn auf. »Ich bin erfreut, Euch zu sehen, *Master Derham*«, sagte sie mit Nachdruck. »Nach Eurem Weggang aus England haben wir uns nicht mehr wiedergesehen. Also wurde es hohe Zeit, daß Ihr mir Eure Aufwartung macht...«
Besser wäre es gewesen, du wärest in Irland geblieben oder zumindest nicht nach Lincoln gekommen, dachte Catherine.
»Ihr ahnt gewiß schon, daß ich nicht nur deshalb die weite Reise auf mich genommen habe«, steuerte Francis geradewegs auf sein Ziel zu. »Nachdem, wie ich mich beim Warten auf Euch schon überzeugen konnte, etliche Eurer Bekannten aus Lambeth in den Hofdienst aufgenommen wurden, werde ich dasselbe von Euch für meine Person erbitten. Die Bande des Blutes sollten mein Anliegen unterstützen, denke ich.«
Catherine errötete stark. Das hatte gerade noch gefehlt, daß ein verflossener Liebhaber auf Stellensuche bei ihr anklopfte. Andererseits war die Gewährung seiner Bitte vielleicht die beste Art, Francis zum Schweigen zu bewegen. Sein Wissen war zu gefährlich.
Schon zwei Tage später reiste der Hof, um ein Mitglied vermehrt, aus Lincoln ab. Lady Margaret Douglas brauchte nicht mehr länger als Schreiberin zu dienen, denn die Königin hatte erstmals seit ihrer Heirat einen Privatsekretär eingestellt.
Die nächste Station war ein Ort, der genau wie der Sitz der beiden königlichen Töchter hieß: Hatfield. Hier waren vor allem ausgiebige Jagden vorgesehen. Mitten in einem riesigen Gehege lag ein kleines Lustschloß, gerade groß genug, um das Herrscherpaar mitsamt dem innersten Kreis seines Hofstaates aufzunehmen. Alle anderen mußten sich gleich nach der Ankunft daranmachen, die Zelte aufzubauen.
Alice Shelton war die Sohle ihres viel zu weichen Lederschuhs auf-

gerissen, als sie sich damit in den Garten begeben hatte, um auf Königin Catherines Geheiß Blumen zu pflücken. Als sie zurückkehrte und auf das Mißgeschick hinwies, erteilte man ihr die Erlaubnis, ins Lager zu gehen und den mitreisenden Schuster aufzusuchen. Mit ein paar Nadelstichen war die Sache wohl aus der Welt geschafft.

Die Hofdame ging, jetzt mit festeren Schuhen ausgerüstet, zwischen den Bäumen des Wildgeheges hindurch, die Schloß und Garten umgaben. Ein Reitknecht führte gerade ihr Pferd, gemeinsam mit drei anderen, zum als ersten errichteten Stallzelt. Alice leistete sich keine eigenen Diener, da ihre Mittel beschränkt waren. Von den Eltern, die sie quasi verstoßen hatten, erhielt sie keinen Shilling, und was Catherine ihr an Vergütung zukommen ließ, entsprang rein deren Großzügigkeit. Fast alles davon mußte für angemessene Kleidung aufgewandt werden, denn im Kreise bestens angezogener Damen wollte und durfte Alice nicht unangenehm auffallen.

Mitten unter all den Menschen, die mit dem Zeltaufbau beschäftigt waren, entdeckte sie Stephen Dennyford. Er stand breitbeinig auf einem Wiesenfleck, kaute an einem Streifen kalten Fleisches und schaute den anderen beim Arbeiten zu. Alice konnte trotz allem der Versuchung nicht widerstehen, stapfte zu ihm hin und meinte:

»Wie geht's Euch, Dennyford? Legt Ihr bei der Errichtung Eurer wohlfeilen Schlafstatt etwa keine Hand mit an?«

Stephen lupfte andeutungsweise den Hut. Er schaute Alice halb belustigt, halb bewundernd an und gab zurück:

»Ihr legt es darauf an, beneidet zu werden, liebe Shelton. Ich muß zugeben, Ihr seid gegenwärtig besser dran als ich, da Ihr in unmittelbarer Nähe der Königin lebt. Wohingegen ein Zweiter Gewandmeister mit dem Quartier im Zelt vorlieb nehmen muß...«

»Wie ärgerlich, in der Tat«, sagte Alice boshaft und fügte gleich hinzu: »Als Ehemann von Lady Buck hättet Ihr jetzt natürlich ein wärmeres Nest, denn sie schläft immerhin auf einem Strohbett in der Schloßvorhalle...«

Die Reaktion kam unerwartet. Der Gewandmeister schien plötzlich schlaff zu werden wie eine Lumpenpuppe. Er ließ sich ins Gras fallen und lachte, anstatt sich zu ärgern. Mit dem Handrücken wischte er sich die Tränen aus den Augen. Alice kauerte sich neben ihn. Was war los mit Stephen? War er plötzlich verrückt geworden?

»Es ist nicht zu fassen«, meinte Stephen endlich. »Hat Euch denn keiner Eurer Spione hinterbracht, daß Lady Buck ihr Herz seit kurzem einem gewissen Baron aus Derbyshire geschenkt hat? Ich hege keinerlei Absichten, was diese Dame betrifft.«

»Daß Ihr an unserer – äh, – alten Freundschaft großes Interesse zeigt, könnte ich aber auch nicht gerade behaupten«, entgegnete Alice.

Eine Weile sagte Stephen nichts. Er dachte eine Weile nach und riß Grashalme ab, die er bedächtig zwischen den Fingern drehte. Seine Züge wurden ernst, als er sich seiner Jugendgefährtin wieder zuwandte.

»Ich denke, wir sollten einmal klar und deutlich über das Vergangene sprechen«, schlug er vor. Das ließ sich Alice natürlich nicht zweimal sagen und ergriff sofort das Wort.

»Es kommt mir vor, als gleiche unsere Freundschaft einem Schiff, das die Strömung immer schneller auf einen Wasserfall zutreiben läßt. Es liegt an uns, dies abzuwenden. Jeder Tag, der vergeht, läßt uns mehr zu Fremden werden. Ich gebe mir große Mühe, dies gleichmütig hinzunehmen. Doch hin und wieder denke ich daran, wie es vordem gewesen ist und wünsche mir, es hätte sich niemals etwas daran geändert.«

Stephen sah ihr ins Gesicht.

»Ich verstehe Euren Wunsch, Alice«, entgegnete er. »Derartiges wünschen sich viele Menschen. Doch alles verändert sich, und ich finde die Dinge schon heute nicht mehr so vor, wie sie gestern waren.«

Die junge Frau ordnete ihre Röcke und Stephen erkannte, daß sie fortgehen wollte. Da griff er um ihr Handgelenk und zwang sie, im Gras zu verharren.

»Jetzt habe ich Euch abermals enttäuscht, wie?« sagte er ruhig. »Ihr seid noch immer viel zu ungeduldig. Denn wie gerne hätte ich Euch noch gesagt, daß mir durchaus an Eurem Wohlwollen liegt und ich die alten Zeiten ebensowenig vergessen habe wie ihr.«

Alice schüttelte den Kopf und blickte auf den zerrissenen Schuh, der neben ihr lag.

»Wie oft habt Ihr solche und ähnliche Worte gebraucht – und nichts davon eingelöst!« meinte sie ganz leise. »Wißt Ihr, Euch zu halten, hieße den Mond zu fangen, der sich in der Pfütze spiegelt. Das habe ich als kleines Kind übrigens oft versucht, weil ich den vollen wie den halben Mond über die Maßen schön fand.«

Alice fühlte, wie sich Stephens Arm unglaublich behutsam um ihre Schultern legte. Es ging die gleiche strahlende Wärme von ihm aus

wie vor Jahren. Unter dem blauen Samt ihres Kleides brach Schweiß aus den Poren, während sich ihr eine Gänsehaut sträubte.
»Wenn mich nicht alles täuscht, wird der Mond in zwei bis drei Stunden aufgehen. Vielleicht könnten wir dann einmal versuchen, ihn zu fangen«, neckte Stephen und stupste mit seiner Nase an die Wange der Freundin. »Manchmal gelingt zweien, was einer allein nicht zuwegebrachte.«

Aber der Abend ließ sich alles andere als romantisch an. Es begann damit, daß der Herzog von Norfolk, Bischof Gardiner – der den Hofstaat für kurze Zeit begleitete – , Baron Wriothesley und einige andere Würdenträger sich im Vorzimmer der Königinnengemächer versammelten. Dort saß mitten unter den Lakaien und Hofdamen Francis Derham, der neue Privatsekretär Catherines. Während die anderen das Zimmer räumten, machte Derham keine Anstalten, ebenfalls zu gehen. Norfolk wurde wütend und klopfte auf den Tisch.
»Junger Mann! Hier wird eine wichtige Zusammenkunft stattfinden, also entfernt Euch!«
Francis fuhr herum. »Ja, und?« erwiderte er frech. »Ich habe als Privatsekretär Ihrer Hoheit das Recht, dabeizusein.«
Die Herren sahen sich verdutzt an. Einige grinsten, anderen schwoll die Zornesader.
»Dies ist nicht der Ort zum Scherzen!« brüllte Norfolk. Es fehlte nicht viel, und er hätte den Sekretär am Kragen gepackt. Sein Speichel sprühte in winzigen Tropfen auf Derhams Gesicht. »Packt Euch, dreister Kerl!«
»Auch wenn Ihr der Onkel Ihrer Gnaden seid, so habt Ihr nicht das Recht, mich zu beleidigen!« schnauzte Francis zurück. »Ich bin ihr Vetter und wir kannten uns schon lange, bevor Catherine Königin wurde! Wenn Ihr das nicht glaubt, befragt sie doch selbst!« Er hüllte sich mit theatralischer Geste in seinen Mantel, setzte den Hut auf und rauschte hinaus.
Falls Alice Shelton gehofft hatte, sich irgendwann zu Beginn der Nacht aus dem Haus zu stehlen und mit Stephen den Mondschein genießen zu können, so wurde nichts daraus. Gleich nach der Abendtafel, als die Hofdamen der Königin sich wieder in deren Privatgemächer zurückzogen, tauchte ein merkwürdiger Mann auf, den Alice noch nie gesehen hatte. Unter dem Vorwand, ihr vor der Schloßtür ein Geschenk für Catherine übergeben zu wollen, lockte

er die Hofdame in Richtung der Empfangshalle. Doch dort, wo die Kellertreppe vom Flur abbog, stieß er die junge Frau plötzlich unsanft hinunter. Sie verfing sich in ihren Röcken und hielt sich gerade noch rechtzeitig an der Wand der engen Stiege fest. An deren Ende lagen zahlreiche lichtlose Räume. In einen davon bugsierte der Mann Alice, schlüpfte hinterher und schloß die Tür.

Noch nie hatte sich die Hofdame so gefürchtet wie in diesen Sekunden. Es war das Nichts, das sie umgab, in das sie vergeblich ihre Hände reckte, die absolute, nicht vom kleinsten Funken erhellte Dunkelheit. Und das Schlimmste war, daß sie weder den Feind ausmachen noch die genaue Größe des Raumes feststellen konnte. Erst als der Unbekannte die Stimme erhob, merkte sie, daß er direkt neben der Tür stehen mußte.

»Ich bin ein Diener Seiner Exzellenz, des Erzbischofs von Canterbury. Mein Name tut nichts zur Sache«, sagte der Mann und seine Stimme hallte hohl an den Wänden wider. »Mein Auftrag lautet, Euch dringend zu warnen. Der Herr Erzbischof wird immer unzufriedener mit dem, was Ihr ihm an Informationen liefert. Glaubt Ihr etwa, es interessiert ihn, ob die Königin ein gelbes, grünes oder blaues Samtkleid hat schneidern lassen? Seit geraumer Zeit habt Ihr ausschließlich von Nichtigkeiten berichtet und in den vergangenen Wochen sogar überhaupt nichts mehr von Euch hören lassen.«

Alice schluckte und verteidigte sich haspelnd.

»Was soll ich ihm schreiben, wenn alles im Verborgenen geschieht? Meint Ihr denn, die hohen Herren betreiben Ihre Politik an meiner Mittagstafel? Weder ich noch die Königin erfahren, was im Reich vorgeht. Außerdem war nie die Rede davon, daß ich Ihre Hoheit ausspionieren sollte … Ich versprach lediglich, mich für die Belange des Evangeliums und seiner wahren Hirten einzusetzen, soweit es in meinen Kräften steht.«

Der Namenlose kicherte kurz. »Ihr seid noch naiver, als ich vermutete«, raunte er. »Der Herr Erzbischof wird Euch sein Vertrauen entziehen und verzichtet in Zukunft auf Eure Dienste.« Damit öffnete er die Tür, stürmte davon und ließ die junge Frau ratlos im Dunkeln zurück.

Und so kam es, daß in jener Nacht niemand so recht froh war. Stephen nicht, weil er in seinem Zelt allein blieb. Alice nicht, weil sie über ihr Erlebnis schockiert und nicht in der Stimmung war, zu Stephen zu gehen. Norfolk nicht, weil er sich über Derham geärgert hatte. Derham nicht, weil er mit seinen Klagen über das Verhalten der Ratgeber bei Catherine auf taube Ohren gestoßen war. Catherine nicht, weil sie ihre ehelichen Pflichten beim König zu absolvieren hatte. Und der König nicht, weil ihm der Vollzug derselben nicht gelang.

Im Morgengrauen allerdings schlich sich Thomas Culpeper in den Schloßflügel, der Königin Catherine und ihre Damen beherbergte. Da weder Lady Rochford noch die Geliebte selbst zu dieser Stunde mit seinem Kommen gerechnet hatten, mußte er sich mit einem Dolch Zutritt verschaffen, indem er die Tür zum Schlafgemach aufbrach...

Einige Tage vergnügte sich der König noch bei der Jagd, dann zog der Hofstaat weiter. In feinem, kaltem Nieselregen verwandelten sich die Kleider der Reitenden in feucht-klamme Stoffbündel, die der Haut darunter alle Wärme entzogen. Während die jüngeren Kammerherren Seiner Majestät fortgesetzt darüber murrten, tadelte sie der alte Herzog von Norfolk dafür und warf ihnen vor, in jedem kommenden Krieg jämmerlich zu versagen.

»Sankt Petrus hört wahrscheinlich zu viele unterschiedliche Bittgebete«, scherzte Stephen Dennyford beim Halt auf Schloß Pontefract. »Und da er jeden Frommen, der ihn anfleht, nach Möglichkeit erhören will, sorgt er für Abwechslung. Damit macht er es aber auch keinem recht!«

Alice Shelton lachte. Sie suchte in einer Kammer, die provisorisch als Stofflager eingerichtet worden war, unter den bunten Wollsträngen solche, die zum Ausbessern der mitgeführten Wandbehänge geeignet waren. Der Zweite Gewandmeister hingegen prüfte, ob während der Reise bislang irgendetwas abhanden gekommen war, wobei ihm sein Leibdiener half.

»Ich habe Euch keineswegs mit Absicht versetzt«, sagte die Hofdame schnell. »Ihre Gnaden ließ mich an dem fraglichen Abend nicht mehr aus dem Haus. Aber glaubt mir, hundertmal lieber hätte ich mir von Euch das Geheimnis des Mondes erklären lassen.«

Stephen kramte weiter in den vor ihm aufgestapelten Stoffballen. Aus gebückter Stellung heraus meinte er:

»Was letzte Woche nicht gelang, kann heute abend leider auch nicht stattfinden. Wir haben nämlich Neumond«, grinste er. »Wenn Ihr Euch allerdings – gegen Eure Prinzipien – entschließen könntet, die Königin an den Spieltisch zu begleiten, hätten wir gewiß ein paar

vergnügliche Stunden zusammen. So könntet Ihr beispielsweise die Bekanntschaft einer reizenden Dame machen, die erst im Verlauf des heutigen Tages zu unserer Gesellschaft gestoßen ist und die ich seit dem vergangenen Jahr zu meinem Freundeskreis zählen darf.«
»Ach ja?« knurrte Alice und blickte äußerst konzentriert auf ihr linkes Handgelenk, um das sie lose einen Strang brauner Wolle wickelte. »Lebt Eure – Freundin – denn sonst nicht am Hof?«
»Sie hat es zumindest bisher nicht getan. Als Erbin des Earls von Northumberland hat sie auch ohnedies Verehrer genug.« Stephen lächelte. »Ihr müßt sie unbedingt kennenlernen! Sie spricht mindestens ebensogut Französisch wie Ihr, jedoch ohne das Land jemals besucht zu haben...«
Dann müssen ihr diese Kenntnisse wohl zugeflogen sein, dachte Alice. War da etwa eine, die ihr das Monopol streitig machte, von einer französischen Großmutter abzustammen? »Dann könnte ich mich mit ihr ja in genau dieser Sprache unterhalten, damit Ihr nichts versteht«, erwiderte sie boshaft.
Stephen erzählte weiter, als habe er die Spitze überhört.
»Denkt Euch nur, mit welch besonderer Fügung Lady Susan schon ihr Leben begann! Ihre Mutter war unterwegs zur Abtei Woburn, damals noch mit Mönchen besiedelt, um für eine glückliche Geburt zu beten – da setzten unterwegs plötzlich die Wehen ein! In der Kate eines Schweinehirten brachte sie ihre Tochter zur Welt.«
»Sehr interessant«, sagte Alice mit einem Minimum an Höflichkeit in der Betonung.
Vor Lachen ließ Stephen einen Stoffballen herunterplumpsen, den er gerade angehoben hatte. Das gute Material landete auf frischgestreuten Binsen.
»Ihr werdet Euch wohl niemals ändern, nicht?« gluckste er hervor. »Euch wäre es am liebsten, es gäbe außer Euch keine Frau auf der ganzen Welt! Wie würden sich dann Hunderttausende von Männern um Euch reißen!«
Alice ergriff die Initiative. Mit zusammengebissenen Zähnen, spielerisch fauchend, stürzte sie auf Stephen los und sprang auf seinen Rücken. Dieser bückte sich, ließ die junge Frau über die Schulter abrollen, so daß sie im Fußbodenstroh zu sitzen kam. Dann gab er ihr, ungeachtet des Bediensteten, einen Kuß auf die Wange.
»Eure Haut ist immer noch so weich wie ein Pfirsich«, sagte er zärtlich. »Ihr könnt stolz darauf sein.«

Solange der Hof sich in Pontefract aufhielt, war König Heinrich für jedermann zu sprechen. Herolde verkündeten in den umliegenden Gemeinden, daß der Monarch höchstselbst bereit war, Streitfälle anzuhören und ein Urteil zu fällen. Anfangs machte Heinrich die Sache noch großen Spaß. Über die tumben Bauern und naiven Städter zu richten, bewies ihm nur, wie recht er damit gehabt hatte, damals ihre Forderungen in den Wind zu schlagen. Was verstanden diese Leute, die sich in kleinlichen Zänkereien aufrieben, von der Regierung eines Landes? Sollten Menschen dieses Schlages ihm etwa vorschreiben können, wen er zum Ratgeber bestimmen oder auf welche Weise er die Geschicke Englands lenken sollte? Allmählich aber machte sich Mißmut in ihm breit, und immer öfter brach er die Sprechstunden ab. Schließlich tat es dem König sogar leid, sich jemals auf eine solche Zeitverschwendung eingelassen zu haben.
Königin Catherine schaffte es auch in Pontefract wieder, mit ihrem Favoriten Culpeper zu schlafen. Zuvor allerdings hatte sie ihre ganze Autorität einsetzen müssen, um den aufdringlichen Vetter Derham aus den Gemächern zu schicken. Francis war sehr gewitzt darin, stets einen weiteren Grund zu finden, weshalb er auf keinen Fall schon gehen konnte. Catherine mißfiel auch, daß er des öfteren versuchte, besonders in Gegenwart anderer, das Gespräch auf die »guten, alten Zeiten von Lambeth« zu bringen. Er freute sich diebisch, wenn er dann beobachten konnte, wie seine Kusine mühsam die Fassung zu wahren und ihn dennoch am Reden zu hindern versuchte.
Die letzte große Station vor der Heimreise sollte York sein. Fieberhafte Erwartung ergriff die Höflinge, denn der junge König von Schottland war eingeladen worden, hier erstmals seinem Onkel Heinrich zu begegnen. Nachdem die Spitze des Zuges mit dem Herrscherpaar durch eines der alten Stadttore gezogen war, löste sich die bis dahin sorgsam gehaltene Ordnung auf. Die Gäßchen der Yorker Innenstadt erwiesen sich als dermaßen eng, daß bestenfalls zwei Leute nebeneinander reiten konnten. Und so zwängte sich einem immer verworreneren Bindfaden gleich der gesamte Hofstaat in endloser Reihe bis zum Platz vor dem Münster.
Zunächst bezogen Heinrich, Catherine und ihre Diener die Residenz, die seit vielen Jahren leergestanden hatte. Unter dem Vorwand, die Maßnahmen zur Sicherheit der Gäste zu überprüfen, entfernte sich Lady Rochford und erkundete, wie man Thomas Culpeper abends ins Schlafgemach der Königin schmuggeln könnte und ob

ihm eventuelle Fluchtwege offenstanden. Zielsicher entdeckte Jane eine Geheimtreppe, deren Zugang nur kriechend erreicht werden konnte und von einer massigen Truhe verdeckt war. Catherine rechnete damit, daß ihr Gemahl nach den Strapazen von Reise und Ankunftszeremonien viel zu erschöpft war, um ihr Bett aufzusuchen. Also ließ sie Culpeper durch ihre Vertraute Alice ausrichten, er möge sich nach Mitternacht einfinden.
Vom Münster herüber tönte die Stundenuhr, die zwölfmal schlug und den Beginn eines neuen Tages anzeigte.
Auf den Fluren der Königsresidenz brannten nur vereinzelt Fackeln, um die Brandgefahr möglichst niedrig zu halten. In der Nähe jeder Lichtquelle stand ein Wachsoldat.
Vorsichtig schlich Culpeper durch die Gänge. Unendlich langsam bewegte er die Füße, damit das frischgestreute Stroh nicht raschelte. Wieder schaffte er es, unbemerkt an den Wachen vorbeizukommen. Schnell das vereinbarte Klopfzeichen, und schon entriegelte eine etwas fahrige Lady Rochford die Tür und zog ihn ins Zimmer.
Da die Yorker Residenz nicht sehr geräumig war, gab es kein Vorzimmer zum Schlafgemach, in das sich die Gräfin zurückziehen konnte. So kauerte sie sich in die äußerste Ecke und tat, als schliefe sie. Das Liebespaar ließ sich durch ihre Anwesenheit nicht stören.
»Könnt Ihr diesmal nicht etwas länger bleiben?« fragte Catherine hoffnungsvoll, als Culpeper ihr ohne Umschweife das Nachtgewand aufknöpfte.
»Nein, Hoheit, Ihr wißt doch, daß ich bei jedem Mal Gefahr laufe, daß man meine Abwesenheit entdeckt. Schließlich schlafe ich ja nicht allein.« Er trat sich die Schuhe von den Füßen, so daß sie in hohem Bogen durch den Raum flogen.
»Aber eigentlich«, kicherte Catherine, »tut Ihr ja nichts Unrechtes. Ihr tragt erheblich zu meinem Wohlbefinden bei, und so kann ich meinerseits umso besser zum Wohlbefinden meines Gemahls beitragen.«
Culpeper mußte lachen. Die Angst vor der Entdeckung erregte ihn ungemein. Er kroch auf das große Bett, das soviel Platz bot – im Gegensatz zu seinem eigenen, das er mit einem anderen Kammerherrn zu teilen hatte.
»Was für ein Glück«, flüsterte er seiner Geliebten zu, »daß Ihr diese alte Eule habt, die unsere Treffen möglich macht! Seht nur zu, daß sie Euch immer wohlgesonnen ist!«

Plötzlich klangen ferne Marschtritte ins Zimmer, die rasch näherkamen. »Die Wache Seiner Majestät!« rief ein Kommandierender von draußen. Mit schreckverzerrten Mienen blickte sich das Pärchen an. In die schlaffe Gestalt der Lady Rochford aber kam Leben.
»Auf!« raunte sie, suchte fieberhaft die überall verstreuten Kleider Culpepers zusammen und warf sie auf das Bett. »Verschwindet durch die Geheimtür! Weshalb auch immer – der König kommt...«
Schon klopfte der Befehlshaber mit seinem Stab an die Schlafzimmertür. »Wacht auf und öffnet, im Namen Seiner Majestät!«
Catherine verlor völlig den Kopf. Leise jammernd, schlüpfte sie verkehrtherum ins Nachtgewand. Inzwischen mühte sich die hagere Lady Rochford, allein die schwere Truhe beiseitezurücken, die den Zugang zur Treppe verstellte. Culpeper hüpfte im Kampf mit seinen Strümpfen auf einem Bein umher.
»Habt ihr nicht gehört? Der König begehrt Einlaß bei seinem Weibe! Öffnet so schnell Ihr könnt!«
Die Klappe in der Wand stand einen Spalt offen, gerade soviel, daß Thomas sich hindurchzwängen konnte. Die Rochford stopfte dem Halbnackten die restlichen Kleider hinterher und schob mit Hilfe ihrer Herrin die Truhe an ihren Platz zurück. Hochrot vor Anstrengung lief sie zur Tür, hüllte sich in einen Morgenmantel und schob den Riegel zurück. Hinter ihr nestelte Catherine unter der Bettdecke die letzten Knöpfe zu, nachdem sie das Gewand noch einmal angezogen hatte, diesmal richtig.
»Entschuldigt vielmals!« sagte Lady Rochford, als sie den Befehlshaber der Wache begrüßte. »Ich lag in tiefem Schlaf und rang mit einem Alptraum, aus dem ich schweißgebadet hochfuhr. So hörte ich Euch erst spät...«
Die Wache nahm auf dem Flur Aufstellung. Der König trat ins Zimmer, angetan mit einem braunen Mantel. Dort, wo einmal eine Taille gewesen sein mußte, spannte sich ein riesiger, schmaler Silbergürtel, so daß der Herrscher an ein lebendes Faß erinnerte.
Heinrich ließ Lady Rochford ins Schlafzimmer der Hofdamen schicken, schloß die Tür hinter sich und nahm Platz auf Catherines Bett. »Ich ging heute sehr früh schlafen... Nun wachte ich mitten in der Nacht auf und fühlte mich recht munter. Vielleicht war es auch die Sehnsucht nach Euch, die mich dazu bewog... Sagt, wo wir doch gerade in York weilen – wünscht Ihr Euch nicht auch einen kleinen Herzog von York?«

Früh am nächsten Morgen erhielt Stephen Dennyford ein kurzes Schreiben, das ihm ein Lakai der Königin aushändigte. Der Zweite Gewandmeister glaubte daher, die Gemahlin seines Herrschers selbst habe ihm geschrieben, und küßte vorschriftsmäßig den Brief. Der Bogen ließ sich jedoch ohne Mühe entfalten, da er kein Siegel trug. Ein Blick auf die Unterschrift klärte den jungen Mann darüber auf, daß es Alice Shelton war, die sich an ihn gewandt hatte.

Master Dennyford,
es drängt mich, Euch auf diesem Wege nochmals für den freundlichen Hinweis zu danken, der zu meiner Teilnahme beim Kartenspiel Ihrer Gnaden der Königin führte. Die Bekanntschaft von Lady Susan Saltwater zu machen, war ein reines Vergnügen. Was Euch betrifft, so sinne ich noch fortwährend darüber nach, was Ihr mit einem gewissen Satz meintet, den ich hier nicht wiederholen muß. Ich kann Euch nur das Eine sagen, daß ich nicht nur zu Euch, sondern auch zu Eurer ganzen Sippe und den Leuten stehen würde, über die Ihr einst gebietet. Zum Zeichen, daß dies die Wahrheit ist, werdet Ihr heute abend beim Empfang des Königs von Schottland etwas sehen, was nicht nur Euch überraschen wird.
Bis dahin verbleibe ich mit herzlichen Grüßen
Eure treue
Alice Shelton

In Residenz und Stadt wimmelten die Menschen derweil durcheinander wie auf einem Ameisenhaufen. Noch immer waren die Herolde nicht eingetroffen, die die Ankunft des Schottenkönigs melden sollten. Was mochte James aufgehalten haben? Im Münster ließ König Heinrich jedoch ein feierliches Te Deum singen, als habe er seine Verhandlungen mit dem Neffen schon erfolgreich abgeschlossen. Seine Gemahlin gab sich Tagträumen hin, als die Chorstimmen mit Macht durch das Kirchenschiff tönten. Catherines Blicke wanderten zwischen den Glasfenstern umher und musterten die Reihe der Statuen am Lettner, die Heinrichs VIII. Vorgänger im Königsamt darstellten. An diesem Ort hätte sie gekrönt werden sollen – doch ihre Gebete waren unerhört geblieben...
Anschließend empfing eine jubelnde Menge das ungleiche Paar. Plötzlich teilten sich die Menschenmassen, um eine Reitergruppe passieren zu lassen, die aus einem der schmalen Gäßchen der Innenstadt kam. John Clamour, Earl von Fairbury, sprengte auf seinen Ge-

bieter zu, umgeben von acht Dienern. Kurz vor der Stelle, an der Heinrich und Catherine standen und die Ehrenbezeugungen der Yorker entgegennahmen, stiegen die Reiter alle zugleich ab und knieten auf dem schmutzigen Kopfsteinpflaster nieder.

»Bester Fairbury!« rief der König jovial. »Welch eine Freude, Euch zu sehen. Ich habe Euch rufen lassen, damit Ihr mir Beistand gewährt in den schottischen Verhandlungen. Denn keiner meiner Ratgeber kennt unsere nördlichen Nachbarn so gut wie Ihr!« Er winkte John, sich wieder zu erheben.

»Hier bin ich und stehe Euch nach Belieben zur Verfügung«, sagte John. »Ihr seid zu gütig, Majestät, daß Ihr meine bescheidenen Verdienste dermaßen lobt.«

»Das habe ich stets an Euch geschätzt, Fairbury«, erwiderte Heinrich, schob den gewaltigen Bauch vor und hakte beide Daumen in den Gürtel. »Ihr tretet bei weitem nicht so dreist auf wie gewisse andere an diesem Hof...«

Ängstlich blickten die anwesenden Höflinge unter sich, als der König mit mißtrauisch zusammengekniffenen Augen über sie hinwegschaute. Doch diesmal war die Gefahr eines Wutausbruchs rasch überstanden. Die Vorfreude auf das gute und reichliche Essen, das bald aufgetischt werden würde, gab Heinrich die gute Laune zurück.

»Kommt mitsamt Euren Mannen an unsere Tafel!« lud er den Earl gastfreundlich ein. Zahlen mußten ohnehin die Bürger von York, da kam es auf ein paar Esser mehr gar nicht an.

Ganze Ochsen, schon seit dem Morgengrauen am Spieß gebraten, wurden im Speisesaal aufgetragen. Doch auch Wildbret, Flußvögel und Wachteln fanden ihren Weg in die hungrigen Mägen. Wie sonst in den Königsschlössern in und um London, so waren auch hier lange Tisch- und Bankreihen aufgestellt, an denen der Hofstaat streng nach Geschlechtern getrennt tafelte.

John Clamour, der sich an einer Hasenkeule gütlich tat, schaute sich unauffällig um. Ziemlich weit von ihm entfernt saß Thomas Culpeper, der ihm nie sympathisch gewesen war. Er hat schmale Augen, er ist falsch, dachte John. Offenbar ist sein Skandal schon in Vergessenheit geraten... Ein paar Ellen weiter hockte der Kammerherr Edgecombe, flankiert vom Zweiten Gewandmeister Dennyford. Ob Alice ihn inzwischen vergessen hat? ging es John durch den Kopf.

Das Essen zog sich bis zum frühen Nachmittag hin. Allmählich wurden die Höflinge unruhig, denn noch immer rührte sich nichts vor der Stadtmauer. War es höhere Gewalt oder ein böses Spiel, was die Schotten und ihren König von York fernhielt?

»Glaubt Ihr, mein Neffe schlüge bewußt das Treffen aus?« meinte Heinrich VIII. und blickte John Clamour argwöhnisch an.

Blitzschnell überlegte der Earl. Welche Antwort erwartete sein Herrscher? Wenn er ehrlich war, mußte er ihm sagen, daß er James V. durchaus für fähig hielt, derartige Abmachungen ohne Federlesen zu durchkreuzen. Aber James war ein gesalbter Monarch und dazu noch blutsverwandt mit Heinrich. Unmöglich konnte John es wagen, solche Äußerungen über ihn abzugeben, ohne daß Heinrich sich selbst beleidigt fühlte.

»Ein solches Handeln wäre Eures Neffen ganz und gar unwürdig«, sagte der Earl schließlich.

Bald darauf bat er den König, ihn für einen Augenblick zu entlassen, damit er in der Schloßkapelle beten könnte. Im Halbdunkel des Kirchenraumes nahm John noch andere Menschen wahr, die auf den harten Holzbänken knieten, zum größten Teil Frauen. Still verrichtete er seine Gebete und achtete nicht darauf, wer kam oder ging – bis eine Hofdame, in Hellgrau und Schwarz gewandet, sich erhob und mit geistesabwesendem Gesichtsausdruck an ihm vorüberging.

»Alice!« raunte John zur Seite. Die Frau erschrak. So hastig wie nötig und so würdig wie möglich verließ der Earl seinen Platz und schob die Angesprochene zur Kapellentür hinaus.

»So rasch sind meine Bitten selten erhört worden«, scherzte er und ergriff die Hände seines Gegenüber. »Ich habe inständig darauf gehofft, Euch bei meinem Aufenthalt in York irgendwo zu begegnen.«

Alice beugte sich ein wenig nach vorn und berührte Johns Lippen mit der Stirn.

»Was führt Euch denn in den gefährlichen Norden?« sagte sie, freudig überrascht.

»Pah!« John machte eine lässige Handbewegung. »Hier soll es gefährlich sein? Die Aufstände sind doch lang vorbei! Nein, liebe Alice, ich habe schon im Dienst Seiner Majestät viel gefährlichere Gebiete aufgesucht, zum Beispiel die Grenzregion zu Schottland. Und genau darum hat man mich auch gerufen: um meine Erfahrungen mit den Schotten in die hoffentlich bevorstehenden Verhandlungen einzubringen.«

Zärtlich fuhr Alice über Johns Hand.

»Eigentlich müßte ich stolz darauf sein, einen Mann wie Euch zu

kennen«, sagte sie. »Wir Frauen können leider auf solche Weise keinen Ruhm erwerben. Aber sagt, wie geht es Eurem Neffen Christopher?«
John hakte sich bei seiner Freundin unter und schlenderte langsam den Flur entlang, der von der Schloßkapelle zu den Gemächern der Königin führte.
»Er lebt in Richmond bei Prinzessin Anne und fügt sich tadellos in ihren Haushalt ein«, erwiderte er. »Ich würde Euch gern noch mehr erzählen, doch es mangelt mir an Zeit. Nur soviel sagt mir noch: haben die B-B-Butterblumen lange für Euch g-g-geblüht?«
Alice legte wie zur Beschwichtigung die Hand auf Johns Ärmel. Sie konnte ein Lächeln nicht unterdrücken, als sie zurückgab:
»Sie waren wunderschön und werden niemals aufhören zu blühen. Denn einen Teil des Straußes habe ich getrocknet, gepreßt und in das einzige Buch eingelegt, das ich besitze.«

Als am Abend noch immer nichts von einer schottischen Delegation zu sehen und zu hören war, geschweige denn von König James, geriet König Heinrich in heftige Wut. Nur der Fürsprache seiner tanzwütigen Gemahlin hatte es der Hofstaat zu verdanken, daß der vorbereitete Ball nicht kurzerhand abgesagt wurde.
»Ich will Euch nicht für die Säumigkeit meines Neffen bestrafen, Catherine, Ihr könnt nichts dafür!« meinte der Herrscher. Diesmal mußte er sich damit begnügen, von seinem Thron aus dem Treiben der anderen zuzusehen. Das schmerzgeplagte Bein lag ausgestreckt auf einem samtbezogenen Sessel.
»Wählt Euch den jungen Culpeper zum Partner, er schmachtet Euch doch bei jeder Gelegenheit an!« ermunterte Heinrich seine Frau. »Ihr werdet ein schönes Pärchen abgeben!«
Francis Derham, seines Zeichens Privatsekretär der Königin, versuchte, sich immer weiter an die Kusine heranzuarbeiten, indem er des öfteren die Tanzpartnerin wechselte und zielsicher auf das Saalende zusteuerte. Catherine sah ihn schon von weitem, schützte aber Unpäßlichkeit vor, als Francis ihr gefährlich nahe kam. An Culpepers Arm kehrte sie für eine Weile zu ihrem Gemahl zurück, der, von der Musik der italienischen Kapelle eingelullt, schon beinahe eingeschlafen war.
Die Saaltür öffnete sich einen Spaltbreit und Alice Shelton, die bewußt zu spät gekommen war, schlüpfte unbemerkt herein. Sie trug noch immer dieselben Kleider wie am Nachmittag – mit einer Aus-

nahme. Das dunkle Haar war unter einer Giebelhaube verschwunden, wie sie inzwischen nur noch ältere Damen oder sehr konservativ Eingestellte trugen. Die Flügel bestanden jedoch nicht aus schwarzem Samt, wie es seit zwanzig Jahren Brauch war. Stattdessen zierten zwei leuchtendrote Flügel den Kopfschmuck, die auf den Rücken herabhingen. Alice hatte den Hofschneider beschwatzt, sich eine ihrer alten Giebelhauben vorzunehmen und mit neuen Tüchern zu versehen.

Erst merkten es nur einige Tänzer. Dann, als die Musik vorläufig endete, schaute der halbe Saal hin. Alice focht das überhaupt nicht an. Aufrecht wie ein Turm blieb sie stehen und schaute beschwörend in Stephens Richtung, der mit Lady Susan Saltwater plauderte.

John Clamour, der einsam auf der Empore stand und in den Saal hinabschaute, fiel plötzlich auf, daß sich in der Menschenmenge unten eine Art Strudel bildete, dessen Mittelpunkt eine Dame mit – ja, tatsächlich, mit roter Giebelhaube! – bildete. Als die Frau den Kopf drehte, erkannte er zu seiner großen Verblüffung Alice Shelton.

Und alle seine längst verloren geglaubten, widerstreitenden Gefühle brachen auf wie ein Geschwür, als er den verhaßten Zweiten Gewandmeister sah, der eine Dame im Gewühl stehenließ und ohne Hast auf Alice zuging. Er konnte nicht verstehen, was Dennyford sagte, er beobachtete lediglich, wie sich seine Lippen bewegten. Aber die Umstehenden auf dem Parkett tief unter John bekamen jede Silbe mit.

»Ihr tragt die Farbe meines Hauses, des Hauses derer von Manting«, sagte Stephen mit leuchtenden Augen. »Ihr seht mich sprachlos ob Eures Mutes und Eurer Treue.« Und vor allen Leuten beugte er ein Knie und küßte Alice die Hand. Aus dem Hintergrund war der empörte Kommentar Lady Saltwaters zu hören, die für einen Augenblick ihre vornehme Erziehung vergaß:

»Unglaublich! Was soll das? Sie ist nichts und sie hat nichts!«

Beinahe hätte sich John über das Geländer geschwungen, um zu stoppen, was dort unten vor sich ging. So umklammerte er das verzierte Gestänge und brüllte aus Leibeskräften hinab. Die Höflinge schauten zu ihm hin, die Königin hielt mitten im Gespräch inne, ihr Gemahl dagegen schnarchte lauthals weiter.

»Dennyford!« kam es von der Empore. »Laßt meine Gemahlin zufrieden, oder ich muß Euch den Anstand einprügeln!«

Stephen errötete vor Zorn über den Störenfried.

»Ihr seid von Sinnen, Fairbury«, schnauzte er zurück. »Trollt Euch heim nach Dorset, da seid Ihr am besten aufgehoben! Und zwar allein!«
Alice schlug die Hände vor's Gesicht. All das konnte nur ein schrecklicher Alptraum sein, der gleich vorüber war.
»Wir werden ja sehen!« tönte John, den nun zwei Männer an den Armen packten und wegzuschleifen versuchten. »Ich rufe Seine Majestät an, den Fall endgültig zu klären! Ein Kirchengericht wird entscheiden, zu wem Mistress Shelton gehört! Gott wird mir helfen, dessen seid gewiß!«
Doch Heinrich VIII. hörte Clamours Worte nicht.

In der Falle

Noch mehr als zwei Wochen blieb der Hof in York, ohne daß sich König James oder eine Schottendelegation zeigte. Die Stimmung des englischen Monarchen sank auf den Nullpunkt, was seine Umgebung empfindlich zu spüren bekam. Dazu trug auch das Wetter bei. Der September ging so kühl zu Ende, wie der August begonnen hatte. Schon wehte der Wind die ersten bunten Blätter durch die engen Straßen Yorks und heulte durch Fenster und Dachritzen der alten Residenz, daß es zum Fürchten war. Manchmal herrschte so dichter Nebel, daß der stumpenförmige Turm des Münsters den Blicken völlig entzogen wurde. Wenn man mit der Abreise noch länger wartete, würden die Straßen fast unpassierbar werden. Das sah auch König Heinrich ein, und so gab er den Befehl zum Aufbruch ins heimatliche London.
Auch dort, Hunderte von Meilen entfernt, hatte der Herbst vorzeitigen Einzug gehalten. Ein Mann in schlechtsitzenden Lederstiefeln schritt unter den naßglänzenden schwarzen Ästen der Lambether Alleebäume hindurch und hauchte des öfteren die klammen Finger an. Er war auf dem Weg zum Schloß des Erzbischofs von Canterbury.
Anders als die meisten Besucher wurde er sofort eingelassen. Niemand stellte Fragen nach dem Grund des Besuchs, die sonst an jeden

gerichtet wurden, der Thomas Cranmer zu sprechen wünschte. Ein Diener trat aus dem rotbraunen Backsteinbau des Hauptgebäudes und wies dem Mann den Weg.
Cranmer hatte bereits ein kleines Zimmer tüchtig heizen lassen, den weichen Sessel in die Nähe des Kamins gerückt und darin Platz genommen. Er klammerte die Finger um die Lehne und zwang sich zur Ruhe, war er doch höchst gespannt auf das, was der Besucher ihm mitzuteilen hatte.
»Exzellenz, mein Name ist John Lassells«, ließ sich eine Stimme vernehmen und der Mann trat unter Verbeugungen ein. »Euer Sekretär wird Euch gewiß schon in Kenntnis darüber gesetzt haben, weshalb ich Euch zu stören wage. Doch es dürfte jedem wahren Christenmenschen einleuchten, daß eine Königin mit derart sündigem Vorleben nicht auf Englands Thron gehört. Ich sehe es als meine Pflicht an, Euch davon zu berichten.«
Der Erzbischof formte mit den Händen ein spitzes Dach.
»Berichtet von Anfang an, Master Lassells«, ermunterte er John. »Ich höre zu, nehmt Euch nur die nötige Zeit.«
Lassells stand keineswegs demütig, sondern breitbeinig und mit vor der Brust verschränkten Armen da. Er blickte Cranmer ins Gesicht und holte Luft.
»Meine Schwester Mary lebte bis vor ein paar Jahren im Schloß der Herzoginwitwe von Norfolk, Eurer Nachbarin«, begann er. »Während sie ein tugendhaftes Leben führte, bemerkte sie, wie bei vielen, die mit ihr erzogen wurden, das Laster um sich griff. Catherine Howard gehörte zu denen, die über Marys fromme und gutgemeinte Mahnungen stets lachten. Bei Nacht empfing sie ihre Liebhaber, doch am Tag spielte sie allen die sittsame Jungfrau vor!«
Cranmer schob das dreieckige Barrett zurück und kratzte sich am Kopf. Die ganze Sache bereitete ihm Unbehagen, denn was Lassells erzählte, würde ungeheuerliche Folgen nach sich ziehen, sofern es publik wurde.
»Weshalb habt Ihr denn so lange geschwiegen über das, was Ihr wißt?« fragte er.
»Ich habe lange mit meinem Gewissen gerungen«, gab Lassells zu. »Es liegt mir nichts daran, das eheliche Glück meines Herrn und Königs zu zerstören, für das er noch neulich einen Dankgottesdienst abhalten ließ. Aber wenn man die frühere Mistress Howard weiterhin gewähren läßt, wird sie schon um ihrer Familie willen die Feinde der

wahren Religion beschützen! Sollen wir denn wieder papistisch werden?«
Nervös fing der Erzbischof an, seinen Bart zu zwirbeln. Bot sich hier etwa eine Möglichkeit, den verhaßten Norfolk zu verdrängen?
»Ich muß mich auf Eure Worte verlassen können, Lassells«, sagte Cranmer mit sanfter Stimme, aber warnendem Unterton. »Hoffentlich könnt Ihr Eure Aussagen beweisen.«
»Seid ohne Sorge, Exzellenz!« versicherte der Mann. »Ich habe zwar die Königin nur einmal gesehen, als sie sich mit einem gewissen Manox bei der alten Windmühle traf. Meine Schwester allerdings ist bereit, unter Eid alles zu berichten, woran sie sich bezüglich der Unzucht Catherine Howards erinnern kann. Und das ist nicht wenig.«
Cranmer erhob sich aus dem Sessel. Er wanderte im Kreis herum und betrachtete seine Fußspitzen. Endlich blieb er stehen, wandte sich Lassells zu und meinte:
»Ihr könnt jetzt gehen. Haltet Euch aber zur Verfügung! Bevor Ihr das Haus verlaßt, wird Euch mein Almosenmeister noch eine angemessene Gabe aushändigen.«
John Lassells verbeugte sich, machte aber eine abwehrende Handbewegung. »Ich danke Euch für Eure Güte, Exzellenz«, sagte er. »Doch habe ich die Königin nicht um schnödes Geld angezeigt. Da ich zwar nicht viel, aber alles zum Leben Nötige besitze, möchte ich Euch bitten, den Bedürftigen des hiesigen Kirchsprengels zu spenden, was mir zugedacht war.«
Mit diesen Worten verließ er das Zimmer. Hinter ihm blieb ein staunender Erzbischof zurück.

Es war eine mühselige Reise, auf die sich der Hof begeben hatte, als er von York aus südliche Richtung eingeschlagen hatte. Der König legte wegen der vorgeschrittenen Jahreszeit viel Wert darauf, sich unterwegs nirgends mehr aufzuhalten. Und so kam es, daß die meisten Übernachtungen in der Zeltstadt stattfanden. Nur wenn einmal ein Anwesen in der Nähe lag, das Heinrich VIII. gehörte, lagerte der Troß innerhalb fester Mauern.
Häufig herrschte Nebel in jenen Tagen, so daß die Schemen des endlosen Zuges von Reitern an einen Gespensterreigen gemahnten. Wenn es geregnet hatte, versanken Pferde, Esel und Maultiere bis zu den Fesseln im Schlamm aufgeweichter Straßen und Wege, in dem man äußerst langsam vorankam.

Jane Boleyn, Gräfin Rochford, gab sich Mühe, die Launen ihrer Herrin in gewissen Grenzen zu halten. Catherine wurde von Tag zu Tag unberechenbarer, denn sie mußte ständig Seite an Seite mit ihrem Ehemann schlafen und fand keine Gelegenheit mehr, Thomas Culpeper ins Bett zu lassen. Manchmal schmiedete sie Pläne, wie sie nach der Ankunft in London das Verhältnis fortsetzen könne.
Alice Shelton dagegen bot der Königin wenig Trost, da sie sich fortwährend mit Fragen quälte, wie sich ihr eigenes Schicksal gestalten würde. John Clamour hatte es vor dem ganzen Hof hinausposaunt, daß sie in seinen Augen seine rechtmäßige Gattin war, und jedes Kirchengericht würde ihm recht geben. Alice argwöhnte, daß John ihr den Aufenthalt am Hof verbieten würde, sobald sie zu seiner Ehefrau erklärt würde. Doch Catherine beruhigte sie:
»Du brauchst ja nur abzustreiten, daß du dich je mit ihm eingelassen hast! Es gibt keine Zeugen dafür, und kein Mensch kann dich auf deine Jungfräulichkeit hin untersuchen! Außerdem möchte ich dich in meiner Nähe behalten und werde alles dafür tun, was in meiner Macht steht.«
Das Thema Stephen Dennyford klammerten die beiden wohlweislich aus. Wenn er nach allem, was passiert war, doch noch eine Verbindung mit Alice in Erwägung zog, dann mußte er selbst tätig werden – und zwar bald...
Etwa drei Wochen dauerte es, ehe der Hofstaat die Hauptstadt wiedersah. Pünktlich zum Allerheiligenfest kehrte Heinrich VIII. mit seinem Gefolge nach Hampton Court zurück, das mehr und mehr zu seinem Lieblingsaufenthalt geworden war. In der Schloßkapelle wurde ein Gottesdienst abgehalten, in dem der König für den glücklichen Verlauf der Reise dankte – und für die musterhafte Ehe mit seiner jungen Frau, die Gott ihm nach all der Unbill der vergangenen Jahre gewährt hatte.
Am folgenden Tag, Allerseelen, fanden sich die Höflinge erneut ein, um den Worten des Predigers zu lauschen. Erzbischof Cranmer zelebrierte diesmal nicht mit, sondern blieb in seinem Kirchenstuhl sitzen und wartete gespannt auf einen günstigen Augenblick. Und der kam, kurz vor der Austeilung des Abendmahls. Mit zitternder Hand steckte er seinem Herrscher einen versiegelten Brief zu und blickte dabei demütig zu Boden. Nach der Messe entfernte er sich eilig, um jeglichen Fragen Heinrichs auszuweichen. Von sechs Lakaien begleitet, verließ der König die Kapelle. Er begab sich schwerfällig hum-

pelnd zu seinen Privatgemächern. Mit dem linken Arm stützte er sich auf Thomas Culpeper, während die rechte Hand einen versilberten Krückstock hielt.

Kaum im Gemach angekommen, winkte Heinrich einem Leibmusikanten, damit er im Hintergrund leise die Harfe zupfe. Er machte es sich in einem Sessel bequem, in dem gut und gerne drei Männer nebeneinander Platz gehabt hätten, zog Cranmers Schreiben heraus und erbrach das Siegel.

Aus dem Augenwinkel beobachtete der Harfner, wie sich die Miene des Herrschers verfinsterte. Gewiß standen keine guten Nachrichten in dem Brief. Schon schleuderte Heinrich das Papier zu Boden und hieb ein paarmal mit seinem Stock darauf.

»Holt mir sofort den Erzbischof von Canterbury herbei!« schrie er. »Sucht Cranmer, auf, ihr faules Pack!« herrschte er die Lakaien an. »Er wird einiges zu erklären haben!«

Cranmer hatte geahnt, daß es nicht lange dauern würde, bis der König ihn rufen ließe. Er konnte nur hoffen, daß die erste Wut wohl schon verraucht war. Heinrich hatte kein Faible für Überbringer schlechter Neuigkeiten und machte auch bei Klerikern keine Ausnahme.

Händeringend betrat der Erzbischof das Gemach, mit einer Körperhaltung, als sei er die personifizierte Betroffenheit. Bevor der König noch etwas äußern konnte, ließ er bereits einen Wortschwall von Entschuldigungen los und murmelte, nur Pflichtgefühl habe ihn gedrängt, zu tun, was getan werden mußte.

»Niemals hätte ich Euer Majestät von der sündhaften Jugendzeit Eurer Frau Gemahlin unterrichtet, wenn nicht handfeste Beweise dafür vorlägen!« beteuerte der Kirchenmann. Doch Heinrich fuhr ihm über den Mund:

»Alles Fälschung! Herr Erzbischof, wie könnt Ihr so dumm sein und auf das hereinfallen, was die Feinde der Königin Euch glauben machen wollen?«

»Warum setzen Euer Gnaden keine Untersuchungskommission ein, die den Fall klären wird?« fragte Cranmer zurück. Allmählich kehrte seine Selbstsicherheit wieder, denn er dachte an die verborgenen Trümpfe, die es jetzt nach und nach auszuspielen galt. »Dann wird sich zeigen, ob hier wirklich eine Rose ohne Dornen blüht.«

Noch am selben Tag brachen verschiedene Gruppen von Höflingen auf, die sich lange Jahre im diplomatischen Dienst bewährt hatten

und auf deren Verschwiegenheit der König rechnen konnte. Sie erhielten die heikle Aufgabe, Zeugen aufzutreiben, die bestätigen sollten, was Thomas Cranmer von John Lassells wußte: Königin Catherine war keineswegs als Jungfrau in die Ehe gegangen.
Der alte Earl von Southampton, William Fitzwilliam, reiste in die nahegelegene Hauptstadt, wo er in aller Heimlichkeit den Denunzianten Lassells aufsuchen und verhören sollte. Danach würde er sich nach Sussex begeben, wo dessen Schwester Mary als Ehefrau des Master Hall lebte. Offiziell nahm der Earl an einer Jagdgesellschaft teil. Sir Thomas Wriothesley aber sorgte dafür, daß der Privatsekretär Ihrer Gnaden, Francis Derham, möglichst unauffällig von der Bildfläche verschwand. Am Abend vermißte man den jungen Mann, doch ahnte keiner, daß er bereits im Kerker des Tower lag. Baron Wriothesley gelang es auch, bei einer wenig bedeutenden Lambether Adelsfamilie Henry Manox ausfindig zu machen, der noch immer sein Dasein als Musiklehrer fristete. Ohne Angabe von Gründen wurde auch er verhaftet und ins Gefängnis der Fleet Street geworfen.

In den Gemächern der Königin ging es so fröhlich zu wie meist. Die Hofdamen übten Tanzschritte für ein Maskenspiel ein, das zu Weihnachten aufgeführt werden sollte. Zwar lag das Fest noch sieben Wochen entfernt, doch wünschte Catherine größtmögliche Perfektion.
Gerade stimmte sie eine Saite der Laute, die sich verzogen hatte, als von draußen an die Tür gepocht wurde. Ungehalten über die Störung, seufzte Catherine auf und brummte:
»Tretet ein!«
Ein Trupp der königlichen Leibgarde stiefelte unter Führung eines Kommandaten in das Gemach und pflanzte sich zu beiden Seiten der Pforte auf.
»Euer Gnaden!« meinte der Oberst knapp. »Befehl Seiner Majestät: Ihr dürft diesen Raum bis auf weiteres nicht mehr verlassen. Haltet Euch bereit für das, was der König anordnen wird.«
Lady Rochford rückte, wenn auch mit deutlichem Widerwillen, den Schlüssel zu Catherines Zimmerflucht heraus. Der Kommandant salutierte, ließ die Garde wegtreten und schloß von außen ab. Die Hofdamen, mucksmäuschenstill geworden, lauschten dem knirschenden Geräusch und sahen sich ratlos an.
Margaret Douglas gewann als erste die Fassung wieder.
»Kann mir jemand sagen, was dies zu bedeuten hat?« fragte sie.

»Fünfzehn Frauen und nur drei Zimmer! Das wird eng werden«, bemerkte die praktische Katherine Tylney.
»Mir ist nicht mehr nach Tanzen«, meinte Winifred Edgecombe und ließ sich auf ein Kissenpolster fallen.
Und während eine nach der anderen ihrer Verwirrung Ausdruck gab, saß Königin Catherine, die von ihrem Schemel gerutscht war und die Laute beiseitegelegt hatte, rittlings auf dem Boden wie ein zerbrochenes Spielzeug, das niemand mehr brauchte, eine weggeworfene Puppe.
Wie die Zofe Tylney vorausgesehen hatte, wirkte sich das Eingesperrtsein der Hofdamen und die fehlende Möglichkeit, sich aus dem Weg zu gehen, ungünstig auf die Stimmung aus. Anfangs gaben sich alle noch Mühe, einander aufzurichten, vergnügt zu erscheinen und nichts von den eigenen Ängsten nach außen dringen zu lassen. Aber bald genügten schon Kleinigkeiten, um häßliche Streitereien heraufzubeschwören. Die banale Tatsache, daß niemand mehr auf den Flur treten durfte, um sich dort zu erleichtern, führte dazu, daß Catherine notgedrungen sogar den Zofen erlaubte, ihren königlichen Toilettenstuhl zu benutzen. Er wurde weiterhin täglich geleert, wie auch die Versorgung mit Speisen und Getränken nichts zu wünschen übrig ließ.
Doch den Grund ihrer Gefangenschaft erfuhren die Frauen selbst nach mehreren Tagen nicht. Catherine, die schlimmen Verdacht hegte, schwieg eisern. Auch die Diener, die das Essen brachten und saubermachten, durften unter Androhung harter Strafe kein Wort äußern.
Wieder war eine Nacht vorübergegangen, in der die Königin ihr geräumiges Bett mit vier ihrer Hofdamen geteilt hatte. Die anderen hatten mit Matten auf dem Fußboden der drei Zimmer vorlieb nehmen müssen.
»Was für ein Tag ist heute?« fragte Catherine. »Ich verliere allmählich den Sinn für die Zeit ...«
»Wir haben Sonntag, den sechsten November, Euer Gnaden«, erwiderte Margaret Howard, ihre Stiefmutter, und zog die Vorhänge zurück. Drei Zofen kleideten die Königin an, nachdem sie die Finger in eine Waschschüssel getaucht und sich das Gesicht betupft hatte. Kaum hatte man ihr die Haube über das geflochtene Haar gestülpt, lief Catherine zur Tür und hämmerte dagegen.
»Hört Ihr mich?« rief sie den beiden Wachposten zu, die seit Mitter-

nacht auf dem Flur standen und auf Ablösung warteten. »Holt sofort Doktor Butts herbei, oder Seine Majestät wird Euch zur Verantwortung ziehen!«
Margaret Douglas begriff die Situation sofort – schließlich war auch sie einmal Gefangene gewesen – und sprang ihrer Herrin bei. »So helft doch!« kreischte sie. »Die Königin erleidet einen Blutsturz!«
Erregt blickten sich die Frauen in Erwartung dessen an, was nun passieren würde. Offenbar überlegte die Garde erst, wie die Weisung für den Notfall lautete.
»Der König besucht um diese Zeit den Gottesdienst in der Schloßkapelle«, flüsterte Catherine. »Wenn ich ihn doch nur einmal sehen und mich vor ihm niederwerfen könnte, um zu fragen, wessen man mich beschuldigt...«
Vor der Tür war zu hören, wie der eine Wachtposten dem anderen befahl, schnellstens den königlichen Leibarzt zu alarmieren, worauf rasche Schritte im Gang verhallten. Dann drehte sich der Schlüssel im Hauptzugang der Königinnengemächer und der zweite Posten kam herein, um die Lage zu begutachten.
Ein von Lady Edgecombe von hinten geschwungenes Kissen landete direkt in seinem ungeschützten Nacken und benebelte ihm die Sinne. Augenblicklich hängten sich die drei nächststehenden Damen an seine Arme und Beine und zogen den um sich schlagenden Mann zu Boden. Margaret Douglas setzte sich auf seinen Brustkorb, die anderen hielten ihn nieder.
Catherine hatte keinen Wimpernschlag lang gezögert und war auf den Flur hinausgestürzt. Sie konnte nur hoffen, daß dort keine weiteren Garden verteilt waren. Ohne innezuhalten, stürmte sie, vom Reifrock behindert, zahlreiche Treppenstufen hinab. Ihre trippelnden kleinen Schritte waren kaum zu hören, doch in ihren eigenen Ohren polterten sie wie Donnerschlag.
Da kamen ihr Menschen entgegen, zwei Köche, die die Königin jedoch gar nicht erkannten. Verwundert blickten sie der vorbeihetzenden Frau nach und zuckten mit den Schultern.
Catherine sauste um eine Kurve und hielt sich an der Wand fest, als sie auf eben bepinkeltem Bodenstroh ausrutschte. Sie fing sich und rannte sofort weiter. Schon glühten ihr die Wangen, ging der Atem keuchend, machte sich lähmender Schmerz im linken Fuß breit...
Aber das Ziel lag nahe, so nahe! Nur noch ein langer Gang, an dessen Ende sich die Tür zur Schloßkapelle öffnen würde!

Und in dem auf halbem Weg ein Wachtposten stand. Nur keinen Verdacht erregen. Nicht mehr rennen. Catherine bremste ab und schlenderte wie eine Spaziergängerin über den Flur. Schritt für Schritt rückte die Tür näher.

»Halt!« sagte der Posten. »Ihr könnt jetzt nicht in die Kirche. Seine Majestät wohnt soeben einem Gottesdienst bei.«

»Wie meinen?« sagte Catherine und beschleunigte plötzlich wieder ihr Tempo. Der Soldat aber war auf der Hut und kam hinterher. Mit seinen langen Beinen konnte er viel weiter ausholen als die kleingewachsene Frau, die mit letzter Anstrengung nach vorne schnellte und den Portalknauf zu packen bekam.

»Was fällt Euch ein!« schimpfte die Wache. »Ich habe Euch doch den Zutritt verboten!« Er faßte die strampelnde Dame einfach um die Taille und trug sie weg wie einen Bund Reisig, ungeachtet ihrer schrillen Schreie. Aus der Kapelle aber drang der mächtige Lufthauch der Orgel, die zu Gottes Lob erklang und jeden Mißton überdeckte.

Am Nachmittag gab der König Order, trotz der mehr als kühlen Witterung den Tisch im Freien zu decken, da er angeblich noch zur Jagd aufbrechen wollte. Doch handelte es sich lediglich um ein gut inszeniertes Täuschungsmanöver, damit nicht wieder der halbe Palast mitbekommen sollte, wie Heinrich die gegenwärtige Krise mit zwei seiner engsten Ratgeber besprach.

Der Herzog von Norfolk und Großkämmerer Mountjoy warteten in einem rasch errichteten, durch Kohlebecken geheizten Zelt. Ein Eilkurier hatte beide aus London herbeigeholt.

»Meine Herren!« sagte der Monarch gefaßt. »Ich habe die Königin seit fast einer Woche unter Arrest stellen lassen, doch damit wird es hoffentlich bald vorbei sein. Noch an diesem heutigen Abend werde ich einer Sitzung des Kronrates beiwohnen. Gewiß wird dabei das schändliche Lügengebäude einstürzen, das gewissenlose Schandmäuler aufgebaut haben. Die Untersuchungskommissionen sind zurück und werden den guten Ruf meiner Gemahlin wiederherstellen!«

»Wenn Ihr es sagt, Majestät«, meinte Norfolk vorsichtig. »Ich wäre untröstlich, sollte sich das Gegenteil herausstellen. Ein solch verdorbener Zweig des Hauses Howard gehörte abgeschnitten und zum Kehricht geworfen!«

Der König winkte seinen Knechten, die Tafel abzutragen, die Pferde in den Stall zurückzubringen und unten am Fluß eine Barke bereit-

zustellen. Mit zusammengekniffenen Augen wandte er sich dem alten Herzog zu.
»Ihr seid ein Speichellecker, Norfolk«, bemerkte er mit seltener Auffassungsgabe. »Ihr habt schon einmal eine Nichte mit höchst verbrecherischen Absichten ... – aber lassen wir das auf sich beruhen ...«
Heinrich VIII. gönnte den Ruderern, die ihn zum Haus Stephen Gardiners brachten, keine Ruhe. Längst war es dunkel geworden, doch Laternen und Fackeln halfen, sich auf der Themse zurechtzufinden. Mountjoy und Norfolk, die beide zum Kronrat gehörten, fuhren mit, wagten es nicht, sich im Beisein des Königs zu unterhalten. Erst kurz vor Mitternacht legte die Barke in Southwark an, wo die Londoner Residenz des Bischofs von Winchester lag. Gardiner ließ es sich nicht nehmen, selbst den hohen Besuch zu begrüßen, verkniff sich das Gähnen und führte die Ankömmlinge ins Innere des Gebäudes. Im hell erleuchteten Versammlungssaal saßen bereits die übrigen Mitglieder des königlichen Beraterkreises.
Der Monarch eröffnete die Sitzung sogleich, nachdem er auf dem Thronsessel des Bischofs Platz genommen hatte. Sorge und Anspannung hielten ihn wach; wie ein Tier auf der Lauer hockte er mit eingezogenem Hals und eng am Körper angewinkelten Armen da.
Auf Heinrichs Aufforderung hin trat der Earl von Southampton vor. Der alte Herr hielt sich an dem Stab seiner Grafenwürde fest, als suche er Beistand für seine Aufgabe.
»Ich habe John Lassells, einen unbescholtenen Bürger Londons, eingehend befragt. Er gab an, von seiner Schwester Mary Folgendes erfahren zu haben: Die Königin lebte in Unkeuschheit mit einem gewissen Henry Manox, seinerzeit Musiklehrer im Haushalt der Herzoginwitwe von Norfolk, später mit ihrem Vetter Francis Derham, jetzt ihr Privatsekretär.«
Lautes Gemurmel erhob sich. Southampton winkte ab und fuhr fort. »Ich suchte anschließend Mary Hall auf, die verheiratete Schwester des John Lassells, die viele Meilen von der Hauptstadt entfernt in Sussex wohnt. Ihr Verhör erbrachte dieselben Einzelheiten. Wir können also davon ausgehen, daß dies die Wahrheit ist, weil die beiden sich nicht absprechen konnten.«
Der König beschattete mit der Hand seine Augen. Eine von keinem Wort begleitete Geste ermunterte Sir Thomas Wriothesley, nun seinen Bericht vorzutragen.
Der Baron, gewissenhafter Bürokrat wie stets, entrollte einige Perga-

mentstücke, auf denen er die Aussagen Derhams und Manox' hatte protokollieren lassen. Laut verlas er zunächst, was Manox zugab: er hatte Mistress Howard an intimen Stellen des Körpers berührt, doch zum Äußersten war es nie gekommen. Derham dagegen berichtete stolz, er sei insgeheim ein Verlöbnis mit Catherine eingegangen, das er durch fleischlichen Verkehr vollzog und das damit einer gültigen Eheschließung gleichkam. Seit dieser Zeit habe er die heutige Königin immer als seine Frau betrachtet.
Wriothesley hatte längst geendet, als noch immer niemand eine Frage zu stellen wagte. Irgendwo im Saal hörte man eine Maus rascheln. Leise knisterten die Fackeln in ihren Wandhalterungen, beißender Qualm stieg auf, sammelte sich an der Decke und zog an den hohen, geschlossenen Fenstern entlang.
Und dann vernahmen alle, wie der König auf einmal zu schluchzen anfing. Vor Peinlichkeit hätten sich etliche am liebsten zu der Maus ins Loch verkrochen. Diesen Hünen von einem Mann, diesen sonst so kraftstrotzenden Herrscher hatte nur einer in der Runde jemals weinen sehen, und zwar der Herzog von Norfolk. Der Anlaß war damals, im Gegensatz zur jetzigen Stunde, ein freudiger gewesen – die Geburt des langersehnten Kronprinzen Edward.
»Was habe ich verbrochen, um mit einer Reihe so übel beschaffener Gemahlinnen bestraft zu werden!« jammerte Heinrich VIII. Langgezogene Klagelaute füllten den Saal, von den Wänden vielfach zurückgeworfen. Mit einemmal sprang der schwergewichtige Herrscher von seinem Sitz auf. Er raste auf die erschrockenen Räte zu und forderte, wer ein Schwert trage, solle es ihm auf der Stelle geben.
»Diese Betrügerin!« schäumte er. »Tausend Tode soll sie leiden für ihre wollüstige Gier! Mit eigener Hand werde ich sie erschlagen!«
Keiner traute sich, dem Wütenden Einhalt zu gebieten. Zum Glück hatte aber auch niemand ein Schwert bei sich.
»Ihr seid schuld!« schrie der König und zeigte der Reihe nach auf seine verblüfften Ratgeber. »Stets habt ihr mich gedrängt, immer wieder eine neue Gattin zu nehmen, angeblich zum Wohl des Reiches! Und eine war schlechter als die andere! Norfolk, ich rate Euch gut: verschwindet vom Hof! Ich ertrage Euch nicht länger. Ihr seid eine hinterlistige Giftschlange; viel zu lang habe ich Eure ganze Sippe um mich geduldet! Schon zum zweitenmal habt Ihr Euch mit Hilfe einer Verwandten an die Macht schleichen wollen und Euch heimlich gegen mich verschworen ...«

Der Herzog fuhr auf. Es war gefährlich, dem Monarchen zu widersprechen; doch noch gefährlicher war es, vor dem gesamten Rat diese Vorwürfe unwidersprochen hinzunehmen.
»Majestät«, versuchte er zu beschwichtigen, »Ihr seht mich genauso überrascht wie Euch selbst. Auch ich wurde von meiner Nichte bösartig getäuscht. Als ich sie vor eineinhalb Jahren für den Hofdienst vorschlug, versicherte sie mich ihrer Unberührtheit!«
»Wenn es so ist, Norfolk«, grollte Heinrich, »dann beweist Eure Treue. Brecht morgen auf und verhört Eure Nichte! Nehmt Erzbischof Cranmer mit, vielleicht vertraut sie einem Geistlichen mehr an als Euch.«

Die Freude der Königin beim Anblick ihres Onkels verflog nur allzu rasch. Thomas Howard stellte klar, daß er im Auftrag Seiner Majestät gekommen war und ihr keinerlei Freiheiten gestatten durfte. Endlich wurde auch das Geheimnis um die Gefangensetzung gelüftet. Zwar erhielt Catherine die Schlüssel für ihre Privatgemächer zurück, doch wurden die Ausgänge des Schlosses scharf bewacht, so daß eine Flucht unmöglich war. Des weiteren mußte sie Norfolk sämtlichen Schmuck aushändigen, den der König ihr geschenkt hatte. Margaret Douglas erhielt Weisung, all diese Kostbarkeiten aufzulisten und das Dokument dem Herzog zu übergeben.
Doch größere Erfolge als dies konnten weder Norfolk noch Cranmer verbuchen. Catherine weigerte sich, zu den Aussagen Stellung zu nehmen, die man ihr präsentierte, und stritt kategorisch alle Vorwürfe ab. Als die beiden Männer weiter in sie drangen und mit strengen Strafen drohten, geriet sie in einen Zustand, der an Hysterie grenzte. So beschloß man, ihr noch eine Nacht zu gewähren, in der sie alles überschlafen und gegebenenfalls ihre Meinung ändern konnte.
Am Morgen danach fand sich Erzbischof Cranmer gleich nach dem Frühstück bei der Königin ein. Er begleitete die verstörte Frau aus ihren Gemächern in den fast leergeräumten Audienzsaal des Palastes. Nur ein paar harte Holzstühle und ein eigens herbeigeschaffter Ledersessel für den Kirchenfürsten standen verloren herum. Cranmer nahm Platz, Catherine blieb jedoch zitternd in seiner Nähe stehen.
Offenbar hatte sich die Königin kaum beruhigen können. Die Zofen hatten es jedenfalls nicht geschafft, ihr die langen Haare zu flechten, geschweige denn, eine Haube darauf zu befestigen. So trug die reichste Frau Englands eine einfache Leinenkappe, unter der sich ein paar unordentliche, kastanienbraune Strähnen hervorstahlen.

»Denkt an Eure ewige Seligkeit!« mahnte der Erzbischof. »Vielleicht könnt Ihr das Hohe Gericht über das Ausmaß Eurer Verfehlungen täuschen, niemals aber Euren Richter im Himmel! Also sprecht, wie sich alles zugetragen hat.«

Catherine fuhr beständig mit den Fingern der rechten Hand an denen der linken entlang, als suche sie die nicht mehr vorhandenen Ringe. Mühsam begann sie zu reden.

»Es trifft zu, daß der Musiker Manox mir einige heimliche Liebkosungen raubte. Meine Großmutter kann Euch das bezeugen, da sie uns einmal im Garten ihres Schlosses ertappte. Mag dies auch eine Sünde sein, so ist es gewiß aber eine läßliche. Ich habe diese Ereignisse ohnehin schon längst bereut.«

»Was war mit Derham?« forschte Cranmer. »Ist es wahr, daß er einen mündlichen Ehevertrag mit Euch schloß?«

»Auf keinen Fall!« fauchte Catherine plötzlich. »Behauptet er das? Dieser Lügner! Er hat sich genommen, was ihm nicht gehört! Jawohl, er hat Gewalt gebraucht, um mich ihm gefügig zu machen!«

Der Erzbischof zeigte sich nicht sonderlich beeindruckt. »Die Ehe mit dem König wäre ungültig von Anfang an, wenn sich herausstellte, daß nach dem Recht der Kirche Francis Derham Euer Mann ist«, wurde er deutlicher.

Doch Catherine schlug die dargebotene Hilfe aus. »Wie lächerlich!« Ihre Stimme überschlug sich fast. »Glaubt Ihr ernsthaft, eine Howard ließe sich mit dem unbedeutenden Master Derham ein? Und wenn er auch mein Vetter ist, Vettern besitze ich viele! Merkt Euch, Ihr Wicht, ich bin Eure Königin! Und nicht Derhams Weib!«

Cranmer schluckte, als er die Beleidigung vernahm. Trotzdem blieb er gelassen, im Gegensatz zu der Frau vor ihm, die sich in die Enge getrieben fühlte. Sie tobte mit wilden Gesten und schüttelte den Kopf, daß die Haube verrutschte und das Haar darunter hervorkam.

»Hat Derham sich wirklich als Euer Ehemann bezeichnet?«

»Das hat er, frecherweise, und ich habe es gewußt«, entgegnete Catherine. »Er setzte mir auch unentwegt zu, ich solle ihn heiraten. Was ich selbstverständlich ablehnte.«

»Gesteht Eure Schuld!« sagte Cranmer drohend. »Wie habt Ihr mit diesem Menschen denn verkehrt?«

»Oh!« Die Königin lächelte plötzlich und faltete die Hände wie im Gebet. Cranmer deutete dies als erstes Anzeichen von Wahnsinn. Rasch schlug er ein Kreuzzeichen über ihr, die jetzt anfing, wirre

Worte von sich zu geben und sich in immer längere Sätze zu verstricken.

»Derham lag des öfteren mit mir im Bett, ich meine, das war natürlich so, daß er manchmal noch sein Wams trug und seine Hose, vielleicht zwei- oder dreimal war er auch nackt, nicht wahr, aber wiederum nicht so nackt, daß er nichts anhatte, denn er hatte immer wenigstens sein Wams an oder, so glaube ich zumindest, seine Hose, aber ich meine nackt, wenn er die Hose dann auszog...«

Mit einer ungnädigen Handbewegung stoppte der Bischof den Redefluß. Er ließ seinen Sekretär kommen und diktierte diesem ein Gnadengesuch in die Feder, wie es die Königin selber niemals zu verfassen vermocht hätte. Catherine saß ganz in sich versunken dabei, und hörte zu, was Cranmer in ihrem Namen dem König schrieb.

»Ich, Euer Gnaden allerbekümmertste Untertanin und nichtswürdigste Kreatur der Welt, nicht wert, sich Eurer Majestät zu empfehlen, unterwerfe mich demütig Eurem Willen und bekenne meine Verfehlungen.« Nach diesem Beginn wurde dann auf über drei Seiten geschildert, welch großen Kummer die Königin empfand, all jene Dinge zugelassen zu haben, die sie weder Manox noch Derham je hätte erlauben dürfen. *»Nachdem ich so Eurer Majestät die ganze Wahrheit geoffenbart habe, flehe ich Euch an, die schlauen Überredungskünste junger Männer und die Schwäche und Unwissenheit junger Frauen zu bedenken. Ich habe so sehr gewünscht, Euer Gnaden Gunst zu erlangen und war vom Wunsch nach weltlichem Ruhm derart geblendet, daß ich Euch sträflicherweise meine früheren Verfehlungen verschwieg...«* Schließlich klagte sich Catherine selber an als eine, die Strafe verdiente, aber von der Milde und Güte ihres Gemahls gerettet werden konnte. Mit krakeligen Bögen malte sie ihr »Katheryn« unter Cranmers wohlgesetzte Worte.

Francis Derham, der in einer lichtlosen Zelle des Tower dahinvegetierte, war sehr überrascht, Baron Wriothesley wiederzusehen. Der Würdenträger, der ihn in der Woche zuvor verhaftet und verhört hatte, berichtete ihm von der Beichte der Königin.

»Sie lügt!« ereiferte sich Derham und trat mit dem Fuß gegen die schwere Bleikugel, an die er gekettet war. »Glaubt mir doch, Herr Baron, wir sind verheiratet! Nur aus falschem Stolz will Catherine nicht zugeben, daß sie zu Unrecht Königin von England wurde.«

Wriothesley sah den Ex-Sekretär scharf an.

»Ihr wißt, was Euch bevorsteht, nicht wahr, Derham?« sagte er in einem Ton, der nichts Gutes verhieß. »Wenn es stimmt, was Ihr sagt, habt Ihr die Königin Bigamie begehen lassen und diesen Umstand wissentlich verschwiegen. Darauf steht der Tod!«
Francis riß die Augen auf.
»Um Christi willen, Herr Baron!« jammerte er. »Was hätte ich gegen die mächtigen Howards ausrichten können? Der Herzog von Norfolk hätte mich am nächsten Baum aufknüpfen lassen, wenn ich versucht hätte, seine ehrgeizigen Pläne zu durchkreuzen!«
»Und dazu noch die Piraterie vor Irlands Küste«, fuhr Wriothesley berechnend fort. »Ich sehe keinen Weg, Euch den Tod zu ersparen. Es sei denn, Ihr wüßtet noch über Dinge Bescheid, die Ihr bisher verschwiegen habt...« Der Ratgeber ergriff den Kerzenleuchter und wandte sich der Tür zu.
»Haltet ein, Herr Baron!« rief Derham, schnellte auf dem Zellenboden nach vorne und bekam Wriothesleys Fuß zu fassen. »Ich will Euch alles sagen, was ich weiß.«
Zufrieden lächelnd ließ sich der Baron noch einmal nieder.
»Denn seht, es gibt gewisse andere, die den Tod tausendmal mehr verdient hätten als ich.«
»Wen meint Ihr?« Wriothesley fühlte sich fast am Ziel.
»Nun, ich durfte Catherines Gunst ja nur in Lambeth genießen. Glaubt ja nicht, daß sie noch etwas von mir wissen wollte, als ich ihr Privatsekretär war. Zu diesem Zeitpunkt hatte sich meine Gemahlin längst einen anderen in ihr Bett geholt...«
»Wen denn? So redet endlich!« schrie der Ratgeber voll Ungeduld.
»Thomas Culpeper!«

Der kühle November nahm seinen Fortgang. Von Tag zu Tag war der König schlechter auf den Herzog von Norfolk zu sprechen, dem seine Beteuerungen nichts mehr nutzten. Eine Abordnung wurde nach Lambeth geschickt, um das Schloß der Herzoginwitwe nach kompromittierendem Material zu durchsuchen. Als die Delegation eintraf, stellte sich Agnes Howard krank, wurde aber trotzdem aus dem Haus geschleppt, in ein Boot verfrachtet und in den Tower geworfen. Ihre Wächter quälten sie mit Spottworten, sie hätte besser auf die Tugend ihrer Enkelin aufpassen sollen.
Binnen kürzester Zeit füllten sich noch andere Zellen der Londoner Festung mit Howards. Sogar Norfolks Bruder William, der Catheri-

ne vor ihrem Aufstieg kaum je zu Gesicht bekommen hatte, wurde samt Gattin und kleinen Kindern gefangengesetzt. Am Hof triumphierten die Protestanten. Ein geflüstertes Wort ging um: »Rache für Cromwell!«

Thomas Culpeper hatte wie stets seinem Glück vertraut und war, als habe er mit dem Sturz der Königin nichts zu schaffen, mit einigen jungen Männern auf die Falkenjagd geritten. Bei seiner Rückkehr konfrontierte ihn Wriothesley mit Derhams Anschuldigung und verhaftete den Kammerherrn. Thomas bestritt die Vorwürfe, aber niemand hörte ihm zu.

Manox dagegen wurde in aller Stille aus dem Gefängnis in der Fleet Street entlassen. Seine Aussage wurde nicht mehr gebraucht und man machte ihm für sein strafloses Davonkommen die Auflage, für immer über die Vergangenheit zu schweigen. Ob sein Leben nun am nächsten Galgen endete oder nicht – für wen war das wichtig? Er würde nichts hinterlassen, was sich zu verteilen lohnte; da konnte man ihm genausogut die Freiheit schenken ...

Und Catherine?

Man schrieb den 14. November 1541, als Erzbischof Cranmer ein letztes Mal im Schloß Hampton Court auftauchte, von einer Abteilung Wachsoldaten begleitet.

»Macht Euch bereit!« sagte er zu der jungen Frau, die ihre Fassung anscheinend wiedergewonnen hatte. »Seine Majestät hat Euren Brief gnädig aufgenommen. Ihr werdet vorerst verbannt, doch es wird Euch an nichts fehlen.«

Der Kirchenfürst nannte Catherine ihren neuen Aufenthaltsort, an den sie sofort übersiedeln sollte. Es war die nun leerstehende Brigittinen-Abtei Syon, in der vor nicht allzu langer Zeit Margaret Douglas für ihre unerlaubte Liebe zu Charles Howard hatte büßen müssen. Man konnte sie von London aus bequem mit der Barke erreichen.

»Ihr dürft vier Hofdamen und zwölf Diener Eurer Wahl mitnehmen«, meinte Cranmer. »Außerdem gestattet Euch der König sechs schwarze Kleider aus Samt, Damast oder Seide, dazu die entsprechenden Unterröcke, Ärmel und Hauben. Aber nur Sichelhauben, die keine Edelsteine tragen.«

»Ihr seid gütig, Exzellenz!« sagte Catherine und lächelte zum ersten Mal seit langer Zeit. »Vielleicht wird doch noch alles gut, wenn Ihr mir weiterhin zur Seite steht.«

Armes Mädchen! dachte der Kleriker. Wenn Ihr wüßtet, daß man

Culpeper Euren Liebhaber heißt... Er wird gewiß gefoltert, falls er nicht freiwillig gesteht.
Allmählich fand die Königin zu sich selbst zurück. Sie erteilte Befehle, und um sie herum setzte sich alles in Bewegung. Die Zofen und Lakaien packten ihre Habseligkeiten zusammen und holten herbei, was man ihrer Herrin für die Verbannung an Ausstattung zugesagt hatte. Dann ging es ans Auswählen.
»Lady Rochford!« sagte Catherine mit fester Stimme. »Alice Shelton!«
»Natürlich!« flüsterte jemand hämisch. »Wer sonst!«
Der Kommandant der Wache, der sich bis jetzt im Hintergrund gehalten hatte, trat vor. Ein paar Männer griffen sich Jane und Alice.
»Es tut mir leid, Euer Gnaden«, wandte er sich an die Königin. »Mir wurde befohlen, diese beiden Damen auf keinen Fall in Eurer Gesellschaft zu belassen. Sie müssen mich nach London begleiten.«
Und schon schloß sich ein Pulk von Soldaten um die beiden Frauen und drängte sie fort von den Gemächern, in denen die anderen zurückblieben.
Jane Gräfin Rochford ging wie eine Schlafwandlerin zwischen den Bewaffneten. Alice Shelton versuchte noch, den Kopf zu drehen, um ihrer Freundin etwas zuzurufen. Allzu plötzlich kam der Abschied; niemand hatte damit gerechnet.
Wer weiß, wann wir uns wiedersehen, dachte Alice. Und Catherines Namen brach als spitzer Schrei aus ihrer Kehle.

Erzbischof Cranmer hatte richtig vermutet. Thomas Culpeper wurde mit der Folter bedroht. Vorerst aber beschränkte sich dies auf das Ausmalen der Qualen, die ihn erwarteten, falls er sein Wissen nicht preisgebe. Doch damit richtete der verhörende Beamte nicht das Geringste aus.
»Pah!« spottete der Kammerherr. »Ihr wollt einen schrecken, der keinen Schrecken kennt?«
Sein Mut verging ihm nicht einmal, als er in den Keller geführt wurde und man ihm die beschriebenen Werkzeuge zeigte. Abermals behauptete Thomas, ein Opfer des Neides und der Verleumdung des sitzengelassenen Derham geworden zu sein. Mit seinem üblichen Charme bot er dem Beamten an, einiges Wissenswerte über die Person Derhams zu berichten. Das war jedoch nicht das, was man hören wollte. Und so fingen die Helfer des Verhörenden an, Culpeper auf

das Streckbett zu binden. Kaltlächelnd hielt dieser den Männern seine Arme hin: »Fangt schon mal an! Ich versichere Euch, ich kann Euch doch nichts anderes sagen, als das, was Ihr bereits wißt!« Aber auch damit hatte Thomas keinen Erfolg.
Lady Rochford hatte den Tower schon vor dem sommerlichen Schiffskorso kennengelernt, als sie vor Jahren wegen vorwitziger Bemerkungen für kurze Zeit dort eingesessen hatte. Als sie aus der Barke stieg und an Alice Sheltons Seite die steilen Treppenstufen erklomm, die vom Wassertor aus in den Innenhof der Festung führten, zwang sie sich zur Ruhe. Wenn sie es nur geschickt anstellte, könnte sie abermals davonkommen, würde ihr auch diesmal kein Haar gekrümmt werden.
Alice hatte während der ganzen Fahrt auf dem Fluß kein Wort mit ihrer Gefährtin gewechselt. Sie machte sich Gedanken, welche Absicht hinter ihrer Verhaftung stand. Wohin würde das alles führen? Was erwartete man von ihr?
Die Frauen schritten mit ihren Begleitern über das Kopfsteinpflaster des Hofes auf den White Tower zu, auf dessen vier Ecktürmen die Flagge mit dem Wappen des Königs wehte. In einiger Entfernung, auf dem Kamm eines sanften Hügels, waren das Königinnenhaus, der Rasen des Tower Green und dahinter die traurige kleine Kapelle zu erkennen. Vor wenigen Monaten erst hatten die Hofdamen hier mit ihrer Herrin übernachtet; von hier waren die bunten Barken aufgebrochen, um die glückliche Ehe des Herrscherpaars zu feiern.
Im Innern der Kernanlage trennten sich dann die Wege der Beteiligten. Jane Rochford mußte mit ihren Bewachern in eine winzige Stube gehen, wo man ihr zuvorkommend einen Schemel sowie einen Becher Wasser anbot. Durch ein vergittertes Fenster fiel helles Tageslicht herein.
»Ihr seid es Seiner Majestät schuldig, alles zu bekennen, was Euch hinsichtlich der Verfehlungen Eurer Gebieterin aufgefallen ist«, sagte der stellvertretende Towerkommandant. Kaum hatte er mit seinem Schreiber an einem Stehpult Platz genommen, sprudelte die Lady los wie ein angestochenes Faß. Fast kam der Sekretär nicht mit seinen Aufzeichnungen nach.
»Gewiß doch!« nickte Jane. »Langes Leben für den König, keiner hat es so verdient wie er. Ich muß bei meiner Aussage vorausschicken, daß ich Ihre Gnaden stets gewarnt habe, man könne ihre Bevorzugung Master Culpepers mißdeuten. Dieser besuchte die Königin

nämlich mehrmals zu vorgerückter Stunde. Es ist dabei nichts Ehrenrühriges vorgefallen, allerdings bin ich auch ein paarmal eingeschlafen und weiß also nicht, was während dieser Zeit geschah ...«
Der Kommandant nickte der Lady zu. Jane langte nervös unter ihre Haube, zwirbelte eine Haarsträhne hervor und begann, diese um den Zeigefinger zu drehen. Ihre Worte strömten fort und fort.
Die Tür zu dem Gewölbe, in das man Alice brachte, stand bereits offen. »Wie einladend!« sagte die Hofdame spöttisch, doch ihr Humor entsprang nackter Angst und Verzweiflung.
Im Flackerlicht der Wandfackeln erkannte sie zwei Männer, die sich ihre klammen Finger über einem Kohlebecken wärmten. Zangen, Schraubzwingen und ähnlich nützliches Gerät zur Wahrheitsfindung blinkte auf dem roh gezimmerten Tisch im Hintergrund des Raumes. Dort befand sich auch ein Kamin, in den gerade frisches Holz gelegt worden war. Mit leisem Knallen zerplatzten einige kleinere Zweige, sodaß Funken aufsprühten und eine Rauchwolke emporstieg. Dennoch reichte die Wärme nicht aus, um die eisige Kellerluft, die das Gewölbe erfüllte, aufzuheizen.
Einer der Wachmänner hatte die Spitze seiner Hellebarde auf Alices Magen gerichtet. Am ganzen Leibe bebend ließ sie sich in einen Stuhl drücken, dessen ungewöhnlich hohe Lehne ihr bis ins Genick reichte. Gelähmt vor Furcht und unfähig, sich zu rühren, starrte Alice auf die Hände der Männer, die mit geübten Griffen ihre Hand- und Fußgelenke in eiserne Klammern schlossen.
Die ahnen, was ich weiß, und daß ich nichts verraten will. Wie lange werde ich widerstehen können?
Der eine der beiden Henker trat an Alice heran. Er besaß keineswegs das Aussehen eines groben, gewalttätigen Menschen. Noch immer konnte die Hofdame nicht den Blick von seinen fast durchsichtig weißen, feingliedrigen langen Fingern wenden, die er jetzt beinahe verlegen ineinander verschränkte. Er beugte sich zu Alice hinunter und sein warmer, sich in winzige Dampfwolken auflösender Atem streifte ihr Gesicht.
»Schade um Euch, Mylady«, sprach er mit gleichmütigem Ausdruck. »Ihr seid ein wahrlich hübscher Anblick, doch ich habe meine Pflicht zu erfüllen.«
Alice zuckte mit den Mundwinkeln, dann ließ sie hysterisches Kichern hören. Von diesem Mann, so sanft er auch wirkte, war keinerlei Gnade zu erwarten.

»Seid Ihr denn ein Zahnreißer? Was haltet Ihr mich fest?« murmelte die junge Frau.
»Zum ersten und zum letzten Mal, Mistress Shelton«, meinte der Mann mit ruhiger Stimme. »Damit Ihr Gewißheit habt: sagt uns, was Ihr über die Königin wißt und Euch wird nichts weiter geschehen. Wir haben Zeit und Geduld, doch beides solltet Ihr nicht zu sehr in Anspruch nehmen.«
Was ich weiß, stürzt Catherine ins Unglück. Meine beste Freundin soll ich dem Henker überantworten? Und mich selbst, als Mitwisserin, gleich dazu?
Alice schüttelte den Kopf und blickte ihrem Befrager direkt in die Augen. Dieser nickte seinem Handlanger zu und augenblicklich begannen die beiden, Haarnadeln zu lösen und Bänder aufzuziehen. Sie nahmen vorsichtig die Sichelhaube von Alices Kopf und legten sie auf den Tisch vor dem Kamin. Die junge Frau fühlte, wie kalte Finger am Verschluß ihrer Kette nestelten, deren Gewicht im nächsten Moment nicht mehr zu spüren war. Behutsam wurde der Schmuck neben der Haube verstaut.
Dann warf der Mann, der mit Alice gesprochen hatte, ein dünnes Seil um ihren Hals und nahm die so entstandene Schlinge fest in beide Hände. Zunächst zog er nur langsam an. Niemand hatte ein Interesse daran, Mistress Shelton umzubringen, dazu war sie eine viel zu wichtige Zeugin. Keuchend schnappte Alice nach Luft, den Mund weit aufgerissen. Ein ungeheurer Druck breitete sich in ihrem Kopf aus, in den Schläfen pochte das Blut, als wolle es die Ohren sprengen, in denen es tosend rauschte.
Oh, Stephen! Catherine …
Die Schlinge spannte sich strammer. Das Gesicht des zweiten Henkers, der wartend vor Alice stand, dehnte sich plötzlich ins Unermeßliche und verschwamm in sich drehenden roten Kreisen. Diese sanften Augen, gefrorene Teiche, deren Eis allmählich zerschmolz … Es schien unmöglich, trotz aller Anstrengung, die Hände zu heben und das rinnende Naß aufzufangen. Über ihre verkrampften Finger sickerten beruhigend warme Tropfen, die sich ihren Weg unter den eisernen Klammern heraus gesucht hatten.
»Seid nicht so störrisch. Gebt uns ein Zeichen, wenn Ihr gestehen wollt!« Die Worte schwollen an und ab in Alices Ohren, in denen namenloser Schmerz bohrte.
Stephen. Hilfe!

Jemand pochte an die Tür, woraufhin des Henkers Handlanger öffnete. Die eintretende Wache warf einen Blick auf die röchelnde Gefangene und meinte:
»Ihr könnt aufhören. Die Rochford hat soeben alles gestanden.«
Das Seil wurde gelockert. Alices gekrümmter Oberkörper sackte in sich zusammen und fiel seitwärts.

Richard Rich, der im Auftrag der Krone die darauffolgenden Torturen anderer Zeugen überwachte, arbeitete einige Tage lang wie ein Besessener. Trotzdem war er nur zum Teil erfolgreich. Derham, der sich durch seine Aussage schon gerettet geglaubt hatte, sollte dazu gebracht werden, sich als Geliebter der Königin zu bekennen. Sein Freund Robert Damport hatte diesen Tatbestand eingeräumt, nachdem die Henker begonnen hatten, ihm die Zähne auszubrechen. Derham konnte nur zynisch darüber lachen. Was immer man ihm antat, er leugnete und hörte noch in seiner größten Pein nicht auf, den verhaßten Nebenbuhler Culpeper anzuschwärzen. Dieser aber stritt ab, mit Catherine bis zum Äußersten gegangen zu sein, obgleich ihn Lady Rochford dazu immer wieder ermuntert hätte. Und mehr als dieses Geständnis vermochte keiner aus ihm herauszuquälen.
Unzufrieden mit diesem Ergebnis, sorgten die Ratgeber des Königs dafür, daß noch mehr Leute aus dem früheren Hofstaat der Königin eingekerkert wurden. Von diesen eingeschüchterten Menschen würde jeder brauchbare Gesprächsfetzen aufgeschrieben und für die Zwecke der Anklage verwandt werden. Vielleicht würde es auch gelingen, verborgene Rivalitäten aufzudecken und die Diener gegeneinander auszuspielen.
So kam es, daß auch Alice Restwold, Katherine und Elizabeth Tylney, Margaret Bennett, Joan Bulmer und William Ashby in den ohnehin überfüllten Tower gesteckt wurden. Von Ratten angegriffen, in feuchten Kellerlöchern bei Brackwasser und verschimmeltem Brot hockend, dauerte es nicht lange, bis sie sich für schuldig bekannten und Richs Sekretär ihre Aussagen in die Feder diktierten. Als Joan Bulmer nach dem Prozeßbeginn fragte, erhielt sie zur Antwort, es werde keine Verhandlung geben. Ihre Schuld sei so eindeutig, daß es nur eines Parlamentsakts bedürfe, um das Strafmaß für alle festzusetzen. Zwei Tage vor dem Weihnachtsfest sollte es verkündet werden.
Als die Befragungskommission des Königs nach Syon fuhr und die gestürzte Königin mit den bisherigen Ergebnissen ihres Wirkens

konfrontierte, brach Catherine vollends zusammen. Unter heftigen Tränenausbrüchen versicherte sie den Männern, sie sei lediglich Lady Rochford auf den Leim gegangen.
»Wahrscheinlich war es sogar der Teufel selbst, der ihre Gestalt annahm, um mich in Versuchung zu führen!«
Die Beamten blickten einander an. »So war es also gar nicht Eure Idee, Euch mit Master Culpeper einzulassen?« meinte der Herzog von Suffolk.
Catherine schüttelte den Kopf und starrte auf ihre Fußspitzen.
»Ich habe mich Master Culpeper ohnehin niemals fleischlich hingegeben. Gewiß, er besuchte mich des öfteren, wenn alles schlief – doch mehr als einen Kuß in aller Freundschaft gewährte ich ihm nie! Lady Rochford drängte mich allerdings immerzu, viel mehr als dies zu wagen. Und nun beschuldigt sie mich dessen, was sie vergeblich bei mir erreichen wollte!«
Die Königin ging in die Hocke und schluchzte erbärmlich, das Gesicht im Ärmel ihres Kleids verborgen. In ihrer von Kopf bis Fuß dunklen Aufmachung sah sie aus wie ein zusammengefallenes Aschehäufchen.
Eifrig notierten die Beamten, was sie hörten.
»Was ist mit Mistress Shelton?« bohrte der alte Suffolk weiter. »Von ihr wissen wir ebenfalls, daß Ihr mit Culpeper leiblich verkehrt habt«, log er. »Steckte auch in ihr der Teufel?«
»Ihr lügt!« stammelte Catherine nach einer Weile. »Und falls Ihr doch die Wahrheit sprecht, Herzog, dann habt Ihr meine Hofdame auf die Folter gespannt. Wer vor Schmerzen ganz von Sinnen ist, redet, was er soll.«
Auf ein Zeichen hin erhoben sich die Männer. Hier war nichts mehr zu machen, das Opfer blieb verstockt. So blieb es Baron Wriothesley überlassen, der Gefallenen beim Abschied noch einen letzten Schlag zu versetzen:
»Ihr schützt niemanden mit Eurem Leugnen. Denn selbst wenn es niemals zum vollzogenen Ehebruch kam, so hatte Master Culpeper doch bestimmt die Absicht, es mit der Zeit dahin kommen zu lassen. Und auch Master Derham wäre lieber heute als morgen in Euer Bett gestiegen. Eine Absicht, die genauso verbrecherisch ist wie die Tat an sich! Die beiden sind Verräter!«
Das Parlament brauchte keine lange Beratungszeit, um den Tatbestand und seine Strafe festzuschreiben. Im großen Sitzungssaal zu

Westminster wurde bestätigt, was Baron Wriothesley schon angedeutet hatte. Doch wen das Gesetz als Hochverräter brandmarkte, der mußte den schlimmsten Tod von allen erleiden.
Da kein Prozeß abgehalten worden war, fehlten natürlich auch die Angeklagten. So blieb es Derham und Culpeper erspart, in allen Einzelheiten mitanzuhören, auf welche Weise sie vom Leben zum Tod gebracht werden sollten. Einstweilen schmachteten und froren die beiden noch, in getrennten Zellen, irgendwo hinter den Mauern des Tower.

Am Abend des 9. Dezember legte man Seiner Majestät die Gnadengesuche vor, die sowohl Derhams als auch Culpepers Familie eingereicht hatten.
»Sadler, was würdet Ihr tun?« wandte sich der König an einen seiner Kammerjunker. Der Mann begann zu beben und murmelte Entschuldigungen. Er ahnte nur zu gut, daß Heinrich VIII. in Wirklichkeit gar keinen Wert auf die Meinung eines anderen, wenn auch Edelgeborenen, legte.
»Es wäre natürlich äußerst großmütig von mir, wenn ich die beiden Missetäter davonkommen ließe«, grinste der Monarch und machte eine Geste über den Schreibtisch hinweg. »Aber das verstieße gegen Gottes Gebot, welches da heißt: Auge um Auge, Zahn um Zahn. Und sagt doch, Sadler,« – fuhr er mit dem Selbstgespräch fort – »würdet Ihr immerzu beim Anblick dieser Männer daran erinnert werden wollen, daß Eure Frau mit ihnen intim war?«
Der Junker schüttelte stumm den Kopf.
»Seht Ihr!« nickte der König selbstgefällig. »Alles, was ich tun kann, ist, über die Ausführung des Todesurteils nachzudenken. Was mich ärgert, ist die Verstocktheit dieses Derham! Er muß doch die Königin verführt haben, und zwar noch während der Reise im Norden! Wieso hätte sie ihn sonst zum Privatsekretär gemacht? Und diese Dreistigkeit, die Gemahlin seines Monarchen stets als seine eigene zu bezeichnen! Nun, dafür wird er ja morgen kastriert... Nein, keine Gnade! Nicht eine einzige Vergünstigung soll er haben!«
Heinrich grabschte nach der Bittschrift und zog wütend einen Querstrich über das ganze Blatt, so daß die Tinte spritzte und der Federkiel sich in der Mitte spaltete.
Kammerjunker Sadler stand weiterhin ganz still an seinem Platz.
»Jetzt zu Culpeper! Habt Ihr ihn nicht auch geschätzt, mein Bester?«

Der Diener dachte sich, daß der König bei dem schneidigen Draufgänger, dem er bislang noch jedes Verbrechen verziehen hatte, etwas milder verfahren wollte und öffnete den Mund.
»Tja, äh – er war…«
»Jawohl, Ihr sagt es!« dröhnte Heinrich. »Alle mochten ihn. Ein Jammer, daß der gute Junge sich so versündigt hat. Aber…« Er brach ab und rieb sich aufkommende Tränen aus den Augen. Seine Unterlippe zitterte. »… ich dulde trotz allem nicht, daß man ihn auseinanderhackt wie einen Schlachtochsen… laßt ihn köpfen, das genügt…«
Und er läutete nach einem Lakaien, der eine frische Schreibfeder bringen sollte, damit Culpepers Strafe abgewandelt werden konnte.

Am anderen Morgen wurden die beiden Verurteilten in aller Frühe geweckt, über den Wassergraben aus dem Tower geführt und auf Schleifen festgebunden, die großen Schilfmatten oder Holzflößen glichen.
Francis Derham schloß die Augen, weil selbst das trübe Licht des aufgegangenen Dezembertages nach den Wochen im dunklen Kerker schmerzte. Dennoch blinzelte er durch die blonden Wimpern noch einmal zu Culpeper hinüber, der ebenfalls, auf dem Rücken liegend, sein Schicksal erwartete.
»Euer letzter Ritt, Euer Wohlgeboren!« höhnte er dem Schicksalsgenossen hinüber. »Nachdem Ihr die edelsten Pferde und dann auch noch die Königin bestiegen habt, dürft Ihr nun auf der Armesünderschleife reiten!«
Thomas Culpeper biß die Zähne zusammen. Wenn er sich ungünstig bewegte, ging ein Reißen durch sein Rückgrat, das bis in die Fingerspitzen zuckte – Folge der überstandenen Tortur. Er zwang sich ein müdes Lächeln ab und gab zurück:
»Ihr seid ein Verlierer, Derham, heute wie schon seit jeher. Ich hab's bald hinter mir; wer weiß, wie schwer Euch das Sterben noch fallen wird…«
In diesem Augenblick zogen die Pferde an, und los ging die Reise durch die schlammigen Londoner Straßen. Vom Vorplatz des Tower wurden Derham und Culpeper in den Stadtteil Tyburn gebracht, wo sich ein gut sichtbarer, aufgemauerter Hinrichtungsplatz befand. Unmengen von Neugierigen säumten die Gassen, durch die der Zug kam, um wenigstens einen kurzen Blick auf die beiden Männer erhaschen zu können, die es mit der Frau des Monarchen getrieben

hatten. Lautes Gejohle, spöttisches Gelächter und Handgreiflichkeiten begleiteten die Deliquenten auf ihrem Weg. Bald waren ihre Gesichter von Dreckspritzern und auf sie geworfenem Unrat entstellt. Endlich kam das Tyburner Schafott in Sicht. Thomas spürte nur noch die eisige Kälte, die an seinen Gliedern entlangstrich, das Reißen im Rücken und seinen Atem, der flach und gehetzt aus seinem Brustkorb kam und ihm zeigte, daß er noch lebte. Mit Hilfe zweier Wachsoldaten, die ihm nach dem Losbinden unter die Arme griffen, schleppte sich der frühere Kammerherr die Treppe zur Plattform hoch. Dort wartete ein Henker, das Gesicht unkenntlich gemacht durch eine Maske. Er erklärte verlegen, gerade erst von der Begnadigung des Königs erfahren zu haben, so daß er bedauerlicherweise keinen Block zum Köpfen zur Verfügung habe. Thomas senkte den Kopf. Er begann, sein Hemd aufzunesteln und bis zu den Hüften herunterzustreifen.
»Jetzt seid Ihr gefordert, Mann«, sagte er müde. »Wenn ich mich flach auf den Boden lege und Ihr kniet Euch daneben, schafft Ihr's dann?«
Derham lachte im Hintergrund wie ein Wahnsinniger:
»Ha, ha, das war nicht anders zu erwarten, ha! In diesem Schweinestall von Palast weiß keiner, welcher Befehl gerade gilt!«
Culpeper ignorierte ihn. Eine letzte Pflicht stand noch bevor: mit ein paar Worten an die Zuschauer einen möglichst guten Eindruck zu hinterlassen. Kein Wort über Catherine. Nichts Böses über den König. Sonst wird's den Meinigen übel ergehen. Er riß sich zusammen, stützte sich mit beiden Armen auf die hölzerne Absperrung und rief mit geschlossenen Augen:
»Gute Christenmenschen, ich habe viel gesündigt und den Tod tausendfach verdient...«

Es waren nur noch ein paar Tage bis zum Weihnachtsfest. In den Nächten gefror der Boden bis in ansehnliche Tiefen. Die Bäume rund um das frühere Kloster Syon sahen aus, als würden sie schutzsuchend zusammenrücken; ihre knorrigen Wurzeln ähnelten mehr und mehr verkrampften Fingern. Leichter Schnee fiel vom Himmel, der gleich weißem Staub allem anhaftete. Die Fenster des Hauses blieben in dieser Zeit permanent geschlossen, um nicht auch noch die wenige Hitze zu verlieren, die das Brennholz im Kamin spendete.

Catherine Tudor, geborene Howard, saß stets in der Nähe der Wärmequelle. Da ihr das Lesen von Büchern noch immer so viel Mühe machte wie das Schreiben von Briefen, beschäftigte sie sich den ganzen Tag mit den früher so verhaßten Handarbeiten. Oder sie sang zur Laute, die sie mittlerweile passabel zu spielen gelernt hatte. Die Gesellschafterinnen und Lakaien, die sie in die Verbannung begleitet hatten, erhielten eines Tages die Erlaubnis, Brett- und Kartenspiele anzuschaffen. Und so war es auch Catherine weniger langweilig.

Den Königinnentitel hatte das Parlament ihr aberkannt. Alle sprachen sie nur noch mit »Mylady« an, ließen es aber keinesfalls an Respekt fehlen.

Am 22. Dezember wurden die alte Herzoginwitwe von Norfolk, Joan Bulmer, Margaret Bennet, Alice Restwold und viele andere, die im Tower um der gestürzten Königin willen einsaßen, durch Parlamentsbeschluß verurteilt. Sie behielten allesamt ihr Leben, doch weiter nichts. Was sie an Bargeld, Besitz und Ländereien hatten, fiel an die Krone. Solche Werte brauchte man schließlich nicht mehr, wenn man lebenslänglich im Gefängnis sitzen sollte.

Catherine erfuhr davon nichts. Keine Nachricht durfte ihr überbracht werden, kein Wort von ihr unzensiert nach draußen gelangen. Das Fest der Geburt Christi feierte sie mit ruhigem Ernst und erklärte dem Rest ihres Hofstaates, zum Jahreswechsel leider keine Geschenke verteilen zu können. Die Diener lachten, denn auch sie standen vor ihrer Herrin mit leeren Händen. Und so entschied Catherine kurzerhand, sie werde den Damen mit der Laute ein Ständchen nach Wahl bringen, den Herren aber zu den Tönen desselben Instruments einen Tanz gönnen.

Allmählich kehrte Frieden ein im Hause Syon. Die hysterische Stimmung der vergangenen Wochen war verflogen. Ein Alltagsablauf spielte sich ein, der Catherine und ihrem kleinen Gefolge festen Halt gab. Die gestürzte Königin gewann sogar teilweise ihre frühere Heiterkeit zurück. Sie hatte ihr kurzes Leben lang immer aus widrigen Umständen das Beste zu machen gewußt; eine Eigenschaft, die ihr auch jetzt half.

An den bewundernden Blicken ihrer Hofdamen erkannte Catherine, daß ihr Äußeres in den schwarzen Kleidern sehr vorteilhaft zur Geltung kam.

»Ich wüßte gerne, wie es Alice Shelton ergangen ist«, meinte die Ex-Königin, als der Jahreswechsel nahte. »Sie fehlt mir am meisten.«

Margaret Howard, Catherines Stiefmutter, legte ihr die Hand auf die Schulter.
»Macht Euch lieber Gedanken darüber, was aus Euch werden soll!« sagte sie hart. »Ihr könnt nicht immerzu in den Tag hineinleben und Euch um nichts bekümmern.«
Catherine blickte mit großen Augen zur Seite. Sie machte sich unwillig von der Sprecherin los und stellte sich mit verschränkten Armen ans Fenster.
»Es liegt nicht in meiner Hand, mein Schicksal zu wenden«, erwiderte sie gelassen. »Allein Seine Majestät kann entscheiden, wie es weitergeht. Er wird wahrscheinlich unsere Eheschließung für ungültig erklären lassen und mich vom Hof verbannen. Nun lebe ich schon fast zwei Monate unbehelligt in diesem Haus, also denke ich nicht, daß Seine Hoheit mir nach dem Leben trachtet.«
»Und wenn wir für immer hier eingesperrt würden?« Margaret Howard drehte sich bei dem Gedanken daran der Magen um.
»Wir haben es warm hier, wir essen, trinken und spielen. Es fehlt uns an nichts!« gab Catherine zu bedenken. Wir werden ja sehen. Ich bin jetzt erst zwanzig Jahre alt, Seine Majestät aber schon am Rand des Grabes...
Der Hof feierte das Neujahrsfest diesmal etwas gedämpfter. König Heinrich war geradezu auffallend lustig und angestrengt heiter. Er richtete ein Bankett aus mit den sechzig schönsten Damen, die er auftreiben konnte. Es gab keinen leeren Platz an seiner Seite, denn der Sitz der Königin war rasch beiseitegeräumt worden.
Auch John Clamour, der Earl von Fairbury, hielt sich in London auf. Manch einer wunderte sich darüber, denn nach dem peinlichen Auftritt während der Reise im Norden wußte jeder Höfling über Johns Beziehung zu Alice Shelton Bescheid. Diese aber war vor Wochen im Tower verschwunden und seither hatte man weder von ihr gehört noch hatte sich irgendwer getraut, nach ihr zu fragen.
Als John nicht aufhörte, nach Alice zu forschen, verschlossen sich ihm die Türen der Hofgesellschaft. Immer häufiger ließen sich Leute verleugnen, die er in ihren Stadtresidenzen aufsuchen wollte – genau wie damals, als er zum ersten Mal versucht hatte, sich das Recht zu verschaffen, das ihm, wie er glaubte, zustand.
Sir Edward Baynton und seine Frau, die frühere Isabel Howard, gewährten John Einlaß. Der frühere Haushofmeister der Königin und ihre Schwester hatten sich in ihr Haus zurückgezogen und empfin-

gen keine Menschenseele. Für John machten sie allerdings eine Ausnahme, denn Isabel mochte den Earl.
Ein Kerzenleuchter tauchte den Raum in schummriges Licht, in dem die drei sich gegenübersaßen. Da das Zimmer keinen Kamin besaß, hatten sie sich in Pelzmäntel und Decken gehüllt. Isabel hatte sich sogar eine der altmodischen Giebelhauben aufgesetzt, weil diese besser wärmte. Auf Edward Bayntons hoher, kahler Stirn spiegelte sich der Schein der Kerzenflamme. Lange schaute er zu John hinüber, während seine Frau sich wie hilfesuchend an ihn schmiegte.
»Nun bleibt Euch einiges erspart, Fairbury«, brach er das Schweigen.
»Was meint Ihr?« John schaute interessiert.
»Hmm – Ihr wolltet doch ein Kirchengericht anrufen, um Euren – äh – Status als Ehemann zu klären, nicht wahr? Ich denke, auf eine solche Ehe könnt Ihr dankend verzichten. Eine Verbrecherin zur Frau – und vielleicht ist sie nicht einmal mehr am Leben.«
Jetzt schaltete sich auch Lady Baynton ein. Mit vor Kälte bebender Kleinmädchenstimme meinte sie:
»Ich hätte es nie – nie – niemals geglaubt, daß meine Schwester zu einem solchen Verbrechen fähig sein könnte. Also darum hat sie immer Alice und die Rochford so vorgezogen!« Was soll das Getue um die lächerlichen Affären vor der Heirat mit dem König. Die Briefe, die ich für sie schmuggelte, damals am Kaninchenstall... Aber als Königin mit Culpeper zu schlafen, das war dreist...
»Wann werdet Ihr Eure Schwester wiedersehen?« wollte John wissen.
»Vermutlich niemals wieder«, fuhr Baynton dazwischen. »Ich würde es gar nicht wollen, weil wir einerseits schon genug Scherereien ihretwegen hatten – wir sind beide unsere Ämter los! Und andererseits würde Ihre Gnaden gewiß einen schlechten Einfluß auf meine Frau ausüben.«
Isabel kämpfte gegen das Würgen in der Kehle. Catherine war die Gefährtin ihrer Kindheit gewesen. Aber wenn Edward so dachte, war Widerspruch fehl am Platz. Er wußte sicher besser, was zu tun war.
»Wenn Ihr mich fragt, Fairbury, so geht nach Dorset und überwacht Eure Pächter. Hier wird, so glaube ich, demnächst noch manches Unerfreuliche passieren.«
Johns Augen weiteten sich.
»Baynton!« stieß er hervor. »Wißt Ihr etwas oder führt Ihr nur ein hübsches Schauspiel auf?«

Der frühere Haushofmeister beugte sich zu dem Earl hinüber und berührte mit seinen Lippen beinahe Johns Ohr.
»Verhaltet Euch ruhig, das ist mein guter Rat! Wie leicht könnt auch Ihr in Verdacht geraten, weil Ihr auf vertrautem Fuße mit Alice Shelton standet. Wollt Ihr im Kerker enden oder wollt Ihr, Eures Rumpfes beraubt, von der London Bridge grinsen wie die Köpfe von Culpeper und Derham? Denkt doch an Euren Neffen, wenn Ihr schon nicht auf Euch achtgebt!«
John wurde es auf einmal übel. Stotternd dankte er den Bayntons für ihre Gastfreundschaft und brach überstürzt auf. Die eiskalte Januarnacht mit ihren Tausenden klar glitzernder Sterne verschluckte ihn.

Die Zeit, die über das alte Klostergebäude von Syon hinwegzog, verfloß für seine Insassen so gleichmäßig, daß sie kaum noch wußten, welches Datum man schrieb oder welcher Wochentag gerade war. Dies zählte alles nicht mehr, weil ohnehin der Tagesablauf keinen besonderen Änderungen unterworfen war. Catherine Tudor, geborene Howard, und ihre Dienerschaft erkannten am Erscheinen des Priesters Clovin, daß es Sonntag sein mußte. Denn das Seelenheil der Verbannten lag Erzbischof Cranmer am Herzen und er sorgte dafür, daß einmal in der Woche Gottesdienst gehalten wurde.
Das Haus zu verlassen war keinem erlaubt, doch legte der Kommandant der Wache diese Anweisung eher großzügig aus. Da der Garten des Anwesens von hohen Mauern umgeben war, die früher die Mönche vor der sündigen Außenwelt abgeschirmt hatten, blieb die Lage überschaubar und so durften die Eingeschlossenen sich wenigstens hier ein wenig Bewegung verschaffen.
Für die gestürzte Königin reichte dies jedoch nicht aus. Zwar brachte sie manche Stunde damit zu, zwischen den trostlosen, entlaubten Bäumen und den verwelkten, bisweilen schneebedeckten Beeten spazierenzugehen, doch da sie andererseits mit gutem Appetit aß, nahm sie ständig zu.
Sie ahnte nicht, daß Mitte Januar eine Parlamentssitzung einberufen worden war, damit über ihr weiteres Schicksal entschieden würde. König Heinrich ließ sich wegen Unpäßlichkeit entschuldigen und gab dem Lordkanzler die Vollmacht, in seinem Namen das Großsiegel des Staates zu benutzen. Was immer die Männer beschließen würden – der Herrscher würde es nicht mehr unterzeichnen müssen,

da der Kanzler in seinem Namen die Genehmigung erteilte. Heinrich bemühte sich, die Gefangene von Syon aus den Gedanken zu verbannen. Je mehr er dies versuchte, umso weniger wollte es glücken. Zu frisch war die Wunde, Catherines Verrat hatte ihn empfindlicher getroffen, als er es wahrhaben wollte. War er denn nicht mehr länger der bewunderte Kämpfer, der Verteidiger des Glaubens, der Kriegsheld ohnegleichen, der begehrteste Mann im Reich? Wie verblendet mußte das unreife Ding gewesen sein, ihm einen im Rang viel tiefer stehenden, wenn auch hübschen jungen Schnösel vorzuziehen?

Zwei- oder dreimal stellte der König sich schlafend, als er in seinem Privatgemach den sanften Harfenklängen der neu aus Flandern angeworbenen Musiker lauschte. Der scheinbar Eingenickte hörte dann begierig zu, wie die Diener sich im Flüsterton über die Affäre unterhielten. Mehrfach hatten die Lakaien davon gesprochen, daß man sich der Person der Königin entledigen müsse, auf die eine oder andere Art. Schließlich müsse Seine Majestät an das große Ziel denken, weitere Söhne zu zeugen, und wie solle das geschehen, wenn er die Königin nicht mehr zur Frau haben wolle? Sicher gäbe es eine Menge Fürstentöchter auf dem Kontinent, ganz zu schweigen von den lieblichen Frauen der eigenen Heimat, die mit Freuden einem Mann wie dem König angetraut werden wollten.

Das Parlament beschloß, daß es in Zukunft Hochverrat sei, den König zu heiraten und sich hierbei fälschlicherweise als unberührte Jungfrau auszugeben. Am Hof erschraken die Oberhäupter der mächtigen Adelsfamilien. Wer würde es jetzt noch wagen, seine Tochter oder Nichte als künftige Königin zu empfehlen?

Doch das war noch nicht alles.

Die Königin, Lady Rochford und Mistress Shelton sollten wegen Hochverrats angeklagt werden. Um jegliches Aufsehen zu vermeiden – womöglich könnte allein die Jugend Catherine Howards die Zuschauer rühren -, würden die drei nicht vor Gericht gestellt werden. Vielmehr sollte nochmals eine Kommission zur Befragung Ihrer Gnaden nach Syon entsandt werden, damit das Parlament Bilanz ziehen und zu einem Beschluß gelangen konnte. Verbannung auf ewig oder der Tod, so lauteten die Alternativen.

Besonnene Abgeordnete mühten sich um das Leben Catherines, denn im Grunde bedauerten sie die junge Frau. Sie rieten dazu, nicht vorschnell zu urteilen und alles wohl zu bedenken.

Stürmisches Wetter hielt die Männer ein paar Tage auf, doch dann war es wieder möglich, auf dem Wasserweg das Anwesen Syon zu erreichen. Am 25. Januar begab sich eine Abordnung der Parlamentarier zur früheren Königin, um sie erneut zu befragen, doch Catherine gab sich verschlossen. Immer wieder betonte sie, nicht mehr sagen zu können, als das, was sie schon tausendfach zu Protokoll gegeben hatte:

Ja, sie hatte mit Derham geschlafen, aber nur, weil dieser sie dazu gezwungen hatte. Ein Verlöbnis habe zu keiner Zeit bestanden.

Nein, Thomas Culpeper hatte sich ihr niemals in unziemlicher Weise genähert, obwohl Lady Rochford ihn beständig dazu ermuntert hatte.

Der Anführer der Delegation lud Catherine ein, vor das Parlament selbst zu treten und sich dort zu verteidigen. Doch sie lehnte dies ab, wohl wissend, wie wenig sie den zahlreichen Zeugenaussagen entgegenzusetzen hatte, die man ihr vorlegen würde. So erwiderte sie den Männern, sie lege ihr Schicksal ganz in die Hand des Königs, der sich noch stets als ein gnädiger Herrscher erwiesen habe. Zum Schluß verlor sie für einen Moment den Kopf, weinte los und stammelte, sie habe für ihre Undankbarkeit gegen Heinrich den Tod verdient.

Deutlich milder gestimmt, kehrte die Delegation nach London zurück. Doch während der folgenden zwei Wochen sammelten die Reformer immer mehr Stimmen, sobald das weitere Vorgehen gegen die Königin zur Sprache kam. Geschickte Redner wendeten die Stimmung, sowohl im Haus der Lords als auch im Unterhaus, sodaß viele bald die Repräsentantin des verhaßten Papsttums in Catherine zu erkennen glaubten. Man verfahre viel zu milde mit dieser Frau, deren Schuld doch längst bewiesen sei, wetterten manche. Und so wurde am 6. Februar endlich in dritter Lesung der Akt verabschiedet, der ein Prozeßurteil ersetzte. Catherine Howard, nunmehr gewesene Königin, Jane Boleyn Gräfin Rochford und Mistress Alice Shelton sollten hingerichtet werden und all ihr Besitz der Krone zufallen. Die letzte Entscheidung lag nun bei König Heinrich, denn ohne seine Gutheißung konnte das Gesetz nicht in Kraft treten.

Unzertrennlich

Sir John Gage, der neue Kommandant des Tower, fand seine Aufgabe bisweilen noch schwierig. Jedesmal, wenn er unter dem Fenster vorbeiging, hinter dem Lady Rochford gefangensaß, schauderte es ihn. Der Anblick verrottender Gehängter, die draußen vor den Mauern der Festung baumelten, jagte ihm weniger Schrecken ein als die hohe und schrille Stimme der Lady, die den ganzen Tag einen merkwürdigen Singsang von sich gab. Da sie andere Gefangene, die die Zelle mit ihr teilten, tätlich angegriffen hatte, mußte man ihr trotz der Platznot Einzelhaft auferlegen.

Pflichtgetreu hatte Gage, nachdem er vom Parlamentsbeschluß erfahren hatte, seinen Monarchen schriftlich darauf hingewiesen, daß es nicht erlaubt war, geisteskranke Menschen hinzurichten. Und Jane Rochford hatte den Verstand verloren, da gab es keinen Zweifel.

Wenige Tage nach der Eingabe des Kommandanten befaßte sich das Parlament mit seinem Hinweis. Es dauerte nicht ganz zwanzig Minuten, bis die Genehmigung erteilt war. Ein Eilkurier wurde zum Whitehall-Palast geschickt, in dem sich Seine Majestät gerade aufhielt. Schon bald kehrte der Mann zurück. Er überbrachte den Herren die Vollmacht des Königs, auch bei der Anordnung der Hinrichtungen der drei Staatsgefangenen nach eigenem Gutdünken verfahren zu können. Wenn der Großsiegelbewahrer das Schriftstück besiegelte, würde es der Unterschrift Heinrichs VIII. nicht mehr bedürfen.

Nur langsam hatte sich Alice Shelton von ihrer Folterung erholt. Noch etwa drei Wochen lang zeichnete sich ein schmaler, schwarzviolett schimmernder Ring an ihrem Hals ab. Eine Woche lang fieberte sie stark, konnte nur unter größten Schmerzen ein wenig Wasser schlucken und kaum sprechen. Zwei Geldfälscher, die ihren Kerker teilten, schlossen täglich Wetten um imaginäre Summen ab, ob die junge Frau überleben würde.

Doch als immer mehr Höflinge verhaftet wurden und den Tower füllten, wurden die schon Einsitzenden neu auf die Zellen verteilt. Sir John Gage erhielt außerdem von gewisser Seite den warnenden Hinweis, er möge nicht durch ungünstige Haftbedingungen der verurteilten Miss Shelton ein vorzeitiges Ende bereiten. Und so quartierte der Kommandant Alice in ein Fachwerkgebäude um, das an die Ka-

pelle Sankt Peter ad Vincula grenzte. Schaute man aus dem einzigen Fenster des Raumes, sah man direkt hinunter auf den gepflasterten Platz, auf dem einst Anne Boleyn zu Tode gekommen war. Auch jetzt wurden dort wieder einige Handwerker aktiv, um das Schafott zu errichten. Den ganzen Tag über hallten die Hammerschläge wider, was Alice, die unter Kopfschmerzen litt, sehr störte.
Seit sie allein in dem neuen Raum lebte, ging es mit ihrer Gesundheit spürbar aufwärts. Inzwischen hatte sie ihre Stimme weitgehend zurückgewonnen, doch ein heiseres Kratzen war ihr geblieben. Manchmal sorgte die Frau des Kommandanten dafür, daß Alice eine warme Suppe zum trockenen Brot, zähen Fleisch und kalten Wasser erhielt. Während andere, vermögende Gefangene auf keine Gaumenfreude zu verzichten brauchten, sah sich Alice kaum in der Lage, ihre Verpflegung zu verbessern, denn sie besaß ja nichts.
Am vergitterten Fenster zu sitzen, zum White Tower oder zur Kapelle hinüberzuschauen und das Kommen und Gehen der Towerbewohner zu beobachten, war eine Freude, die sie nach den Tagen im Dunkel des Fälscherkerkers dankbar genoß. Die einstige Hofdame dachte oft an ihre Kusine, die nur eine kurze Strecke entfernt unter dem Boden der Kapelle ruhte. Bald werde ich ihr dort Gesellschaft leisten, dachte sie und betete einen weiteren Rosenkranz. Wie wenig Zeit habe ich in meinem bisherigen Leben Gott geschenkt! Ob es schon zu spät ist, noch ein wenig davon aufzuholen?
Manchmal besuchte sie der Priester Clovin, der auch jeden Sonntag nach Syon ging, um dort die Messe zu lesen. Er durfte kein Wort zwischen Alice und ihrer früheren Herrin übermitteln, was er mit einem Eid bekräftigt hatte. Doch erzählte er Alice alles, was in der Stadt allgemein über das Schicksal der Königin bekannt war.
Es war Freitag, der 10. Februar 1542. Ein weiterer bitterkalter Tag reihte sich auf die Schnur endloser bitterkalter Tage auf, die die Insassen des Tower erlebten.
Alice Shelton horchte auf, als der Schlüssel sich drehte und der Priester Clovin die Zelle betrat. An seiner Seite ging Sir John Gage, der sich bemühte, eine undurchdringliche Miene zur Schau zu tragen.
»Erhebt Euch, Mistress Shelton, ich habe eine Botschaft des Parlamentes zu verlesen, die Euch betrifft«, forderte er die junge Frau auf. Aus mehreren großen Strohballen, zwischen denen sie ein wenig Schutz vor der Winterkälte gesucht hatte, kam die Angesprochene hervor. Es fiel ihr schwer, sich von der Stelle zu bewegen, da eine

große Eisenkugel an ihr linkes Fußgelenk gekettet war. Alice schob die Kugel beiseite, sodaß die Kettenglieder leise klirrten, dann erhob sie sich und blickte Gage an.

»Alice Shelton, Tochter von Sir John und Lady Anne Shelton, geborene Boleyn, wird wegen Nichtanzeige von Hochverrat zum Tode verurteilt. Sie hat um die Verbrechen der gewesenen Königin gewußt und sie nicht, wie es ihre Pflicht gewesen wäre, gemeldet. Damit hat sie ihr Leben verwirkt. Nach Sitte und Gesetz dieses Landes soll ihr dafür der Kopf abgeschlagen werden. Gegeben zu London, am 9. Februar im Jahre des Herrn 1542.«

»Die Axt!« sagte Alice merkwürdig entrückt. »Also die Axt. Es ist keine Überraschung, Mylord, wer im Tower sitzt, der pflegt nicht lebend wieder herauszukommen. Ich danke Euch für Eure Güte.«

Der Priester sprang rasch herbei, als er bemerkte, daß es der Sprecherin weich in den Knieen wurde. Er faßte Alice um die mageren Schultern und schob den Arm um ihre Taille. Sanft setzte er sie wieder auf das Stroh am Boden, schüttete ein wenig Wasser aus dem Krug in seine hohle Hand und rieb ihr die Wangen damit ein.

Sir John Gage kämpfte sein Mitleid nieder. Das wird dir jetzt noch häufiger so gehen, sagte er sich. Das ist das täglich' Brot eines Kommandanten. Bald wirst du zehnmal am Tag solche Botschaften verkünden, und es wird dir nichts ausmachen. Es wird dir nichts ausmachen.

»Da weder am Samstag noch am Sonntag Hinrichtungen stattfinden, werdet Ihr noch Zeit bis Montag früh haben«, meinte er. »Ich werde Euch jetzt verlassen, denn alles Nötige ist gesagt. Aber wenn Ihr des geistlichen Trostes bedürft, darf Pastor Clovin noch bei Euch bleiben.«

Alice nickte stumm, während Gage beim Weggehen die Tür hinter sich anlehnte und Clovin sich neben sie kauerte.

»Ich habe Euch etwas mitgebracht«, flüsterte er und zog aus seinem Priestergewand ein dutzendfach zusammengefaltetes Etwas aus Stoff, dazu ein bis auf winziges Format zusammengeknittertes Schriftstück. »Dies gab mir ein Mann am Hof, der es gut mit Euch meint. Seinen Namen soll ich Euch jedoch verschweigen.«

Die junge Frau rückte ein wenig zum Fenster hin, strich den Brief glatt und hielt ihn mit zitternden Händen ans Licht. Auf den ersten Blick erkannte sie Stephens Handschrift, auch wenn aus Gründen der Vorsicht kein Name unter dem Text stand.

9. Februar. Ich erfuhr soeben von dem Urteil des Parlaments gegen Euch. Gott hat somit gesprochen, Seine Gerechtigkeit geht nicht fehl. Doch es dauert mich, Euch frierend im Kerker zu wissen und übersende Euch ein Geschenk gegen jene Not.

Clovin nahm den Stoff zwischen Daumen und Zeigefinger und schüttelte ihn. Es entfaltete sich eine perlenbestickte Haube aus blaugefärbtem Leinen, an der Innenseite mit Wolle gefüttert.

»Ein prächtiges Stück!« staunte der Priester. »Ihr könnt es auch am Montagmorgen anziehen und Euch damit einen würdigen Abgang verschaffen.«

»Gibt es denn gar keine Hoffnung?« fragte Alice kleinlaut. »Könntet Ihr nicht mit Erzbischof Cranmer sprechen? Vielleicht würde er Seine Majestät dazu bewegen können, Gnade walten zu lassen, so daß ich wenigstens am Leben bleibe.«

»Ich könnte es versuchen«, räumte Clovin ein. »Aber ich weiß schon jetzt, daß meinen Bitten kein Erfolg beschieden sein wird. Seine Exzellenz will mit der ganzen Sache nichts mehr zu tun haben. Wenn heute nachmittag die gewesene Königin hier eintrifft, soll der Bischof von Lincoln ihr die Beichte abnehmen; Cranmer hat diese Aufgabe nicht übernehmen wollen. Ihr solltet vielmehr die Zeit nutzen, die Euch bleibt, und demütig werden vor Gott. Schließlich hat das Gesetz Euch verurteilt, also seid Ihr schuldig und müßt zusehen, daß Euch das ewige Heil Eurer Seele nicht verlorengeht. Statt auf Dinge zu hoffen, die nicht eintreten, rate ich Euch, Eure Strafe anzunehmen und die Sünden zu bereuen, die Euch hierher gebracht haben.«

Plötzlich fuhr Alice hoch. Ihre dünnen Arme schnellten nach vorn, die schlotternden Ärmel rutschten bis zum Ellenbogen zurück. Mit beiden Händen packte sie den Priester am Gewand und schüttelte ihn. Ihre früher wohltönende Stimme steigerte sich zu häßlichem Kreischen, als sie ihm ins Gesicht schrie:

»Aber ich will nicht sterben!«

Mit einem Ruck machte Clovin sich frei und stieß die Tobende an die Wand zurück.

»Jetzt hört mir einmal genau zu, Mistress Shelton«, sagte der Kleriker. »Ihr habt in den vergangenen Jahren nur Schuld über Schuld auf Euer Haupt gehäuft! Meint Ihr, ich weiß das nicht? Als erstes habt Ihr Euch an Euren Eltern versündigt, seid ihnen ungehorsam gewesen und habt den eitlen Glanz des Hofes einem Leben in der Stille vorgezogen. Dann hattet Ihr fleischlichen Verkehr mit einem Manne,

der Euch zum Gatten bestimmt war und den Ihr danach jedoch verleugnet habt. Schließlich stürztet Ihr Euch an der Seite der gewesenen Königin von einem Vergnügen und Laster in das nächste, statt Euch um Gebet und Wohltätigkeit zu bekümmern, wie es einer Hofdame geziemt. Und um das Maß vollzumachen, halft Ihr Eurer Herrin, Seine Majestät in schamlosester Weise zu hintergehen! Allein dafür ist der Tod schon völlig angemessen.«
Alice kauerte noch immer an der Wand. Sie bewegte sich nicht mehr. Mit jetzt brüchiger Stimme bat sie den Priester:
»Wenn es so ist, dann erfüllt einer Todgeweihten nur noch ein paar geringe Wünsche. Ich möchte einmal noch die Königin sehen und ihr etwas sagen, was mir auf die Seele drückt. Ferner bitte ich um Schreibzeug, um eine letzte Botschaft an Stephen Dennyford verfassen zu können. Und letztlich ist es mein Begehr, daß der Herr Scharfrichter die Klinge seiner Axt prüft und gegebenenfalls sorgfältig nachschleift.«
Schon zwei Stunden später trat Clovin abermals in den Raum und brachte Alice Feder, Tintenfaß und zwei Bögen Papier.
»Der Herr Kommandant hat zugestimmt, daß Ihr den erwähnten Brief schreiben dürft. Was aber ein Treffen mit der Königin angeht, so ist dies völlig ausgeschlossen. Und da der Henker seinem Handwerk keine Schande machen will, ist es wohl selbstverständlich, daß er sein Werkzeug ordentlich pflegt.«
Mit diesen Worten wandte sich der Priester zum Gehen, doch Alice hielt ihn zurück und forderte ihn auf, am Vorabend ihres Todes noch einmal zu erscheinen, um den Brief an Stephen Dennyford zu empfangen und ihr die Beichte abzunehmen. Clovin war einverstanden und segnete die Gefangene, bevor er endgültig ging.

Zur selben Zeit störte eine Abordnung unter Leitung des alten Herzogs von Suffolk den Frieden der Abgeschiedenen von Syon.
»Madam, draußen ist Seine Gnaden von Suffolk und will Euch sprechen«, sagte einer der Lakaien zu Catherine Howard.
»Er soll eintreten«, winkte die Ex-Königin lustlos.
Suffolk, hochgewachsen und nicht mehr so schlank wie ehedem, mit bis zur Schulter reichenden grauen Haaren, trat ein und entblößte sein Haupt.
»Euer Gnaden, ich habe Befehl vom König, Euch in den Tower zu London zu überführen«, sagte er knapp.

Catherine wich ein paar Schritte zurück. Instinktiv griff sie nach der Tür, um sie dem Eindringling vor der Nase zuzuschlagen, hielt aber plötzlich inne. Sie stierte den Herzog an.
»Das – das ist völlig unmöglich!« preßte sie heraus. »Ich kann meine Diener hier nicht allein lassen. Und das Tuch ist noch nicht fertig bestickt.«
Unauffällig gab Suffolk einen Wink. Hinter ihm traten langsam mehrere Begleiter in den Raum, allesamt Lords des Oberhauses. Der Zugang zum Haus füllte sich mit Wachsoldaten, die ihre am Themseufer vertäute Barkasse verlassen hatten und sich bereithielten.
»Seid vernünftig und kommt jetzt«, sagte Suffolk ruhig. »Ihr dürft ja vier Eurer Damen mitnehmen.«
»Nein!« wehrte sich Catherine. »Bitte nicht! Hier ist es so schön. Und ich habe mich doch ganz still verhalten. Niemand hat mehr großes Aufhebens um meine Person gemacht.«
»Und Ihr glaubt, Eure Schuld gerate dadurch in Vergessenheit?« lachte Suffolk sarkastisch. »Ihr laßt leider außer acht, Madam, daß das Parlament Euch gestern rechtsgültig zum Tod verurteilt hat und der König durch den Großsiegelbewahrer seine Zustimmung dazu gab.«
Mit einem Schrei stürzte Catherine zum nächstbesten Fenster des ebenerdig liegenden Zimmers und versuchte, die mächtigen Scheiben zu entriegeln. In blinder Panik wollte sie vom Sims in den Garten springen, doch natürlich waren die Abgesandten schneller. Drei Männer, dann sogar vier, waren nötig, um die unscheinbare kleine Person zu bändigen, die unter herzzerreißenden Schreien immer wieder um sich schlug. Schließlich gelang es der Wache, die frühere Königin in eine der beiden Barkassen zu schaffen, die schwarz verhängt war.
Das Boot mit der – bald nur apathisch dasitzenden – Catherine und den letzten vier Hofdamen, die ihr geblieben waren, fuhr mit starker Wachbesatzung voran. Dahinter kam die Barke mit Suffolk und seinen Begleitern. Irgendwann passierte der Zug die London Bridge, doch zum Glück sah und hörte Catherine nichts davon. Denn die Köpfe Derhams und Culpepers, die dort auf Stangen im Wind schwankten, waren mittlerweile ebenso schwarz wie die Kleidung der gestürzten Königin.
Es war Nachmittag, als die Boote am Wassertor des Tower anlegten. Auf der Treppe, die nach oben in den Innenhof der Festung führte, verließ Catherine die Kraft. Eine Weile blieb sie dort sitzen und

weinte vor sich; niemand hinderte sie daran. Als sie sich gefaßt hatte, geleitete Sir John Gage sie zu den Königinnengemächern im Fachwerkhaus nahe des Beauchamp Tower. Von hier konnte sie über den Rasen und einen Teil des Hofes bis zur Kapelle schauen, vor der bereits das Schafott errichtet war.
Alice Shelton hatte durch das Fenster Lärm vernommen, der auf Ungewöhnliches schließen ließ. Sogleich ahnte sie, daß Catherine eingeliefert wurde, denn Clovin hatte ihr ja einen Hinweis darauf gegeben. Aber wegen des Gitterkreuzes vor der Maueröffnung gelang es ihr nicht, nach rechts in Richtung der Königinnengemächer zu schauen. Und daher sah sie auch Catherine Howard nicht, die ihr einst wie eine Schwester gewesen war.
In der Hauptstadt sprachen die Menschen von nichts anderem mehr als dem bevorstehenden Ereignis. Wann hatte man je eine Königin wie eine Missetäterin unter der Axt sterben sehen? Und nun wiederholte sich dieses nie gekannte Schauspiel innerhalb von sechs Jahren zum zweiten Mal.
»Nach Nan Bullen trifft es nun ihre Kusine«, munkelten die Leute in den Schenken und Herbergen, auf Märkten, Gassen und Straßen, in Kirchen und Werkstätten. Herolde verkündeten am Samstag und Sonntag, daß die Hinrichtung nicht öffentlich stattfinden würde. Die Botschaft wurde mit gellenden Pfiffen erwidert. Viele sahen sich um das Spektakel betrogen.
Auch John Clamour, Earl von Fairbury, hatte es längst erfahren. Obgleich er die Neuigkeit erwartet hatte, fühlte er sich doch, als sei ihm der Februarfrost bis ins Innerste gedrungen. Nun befand er sich zu Fuß unterwegs in London und fing überall Gesprächsfetzen von Passanten auf, die sich über den Sturz ihrer Königin unterhielten. John hatte nach kurzem Nachdenken entschieden, einen der schwersten Gänge seines bisherigen Lebens anzutreten. Aber es mußte sein.
Sein Ziel war das jüngst von Stephen Dennyford erworbene Haus, das der Zweite Gewandmeister als Stadtresidenz bezogen hatte. Gut informierte Kreise hatten verbreitet, daß seine Erhebung zum Ersten Gewandmeister kurz bevorstehe, denn der Inhaber dieses Amtes lag im Sterben. Stephen, der nun bald nicht mehr auf die engen Dienstgemächer angewiesen war, die ihm bei jedem Umzug des Hofstaates zugeteilt wurden, hatte sofort reagiert und sich eine standesgemäße Unterkunft in der Hauptstadt gesucht.
John trug seine dicksten Stulpenstiefel. Sie reichten bis weit über's

Knie und schützten ihn vor dem Schlamm der aufgeweichten Straßen. Er kämpfte sich durch die Vorübergehenden, bis am Ende des Ludgate Hill Dennyfords Haus in Sicht kam.
Offenbar hatte der Mann bereits Besuch bekommen, denn als John über das Hofmäuerchen hinwegsah, erblickte er durch die halb offene Stalltür neben Stephens herrlichem Rappen und seinen drei anderen Pferden einen auffallend schlanken, feingliedrigen Schimmel.
Da John sich nicht angemeldet hatte, beschlich ihn ein merkwürdiges Gefühl. Ratlos streifte er ein paarmal um das Haus, das als Eckhaus direkt an einer Straßenkreuzung stand. Dann näherte er sich einem großen, geschlossenen Fenster mit gelben Butzenscheiben, hinter dem er undeutlich einen sich ruckartig bewegenden Schatten sah. Irgendwer ging dort anscheinend auf und ab. Und plötzlich drang eine wütende Männerstimme nach draußen. Interessiert hielt sich John das linke Ohr zu, das den Straßengeräuschen zugewandt war, und formte mit der Hand einen Trichter um das rechte.
»Ich habe es dir schon mehrfach gesagt! Als Erster Gewandmeister Seiner Majestät wird mir viel mehr Aufmerksamkeit und Achtung zuteil als bisher! Und deshalb müssen wir uns leider trennen! Meinst du etwa, es sei meinem Ruf zuträglich, wenn herauskommt, daß Master Dennyford sich mit ...«
Bei der gegenüberliegenden Wirtschaft begann man Fässer zu entladen, die mit lautem Gerumpel die Worte übertönten. John fluchte innerlich. Als die Männer endlich fertig waren, war auch aus dem Zimmer hinter den Butzenscheiben nichts mehr zu vernehmen – außer dem hysterischen Geschluchze einer Frau.
John betätigte den Türklopfer. Es dauerte eine Weile, bis ein Diener erschien. Immerhin ließ Dennyford sich nicht verleugnen. Aber John wurde gebeten, allein in einem Raum zu warten, bis der Hausherr erscheinen würde. Und nach einer Zeitspanne, die dem Earl wie eine Ewigkeit vorkam, trat Stephen Dennyford durch die Tür. Niemand begleitete ihn.

Der Sonntagabend brachte manche Überraschung mit sich.
Catherine Howard empfing John Leland, den Bischof von Lincoln, in ihrem Gemach. Mit ihm alleingelassen, schüttete sie ihr Herz aus.
»Bei Christi Wunden, es ist ein Glück, daß mein Vater schon tot ist und mein Schicksal nicht mehr miterleben muß«, sagte sie traurig. »Gibt es denn Hoffnung für mich, ihn im Himmel wiederzusehen?

Oder bin ich ganz und gar verloren, der Hölle verfallen?« fragte sie bang.
»Ihr wißt, daß Gott niemanden verlorengehen läßt, der seine Sünden ehrlich bereut«, erwiderte Leland. »Es ist wahr, Ihr habt Eurem Vater Schande gemacht, aber wer weiß, ob sich seine Seele nicht auch im Fegefeuer befindet. Dann seht Ihr ihn gewiß schon morgen wieder.«
Mit Leidenschaft bekannte Catherine ihre Verfehlungen – mit Manox und Derham.
»Alle die Torheiten meiner Jugend, Exzellenz, will ich gerne zugeben und eingestehen. Doch ich schwöre Euch, bei Gott und seinen heiligen Engeln, daß ich dessen unschuldig bin, wessen man mich anklagt! Bei der Rettung meiner Seele, niemals habe ich das Bett meines Souveräns derartig mißbraucht. Gott ist mein Richter, er wird mir gewiß verzeihen. Bitte, betet nun gemeinsam mit mir um das Erbarmen des himmlischen Vaters. Er möge mir Kraft geben für das, was morgen kommt.«
Die frühere Königin kniete vor dem Kirchenmann nieder und empfing seinen Segen. In ihr verweintes Gesicht hatten sich die Spuren der vergangenen Tage eingekerbt, in denen sie unaufhörlich geschrieen und mit sich selbst geredet hatte, beinahe schon dem Wahnsinn verfallen wie Lady Rochford.
Nachdem der Bischof sie verlassen hatte, schickte Catherine nach dem Kommandanten. Sir John Gage kam sofort, behandelte er doch die Gestürzte mit ausgesuchter Höflichkeit. Er sprach sie sogar noch mit der einstigen Anrede an, obgleich ihr das Parlament den Königinnentitel aberkannt hatte.
»Was wünscht Ihr, Hoheit?«
Catherine faltete die Hände und zwang sich zur Ruhe.
»Ich bitte Euch um einen ungewöhnlichen Gefallen, Mylord«, sagte sie. »Jedermann erzählt mir, wie würdig und gelassen meine Kusine Anne Boleyn in den Tod ging. Soll ich ihr nur meiner Jugend wegen nachstehen? Also laßt mir den Block ins Gemach bringen, damit ich für morgen üben kann. Es wäre mir gar zu peinlich, wenn ich mich als ungeschickt erwiese, habe ich doch naturgemäß keine Erfahrung in solchen Dingen ...« Sie brachte ein feines Lächeln fertig, das Gage verlegen beiseite schauen ließ.
Bald darauf schleppten zwei Soldaten den Holzblock mit der halbrunden Vertiefung in der Mitte von der Plattform des Schafotts hinauf zu Catherine Howard, die sich artig dafür bedankte.

Währenddessen herrschte im St. James-Palast, wo König Heinrich residierte, plötzliche Aufregung. Zu später Stunde, als die meisten Höflinge längst in ihren Betten lagen und der Monarch sich ebenfalls schon in sein Privatgemach zurückgezogen hatte, begehrte noch jemand Einlaß. Es gelang ihm nicht nur, sich Zutritt zum Schloß zu verschaffen, sondern auch, bis zum König vorzudringen. Das alles geschah so schnell, daß nur wenige es mitbekamen. Und nur eine Handvoll Nachtwachen, die aus dem Fenster in den Hof sahen, bemerkten den feurigen Rappen, den ein Knecht hielt.

Montag, der 13. Februar 1542 dämmerte herauf.

Um sieben Uhr waren die Sterne noch nicht verglommen. Mitten zwischen ihnen hing eine schmale Mondsichel. Vom Fluß, der unangenehme Düfte verströmte, stieg Nebel auf. Er erreichte nicht einmal die Türme des White Tower, sondern kroch in geringer Höhe dahin und legte sich als feuchter Film auf die Kleidung der Menschen, die zum Eingang des Bollwerks unterwegs waren. Glatteis und Bodenfrost ließen die Männer des Kronrats bis ins Mark erfrieren. Bis auf die Herzöge von Norfolk – er hatte sich diskret auf seine Besitzungen zurückgezogen – und Suffolk – er war erkrankt – waren alle erschienen, um zu beobachten, wie die Gerechtigkeit ihren Lauf nahm.

Rund um den Rasen, den Catherine Howard vom Königinnenhaus aus überqueren mußte, waren brennende Fackeln aufgestellt. Doch wäre es nicht ratsam gewesen, die Hinrichtung in der Dunkelheit zu vollziehen. Vielmehr sollte sich der Platz über die nächsten zwei Stunden mit ausgewählten Zuschauern füllen.

Die Delinquentin Catherine erwachte von selbst, noch bevor Sir John Gage sie wecken kam. Auch ihre vier Damen waren vor Aufregung schon auf den Beinen. Sie versuchten, jeden Handgriff so präzise und selbstverständlich auszuüben wie an Hunderten von Morgen zuvor.

Dennoch unterbrach die frühere Königin des öfteren die Prozedur des Haareflechtens, um ihren Toilettenstuhl aufzusuchen. Nach geraumer Zeit endlich hatte sie ein weit ausgeschnittenes, schwarzes Sommerkleid angezogen.

»Meine Wintergewänder sind ungeeignet, weil sie hochgestellte Krägen haben«, erklärte sie Gage. »Nun werde ich auch noch einen Mantel tragen müssen, um in meinen letzten Augenblicken nicht zu frieren. Und da ich eine meiner Sichelhauben aufziehe – wenn auch die Edelsteine aus dem Rahmen entfernt sind -, wird sich der Meister Scharfrichter freuen.«

Der Kommandant nickte. Catherine hatte den alten Brauch nicht vergessen, daß dem Henker zusätzlich zum Lohn die Kleider der Opfer zufielen. In weniger als einer Stunde würde die Frau, die sich jetzt davor fürchtete, zu frösteln, splitternackt unter dem Steinboden der Kapelle verscharrt werden.

»Ich wollte Euch noch etwas mitteilen«, sagte Gage. »Der König hat verfügt, daß weder Euer Haupt noch die Köpfe Eurer Dienerinnen auf der Brücke ausgestellt werden.«

»Ah ja!« seufzte Catherine. »Die Raben werden also leer ausgehen.«

Zwanzig Minuten vor acht war die Sonne aufgegangen, doch sie kam kaum einmal hinter den kompakten Wolkengebilden hervor, die sich unruhig über die Stadt wälzten. Langsam brannten die Fackeln herunter. Eine Gruppe Soldaten zog auf und bildete ein Spalier zur Schafottreppe. Sie hatten die Aufgabe, zu gegebener Zeit die Trommel zu rühren.

Der Platz zwischen den Gebäuden war mittlerweile restlos von dicht an dicht gedrängten Menschen besetzt. Die Torwächter hatten darauf geachtet, daß möglichst keine Ausländer die Gemahlin des Herrschers sterben sahen, nicht einmal die Botschafter der europäischen Mächte. Doch viele Londoner Bürger hatten Einlaß gefunden. Catherine blickte aus dem Fenster.

»Ich hatte mir eigentlich einen stillen Abgang gewünscht«, beklagte sie sich. »Nun ja.«

Unter den Adligen, die direkt an vorderster Front der mit Stroh bestreuten, schwarz drapierten Plattform standen, erkannte sie den Sohn und Erben ihres Onkels Norfolk, Henry, den Earl von Surrey. Mit zusammengepreßten Lippen stand er da und wartete, welche Haltung seine Kusine an den Tag legen würde. Hoffentlich erwähnte sie die Howard-Sippe mit keinem Wort! Hoffentlich versuchte sie nicht, sich zu rechtfertigen oder Mitleid zu erwecken! Denn all das würde auf ihre Verwandten zurückfallen, von denen sich nicht ein einziger bereitgefunden hatte, sie in der Gefangenschaft zu besuchen.

Unter dem Gerüst des Schafotts ragte ein rasch zusammengezimmerter, ziemlich kleiner Sarg hervor, über den eine schwarze Decke geworfen war. Catherine wandte sich ab und begann, murmelnd zu beten.

Kurz vor neun Uhr klopfte der Kommandant an das Zimmer.
»Es ist soweit. Tretet heraus!«
»Werde ... – ich jetzt Mylady Rochford sehen?« flüsterte Catherine ängstlich. »Man sagt, sie habe den Verstand verloren.«
»Macht Euch keine Sorgen, Hoheit«, entgegnete Gage. »Niemand wird Euch belästigen. Erst wenn mit Euch alles vorüber ist, wird man Lady Rochford aus der Zelle führen.«
Die aus den vier Damen, einer Abteilung Wächter, Gage und Catherine bestehende Gruppe stieg nun die Treppe hinab und verließ das Fachwerkhaus. »Platz da!« riefen die Soldaten und machten die Gasse in der Menschenmenge breiter. Im Hintergrund begannen dumpf die Trommeln zu rasseln.
Mit jedem Schritt, der sie der Plattform näherbrachte, schwanden Catherine die Sinne, so daß sie kaum noch gehen oder stehen konnte. Hilfreich stützte sie Sir John Gage und schob sie fast die Treppe hinauf. Dort übergab die junge Frau dem maskierten Henker und seinen Gehilfen den üblichen Lohn, bevor sie an den Rand des Schafotts trat und schlotternd vor Angst und Kälte eine kurze Rede hielt.
»Ihr lieben Leute, Ihr seht, wie weit es kommt, wenn man kein christliches Leben führt. Schaut mich an! Von Jugend an habe ich alle Gebote Gottes gebrochen und mich auch in höchst gefährlicher Weise an Seiner Majestät vergangen. Deshalb ist mein Tod eine angemessene und gerechte Strafe, ja, ich habe ihn nicht nur ein-, sondern hundertmal verdient. So bitte ich Euch, Leute, daß Euch dies als warnendes Beispiel dient. Ändert Euer sündiges Leben, gehorcht Eurem König und betet für ihn alle Tage. Jetzt empfehle ich Gott meine Seele und hoffe, daß er sich meiner erbarmt.«
Catherine trat zum Block, ließ sich Mantel und Haube abnehmen und kniete nieder. Eine der vier Damen stieg die Treppe empor und brachte ein großes graues Taschentuch.
Gleich, gleich ist es vorbei. Nur diesen Blick noch. Dort liegt Stroh. Ein ganzes Bündel. Ein Stiel lugt heraus. Da war dieser Turm. Er drohte umzufallen, aber du hast den Arm um mich gelegt, Vater. Die Häuser zogen an uns vorbei. Ich komme. Gleich, Vater.
Und dann sah sie nichts mehr. Jemand verknotete das Tuch, die Hände ertasteten die vertraute Form des Blocks, Catherine schmiegte sich hinein und spürte das kalte Holz unter der Kehle.
Die Axt sauste in gewaltigem Schwung herunter. Das kurze Knirschgeräusch ging im Aufseufzen der Menge unter. Der zarte Kopf der

früheren Königin flog ein Stück durch die Luft und rollte bis dicht an den Rand der Plattform, direkt vor Norfolks neugierigen Sohn. Interessiert gewahrte dieser, wie unter der Augenbinde eine Träne herauslief, mitten über die sichtbar erblassenden Wangen.
»Mögen so alle Verräter zugrunde gehen!« rief der Henker pflichtgemäß, als er sich nach dem Kopf bückte, ihn an den geflochtenen Haaren hochhob und dem Volk zeigte. Derweil griffen seine Gehilfen der vor dem Block knieenden Gestalt links und rechts unter die Arme, schleppten sie zu einer Ecke der Plattform und warfen vorerst ein schwarzes Tuch darüber.

Am Abend zuvor hatte die Frau Sir John Gages ein abgelegtes Kleid in die Zelle Alice Sheltons gebracht. Die beiden Gewänder, die die Gefangene im Tower bei sich hatte, waren jeweils eineinhalb Monate lang getragen worden; niemand hatte sich darum gekümmert, ob sie etwas brauchte. Alice haßte es, bei anderen betteln zu müssen, doch angesichts des Todes hatte sie ihren Stolz beiseitegeschoben und bei der Gattin des Kommandanten, die ihr mehrfach geholfen hatte, nach einem alten Kleidungsstück gefragt, das diese nicht mehr benötigte.
Die Nacht über hatte Alice ziemlich unruhig geschlafen, von andauerndem Bauchgrimmen gequält. Die Geräusche der sich draußen versammelnden Menge weckten sie gegen halb acht Uhr am Morgen auf.
Die junge Frau öffnete den hölzernen Laden, der das Fenster verschloß, und blickte durch das Gitterkreuz auf den Platz mit dem Schafott. Ein Schwall kalter Luft strömte in den Raum. Schnell zog Alice das schmutzstarrende Kleid aus, das sie während der letzten sechs Wochen getragen hatte, und schlüpfte in das Gewand Lady Gages. Es war ihr ein wenig zu groß und zu weit. Dagegen ließ sich allerdings etwas tun.
Zunächst krempelte die frühere Hofdame die Enden der enganliegenden, schmucklosen Ärmel ein Stück nach oben. Dann nahm sie den Schal, den sie nachts stets um den verletzten Hals geschlungen hatte, drehte ihn wurstförmig zusammen und knotete ihn um die Taille als Gürtel zusammen, sodaß das Gewand gerafft wurde. Das fehlte noch, dachte Alice, daß ich mich lächerlich mache und auf dem Weg zum Henker stolpere.
Endlich stülpte sie die kostbare Mütze, die der Priester Clovin ihr

überbracht hatte, – Stephens Geschenk – über das zum aufgesteckten Zopf geflochtene Haar.
Bis der Pastor kam, um ihre Beichte zu hören, war noch Zeit genug. Alice griff nach dem Brief, den sie an Stephen Dennyford gerichtet hatte, und überflog ihn noch einmal, bevor sie ihn zusammenfaltete.

Mylord, mein Freund,
morgen werde ich, wie Ihr gewiß erfahren habt, diese Welt verlassen und mich vor dem Ewigen zu verantworten haben. Ich habe keine Gelegenheit erhalten, zu meiner Schuld etwas zu sagen, da das Parlament mich für schuldig befand. Gott hat es so gefügt, also will ich nicht klagen.
Zu beklagen ist vielmehr, daß ich Euch nun nicht mehr gegenübertreten und Euch mitteilen kann, wie dankbar ich bin, Euch gekannt zu haben. Es gab wunderbare Zeiten, und ich bedaure es von Herzen, sollte ich Euch je gekränkt oder Unrecht angetan haben. Es betrübt mich, durch ein sündiges Leben die Möglichkeit vertan zu haben, mit Euch gemeinsam zu altern. So bleibt nichts weiter, als Euch nochmals zu danken – für die Jahre, in denen Ihr mein Freund wart wie auch für die Gabe, die mich in den Tod begleiten wird. Betet für die Königin und mich, das erbittet
Eure treue und wohlwollende Freundin,
Alice Shelton
Aus meinem traurigen Gefängnis im Tower. Gegeben zu London, den 12. Februar.

Der Schlüssel in der Tür bewegte sich von außen und Pastor Clovin schaute nach Alice.
»Seid gegrüßt!« sagte sie müde. »Schaut nur, welch altmodisches Kleid für meinen letzten Gang dienen muß. Etwas Derartiges trägt der Hof seit fünf Jahren nicht mehr!«
Clovin schüttelte den Kopf und stellte sich vor die Gefangene.
»Ihr solltet allmählich Eure Gedanken auf die Ewigkeit richten, anstatt sie wertlosem Putz und irdischen Eitelkeiten zu widmen«, raunzte er. »Hoffentlich habt Ihr über Eure Sünden nachgedacht und könnt jetzt würdig beichten. Am besten ist, Ihr zählt die soeben begangene Sünde der Hoffahrt gleich mit auf.«
Alice fühlte Zorn in sich hochkommen. Sie staunte darüber, noch ein Gefühl solcher Heftigkeit empfinden zu können.
»Beinahe hätte ich vom vielen Nachdenken über meine Sünden Kopfschmerzen bekommen. Dann freilich wäre mir meine Hinrich-

tung noch willkommener, da sie mich endgültig von jener Plage befreit,« sagte sie ironisch.
Clovin ging nicht auf den Spott ein. Er legte die mitgebrachte Stola um und ließ die junge Frau niederknien. Nervös bekannte Alice sämtliche Fehler und Schwächen, die ihr einfielen. Nur auf eines wartete der Priester vergeblich: daß sie eine Schuld darin sah, die Königin bei ihrem ehebrecherischen Treiben unterstützt zu haben. Ebensowenig gab sie an, daß es ihr leidtue, die unkeuschen Handlungen Catherines nicht sofort dem König gemeldet zu haben, als die Freundin sich mit Heinrich VIII. einließ.
Als Clovin die Absolution gewährt und den Brief an Stephen in Empfang genommen hatte, segnete er Alice und begab sich zu anderen Gefangenen.

Kurz vor neun Uhr sah Alice wie gebannt wieder auf den Platz hinunter, auf dem die Leute Schulter an Schulter standen. Zittern hatte sie befallen, das von Minute zu Minute stärker wurde. Die Zähne klapperten vor Kälte und Angst. In ihr leises Geräusch mischte sich das Rasseln und Dröhnen der Trommler.
Catherine kommt. Meine Freundin, meine Schwester. Ich habe Cranmer angeboten, sie auszuspionieren. Um selbst etwas zu werden, wollte ich dich verraten, Catherine.
Es war ein elender Anblick, wie die schwache kleine Gestalt, schwarzgekleidet von Kopf bis Fuß, am Arm des Kommandanten auf die Plattform wankte.
Aber als es darauf ankam, habe ich nichts gesagt. Ich will nicht, daß du denkst, ich hätte zu deiner Verurteilung beigetragen...
Natürlich hatte es keinen Sinn, irgendetwas durch das Fenster zu rufen. Die einstige Königin hätte es ohnehin nicht gehört, denn auf dem Platz war es alles andere als still. Außerdem schmerzte es Alice, ihre Stimme allzu sehr anzustrengen.
Dann erklang nur noch gedämpftes Murmeln, als Catherine Howard ihre Botschaft an die Anwesenden richtete. Selbst auf die kurze Distanz konnte Alice nicht alles verstehen. Das eine aber fiel ihr auf, daß sie nur gute Worte für den König fand und sich selbst als ungeheuerliche Missetäterin darstellte.
Sie hat Angst um ihre Familie... Die Howards haben sie nicht retten können, trotz all ihrer Macht. Ob sie es versuchten? Vielleicht der Herzog von Norfolk?

Alice griff sich an die Nase, die eiskalt geworden war. Ein paarmal hauchte sie gegen die klammen Finger.
Catherine sprach noch.
Für meine Eltern bin ich schon lange tot, ab heute dann auch wirklich und wahrhaftig. Hätten sie nicht den Sohn meines Onkels an Sohnes Statt angenommen, hätten sie nun gar keine Kinder mehr, denn Madge ist ebenso tot für sie, obgleich sie noch lebt. Wie traurig, daß ihnen nun alles, was ich begann, als Fehlschlag und Versündigung erscheinen muß...
Die Rede war zu Ende. Ein Henkersgehilfe half Catherine, Mantel und Haube abzulegen, während eine Hofdame mit einer Augenbinde in der Hand die Treppe zum Schafott erstieg. Alice wandte sich ab von der Szene, sie hatte genug gesehen.
Ein paar Sekunden, die sich dehnten und dehnten. Dann ging ein Aufstöhnen durch die Masse, also war es vorbei. Alice wartete noch eine kleine Weile, bevor sie einen erneuten Blick aus dem Fenster wagte. In der Ferne erkannte sie die magere Figur der Lady Rochford, die von Wachen aus der Richtung des White Tower herbeigeführt wurde. Jane hatte sich ganz in Rot gekleidet, vielleicht weil sie selbst in dieser Situation eitel war und den Anblick ihres Blutes auf dem kostbaren Gewand für das Publikum mildern wollte.
Auf der Plattform herrschte Betriebsamkeit. Ein Gehilfe machte sich mit Bürste und Wassereimer am Block zu schaffen, ein zweiter trug in der Armbeuge frisches Stroh herbei, um den großen, häßlichen roten Fleck vor dem Block zu überstreuen. In der linken hinteren Ecke, Alices Zellenfenster zugewandt, lag eine schwarze Decke ausgebreitet, unter der sich die vagen Formen eines kleinen Körpers abzeichneten.
Alice fühlte nichts mehr. Es war ihr, als sei von all den Kämpfen und Schrecknissen ihre Seele verbrannt worden, sodaß nichts mehr übrig war von ihr als diese mechanisch funktionierende Hülle, die gleich auch nicht mehr existieren würde.
Lady Rochford war auf die Plattform geklettert und sprach mit schriller Stimme zu den Zuschauern. Ihre Worte waren einigermaßen zusammenhängend, doch sie erwähnte nicht, weswegen sie eigentlich verurteilt worden war. Statt dessen erfuhren die staunenden Anwesenden, daß sie vor nicht ganz sechs Jahren aus Rache falsches Zeugnis gegen ihren Gemahl und dessen Schwester abgelegt habe. Überhaupt sei ihr gesamtes Leben ein einziger Sündenpfuhl

gewesen und sie sei froh, eine Welt zu verlassen, die ihr nichts als Leid habe zuteil werden lassen.
Allmählich wurde Sir John Gage unruhig. Für seinen Geschmack versuchte die wirr gestikulierende Frau, Zeit herauszuschinden, und sei es auch noch so wenig. Er gab der Sprecherin ein unmißverständliches Zeichen, bevor er sich entfernte, um sich zu Alice Shelton zu begeben.
Er fand seine Gefangene in einer Ecke der Zelle kauernd und reichte ihr die Hand, damit sie leichter aufstehen konnte. Ein Wachsoldat schloß die Beinfessel auf und rollte die Eisenkugel beiseite.
»Folgt mir hinaus!« befahl der Kommandant. »Haltet Euch dicht hinter mir und stellt keinerlei Fragen.«
Sechs Männer umringten Alice und begleiteten sie die Treppe hinunter auf den Hof. Dort begann sich das Volk bereits zu zerstreuen. Ein paar vereinzelte Neugierige standen noch am Schafott herum und gafften. Gerade schlugen Knechte die schwarze Decke über Catherine Howards verstümmelter Leiche zurück und begannen, ihr die Kleider auszuziehen. Einer nahm den Kopf und warf ihn in den danebengestellten Sarg, daß es polterte.
»Geht nach Hause, Leute, hier gibt es nichts mehr zu sehen!« rief ein Offizier der Towerwache und trieb die Saumseligen in Richtung des Ein- und Ausgangstors.
»Was hat das zu bedeuten?« wollte Alice wissen. »Ist mein Tod nicht interessant genug für das gemeine Volk?«
»Ich habe Euch doch gesagt, Ihr sollt schweigen«, erwiderte Sir Gage unwirsch. Schnell bewegte er sich mit der Gruppe in den Schatten des White Tower und umrundete die Kernanlage der Festung. Auf dem Wall brach ohrenbetäubender Lärm los, da ein Kanonier zu schießen begann. Dies war das vereinbarte Zeichen für den König und die Stadt London, daß es keine Königin mehr gab und der Gerechtigkeit Genüge getan worden war. Nahe den Wohnungen der Toweroffiziere stand auf einer Mauerkrone der Priester Clovin und beobachtete das Grüppchen um Sir Gage. Er zog Mistress Sheltons Brief an Stephen Dennyford aus dem Gewand und zerriß ihn in tausend Stücke. Die Fetzen segelten durch die feuchtkalte Luft; einige landeten auf dem Pflaster, andere wurden bis in den Wassergraben geweht.
Endlich näherte sich der voranschreitende Gage den steilen Treppenstufen, die zum Wassertor hinabführten. Leise klatschten die

Wellen gegen die Mauer. Unten lag eine Barkasse vertäut, deren Passagierhaus mit blauem Tuch verhängt war.
Der Kommandant wandte sich an Alice.
»Vor einer halben Stunde erst traf ein Eilkurier vom Hof ein, der die Nachricht Eurer Begnadigung brachte. Ihr habt es der unbegreiflichen Milde Seiner Majestät zu verdanken, daß man Euch davonkommen läßt. So dankt Gott und verlaßt diesen Ort. Ich will Euch hier nie mehr wiedersehen.« Die letzten Worte sprach er mit einem Schmunzeln.
Alice nickte mechanisch. Sie begriff nicht ganz, was hier vorging. Sicher würde gleich jemand erscheinen, der sie zum Schafott zurückführte. Sie rührte sich nicht von der Stelle. Dann stieg einer der Ruderer aus dem unten wartenden Fahrzeug, erklomm die Treppe und hakte sich bei der jungen Frau ein. Vorsichtig bugsierte er sie hinab, bevor er sie auf den Armen an Bord trug, hinein in das Passagierhaus. Die Barke begann zu schaukeln, als die Männer sie abstießen und durch das Tor auf die Themse hinausfuhren. Alice hockte zitternd im Innern der Kabine, als sie im Halbdunkel einen Menschen wahrnahm, der sie ohne ein Wort anblickte. Er trat zu ihr und legte eine warme Decke um ihre Schultern.
Es war John Clamour, Earl von Fairbury.
Als habe man eine langverschlossene Tür entriegelt, so begann Alice plötzlich mit einem angsteinflößenden Schluchzen, das an das Klagen eines verendenden Tieres erinnerte. Alles, was keinen Weg mehr nach außen gefunden hatte, mischte sich darein: die lang überspielte Angst vor dem Tod, die ungeheure Erleichterung, ihm soeben entronnen zu sein, und die Enttäuschung, daß es John war und nicht Stephen, der sie jetzt liebevoll umsorgte.
Es dauerte eine ganze Weile, bis die junge Frau wieder ansprechbar war. Hinter Greenwich verließ John mit ihr die Barke, entlohnte die gemieteten Ruderer und stieg auf ein an der Anlegestation bereitstehendes Pferd. Auch für Alice war ein Reittier vorhanden.
John wandte sich zum erstenmal an Alice.
»Geht es Euch besser?«
Sie nickte, ohne ihn anzusehen.
»Wir werden in Richtung Süden reiten und, so Gott will, heute noch in Schloß Hever eintreffen. Vielleicht habt Ihr ja erfahren, daß es nach dem Tod des alten Boleyn inzwischen der früheren Königin gehört, Mylady Anne von Kleve.«

Alice hob den Kopf und schaute John ins Gesicht. Er sah ziemlich übernächtigt aus, mit dunklen Ringen unter den Augen.
»Weswegen suchen wir Ihre Gnaden auf?« sagte sie mit etwas spröder Stimme. Auch Königin Anna habe ich um meines schnöden Vorteils willen an Cranmer verraten.
Der Earl lächelte müde. »Ihr werdet gemerkt haben«, wich er scheinbar aus, »daß weder Boot noch Rudermannschaft mein eigen war. Mir gehört nichts mehr, als das, was ich auf dem Leib trage. Selbst diese Pferde sind gemietet.«
Verständnislos zuckte Alice die Schultern. »Und was hat das mit Mylady Anne zu tun?«
John hielt sein Pferd an und griff auch Alice in die Zügel. Einsam saßen sie auf ihren Tieren inmitten einer nebeldurchzogenen, sanftgewellten Hügellandschaft.
»Die frühere Königin ist die einzige Person im ganzen Reich, die uns beiden jetzt helfen kann und wird. Da bin ich ganz sicher«, meinte John. »Eine so gütige und großzügige Fürstin gibt es kein zweitesmal.«
»Wollt Ihr mir nicht erzählen, was passiert ist?« sagte Alice endlich. »Ihr ergeht Euch bislang nur in Andeutungen.«
Der Earl setzte sich kerzengerade auf und begann, von keiner Frage unterbrochen.
»Lange überlegte ich, ob ich Euretwegen etwas unternehmen sollte und falls ja, wie ich damit Erfolg haben könnte. Gestern nun entschloß ich mich endlich, meiner Pflicht als Ehemann nachzukommen und alles daranzusetzen, Euer Leben zu retten. Ich wollte zum St. James Palast reiten, wo Seine Majestät zur Zeit residiert, doch ein Unglück geschah und mein Pferd fing plötzlich an zu lahmen. Ich befand mich mitten in der City, meilenweit vom nächsten Pferdemarkt entfernt ... Doch ich durfte keine Zeit verlieren. Ganz in der Nähe sah ich das Haus, das der Zweite Gewandmeister des Königs kürzlich als Stadtresidenz erworben hat. Ich überwand meine Abneigung gegen diesen Mann um Euretwillen und suchte ihn auf. Wir sprachen kurz miteinander und ich erklärte, was ich vorhatte. Dennyford wollte sich zwar aus der Sache heraushalten, lieh mir aber freundlicherweise sein Pferd – den berühmten Rappen, der es an Schnelligkeit mit jedem Pferd Seiner Majestät aufnimmt. Auf diese Weise gelangte ich noch spät am Abend zum St. James Palast und man gewährte mir Einlaß.«

Nachdenklich nahm Alice die perlenbestickte Wollhaube vom Kopf. Sie streichelte ein paarmal darüber, sagte aber kein Wort.
John fuhr fort, zu erzählen:
»Seine Majestät war noch nicht zu Bett gegangen und empfing mich gnädigerweise. Er erinnerte sich an mich, da ich ihm manches Mal als Diplomat gedient hatte. So kniete ich vor ihm nieder und bat um Euer Leben.
Zunächst wollte der König nichts davon hören. Erst als ich ihm den Verzicht auf meine Earlswürde und den damit verbundenen Besitz anbot, überlegte er es sich. Des weiteren schlug ich vor, mich zusammen mit Euch für immer außerhalb des Reiches zu begeben und somit dauerhaften Willen zu bekunden, meinem Erbe tatsächlich zu entsagen. Da wir aber von irgendetwas leben müssen, will ich versuchen, nach Kleve zu gehen und dort mein Glück in der Armee des Herzogs zu machen. Gewiß wird mir die Kenntnis der deutschen Sprache nutzen, die ich mir einst erworben habe.«
Gegen Abend trafen die zwei Reiter in Hever ein. Das efeubewachsene, kastenförmige Gebäude war von einem Wassergraben umgeben, den sie über die herabgelassene Zugbrücke überschritten. Nur noch wenig Licht fiel in den engen, quadratischen Innenhof, in dem sie absaßen. Als John dem Pförtner mitteilte, wer die Ex-Königin aufzusuchen wünschte, dauerte es nicht mehr lange, bis der gesamte kleine Hofstaat der »Königsschwester« in Aufregung versetzt war.
John und Alice warteten in der ebenerdigen Empfangshalle. Jeder schlenderte für sich ein wenig umher. Dann rannte auf einmal ein kleiner Junge aus dem oberen Stockwerk die Treppe hinab.
»Mylord mein Onkel!« rief Christopher, der noch rascher reagiert hatte als die Frau, in deren Haushalt er lebte. John umarmte den Buben und hob ihn hoch. Er wußte zugleich, daß diese Begegnung die letzte sein würde, zumindeste für sehr lange Zeit.
»Aber Onkel, weint Ihr etwa?« fragte Christopher erschrocken. John schniefte in den Ärmel und rieb an den Augen herum.
»Nein, nein!« wehrte er ab. »Ich habe mich nur erkältet. Wenn man sich länger im Freien aufhält, passiert so etwas leicht.«
Der Kleine sprang zu Alice hin, als John ihn wieder auf seine Beine stellte. »Ist das meine Tante?«
»Du hast es erraten«, antwortete John fröhlich. Von Alice kam kein Widerspruch. Sie fuhr dem Jungen stumm durchs Haar.
Eine Viertelstunde später ließ Mylady von Kleve durch ihren Haus-

hofmeister ins Privatgemach bitten. John und Alice erklommen die Stiege dorthin, knieten vor der Fürstin nieder und hörten ihren altvertrauten, deutschen Ausruf: »Mein lieber Graf!«
Die Wiedersehensfreude war auf beiden Seiten groß. Anna ließ sogleich in ihrem Gemach einen Tisch für drei decken. Während die hungrigen Reisenden auf das Essen warteten, fragte die Fürstin, deren Englisch weitere Fortschritte gemacht hatte, ein ums andere Mal, wie sich denn die unglaubliche Geschichte um Alice zugetragen habe. Sie konnte ihre Schadenfreude angesichts des Sturzes von Königin Catherine nur schwer verbergen und ließ sogar durchblicken, jetzt könne Kleves Botschafter Olisleger einen Versuch zur Versöhnung mit dem König in Angriff nehmen. Vielleicht sei Seine Majestät nur übel beraten worden und habe sich aufgrund fortgesetzter Intrigen von ihr getrennt, bereue sein Vorgehen aber inzwischen gründlich.
»Doch wie auch immer«, schloß Anna ihre Überlegungen. »Ich werde euch helfen, nach Kleve zu reisen. Morgen früh, ihr heiratet richtig und dann ich schenke euch, was ihr braucht. Pferde, Geld und einen Brief an meinen Bruder, damit weiß er, ich empfehle euch.«
Strenggläubig, wie sie war, stimmte Prinzessin Anna nur deshalb zu, John und Alice ein gemeinsames Bett zu geben, weil sie nach Kirchenrecht bereits als Eheleute galten. Wie in allen Schlössern, so gab es auch hier wenig Übernachtungsmöglichkeiten für Fremde.
John hielt Alice vorsichtig in den Armen. Er war unendlich müde und abgekämpft, aber stolz auf seine Entscheidung und das Gelingen seines Plans. Alice sollte sich nicht als Beutestück fühlen, und so begnügte er sich damit, sie einfach zärtlich zu wiegen, obgleich ihre körperliche Nähe ihn stark erregte.
»Nun werde ich Euch auf immer dankbar sein müssen«, sagte Alice. »Hoffentlich bereut Ihr nie, auf was Ihr Euch da eingelassen habt. Denn ich tauge nicht zur Ehefrau.«
Ein unterdrücktes Glucksen war die Antwort.
»Das werden wir ja sehen«, munterte John sie auf. »Im übrigen finde ich es einen merkwürdigen Streich des Schicksals, daß Ihr nun doch noch den Mann bekommen habt, den Eure Eltern für Euch aussuchten – allerdings keinen hochgestellten Earl mehr, sondern einen simplen Herrn Clamour.«
»Alice Clamour«, sprach Alice vor sich hin. Eine Weile überlegte sie, bevor sie John einen Kuß auf die Wange drückte und fortfuhr.

»Seht Ihr, meine Eltern leben nur wenige Meilen von hier und doch werde ich sie nicht aufsuchen. Es war ihnen schon vor Wochen gleichgültig, ob ich am Leben oder tot war, und deshalb werde ich auch nicht Abschied von ihnen nehmen.«
In Anwesenheit ausgesuchter Hausbewohner, Annas von Kleve und des Jungen Christopher traute der Kaplan der Prinzessin das Paar am anderen Morgen in einer kurzen, schlichten Zeremonie. John erlebte all dies sichtlich bewegt, Alice dagegen eher gleichgültig. Zu schnell war der Wechsel ihres Geschicks erfolgt.
Während des anschließenden Mahls und Umtrunks wurden im Hof des Schlosses zwei Reitpferde und ein Packpferd bereitgestellt, Annas Geschenke an die Neuvermählten. Mit Kleidung, Gegenständen und Bargeld im Gepäck würden sie den langen Weg bis Kleve schaffen. Dort würde es dann gelten, das Wohlwollen des Herzogs zu erringen und sich eine dauerhafte Existenz zu schaffen.
»Ich wünsche euch viele Kinder!« sagte die Prinzessin ernsthaft. »Nichts gibt mehr Trost als die Kinder. Und von Zeit zu Zeit, ich schreibe von Christopher. Wenn er wird groß sein, er kommt gewiß einmal nach Kleve, zu sehen euch.«
Sie griff nach dem versiegelten Empfehlungsschreiben, das sie noch am Abend zuvor verfaßt hatte, und übergab es John.
Endlich kam der Moment, den der frühere Earl so sehr gefürchtet hatte. Der Abschied von Anna von Kleve und besonders von seinem Neffen fiel ihm schwerer, als man es mit Worten sagen kann. Doch war dies nur der erste Schritt; bald würde noch der Abschied von seinem Heimatland erfolgen.
John und Alice Clamour ritten in südwestlicher Richtung durch Kent, um sich in Dover einzuschiffen. Sie hofften, ihre Reise bald antreten zu können, denn das Wetter hatte überraschend aufgeklart. Die Fahrt über den Ärmelkanal würde somit an Schrecken verlieren. Abends kamen die beiden in das Hafenstädtchen, über dem trotzig die alte Festung saß. Sie suchten sich eine Herberge und teilten auch dort wieder eine Liegestatt.
»Du mußt erst einmal wieder zu Kräften kommen«, meinte John. »Laß uns erst miteinander schlafen, wenn es dir besser geht.«
Alice nahm eine Strähne ihres langen, schwarzen Haars und wedelte John damit neckisch übers Gesicht. Sie seufzte lächelnd.
»John, ich weiß nicht, ob ich dich eines Tages lieben kann«, meinte sie. »Mein Gewissen sagt mir, ich muß meinen Retter lieben, weil ich

ihm dies schulde. Doch mein Herz sagt, vor kurzer Zeit habe es noch einem anderen gehört...«

»Falls Gott uns jemals einen Sohn schenkt, so werde ich ihn auf keinen Fall Stephen nennen«, erwiderte John und genoß, daß Alice über seine Worte lachen mußte.

Über Dovers Kreidefelsen ging die Sonne auf und malte rosagoldene Glanzlichter auf den Stein. Der Wind wehte nur mäßig, so daß der Wellengang für das Übersetzen zum Kontinent nicht zu hoch war.

Mit Pferden und Gepäck brach das Ehepaar Clamour von der Herberge auf zum Hafen. Dort lagen mehrere Schiffe vor Anker, die nach Frankreich und dort ein Stück an der Küste entlangfahren würden. John hatte, gemäß der von Prinzessin Anna vorgeschlagenen Route, Calais als nächste Station vorgesehen. Über Antwerpen würde er dann den Straßen und Flüssen folgen, die ihm von seinen Reisen im Auftrag des Königs noch vertraut waren.

Der junge Mann wurde mit einem der Schiffskapitäne handelseinig. In weniger als einer Stunde sollte es losgehen. Wieder würde die Steilküste kleiner und kleiner werden, bis sie zu einem grauen Strich am Horizont geschrumpft und endlich ganz untergegangen war, doch diesmal würde England für unabsehbare Zeit zurückbleiben. Die Heimat war verloren.

John spürte den Windzug an seinen feuchten Augen, kalt und scharf. Er dachte an sein Schloß und seine Güter, an die Menschen, die für ihn gearbeitet hatten. Das alles gehörte jetzt dem König. Vielleicht schenkte oder verpachtete dieser alles einem seiner Günstlinge.

Er dachte an die Königin, einst die beste und liebste Freundin seiner Frau, deren Körper seit vorgestern, ausgeplündert bis zum letzten, ohne Stein und Kreuz unter dem Fußboden der Towerkapelle verscharrt war. Vielleicht würde es Alice schätzen, wenn er ihre erste Tochter »Catherine« taufte.

Das einzig Gute an seinem Fortgang aus England war die Tatsache, daß Stephen Dennyford Alice keine falschen Hoffnungen machen und ihr nicht mehr wehtun konnte. Mit etwas Glück würde aus Gewöhnung Freundschaft, aus Freundschaft Liebe entstehen.

John umarmte Alice, und von seinen Händen strahlte nie gekannte Wärme aus. Alice rieb die kalte Nase an seinem Hals. Sie spürte die sprießenden Bartstoppeln und lächelte.

»Nur ein Ort ist jetzt noch meine Heimat: der Platz an deiner Seite«, hörte sie ihn sagen.

Inhalt